[美]安·鲁尔 著　　　　　徐芳芳 译

# 我身边的恶魔

上海译文出版社

1972年，我在西雅图的危机诊所做志愿者，每周两个晚上。我的搭档是25岁的泰德·邦迪，是一名勤工俭学的学生，工作内容是给抑郁的人提供建议，每小时工资2美元。我们在一起挽救生命。（照片来源：莱斯利·茹尔）

泰德·邦迪在高中年鉴本上的签名照片，时年17岁。

琳达·安·希利，公众所知的第一位受害者，于泰德和斯蒂芬妮最终分手一个月后失踪。

泰德·邦迪与斯蒂芬妮。拍摄时间：1973年9月2日。他俩已秘密订婚。

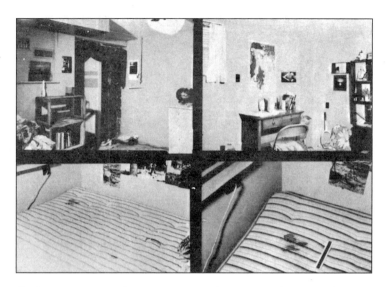

警方提供的犯罪现场照片，图为琳达·安·希利的地下室房间。她与其他几个女学生合租。

西雅图大学区的大多数街道都有小巷将它们一分为二。泰德·邦迪在这些小巷徘徊，寻觅他的"猎物"：年轻女性。他可能注意到琳达·安·希利会在黎明之前推着自行车出去，到电台进行滑雪场一带的天气播报。而琳达对此毫不知情。

在西雅图附近的泰勒山上，国王县警探鲍勃·凯佩尔站在布伦达·鲍尔的头骨旁拍下了这张照片。在这座孤山的茂密灌木丛中，搜寻者还发现了罗伯塔·凯萨琳·帕克斯、琳达·安·希利和苏珊·兰考特的头骨。

西雅图警察局副巡长赫伯·斯温德勒和他办公室墙上失踪女孩的照片，照片分别为：琳达·安·希利（左上和左下）、唐娜·曼森（中上）、苏珊·兰考特（右上）、罗伯塔·凯萨琳·帕克斯（中下）和乔治安·霍金斯（右下）。

1974 年 7 月 14 日，丹尼斯·纳斯伦德从男友和其他朋友身旁走开，去了萨马米什湖州立公园的洗手间。她再也没有回来。

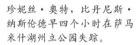

珍妮丝·奥特，比丹尼斯·纳斯伦德早四个小时在萨马米什湖州立公园失踪。

乔治安·霍金斯，于 6 月一个炎热的夜晚在华盛顿大学希腊建筑楼后面的一条巷子里失踪。

此照片为 1974 年 7 月 14 日（星期日）的萨马米什湖州立公园。图为公园一角的人群。珍妮丝·奥特和丹尼斯·纳斯伦德惨遭失踪的这天，有 40 000 人在那里野餐、晒太阳和游泳。国王县警仔细查看了许多这样的照片，但一直没有发现一个皮肤晒黑的、穿着白色网球服的英俊男人。

此航拍照为绑架案后下一个周日的萨马米什湖州立公园。失踪案在女性中引起巨大恐慌后，这个公园变得非常空旷。公园靠近90号州际公路（I–90），基本上被废弃了。几周后，珍妮丝·奥特和丹尼斯·纳斯伦德的尸体被扔在距公园不到两英里的地方。

尼克·麦基，国王县警局专案组组长。

罗杰·邓恩是国王县警局专案组中唯一真正与邦迪见面并交谈的成员。

鲍勃·凯佩尔，国王县警局的警察，在邦迪调查案中干了6年。

警局画像师的"泰德"素描拼图，根据 1974 年 7 月 14 日当日在萨马米什湖州立公园内见到珍妮丝·奥特和他一起离开的目击者的描述画成。

犹他州巡警鲍勃·海沃德在格兰杰郊区他家附近见到一辆大众甲壳虫轿车，知道它并不是那里的车子。他追上了泰德·邦迪，泰德给出的借口站不住脚。海沃德看到副驾驶座上并没有人，但发现了盗窃工具箱和一个丝袜面罩。

1974 年底到 1975 年的大半年时间里，泰德在法学院学习期间住在盐湖城第一大道
565 号的这栋宿舍楼里。卡罗尔·安·布恩和朋友从华盛顿奥林匹亚来访时，泰德
在这楼里接待了她。他在犹他州也有了新的女性朋友。

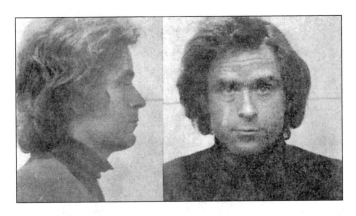

泰德·邦迪，摄于 1975 年 8 月在犹他州被捕后。他穿着飞贼猫扮相的服装。

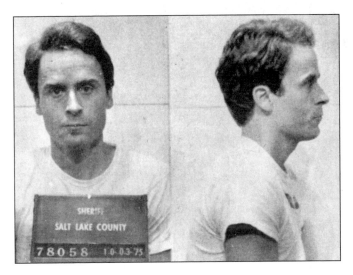

泰德·邦迪因企图绑架卡萝尔·达伦奇被捕后，于 1975 年 10 月 3 日在盐湖县拍的面部照。

1975 年 10 月，卡萝尔·达伦奇在盐湖县警局安排的列队辨认中选中了泰德·邦迪，认为他是绑架她的人。右二是泰德·邦迪。

泰德·邦迪的多张面孔。他就像条变色龙，基本上每次看上去都不一样。

警方监控照下的泰德·
邦迪，摄于1975年。

1977年时的泰德·邦迪，那
是在他从科罗拉多州监狱第
一次出逃之后。

1975年秋天警方监控拍下的泰德·邦迪。这是他在犹他州被指控企图绑架罪后获得的保释外出。

最后一位受害者。1978年2月9日，金伯利·利奇在佛罗里达州莱克城失踪，时年12岁。（美联社/环球摄影提供）

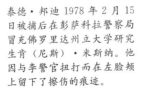

泰德·邦迪1978年2月15日被捕后在彭萨科拉警察局冒充佛罗里达州立大学研究生肯（尼斯）·米斯纳。他因与李警官扭打而在左脸颊上留下了擦伤的痕迹。

泰德住的橡树公寓楼，靠近塔拉哈西 XΩ 女生联谊会楼。他用"肯（尼斯）·米斯纳"和"克里斯·哈根"来隐藏身份。他使用偷来的信用卡在昂贵的法国餐馆吃饭。他只待了一个星期就又杀人了。

1978 年 1 月 14—15 日，泰德·邦迪潜入 XΩ 联谊会楼，造成两个女孩死亡，两个女孩重伤。然后他跑到另一住址，袭击了另一个年轻女子。

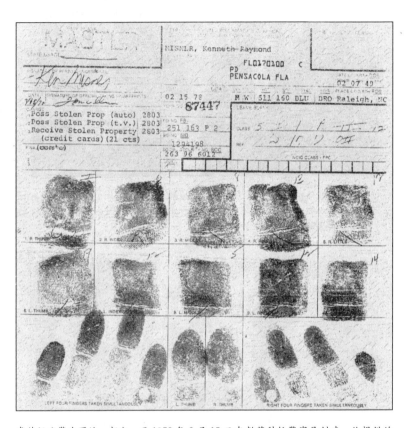

泰德记名警告页的一部分，于 1978 年 2 月 15 日在彭萨科拉警察局创建。他提供的名字叫肯（尼斯）·米斯纳，但他当时一定也意识到他的指纹会表明他的真实身份。

泰德·邦迪在佛罗里达州彭萨科拉第二次被抓，他看上去非常开心。他很享受把他如何机智地从科罗拉多州监狱逃脱的经历告诉佛罗里达警探。他穿的那件蓝色夹克被指和金伯利·利奇案中的纤维有关。

穿着囚服的泰德·邦迪在佛罗里达州塔拉哈西的记者招待会上。佛罗里达州利昂县治安官肯·卡萨里斯正在宣读对他的指控。（图片来源：Bettman/Corbis）

2/9/78

Dear Ann,

I try not to look forward; I try not to think back to the precious few days I had on in full freedom. I try to live in the present as I have on past occasions when I have been locked up. This approach worked in July but is not working well now. I am tired and disappointed in myself. Two years I dreamed of freedom. I had it and lost it through a combination of compulsion and stupidity. It is a failure I find impossible to dismiss easily.

love,
[signature]

P.S. Thankyou for the $10.

因为实在有太多人写信给我说想要邦迪的笔迹样本，我便附上他从佛罗里达来信的样本，时间是 1978 年 3 月（但他把日期写成了 2 月）。在这封信中，他把自己的被捕归咎于"冲动和愚蠢"。

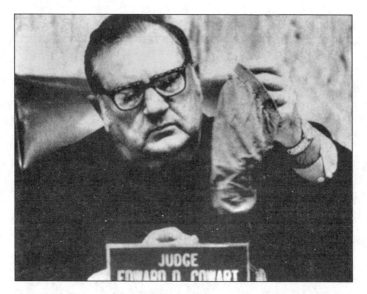

1979 年夏天，爱德华·考尔特法官在庭审现场。泰德·邦迪被控谋杀莉萨·利维和玛格丽特·鲍曼，以及袭击凯西·克莱纳、凯伦·钱德勒和谢丽尔·托马斯。考尔特法官拿着一个在谢丽尔公寓里找到的长筒袜"面罩"。里面有两根棕色的鬈发，其属性和特征与邦迪的很像。

卡罗尔·安·布恩与泰德在华盛顿州的奥林匹亚紧急事务部共事。在奥兰多 12 岁女孩金伯利·利奇案审判过程中，她坐在证人席上，当场与泰德结婚，后来生下了泰德的独生女。他俩在泰德被处决前离婚。

1978 年 1 月 15 日凌晨 3 点，尼塔·尼瑞回到 XΩ 楼，发现后门半开着。她静静地站在餐厅，看到前门一个陌生男子。他头戴一顶帽子，遮住了整个脸，一只手拿着一根橡木棍。

卡萝尔·达伦奇在佛罗里达作证，考尔特法官在认真倾听。（美联社/环球摄影提供）

泰德·邦迪在州长丹·埃文斯连任竞选期间对着摄像镜头微笑。他门牙间的缝隙说明他和莉萨·利维的死有关。

在迈阿密庭审的休庭间歇，泰德在查看他牙齿的X光片。此前法医学牙齿学家理查德·索维隆作证时称泰德的牙齿与莉萨·利维屁股上的咬痕吻合。而泰德坚称证据有问题。

泰德·邦迪因谋杀玛格丽特·鲍曼和莉萨·利维，以及凯西·克莱纳、凯伦·钱德勒和谢丽尔·托马斯谋杀未遂而在迈阿密受审。（美联社/环球摄影提供）

在（卡萨里斯治安官）宣读对泰德的指控期间，泰德·邦迪对着摄像机挥手。他告诉记者："我会被了解的！"（图片来源：Bettman/Corbis）

佛罗里达第一次审判过程中，泰德·邦迪和他的律师们在一起，时间为 1979 年 6 月 25 日。（图片来源：Bettman /Corbis）

隐藏在迷人面具后的泰德·邦迪在奥兰多的金伯利·利奇谋杀案审判过程中突然爆发。（图片来源：Bettman /Corbis）

折磨得他现在越来越痛苦,他看到快乐注定不属于他:于是刹那之间,他想起深仇大恨,满脑子恶念重新回到他身上,他再次高兴起来,这样激励自己:

唉,胡思乱想,你把我带到什么地方?你用多么美妙而不可抗拒的冲动就这样忽悠,竟然忘记带我们到此搞什么名堂?是恨,不是爱,不是希望以乐园换地狱,不是希望在此体尝欢乐,而是要连根拔起所有的快乐,除非快乐就是毁灭,对我而言,别的乐趣荡然无存……

——《失乐园》第九卷,第 469—479 行

# 目　录

# 最后一章？2008

## 第一部分

我从没想过还会再写西奥多·罗伯特·邦迪[①]的故事。37 年前我刚认识他的时候，他既非赫赫有名，也非声名狼藉，可如今他已去世 20 年，却让一代代人为之着迷。之前我为我的第一本著作《我身边的恶魔》写过结语、后记、"最后一章"和"更新——20 年后"这两章，但泰德的故事似乎永远不会终结。我以后仍可能在本书基础上继续增加内容。

有些我在原著中加入的信息被证实是假的——多数研究邦迪的专家认为是民间故事或传闻——但我想对此做出纠正。在佛罗里达州斯塔克市，行刑者拉下电椅的闸刀时，他并没有戴面具，也没涂厚厚的睫毛膏。那是有关泰德的传说的一部分。

在这个全新章节，我新增了一位见证泰德·邦迪之死的人的讲述，而他的话将消除所有的误解。

关于泰德的新消息不断涌现，不断有险些被杀的受害者站出来。有时我很想就此放下，不再想起泰德的事。我必须承认我甚至推迟了这一章的写作。那么我为什么还要写呢？

是因为泰德·邦迪仍让我难以忘却。

如果他在杀了那么多人之后竭尽全力地自救，或者他现在仍被关在监狱里，那么他也是 62 岁的老家伙了。我的孙女如今正是我第一次见泰德时的年纪，而我都已经当上曾祖母了。泰德和他当时的妻子卡罗尔·安·布恩所生的女儿现在 26 岁。梅格·安德斯的那个孩子把泰德当作父亲，如今也快 40 岁了。

被泰德杀害的年轻女子要是活着，都该有 50 多岁了。从他手上死里逃生的那么多潜在受害者现也都五六十岁了。而实际受害的人数根本无从得知。

没有了泰德·邦迪的世界仍在继续运转。但他实在是留下了太多让人无法抹去的伤痕、噩梦和回忆。

泰德并非像犯罪传说中描写的那样英俊、聪明或充满魅力。相反，我在前面提到的那个词——臭名昭著——才是他的代名词。在被怀疑犯下一系列可怖罪行之前，他几乎无足轻重。但当媒体注意到他，他瞬间就具备了这些特质。几十年过去了，泰迪被拔高——或降低——到诸如利奥波德和勒布②、阿尔伯特·德萨尔沃③、威廉·海伦斯④和查尔斯·曼森⑤等十几个为杀人而杀人的狂魔之列。

我一直以为随着时间的流逝，尤其是在邦迪被处决后，他会渐渐被人忘却。然而，他却几乎成了神话。

作为一个渴望写书的低俗杂志撰稿人，我该庆幸我是近在咫尺的目击者，看到了泰德·邦迪是如何扮演"爱杀人的美男子"（某杂志对他的称呼）的。

---

① 西奥多的昵称是泰德，下文中很多情况下会省去中间名罗伯特，直接称其泰德。——译者
② 1920 年代，这两人用 7 个月的时间策划、绑架和杀害了 14 岁男孩鲍比·弗兰克斯，引起社会轰动，被称为"世纪罪犯"。——译者
③ 从 1962 年 6 月到 1964 年 1 月，13 名 19 到 85 岁的单身女性在寓所遭袭击、性侵并被捅死、打死或勒死。1964 年 10 月的一起强奸案让警方找到了德萨尔沃，后者向警方供认自己就是传说中的"波士顿扼杀者"（Boston Strangler），并在 1967 年被判终身监禁。——译者
④ 1945 年 6 月至 1946 年 1 月间，芝加哥及周边地区发生了几起令人震惊的谋杀案，因凶手在作案现场以口红留言，被称为"口红杀手"。海伦斯因盗窃案被捕后，被警方怀疑是"口红杀手"。——译者
⑤ 1960 年代加州邪教组织"曼森家族"的领导人，杀人无数。——译者

然而，我并不感到庆幸。我宁可自己从未写成一本书——更不要说29本——也更愿意泰德的那些受害者还活着。应该说，是泰德的罪行改变了我的生活，为我签下第一本书稿合同打开了大门；但作为一个人，我希望我能回到过去，抹去泰德以及他在全国所犯下的杀戮罪行。要是我有这个能力就好了。但有时候，在过去了这么多年后，泰德·邦迪和他杀掉的数十位受害者似乎只是我的凭空想象。

具有讽刺意味的是，快40年过去了，泰德留给公众的印象仍然是那个相貌英俊而意气风发的连环杀手。现在的年轻女孩——她们的年龄与上世纪70年代的受害者相仿——更觉如此。

我现在仍会收到泰德·邦迪20多岁的粉丝的来信和电邮，对此我毫不惊讶。30年前，我曾目睹佛罗里达女孩在迈阿密法庭外排着队，只希望能在庭审室内泰德身后的长椅上弄到个座位。

当泰德转过身看向她们时，她们就会变得呼吸急促，激动不已。

泰德很享受女孩们的这种反应。在迈阿密的第一次庭审中，他对一切掌控得很好，或者说他认为自己掌控得很好。

不知是何原因，我收到的邮件中，超过平均数量的邮件来自意大利，那里的女性"爱"泰德，还为他的死而伤心。其他的邮件来自美国各州以及法国、瑞典、荷兰和德国，甚至还有津巴布韦和中国。泰德被称为美国的"开膛手杰克"，真正的德古拉，一个天分远高于一般杀人犯的杀手。而这样一来，他对孤独的女性有着异乎寻常的吸引力。

我可能也得负点责任：是不是我把泰德"好"的一面——在我认识他的头3年里所见到的一面——描写得过于美好？的确，当时的他看起来善良体贴、诚实可靠，我并没有注意到他的危险性——并非针对我，而是针对那些符合特征的年轻漂亮的女性。我想告诫读者，邪恶有时会藏在经过伪装的漂亮外表之下；我也很想把他们从暴虐的反社会者手中解救出来。

回想过去，我才明白当时的我是多么天真，我甚至觉得现在的我仍是如此。我还是想解救年轻女孩们，即便再救一个对我来说也很重要。

1980年，我还不太了解精神病和人格障碍之间的区别。我在本书的第一版中写道，泰德杀害了所有这些年轻女性，一定是精神错乱了。我当时真的认为泰德仅仅是精神失常，应该被送进精神病院。

事实证明我错了。我知道他有人格障碍，他这样是不应该任其在社会上自由活动的，但我的认知也仅限于此。我并不为自己的判断失误而感到难堪，事实上，许多采访过泰德的心理学家和精神病医生当时也做出了同样的判断。

泰德并非是精神失常。毫无疑问，他很可能患有自恋型、边缘型和反社会型等好几种人格障碍。有位心理学家把自己对泰德·邦迪的诊断一改再改，她一开始认为他是双向情感障碍，但最终判定为多重人格障碍。我个人并不认同这样的分类，因为哪一种都不符合泰德的行为和特征——除非是硬性归类。

我相信泰德是施虐型反社会者。他从别人的痛苦以及他对受害者的掌控中得到快感，而这种快感会一直持续到受害者死去——甚至持续到死亡之后。他是个孩子，是个少年，是个从未觉得对自己的人生有多少掌控力的年轻人。他选择了一种恐怖的方式来寻求这种掌控力和控制欲。

对他而言，他是最重要的。

有人格障碍的人通常具备分辨对错的能力——但这并不重要，因为**他**是特别的，他值得拥有他想要的，做他想做的。他就是世界的中心，而我们都是无足轻重的纸娃娃。根据法律和医学上的规定，一个精神失常的人不知道对错之分，不会对自己的行为负责，无论其所为多么骇人听闻。

早些时候，我以为泰德会在某个时候因为内疚而坦白交代，但他从未表现出内疚，他没有感知内疚的能力。

只是为了生存。

一些在最后一刻从泰德·邦迪身边逃走的女性对他身上的某些方面感到非常恐惧。她们提前"感知"到了危险，为自己赢得了高喊救命、反抗或逃跑的时间。之后的很多年里，她们对这段遭遇都难以启齿。直到她们步入中年——此时泰德已被执行死刑多年，再不会构成威胁，她们才最终联系了我。

她们中的大多数开始都不敢读这本《我身边的恶魔》，因为她们不想弄清楚原来所有他接近她们——挑上她们——的那些事都是真的。一想到自己曾如此接近死神，就不禁两腿发软。

这就像是刚经历了一场重大事故，死里逃生活了下来，但你不想去想它，直到这次死里逃生过去了很久很久。

在这次对内容进行更新时，我请求一些未遂事件的幸存者允许我加入她们的故事，当事人表示，只要不使用她们的真实姓名就行，对此我也表示理解。

我从寄给我的邮件中读到了上百起相关事件，开始我只选择那些我认为真正与泰德·邦迪接触过的受害者的故事。即便已成过去，我也不得不把那些骇人的回忆过滤掉，否则我就要另写一本书了。

第一个故事来自一位内心深处仍充满着内疚和悔恨的中年女性。她回忆说，1974 年 6 月，泰德当时的目标其实是她，不是乔治安·霍金斯。更糟糕的是，她当时吓得无法动弹，看着泰德抓着乔治安到他的车旁时，乔治安已是奄奄一息。

凯特琳·蒙哥马利给我写了好几封信。她现在已不住在美国西北部，但 70 年代中期她在华盛顿大学学习护理专业。当时她住在一栋寄宿公寓的地下室，恰好正对着 1974 年 6 月 10 日那天乔治安经过的小巷。凯特琳给我寄了一张她自己当年的照片，长得很像斯蒂芬妮·布鲁克斯（化名）。斯蒂芬妮是泰德求过婚的女孩，泰德这么做只是为了可以甩掉她，因为她抛弃过泰德。

"有人一直在往我们窗户里面偷看，"凯特琳回忆道，"我看到那家伙挂着拐杖在我们街区一带出没。我觉得他好像在跟踪我。事实上，那天在乔治安·霍金斯经过那条巷子之前的几分钟，我也经过了那里。天色很暗，我觉得害怕，赶紧跑进了公寓，反锁上房门。

"然后我关了灯，朝窗外望去，见到巷子里有个女孩，后来知道她就是乔治安。"

凯特琳听到一声惊恐的尖叫，她看到挂拐杖的男子靠近那个金发女孩，没听清他嘴上在说什么，然后他一把抓住了女孩的胳膊。凯特琳不确定女孩是否出于自愿，但她能感觉到女孩有点恐慌，因而确定是被那男人逼着走回小巷的。

"我应该想办法帮她的；"她写道，"我应该打电话求救，或是打给警察。但我太害怕了，我就一直盯着看，从那以后我一直在后悔……"

凯特琳·蒙哥马利本人的确就是泰德·邦迪多次作案所选择的那种苗条身材的黑发女孩，而乔治安是金发，她俩都非常漂亮。我不清楚凯特琳究竟是不是泰德最初的目标。这一点只有泰德自己知道——当然，他现在也无法再对此做出解释了。

70 年代的大学区（University District）还是个相当封闭的区域，和 10 年前我读完写作专业的大四时的光景差不多。东西向的第 45 街横穿校园，南北向的是大学路，被称为"大道"。校园以北的几条街道两旁是希腊风格的建筑，而泰德通常就住在大道的西侧，几乎每一条南北向的街道中间都有一条小巷。

我估计泰德经常出入的地方是大道两侧的第 41 街到第 65 街之间。我算不清有多少 70 年代时正好十八九岁或二十出头的女孩告诉过我，在那一带有个开甲壳虫的帅哥一再邀她们搭他的车。当她们拒绝时，他就会表现出强烈的愤怒。

但有些人的遭遇要更加暴力些。以下是我 2008 年 7 月收到的一封电子邮件（经写信人本人同意在此公布信中内容，其中人物为化名）。说来也怪，我早她几年在她那栋公寓里住过一个夏天，公寓就位于大学路以西一个街区。

奥黛丽（化名）写道：

"我今年 53 岁，毕业于华盛顿大学，1973 至 1977 年间住在布鲁克林公寓。我翻阅最近的《华盛顿大学专栏》杂志时，看到了一篇关于你的介绍，其中提到了你的《我身边的恶魔》。"

奥黛丽从没听说过我，她毕业后就搬到了中西部，是从当地报纸上得知了泰德·邦迪所犯的罪行、他被处决的消息以及他的一些故事。奥黛丽决定读一读我的这本书，而此时这本书的第一版已经出版 28 年了。

"直到读到第 98 页，我才意识到自己曾经与他如此接近。你提到了泰德在西雅图地区作下多起谋杀案时他所居住的街道住址，我才第一次意识到他的房子离我的公寓不到一个街区。

"我的室友是一位漂亮的深色头发女孩，而我留着中分的金色长发。一天晚上（1973 或 1974 年），因为室友在护理学校的期末考试中得了高分，我们打扮一番后，决定去霍雷肖饭店吃饭庆祝。我被分配到的停车位是在公寓楼外一个比较奇怪的位置，需要穿过小巷。我们从三楼下来到巷子口时，天色已黑，但我想起自己忘带夜间驾驶镜了，就让室友在那里等我，自己跑上去拿。

"我拿到了。

"当我回到公寓楼下面，拐进街角的巷子时，我看到一个男人用手紧紧掐住我室友的脑袋，而我室友正试图推开他。

"我愣住了，然后发出一声前所未有的尖叫。那声音如此原始如此凄厉，以至于后来从几个街区外过来的几个男人说他们听到了尖叫，知道肯定出了什么事。那人随即放开了我的室友，朝第十二大道跑去，跑到了一座房子的后廊。当他到达门廊时，他转过身来，望向我们。

"我永远不会忘记那眼神和他盯着我们看的样子。当时我吓坏了，一点也没想到这人可能就是泰德。我不知道为什么没有把这事和他联系起来，应该是没看过关于他的媒体报道。

"接下来没几天，就有报道称乔治安·霍金斯失踪了。"

绑架未遂发生的当晚，奥黛丽和她的室友打电话给她们的男朋友，他们马上过去将她俩带到他们的住处。奥黛丽的未婚夫是华盛顿大学的助理教授，力劝她报案，但她没有，因为她觉得并没有发生实质性的罪案。

"我那时太年轻太天真了。"

奇怪的是，在1989年1月泰德被执行死刑的那天清晨，就在泰德死去的那一刻，远在加州的奥黛丽突然从熟睡中惊醒，笔直地坐了起来。

那个发现她那位留着深褐色头发的可爱室友独自待在暗巷里的人是泰德吗？

我觉得是。

奥黛丽又给我写了一封信。我告诉她，我的最终目的是提醒女性防范危险，希望她们能在我的书中读到一些可以用来救命的建议或忠告。

"还有一天晚上，"她写道，"我发现一个男人看着我进了普拉提课的教室，我出去的时候，他还在那儿。于是，我回到教室报了警，请警察护送我离开大楼。那人在警察到来之前走了。但直到53岁的我读了你的书，才意识到这就是那些混蛋的作案手法。"

1998年，一个叫玛丽莲的女人给我写了一封信。1974年，她也住在大西雅图地区。初夏的一天晚上，她在5号州际公路（I-5）上向北行驶，去北大门（Northgate）的一家医院开社工会。

"我下高速时下早了一个出口，"她回忆说，"正在找驶回高速的路，但我只看到一个写着'仅限去温哥华的车辆驶入'的路牌。就在这时，我发现我的车后面有一辆浅色的甲壳虫轿车。当时我已经没了方向感，就在第 65 街向东拐了，而没有向西朝高速公路的方向驶去。我在街上东拐西拐，寻找上高速的标志，但我发现自己只是白绕了一大圈。这会儿我开会已经迟到了，我越来越紧张，街道也越来越窄。

"那辆甲壳虫还在我后面，我非常害怕。这人不可能正好和我一样迷路，并且最后一个转弯根本没有出口——除非倒车。我把车停在了人行道尽头一片杂草丛生的地方，甲壳虫也在我后面停了下来……"

玛丽莲写道，她飞快地将车门锁上，但那个一头棕色鬈发的男人还是将手伸向了车门把手，并透过驾驶座旁的车窗愤怒地瞪着她。

"就在那时，一辆满载高中生的轿车在他后面停了下来。我不知为什么，但可能就是他们救了我的命。这个愤怒的家伙跑回他的车上，催促高中生倒车，然后调转车头开走了。这群孩子给我指出了返回高速公路的路。

"那人就是泰德·邦迪。几个月后，我在《西雅图时报》上看到他的照片时，我认得出他的眼睛。"

2007 年 8 月 10 日，我又收到了一封电子邮件，写信人是 53 岁的贝蒂娜，她在华盛顿州首府奥林匹亚市长大。从 1974 年春开始，泰德在奥林匹亚的华盛顿州紧急事务部工作过几个月。

贝蒂娜在邮件中提到，她确信自己在 70 年代初至中期曾两次遇到泰德·邦迪。

"第一次是我在奥林匹亚上高中的时候，"她写道，"我决定从学校逃课，绕国会湖（Capitol Lake）步行回家。我家在奥林匹亚西边哈里森山的半山处。那天阳光明媚，我在湖边走到一半，一辆甲壳虫轿车在我身边停了下来。车里的人问我要不要搭便车。（那时候我留着中分式长发）我说'好的'，然后就上了车。我的视觉记忆非常模糊，因为我比较害羞，一直没有正眼看他，只是从侧面瞥过几眼。

"但我记得他是一头浅棕色的短发。我不记得车子的颜色了，好像是浅色系的。他问我上哪所大学，我记得我当时有点受宠若惊——他居然会认为我在上大学，然后我告诉他我还是高中生。最后他在我指定的地方把我放下，仅此而已。"

但那个人这下就知道贝蒂娜的住处了。

贝蒂娜第二次见到他大约是在一年半之后。"我辍学了，住在奥林匹亚市中心富兰克林街的一间出租屋。我仍然留着中分的长发。那天的深夜时分，我被敲门声吵醒。门上有窗户，我看见一个警察模样的人站在门口。我记得开门前我朝街上看了看，觉得奇怪的是，我并没看见警车。但我还是开了门，又向外张望了一下，仍然没看到警车。

"我养了一只小狗，这时小狗狂叫个不停，但这位'警察'说他接到邻居的举报（我住的地方街对面是一个教堂的大型停车场，并没有别的房子）。他指了指街对面，说有人看见一个长头发的女孩离家出走，进了我的房子。

"我当时上了一头发卷，戴着发帽，我说，'嗯，我是长头发，但我不是离家出走的人，我住在这里。'他似乎对离家出走这一点很确定，并一直描述是长发，但我的狗发疯了似的狂叫，而我只想结束整个谈话。于是我告诉他找错地方了，便关上了门。仅此而已，而我自始至终没见有警车开过，整件事很怪异。"

贝蒂娜说她已经很多年没想起过这两件事了，直到她读到一篇关于泰德·邦迪的文章，上面还附有他的照片。

"'天哪！'我突然意识到我那次从学校回家搭的就是泰德·邦迪的车。我非常确定就是他。我又想起那次深夜没有警车的'警察'上门一事，意识到那人也是他。他那时一定是盯上我了。

"这事过去太久，我也没什么感觉了。但一想到如果我当时没顶着一头发卷，要不是我的小狗狂叫个不停，情况可能就不一样了——我可能是他'名单'上的一个。"

我继续源源不断地收到上世纪 70 年代生活在华盛顿州的女性发来的电子邮件，我预计在《我身边的恶魔》的最新版本上市后，还会收到更多的邮件。有些女性会误认为那些曾经吓到她们的男人就是邦迪，但我通常可以根据她们提供的日期和地点来进行辨别区分。有些给我写邮件的人想象力过于充沛，我通常也能看得出来。但她们中的很多人的确是实实在在的目击者。

其中一位女性的回忆让我感觉可信度很高。1974 年那会儿，特蕾莎是盐湖城的一名大学生。那年秋天，泰德从西雅图搬到这座摩门教城市，就读于法学院。特蕾莎和另外几个女生一起住在一个大的出租房里，这情况与琳达·安·希利非常相似，后者同年 1 月失踪前也在华盛顿大学附近与几个朋友合住。

"那年秋天，有个偷窥者盯上了我们，经常从窗户往里看。"特蕾莎说，"一开始，我们只觉得有人在偷看我们，后来我们发现那人就在楼下的窗户外面。我们还发现，有迹象表明那段时间有人一直待在地下车库里。"

当特蕾莎和她的室友们终于逮到机会看清了这个天黑后站在灌木丛中时隐时现地窥探她们的人时，她们都记住了他的面部特征。

特蕾莎回忆道："警察没有发现任何可以辨别出他身份的东西，于是告诫我们一定要非常小心，要锁好门。我们也的确如此。但是当 11 月天气变冷时，我们听到从地下室传来的声音。最糟糕的是，有天早上我们发现有人在窗外大便，那人一直注视着我们。但他随后离开了，再也没有回来。"

1975 年夏天，泰德·邦迪被盐湖县的警探逮捕了，他的照片出现在了盐湖城和西雅图的各大报纸上。特蕾莎和她的朋友认出了他的脸。他就是她们从窗户里看到的那个人，他在地下室里留下了空的金枪鱼罐头盒，在她们院子里大小便的那个可能也是他。

这些年来，我收到了很多来自犹他州的信件和电子邮件，甚至还有更远的地方的人与我联系。无论它们来自哪里，考虑到泰德·邦迪经常游走于美国和加拿大，这其中的有些回忆在 30 年或更长时间后仍可能是真的。我们知道泰德去过新英格兰、宾夕法尼亚、密歇根、芝加哥、整个东海岸、俄勒冈、加利福尼亚、爱达荷、科罗拉多、犹他和佐治亚等许多地方。他的出行有时是出于对共和党的忠诚，有时则是因为个人原因。

我从不因为邮件是来自美国东海岸的而拒绝与人交流，因为我知道泰德·邦迪很可能曾经去过那里。

2007 年 4 月，我收到了一位席沃安女士写来的邮件，内容和我收到的大多数"邦迪目击者"所述很像，但席沃安住在新泽西州。

席沃安写道："那时候我 16 岁，住在新泽西州的林登，在一家婚纱出租店工作，常乘坐 44 路公交车从一号公路（Route 1）到伍德大道。直到读了你的书，我才知道我坐过泰德·邦迪的车。那天下着倾盆大雨，我的伞被吹了个底朝天，浑身湿透了。红灯亮起的时候，一辆金色大众停了下来，［司机］摇下车窗，是位长相英俊、衣着考究的男士。他对我说：'上车吧！你都湿透了。不必客气。'

"我有点担心，因为通常不随便搭别人的车，但我那时实在是又冷又湿。有那么一瞬间，我还在想：哎呀，这么一个好看而又穿着讲究的男人，怎么也得开林肯之类的车吧。

"我上了车，对他说：'路口红绿灯处左转。'他照做了。我接着说：'到伍德大道右转'。当我们靠近伍德大道时，他却左转了。我心里一颤，意识到这个人对这一带是熟悉的。他把车子开到了第 16 街，那可不是个安全的地方，你明白我的意思。他停车的地方是个公园，车一停下来，我就拿伞猛戳他，还骂了句'混蛋'，然后飞快地下了车。我不得不从一个让我害怕的街区一路走回一号公路，倾盆大雨还在下着。

"几年后，我看到了泰德·邦迪的照片，非常确定那次碰到的人就是他。我和一些人说过这事，不管他们是相信我，或是认为我有病，我当时只是想倾诉一下。

"我的女儿们笑着说：'我妈妈逃出了泰德·邦迪的魔爪！'而我认为的确如此。"

席沃安不确定这事是发生在 1974 年还是 1975 年，但她确信肯定不是冬天。是否真如她所说她从泰德·邦迪手下逃过一劫？我不知道。但对于泰德来说，那的确是他"频繁活动"的几年，可惜我无法对他去东海岸的所有行程进行详细追踪。

我倾向于认为席沃安遇到的人并非泰德，但不敢笃定。

另一封来自东海岸的电邮同样令人生疑，但也存在一定的可信度。

早在我见到泰德·邦迪之前，他就是个共和党事业的积极分子了，这为我了解他的行踪提供了便利。1968 年夏天，泰德去了佛罗里达州的迈阿密，那次旅行是他为纳尔逊·洛克菲勒竞选效力而赢得的。那年夏天，他还在位于加州帕洛阿尔托的斯坦福大学修了一门汉语强化课程。1968 年秋，他受雇在阿特·弗莱彻竞选华盛顿州副州长期间担任其司机和保镖。1969 年初，泰德再次来到东部试图寻根，一如我之前所说，此行他去了佛蒙特州的伯灵顿和费城。那么，泰德是否在 1968 年或 1969 年去过纽约州呢？很有可能，而且这应该就是芭芭拉认为她见到泰德的时候。

"我妹妹和我都确定，1968 年夏天，我们在纽约州的中部地区见过泰德·邦迪。我们当时在州立公园参加公司的野餐会。我们是来自中产阶级家庭的女孩，留着中分的长发。他说他是个赛车手，一条腿受过伤。他开的是大众汽车。我们从小生活在沃特金斯格伦赛车场一带，全家都对赛车有浓厚的兴趣。当时，他提出要我去给他弄点吃的，但这样就会留下我妹妹一人和他一起，因此我拒绝了。

"后来，我父亲过来了，马上就让那人走开。父亲打发我们去母亲那里，然后对那人说了些严厉的话。父亲没告诉我们具体和他说了什么，但那天晚上和我们进行了长谈。

"80 年代初，我妹妹从办公室给我打来电话，问我有没有看报纸。我买了一份，马上给她回了电话。我们都立刻认出了他。我不知道泰德·邦迪那时候是否已经在找机会对年轻女孩下手，但那次经历确实使我变得更加谨慎，而且在我女儿和侄女的成长过程中，我也一直告诉她们要警惕陌生人——尤其是**长相不错**的陌生人。

"我们一直在想这件事，也感激父亲的管教。（我家有 5 个女孩，他一定快被逼疯了！）"

的确，泰德有可能——甚至很可能——是在去佛蒙特州伯灵顿的路上经过纽约州的沃特金斯格伦镇。但那应该是在 1969 年的春天。记忆可能会出错，毕竟在 40 年后回忆某个确定的年份实非易事。

我觉得当时才十几岁的芭芭拉和她妹妹可能确实见到了泰德·邦迪。

在我写下这些幸存者的回忆时，我希望细心的读者能注意到她们**为何要这么做**。

她们尖叫。

她们反抗。

她们当着陌生人的面砰地关上了门。

她们逃跑。

她们对花言巧语起疑。

她们发现了那些说辞中的破绽。

她们很幸运，有人站出来保护她们。

几年前，我在田纳西州的一次预防强奸大会上听到一个真人真事，至今难忘。事情里面没有提到泰德·邦迪，但也可能与他有关。与会的几名警探曾逮捕过一名男子，罪名是强奸和谋杀多名年轻女性。疑犯愿意接受警方的问话，最后供认不讳。警探对他的供词描述如下：

他设法引诱年轻女子上他的车，而她一旦上车，他就拿刀抵着她的肋骨。"我告诉她，如果她敢叫喊，我就从这里刺进去要她的命。"

他们行驶在一条四车道的公路上，到红灯处不得不停。这时，一辆从右边车道驶来的警车也在红灯前停下。那是个非常暖和的夜晚，仍然灯火通明，两辆车的窗户都开着。被抓的女孩本可以伸出手去触碰警车司机的车窗，但她感觉到刀子更有力地抵在她胸部，并听到他说："如果你说话，或者喊救命，你就死定了……"这个插曲前后持续了不到一分钟，受害者一直没敢出声。

"那辆警车就这么往前开走了，"嫌犯说，"我左转，开了大约半英里的路，拐进另一条路。我强奸了她，然后把她杀了。"


## 第二部分

1989 年 1 月 24 日，泰德·邦迪在雷福德监狱被送上电椅时，我并不在佛罗里达州的斯塔克。电椅又叫"老斯巴基"（Old Sparky），按照监狱里流传的说法，它的材料来自一棵老橡树，1924 年由雷福德锯木厂和木工坊的囚犯制作而成。它并不是万无一失的，有时会烧掉坐在上面的被定罪凶手的皮肉和头发，而且很多情况下，需要不止一次的电击才能执行到位。

1986 年，美国已有 19 个州改用被认为"更人道"的注射死刑。

但是老斯巴基并未退休，它面前还有要被处以极刑的人在等着。

出于某种原因，直到本周之前，我都没有去跟处决泰德那天在行刑室和走廊上的任何人私下交谈过。我可能是一直在回避或拒绝知道泰德在生命最后时刻的所有细节。

然后，在 2008 年夏天，我收到了佛罗里达州牙医阿瑟·伯恩斯寄来的一个 9×11 英寸大小的信封。伯恩斯的搭档克拉克·霍歇尔那天不仅出席了泰德的行刑仪式，并且位置离得很近，当电流流过泰德身体时，他的膝盖距离泰德的膝盖仅 3 英尺。伯恩斯随信附上了克拉克·霍歇尔的一篇扣人心弦的文章，描述了他在 1989 年 1 月的那个早晨听到的、看到的、闻到的以及经历的一切。

伯恩斯医生和霍歇尔医生都曾帮忙辨认过 12 岁的金伯利·戴安·利奇的遗体。小姑娘来自佛罗里达州的莱克城，是泰德·邦迪的最后一个受害者。虽然在官方鉴定文件的表格上签名的是伯恩斯医生，但打开装有金伯利头骨和下巴的小木箱的却是霍歇尔。

佛罗里达州第四巡回法庭的验尸官彼得·利普科维奇请来了霍歇尔，让他以法医牙医学的专业背景找出真相。通过解剖鉴定、牙齿骨骼成分和 X 光检查，霍歇尔就可以根据牙齿的大小、位置（甚至是乳牙）来确定是否与金伯利·利奇牙科诊疗记录相吻合。具有讽刺意味的是，金伯利在失踪前不久刚拔了牙。

父母对她一向是精心呵护。

对克拉克·霍歇尔来说，这并非一项容易的任务。他自己的女儿维多利亚和金伯利·利奇同龄，因此总会禁不住地拿她俩比较，想知道金伯利的家人怎么能承受这样的悲剧。

肯·罗宾逊是佛罗里达州的公路巡警，是他在苏瓦尼州立公园附近的猪圈里发现了金伯利的尸骨。他也和霍歇尔一样，为有人如此对待一个七年级的孩子感到愤怒，同时又为来不及挽救她的生命而感到无力。

我怀疑外行很少能理解，当执法人员、法医专家和检察官们发现案件受害者是最脆弱的群体——孩子时，内心会是怎样的痛苦和悲伤。

克拉克·霍歇尔写道："我是第一个到达西奥多·罗伯特·邦迪行刑现场的见证人。"又在后来我和他通电话时补充道："我到达的时间大约为凌晨3点。月色透过云层，像是天空中开了个舷窗。正门边上有个显眼的塔哨俯瞰着整个草坪，草坪修剪得颇为齐整，底下是三片不同区域，每个都被铁丝网环绕，外围是10英尺的高墙，给人一种密不透风的感觉。"

其他的官方见证人在早上5点左右到达。霍歇尔十多年前就在期待这一天。"从专业角度讲，邦迪案将会成为我的法医生涯中最重要的案件。"

克拉克·霍歇尔医生、州警肯·罗宾逊和检察官杰瑞·布莱尔被安排坐上了第一辆面包车，送往矮矮宽宽的死刑室。在此之前，他们和其他见证人及政府官员在监狱吃了囚犯准备的早餐。

要是在其他场合，熏肉、鸡蛋、玉米粉、薄煎饼和咖啡等食物气味通常会很诱人，但他们的盘子被撤走的时候，食物几乎都没动过。

"我吃不下，"霍歇尔对我说，"我一点胃口也没有，其他人也没胃口。招待得很好，但一想到接下来要发生的事……"

霍歇尔医生坐在雷福德监狱的一位心理医生边上。

"我问他，对邦迪这样的人是否还有其他有效的治疗方法。

"他停了一会儿，说：'只能用大锤把他砸成两半了。'"

面包车队排成一列，准备驶过一片草地。霍歇尔的口袋里带着一枚金十字架。

当他、罗宾逊、布莱尔一进入观看区，他们仨就冲到了前排。克拉克·霍歇尔选择了正对电椅的位置，透明玻璃做的护墙板把见证人和死刑室隔了开来。

"杰瑞·布莱尔坐在我左边，肯·罗宾逊在我的右边。"

不知不觉地，12把椅子就坐满了，随后进来的人，都陆续站到了走廊的浅色功能墙边。

"邦迪的两个手腕都被铐上了T形手铐，由警卫拉着从电椅后方的一个入口走了进来，被拽进门的时候他一直在摇头，整个身子都在发抖。"

泰德一直在挣扎不肯上电椅，但他最终被制服了。

霍歇尔在文中没有提及任何有意义的囚犯临终遗言，他的进一步描述几乎都是临床角度的，那个情景刻在了他的记忆深处。

"邦迪显得焦躁不安，眼睛到处乱看，直到他的头被固定到一个一面平一面带棱角的枕头上，一条皮带从他下颚的右下方斜穿过他的脸，紧紧地固定在左耳上方。这带子从侧面挤压他的鼻子，把左边的上下眼睑都挤到了一起。他的右眼是睁着的，直视前方。

"我和我们这个时代最令人发指的性掠夺者之一四目相对。我盯着他的右眼，看到他蓬头垢面，眼神中充满了野性的恐惧，但没有眼泪。邦迪的头部被固定好后，一条叠好的湿毛巾放了上去，然后一顶带有螺栓状电极的铜质头盔套到了他的头上，铜电极上接着一根电线。头盔的其中一部分是皮质的面罩（类似于使用碾磨机时戴的面罩，只不过塑料换成了皮革）。"

泰德·邦迪还有一次机会，行刑前的最后一通电话可能会让他获得再次延期的机会。电话就装在电椅后面的墙上，边上是打开电源的手柄。

电话铃响了。有人去接了，摇了下头，然后，霍歇尔感觉就在"百万分之一秒"之间，站在电椅后面的狱警推上了手柄。

"他们不想再给他时间了。他们一听说没有来自州长的消息，就立刻动手了。"

与此相反，报道称3名蒙面的"行刑人"分别按下了一个按钮，这样就没人知道究竟哪个才是真正的按钮，而克拉克·霍歇尔对此表示否认。"椅子后面只有一个电源手柄。"

"电流穿过邦迪的身体，和被束紧的身体之间展开剧烈的对抗。"

霍歇尔写道，"他的指甲开始发青。讽刺的是，据说泰德最喜欢的颜色就是他'目标'的嘴唇和指甲上的这种青紫色。"

我问克拉克·霍歇尔房间里是否有什么声响。

"哦，有的，一种电流的嗡嗡声，感觉像是把空气中的所有能量都吸走了，就那么猛地一下，然后就什么声音也没了。行刑结束后，我第一眼就看见了邦迪那紧紧绑着接地电极的右小腿处冒出了浓烟。"

一名监狱医务人员从泰德的脸上扯下了皮面罩。

克拉克·霍歇尔继续回忆道："这时我再次直视邦迪的右眼。瞳孔不动了、已经放大、一片浑浊，对光毫无反应。他们又做了一些例行公事的评估，作为证实邦迪已死的记录。"

当强大的电流穿过泰德的身体在房间里咆哮时，霍歇尔下意识地摸了摸自己的金十字架。

肯·罗宾逊注意到了他的这个动作，问道："这是为谁?"

"当然是为她。"他俩都认为应该以命抵命。霍歇尔在观看区外面的走廊里转身对着罗宾逊。

"如果你当时发现了他，在猪圈那里抓了他，我们今天还会在这里吗?

"不会。"罗宾逊说。如果他们中的任何一个在检查金伯利的遗骸时抓住了泰德·邦迪，他们可能很难控制自己不先掐死他。

可是，泰德居然又多活了 11 年。

但不会再多活了。

我问起克拉克·霍歇尔的女儿维多利亚的事，她和金伯利同龄，现在 40 出头。

"她很好，很幸福，"他说，"她有 6 个孩子，日子过得不错。"

我们俩心知肚明，都没有继续说下去。

要是……就好了。

## 第三部分 关于泰德·邦迪的常见问题

我每周都会收到询问泰德·邦迪之事的邮件，其中有些问题被反复问及。我会尽我所能去回答，但这些也只是基于我这些年中所了解的情况而得出的个人观点。

### 泰德的生父是谁？

这一点从未被实打实地确认过。他的母亲埃莉诺·路易丝·考威尔只说泰德的父亲是一名"水手"，他的出生证明上写着他的父亲是劳埃德·马歇尔，30 岁，空军退伍军人，毕业于宾夕法尼亚州立大学。杰克·沃辛顿这个名字也在他父亲的名字一栏出现过。1946 年11 月 24 日，泰德出生在佛蒙特州伯灵顿的"伊丽莎白·隆德未婚母亲之家"，他的出生证明上印着"非婚生"的字样。

很多人感觉泰德是他那脾气出了名暴躁的外祖父和母亲乱伦生下的孩子。据我所知，血液标本从没证实或推翻过这一点，而 DNA 检测技术是 50 年后才有的事。泰德用过很多名字：考威尔、纳尔逊、邦迪，他在逃亡期间为了隐藏身份还盗用过很多人的名字。

### 泰德·邦迪真的在监狱服刑期间当了父亲吗？

是，我相信是的。一位经常去佛罗里达州斯塔克市的雷福德监狱探监的人告诉我，上世纪 80 年代初，因犯们集资贿赂狱警，让他们有时间单独与女性访客亲热。不管轮到谁，都可以有足够隐蔽的空间和时间让妻子或女友怀孕。另外，据说卡罗尔·安·布恩所生的女婴与泰德长得很像。

### 卡罗尔·安·布恩和她的女儿现在在哪儿？

我一直努力回避任何关于泰德前妻（两人在泰德被处决前离婚

了）和孩子的消息，觉得只要我不知道，我就永远不会在媒体上无意间泄漏有关她们隐私的任何细节。我听说泰德的女儿是一个善良聪明的姑娘，但我不知道她和她母亲现在住哪儿。她们受的苦已经够多了。

### 梅格·安德斯和她女儿——70 年代把泰德当父亲的小女孩——如今在哪儿？

我也尽量不去了解梅格和她女儿的情况。她女儿现在大概 40 岁。梅格多年前化名为"伊丽莎白·凯尼恩"写了本书，题为《魅影王子：与泰德·邦迪一起的日子》（*The Phantom Prince: My Life with Ted Bundy*），由西雅图的一个小出版社出版，现在出版社已经倒闭，此书也已绝版多年。令我感到惊讶的是，最近我接到了梅格的女儿莉安·安德斯（化名）打来的电话，原来泰德给她的精神伤害很大。莉安说她对泰德所杀害的那些年轻女孩总有一种挥之不去的内疚感，好像她有什么方法可以阻止他去杀人。我告诉她她不需要为泰德的所作所为负任何责任。在事发的时候，她还只是个小女孩，一个曾经爱他信任他的小女孩。也许有一天，她会把这些感受写下来，我希望"伊丽莎白·凯尼恩"能看到她的书被再版了。

### 泰德·邦迪可曾洗清过谋杀嫌疑？

官方的话，也许有过一两次吧。我相信 1973 年 12 月是泰德在大学区接走了凯瑟琳·梅里·德文之后将其杀害，她的父母和许多警探也认为是泰德干的。但是，因为她的谋杀案一直没有告破，有个"蛰伏"的嫌疑人 28 年来一直被华盛顿州瑟斯顿县警长手下的探员监视着。这人名叫威廉·E. 科斯登，在马里兰州有强奸案前科，还有一次被指控强奸和谋杀，但最后被判无罪。

2002 年 3 月，从凯瑟琳·梅里的身体和衣服上提取的 DNA 与科斯登的进行了比对，结果完全吻合。科斯登以为自己可以潇洒脱身。当时，他去奥林匹亚市看望开加油站的亲戚，这个从西雅图搭便车过来的 14 岁女孩也刚好在此下车。他就在加油站遇到了她，而她相信了他。

科斯登现在被妥妥地关在了监狱里。

**泰德·邦迪到底是不是个好人？**

不是。

**和泰德·邦迪待在一起，尤其是单独和他在危机诊所时，你害怕吗？**

再说一遍，不害怕。我一直都以我能够觉察他人的反常行为而自豪，这既是天生的能力，也仰赖于后天的经验和训练。但是有很长一段时间我都暗暗自责，因为我从泰德的外表上没看出任何的威胁或让我不安的东西。他对我很好，也关心我的安全，还似乎很善解人意。

我唯一的线索是我的狗。它喜欢每个人，但完全不喜欢泰德。每当他在危机诊所俯身靠向我的办公桌时，狗就会咆哮，后颈上的毛也竖了起来。

从中可以学到的一点是：请多注意你的狗！

**你难道不认为泰德·邦迪应该被改判终身监禁，让精神病医生去研究吗？**

不，我不这么认为。泰德会想办法再次逃跑，并且会变得更加危险。他骗倒了很多聪明而有经验的人（包括我在内），他完全有这个能力。这样做实在太冒险了。

**泰德的智商是多少？**

根据韦克斯勒-贝勒维智力量表，泰德的智商是 124。这个水平足够从大学毕业或取得更高的学位了，不过他从未做过天才级的智力测试。

### 泰德·邦迪葬在哪里？

除了他最亲近的人，没人知道。尸体被火化了，他要求把骨灰撒在华盛顿州的卡斯卡德山脉。这可能是个明智的选择，因为坟墓的辨识度比较高，随时可能被人损毁泄愤。

### 你爱上泰德·邦迪了吗？

没有。谢天谢地，除了朋友这层关系，我从未对泰德产生好感。70 年代以及之后很长一段时间，我跟一名凶杀案警探相爱。今年我收到一个女生发来的邮件，非常震惊地得知她的教授告诉她们班同学：泰德和我相好，还打算和我结婚。这纯属谣言，我必须立即跟进处理！在我的编辑的帮助下，我们在 eBay 上找到一则广告，是卖我的某本书的二手货的。卖家在书评中漏了两句话，使得它的意思完全变了。在提到卡罗尔·安·布恩与泰德的关系时，错用了我的名字，而且还在许多网站上传来传去。这实在太尴尬了，完全不对。

### 泰德·邦迪真的疯了，是吗？

不，他没疯。请参阅本章第一部分。

以下内容摘自昨天收到的一封电子邮件：

"我在很多报纸上读到，1986 年 7 月，邦迪的死刑在行刑前 15 分钟被暂停了。同年 10 月，在行刑前 7 小时又被暂停了。这些报道究竟是真的，抑或仅仅是媒体的炒作？此外，如果泰德·邦迪当时只剩下 15 分钟或 7 小时的生命，为什么到 1989 年 1 月他才认罪？是他的律师们向他保证他不会被处决吗？为什么他在1986 年选择等待而没有亮出这张王牌？他是如何知道自己不会被处决的？"

首先，1986 年 7 月行刑前 15 分钟，他并没有出现。事实上，不是 15 分钟，而是 15 小时。同年 11 月，他的确在行刑前 7 小时里出现了，那次他的律师提出了 18 项上诉。我想他可能觉得自己所向无敌，总能再弄到一次（延期）机会。不过，他不可能百分百地确信自己每次到现场都不会坐上电椅。

他冒了个险，结果又如愿了。然而，无论是我或是其他人当时（或现在）都无法说出泰德的想法。

这就引出了下一个最为普遍的问题：

**泰德·邦迪究竟是什么样的人？**

我不知道。他在不同的人面前有不同的面目。他既是演员又是骗子，既是小偷又是杀手，他还是个阴谋家、跟踪者，甚至是个魔术师，他挺聪明，但并非才华横溢，他注定在劫难逃。

我想连泰德自己都不知道他是什么样的人吧。

接下来，我们来讲讲这个叫泰德·邦迪的男人的故事，从头讲起。

——安·鲁尔，2008 年 9 月

# 前言： 1980

　　6 年前我开始写这本书时，完全是因为另一项工作的缘故，那是我作为一名犯罪新闻记者对一系列漂亮女孩被谋杀的悬案的记录。就其本质而言，这本书应该是客观而不带感情色彩的，是广泛调查的结果。当然，我的生活并没有卷入其中。然而，这本书已经演变成一本极具个人色彩的书，讲述了一个关于特殊友谊的故事，它在某种程度上超越了我的研究所得出的事实。随着岁月的流逝，我逐渐了解到，在不断蔓延的警方调查的漩涡中，我发现那个陌生人其实一点也不陌生。他是我的朋友。

　　写一本有关某个不知姓名的凶杀嫌疑人的书是一回事，但写一本关于你认识并关心了十年之久的人的书，就另当别论了。然而，在我身上发生的事便是如此：我签下这本书的合同之后过了好几个月，泰德·邦迪被指控为十多起凶杀案的主要嫌疑人。因此，我的书不会是关于报纸上某个身份不明的名字，也不是关于生活在西雅图地区 100 多万人中的某个无名之辈，而是关于我的朋友泰德·邦迪的。

　　我们本来可能根本不会遇上，因为无论是从逻辑还是统计学，抑或是人口统计学上讲，泰德·邦迪和我相遇并迅速成为朋友的可能性都小得难以想象。我们很多时候都待在同一个州，但我们之间的 10 岁年龄差距使得我们一直没有见过面。

　　1971 年我们遇上时，我快 35 岁了，身材丰满，是 4 个孩子的母亲，正准备离婚。而泰德 24 岁，长得帅气阳光，是华盛顿大学心理学专业的一名大四学生。每周二在西雅图危机诊所值晚班的机会，让我们成了危机热线上的合作伙伴。默契——几乎是瞬间的默契——使我们成了朋友。

我当时是接电话的志愿者，而泰德是来勤工俭学的学生，每小时挣 2 美元。他很想上法学院，而我希望刚刚起步的自由撰稿人职业能够发展成可以维持全家生计的全职工作。我在华盛顿大学取得了创意写作学士学位，但直到 1968 年才成为《真探杂志》（*True Detective Magazine*）及其姊妹刊物（都是专门写基于真人真事的侦探故事的）驻西北地区通讯员之前，我几乎没怎么写过东西。我负责采写的是从俄勒冈州尤金市到加拿大边境地区的重大犯罪事件。

事实证明，这是一个非常适合我的工作领域。20 世纪 50 年代，我是西雅图的一名女警。如此一来，我对执法的兴趣和我的写作教育背景便有效地结合了起来。此外，我在大学期间还辅修过变态心理学，后来又获得了警察学的副学士学位，所有这些使我能够将一些专业知识用到撰写有关科学角度的刑事调查进展的文章上。到 1980 年，我已经报道了 800 多起案件，以凶杀案为主，范围覆盖整个西北海岸，我也因此赢得了数百名凶杀案警探的信任，其中一人对我的表扬甚至让我感到不安，他说："安，你简直就是干警探这行的。"我相信是出于对法律的共同兴趣将我和泰德吸引到了一块儿，并为我们之间的讨论提供了一些共同话题。但总觉得还有些别的东西，某种转瞬即逝未来得及捕捉到的。泰德本人曾在从监狱牢房（他在很多牢房待过）寄来的信中提到过这一点：

"你称之为因果报应。可能吧。然而，不管是什么超自然的力量在指引着我们的命运，它确实让我们在有些时候想到了一块儿。我必须相信，这只看不见的手会在未来某些不那么危险也更为平和的时刻为我们斟上更多冰凉的沙布利干白。爱你的。泰德。"

这封信上署的日期是 1976 年 3 月 6 日，那之后我们再也没有在监狱的围墙外或戒备森严的法庭之外见过面，但我们俩之间依然保持着某种奇怪的联系。

所以无论何时，泰德·邦迪始终是我的朋友。多年来，我对他的事一直无法放下，总希望所有的影射都不是真的。很少有人会理解我的决定，而我也相信这可能会激怒很多人，但我还是认为泰德·邦迪的故事必须讲出来，而且必须完整地讲述出来，看看1974年至1980年这段可怕岁月中是否还能找出一些温暖的善意。

很长一段时间以来，我对泰德的矛盾情绪都困扰着我。作为一名职业作家，可以说我得到了一个终身难逢的好故事，一个任何作家都渴望得到的故事。大概没有其他作家比我更了解泰德的故事的方方面面了。很多个漫长的夜晚，我都真切地希望事情会有所不同——我多么希望我所写的是个完全陌生的人，他的一切期盼和梦想也都和我无关。我还想回到1971年，抹去所有发生的一切，还把泰德想成是我当时认识的那个开朗的带着微笑的年轻人。

泰德知道我在写这本书。他一直都知道，但还是继续给我写信和打电话。我猜他知道我会尽力展现一个更为全面的他。

泰德身上有很多标签：完美的儿子，优秀的学生，长大成人的童子军，天才，影视剧偶像般的帅小伙，共和党队伍里的明日之星，善解人意的精神病院社工，初出茅庐的律师，值得信赖的朋友，未来必定会功成名就的年轻人，等等。

可以说他具备以上的所有特质，也可以说他一项都不符合。

泰德·邦迪这人根本没有任何套路可循。你不能看着他的材料，然后说："看，他一定会成为这样的人。"

事实上，一切都让人看不懂。

——安·鲁尔，1980年1月29日

# 第一章

1978年1月8日星期天，黎明时分，几乎没人注意到有个年轻人走出了佛罗里达州塔拉哈西的Trailways大巴站。他看上去就像个大学生，也许稍显老成些，但是他混在开学第一周佛罗里达州首府刚迎来的3万名学生中，毫无违和感。他本就是这么计划的，校园的氛围给人一种家的感觉，让他觉得轻松自在。

事实上，这差不多是他在美国境内尽可能离家最远的地方了，而他也已经计划好了，就像他凡事都会先做一番计划那样。他已经做到了别人不可能做到的事，如今他有了个新名字，一份设法"偷来的"个人履历，以及一种完全不同的行为模式，即将在这里开启新的生活。经过这一系列的策划，他很确信这种令人陶醉的自由生活将永远延续下去。

在华盛顿州、犹他州或科罗拉多州，即便是最漫不经心的媒体观众或读者，都能立即认出他。但在佛罗里达州的塔拉哈西，他是无名之辈，一个总是面带笑容的英俊小伙。

他以前是西奥多·罗伯特·邦迪。但泰德·邦迪这名字将不复存在，现在他叫克里斯·哈根，在决定使用另一个名字之前他都是克里斯·哈根。

他已经在寒冷的环境中待得太久了。在一个寒冷的夜晚，他从科罗拉多州格伦伍德斯普林斯市的加菲尔德县监狱成功逃脱。在寒冷的新年第一天，他在密歇根州安阿伯市的酒馆里跟大伙儿一起为电视上的玫瑰碗橄榄球赛加油呐喊。他实在觉得冷，于是决定一路往南。只要太阳热烈，气候温和，有大学校园，具体去哪个城市并不重要。

他为什么会选择塔拉哈西呢？纯属偶然的可能性比较大。回望过去，我们会发现通常是那些偶然的选择最终导致了悲剧的发生。他迷上了密歇根大学的校园，完全可以留在那里。他在监狱里藏匿起来的钱足够多，所以住得起基督教青年会 12 美元一晚的房间，但密歇根1月的夜晚可能会冷得让人无语，而且他也没有足够暖和的衣服。

他以前去过佛罗里达。当时他还是共和党的一名精力充沛的年轻积极分子，他获得的奖励之一是一次旅行——去参加 1968 年共和党的迈阿密代表大会。但在密歇根大学图书馆查阅了大学目录之后，他觉得迈阿密并不是他会考虑的城市。

他看了一下位于盖恩斯维尔的佛罗里达大学，很快也决定不予考虑。盖恩斯维尔周围没有水，而且，正如他后来所说："地图上看着总觉得不对劲——我猜是种迷信想法吧。"

相反，塔拉哈西却"看起来很不错"。他在华盛顿的普吉特湾一带度过了一段很好的时光。他喜欢看到水，喜欢闻到水的气味：塔拉哈西位于奥克洛科尼河一带，这条河一直通向阿巴拉契湾和墨西哥湾。

他知道他再也不能回家了，但佛罗里达州的一些印第安名字倒让他怀念起华盛顿州那些以西北部落的名字命名的城市和河流。

那就定在塔拉哈西吧。

他在外舒舒服服地游历直到元旦那天。逃出来的第一晚有点艰难，但光是可以自由行走这一点就很值了。他在格伦伍德斯普林斯的街上偷了辆破旧的汽车，他知道这车可能过不了通往阿斯彭的那个满是积雪的山口，但他没有别的选择。从维尔开出来 30 英里（离阿斯彭还有 40 英里）后，车子就动不了了，一个好心人帮他把车推下了公路，让他搭车回到了维尔。

从维尔出发，坐上去丹佛的巴士，然后打出租车到机场，再直飞芝加哥。等他们发现的时候，他早已跑远了。但他从小就没坐过火车，最后选择坐火车去安阿伯市。他很享受坐火车的旅途，两年来第一次在休闲车厢①里喝酒，想象着那些追捕他的人在离他越来越远的雪堆里搜寻他的踪迹。

到安阿伯市后，他清点了身上的钱数，意识到自己得省着点花了。离开科罗拉多州之后，他一直都循规蹈矩，但他决定再偷一辆车，觉得应该无妨。最后，他把车停在了亚特兰大的一个黑人区，没拔车钥匙就走了。没人会把这事和泰德·邦迪联系起来，甚至连刚刚把他列入十大通缉犯名单的联邦调查局（泰德认为这是个被大大高估了的机构）都不会想到。

他坐着 Trailways 大巴抵达了塔拉哈西市中心。下车时他吓了一跳，差点以为撞见了他在犹他州监狱里认识的一个人。那人只是盯着他看了一会儿，他也意识到可能是自己多疑了。当时的泰德身上没多少余钱坐车到更远的地方，而且他还得考虑租间房。

他喜欢塔拉哈西，认为那是个完美之选：星期天早上，整个小镇静悄悄的，一片死寂。他走到热闹的杜瓦尔街，天气很暖和，空气中弥漫着令人愉悦的香味，这才是开启新的一天的完美方式。他像一只归来的信鸽，目的地是佛罗里达州立大学的校园。校园位置不难找，从杜瓦尔街可以抄近路直接到大学，然后他右转，沿路看到了正前方的州政府新旧两栋大楼，再往前，就是大学校园了。

停车带上种着他熟悉的山茱萸树，但其他植物都很奇怪，和他家乡的大不相同，有活橡树、水橡树、沼泽松、海枣树和高耸的枫香树等。整个城市似乎都掩映在树荫里。1 月的枫香树枝干光秃秃的，乍一看有点像北方的冬天，但其实气温已接近 70 华氏度了。

这里独特的风景让他感觉更安全，仿佛所有不好的时光都已过去，似乎过去 4 年里发生的一切都可以遗忘，彻底地遗忘，就像这一

---

① club car，火车上设有舒适桌椅，并出售食品、饮料的某种车厢。——译者

切根本没有发生过。他很擅长于此。他脑海中的确有一个可去之处，可以使他真正忘记这一切——不是抹去，是忘却。

当他走近佛罗里达州立大学的校园时，兴奋劲儿逐渐下去了。他大概估计错了：他本以为校园里会有大量的招租牌子，自己会为此费上一番周折。但似乎租房信息很少，而分类广告对他没什么帮助。他无法辨别哪些地址位于大学附近。

他身上的衣服，在密歇根州和科罗拉多州显得单薄，在这里却开始觉得太沉。于是他去了校园书店，找到储物柜，把毛衣和帽子存了进去。

他身上还剩 160 美元，找到工作之前必须租下一间房，付掉定金，还需要买些食物，这点钱显得有些紧巴了。他发现，多数学生住在校园宿舍、兄弟会大楼、大杂烩式的旧公寓或毗邻校园的宿舍。他到得有点晚，学校已经开学，房子基本都租出去了。

以前在华盛顿大学和犹他大学校园附近租房时，泰德都住在那种舒适的老房子上层，房间漂亮，通风也好。相比而言，他有点看不上位于西学院大道上仿南方建筑风格的"橡树"公寓。这栋老楼的前院有棵橡树，公寓名由此而来，眼下这棵树跟它身后的大楼一样萧瑟凌乱。外墙油漆褪色，阳台有点斜，窗户上挂着一块"出租"的牌子。

他对房东讨好地笑了笑，很快就以 100 美元的定金敲定了一间房。他以克里斯·哈根的身份承诺不出一个月就付清两个月的房租，320 美元。房间本身和这栋公寓楼一样让人失望，但好歹他不会留在大街上了。总算有个地方住了，有个地方可以让他开始实施其他的计划了。

泰德·邦迪是个善于从自己和他人身上汲取经验的人。在过去的 4 年里，他的生活经历了一个完整的循环，从一个正在冉冉上升的聪明的年轻人，甚至在可预见的未来说不定可能成为华盛顿州州长的人，到过上了骗子和逃犯的生活。事实上，他变得很聪明，能从跟他一起坐牢的囚犯那里收集他所需要的任何信息。他比这些囚犯中的任何一个都要聪明，也比大多数监狱看守聪明，曾经激励他在这个世界取得成功的动力逐渐转向他唯一关注的事情上，那就是逃离并获得永久的自由——尽管他可能是美国最大力追捕的人。

他看过那些不够聪明、不能计划周全的逃犯的遭遇。他知道他的首要任务是获得证明身份的材料，不是一套，而是很多套。他注意过那些被抓回监狱的逃犯，推断他们最大的失误在于被法律绊住了，拿出的身份证明在美国国家犯罪信息中心"大佬"的电脑上根本检索不到。

而他绝不会犯同样的致命错误。他的首要任务是研究一下学生档案，找到几名毕业生的材料，要没留下丝毫让人起疑的记录的那种。虽然他已经 31 岁，但他决定将自己的新身份设定为 23 岁左右的研究生。有了这层安全的掩护后，他还会另外再找两个身份，一旦察觉自己被人注意上了，就可以切换到这两个。

他还必须找份工作，不是那种社会服务、心理健康咨询、政治助理或法律助理之类他手到擒来的工作，得是一份蓝领工作。他还需要社会保险号码、驾照和永久居住地址。如今最后一项他有了，其他几项他会弄到的。交了租房押金后，泰德身上只剩下 60 美元，他在监狱服刑时已听闻通货膨胀对经济的冲击，如今亲眼见到还是很震惊。本以为自己带出来的几百美元可以维持一两个月，但现在已所剩无几了。

他会让一切好起来的。程序很简单，首先是弄张身份证，然后是工作，但最后也重要的是，他得成为走在佛罗里达大街上的最守法的公民。他必须确保自己不会因乱穿马路而被开罚单，确保不做出任何会让执法人员注意到他的事。他现在是一个身家清白、没有案底的人。泰德·邦迪已经死了。

正如他一直以来所有的盘算一样，这个计划也确实不错。如果他能严格执行，警察基本上很难抓到他。佛罗里达州的警察有他们自己要监视的杀人嫌犯，远在犹他州或科罗拉多州的犯罪活动他们很少关心。

对于多数年轻人来说，当他们身处一个完全陌生的环境中，身上仅剩 60 美元，处于失业状态，还需要在一个月内筹到 320 美元，他们可能会对接下来未知的日子感到恐慌。

可是"克里斯·哈根"没有恐慌，反而感到一丝兴奋和宽慰。他做到了，他自由了，他不必再逃跑了。当 1977 年临近尾声时，相比 1 月 9 日早晨对他的意义，未来的一切都显得黯然失色。当他躺在塔拉哈西橡树公寓狭窄的小床上睡着时，他感到了放松和幸福。

他有充分的理由这么觉得。西奥多·罗伯特·邦迪已经不在了，这个人原本被定在 1 月 9 日上午 9 点在科罗拉多州斯普林斯接受一级谋杀的审讯。如今，那个法庭将是空的。

因为被告没了。

# 第二章


泰德·邦迪已"死"，而克里斯·哈根于 1978 年 1 月 8 日在塔拉哈西获得重生。他是个成就非凡的人，虽然他的大部分人生似乎都比较符合中产阶级的乏味基调，但也有很多并不单调的经历。

从出生开始，他便与众不同。1946 年的美国社会习俗与七八十年代的大不相同。今天的社会上，堕胎、输精管结扎和避孕药尽管已经合法化，但非婚生育仍占分娩的很大比例。对未婚妈妈来说，这也算不上是多丢脸的事。她们中的多数人都会保留自己的孩子，并顺利地融入社会。

1946 年的情形却并非如此。婚前性行为肯定也是存在的，一如既往，但女人之间从不谈论这些，即便是最好的朋友也不提及。女孩有婚前性行为会被认为滥交，男人却可以拿这个吹嘘一番。这实在不公平，而且也没什么意义，但现实就是如此。当时的一位自由主义者自以为是地宣称，"只有好女孩才会被抓包"。焦虑的母亲们对女儿的苦口婆心起了作用，女孩们很少怀疑贞操本身就是最终目的。

埃莉诺·路易丝·考威尔 22 岁，是个"好女孩"，在费城西北部一个信仰虔诚的家庭长大。当她发现自己因为一个她至今只知道他叫"水手"的男人怀孕时，不难想象她是多么惊慌失措。他离她而去，丢下她独自一人去面对她那严苛的家庭。家里人聚在她周围，他们感到震惊和伤心。

堕胎是不可能的。首先，这种行为违法，而且只能让老妇人或失去执照的医生在穷街陋巷某个隐蔽的房间里进行。其次，这也违背她的宗教信仰。除此之外，她已经爱上了在她身体里成长的这个孩子，不忍心把孩子送人收养。于是，她做了她唯一能做的事。在怀孕 7 个月时，她离家出走，去了位于佛蒙特州伯灵顿的"伊丽莎白·隆德未婚母亲之家"。

这个母婴之家被当地人打趣地称为"莉兹①·隆德的淘气女孩之家"。遇上了麻烦的女孩都知道这个玩笑，但她们别无选择，只能在这里住下来，直到分娩开始，这里的气氛即便不算不友好，也似乎是并不顾及她们感受的。

在那里等了 63 天之后，西奥多·罗伯特·考威尔于 1946 年 11 月 24 日出生了。

埃莉诺带着儿子回到费城的父母家，开始在一种无止境的谎言中度日。随着孩子慢慢长大，他听到自己该叫埃莉诺为姐姐，并被告知要叫他的外祖父外祖母为"妈妈"和"爸爸"。他个子略显矮小、一头卷曲的棕发，看上去像是弗恩②，但他从小就显露出聪明非凡的迹象。他什么都照别人的话做了，但他能感觉到自己生活在谎言之中。

泰德崇拜他称为父亲的外祖父考威尔。不仅认同他，尊重他，遇到困难时也会求助于他。

但是，随着年龄的增长，他留在费城显然是不可能了。太多的亲戚知道他的身世，而埃莉诺也害怕他长大后的模样会穿帮。他们住在一个工人阶层的社区，孩子会听父母说闲话，然后模仿他们去谈论。埃莉诺不想让泰德听到"野种"一词。

考威尔家族的一个分支生活在华盛顿州。他们提出，如果埃莉诺和孩子到西部，他们愿意收留母子二人。为了保护泰德不受偏见的伤害，埃莉诺改名为路易丝，并在 1950 年 10 月 6 日到费城法院将泰德的名字改为了西奥多·罗伯特·纳尔逊。这是个普通的名字，在他开

---

① 莉兹是伊丽莎白的昵称。——译者
② 古罗马故事中半人半羊的农牧神。——译者

始上学前不会引起外界的注意。

于是，路易丝·考威尔和她 4 岁的儿子泰德·纳尔逊搬到了3 000 英里外的华盛顿州塔科马市，在亲戚那里暂住，直到她找到工作。对泰德来说，离开外祖父令他感到非常难过，他永远也忘不了那个老人。但他还是很快就适应了新生活。那里有两个和他年龄相仿的表亲，简·斯科特和艾伦·斯科特，他们很快成了朋友。

在华盛顿州的第三大城市塔科马，路易丝和泰德开始了新的生活。塔科马的山丘和港口很美，但常常被工业产生的雾霭弄得灰蒙蒙的，市中心的街道上到处都是闹哄哄的酒吧、偷窥秀场①和色情用品商店，它们都是为来自刘易斯堡的关口的士兵提供服务的。

路易丝加入了卫理公会。在一次社交活动中，她遇到了约翰尼·卡尔佩珀·邦迪，他是住在塔科马地区的庞大的邦迪家族的一员。邦迪是个厨师，和路易丝一样都是小个子——俩人都不超过 5 英尺。他很害羞，但看起来很和善。他是个可靠的人。

他们俩迅速坠入爱河，经常一起参加教堂组织的其他社交活动。1951 年 5 月 19 日，路易丝·考威尔与约翰尼·邦迪结婚。泰德参加了他"姐姐"和这个陆军基地小厨师的婚礼。于是，还不到 5 岁的他就有了第三个名字：西奥多·罗伯特·邦迪。

路易丝继续从事秘书工作，这个新组建的家庭搬了好几次家，最后在塔科马高耸的海峡吊桥附近买了房子，有了自己的家。

很快，泰德就有了 4 个同母异父的弟弟妹妹：两个女孩和两个男孩。最小的男孩在泰德 15 岁时出生，是他最喜欢的弟弟。与泰德年龄相仿的朋友们回忆说，他经常不得不在家照看孩子，也因此错过了很多与他们一起活动的机会。不知他是否介意，但他很少抱怨。

---

① peep show，色情表演之一，客人可以在小房间里看或者透过小孔偷窥。——译者

虽然用了新名字，但泰德仍认为自己是考威尔家的人，他总是为考威尔家族的那一半血统所吸引。

他长得也像考威尔家的人。他的五官就是个男版的路易丝·邦迪，他的肤色也和母亲一模一样。从外表上看，他从生父那里遗传到的唯一基因大概就是他的身高。虽然仍比初中时的同龄人看着矮小，但已经比路易丝和约翰尼都要高了。后来他长到了 6 英尺。

泰德不情愿和继父待在一起。约翰尼尽力了，他像接受路易丝一样接受了她的孩子，并为有个儿子感到高兴。所以，当泰德越来越疏远他时，他把原因归结为青春期反应。在子女管教方面，通常是路易丝做主，偶尔约翰尼也会拿皮带教训他。

泰德和约翰尼经常在塔科马郊外的山谷里采摘豆子。他们两人一天可以挣五六美元。约翰尼·邦迪是麦迪根陆军医院的一名厨师，如果上的是早班（早上 5 点到下午 2 点），他俩就会在下午冒着炎热赶去田野里采摘；如果是晚班，他无论如何都会早起并帮泰德送些报纸。泰德一早上要送 78 家，一个人干的话需要花很长时间。

后来，约翰尼·邦迪成了一名童子军领导人，经常组织野营活动。然而，他带去野外的通常是别人家的儿子，泰德则总是找借口不去。

奇怪的是，路易丝从未直接明确地告诉泰德，她其实是他的母亲而非姐姐。而泰德有时叫她妈妈，有时只叫她路易丝。

不管如何，每个认识他们的人都清楚，路易丝觉得泰德是她的几个孩子中最具潜力的一个。她认为泰德很特别，是上大学的料，他才十三四岁，她就劝他开始攒钱上大学。

尽管泰德长得很快，人却很纤弱，轻得都不能参加初中高年级的橄榄球赛。他读的是亨特初中，最后转而选择了田径项目，并在低跨栏上取得了一些小成绩。

在学习方面，他的表现出色得多。他的平均成绩通常保持在 B，如果需要，他甚至会为完成一个项目而熬个通宵。

在初中的时候，泰德忍受着其他男孩无情的嘲笑。一些在亨特初中上过学的学生回忆说，泰德总是坚持要在淋浴室的小隔间里独自洗澡，避开和体育课上的其他同学一起去开放式的大淋浴室。那些男孩嘲笑他的腼腆，一个个乐此不疲地爬到他所在的小隔间上方，往他身上倒冷水。他只得又羞又恼地把他们赶走。

泰德就读的高中是塔科马的伍德罗-威尔逊高中，1965 年他毕业的那届是该校迄今为止毕业生规模最大的一届，共有 740 人。查找泰德·邦迪在伍德罗-威尔逊高中学习的记录次次都毫无结果。档案没了，但他的许多朋友还记得他。

一位年轻女性——如今是一名律师——还记得泰德 17 岁时的事，她说："他非常有名，也很受欢迎，但不在最受欢迎者之列。我那时候也一样。他长得好看，穿着得体，举止得当。我知道他那时候肯定跟人约会过，但我不记得是否见过他约会。我想我在舞会上见过他，尤其是在大家围成圆圈的 TOLOS 舞会上，女孩邀请男生跳舞时。但我也不那么确定。他有点害羞，比较内向。"

泰德在高中时最好的朋友是吉姆·保卢斯，他身材矮小、深色头发，戴着角框眼镜，热衷于参加学生政治活动。还有一位叫肯特·迈克尔斯，是学生会副主席和橄榄球队后备队员，现在在塔科马当律师。泰德经常和他们一起滑雪，尽管他那时候开始对政治萌生出兴趣，但并没有担任学生社团的职务。

在这一届近 800 名学生中，泰德就好像大池塘里的一条中等大小的鱼。即便不在最受欢迎者之列，至少也很接近了——他真的很受欢迎。

他在学习上愈发出色。成绩平均总在 B+。毕业时，他更是获得了塔科马的普吉特海湾大学的奖学金。

泰德在一个同学的威尔逊高中年鉴《新星》（*The Nova*）中留下

了一段不同寻常的话：

> 亲爱的 V.，
>> 甘甜的春雨顺窗边而下（我无能为力，它就这么流走了）
>>> 西奥多·罗伯特·邦迪
>>> 诗人[1]

对于这位外表整洁的 1965 年春季毕业生来说，唯一一件可能破坏其形象的真事就是他至少两次因涉嫌偷窃汽车和入室盗窃而被皮尔斯县警局的青少年犯罪部拘捕。没有迹象表明他曾被监禁过，但青少年犯罪办案人员知道他的名字。年代久了，有关这些案件细节的记录早被销毁——这是警局在青少年满 18 岁时所要遵循的程序。警局只留了一张卡片，上面是他的名字和犯过的罪行。

1965 年的夏天，泰德在塔科马的市政电力公司（City Light）打工，为上大学存钱，1965—1966 学年他在普吉特海湾大学就读。

第二年夏天，他在一家锯木厂打工，之后转学去了华盛顿大学，开始修中文强化课程。他觉得中国是我们有朝一日必然会面对的国家，流利的语言表达将来是必不可少的。

泰德搬进了华盛顿大学校园的宿舍楼——麦克马洪楼。他渴望有个女朋友，但还未和任何女性有过正式地交往。他觉得自己性格腼腆、不擅长社交，因而总是退缩不前，生长在一个再普通不过的中产阶级家庭这一点，又让他觉得自己没什么优点可以吸引到他想要的那种女生。

1967 年春，当泰德在麦克马洪楼遇见斯蒂芬妮·布鲁克斯时，仿佛看见他的梦中情人活生生地站在他面前。在他眼里，斯蒂芬妮与

---

[1] 此处他拼成了 peot。——译者

他以前见过的女孩都不同，她见多识广、美丽非凡。他留意了一下，发现她好像更喜欢橄榄球运动员，便犹豫是否要接近她。他在十几年后这样写道："我和她之间，就像卖运动品牌的 Sears 和 Roebuck 与卖时尚品牌的 Saks 一样，几乎没有什么共同之处。于是，我不再去想我和斯蒂芬妮之间的浪漫情缘，只把她看作时尚杂志上某个优雅的女性。"

但他俩有一个共同的爱好：滑雪。斯蒂芬妮有车，他想办法搭她的车去了西雅图以东的山顶。在结束了一天的滑雪之旅往回走的路上，泰德一直看着方向盘后面这个美丽的黑发女孩。他之前告诫过自己，斯蒂芬妮对他来说太高攀了，可他发现自己已经不可救药地迷上了她。随着他俩在一起的时间越来越多，他既苦恼又兴奋，原来一门心思学习的中文强化课程也被抛之脑后。

他回忆说："和她在一起的感觉实在是美好而又热烈。第一次牵手，第一次亲吻，第一次一起过夜……在那以后的 6 年里，我和斯蒂芬妮见面都只是临时决定。"

泰德恋爱了。斯蒂芬妮比他大 1 岁左右，出生于加利福尼亚的一个富裕家庭，很可能是第一个让他了解性爱的女孩。泰德当时 20 岁，几乎没什么东西可以赠予这位在一种把金钱和名望视为理所当然的环境中长大的女孩。而她却和他在一起一年，这一年可能是泰德生命中最重要的时光。

泰德靠一系列卑微的低薪的工作来支付他整个大学期间的费用：他在西雅图一家豪华的游艇俱乐部当勤杂工，在西雅图著名的奥林匹克酒店当勤杂工，在 Safeway 商店做上货员，在外科用品店做理货员，还做过送法律文件的信差和鞋店店员等。对于大部分工作，他通常在几个月后就会主动离职。Safeway 的人事档案中显示，公司对他的评价为"一般"，并注明他有一天没来上班。但外科用品店和信差服务部门都雇过他两次，并称他是个讨人喜欢且可靠的员工。

1967 年 8 月，泰德与在游艇俱乐部工作的 60 岁的比阿特丽丝·斯隆成为朋友。斯隆太太是个寡妇，觉得这个年轻的大学生挺不错。他们一起在游艇俱乐部工作的 6 个月里，泰德几乎和她无话不谈，并且在此后多年一直与她以朋友相处。她为他安排了在奥林匹克酒店的工作，但他只做了一个月。不止一个员工举报说，他们怀疑他翻别人的储物柜。泰德给斯隆太太看了一件他从那家酒店偷来的制服，斯隆太太着实有些震惊，但她把这当作他孩子气的恶作剧，并没有多想。斯隆太太后来为他的许多行为做了合理化的解释。

比阿特丽丝·斯隆听说了斯蒂芬妮的一切，理解泰德需要给这个了不起的女孩留下个不错的印象。于是，她经常把自己的车借给泰德，而他在凌晨的时候还回去。有一次，泰德告诉斯隆太太，他要为斯蒂芬妮做一顿大餐，她就把家里最好的水晶器皿和银质餐具借给了他，以帮助他营造出完美的就餐氛围。泰德计划在端上亲手准备的食物时用英国口音说话，在排练时把斯隆太太逗得乐不可支。

斯隆太太觉得泰德需要她。他说过他家里非常严格，现在他只能靠自己了。她允许他在申请工作时使用她的地址，并愿意做他的推荐人。有时，除了他还留有钥匙的麦克马洪楼的休息室，泰德并没有其他地方可以过夜。她知道他是个"有心计的人"，但她觉得能理解其中缘由。他不过是想活下去。

泰德经常逗她开心。有一次，他戴了一顶黑色假发，整个人看上去完全不一样了。后来，她在罗斯里尼州长竞选期间在电视上看到他，也戴着同样的假发。

尽管斯隆太太怀疑泰德把女孩子们偷偷带到游艇俱乐部的"乌鸦窝"去鬼混，也怀疑泰德有时会在不得不开车送俱乐部的醉酒客人回家时拿他们的钱，但她还是情不自禁地喜欢这个年轻人。他会花时间和她聊天，向她吹嘘说他父亲是一位有名的厨师，以及他计划去费城看望一位在政界地位显赫的叔叔。她甚至还借过一次钱给他，但随后就后悔了。当他还不上钱的时候，斯隆太太打电话给路易丝·邦迪，让她提醒泰德。据斯隆太太说，路易丝一听就笑了："你真傻，居然借钱给他，肯定要不回来了。他才不会回我们这里呢。"

1967年春，斯蒂芬妮·布鲁克斯遇到了泰德，那时她还是个大三学生。从那年夏天到1968年，她都爱着泰德，但泰德爱她要更多一点。他俩经常约会，但去的都是不怎么费钱的地方，比如散步、看电影，晚餐就吃汉堡，有时也去滑雪。两人做爱时，泰德都会既体贴又温柔，有几次她甚至认为他俩可能真的会修成正果。

但斯蒂芬妮是个务实的人。坠入爱河，来一段校园恋情，手牵手在校园的林间小路上漫步固然美好，但正如日本的樱花会被杜鹃花比下去，杜鹃花接着又逊色于藤枫那明亮的橙黄色，去卡斯卡德的滑雪旅行很好玩，但斯蒂芬妮总感觉泰德是很难成功的，觉得他对未来没有真正的规划或展望。无论是有意还是无意，斯蒂芬妮都希望自己可以维持现有的生活状况，她想要一个能融入她在加州的生活圈的丈夫。她不认为泰德·邦迪是符合条件的那个人。

斯蒂芬妮还发现，泰德很情绪化，对自己缺乏信心，甚至无法决定自己要学什么专业。但让她顾虑更多的一点是他会利用人，会主动接近那些可以帮到他的人，然后利用他们。她确信他对她撒过谎，并编造了一些听起来还不错的答案。这让她很烦恼。甚至比他的优柔寡断和喜欢利用他人更让她烦恼。

1968年6月，斯蒂芬妮从华盛顿大学毕业，而这似乎是摆脱这段恋爱关系的好时机。泰德还要读几年，而她将搬到旧金山开始工作，回到她的老朋友中间。这段感情可能会因为时间和距离的关系而告吹。

但泰德在1968年的夏天获得了斯坦福大学汉语强化课程的奖学金，从他的住所出发，从海滨公路往南开一小段就到斯蒂芬妮父母的家了，因此整个夏天他俩还是继续在约会。当泰德即将启程回到华盛顿大学的时候，斯蒂芬妮态度坚决地告诉他，他俩的这段感情结束了，他们的生活正走向不同的道路。

他极度震惊，不敢相信他俩真的分手了。她是他的初恋，是他梦中情人的化身，而如今她主动提出要离开他。他最开始的想法是对的，她太漂亮了，太有钱了。他不该相信自己真能和她在一起。

泰德回到了西雅图，从此不再关心汉语强化课。事实上，他一直也很少关心此事，然而，他在政治舞台上倒是有了一点点立足之地。1968年4月，他被任命为"洛克菲勒的新多数派"（the New Majority for Rockfeller）的西雅图主席和助理州主席，并赢得了一次去参加迈阿密大会的机会。泰德满脑子都想着和斯蒂芬妮·布鲁克斯分手的事，他去了迈阿密，等来的却是他所支持的候选人被打败的结果。

回到大学后，他继续学习，不学中文了，而是修了城市规划和社会学。他的成绩不如以前，后来就辍学了。1968年秋，泰德受雇为黑人副州长候选人阿特·弗莱彻开车。一遇到有性命之忧的情况，弗莱彻就会被安置在一个秘密的顶层豪华公寓里。泰德既是司机又是保镖，就睡在紧挨着的房间里。他想配枪，但弗莱彻不同意。

弗莱彻在选举中败北。

泰德所指望的一切瞬间似乎都崩溃了。1969年初，他开始旅行，希望有助于了解自己的来历。他拜访了阿肯色州和费城的亲戚，其间在坦普尔大学上了一些课，但他满脑子想的还是这次旅行的真正目的。

和泰德一起在塔科马长大的堂兄弟姐妹艾伦·斯科特和简·斯科特曾暗示过这一点，他自己也一直都知道早年的记忆中一定有些被隐藏的真相。他决心要搞清楚自己究竟是谁。

泰德看了费城的档案后，出发去佛蒙特州的伯灵顿，并在那里找到了他的出生证明，上面印着一个古老而残忍的词——"非婚生"。他的母亲是埃莉诺·路易丝·考威尔；他的父亲叫劳埃德·马歇尔，生于 1916 年，毕业于宾夕法尼亚州立大学，从空军退役后成为一名推销员。

所以，他出生的时候父亲已经 30 岁了，是个受过良好教育的人。那他为什么抛下他们走掉？他结婚了吗？他现在怎么样了？没有人知道泰德是否找过那个在他尚未出生时就离开他的人。但泰德自己知道，知道他所感觉到的一直是真的：路易丝就是他的母亲，约翰尼·邦迪不是他的父亲，他所深爱的外祖父也不是他的父亲。他其实没有父亲。

泰德不断地给斯蒂芬妮写信，但只收到零星的回复。他知道她在旧金山的一家经纪公司工作。当泰德回到西海岸后，他一心只想着找到斯蒂芬妮。得知他的母亲对他撒谎这件事，并没有让他大吃一惊，他甚至都不觉得意外，但还是感到心痛。这么多年来一直如此。

1969 年的一个晴朗的春日，走出办公楼的斯蒂芬妮并没有看见泰德，突然有人在她身后，拍了拍她的肩膀。她转过身，发现是泰德。

如果泰德期待的是斯蒂芬妮很高兴见到他，并希望他们能重修旧好，那他一定会大失所望。她见到他是有点高兴，但仅此而已。泰德看上去仍是她所认识的那个没有方向和目标的年轻人。但甚至不再去大学报到了。

如果斯蒂芬妮在那一刻接受了他，他可能不会感觉那么难堪。但她没有。她问泰德是怎么到旧金山的，他含糊其辞，嘟嘟囔囔地说是搭便车。他们聊了一会儿之后，她就把他打发走了，这是她第二次让他离开。

她希望永远不要再见到他。

# 第三章

虽然泰德·邦迪在 1969 年接连经历了两次打击——揭开了自己的身世之谜，以及再次被斯蒂芬妮拒绝，但不知为何，他并没有就此一蹶不振。相反，他表现得出奇地冷静和坚定。老天作证，如果谁夺走了他的一切，那他绝不坐以待毙。凭借着纯粹的意志力，他将成为全世界——尤其是斯蒂芬妮——所认可的那类成功人士。在接下来的几年里，泰德经历的简直就是小霍雷肖·阿尔杰①式的蜕变。

他不想再回到麦克马洪楼，那里满是有关斯蒂芬妮的回忆。他沿着大学区的街道走着，校园西边街道的两旁都是老房子。他上去敲门，每敲开一家，他都会笑着解释说他是这所大学心理学系的学生，正在找住的房子。

东北第十二大道 4143 号是一栋整洁的白色两层小楼，户主是上了年纪的弗蕾达·罗杰斯和丈夫恩斯特·罗杰斯。弗蕾达很喜欢泰德。她把家里西南角的一个大房间租给了他。他在那里住了 5 年之久，与其说是房客，倒更像是罗杰斯家的儿子。恩斯特·罗杰斯的身体很不好，泰德答应帮忙承担一些家里的重活和园艺工作，他也的确做到了。

泰德还打电话给西雅图游艇俱乐部的老朋友比阿特丽丝·斯隆。她发现他仍和以前一样，总有很多的计划和奇遇。泰德告诉斯隆太太说他去了费城，在那里见到了他那位有钱的叔叔，而他现在正在去科罗拉多州阿斯彭的路上，打算去当个滑雪教练。

"那我要给你织顶滑雪帽。"斯隆太太立刻说道。

"不用了，我已经有滑雪面罩了。但我倒是需要搭便车去机场。"

斯隆太太真的开车送他去了机场，还目送他上了去科罗拉多的飞机。她对他随身携带的那套昂贵的滑雪装备感到有些不解。她知道他一直都没什么钱，但那套装备显然是最高级的。

他当时为何要去科罗拉多，至今还不得而知。他没有工作，滑雪教练更是连影子都没有的事。也许他只是想去看看斯蒂芬妮一直赞不绝口的滑雪村。华盛顿大学的秋季学期伊始，他又返回了校园。

在心理学的课程里，泰德好像找到了适合自己的。他在生理心理学、社会心理学、动物学习、统计方法、发展心理学、偏常人格和偏常发展等课程上的成绩几乎都是 A，只有为数不多的课程成绩为 B。那个似乎没有方向和计划的男孩如今成了一名优等生。

上课的教授们也都喜欢他，尤其是帕特里夏·伦内堡、斯科特·弗雷泽和罗纳德·E. 史密斯。3 年后，史密斯教授给泰德写了一封热情洋溢的推荐信，推荐他去犹他大学法学院学习。有几段是这样写的：

> 邦迪毫无疑问是我们系最优秀的本科生之一。事实上，我认为他可以排到我在华盛顿大学和普渡大学教过的本科生的前 1％。他非常聪明，很有亲和力，积极性很高，并且富有责任心。他的行为举止不太像学生，更像是一位年轻的专业人士。他勤奋好学，对知识充满好奇心，我与他的每次交流都非常愉快……邦迪在本科阶段修的是心理学专业，因而对影响陪审团裁决的心理变量研究产生了极大兴趣。目前，他正在跟随我从事一项研究，我们希望通过实验来总结出一些影响陪审团裁决的变量。
>
> 我必须承认，关于邦迪决定从事法律职业而不再继续心理学

---

① 美国儿童小说家。1852 年毕业于哈佛神学院后成为神职人员，因与至少 2 名以上的教区居民的儿子存在暧昧关系，被解除圣职。随后开始写作生涯，成为美国最成功的作家之一。——译者

专业的学习这一点，我觉得有些遗憾。但我们的损失正是你们的收获。我相信邦迪会成为一名优秀的法学院学生和专业律师。因此，我愿意毫无保留地将他推荐给贵校。

泰德在学术上的优异表现对他保持与教授之间的良好关系非常有利。较为奇怪的一点是，他竟然告诉斯科特·弗雷泽教授说自己是个寄养儿童，从小生活在不同的寄养家庭。弗雷泽一直信以为真，后来了解到这并非真事时，惊讶不已。

泰德经常去大学区的小酒馆喝啤酒，偶尔也喝苏格兰威士忌。1969 年 9 月 26 日，他在矶鹬酒馆遇到了一个女人，而她将成为他接下来 7 年生活的中心。

这个女人叫梅格·安德斯（化名）。和斯蒂芬妮一样，梅格也比泰德大几岁。她离婚了，有个 3 岁的女儿叫莉安（化名）。梅格身材矮小，一头棕色长发，算不上漂亮，但看上去比实际年龄要小，还挺讨人喜欢。她是犹他州一位有名的医生的女儿，刚结束了一段不幸的婚姻——她发现自己的丈夫是个已定罪的重犯。离婚后，她就带着女儿到西雅图开始新的生活。她在西雅图的一所大学里当秘书，除了同样来自犹他州的儿时朋友琳恩·班克斯和工作上接触的人之外，她在西雅图没有熟人。

梅格一开始有些犹豫，但最终还是同意泰德给她买了一杯啤酒，并喜欢上了这个跟她谈论心理学和自己未来规划的英俊小伙。她给他留了电话号码，但并不真的指望他会打来。当他真的打给她时，她非常兴奋。

他们开始以朋友相称，然后就有了亲密关系。尽管泰德仍住在罗杰斯家，梅格也住在她自己的公寓里，但他俩一起度过了许多个夜晚。她爱上了他。鉴于她当时的处境，不爱上他几乎是不可能的。她和斯蒂芬妮不同，她完全相信泰德有能力取得成功，也经常借钱给他支付学费。她几乎从一开始就想嫁给他，但泰德告诉她结婚恐怕要等到很久之后才行，她也表示理解。他首先要完成很多事情。

泰德继续做各种兼职，在百货商店卖鞋，还重回外科用品店工作。每当他入不敷出时，梅格都会帮他解决。

有时梅格也会担心泰德是不是看上了她家的钱财和地位才跟她走到一起的。1969年梅格带泰德回她的犹他老家过圣诞节时，她看到他一直在打量着她家里。但肯定不止这些。泰德对她很好，像父亲般全心全意地对待莉安。莉安生日总能收到他送的花，他还在每年9月26日送梅格一朵红玫瑰，以纪念他们的第一次见面。

梅格感觉他有时会去见别的女人，知道他和一个朋友偶尔会去管道酒馆、但丁酒馆或奥班宁酒馆去勾搭别的女孩。但她尽量不去想这些，认为时间最终会解决一切。

梅格不知道斯蒂芬妮的存在，更不知道她还一直深深地印刻在泰德的脑海。而斯蒂芬妮那边，在1969年春和泰德分手后，虽然感到如释重负，但也没有完全放下他。这位在泰德·邦迪的生活中掀起巨大波澜的加州女孩在温哥华有亲戚，每次途经西雅图时，她还会不时地打电话问候泰德。

1969年到1970年的两年间，泰德在各个方面都很顺利，每件事上都表现得颇为出色。他的气质更显温文尔雅，一副受过高等教育的模样，社交能力也很强。他还是个好市民。他撞倒了一个抢钱包的人并把钱包还给了它的主人，因此还得到了西雅图警察局的嘉奖。1970年夏天，泰德·邦迪在西雅图最北端的绿湖里救起了一个三岁半的幼童。除了泰德，没人看到这孩子从父母身边走开，泰德二话不说就跳进水里去救孩子。

泰德也一直与共和党保持联系。他是地区委员会的委员，并且在接下来的几年里参与了更多的党团活动。

在泰德的亲朋好友眼中，梅格就是他的女朋友。他带她去他在塔科马的家——一栋蓝白相间的房子——探望路易丝和约翰尼·邦迪，他们都很喜欢她。路易丝很欣慰地看到，泰德显然已经从与斯蒂芬妮分手的失望情绪中走了出来。

从 1969 年开始，无论是在塔科马的家里，还是在他们在华盛顿吉格港附近的新月湖建造的 A 字形小屋里，梅格都是个非常受欢迎的客人。梅格、泰德和莉安经常去野营、漂流、扬帆出海，并且更频繁地去犹他州和华盛顿州的艾伦斯堡探望泰德的高中朋友吉姆·保卢斯。

他们拜访过的每个人都觉得梅格温柔、聪明，对泰德一心一意，俩人结婚似乎只是个时间问题。

# 第四章

1971 年时，西雅图危机诊所的办公室设在国会山一座古老的维多利亚时代的豪宅里。这一带曾是西雅图最富有的开国先驱们居住的地方，如今却拥有全市第二高的犯罪率。许多老房子仍然保留着，就散布在公寓楼区和西雅图的主要医院区。在我签约成为危机诊所的志愿者时，我对上夜班还是有点顾虑的，但家里有 4 个孩子，这是我唯一有空的时间段了。

在我做志愿者期间，泰德·邦迪在诊所勤工俭学。我每周上一次班，4 小时，从晚上 10 点到凌晨 2 点，而泰德每周要去几晚，是晚 9 点到早 9 点的班。诊所办公室共有 51 名志愿者和十几名勤工俭学的学生，轮班接听危机热线，保证 24 小时运作。由于时间表是错开的，我们中的大多数人彼此从未见过面。泰德和我成为合作伙伴的情况也纯属巧合。之后的几年中，我一直在琢磨这个巧合，想知道为何我会是 51 人中唯一和泰德·邦迪一起共事了这么久的那个人。

所有那些接听热线的人都不是专业的精神病学社工，但都是有同情心的人，我们都是真心想要帮助那些来电者解决困难或危机。所有志愿者和勤工俭学的学生都必须首先经过危机诊所主任、新教牧师鲍勃·沃恩和拥有精神病学社会工作硕士学位的布鲁斯·康明斯的面试。通过 3 个小时的招新面试，我们已然"证明"了自己是正常的、有爱心、有能力的人，并且在紧急情况下不太可能惊慌失措。大家最喜欢开的一个玩笑是，我们必然是头脑清醒的，否则就不会在那里帮助处理别人的问题了。

我们先是接受了 40 小时的课程培训，其特色是心理剧，让可能成为志愿者的我们接听安排好的电话——通常是一些可预计的更为常见的问题；之后我们被安排到经验丰富的志愿者的电话间，通过支线的听筒旁听他们接电话的过程。泰德和我是由约翰·埃舍尔曼博士培训的，他很聪明也很友好，现在是西雅图大学经济学系主任。

我记得第一次见泰德的那天晚上。约翰指着与我们一个拱门之隔的电话间里坐在桌前的年轻人说："这位是泰德·邦迪，他会和你们一起工作。"

他抬起头，咧嘴一笑。当时他24岁，但看起来显小。那个时代的大学男生大都留长发、蓄胡须，但泰德不同，脸刮得很干净，棕色的短鬈发剪到了耳朵之上的位置，正是我15年前上大学时大学男生的发型。他穿着T恤、牛仔裤和运动鞋，桌子上堆满了教科书。

我立刻就喜欢上了他，这样一个年轻人很难不让人生出好感。他给我端来一杯咖啡，在一排排令人望而生畏的电话线上方挥了挥手臂，说："你觉得我们能应付得来吗？今晚之后，约翰就要让我们单干了。"

"希望能吧。"我回答说。我的确希望如此。在接到的电话中，正在实施自杀的大概只占来电的10%，但危机的范围太大了。我都能搞定吗？

结果证明，我俩的组合非常棒。我们在大楼顶层的两个乱糟糟的房间里并肩工作，在紧急情况下，我们甚至不用说话就可以和对方交流。如果我两中的一个发现来电者确有自杀倾向，就会示意另一个立即打电话给电话公司，追踪那个来电。

等待的时间总是无比漫长。1971年那会儿，如果我们没有线索得知电话是从哪个镇打来的，就得花一小时左右才能追踪到来电号码和地址。我们一人与这位有可能自杀的来电者保持通话，语气尽量冷静体贴，另一人则在办公室到处打电话找人帮助这个人。

我们接听的电话中，有很多次是来电者因服药过量而失去知觉，我们总是设法保持电话畅通，然后就会听到令人鼓舞的声音——医护人员破门而入了，他们的声音在来电者在房间里响起，最后，有人会拿起电话说："没事了，找到他了。我们这就送他去港景医院①。"

如果——像今天很多人认为的那样——泰德·邦迪夺走了许多人的生命，但他也救过很多人的命。这一点我确定，因为我也在现场。

我至今仍清晰地记得他的样子，一切恍如昨天，记得他弓着腰坐在那里，说话语气淡定平稳，记得他抬头看我，然后耸一下肩，咧嘴一笑。我听到他和一位老妇人说话，俩人一致认为只用煤气灯照明的西雅图一定很美；听到他接电话时非常有耐心，声音中总是充满关爱；听到他一边听酒鬼在电话里忏悔，一边无奈地翻几下白眼。他从不粗鲁，也不慌乱。

泰德的声音有点特别，既有西部式的慢吞吞，也带点短促的英式口音，听起来显得温文尔雅。

深夜，我们会将办公室的门反锁，以防偶尔会有失去理智的来电者闯进来，这时我们两个的办公室就有了与世隔绝的感觉。我俩都单独待在大楼里，只通过电话线与外界产生联系。

隔着墙，我们可以听到警车和救护车的警笛声划破夜空，沿松树街驶向一个街区之外的县医院。窗外几乎一片漆黑，楼下车站的灯光依稀可见，雨夹着雪拍打玻璃窗，只有警笛声让我们意识到这个大楼外面的世界的存在。我们被锁在了一个处理他人危机的锅炉房里。

不知为何，我俩这么快就成了好朋友。也许是因为每周二晚上，我们就像并肩作战的士兵，一起处理了很多生死攸关的情况；也可能是因为我们与外界的隔绝之感，还有可能是我们经常和他人谈论他们最隐秘的问题。

所以，当静谧的（尤其是天上没有满月的）夜晚来临的时候，当

---

① 为华盛顿大学附属医院。——译者

救济金花完没钱买酒的时候，或者街上静悄悄、来电也不繁忙的时候，泰德会和我聊上几个小时。

表面上看，我的烦恼要比泰德多。他是一位难得的倾听者，并且会从他的立场表示出真正的关心。你会告诉泰德一些你可能永远不会告诉别人的事情。

危机诊所的大多数志愿者都愿意付出这些时间，因为我们自己也都经历过危机或悲剧，这使得我们更能理解那些打电话来的人。我也不例外。我唯一的弟弟 21 岁时自杀了，当时他在斯坦福大学读大四，即将进入哈佛大学医学院。我曾努力劝他相信生命是无价的宝贵的，但我所做的是徒劳的。我和他关系太近，也对他的痛苦感同身受。所以，如果我能帮到其他人，我想这或可弥补一点我内心深处仍然存在的内疚感。

泰德静静地听我诉说我弟弟的事，说起我在那个漫长夜晚的焦急等待，治安官的手下到处找唐，最后在帕洛阿尔托北部一个废弃的公园里找到了，可惜为时已晚，他已经因一氧化碳中毒而停止了呼吸。

1971 年，我自己的生活也并不如意。我的婚姻出了严重问题，而我再一次试图对抗内疚，因为就在比尔和我同意离婚几周后，他被诊断出患有恶性黑色素瘤（皮肤癌中最致命的一种）。

"我该怎么办？"我问泰德，"我怎能离开一个将死之人？"

"你确定他快死了吗？"泰德问。

"不确定，第一次手术好像是拿掉了所有的恶性肿瘤，植皮手术也成功了。但他说他想结束这段婚姻，我却觉得自己是在逃避一个需要我的病人。"

"但这是他的选择，不是吗？如果他看起来情况还不错，如果你们继续在一起对你们两个来说都是不愉快的，那么你就不需要有内疚感。他已经做了决定。这是他的人生，尤其是在他所剩的时间可能不多的时候，他有权决定如何度过接下来的时光。"

"你是把我当作打危机热线来求助的人了吧?"我笑着说。

"也许吧。但我就是这么认为的。你们俩都该过各自想要的生活。"

事实证明,泰德的建议是正确的。接下来的一年里,我离婚了,比尔很快再婚,并在生命的最后 4 年时间里做了他想做的事。

1971 年发生在我身上的这些事与泰德·邦迪的故事并没有多大关系,但他对我的个人问题提出了一针见血的看法,并且坚定地支持和相信我有能力靠写作谋生,而这就是我所认识的泰德,多年来都没有改变过。

由于我先向泰德敞开了心扉,在我们认识的几周后,泰德也开始谈到他内心深处的脆弱,并且显得比较自在。

一天晚上,他把椅子搬过我们桌子的分隔板,坐到了我边上。在他背面的办公室墙上贴满了海报,其中一张正好落入我的视线。上面画了一只小猫,张大了嘴,紧紧抓着一根粗绳子,配的文字是:"当你走到绳子的尽头……打个结,紧紧抓住。"

泰德静静地坐了一会,我们悠闲地啜饮着咖啡,然后他低头看着自己的手说:"你知道,我一年前才知道自己的身世。我是说,我其实一直都知道,但我必须找到证据。"

我看了他一眼,有点惊讶,然后等他继续说下去。

"我是个私生子。我出生的时候,我妈妈不能说我是她的孩子,她是个未婚妈妈。她带我回家时,和我的外祖父外祖母决定告诉所有人我是她弟弟,而外祖父外祖母成了我的父母。所以我从小就被告知她是我姐姐,我是我外祖父外祖母'很晚才生的孩子'。"

他停了一下,看了一眼我们面前被雨水冲刷过的窗户。我什么也没说。我知道他还有很多话要说。

"我其实一直知道。别问我是怎么知道的。也许我听到过他们的谈话。也许我只是觉得姐姐和弟弟的年龄不可能相差 20 岁,并且路易丝总是很照顾我。我从小就知道她其实是我妈妈。"

"你说过什么吗?"

他摇摇头,说:"没有,那会让他们伤心的,而且这不是我该说的。我很小的时候,路易丝和我便离开了我的外祖父外祖母。如果他们是我的父母,我们是不可能这么做的。1969 年,我回到了东部——我需要找出证据,需要找到确定的答案。我知道我的出生地是佛蒙特州,我还去市政厅看了自己的档案。这并不难,我只是报上我母亲的名字,要求查询我的出生证明,结果就找到了。"

"你当时什么感受?震惊还是沮丧?"

"都没有,我想我感觉好些了,这一点也不奇怪。我就想着我得先知道真相,然后才能干别的事。当看到出生证明的那一刻,我就确定了。我不是小孩了,我 22 岁的时候终于确切地知道了自己的身世。"

"他们都骗了你,是吗?"

"不,我不知道。"

"你也知道,人会因为爱而撒谎。"我说,"你妈妈本可以弃你而去,但她没有。她也已经尽力了。这看来是唯一能让你长在她身边的方法。她一定很爱你。"

他点点头,轻声说:"我知道……我知道。"

"看看现在的你,多好。事实上,你各方面都很棒。"

他抬起头笑了下:"希望如此吧。"

"就是如此。"

之后,我们再未谈及此事。巧合的是,1946 年,当泰德的母亲在费城发现自己怀有身孕时,我就在 30 英里外的科茨维尔读高中。我记得当那个物理课上坐在我旁边的女孩怀孕时,是怎么变成了全校的谈资。1946 年的情形就是如此。1971 年的泰德能理解吗?甚或他能理解他母亲为了把他保下来所经历的一切吗?

他显然已经充分利用了自己所拥有的可观资本。他非常聪明，大四的时候他修的心理学课程几乎门门都是 A，虽然他大部分的学习都是在危机诊所上夜班时趁着接电话的间隙完成的。我还从未碰到有心理学的哪个方面是泰德不完全熟悉的。在 1971 年的秋季学期，泰德修了生态生物学、人类适应、人类行为实验室的课程，还选了一门学术研讨课。

他长相英俊，好像脸上的每个五官都被打磨得恰到好处。而且不知为何，之后几年的逆境生活反而使他变得更为帅气。

此外，泰德身材壮实，感觉比我第一次见他时要强壮得多。但他看上去很清瘦，甚至有点虚弱，我想着他平时可能吃不饱，每周二晚上都会带着饼干和三明治去诊所与他分享。一天晚上，天气比较暖和，泰德穿着蓝色的牛仔短裤，显然是长裤剪短的，骑自行车去诊所，我惊讶地发现他的腿居然像职业运动员一样肌肉发达、健壮有力。他显瘦，但其实很强壮。

至于他对异性的吸引力方面，我记得当时的我想过，如果我再年轻些或者单身，或者我的女儿再大些，泰德可以算是个完美男人。

泰德还说了很多关于梅格和莉安的事。我以为他和梅格住一起，但他自己从未说过是这样。

一天晚上，泰德对我说："她对你的工作很感兴趣。你能带些你的侦探杂志吗？我可以带回去给她。"

我就带了几本，他把它们拿回去了。但他从没对这些杂志做出评价，我觉得他没读过。

还有一天晚上，我们聊到他上法学院的计划。那时快进入春天了，而他是第一次提及有关斯蒂芬妮的事。

"我爱梅格，她也真的非常爱我。"他开始说，"她帮我付学费，我欠她很多。我不想伤害她，但我心里实在放不下另一个人。"

他这话又让我吃了一惊。要知道，除了梅格，他从没提过任何人。

"她叫斯蒂芬妮,我好久没见到她了。她住在旧金山附近,很高,差不多和我一样高,也很漂亮,家里非常有钱。她不了解有钱人圈子之外的生活,而我就是没法适应她那个圈子。"

"你和她还有联系吗?"我问。

"偶尔会有。我们会打电话。每次我一听到她的声音,所有的回忆就都回来了。我想再努力一次,否则我很难定下心来做其他任何事情。我打算申请旧金山附近随便哪个地方的法学院。我觉得我和她之间的问题是距离太远。如果我们都在加州,我们会复合的。"

我问他与斯蒂芬妮分开多久了,他说他们是 1968 年分手的,但斯蒂芬妮至今还是单身。

"如果我送她一束红玫瑰,你觉得她还可能会爱我吗?"

这问题问得实在太天真了,我不禁抬头看他是否在开玩笑。他是认真的。1972 年的那个春天,他谈及斯蒂芬妮,就好像中间这几年根本没存在过。

"我不知道,泰德。"我说,"如果她和你感觉一样,玫瑰或许会有帮助,但如果她已经变了,玫瑰就不会让她再爱上你。"

"她是我唯一真正爱过的女人,和我对梅格的感觉不同。这很难解释,我也不知道该怎么办。"

看到他谈及斯蒂芬妮时眼里发出的光芒,我可以想象以后梅格心碎的样子。我劝他不要向梅格许下任何他不能兑现的诺言。

"在某个时刻,你必须做出选择。梅格爱你。当你没钱的时候,是她在支持。你说斯蒂芬妮的家庭让你觉得自己很穷,还显得格格不入。也许斯蒂芬妮是个梦,而梅格才是现实。我想真正的考验在于,如果你没和梅格在一起,你会是什么感受?如果你知道梅格还有别人,如果你发现她和另一个男人在一起,你会怎么做?"

"这样的事的确发生过。你居然想到这一点,有点意思,因为当时确实把我气坏了。我俩吵架了，之后我看到有别人的车停在她公寓外面。我在小巷子里一路狂奔，站到垃圾桶上往窗户里面看。那时候我浑身都被汗水湿透了，简直像个疯子。我不能想象梅格和另一个人在一起。我不敢相信这对我的影响会这么大。……"

他摇了摇头，为自己如此强的嫉妒心感到不解。

"那可能是因为你其实比你以为的要更在意梅格。"

"这就是问题所在。我想有朝一日我会留下来和梅格结婚，帮她一起抚养莉安，再生几个孩子——这也正是梅格想要的生活，而我有时候也的确这么想。但我没钱，并且很长一段时间都不会有钱。我不想在自己刚起步的时候就被束缚在这样的生活里。然后我就会想到斯蒂芬妮，想象我和她在一起的生活，而那也是我想要的。我从来都没有钱，我也想成为有钱人。但我怎能对梅格说出'谢谢，再见'这种话呢？"

这时电话响了，而这个问题就悬在了那里。应该说，对于一个24岁的男人来说，泰德的这种焦虑不足为奇，也并非走投无路。事实上，这相当正常。他还需要时间自我成长。而当他到了真正成熟的时候，我想他可能会做出正确的决定。

几周之后的周二，我再去诊所的时候，泰德告诉他他已经申请了斯坦福大学和加州大学伯克利分校的法学院。

泰德算得上是念法学院的上佳人选。他有学这个所需的敏锐的头脑和坚韧的意志，并且他完全相信可以通过立法来有序地推进政府体制的改革。他的这一立场使他成了危机诊所的这群勤工俭学者中的少数派。这些学生，无论是从着装还是政治观点来看，都属于半嬉皮士，而泰德是保守的共和党人。在争论大学校园频发骚乱这一问题时，我看得出来，他们都认为泰德是个相当奇怪的家伙。

"你错了，伙计。"一个留胡子的学生说，"你不可能通过讨好国会的那些老顽固来改变越南的事。这些人只关心波音公司的下一份大合同。你认为他们会在乎我们中有多少人被杀了吗?"

"无政府状态解决不了任何问题。最后不过是分散了你们的力量,弄伤了你们的脑袋。"泰德回答道。

他们对此嗤之以鼻,也对他深恶痛绝。

泰德对学生骚乱和封锁 5 号公路的游行非常愤怒。他不止一次地想要阻止示威游行,他挥舞着棍棒告诉闹事者回家去。他相信一定存在更好的解决办法,但奇怪的是,他自己的愤怒情绪几乎跟那些他试图阻止的人一样强烈。

我从未见他如此愤怒,甚至没见过他生气。我不一定记得泰德和我说过的每件事,但据我所知,我俩从未有过争吵。泰德对我是那种传统的彬彬有礼,并且我见过他对其他女性也是如此。他的这种待人方式,我觉得很有魅力。

每当我在危机诊所的轮班在凌晨结束时,他总是坚持要把我安全送到车上。他就站在那里,直到我安全地进入车内,车门紧锁,发动机启动,才向我挥手告别。我家在危机诊所 20 英里之外的地方,他经常对我说:"小心点。我不想你出什么事。"

我会去西雅图市中心采访我的老朋友、西雅图凶案组的一些警探,当一晚的采访结束后,他们会一如既往地目送我离开他们的办公室,而且笑着对我说:"我们会看着窗外,万一有人抢劫你,我们马上打 911。"和他们相比,泰德简直就是个穿着一身闪亮盔甲的骑士!

# 第五章


　　1972 年春，我不得不放弃在危机诊所的志愿者工作。我一周有六天要写作，除此之外，这一年半来，我接听了太多碰到同样问题的电话，开始觉得乏味，甚至有些厌倦了。我自己还有一堆问题要解决。我丈夫搬走后，我们提交了离婚申请。家里还有两个十几岁的孩子和两个更年幼的孩子要照顾，他们本身就在为我提供要处理的危机。同年 6 月，泰德大学毕业。我们从未在危机诊所外见过面，现在我们靠电话联系，不太经常。等我再次见到他已经是 12 月了。

　　我于 12 月 14 日正式离婚。12 月 16 日，诊所所有在职和去职的工作人员都受邀到布鲁斯·康明斯位于华盛顿湖畔的家里参加圣诞派对。我有车，但没有男伴，而我知道泰德没车，于是我打电话问他是否愿意和我一起去参加派对。他似乎很高兴，我就去东北第十二大道的罗杰斯家接他。弗蕾达·罗杰斯朝我微笑，然后喊泰德下楼来。

　　由于已经好几个月没见，从大学区开车到南端的这段长路上，我俩就聊起了我们没见面这段时间发生的事。泰德整个夏天都在县里一家大型综合医院——港景医院做心理咨询实习生。我在 50 年代当过女警，曾带过一些精神有问题的人——警察行话中称 220s——到港景医院的五楼，对那里很熟悉。但泰德很少谈及他的暑期工作，而是更热衷于谈论他在 1972 年秋州长竞选期间的活动。

　　泰德受雇于华盛顿州州长、共和党人丹·埃文斯的连任竞选委员会。因为前州长阿尔伯特·罗斯里尼打算复出参选，泰德的任务是跑遍整个华盛顿州去看罗斯里尼的演讲，并录制下来供埃文斯的团队进行分析。

"我只是混在人群中，没人知道我是谁。"他解释说。

他平时就喜欢化装舞会，有时戴个假胡子，有时扮成在校大学生。他还被罗斯里尼为华盛顿东部的麦农和韦纳奇的苹果种植户而特意修改的演讲稿逗乐了。罗斯里尼是位老练的政治家，与埃文斯那种美国式的坦率风格截然不同。

能够成为面向全州的竞选活动的一分子，可以拿着罗斯里尼的演讲录音带向埃文斯州长本人和他的高级助手汇报，这一切都让泰德兴奋不已。

9月2日，泰德开着豪华轿车，车里是埃文斯州长和几个政要，这辆打头的车驰骋在北卡斯卡德高速公路上，两边尽是华盛顿州北部边界的壮丽景色。

"他们以为尼克松总统会来，"泰德回忆说，"因而让特勤人员对所有人进行了检查。最后，来的是尼克松的哥哥，但我并不在意，我得带领 1.5 万人驶完这段 64 英里的山间之旅。"

埃文斯竞选连任的活动很成功，而泰德现在与执政的州政府建立了良好的关系。参加圣诞派对那段时间，他在西雅图预防犯罪咨询委员会工作，正在审阅华盛顿州有关搭便车的新法，该法使得竖拇指求搭便车的方法再次合法化。

"我个人绝对反对搭便车。"我说，"我写过太多关于女性在搭便车时遇到杀人犯并最终遇害的故事了。"

泰德一边期盼着法学院的消息，一边也把目光投向了预防犯罪咨询委员会主任的职位。他是参加该职位决选的最终候选人之一，并觉得自己很有希望得到这份工作。

到了派对上，我和泰德还是分开了。其间我和他跳了一两次舞，他玩得挺开心，还和几个姑娘聊了天。泰德似乎迷上了西雅图青年联盟的一个年轻姑娘，她也是危机诊所的志愿者，但我和泰德以前都没见过。诊所的有些轮班从不重合，因而志愿者之间排班没有交叉也就不足为奇了。这位女士结婚了，丈夫是位前途不可限量的年轻律师，现在他是西雅图最成功的律师之一。

泰德没有和她说话，甚至对她很是敬畏，但他把她指给我看，还向我询问了关于她的情况。她是个美丽的女人，留着一头笔直、乌黑的中分式长发，衣着高档且显得很有品味。她身穿黑色长袖上衣，下面是直筒的白色真丝晚礼服长裙，戴着纯金的项链和耳环。

我不确定她那晚是否留意到了泰德对她的着迷，但我发现泰德盯着她看了好几次。有其他人在场的时候，泰德总是很开朗，很放松，还常常成为聊天的主导者。

反正那天是我开车，泰德就喝了很多酒。我们大概凌晨 2 点离开，当时他醉得很厉害。他属于喝醉后还是比较友好和放松的那种人。上车后，他坐在副驾驶座，不停地念叨着派对上那个给他留下深刻印象的女人。

"她就是我一向喜欢的类型。她很完美，可她甚至都没有注意到我。"

然后他就睡着了。

我把泰德送到罗杰斯家时，他仍醉得不省人事。我大声喊他，用力摇他，花了 10 分钟才把他弄醒，然后送他到门口，道了声"晚安"，看着他蹒跚着走进门，我忍不住笑了。

一周后，我收到泰德寄来的圣诞卡。卡片的外面印着一段话："欧·亨利写的《麦琪的礼物》，讲的是相爱的两个人为彼此而舍弃了他们最宝贵的东西的故事。她剪了长发给爱人买了一条表链。而他卖了自己的表，为她买了一套梳子。在这看似愚蠢的行为中，两人都找到了最好的礼物。"

这是我最喜欢的圣诞故事。他是怎么知道的？

打开卡片，泰德在里面写下了自己的祝福："对于一个有才华又讨人喜欢并且刚刚获得解放的女人来说，新的一年一定会更加美好。

谢谢你那天派对后对我的照顾。爱你的，泰德。"

我着实被泰德的这一举动感动到了。这就是泰德·邦迪，他知道我需要情感上的支持。

而我好像什么也帮不了他。他对我没有爱慕之情，我的经济状况也不比他好多少。他寄那张卡片给我，仅仅是因为我俩是朋友。今天我再看那张卡片，并将它和我之后收到的几十封信上的签名进行比对，不禁对字迹的变化感到震惊。他再也没有像当年那样洋洋洒洒地签名了。

泰德没有获得预防犯罪咨询委员会主任的职位，并于1973年1月辞职。我再见到他的时候是3月的某个雨天。我当警察的时候认识的一个老朋友乔伊斯·约翰逊，是个在性犯罪部门工作了11年的警探。那天我找他一起吃午饭，从公共安全大楼的警察监狱（police-jail）电梯里出来时碰到了泰德。一开始我没认出他来，他留了胡子，看上去和以前很不一样。他叫了我的名字，还抓住了我的手。我把他介绍给乔伊斯认识，他热情地告诉我，他目前在国王县法律和司法规划办公室工作。

"我正在做关于强奸受害者的研究，"他解释说，"如果你能提供一些你写的有关强奸案的报道的过刊，那会对我的研究有所帮助。"

我答应会回去找找看，挑选出一些案例——其中许多是乔伊斯·约翰逊经手的案件，再交给泰德。但不知怎么的，我一直没上手，最终还把这事儿给忘了。

泰德又一次申请了犹他大学法学院，主要是由于梅格的力劝。梅格的父亲是位富有的医生，兄弟姐妹在犹他州从事的是专业工作，而她希望自己和泰德最终能在这个摩门教州定居下来。

这一次，泰德很快就被录取了，而他上一次在1972年申请犹他大学时却遭拒了，尽管他从华盛顿大学获得学位时的成绩被定为"优秀"。泰德在华盛顿大学的平均成绩是 3.51 分，这可是人人都可能想要的好成绩，但他的法律能力倾向测试分数还够不上犹他大学的入学标准。

1973 年，他一而再地给犹他大学的招生部门邮寄教授们和丹·埃文斯州长的推荐信。由于不满于标准申请表的限制，他这次打印了简历，列出了自己从华盛顿大学毕业之后取得的成就，还写了一份长达六页的个人陈述，阐述他对法律专业的认知。

整个申请材料包显得非常像样。

在研究生兼职一栏，泰德写的是：

**刑事惩戒顾问**：1973 年 1 月至今，任职于国王县法律和司法规划办公室，主要工作是确定县内 12 个地区法院被判轻罪和严重轻罪①的罪犯的累犯率。这一研究旨在确定经地区法院定罪后继续犯罪的性质和数量。

**预防犯罪咨询委员会主任助理**：1972 年 10 月至 1973 年 1 月。作为西雅图预防犯罪咨询委员会主任的助理，对委员会所调查的侵害妇女和"白领"（经济）犯罪问题提供建议并进行初步调查。为委员会撰写新闻通稿、演讲稿和报纸文章。此外，还广泛参与了委员会 1973 年的工作规划。

**精神疾病咨询人员**：1972 年 6 月至 1972 年 9 月。在港景医院门诊部实习的 4 个月里，全程接待了 12 位客户，定期与客户见面，在医院图表中输入进度报告，对精神病诊断不断进行重新评估，并将客户转介给医生进行医疗和心理治疗药物评估。此外，还参加了许多由精神病科医师举办的培训课程。

---

① gross misdemeanors，比轻罪严重但不属于重罪的一种犯罪等级，可能会导致入狱服刑。——译者

泰德接着写道：

> 我申请法学院是因为我的专业和参加的社区工作都需要我掌握法律知识。无论是研究刑事罪犯的行为还是在立法前进行法案审查，无论是倡导法院改革还是考虑创办自己的公司，我都意识到自己对法律的理解非常有限。我的生活也要求我具备法律知识和实践法律技能的能力。我想成为自己想要成为的人，就这么简单。
>
> 我还可以继续滔滔不绝地解释践行法律是我的终生目标，或者说，我并不指望靠法律学位来获得财富和声望。然而，重要的是，法律使我真正意识到我在日常生活中对它的需求。
>
> 我申请法学院是希望从中获得学习的工具和方法，让自己在设定的社会角色中成为一名更有效的行动者。
>
> 西奥多·罗伯特·邦迪

泰德的个人陈述显得非常博学，引述了从弗洛伊德到总统执法委员会以及司法部门报告的各种专家观点。他一上来就是关于暴力的讨论：如果你从权力和权利之间的关系开始调查，无疑是非常合适的起点。但是，对于"权力"一词，我会用一个更强硬、更具说服力的词来代替："暴力"。今天，权利和暴力之间显然是二律背反的关系。

泰德对暴乱、学生暴动和无政府状态的立场从未软化。法律是正确的，其余的就是暴力。

泰德表示，他目前参与了一系列对陪审团审判的研究。"我正在利用华盛顿州刑事司法评估项目所收集的1.1万起重罪案件的计算机编码数据来编写程序，希望能够分离出应对重罪案件管理问题的初步方案。"

他还谈到了一项有关陪审团的种族构成对被告的影响的研究。

泰德在 1973 年初提交给犹他大学法学院的申请给人留下了深刻的印象，连法学院能力倾向测试成绩也因此不再重要，他成功了。但奇怪的是，他最终没有选择在 1973 年秋季学期入学，还给招生办主任编了个不同寻常的谎话作为借口。

他在开课前一周写了封信给招生办，表达了自己"诚挚的歉意"，说他在一次车祸中受了重伤，正在住院治疗。他解释说，他原本希望自己的身体能够恢复，可以顺利地在秋季入学，但发现自己做不到，他为自己拖了这么久才告知校方而表示歉意，并希望校方能补录一名学生替代他的位置。

事实上，泰德不过是遇到了一次极其轻微的事故，扭伤了脚踝，并没有住院治疗，恢复得也非常好。不过，他把梅格的车撞坏了。泰德为什么在 1973 年选择不去犹他大学就读，至今仍是个谜。

他那看似十分漂亮的申请材料也与事实有出入。他告诉我他正在进行的强奸案研究以及陪审团种族构成的意义研究，都只是一些想法而已，哪一个他都没有真正开始着手。

泰德确实在 1973 年秋天开始入法学院就读，但他去的是他家乡塔科马的普吉特湾大学。他上的是周一、周三和周五晚上的课，从罗杰斯家出发，与另外三个学生拼车向南开到 26 英里之外的学校。上完晚课之后，他经常和一起拼车的伙伴在溪流酒馆逗留，喝上几杯啤酒。

泰德之所以选择留在华盛顿州，可能是因为他在 1973 年 4 月获得了一份不错的政治方面的工作——担任华盛顿州共和党主席罗斯·戴维斯的助理。每月 1 000 美元的工资比之前的工作赚得都要多，并且对于一个一直在努力赚钱和获得他人认可的人来说，还能享有一些"额外的优待"：使用共和党专属的信用卡，出席"大人物"云集的会议，偶尔还能开一把豪车，还有机会在州内各地出差，所有费用报销。

戴维斯及其夫人对泰德的评价颇高。他每周至少和戴维斯一家吃一次饭，还经常帮他们照看孩子。戴维斯回忆起泰德的时候说他"聪明且锐意进取，是共和党的忠实拥护者"。

虽然有共和党的这份工作，但泰德在大学的法律课程平均成绩依然保持得不错。他仍住在原来西雅图大学区弗蕾达和恩斯特·罗杰斯夫妇家。恩斯特的健康状况和之前相比并未转好，因此泰德有空的时候仍会帮忙维护房子。

1973年这一年，泰德的生活发生了很大的变化。这一年里我只见过他一次，是3月在公共安全大楼的一次短会上。我和他之间的友谊属于平时很少联系，但见了面都很开心，并且还能从彼此身上找到熟悉的感觉的那种——至少表面上如此。

再次见到他是1973年12月，仍是在危机诊所的圣诞派对上。这次在西雅图北边劳雷赫斯特区的一位董事会成员家里举办，泰德带着梅格·安德斯一起去了，这也是我第一次见到梅格。

记忆中的那晚水晶灯晶莹闪亮，我还记得我与泰德和梅格站在主人家的厨房里交谈的场景。有人在台子上放了一大碗炸鸡翅，我们聊天时泰德一直大嚼特嚼。

泰德从未和我细说过梅格的事。我听他描述过斯蒂芬妮·布鲁克斯的美貌，我也见到过他在去年圣诞派对上对那位高个子黑发女子的反应。梅格与她俩完全不同，她看起来比较瘦小，长长的浅棕色头发几乎遮住了她的面部特征。很明显，梅格崇拜泰德，一直黏着他，非常害羞，怎么也不肯去跟其他人熟络一下。

当我说到泰德和我一起参加了去年危机诊所的圣诞派对时，梅格的脸上露出了笑容。

"真的吗？你是他去年的女伴？"

我点点头。"我没有男伴，而泰德没有车，于是我们决定整合一下我们的资源。"

梅格似乎松了一口气，显然像我这样一个带着几个孩子的中年妇女对她而言并不构成威胁。但我好奇的是泰德本可以很容易地向她解释我们之间的友谊，却让她为此苦恼了整整一年。

那天晚上，我大部分时间都在和梅格聊天，因为她大概被周围这么多的陌生人给吓到了。她人很聪明，也很友好，但她的全部注意力都在泰德身上。每次他走进人群，她的视线就会跟过去。看得出来，她也想表现得随意些，但对她而言现场根本没有别的人可以交流。

我非常理解她的感受。3个月前，我爱上了一个不可能离婚的已婚男人，因此，对梅格的这种不安全感，我是感同身受的。但泰德和她在一起4年了，并且看上去也很爱她和莉安，两人日后结婚的可能性也比较大。

看到梅格和泰德在一起，我以为泰德已经放弃了对斯蒂芬妮的幻想。事实上，我错了，而且大错特错。梅格和我都不知道泰德之前几天一直和斯蒂芬妮·布鲁克斯在一起，他甚至还和斯蒂芬妮订婚了，而他正期待着在一周内再见到她。

泰德的生活被分割得很清楚，他在一个女人面前是这样的，和另一个女人在一起就变成了另一个人。他在不同的社交圈活动，大多数朋友或伙伴对他生活的其他方面一无所知。

1973年12月的那天，当我和泰德、梅格道别的时候，我真没想过会再见到他。我们是因为危机诊所而建立了联系，而如今我俩都已经离开了那个团体。至于泰德·邦迪有一天会彻底改变我的生活这一点，我更是无从得知。

差不多两年后，我才再次收到泰德的来信，并且这次来信使我比以往任何时候都感到震惊，或者说不可能再有比这更让人震惊的消息了。

# 第六章

我们大多数人可能都有过这样的幻想：与初恋对象复合，并且这一回我们俩都变得更漂亮、更苗条、更富有、令人神往——彼此称心如意到双方都立刻意识到昔日分手真是犯了个可怕的错误。这在现实生活中属于小概率事件，但至少可以有助于减轻一点被人拒绝的痛苦。事实上，泰德在1969年曾尝试过联系斯蒂芬妮·布鲁克斯，想要重新点燃他们之间几近熄灭的火花，但并没有成功。

到1973年夏末，泰德·邦迪已经开始变成个人物了。无论是工作方式、人生规划，还是着装打扮，他都希望自己成为斯蒂芬妮喜欢的类型。应该说，泰德和梅格·安德斯的关系一直挺稳定，并且4年来他对梅格也是尽心尽力。但当他为华盛顿的共和党出差到萨克拉门托时，他便满脑子只剩下斯蒂芬妮了。他联系上了在旧金山的斯蒂芬妮，她对泰德4年来发生的变化惊讶不已。之前的泰德是个大男孩，飘忽不定，犹豫不决，似乎看不到什么前途；而如今的他显得温文尔雅，八面玲珑，又充满自信。他快27岁了，俨然一个华盛顿州政界有气派的人物。

当他们出去吃饭的时候，斯蒂芬妮再度对泰德的成长和他对待侍者的娴熟做派感到吃惊。他们俩度过了一个令人难忘的夜晚，分别之时，斯蒂芬妮欣然答应很快去西雅图找泰德，和他讨论两个人的将来。泰德整晚都没有提及梅格，表现得就像和单身的斯蒂芬妮一样可以自由地做出承诺。

9月，斯蒂芬妮飞往西雅图度假，泰德开了罗斯·戴维斯的车去机场接她，把她送到大学塔酒店。他带她去戴维斯家里吃饭。戴维斯夫妇似乎对斯蒂芬妮很满意，泰德介绍说她是他的未婚妻，她也没有表示异议。

泰德安排好了去位于斯诺奎尔米山口的阿尔彭托的一套共管式公寓里过周末，他仍然开着戴维斯的车，一直开到卡斯卡德山口，穿过他们大学时代去滑雪旅行时经过的山麓小丘。斯蒂芬妮看着那套豪华公寓，问他是怎么付的钱，而他解释说这是他朋友的朋友的房子。

他们俩在那里度过了浪漫美好的时光。泰德认真地谈及了婚姻，斯蒂芬妮也认真地听着。她已然爱上了他，这种爱比她大学时对他的感觉要强烈得多。她相信他们会在一年内结婚，她会挣钱帮他读完法学院。

回到戴维斯家，斯蒂芬妮和泰德合了影，照片里两人一脸笑容，双臂搂着对方。之后，由于泰德要参加一个重要的工作会议，是戴维斯夫人开车送她去机场回旧金山。

1973 年 12 月，斯蒂芬妮再次飞到西雅图，两人在泰德的一位身在夏威夷的律师朋友的公寓里待了几天，然后她继续北上到温哥华和朋友们一起过圣诞节。整个旅途斯蒂芬妮都非常开心，因为圣诞节过后，他俩还会在一起待上几天，她确信到时候可以商定结婚计划。

所以，那年的圣诞派对上，当泰德介绍我和梅格认识的时候，他显然是一心期待着斯蒂芬妮的归来。1973 年的最后几天里，泰德盛情款待了斯蒂芬妮。他带她去国际区的大东（Tai Tung）中餐馆，那是他们第一次谈恋爱期间去过的地方。他还带她去豪华的周菇比（Ruby Chow's）东方餐馆，告诉她餐馆老板菇比是西雅图市议员，也是他的好朋友。

但他俩之间还是发生了些变化。在谈及婚姻计划时，泰德总是闪烁其词。他告诉斯蒂芬妮，他之前和另一个女孩在一起，那女孩为他堕过胎。他说："我俩已经结束了，但她还是经常打电话给我，但我并不觉得我俩之间还有什么可能。"

斯蒂芬妮愣住了。泰德说他在努力"摆脱"另一个女孩，一个他从没提过名字的女孩，但整件事太复杂了。刚刚他还是那么满怀深情，瞬间就变得冷淡而疏离。

他们这次在一起的时间本就很少，可泰德却留她一人呆了一整天，说是学校有个"项目"要做，而她也觉得可以等。圣诞节泰德没给她买礼物，他倒是给她看了一副价值不菲的象棋，是买给他的律师朋友的。斯蒂芬妮送给泰德一件高档印度印花衬衫和一个领结，但他对这份礼物却没什么热情。

就连他曾经非常热衷的做爱，现在也变得敷衍了事，不是那种自然地激情迸发，倒像是一个爱耍酷的男人在表演。事实上，她觉得他不再爱她了。

斯蒂芬妮想和泰德聊聊这事，也想和他讨论一下他们以后的规划，但泰德在谈话当中只是猛烈地抨击自己的家庭。他谈到自己私生子的身份，反复强调约翰尼·邦迪不是他的父亲，说他不太聪明，也没挣多少钱。他似乎很生他母亲的气，因为她从未和他谈起过他的亲生父亲。他看不起邦迪家族，说整个家族"智商不高"。这家子里面他唯一在乎的人是他的外祖父考威尔，但老人家已经过世，所以他再没有别人可在乎了。

1974年1月2日，斯蒂芬妮飞回了加利福尼亚，她感到非常困惑和沮丧，认为肯定是发生了什么事，才让泰德对她的整个态度都发生了变化。他们两在一起的最后一晚，他甚至都没和她做爱。他追了她6年，而如今，他似乎对她失去了兴趣，甚至怀有敌意。她以为他们订婚了，大局已定，可他却像是迫不及待想要甩掉她。

回到加州之后，斯蒂芬妮期待着泰德打电话给她或者写封信给她，解释一下他为何突然改变了心意，但她什么都没等到。最终，她找了一位咨询师帮她理清自己的情绪。

"我不觉得他还爱着我。好像他不再爱我了。"

咨询师建议她写信给泰德。她写了，说她有些问题需要他解答，但泰德没有回信。

2月中旬的一天，斯蒂芬妮打电话给泰德。她既生气又伤心，开始在电话里冲他大吼，说他就这么把她丢下，连个解释都没有。泰德的声音却显得平和而冷静，他说："斯蒂芬妮，我不知道你这是什么意思。……"

斯蒂芬妮听到电话咔嗒一声挂掉，电话那头再没有声音。最后，她得出结论说，泰德在1973年下半年与她的热恋应该是经过精心策划的，他等了这么多年才找到一个机会让她爱上他，然后他可以抛弃她，拒绝她，就像她之前拒绝他一样。1974年9月，斯蒂芬妮写信给一位朋友道："我不知道发生了什么。他完全变了。我竭尽全力从这段感情中走出来。可每当我想到他那种冷漠而算计的态度，我就会不寒而栗。"

她从没听到他的解释，也再没收到过他的来信。1974年的圣诞节，斯蒂芬妮与别人结婚了。

# 第七章

1973 年 12 月，我参加了一个有点不一样的写作项目。我的钱包里放了很多副治安官的名片，是华盛顿州的各个县给的，属于公关动作，搞得我有点不像法务工作者，倒更像是"肯塔基上校"。我的确从中获得了极大的乐趣，但事实上我没有做任何真正意义上的执法工作。12 月 13 日是个星期四，我接到任务去协助调查西雅图以南 60 英里瑟斯顿县的一个案件。

治安官唐·雷蒙德打来电话，问我是否愿意参加他县里正在调查的一起凶杀案的情况介绍会。他向我解释说："安，我们主要是想让你了解德文案的进展情况，然后我们需要一份有关我们迄今掌握的一切情况的全面叙述。时间可能比较紧，我们想要一份 30 页左右的案件报道，以便在周一上午交给检察官。你觉得能做到吗？"

第二天，我开车去奥林匹亚见雷蒙德、首席刑案警官德怀特·卡伦和高级警探保罗·巴克利夫特。我们花了一整天时间察看后续报告、看幻灯片、读 15 岁女孩凯瑟琳·梅里·德文凶杀案的尸检报告。

11 月 25 日，凯西·德文在西雅图最北端的一个街角失踪。这个看上去像 18 岁而不是 15 岁的漂亮女孩最后一次被人见到是她在路边等着搭便车。之前她告诉朋友们她打算逃到俄勒冈州去。事实上，朋友们看着她上了一个男司机的皮卡。她朝他们挥手告别，然后车子就开走了。她从来没有到达她的目的地俄勒冈州。

12 月 6 日，受雇到奥林匹亚附近的麦肯尼公园清理垃圾的一对夫妇发现了凯瑟琳的尸体。她仰面躺在湿漉漉的林子里，衣着完整，但牛仔裤从腰部到裤裆的后缝有被利器划开的痕迹。由于是暖冬，尸体腐烂得很严重，并且心脏、肺和肝脏都已被野生动物叼走了。

法医的初步结论是死者是被勒死的，可能还被割了喉，致命伤口在脖颈处，从衣着情况来看，她被鸡奸过。她在和朋友道别后不久就死了。

女孩的尸体交到了治安官雷蒙德和调查员的手上。她穿着带毛领的仿麂皮大衣、蓝色牛仔裤、白色带花的圆领衬衫和大头马丁靴，配了些廉价首饰。从失踪到发现尸体的时间间隔来看，很难找到杀人凶手的相关线索。

雷蒙德说："该死的搭便车新法规，让这些孩子在路边伸出大拇指就可以坐上任何人的车。"

其他方面没多少发现，但我做了大量的笔记，花了一个周末将德文的案子按时间进行了梳理，结合已知的情况，得出的结论是凯瑟琳·德文很可能是被让她搭便车的人所杀。这看起来是一起独立的案件。我已经好几年没写过类似的谋杀案了。

整个周末，除了周六晚上去参加了危机诊所的聚会，我都在写治安官雷蒙德要的那份30页的报告。星期天晚上，两名警官从奥林匹亚过来取。作为这项任务的特殊工作人员，我获得了从这个部门的调查经费里拨出的100美元酬劳。

我一直没忘记德文的案子。几个月后，我把它写成了一个悬案故事发表在《真探杂志》上，并向读者呼吁，有任何相关信息都可以联系瑟斯顿县的治安官办公室。但没有人提供线索，案件就这么悬着。

1974年的新年伊始，我意识到如果想要养活4个孩子，就必须考虑提高自己作品的销量。尽管孩子父亲的癌症病情有所控制，但我记得第一位外科医生预测过，比尔可能只能再活6个月到5年。

我手上的案子主要来自西雅图警方和国王县警方的凶案调查部门。那里的警探都对我特别友好，允许我在西雅图罪案较少的时候采访他们。我发现，他们不像电视和小说中那种强硬无情的警探；相反，他们是高度敏锐的一群人——知道如果我找不到足够的案件素材来写，我的孩子们可能就没饭吃了。就这样，我和那些人建立了我此生最牢固的友谊。

就我而言，我从未给他们惹出大麻烦，也从未把任何"不得发表"的内容写到我的故事中。我通常会等到庭审结束或被告认罪，并且仔细确认我发表的内容绝不会在审判前影响待选陪审团的判断。

他们信任我，我也信任他们。由于他们知道我在努力学习一切有关凶杀调查领域的知识，我也经常被邀请去参加执法部门专家的专题讨论会。有一次，我还作为国王县警局基础警校的成员去参加了一次为期两周的"凶杀犯罪现场"课程。我和华盛顿州巡警的 K-9 小组、西雅图警局、国王县巡警小组以及医疗救护一队一起轮班，并和被称为 Marshal 5 的西雅图消防局纵火案小队一起度过了 250 个小时。

这对于一个女人来说可能是个奇怪的职业，但我非常喜欢。我有一半时间是位普通的妈妈，而另一半时间是在学习凶杀案调查技巧，学习如何发现纵火案。我的祖父和叔叔曾在密歇根州当过治安官，而我自己当警察的那几年经历只会让我更加深信警察是"好人"。尽管在 1970 年代初，警察经常被人称为"猪"，但作为一名犯罪新闻记者，我从未见过他们中的任何人玷污过警察的形象。

从某种意义上说，我又成了他们中的一员。因此，我对很多正在侦办的案件（如德文凶杀案）情况非常了解。我从不和警方以外的任何人讨论这些事，但我清楚 1974 年发生了什么。

新年伊始，便发生了一起令人震惊的袭击事件，遇袭者是一名年轻女子，住在华盛顿大学附近位于东北第八大道 4325 号一栋老房子的地下室里。事情发生在 1 月 4 日晚上，让我觉得奇怪的是，乔伊斯·约翰逊警探居然向我提起这事。约翰逊做警察已有 22 年，平时就负责处理那些新警探感觉棘手的案子，可是这次袭击却让她感到极为焦虑不安。

那天，18 岁的受害者乔尼·伦兹和往常一样，已经在房间睡下了，她的房间位于地下室，地下室有个侧门可以通向外头，侧门平时通常是锁着的。第二天早上，乔尼没起来吃早饭，她的室友以为她在房里睡觉。不过，到了下午 3 点，他们决定去地下室看看她。他们大声地喊门，但乔尼没有回应。等他们走近床时，发现她的脸和头发上都是凝固的血渍，她已经不省人事了。他们都吓坏了。乔尼·伦兹被人用一根从床架上拧下来的金属棍殴打，而当他们拉开被子时，更是惊恐地看到那根金属棍被残忍地塞进了乔尼的阴道，对她的内脏造成了可怕的伤害。

一周后，乔伊斯·约翰逊告诉我说："她仍在昏迷。看着她父母坐在床边，祈祷她能挺过这一关，实在让人太难受了。即便她醒来了，医生认为她也会有永久性的脑损伤。"

乔尼确实渡过了难关。她活了下来，但她失去了记忆，想不起遇袭 10 天前到醒来这段时间发生的事，而且她将不得不带着永久性脑损伤度过余生。

抛开金属棍所带的象征意味不谈，乔尼并没有被强奸。应该是有人在怒不可遏的状态下发现了睡梦中的乔尼，于是把火发泄在她身上。除此之外，警探们根本找不出别的行凶动机。受害者是一位待人友好而且有些腼腆的女孩，并没有什么仇家。她的遇袭纯属偶然，仅仅是因为有人知道她独自睡在地下室的房间里，或者是透过窗户发现了她，并且恰好通往地下室的门没有上锁。

乔尼·伦兹幸运地活下来了。她是少数几位幸存者之一。

"嗨，我是琳达，下面播报卡斯卡德滑雪场一带的天气情况：斯诺奎尔米山口 29 华氏度，路上有冰雪。史蒂文斯山口为 17 华氏度，路面有积雪。……"

华盛顿西部成千上万的电台听众并不认识 21 岁的琳达·安·希利，但对她的声音都耳熟能详。她的声音性感而甜美，像是和音乐节目主持人之间的对话，令早上 7 点开车上班的通勤者们非常享受。然而，无论有多少感兴趣的男性打电话来，这些播报山口天气情况的女孩的姓氏都从未被透露。她们的名字都是不对外公布的，她们是地道美国女孩的声音化身。

琳达本人也的确很漂亮，又高又瘦，栗色的长发几乎垂到腰间，清澈的蓝眼睛上覆着深色的睫毛。她是华盛顿大学心理学专业的大四学生，和 4 个学生合租住在东北第十二大道 5517 号一栋老旧的绿色房子里，她们是玛蒂·桑兹、吉尔·霍奇斯、洛娜·莫斯和芭芭拉·利特尔。

琳达在华盛顿湖东侧西雅图的纽波特山一带的中上阶层住宅区长大。她在音乐方面很有天赋，上纽波特高中时曾演过《蓬岛仙舞》（Brigadoon）中的菲奥娜一角，并且还在公理会的"上帝之风"民间弥撒中独奏过。但她最感兴趣的还是心理学，尤其是与智障青少年相关的工作。当然，她在大学期间获得了充分的机会去研究这种反常的思维。是研究，而不仅仅是了解。

这五位合租在这套又大又旧的房子里的女孩绝非幼稚无知的那类人，相反，她们平时都很谨慎。吉尔的父亲是华盛顿州东部一个县里的刑事律师，因此她对暴力犯罪是有所了解的，但她们中没有一人亲身体会过暴力行为。1 月 4 日，她们读到了发生在几个街区之外的袭击新闻，还听到传闻说她们的街区有可疑人士出没。于是，她们采取了适当的预防措施，平时注意锁门，天黑后结伴外出，并小心防范那些看上去古怪可疑的人。

有五个人住在同一栋房子里，她们感觉是安全的。

琳达在西北滑雪场天气预报组工作，这意味着她必须在早上 5 点半起床，然后骑自行车到几个街区外的办公室上班，所以她平时很少熬夜。1 月 31 日是星期四，本该是她生活中的寻常一天。她得先去录滑雪场的天气预报，再去上课，然后回家写信。她的世界里，除了她男朋友工作时间太长，以致他俩很少有时间在一起，以及一直困扰着她的胃病，其他都基本安好。那天她给朋友写了信，这也将是她此生写的最后一封信：

> 我本想打电话给你，但外面下着雪，所以我还是决定裹着蓝色的阿富汗大毯子给你写这封信。你肯定想不到这条大毯子让我在学习或午休的时候有多舒服。我这边的每个人一切都好。我请了爸爸妈妈、鲍勃和劳拉来吃晚饭，我想做酸奶油牛肉给他们吃。我平时经常滑雪，有时去做兼职，还有就是学习……大概就这样啦。

那天下午 2:30，吉尔·霍奇斯开车送琳达去大学参加合唱练习，5 点接琳达和洛娜·莫斯回家。她们一起吃了晚饭，然后琳达借了玛蒂·桑兹的车去杂货店，8:30 回到家。

之后，琳达、洛娜、玛蒂和她们的一位男性朋友一起走路去但丁酒馆，它位于第 53 街和罗斯福路，深受华盛顿大学的学生喜爱。他们四人要了两扎啤酒，女孩们没和其他人搭话，不过洛娜和玛蒂后来回忆说他们的朋友皮特其间离开过一会儿，去了隔壁桌玩骰子游戏的一群人那边。

一小时后，她们就到家了。琳达接了前男友从奥林匹亚打来的电话，室友回忆说他们聊了约一个小时，然后大家一起看了电视上播的《简·皮特曼小姐的自传》后各自去睡觉了。

琳达起身去她在地下室的房间时穿着蓝色牛仔裤、白色衬衫和短靴。

芭芭拉·利特尔那个周四晚上去了图书馆，0:45 才回到家。芭芭拉的房间也在地下室，和琳达的房间只用一面薄胶合板墙隔开。琳达已经熄灯睡了，吉尔房间也静悄悄的。

早上 5:30，和往常一样，芭芭拉听到琳达的闹钟响起，但她又睡过去了。6 点钟，她自己的闹钟响了，但奇怪的是，她听到琳达的闹钟还在响。

这时电话铃响了，是琳达工作的滑雪场老板打来的，问琳达为何没去上班。芭芭拉走到琳达的房间，打开灯，房间很整洁，床上平平整整没有一点褶皱。这有点不寻常，因为平时琳达的习惯是下课后再回来整理床铺，但芭芭拉并没太在意。她关掉了闹钟，以为琳达已经在上班的路上了。

琳达·安·希利并不在上班的路上，也不在上学的路上。她就这么走了，没有挣扎，也没有留下任何痕迹。

琳达用来代步的绿色十速自行车仍在地下室，但她的室友们注意到有些不对劲。通往地下室的侧门没有上锁。**他们从来没有任由这门开着不去锁上。**事实上，这门很难——甚至几乎不可能——从外面打开，所以每当她们想把自行车推出去，都是从里面开门，然后回到里面把门锁上，再绕到房子外面去取自行车。而紧挨着混凝土内台阶的那个带透明窗帘的单扇窗户也早就被涂满了漆。

那天下午，合租的女孩们在校园碰头，互相比对了一下信息。每个人都以为其他人会在课堂上见过琳达，然而大家都说没有。晚上，她的家人按约定过来吃晚饭。他们也吓坏了。琳达平时绝不会旷工或旷课，尤其是请家人吃饭这种事，更是不会爽约。

他们立即打电话给西雅图警方，报告她失踪的情况。

凶案组的韦恩·多曼和泰德·福尼斯警探赶到现场，对琳达满脸愁容的父母和室友进行了问话。他们被带到她那整洁的地下室房间。房间的墙面涂成了明亮的黄色，挂满了海报和照片，其中很多是琳达和朋友滑雪时拍的，还有几张是实验学校"卡米洛特之家"的智障青少年的照片，琳达平时有空就会去做志愿者。她的床紧挨着胶合板墙，墙的另一面就是芭芭拉的房间了。

警探们把床罩往后掀开。枕芯被染成了深红色，上面的血渍已干，床单上的污渍浸透了床垫。无论是谁流了那么多血，一定是受了重伤，甚至是已经昏迷，但是现场的血量还不足以表明受害者已流血而死。

洛娜和玛蒂告诉警察说，这床与琳达平时整理的不一样。她总是把床单拉到枕头上，但现在是压在枕头下的。

琳达的床上有个粉红色缎面枕套，如今不见了。另一个枕套在梳妆台的抽屉里。她的睡衣在衣橱的后面，衣领处有已经干掉的血迹。

一种合理的推测是，琳达在床上睡觉，这时有人闯进了她的房间，她还没来得及喊救命就被打晕过去，然后被带走了。

她的室友翻她的衣柜，发现唯一不见的衣服就是她前一天晚上穿的牛仔裤、衬衫和靴子。

"她的背包也不见了，"玛蒂说，"红色的包，灰色的背带。她常用来装书，可能还会放黄色滑雪帽和手套……噢，她包里还有一大堆青年交响乐团的票，以及一些可以用来买票的支票。"

琳达的睡衣沾了血，这说明她被袭击时是穿着睡衣的。警探们能得出的唯一结论是，绑架她的人在带走她之前花点了时间给她穿上衣服。但她所有的外套都在房间。难道连加件外套都来不及？可是为什么拿走了背包？枕套又为何不见了？

房东告诉福尼斯和多曼，每当有新房客搬进来，他便会照例更换通向外面的所有大门的锁。这算得上是谨慎的保护措施，除了有一点——这5个女孩在前廊信箱里留了一把备用钥匙。此外，琳达和玛蒂都丢过钥匙，在外面各配过一把。

任何男人，只要留心并等在那里观察一下，知道这家住着5个女孩，都可能会记下她们的举动，并发现她们从信箱里拿备用钥匙。如今，余下的四个房客满心恐惧地搬出了这栋绿房子，几个年轻的男性朋友搬了进来，监视这里的任何异动。然而，事已至此，无可挽回。

琳达的四个室友还记得有件事特别奇怪，就是琳达失踪后的那个下午，打进来三个电话。每次她们一接起，都只听到另一端的呼吸声，然后电话就挂断了。

周边的每一寸土地都被搜过了，附近拉文纳公园的所有暗沟也被警察和K-9小组的狗狗翻遍了，但还是没有找到琳达·安·希利，并且那个带走她的男人也没有留下自己的任何痕迹。即便是一根头发，一滴血或一滴精液，什么痕迹都没留下。这人要么很聪明，要么就是非常非常幸运。让凶杀调查科的警探感到棘手的便是这类案子了。

2月4日，有个男人打通了报警电话911：“听着，仔细听好了，上个月8号袭击那个女孩的和带走琳达·希利的是同一人。这个人当时就在这两栋房子的外面。有人看到了。”

“你是谁?”接线员问。

“别想知道我的名字。”那人说完便挂了电话。

琳达的现任男友和前男友都自愿参加了测谎，并且都顺利地通过了。几天过去了，接着，几周过去了，人们不得不认清一点，那就是琳达·安·希利死了，她的尸体被小心地藏了起来，只有凶手和上帝才知道她究竟在哪儿。西雅图警局的犯罪实验室里也只有很少的几样物证。“一张白色床单（血迹——A型阳性），一个黄色枕头（血迹——A型阳性），一件带棕色和蓝色花边的浅米色短睡衣（血迹——A型阳性）。白色床单上的血迹块边缘呈明显的‘罗纹’状。”这便是这个充满朝气的女孩所留下的一切。1月31日，她和朋友们道了晚安后，就再也没出现过。

要侦破一起凶杀案——琳达·希利的失踪显然是凶杀案——警探必须先找到一些共同的线索，一些能把受害者和凶手联系起来的东西，一系列犯罪中相似的操作方法，以及物证或者受害者之间的关联等。

就在这一环节，他们被难住了。琳达·希利和乔尼·伦兹住得相距不到 1 英里，除了都住在地下室、都是在夜间睡觉时遭到袭击这两点，两人之间根本没有任何关联。乔尼头部受了伤，从琳达枕头上的血迹和睡衣上的污渍来看，似乎也是头骨受到猛击。但两栋房子的住户都互不认识，甚至都没有上过同样的课程。

2 月悄悄过去，3 月转瞬来临，而琳达没有回来，跟她一起不见的东西也一样没有找回。她的背包，她的带花圆领衬衫，她那条屁股后面打了个可爱的三角补丁的旧牛仔裤，还有她的两枚特别的、扁圆形的、上面镶有小绿松石的戒指，每一样都无影无踪。

再过两个季度，琳达就要大学毕业了，然后会找一份和专业相关的工作，去尽量多地帮助那些没能像她那样拥有智慧、美貌和一个充满关爱的家庭的智障青少年。

西雅图警探们还在绞尽脑汁地处理琳达·安·希利的离奇失踪案，而瑟斯顿县的唐·雷蒙德治安官和警探们也遇到了麻烦。位于奥林匹亚市西南部的常青州立学院的一名女生失踪了。

常青州立学院是华盛顿州一所新成立不久的大学，一栋栋预制混凝土大楼不可思议地从茂密的冷杉林中拔地而起。这是一所深受传统教育者诟病的学校，因为它没有必修课和公认的评分标准，而是信奉"做你自己的事"的理念。学生自己选择他们想学的东西——从卡通动画到生态学，什么都可以，然后根据学生自己承诺的每学期学分数签约。批评者认为，常青州立学院的毕业生在就业时并没有真正的技能或教育背景。他们甚至称之为"玩具学院"。但常青州立学院还是成功地吸引了一些最聪明最优秀的学生。

19 岁的唐娜·盖尔·曼森便是一名典型的常青州立学院学生。她拥有高智商，成了一名不寻常的鼓手。唐娜的父亲是西雅图公立学校的音乐老师，她遗传了父亲在音乐方面的天赋和兴趣，她在长笛方面已经达到了参加交响乐演奏的水平。

在听说有第二个年轻女孩确定在瑟斯顿县遇害的消息后，我再次驱车前往奥林匹亚，与雷蒙德和保罗·巴克利夫特进行讨论。巴克利夫特向我解释了唐娜失踪的情况。

1974 年 3 月 12 日，星期二，是个下雨天。那天晚上，唐娜准备参加一场校园爵士音乐会。她的室友回忆说，她在镜子前换了好几身衣服，最后选定了红、橙、绿相间的条纹发带，蓝色的宽松裤和长达脚踝的黑色绒毛外套。她还戴了一枚椭圆形的棕色玛瑙戒指和一块宝路华手表。

晚上 7 点刚过，她就出门了，独自一人走路去听音乐会。"音乐会上没见到她，"雷蒙德说，"她可能还没走到那里就失踪了。"

琳达·安·希利和凯瑟琳·梅里·德文都是身材高挑、体态苗条的类型，但唐娜·曼森却只有 5 英尺高，体重 100 磅。

瑟斯顿县的警探和常青州立学院的安保负责人罗德·马雷姆在唐娜失踪 6 天后才得到消息。唐娜平时经常会突然离开一阵子，回来后会给大家讲她一路搭车旅行的经历，她甚至以这种方式到过俄勒冈州。所以，当有学生拿着她的缺勤记录去报案时，只等来了"请尝试联系"这一句。然而，日子一天天过去，一点唐娜的消息都没有，这时她的失踪才开始显现出不祥征兆。

巴克利夫特开始联系所有认识唐娜的人，并跟进所有可能的线索。他找她最好的朋友特蕾莎·奥尔森、前室友西莉亚·德莱登以及另外几个室友谈了话。

唐娜·曼森智商挺高，却算不上是个好学生。她之前曾就读于奥本的绿河社区学院，并以 2.2 分的成绩（C+）入学常青州立学院。

唐娜选了一门相当宽泛的课，叫"有效学习技能的个人选择"（PORTELS, Personal Options Toward Effective Learning Skills）。然而，就连在常青学院她也是落后其他学生的，因为她常常夜不归宿，凌晨回来还要让室友西莉亚替她在课上打掩护，而自己整个白天都在床上睡觉，这让西莉亚觉得有点烦。唐娜还痴迷于死亡、魔法和炼金术，似乎还有严重的抑郁症，而且还经常乱写些炼金术的东西，这也让西莉亚感到不安。

唐娜失踪前不久，西莉亚要求搬去另一个房间。

炼金术是一种古老的伪科学："……长生不老药的制备……任何看似神奇的力量或转化过程。"它被付诸实践最早是在古埃及，可这样的课程是不会在更为传统的大学里开设的。

"我们想过她会不会是自杀。"巴克利夫特说，"但我们让精神病医生对她写的东西进行了评估，医生觉得这些对于唐娜这个年龄的女孩来说并不特别重要。如果她害怕某种东西，就会把它写下来，但她写的东西里并没有这样的发现。"

警探在唐娜的房间里发现了几张纸条，其中一张写着"思想力量公司"（Thought Power Inc.）。经过初步调查，这是奥林匹亚市一家有执照的公司，开在一栋整洁的老房子里。我们曾在那里举办过积极思维和心理训练的研讨会。就在唐娜失踪前，老板把公司名改成了"ESP 研究所"。

唐娜·曼森几乎每天都抽大麻，她的朋友们认为她可能还尝试过其他毒品。她有过 4 个男朋友。但四人都查过了，没有嫌疑。

去年 11 月，唐娜曾搭便车去过俄勒冈州，但平时她离校的大多数出行都是去塞勒克看她的几个朋友。塞勒克是一个小矿村，位于通往伊瑟阔和北本德的公路沿线，这条公路一直延伸到斯诺奎尔米山口，连通主高速公路。巴克利夫特说："我们和那里的人核实过，他们从 2 月 10 日起就再没见过她。"

唐娜在寻找她所说的"无法解释的另一个世界"的同时，仍然很亲近她的父母。2 月 23 至 24 日，她和父母一起过的周末，3 月 9 日给他们打过电话，3 月 10 日给他们写了封信。她精神状态良好，正计划和母亲一起去海滩度假。

巴克利夫特开车带我在常青州立学院的校园里转了转，说沿路都装了路灯，但整个校园还是保留了许多原生态的元素。有些地方的蜿蜒小路向前延伸，径直消失在树枝低垂而形成的"隧道"中。

　　"大多数女孩天黑后在外面会结伴或成群出入。"他解释道。

　　校园被春雨打得湿漉漉的。警察和搜寻犬对校园进行了网格式的全面搜索。如果唐娜还在校园内，如果她的尸体被藏匿在沙巴叶沼泽、俄勒冈葡萄园、剑蕨林或者冷杉枯枝堆里，他们应该已经找到她了。然而，和琳达·希利一样，唐娜的踪迹无处可寻。她在房间里留下的东西，包括她的背包、长笛、手提箱和所有的衣服，甚至她总是随身携带的相机，都交给了她的父母。

　　最后，瑟斯顿县的警探手头有的仅仅是唐娜所写的有关死亡和魔法的材料，以及他们从医生那里获得的脊椎、左脚踝和左手腕的 X 光片。如果他们现在找到唐娜，这恐怕便是辨认她的唯一途径了。

# 第八章

1974 年春天，我在西雅图大学区以南 1 英里的尤宁湖区（Lake Union）租了一处水上住宅作为办公室，并将其中一个小单间转租了出去。这时的我已经完全明白，两个女大学生失踪了，凯瑟琳·德文被谋杀了，而且我感觉警方那里似乎找到了一种模式，但公众依旧浑然不知。西雅图平均每年约有 60 起凶杀案，国王县则每年从两三起到十几起不等，瑟斯顿县很少超过 3 起。对于人口稠密的地区来说，这样的比例已经不错了，一切看上去也都正常。发生这种事当然是不幸，但也属正常。

我的前夫突然癫痫大发作。他的癌症已经转移到大脑。他接受了手术，住院治疗了几个星期。我的小女儿，16 岁的莱斯利，每天放学后都乘公交车去西雅图照顾她父亲，她觉得护士不够细心。我有点担心，女儿很可爱，看上去和失踪的那两个女孩有些相像，哪怕她要在那个城市里单独走过半个街区我都心惊。她坚称那是她必须做的事，于是我每天都提心吊胆，直到她安全到家。我当时经历的这种恐惧，很快这个地区的每一位家长都会感受到。作为一名犯罪小说作家，我见过太多的暴力，太多的悲剧。无论走到哪里，我都能看到"可疑的男人"。我从来没有为自己担心害怕过，但是我担心我的女儿们。我告诫过她们太多次，以至于她们最后一致指责我疑神疑鬼。

于是，我搬离了水上办公室。我不想离孩子们那么远，即便在白天也不想。

4 月 17 日，又发生了失踪案。这次失踪的女孩住的地方离西雅图 120 英里，那里远远地穿过隐约可见的将华盛顿州碧绿的海岸和该州东部茫茫的麦田分隔开的卡斯卡德山脉。

女孩名叫苏珊·伊莱恩·兰考特，是中央华盛顿州立学院艾伦斯堡校区①的一名大一学生，艾伦斯堡是座保留了西部传统特色的牛仔竞技小镇。苏珊家里共有 6 个孩子，家人关系和睦亲密，她曾在华盛顿拉康纳高中担任啦啦队队长，还被选为返校日皇后。

与其他几个失踪女孩不同的是，苏珊属于金发碧眼的类型，拥有绝大多数十几岁女孩都向往的迷人身材，十几岁的男孩更是为之着迷。也许是身体发育较早，这让她平时有些害羞，也让人们没有注意到她这个人其实智力过人、非常有科学头脑。

当苏珊全家搬到阿拉斯加州的安克雷奇时，她留下来在艾伦斯堡上大学是需要勇气的。她知道接下来的花销基本上得靠自己了，她还有五个兄弟姐妹，家里根本没钱支付她大学期间的所有开销。

大学开学前的那个夏天，为了攒学费，苏珊同时打两份全职工，而且每周七天。她一直都清楚自己是要学医的。她高中的全 A 成绩和大学能力倾向测试成绩都证明她天生是学医的料。在艾伦斯堡，苏珊·兰考特主修生物学，同时还在一家疗养院做全职工作，但她的平均成绩仍是 4.0 分。她就是那种会让任何一个家庭都引以为豪的女孩。

如果说琳达·希利为人谨慎，唐娜·曼森对危险掉以轻心，那么苏珊·兰考特则是那种坦率承认自己怕黑、害怕独自外出的女孩。太阳下山后，如果没有室友陪伴，她哪儿也不会去。

是的，4 月 17 日晚上之前从来没有。那一周苏珊特别忙，不仅是期中考试周，她还了解到有个宿舍管理员的工作机会。一旦得到了这份工作，她的开支就可以大幅减少。此外，这工作还将使她有机会去认识更多的学生，有助于打破她给自己造的羞怯的外壳。因此，苏

---

① 现为中央华盛顿大学（Central Washington University，CWU）。——译者

珊决定去碰碰运气。

苏珊身高仅 5 英尺 2 英寸，体重 120 磅，但长得挺结实。她每天早上慢跑，还上过一些空手道课。也许她曾经傻乎乎地认为，如果真的有人接近她，她也无法在拥挤的校园里保护自己。

那天晚上 8 点，她带着一包衣服先到校园宿舍楼的洗衣房，之后走去参加宿管员会议。会议 9 点结束，她打算和朋友碰头，一起去看一部德国电影，然后在 10 点回到洗衣房把衣服放进烘干机。

但苏珊开完会后就再也没人见过她。她的朋友等了又等，最后一个人走进了电影院，其间还几次回头看向入口处，想见到苏珊那熟悉的身影。

苏珊的衣服一直在洗衣机里，直到另一个要用洗衣机的学生实在不耐烦了，才把它们拿出来放到了桌上，第二天这些衣服被发现的时候还在桌上。

苏珊·兰考特没有回宿舍的事立刻传开了。苏珊有男朋友，但他远在西雅图的华盛顿大学，而苏珊也没有在跟别人约会。她不是那种晚上不回家的人，她也肯定不会错过期中考试，她甚至从未逃过课。

校警留意到苏珊最后一次被人见到时的穿着：灰色灯芯绒休闲裤，短袖黄色毛衣，黄色外套，棕色"暇步士"牌子的鞋。然后，他们试着重走了一遍她从宿管员会议到 1/4 英里之外的宿舍之间的路线。

最快也是最为常见的路线是沿着购物中心，经过一个建筑区，先穿过一座小池塘上的人行天桥，然后穿过学生停车场附近的铁路栈桥。

"如果有人盯上她，跟踪她，想抓住她，"一位警官说道，"那应该会是在这里，这座栈桥下，大约有 20 英尺的地方都是漆黑一片。"

但如果是在那里，那应该能找到点苏珊留下的痕迹。她一直随身带着个文件夹，里面装满了松散的纸张，如果经过打斗，那这些纸应该会散落得到处都是。此外，虽然苏珊·兰考特平时比较害羞，但她可以打架，她会空手道。她的朋友们坚持认为苏珊不是那种会默默放弃的女孩。

除此之外，通往巴托电影院，也就是苏珊要去看电影的那家的路，是大多数学生都会经过的路线。晚上9点的时候，那一带通常人流量不小，经过的行人应该会看到些异样的情况，但并没有人看到。

苏珊唯一的生理缺陷是高度近视。4月17日晚，她既没戴有框眼镜，也没戴隐形眼镜。要是戴了，她在校园里行走，就可以看得很清楚，但那天她必须得靠得很近才能认出人来，而且她可能没注意到栈桥下那些阴影里的不易察觉的小动作。

苏珊·兰考特失踪后，其他女生纷纷站出来说了些让她们隐约感到不安的事。一个女孩说，4月12日，她在校图书馆外和一位二十多岁的高个子帅哥说过话，该男子一只胳膊吊着吊带，手指上套着个金属支架。他没法抱稳自己臂弯里的一摞书，掉了好几本。"最后，他问我能不能帮他把书搬到车上。"她回忆说。

他的车是一辆大众甲壳虫，停在离铁路栈桥大约300码的地方。她把他的书拿到车上，然后发现副驾驶座位被放倒了。某些她说不出是什么的东西让她突然感到汗毛都竖起来了，应该跟那个被放倒的副驾驶座有关。这男的看起来不错，他说他是在水晶山滑雪时受的伤。但突然间，她就只想离他远点。"我把书放在车子的引擎盖上，然后就跑了。……"

另一个女孩描述的情况与第一个很像。她是在17号那天遇到了一个胳膊受伤的男人，并帮他把一些牛皮纸包的东西送到了他车上。"然后，他说他车子发动不起来，让我进车里帮他试试点火，而他在引擎盖下不知道弄些什么。我不认识他，我也不想上他的车，于是找了个借口，说自己赶时间就离开了。"

一位俄勒冈州地方检察官的儿子去过校园，他记得 17 号晚 8 点 30 分左右看到过一个高个子男人站在巴托电影院前，胳膊上吊着吊带。

这些通报的信息似乎并非都那么不祥。每当有犯罪或失踪发生时，想要提供帮助的"目击者"眼中的普通事件便显示出其重要性了。这些信息被打印出来存档，而搜寻苏珊·兰考特的工作还在继续。

结合这个案子和其他许多案件，可以发现，任何一个微小的细节都有助于确认失踪女孩的命运。对于唐娜·曼森，是她落下的相机。对于苏珊，是她的隐形眼镜和失踪那晚本打算带去看电影的眼镜，以及她的牙线。当苏珊的妈妈看到药柜中的牙线时心怦怦直跳："她是个非常注重习惯的人，从来不会在不带牙线的情况下外出过夜……"

赫伯·斯温德勒队长是个非常强悍顽固的警察，是凶杀案调查方面的老手，自 1974 年春天开始接掌西雅图警察局人身侵害犯罪科。我认识赫伯已经不止 15 年了。1950 年代末，他还是一名普通巡警，当西雅图西部一位妈妈投诉说有人猥亵她年幼的女儿时，赫伯是第一个站出来接警的。而我那时还是新人，被叫去向那孩子询问情况。那年我 21 岁，对于要问一个小女孩一些有关那个寄宿在她家的"好老头"的问题，实在觉得有些尴尬。

我还记得赫伯当时是怎么取笑我的，因为我的脸顿时红了——这是新来的女警察必须承受的标准嘲弄，但赫伯对那个孩子和她的母亲很温和。他是个好警察，也是个不放过任何蛛丝马迹的探员，在警队升得很快。如今，这个棘手的问题落到了赫伯手里。大多数女孩失踪案件似乎源头都是在西雅图。赫伯日以继夜地工作，试图解开那些看似没有线索也没有答案的谜团。这看上去简直就是行凶者在奚落警察，为他可以如此轻松地绑架了那些女孩却没有留下自己的任何痕迹而得意。

斯温德勒是个健谈的人，但他也需要征询别人的意见，而我便是那个可以聆听和给意见的人。他知道我不会和部门外的任何人交流，知道我会跟所有警探一样一丝不苟地跟踪案件。的确，我是在为写作寻找大事件的素材，但我也是两个十几岁女孩的母亲，而这一切的恐怖和父母的悲痛，都让我彻夜难眠。因此，斯温德勒确定我不会在时机成熟之前公开发表任何内容。

1974年的那几个月里，我几乎每天都和斯温德勒说话，也听他说，努力想发掘出一些共同点。我的工作范围跨度很大，往往还会收到其他城市的案件信息——甚至是200英里之外俄勒冈州的案件，而我每次都会将任何可能与西雅图案件关联的失踪案汇报给警局。

下一个永远离开的女孩住在俄勒冈州。5月6日，也就是苏珊·兰考特失踪19天后，罗伯塔·凯萨琳（"凯西"）·帕克斯在西雅图以南250英里之外俄勒冈州立大学科瓦利斯校区萨克特学生公寓的房间里度过了郁闷又内疚的一天。我熟悉萨克特学生公寓。1950年代，我在俄勒冈州立大学修过一学期的课程，当时就住在那里。那是一栋巨大的现代化宿舍楼，该校区当时被称为"奶牛学院"。即便在那个没有如此多危险的年代，我们也不会有人在晚上独自去地下室走廊的零食贩售机。

凯西·帕克斯在俄勒冈州立大学不太开心。她很想念她在加州拉斐特的家，而且还和去了路易斯安那州的男朋友分手了。5月4日，凯西在电话中与父亲发生争吵；5月6日，她得知父亲犯了严重的心脏病。她姐姐从华盛顿州的斯波坎打电话给她，告诉她父亲得的是冠心病，几个小时后又打来说看样子父亲可以挺过这一关。

主修世界宗教学的凯西在接到第二通电话后感觉好了一点，同意和萨克特学生公寓的其他学生一起去休息室健身。

快11点时，这个灰金色长发的瘦高女孩离开了萨克特公寓，去学生会大楼和一些朋友喝咖啡。她和室友说好了会在一小时内回来。

就这样，她穿着蓝色休闲裤、海军蓝上衣、浅绿色夹克和厚底凉鞋，永远地离开了萨克特公寓。凯西没有走到学生会大楼。和其他失踪女孩一样，她所有的东西都没带走，包括自行车、衣服和化妆品。

这一回，没有人见到任何可疑人士。没有把胳膊吊在吊带里的男人，没有大众甲壳虫汽车。凯西从未提到过自己害怕，也没说自己接到过色情骚扰电话。但她是一个容易情绪波动的女孩，因此存在自杀的可能性。她会不会是因为和父亲吵架而感到内疚，或者她觉得是自己导致了父亲的心脏病发作？可是她的负罪感会大到要自杀吗？

人们在科瓦利斯附近蜿蜒而过的威拉米特河沿线来回搜了一遍，但没有任何发现。如果她选择了另一种自我毁灭的方式，她的尸体应该很快会被找到，然而却没有。

俄勒冈州警察局刑事调查组的比尔·哈里斯中尉驻点在俄勒冈州大学校园，领导校园范围内的搜查工作。几年前，萨克特公寓发生过一起杀人惨案，一名女生被发现在自己的房间被人刺死，但比尔的调查非常成功，警方最后逮捕了一名住在楼上的男生。那个年轻人现在还在俄勒冈州监狱里。

经过一周的搜查，哈里斯确信凯西·帕克斯是被绑架了，地点可能是萨克特公寓和学生会大楼之间的小路边上紫丁香盛开的灌木丛。和其他几位一样，凯西还没来得及呼救就失踪了。

西北部每个执法机构的办公室公告栏上，都并排贴着四名失踪女孩的照片，一张张笑脸看上去很像姐妹。然而，只有赫伯·斯温德勒一人坚决相信凯西·帕克斯的案子是连环案中的一起，而其他警探不同意，认为科瓦利斯对于那个在华盛顿大学校园一带徘徊的犯案者来说有点太远了。

仅仅过了 26 天，我大女儿的熟人布伦达·卡萝尔·鲍尔也失踪了。22 岁的布伦达和两个室友住在国王县南郊的布里恩。两周之前，她还是海莱恩社区学院的学生。她身高 5 英尺 3 英寸，体重 112 磅，棕色的眼睛里充满着对生活的热情。

从 5 月 31 日晚到 6 月 1 日，布伦达独自前往位于正南 128 街安堡姆南路的火焰酒馆。室友们最后一次见到她是那周的周五下午 2 点，布伦达告诉她们说她打算去酒馆，还提到她可能会随后搭便车去华盛顿州东部的太阳湖州立公园，在那里与她们碰头。

她确实去了火焰酒馆，有几个认识的人在酒馆见到她了。没人记得她那天穿了什么衣服，但她平时的装束多半是褪色的蓝牛仔裤和长袖高领上衣。她似乎玩得很开心，一直待到凌晨 2 点酒馆打烊。

布伦达叫酒馆乐队的一位乐手顺路捎她回去，但他解释说他不顺路，走的是另一个方向。布伦达·鲍尔最后一次被人见到是在停车场和一个英俊的棕发男子聊天，那人一只胳膊上吊着吊带。

因为布伦达和唐娜·曼森比较类似，生性自由烂漫，不时会来一场说走就走的旅行，所以耽搁了很久她的失踪才被正式报案。事实上，布伦达失踪 19 天后，她的室友们才确信她出事了。她们向银行核实了她的记录，发现她的储蓄账户没有动过，这越发让大家感到恐慌。此外，布伦达所有的衣服都还在公寓里，她父母就住在附近，也没有任何她的消息。

22 岁的布伦达是所有失踪女孩中年龄最大的一位，是个能干且谨慎的成年人。但这一次她没有做到。她似乎遇上了一个不该信任的人，她就这么消失了。

但是犯案者的跟踪还远没有结束。甚至在布伦达·鲍尔作为失踪人口被上报至国王县警局之前，各执法部门所寻找的这名男子又在四处游荡，几乎是在数十名目击者的视线范围内明目张胆地下手，却仍然像个幽灵，没有留下蛛丝马迹。他会对警察做鬼脸，以示蔑视，让他们像在过去侦破一系列连环罪案时那般的懊丧，他们早已对这种罪案既愤怒又恐惧。毕竟许多寻找失踪女孩的警探都是有女儿的人。

这整件事简直就像是绑架者在玩一种变态的挑战游戏。好像每次这个人都会从暗处往外走一点，冒更大的险来证明自己可以做到自己想做的事，并且还是不会被抓到，甚至不会被人看到。

在 6 月 10 日那个莫名其妙的夜晚之前，可以说 18 岁的乔治安·霍金斯一直深受命运女神的眷顾。她在华盛顿州塔科马市郊的萨姆纳长大，曾被选为"水仙花公主"和啦啦队队长。她就读于莱克斯高中，和苏珊·兰考特一样，也是一名优等生。乔治安活泼可爱，浑身散发着健康的气息，散发出一种仙子般的灵气。她棕色的长发充满光泽、棕色的眼睛闪烁着活力。她身材娇小，身高 5 英尺 2 英寸，体重 115 磅，是沃伦·B. 霍金斯家两个女儿中的老二。

很多好学生都会认为华盛顿大学的课程比高中的难出太大，成绩也都降到了 C 的平均水平，但乔治安一直保持着全 A 的成绩。她最担心的是 6 月期末考试周的西班牙语考试。她觉得这门课有点困难，也考虑过放弃，但 6 月 10 日上午，她给母亲打电话说自己还是想为第二天的期末考最后努一把力，还说自己应该能应付得了。

她已经在塔科马找好了一份暑期工作，并且在和父母至少每周一次的电话中讨论过此事。

1973 年 9 月的学生联谊会纳新活动周期间，乔治安被校园里最顶尖的女生联谊会之一 Kappa Alpha Theta 选中，住进了联谊会位于东北第十七大道的一栋大房子，那里还有另外几栋风格类似的希腊建筑。

住在这些希腊建筑内的男生联谊会和女生联谊会成员之间可以互相来往，这和 1950 年代的情况比，实在是宽松自由多了，50 年代时，异性之间就连在一楼的大厅见面都是严格禁止的。乔治安经常去看她的男朋友，她所在的 Theta 楼和男友住的 Beta Theta Pi 联谊会那栋楼中间隔了六栋房子。

6 月 10 日是个星期一，傍晚时分，乔治安和女生联谊会的一位姐妹去参加了一个聚会，她俩都喝了一两杯混合饮料。这时乔治安说，她得回去复习，准备西班牙语考试。但她要先去一下 Beta 楼和男朋友道晚安。

乔治安是个谨慎的女孩。她平时很少晚上独自去校园里的任何地方，除了她最熟悉的东北第十七大道一带，那里路灯很亮，还总能碰到她认识的人。男生联谊会组织位于街道两侧的前排，中间隔着一片长满青草的绿岛。还有 20 年代就种下的树木，都已经长成了参天大树，6 月的时候更是枝繁叶茂，确实挡住了一些路灯的光亮。

东北 45 街到 47 街的希腊建筑后面有条小巷，亮得像白天一样，每隔 10 英尺左右就有路灯。6 月 10 日，那是个温暖的夜晚，对着小巷的每扇窗户都敞开着。恐怕到了午夜时分，这些学生都不会入睡。他们中的大多数都在喝着黑咖啡、吃着"瞌睡无"① 为期末考试临阵磨枪。

6 月 11 日凌晨快 0 点 30 分的时候，乔治安的确去了 Beta 楼。她和男朋友一起待了半小时左右，借了点西班牙语考试笔记，道了晚安，然后从后门走了 90 英尺，到达了 Theta 楼的后门。

Beta 楼有人听到门砰的一声关上时，把头伸出窗外，认出了是乔治安。

"嗨，乔治安!"他大声喊道，"最近怎么样啊?"

这个晒得黝黑，穿着蓝色休闲长裤、白色露背 T 恤和红白蓝三色上衣的漂亮女孩伸长脖子回头看了看。她笑着和他挥挥手，说了点西班牙语考试的事，然后笑着说:"再见。"

她转过身，向南朝她的住处走去。他看她走出了约 30 英尺远，另外两个认识她的男学生回忆说，他们见她走过了接下来的 20 英尺。

她还有 40 英尺的路，也就是说在灯火通明的小巷里再走 40 英尺就到了。当然，楼与楼之间到处都是月桂树篱和盛开的杜鹃花，会有

---

① No-Doz，一种咖啡因药片，用于抗疲劳。——译者

一些光线不太好的地方，但乔治安应该会走在小巷的中央。

她的室友迪·尼科尔斯一直等着熟悉的小石子敲打窗户的声音。乔治安把后门的钥匙弄丢了，女生联谊会的姐妹每次都不得不跑下楼梯给她开门。

没有石子敲窗的声音。外面没有声音，也没有呼喊，什么也没有。

一小时过去了，两小时过去了。迪很担心，于是打电话到 Beta 楼，得知乔治安凌晨 1 点多就往回走了。她叫醒了女舍监，轻声说："乔治安不见了。她到现在还没回来。"

她们等了一整夜，努力想着乔治安为什么不回来的合理解释，她们不想在凌晨 3 点的时候惊动她的父母。

早上，她们打电话到西雅图警局报警。

失踪人口调查组的侦探"巴德"·杰尔伯格接报，与见过乔治安最后一面的男生联谊会成员进行了核实，然后给她的父母打了电话。通常，警察部门会在等待 24 小时之后才开始寻找失踪的成年人口。然而，鉴于 1974 年上半年发生的那些事，乔治安·霍金斯的失踪立即受到了非常严肃的对待。

上午 8 点 45 分，凶案组的警长伊凡·比森、探员泰德·福尼斯和乔治·卡特希尔抵达了东北第十七大道 4521 号的 Theta 楼，同行的还有西北部最有名的犯罪学家之一乔治·石井。石井是华盛顿州西部犯罪实验室的负责人，才华横溢，可以称得上是美国西部对物证的发现、保存和检验方面最具权威的人。他是我学习犯罪现场调查的第一位老师。在那两学期里，我学到了有关物证的知识比以往任何时候都多。

石井信奉法国犯罪学先驱埃德蒙·洛卡德博士提出的定律，即"每个罪犯都会在犯罪现场留下自己的一些东西——就算再小也会有——并且总会从现场带走一些东西"。每个好侦探都知道这一理论。

这也是为什么他们在犯罪现场如此细致地搜索罪犯留下的微小痕迹，哪怕只是一根头发、一滴血、一根线头、一粒纽扣、一个指纹或掌纹、一个脚印、少量精液、工具痕迹或弹壳。而在大多数情况下，他们的确会有所发现。

石井和三名凶案组警探在东北 45 街到 47 街后面那条小巷的 90 英尺范围内进行了仔仔细细的搜查。

可是，什么都没找到。

他们离开了被封锁的小巷，把那里交由巡警看守，他们则一起走进 Theta 楼，与乔治安所在的女生联谊会姐妹和舍监进行交谈。

乔治安住在这座楼的 8 号房，室友是迪·尼科尔斯。乔治安所有的东西都在房间，除了她穿走的那身衣服和随身携带的棕色包，那是个有红色斑点的"麻袋"包。包里装有她的身份证和几美元现金，以及一瓶标签上有个天使图像的 Heaven Sent 牌香水和一把小梳子。

"乔治安去任何地方之前都会给我留下电话号码，"迪说，"我知道她昨晚是打算回来的。她还有一场考试要参加，然后打算 13 号回家过暑假。她穿的那条蓝色休闲裤掉了三粒扣子，只剩一粒了。我可以找一粒类似的给你看看。"和苏珊·兰考特一样，乔治安近视也很严重。她的室友回忆说："她昨晚没戴有框眼镜，也没戴隐形眼镜。她整天都戴着隐形眼镜学习，戴了很长时间的隐形眼镜后，再戴有框眼镜看东西时会很模糊，所以她也没戴。"

这个失踪的女孩在经过那条熟悉的小巷时本可以看得很清楚，可是没戴眼镜的她对于 10 英尺外的人影只能看到个模糊的轮廓。如果有人一直躲在巷子里，在听到 Beta 楼的那个年轻人喊了乔治安后得知了她的名字，很可能会用一声轻柔的"乔治安"唤她过去，而她为了认出和她打招呼的人就不得不走上前去。

会不会是她靠那人太近了，还没来得及喊出声来就被抓住并堵了嘴带走了？

当然，如果有人瞥一眼小巷看到一个男人把她带走，通常会有所警觉。但他们一定会吗？要知道期末考试周期间总会有些非常规的举动，为的是缓解紧张的气氛，也常有些身强力壮的年轻人会把咯咯笑或尖叫的女孩带走，就像在玩"野人"游戏。

但就连这都没人看到。乔治安·霍金斯可能是被一拳打倒后，遭氯仿麻醉，再被注射了一种快速起效的神经系统抑制剂，也可能只是被人用胳膊死死抱住，并用手紧紧地捂住嘴，以防她发出尖叫。

"她怕黑。"迪平静地说，"有时为了避开人行道上某个黑的地方，我们会多绕一个街区。那人抓到她时，她肯定正匆匆赶回宿舍。我想她当时没有机会逃跑。"

那天晚上早些时候和乔治安一起参加聚会的女生联谊会姐妹回忆说，她俩是在东北 47 街和第十七大道的拐角处分开的，"我走回自己宿舍的时候，她站在那里目送我，我对她大喊说我没事，她也对我大喊说她没事。我们大家都是这样互相确认的。她进了 Beta 楼，那是我最后一次见到她。"

乔治安·霍金斯会在 40 英尺的范围内完全消失，这无论是在当时还是现在都让西雅图凶案组的警探们无法理解。在所有失踪女孩的案件中，最让他们不解的就是霍金斯案。这几乎是不可能发生的事，但它确实发生了。

当乔治安失踪的消息见诸媒体时，两名目击者站出来讲述了 6 月 11 日发生的事，内容居然惊人地相似。一个漂亮的联谊会女生说，凌晨 0 点 30 分左右，她从东北第十七大道的希腊建筑前经过，看到一个拄着拐杖的年轻男子就在她前面。他牛仔裤的一条裤腿被剪掉了一截，那条腿上像是打了一圈石膏。

"他手上拿着带把手的公文包，但总掉到地上。我主动提出要帮他，但我告诉他，我得先去一下其中一栋楼几分钟，如果他不介意等的话，我会出来帮他把东西拿回家。"

"你后来帮他拿了吗?"

"没有,我去的时间比预计的要长,出来的时候发现他已经走了。"

一名男生也看到了那个高大英俊拿着公文包和拐杖的男人。"有个女孩帮他提着公文包。后来,在我把我女朋友送回去后,我又看见了那个女孩,这时她是一个人走着。"

他看了乔治安·霍金斯的照片,说他很肯定乔治安不是他那天见到的女孩。

这时,艾伦斯堡的苏珊·兰考特案件档案中有这么个胳膊吊着吊带的男子的事还并不为人所知。在那个腿上打了石膏的人的信息被传播出去之后,这两起相距如此之远的案件才被结合起来对待。是纯属巧合,还是趁年轻女性没有防备时下手的有预谋的行动呢?

东北第十七大道 4520 号的 Phi Sigma Sigma 兄弟会楼位于 Theta 楼的正对面,警探对两边的每栋楼都进行了仔细搜查,女舍监回忆起了自己 6 月 11 日凌晨 1 点到 2 点之间从熟睡中惊醒的事。

"是一声尖叫把我吵醒了。很刺耳的尖叫……很可怕的一声尖叫。然后就没了,一切都回复到安静的状态。我以为只是孩子们闹着玩,但现在我希望……我希望我当时能……"

没有其他人听见这声尖叫。

琳达……唐娜……苏珊……凯西……布伦达……乔治安。所有人都消失得无影无踪,仿佛生活的背景布中间开了一条缝,她们被拉了进去,然后缝又合上了,甚至没留下一点修补的痕迹。

乔治安·霍金斯的父亲带着嘶哑的嗓音说出了所有等待消息的父母那种担心到绝望的心情。"每过一天,我的心就往下沉一分。你想抱有希望,但我太现实了。她以前是那么一个待人友好、做事投入的年轻人。我一直在说'以前是',我不应该这么说。抚养孩子是一份工作。你是他们的引路人,我们一度认为我们的两个孩子已经过了最难的时候。"

任何一个凶杀案警探都清楚地知道，应对悲痛欲绝的受害者父母是最艰难的一环。这些父母凭直觉意识到自己的孩子已经死了，但却连知道尸体在哪里这一点可怜的慰藉都无法实现。一位疲惫不堪的警探告诉我："这太难了。当你不得不告诉他们你发现了一具尸体，而那就是他们的孩子的时候，真他妈的太难启齿了。但对于这些父母来说，孩子尸体找不到，意味着这一切永远没有结束。他们不能为孩子举行葬礼，他们不知道孩子是否被关押在某个地方受着折磨，他们无法面对这样的悲痛，也很难从中走出来。该死的，他们永远都走不出来，但是，不管怎样，生活还得继续。"

女孩们不见了，每家父母都得努力去接受这个事实，还要向警方提供一些记录，可能有一天在辨认一具已经腐烂的尸体时会用到。这些年来所有补牙和矫正的诊疗记录，那都是为了让孩子能有一口一辈子受用的好牙。唐娜·曼森骨折的 X 光片显示，她已经恢复如初。乔治安十几岁时患过胫骨结节骨骺炎，拍了 X 光片，经过数月的休养，她的腿后来长得长而匀称，只是膝盖以下有轻微的隆起。

约翰·F.肯尼迪曾经说过："生养孩子就是把人质交给命运。"任何一个养过孩子的人都理解这句话。孩子因病或者意外去世，可以通过时间来慢慢治愈。但孩子落入一个疯狂而聪明的捕食者手中，几乎是任何人都无法承受的。

开始写真实的罪案调查的时候，我向自己保证过，我会永远记得自己是在写逝去的生命的故事，这一点我绝不能忘记。我希望我的工作能以某种方式帮到其他可能受害的人，能够提醒他们注意危险。我从不想纯粹去寻找一些耸人听闻的和血腥的东西来写，并且我也从来没有。我应邀加入了失踪人口和暴力犯罪受害者亲友委员会，见过很多受害者的父母，和他们一起哭过，但不知何故，我还会感到内疚，因为我是在靠他人身上的悲剧谋生。当我告诉委员会我的感受时，他们安慰我说："不，请继续写下去，让公众了解这对我们意味着什么，让他们知道我们是何等难过，知道我们想要通过推动新的立法对凶手执行强制量刑和死刑来帮助其他家庭的孩子。"

他们的内心比我强大很多。

于是，我继续写作，试图去寻找这个可怕谜题的答案，相信凶手被找到后，一定会被证明是一个有暴力案底的人，一个永远不应该被允许出现在大街上的人，一个过去肯定出现过精神问题的人，一个过早被放出监狱的人。

# 第九章

1974 年 6 月下旬的一个下午，我正坐在赫伯·斯温德勒队长的办公室里时，乔尼·伦兹和她的父亲走进了凶案组。赫伯的办公室墙上挂着按照某种思路排列的受害者照片，时刻提醒自己调查必须继续，不能松懈。乔尼是自愿过来看这些照片的，想看看是否有她认得的人，尽管她对这些女孩的名字完全不熟。

"乔尼，"赫伯轻声地说，"看看这些女孩。你见过她们中的哪个吗？也许你和她们一起参加过某个俱乐部，一起工作过或一起上课什么的。"

有父亲寸步不离地陪在她身边，这个 1 月 4 日遭重器击伤的受害者端详起了这些照片。身材苗条的乔尼还处于脑损伤恢复阶段，说话时有些迟钝和含糊不清，但她很努力地想帮忙。她贴近墙壁，仔细研究每张照片，然后摇了摇头。

"不，不，"她结结巴巴地说，"我从没见过她们中的任何人。我不认识她们。我不记得，很多事情我都不记得了，但我确信我从来不认识这些女孩。"

"谢谢你，乔尼。"赫伯说，"你能来我们已经很感激了。"

这是一次把握不大的尝试，将微乎其微的可能性寄托在一个幸存的受害者身上，希望她可以把几个案子联系起来。当乔尼·伦兹一瘸一拐地走出房间时，赫伯朝我看了一眼，摇摇头。即便她认识其中的人，可她过去一年的大部分记忆已经没有了。

现在，在 1974 年初夏，公众知道了这些失踪女孩案件的作案模式，因此这不再是一个只有警探和相关负责人关心的问题了。公众都吓坏了，年轻女性中搭便车者的比例急剧下降，15 岁到 65 岁的女性都尽量避开阴暗的路段。

各种传闻出现了，都是那种永远无法直接追溯到源头的传闻。我听过关于同一主题的各种版本，但总是那种"一个朋友的朋友的朋友的朋友的表妹或妻子也遇到过"之类的话。

传闻中的袭击有时发生在购物中心，有时发生在餐馆，有时发生在剧院。情节通常是这样的："这人和他妻子（或姐妹、女儿等）去南方中心商场购物，妻子回车上去取东西，很久没回，于是丈夫就担心了，回去找她。他赶到那里，正好看到有人要把他妻子劫走。丈夫立刻大喊，那家伙把人扔下就跑了。他肯定给她注射过某种让她昏迷的药物。所幸他及时赶到了，因为，你也知道，最近发生的一切，很可能就是同一个凶手所为。"

最初几次我听到了"真"故事的几个不同版本，还试图去追溯它的起源，但我发现这根本不可能。我很怀疑那些事是否真的发生过。这其实也是公众的正常反应，或者叫群体性歇斯底里。如果那些女孩就是这么失踪的，那这事在任何人身上都可能发生，而且似乎没什么办法可以阻止。

当然，压力最大的还是执法部门。7 月 3 日，来自华盛顿州和俄勒冈州各部门的百余名代表参加了在奥林匹亚的常青州立学院举行的头脑风暴会议。会开了整整一天，也许，如果大家把信息进行汇总，就可能会找到共同点，从而破解看似难以捉摸的谜团。

我也被邀请参加了这个会议。当我沿着冷杉遮蔽的小路走去会场时，突然感到一阵诡异的压迫感。4 个月前，唐娜·曼森也曾走过这条道，目的地是同一栋楼。如今，阴雨霏霏已被明媚的阳光取而代之，鸟儿在我头顶的树上鸣叫，但恐怖的感觉仍在。

参加会议的包括西雅图警察局、国王县警察局、华盛顿州巡警局、美国陆军刑事调查处、华盛顿大学警务局、华盛顿中部安全部队、塔科马警察局、皮尔斯县治安官办公室，穆特诺马（俄勒冈州）县治安官办公室、俄勒冈州警察局和其他几十个较小的警察部门。我身在其中，发现实在难以置信，所有这些人都是经过几十年的专业训练，积累了丰富经验的人，连他们居然都无法找到更多有关这个嫌犯的信息。

这绝不是因为他们不够尽力。事实上，每一个相关部门都想要抓到他，他们愿意尝试任何途径——无论有多么怪诞离奇——来完成抓捕，一次实实在在的抓捕。

瑟斯顿县治安官唐·雷蒙德在开场白中表达了这样一种感受："我们想让家长们知道我们真的很关心他们。我们很想找到他们的孩子。我们必须得到华盛顿州人民的帮助，很多时候人们可以主动提供信息，我们需要他们提供的所见所闻。"

雷蒙德的部门位于华盛顿州首府，目前仍在寻找杀害凯瑟琳·梅里·德文的凶手，并追踪唐娜·曼森的下落。现在，他们手上又多了一宗青少年凶杀案。5月25日，与凯瑟琳和唐娜一样，15岁的布伦达·贝克搭便车离家出走了。6月17日，在奥林匹亚的米勒西尔维尼亚州立公园边上发现了她的尸体，已经严重腐烂。这时再要确定死因或者做个快速鉴定都已经太晚了。起初，人们认为那可能是乔治安·霍金斯的尸体，然而牙医记录证明她是布伦达·贝克。发现她尸体的地点和之前发现凯西·德文的麦肯尼公园相距不过几英里，并且这两个地点到连接西雅图和奥林匹亚的5号州际公路的距离相同。

把这些女孩失踪案放在一起来看，有些惊人的相似之处不容小觑。带走她们的这个人似乎是经过了仔细挑选，最后拣了他想要的猎物：

　　* 每个女孩都留着中分的长发。

　　* 每个女孩都是白种人，肤色白皙。

　　* 每个女孩的智力都远超一般人。

\* 每个女孩都很苗条，长得漂亮且很有天赋。

\* 每个女孩都是在当地大学的期中或期末考试周失踪的。

\* 每个女孩都出生于稳定而且有爱的家庭。

\* 每一次失踪都发生在黑夜。

\* 每个女孩都是单身。

\* 每个女孩失踪时都穿着休闲裤或牛仔裤。

\* 在每起案件中，警探们都没有找到可能是绑架者留下的任何物证。

\* 每个女孩失踪时校园都在施工。


此外，在艾伦斯堡的苏珊·兰考特和西雅图的乔治安·霍金斯这两起案件中，失踪地点附近都出现过一个胳膊或腿上绑着石膏的男人。

她们都是年轻女孩，没有一个可以称得上是成熟女人。

这很奇怪，很变态，也很疯狂，对于试图锁定这个人的警探们来说，简直就像在走迷宫，每走上一条新路，到头来都会发现被堵住了。受害者显然并非随机选择的，这一点也让他们纳闷不已。

他们甚至在想，他们要找的可能不止一个人。难道是一个邪教打算将这些少女作为仪式上的祭品？1974年春天，西北部各州大量的报告接踵而至，说是在田野里发现了被肢解的牛，都被割去了性器官。所有这些都带有邪恶崇拜的意味。而这种残害的自然（或非自然）发展就是把人作为祭品。

这些聚在常青州立学院开会的警探，平时在工作和生活中都习惯于理性而具体的思维方式，对他们而言"神秘"是个陌生的概念。我相信超感知能力（ESP）的效果，但除了阅读每日的联合专栏外，我对占星术不太熟悉。但在奥林匹亚会议召开的前几天，我与一位女占星家通过一次电话，还见过一面。

我的这位朋友在绘制占星术图表时使用姓名缩写"R. L."，我在危机诊所工作时她正好也在。她当时 30 多岁，正在华盛顿大学读大四，主修历史。在她 6 月底打电话来之前，我已经有一段时间没有她的消息了。

"安，我知道你和警察走得很近。"她开始说，"我发现了一些我认为他们应该了解的事。我们能谈谈吗？"

我和她在她的公寓碰头，然后她带我去了她的办公室，里面的桌子、地板和家具上到处都是带有奇怪符号的星位图。她一直努力想从占星术的角度找出女孩失踪案的模式。

"我有些发现，你看看这些。"她说。

我心里完全没谱。我可以辨认出我的天秤座的天平，但其余的对我来说都是涂涂画画。我告诉她我看不懂。

"好吧，我来给你上堂速成课。你大概知道太阳星座。一共是 12 个，每个星座持续约一个月。这就是人们说'我是水瓶座或天蝎座'的意思，但是月亮每个月都会经过这些星座。"

她给我看了一本星历（占星术年历），我看到月亮星座基本上每个月持续 48 小时。

"嗯，这一点我懂了，但我看不出这与案件有什么关系。"我问。

"这是有规律的：琳达·希利是在月亮经过金牛座时被带走的。从那时起，女孩就在月亮经过双鱼座和天蝎座的交替时失踪了。不符合这个规律的情况基本没出现过。"

"你是说有人故意绑架了那些女孩，或许还杀害了她们，是因为他知道月亮会经过某个星座？我还是不理解。"

"我不清楚他是否懂占星术，"她说，"他甚至可能连月亮对星座的影响也不一定知道。"

这时，她拿出一个封好的信封。"请你把这个交给案子的负责人。过了 7 月 13 日至 15 日的周末之后再打开。"

"得了吧，他们会嘲笑我，然后把我赶出办公室的。"

"那他们还能干吗？我已经找到一种模式了。我已经印证了好几次，每次都是如此。如果我能告诉你这人是谁、在哪里或者什么时候会再次发生，我会告诉你，但我做不到。月亮在经过金牛座的时候发生过一次，然后在经过双鱼座和天蝎座时来回发生了好几次。我觉得他会回到金牛座，开始一个新的周期。"

"好吧。"我最后还是同意了，"我会把信封拿走，但我不能保证我一定会交给谁，说实话我不知道该交给谁。"

"你会找到合适人选的。"她非常确信地说。我在常青州立学院参加会议时，这个信封就在我包里。我还没决定是否要拿出这个装着R. L. 预言的信封。

午休过后，赫伯·斯温德勒走上了发言席。他抛出了一个令人吃惊的问题，引来了一些同事的哄笑。

"大家想过没有，是否还有我们尚未考虑到的模式？这里有人了解命理学吗？有人通灵吗？"

我以为赫伯是在开玩笑，但他不是。他开始在黑板上写下女孩失踪的日期，试图发现数字之间的联系。

但似乎没什么规律可循。从琳达失踪到唐娜失踪，中间隔了42天。从唐娜到苏珊是36天，从苏珊到凯西·帕克斯是19天，从凯西到布伦达是25天，从布伦达到乔治安11天。唯一显而易见的一点是绑架案越来越频繁了。

"接下来，"赫伯说，"还有别的建议或想法吗？多荒唐的都可以，我们就是拿出来随便聊聊。"

看来那封信是不能再捂在我包里了，于是我举了手。

"我不懂命理学，但我的一位占星家朋友说这里面存在一种占星术模式。"

这时有人抬眼望向天花板，有人咯咯笑出了声，但我冲到前面，向大家解释了 R. L. 和我说的话。"只有当月亮经过金牛座、双鱼座或天蝎座时，他才把女孩带走。"

斯温德勒笑了。"你朋友觉得这很不寻常?"

"她说这违反了概率定律。"

"那她能告诉我们什么时候会再发生吗?

"我不确定。她给了我一个封好的信封。如果你愿意的话，你可以拿去，但要到 7 月 15 日才能打开。"

我能感觉到现场的人开始显得不耐烦了，认为我们是在浪费时间。

我把信封递给赫伯，他用手掂了掂。

"所以这是她预言下一个女孩失踪的时间，对吗?"

"我不知道。我不知道信封里是什么。她想验证自己的理论，但她说那天之前不要拆开。"

随后的讨论转到了其他方面。我怀疑在场的大多数调查人员都认为我是个"疯记者"，我自己也不太确定这能否算得上是一种没有模式的模式。

会议达成的普遍共识是，女孩失踪案中只有一个男性嫌疑犯，而我们想要弄清楚他究竟用了什么样的诡计让这些女孩放松到放下了天生的警惕性。

什么样的人会让大多数女孩不自觉地信任他呢? 他扮成了什么模样使得她们觉得他是安全的? 从孩提时代起，我们中的大多数人受的教育和训练是我们可以相信牧师、神父、消防员、医生、救护车工作人员和警察这些人。但最让人深恶痛绝的是，这些犯案者当中可能就有警察——那种流氓警察，或是穿着警察制服的人。

还有一种较为靠谱的假设是：大多数年轻女性都会帮助残疾人，比如盲人，还有突然发病的人、拄拐杖或打石膏的人。

那你还能怎么办呢? 派警察进驻西北部的每个校园，让他们去阻止每一个穿得像警察、消防员、救护车工作人员或牧师的人，以及每一个打着石膏的人？而俄勒冈州和华盛顿州的执法机构甚至根本没有足够的警力去这么做。

最后，唯一可行的方法就是尽可能多地通过媒体报道来提醒公众注意，从公众那里获得讯息，不放过任何细微的线索去寻找突破口。当然，劫走女孩的那个人或那伙人一定会有疏漏的地方，一定也会留下一些最终指向他或他们的线索。在7月3日的那次会议上，所有在场的人都祈祷不要再有女孩遭这份儿罪。

可悲的是，媒体对这次会议的报道似乎仅仅是向那个人发出挑战，那个人在等待观望，觉得自己才智过人，觉得无论自己多么明目张胆，都不会被抓到，甚至觉得自己可以凌驾于法律之上。

萨马米什湖州立公园位于这座湖的东侧，名称由此而来。公园位于西雅图以东12英里处，差不多与通往斯诺奎尔米山口的90号州际公路毗邻。夏天的时候，公园不仅吸引了来自西雅图的游客，也吸引了附近最大的郊区贝尔维尤的游客。贝尔维尤是一个新型的居住社区，人口7.5万。此外，伊萨卡和北本德两个小镇也离州立公园不远。

萨马米什湖州立公园地势平坦，春天时大草坪上遍地毛茛，夏天则是满地的野雏菊。公园里有树，但没有矮小的灌木丛。有个护林员平时住在公园；救生员则负责照看游泳的人，提醒游船离开；野餐者可以向东远眺，看跳伞者从盘旋的小型飞机上跳下的轨迹。

在我的孩子们还小的时候，我们就住在贝尔维尤，几乎每个夏夜都是在萨马米什湖州立公园度过的。孩子们在那里学会了游泳，我白天也经常带他们去那里。它几乎是世界上最安全的地方。

1974年7月14日，华盛顿州在经历了冬季和早春无休止的雨天后，终于迎来了难得的明媚阳光。天空一片湛蓝，午间气温一度上升到80多华氏度，傍晚时分甚至可能达到90华氏度。即便是夏天，这样的日子在华盛顿州西部也并不常见。就在上周日，萨马米什湖州立公园还人满为患，4 万人争先恐后地入园，就为了抢占一小块地方，铺开毯子，享受阳光。

除了一家家人来此聚餐，雷尼尔啤酒厂还会在公园里举行一年一度的"啤酒酒会"，西雅图警察体育协会也会在这里办野餐会。柏油铺成的停车场一大早就被堵得水泄不通。

那天上午 11 点半左右，一个年轻漂亮的女孩来到公园，一位身穿白色 T 恤和蓝色牛仔裤的年轻男子立即凑了上去。

"嗨，你能帮我一下吗？"他微笑着问道。

她看到他的一只胳膊挂在米色的吊带上，回答说："当然，你要我帮什么？"

他解释说他想把帆船装到车上，但他胳膊使不上力。她答应了，并和他一起走向停车场里一辆金属棕色的大众甲壳虫。

车子周围并没有帆船。

女孩看向这位英俊的年轻男子——她后来形容他是淡棕色头发，身高约 5 英尺 10 英寸，体重 160 磅左右——并问他船在哪里。"哦，忘了告诉你，在我爸妈家里，往山上走走就到。"

他往副驾驶那头的车门打了个手势，这时，女孩站住了，开始产生警觉。她说父母还在等着她，她已经迟到了。

他友好地接受了她的说法，回应道："没关系，我应该事先告诉你帆船不在停车场。麻烦你跟我走了一趟，谢谢。"

大约 12 点半，这个女孩看到那个男子正和一位漂亮的女孩朝停车场走去，那女孩骑着自行车，兴致勃勃地和男子聊着天。之后，这女孩就忘了此事，直到第二天看到报道才又想起来。

7 月 14 日，对于 23 岁的珍妮丝·奥特来说是个孤单的日子。她在西雅图国王县青少年拘留所和法院下属的青少年服务中心工作，是一名缓刑案办案人员。她的丈夫吉姆远在 1 400 英里外的加州河滨市参加一门残疾人假肢设计课程的学习。珍妮丝等了很久才得到这份工作，就没有和丈夫一起去加州。这意味着她要和刚结婚一年半的丈夫分开几个月。她将在 9 月飞去和他团聚，平时只能靠打电话和写信了。

珍妮丝·安妮·奥特是小个子女孩，身高仅 5 英尺，体重 100 磅左右。她有一头金色的中分式长发，一双令人吃惊的灰绿色眼睛。她看起来像个高中生，而不是一个早已经以平均全 A 的成绩从东华盛顿州立大学切尼校区毕业的成熟女性。珍妮丝的父亲是华盛顿州斯波坎市公立学校的助理校长，曾是州监狱和假释委员会的副主任。从家庭背景来看，她显然是倾向于在公共服务领域工作的。

和琳达·安·希利一样，珍妮丝学习过反社会行为和精神失常方面的理论，成绩不错，并且她也是个理想主义者。她父亲后来说："她认为人会生病或是被误导，觉得自己可以通过自己的训练和个性引导来帮助这些人。"

那天中午过后，珍妮丝骑着她的十速自行车从位于伊萨卡的家里来到萨马米什湖州立公园。她给室友留了张纸条，说她下午 4 点左右回来。

她找了个地方，把毯子铺开，离另外三组人大约 10 英尺远。她穿着剪短了的牛仔裤，白衬衫前半截塞入裤腰，里面是黑色比基尼。她脱了外衣，躺在毯子上享受阳光。

几分钟后，她感觉到有个影子在晃动，便睁开了眼睛，是个英俊的小伙子。他穿着白色 T 恤、白色网球短裤、白色网球鞋，正低头看着她。他的右臂上吊着根吊带。

附近野餐的人无意间听到了他们的谈话。珍妮丝坐起来，在强烈的阳光下直眨眼睛。

人们还记得那男子讲话略带口音，可能是加拿大口音，也可能是英国口音。他说："不好意思，能请你帮忙把帆船放到我车上吗？我的胳膊受伤了，自己搞不定。"

珍妮丝·奥特叫那人坐下，然后就聊了起来。她说她叫珍妮丝，旁边的人听到他说他叫"泰德"。

"呃，我的船在伊萨卡我父母的家里……"

"哦，是吗？我也住那里。"她笑着说。

"你觉得可以和我一起过去帮我拿一下吗？"

"帆船一定很好玩吧。"她说，"我从来没学过。"

"我教你，很容易的。"他回答说。

珍妮丝解释说，她是骑自行车来的，她不想把车子留在海滩上，担心会被偷。他立即回答说，他的后备厢里有放自行车的空间。

"那好吧……我跟你去。"

他们聊了大约 10 分钟，然后珍妮丝站起来，穿上裤子和衬衫，便和"泰德"一起离开了海滩，推着自行车走向停车场。

此后，再也没有人见过活着的珍妮丝·奥特。

那个星期天，18 岁的丹尼斯·纳斯伦德也去了萨马米什湖州立公园，但她并非一个人，是和男友及另一对情侣一起，坐的是丹尼斯的雪佛兰 1963 款。丹尼斯黑头发、黑眼睛，非常漂亮，比已经失踪 3 个月的苏珊·伊莱恩·兰考特早两天出生。她可能听说过苏珊的事，但也不一定。丹尼斯身高 5 英尺 4 英寸，体重 120 磅，可以说她和前面所提到的模式非常吻合。

她曾经帮我的一个好朋友照看过孩子，朋友记得她是个靠谱的阳光女孩。丹尼斯的母亲埃莉诺·罗斯后来回忆说，丹尼斯经常说的一句话是："我要好好活着，在这个美好的世界里，有太多的事可做，也有太多的东西可看。"

丹尼斯当时正在学计算机编程，兼职做办公室的临时助理，以支付夜校的学费。她平时日程繁忙，而 7 月 14 日的野餐是难得的一次休息。下午开始的时候一切都好好的，后来她和男友发生了点争执，但很快就没事了。她那一组的四个年轻人躺在毯子上，闭着眼睛，沐浴在阳光中，附近游泳的人和其他野餐的人发出各种杂音，倒也不觉得嘈杂刺耳。

下午快 4 点的时候，也就是珍妮丝·奥特失踪几个小时后，一个 16 岁的女孩从公园的洗手间走回朋友们身边，说有个胳膊上吊着吊带的男人走向她，说："劳驾，小姐，请问你能帮我把帆船弄下水吗？"

她摇摇头拒绝了，但他不肯罢休，还用力拉了下她的胳膊，说："就帮我个忙吧。"

她马上走开了。

4 点 15 分，公园里的另一个年轻女子看见了那个胳膊上吊着吊带的男人。

"我想请你帮个忙。"他说，然后解释说他需要人帮忙把他的帆船弄下水。

那女孩说她着急走，她的朋友们在等着她一起回家。

"哦，那好吧。"他笑着说。但他站在那里，盯着她看了一会儿才走开。他穿着白色的网球服，看着像个好人，但她的确是着急离开。

4 点钟左右，丹尼斯和她的朋友在烤热狗，然后两个男的很快就睡着了。大约 4 点 30 分，丹尼斯起身朝女厕所走去。

最后一个见过丹尼斯的人是位女性，她看见丹尼斯在煤渣堆那边和一个女孩说话，还看见她俩一起走了出来。

露营地那边，丹尼斯的朋友们开始坐立不安。她走开好一会儿了，去洗手间几分钟就该回来了。她的钱包、车钥匙和皮质的编织拖鞋还都在毯子上。她不太可能只穿着短裤和蓝色吊带衫就离开公园。她也没说要去游泳。

他们等啊等，等啊等，直到太阳开始西沉，在他们所占的区域投下阴影，天也开始冷了起来。

他们当然不知道那个胳膊受伤的男人，也不知道那个人在下午快

5点的时候又去找了另一个女人，问了同样的问题："你能帮我把帆船放到车上吗？"

那个20岁的姑娘刚骑着自行车来到公园，看见那个男人盯着她。她不愿和他去任何地方，于是解释说她不够强壮，并且她还在等人。那个男人很快就没了兴趣，转身离开了。

时机刚刚好。丹尼斯正是那种愿意帮助别人的女孩，特别是帮助那些有残疾的人，而且还只是举手之劳。

随着夜幕慢慢降临，公园里已空无一人，停车场里只剩下丹尼斯的车，还有她那几个忧心忡忡的朋友。他们已经找遍了整个公园，却不见她的踪影。他们原本希望她可能是去找她那只爱乱跑的狗了。

结果，他们找到了那只狗，却没找到丹尼斯。

丹尼斯的男朋友简直不敢相信这一切，他和丹尼斯在一起9个月了，彼此相爱，她决不会这样离开他。

晚上8点半，他们向公园管理员报告了她的失踪。这时再去搜湖或彻底搜查公园都已经太晚了。第二天，国王县开展了有史以来范围最广的一次搜查。

伊萨卡的前街75号是座小房子，珍妮丝·奥特就住在它的地下室里。下午4点开始，她的手机就一直在响。她丈夫吉姆·奥特一直在等她的电话，是前一天晚上说好她要打过去的，可是他再也接不到她的电话了。吉姆整晚都在反复回拨她的电话，那边的空房子里电话铃声就这样一直响着。

周一晚上，吉姆·奥特又守在了电话旁，他不知道他的妻子一直没有回过公寓。

在吉姆·奥特飞回西雅图几天后，我和他聊了一下。他告诉我，在7月14日后的几天里，他体验到了一系列奇怪的超感官交流。

"我记得她13号星期六晚上给我打电话时，抱怨信件从华盛顿州到加州的时间太长了。她说刚给我寄了一封信，但觉得还是打个电话给我吧，因为信件得 5 天才能收到。在那封信里，她写道：要 5 天！这实在是太麻烦了。说不定信还没收到，人都已经不在了。"

当吉姆·奥特收到那封信时，种种迹象表明珍妮斯确实已经不在了。

他停顿了一下，稍微控制了下自己的情绪："我不知道她星期一晚上一直不在，我在电话旁等得都睡着了。然后我突然醒来，看了看钟，时间是 10 点 45 分。我听到了她的声音，我听得很清楚，好像她就在我房间里。她一直在说：'吉姆……吉姆……快来救我。……'"

第二天早上，吉姆·奥特得知他的妻子失踪了。"真是奇怪，在珍妮丝的信还没寄到的时候，我也给她寄了一张卡片。那张卡片看着有些伤感，上面有一男一女，一起走在夕阳下，旁边写着：'我期待着我们的重逢……没有你相伴的日子太久了。'然后，我在卡面最下面写了一句话——我不知道我为什么偏偏选了这句——'照顾好你自己，开车要小心，提防陌生人，我不想你出什么事。你是我内心平静之源。'"

奥特说，他和妻子一直感情很好，经常会同时想到一块儿。他现在在等待其他消息，等待有关她踪迹的征兆，但自从 7 月 15 日他寂静的房间里传来那几句清清楚楚的"吉姆……吉姆……快来救我"之后，再无任何声响。

而西雅图那边，在西雅图警局的办公室里，赫伯·斯温德勒打开了我从占星家朋友那里带来的信封。里面是一张纸条，上面写着："如果这种模式继续下去，下一次失踪将发生在 7 月 13 日至 15 日的周末。"

他感到一阵寒意。它说中了，而且是发生了两起。

# 第十章

　　"泰德"浮出了水面，光天化日之下被人看到，他除了那两位失踪的女孩，还接近了至少 6 名年轻女子。他把自己的名字告诉了她们。是真名吗？可能不是，但对于那些揪住了离奇失踪事件不放的媒体来说，这名字本身就可以成为新闻标题。泰德！泰德！泰德！

　　事实上，记者对新的写作素材的穷追不舍极大地干扰了警方的调查。萨马米什湖州立公园失踪女孩的家人都要急疯了，却被记者们以各种极具胁迫性的手段疯狂围堵。如果家人们拒绝接受采访，便有记者暗示，除非他们愿意接受采访，否则就可能要刊登有关珍妮丝和丹尼斯的一些令人不快的传闻；更可怕的是，还暗示如果这家人未能仔细讲述自己的痛苦，就等于是在降低寻找其女儿所需的宣传力度。

　　这实在是太不要脸，太残忍了，但却奏效了。这些悲痛欲绝的父母答应了供记者拍照，接受折磨人的采访。他们想让公众知道他们的女儿都是好女孩，不是那种随随便便跟人搭讪的人。他们希望女儿的照片出现在每家报纸、每个电视新闻节目上，觉得也许那样就能找到她们。

　　如此一来，留给警方的问讯时间就很少了。

　　从技术上来说，几个失踪女孩的调查属于不同的辖区：琳达·安·希利和乔治安·霍金斯属于西雅图城区范围，由赫伯·斯温德勒队长和他的小组负责。珍妮丝·奥特、丹尼斯·纳斯伦德和布伦达·鲍尔的失踪地点在国王县，由尼克·麦基队长和他的小组负责，他们也正为此忙得焦头烂额。唐娜·曼森案由瑟斯顿县治安官唐·雷蒙德与常青州立学院的校警罗德·马雷姆负责，苏珊·兰考特案由基蒂塔斯县和中央华盛顿大学的校警负责，而罗伯塔·凯萨琳·帕克斯的失踪案属于俄勒冈州警和俄勒冈州科瓦利斯市警局管辖。

民怨沸腾，要求警方尽快给出个说法，这对警察的影响太大了。如果不能抓到一个或者多个嫌犯，每天晚上都被电视新闻和头版头条轰炸的外行无法理解为何失踪女孩的尸体至今仍无下落。

对国王县的警方来说，县里一个月内出现三名女孩被绑架（还很可能被谋杀）的案子，这意味着他们年平均工作量的 35% 落到了这个月头上。国王县人口和西雅图差不多，都是 50 万左右，但人口比较分散，大部分在小城镇、农村和森林地区，应该说不像人口密集的城市那样容易催生暴力犯罪。

1972 年，全县仅发生 11 起凶杀案，到年底，有 9 起成功结案。1973 年，一共发生 5 起，也都成功破案。尽管凶杀组在 1974 年除了处理谋杀案外，还要负责武装抢劫案，但由 1 名外勤警佐和 6 名警探已经能够有效地处理掉所有案件。可是，当布伦达·鲍尔失踪六周后，珍妮丝·奥特和丹尼斯·纳斯伦德又接连失踪，这使重案组内部不得不进行大的调整。

麦基是一位非常称职能干的管理者。他接任重案组组长时还不到 40 岁。他对监狱的行政管理进行了改组，收效显著，但他的背景并不特别适合实际的调查工作。出现场的警探的头儿是莱恩·兰德尔警佐，他说话温和，一头金色的鬈发，经常和队员一起到犯罪现场调查。

国王县的警探队伍相对年轻。泰德·弗雷斯特是唯一一个 35 岁以上的警探，大家称他为"老家伙"，他是出了名的好脾气，负责范围是该县东南端的农田、老矿业城镇、森林和雷尼尔山麓一带。鲁尔夫·格鲁登负责南端，那里是西雅图-塔科马未来都市圈的城区部分。迈克·贝利和兰迪·赫格斯海默共同负责西南端，也大多是城区。罗杰·邓恩负责国王县北端，属于西雅图市区和斯诺霍米什县交界的地带。

鲍勃·凯佩尔是组里的新人，身材偏瘦，看上去像个大男孩。萨马米什湖失踪案正是发生在凯佩尔管辖的华盛顿湖以东区域。1974年7月14日之前，凯佩尔只处理过一宗凶杀案调查。

可是，随着时间的推移，鲍勃·凯佩尔将会是"泰德"案中挑大梁的警探。可能除了尼克·麦基，他是这个县里最了解"泰德"及其受害者的人。

到1979年，鲍勃·凯佩尔长出了很多白发，麦基队长因为两次突发严重的冠心病而不得不退出执法部门，而赫伯队长也将接受心内直视手术。虽然无法确定参与调查女孩失踪案的警探究竟承受了多大的压力，但是跟凶杀案警探走得近的人都能看到这种紧张局面，还有身为警探的责任带给他们的巨大压力。如果说公司总裁要对公司的盈亏负责，那么凶杀案警探——尤其是在面对"泰德"这样的失踪案时——便是在时间和形势极为不利的情况下处理生死问题。这种职业会导致溃疡、高血压、冠心病等疾病，有时还会导致酗酒，因为无论是公众还是受害者家属、媒体还是上级都会要求他们立即采取行动。

搜索丹尼斯·纳斯伦德和珍妮丝·奥特的范围延伸到了东部区域，除了国王县重案组的全部警力，西雅图以及萨马米什湖州立公园附近小镇——伊萨卡和北本德——警方的探员们也跟了过去。

从某种意义上说，他们现在找到了一个可以开始展开调查的点，不仅仅针对珍妮丝和丹尼斯的案子，也针对同属一种模式的其他6起女孩失踪案。这个点就是有人见过"泰德"。当这件事7月15日见报后，可能有十几个人到警局提供线索，其中包括被这人接近过的一些女孩，她们一想到自己曾跟死亡擦肩而过就不寒而栗，也有当时就在公园的人，说看到"泰德"和珍妮丝·奥特在一起离开之前聊过天。

本·史密斯是警局的画像师，他根据他们的描述合成了一张据称酷似那个穿着白色网球服的陌生男子的人像。他擦了又画，画了又擦，埋头努力地把目击者描述的嫌疑犯模样呈现在纸上。这可不是件简单的事。

图一出现在电视上，就有数百个电话打了进来。但这个"泰德"似乎没有什么特别不寻常的特征：他看上去二十出头，年轻英俊，卷曲的金棕发，五官匀称，没有伤疤，也没有明显不同于海滩上众多年轻人的特征。手臂受伤算是一个吧，但警探们怀疑这是不是真伤。他们确信，嫌疑人在得手后，已将吊带拿下扔掉了。

的确，"泰德"看上去很普通，也许他就是仗着自己外表的平淡无奇，故意让人看到他，如今正从公众的关注中获得一种反常的快乐。

警探们仍在反反复复地盘问："再想想看，他身上是否有什么特别的东西，一些让你印象深刻的东西。"

目击证人真的是尽力了。有些人甚至接受了催眠，希望能记起更多东西。他的口音，对，他讲话带点儿英国口音。是的，他和珍妮丝·奥特聊天时提到过打壁球。还有他的微笑，笑得很特别。他说话时很讲究语法，听起来像是受过良好的教育。很好。还有什么？小麦色，他的皮肤晒成了小麦色。很好。还有什么？

但除了他盯着那几个差点也成为受害者的女孩看时的奇怪眼神之外，没有别的了。

还有车子，那辆不知道什么年份的棕色大众甲壳虫。可是所有的甲壳虫看起来都一个样。谁说得清呢？那位和"泰德"一起走到停车场的目击者事实上并没有看到他进入车内。他只是靠着那车，解释说他的帆船不在公园。也可能是别人的车。不，等等，他还示意我到副驾驶座位那边，那一定是他的车。

但没有人真正见到珍妮丝·奥特在停车场上了谁的车。

说起珍妮丝·奥特的黄虎牌十速自行车，可不是那种能够快速拆开进行运输的自行车。不拆的话，大众车后备厢又塞不下这种十速车，所以自行车要么被放在汽车顶的架子上，要么只能让车身的一截伸到汽车外。如此一来，肯定会有人注意到这辆载着自行车的汽车。

但没有人看到过这样的车。

公园对公众关闭了，警方潜水员穿得像是来自另一个星球的生物，一次又一次地潜入萨马米什湖的水下，每次回到湖面都只是摇头。天气很热，如果女孩们的尸体就在湖里，应该会肿胀着浮出水面，但并没有。

县巡警、伊萨卡的警察以及来自探险者搜救队的 80 名志愿者在这座占地 400 英亩的公园里徒步搜索了一遍，又骑马搜索了一遍，但什么发现都没有。西雅图警方的直升机在该地区上空盘旋，观测员向下探寻着任何可能有用的东西，比如亮黄色的自行车，珍妮丝周日借用的亮蓝色背包，失踪女孩本人，可能躺在地面搜索人员看不到的停车场东面高大植被区的她们的尸体，但也是一无所获。

治安官派出的巡逻车缓慢行驶在各条乡间小道，每当开过农田地带，便停下来查看旧谷仓、废弃的小棚屋和空房子。

最终，他们也是毫无发现。

他们也没有收到任何索要赎金的通知，看来绑架者带走这些女孩并不是因为钱。随着时间的推移，有一点越来越明显：这位白衣男子可能是一个性心理变态。除了其中两位，其他女孩都是经过一段较长的时间间隔相继失踪的。不少警探认为这名男子的作案周期有点像女孩的经期，处于正常边缘的男性的反常冲动有时会转化成强迫，驱使他们去强奸或杀人。

可是一个下午有两个女孩失踪，这又该如何解释呢？难道警方在寻找的这名男子是因为狂躁的性冲动而迫切需要在 4 小时内抓两个受害者？珍妮丝的失踪时间为 12 点 30 分，而丹尼斯是大约下午 4 点 30 分。看起来，即便是最躁狂的男性也可能在一次出手后筋疲力尽、心满意足。那他为什么要回到同一个公园，4 小时不到又带走另一个女人呢？

作案的模式似乎在升级，绑架的频率越来越高，嫌犯像是开始不满足于原先的固定模式，需要更频繁的刺激。也许这个难以捉摸的"泰德"必须有不止一个受害者才能让他满足。也许是他先把珍妮丝关在某个地方，绑起来塞住嘴，然后又回去找第二个女人。也许他需要双重性侵和谋杀的惊险刺激——让一个受害者被迫等着看他杀掉另一个，这是一个我们许多人都不忍去想的思路。

每一位有经验的凶杀案警探都知道，如果一起案件在 24 小时内得不到解决，那么随着时间的推移，找到凶手的机会就会递减，对案件的追踪热度也会逐渐冷下去。

时间一天天一周周地过去，依然没有任何新的进展。调查人员就连受害者的尸体都没找到。丹尼斯和珍妮丝可能会在任何地方，甚至一两百英里以外。那辆棕色的小型大众车只要开 1/4 英里就能到车流量较大的 90 号州际公路，可以穿过群山一直向东，也可向西进入人口稠密的西雅图市。如此一来，搜索简直就成了大海捞针。

考虑到凶手可能会在杀了这些女孩后将她们埋在公园周围大片半荒地的某个地方，飞机依然在高空盘旋，用红外胶片拍摄图像。1973年，得克萨斯州的调查人员就是利用这种技术手段，在休斯敦找到了被连环杀手迪恩·科里尔杀害的那些十几岁男孩的尸体。如果荒地上的泥土和树叶最近被翻过，那么行将就木的植被在最后打印出来的照片上就会呈现出亮红色，检测出人类的肉眼远远无法察觉的树木或灌木丛中的任何变化。警员们的确发现了一些可疑的区域，小心翼翼地挖开，但只找到死树枯枝，底下什么也没有。

7 月 14 日当天，有几个大公司在萨马米什湖的野餐会上拍摄了一些家用录影带，影片很快被拿来播放。警探们研究了录像前景中的人物，但最关注的还是背景，希望能在哪个镜头里瞥见那个手臂吊着吊带的男子。他们好像对屏幕上的笑声和嬉戏浑然不觉，一个劲儿地盯着那个可能正好在背景中的人。可是录像里也没找到。

绑架事件发生后的那个周日，记者去萨马米什湖州立公园了解情况。他们发现，虽然阳光一如上周日那般明媚，但几乎没什么人在那里野餐或游泳。他们找到了几个上周日也在公园的女人，并和她们进行了交流，有几人在沙滩巾下面藏了枪，有些带了弹簧刀和口哨，女人们结伴甚至多人一起去上厕所。公园管理员唐纳德·西蒙斯说，入园的人数仅是他预估的 5% 左右。

又过去了几周，人们逐渐淡忘了这两起失踪事件。公园又开始挤满了人，似乎大家已经不再为丹尼斯·纳斯伦德和珍妮丝·奥特的事上心。

但国王县的警探们是例外，他们大概这辈子都很难忘记编号为 74-96644、74-95852 和 74-81301（分别为珍妮丝、丹尼斯和布伦达）的案子。

西雅图一位专门研究犯罪心理异常的精神病学家理查德·B.贾维斯博士依据他多年的经验，口头描述了这位被称为"泰德"的男子的模样。他认为，如果这 8 起女孩失踪案件相互关联，并且女孩们都受到了伤害，那么嫌疑人可能是一个 25 到 35 岁之间的精神病患者，但不是那种让人觉得会犯罪的类型。

贾维斯还认为"泰德"怕女人，怕她们比他强大，因而时常会表现出"社会孤立"[①] 的行为。

贾维斯找出了公园里的这名男子和 1970 年西雅图那个 24 岁的杀人犯的许多相似之处，那人因谋杀两名年轻女子，以及对其他女性的强奸或强奸未遂而被判终身监禁，还被认定患有性心理变态，目前正在监狱服刑。

---

① 主要是指个体和外界的联系较少，较少地参与社会活动，是针对社会生活较低融入的客观状态的描述。——译者

贾维斯提到的那名男子在学校一直是明星运动员，很受欢迎，对人友善，尊重女性。然而，在被交往已久的高中女友拒绝之后，他性情大变。后来，他结婚了，但他妻子又提出了离婚。随后，他开始出现性骚扰行为。

贾维斯称，患有性心理变态的人在法律上并不属于精神失常，他们知道对错之分，但会抑制不住地去攻击女人。他们通常没有智力缺陷，没有脑损伤或明显的精神病。

贾维斯的这些话被发表在报道女孩失踪案的一份西雅图报纸的趣闻边栏。很久之后，我再读到这篇报道时，才意识到他的描述已经相当接近于真凶了。

在与调查这几起案件的警探的几次交流中，我们反复斟酌了"泰德"身份的各种可能性。显然，他必须相当聪明，并且外表不错，讨人喜欢。如果他看上去并不安全可靠，举止也不那么彬彬有礼，这8个女孩都不会不顾从小培养的小心谨慎以及一直以来接受的各种告诫，就这么和他一起离开的。即便他后面会使用强力，甚至可能是暴力，但多数情况下，他肯定在一开始就赢得了女孩们的信任。他可能是个大学生或刚从大学毕业，显然对校园和校园生活非常熟悉。

除了外表和个人魅力之外，他通过给人以相对无助的感觉来获得女孩的信任。一只受了伤的胳膊，或一条打了石膏的腿，让人看上去不存在什么威胁。

什么人可以接触到石膏、吊带和拐杖？如果想找的话，任何人都有可能。但最可能的还是医学院学生、医院勤杂工、救护车医护人员或医疗用品公司的雇员。

"他应该是个看起来不会引起怀疑的人。"我自言自语道，"一个大家即便和他打过交道，也不会联想到他是'泰德'的人。"

这听上去很有道理，但也意味着要找到他变得难上加难。

虽然说占星术的模式准确地预测了下一起失踪发生的时间，但它转瞬即逝，很难追踪，而且即便真的如此，可能这人并不知道自己受到了那些月亮星座的影响。

我把 R. L. 满是奇怪符号的图表发送给赫伯·斯温德勒，这也让赫伯受到了那些不信"任何江湖骗术"的警探同事的嘲笑。

国王县警方和西雅图警方收到了大量来自灵媒的消息，但他们利用"通灵能力"预测的女孩藏身之处最终无一被证明是正确的。有人说在"伊萨卡附近的一间黄色小屋"，结果没有找到；也有人说在"沃林福德一间满是性崇拜者的房子"和"南端一间满是鲜血的红色大房子"，结果也是无功而返。不过，这些通灵大师的提示和市民的消息用处都差不多。"泰德"的确是被人见到过，但就是没有人能找到他的藏匿之处。

如果占星术有关月亮星座的影响的模式是可信的，那么下一次失踪将发生在 1974 年 8 月 4 日晚上 7 点 25 分到 8 月 7 日晚 7 点 12 分之间，那期间月亮会再次经过双鱼座。

但最后并没有发生。

事实上，华盛顿州的这些案子来得突然，走得也突然。从某种意义上说，一切都结束了。而从另一种意义上说，它却远未结束。

# 第十一章

我记得 1974 年 8 月的一天，我在西雅图警局的凶案组看到一份电脑打印出来的单倍行距文件，警探们用胶带将其贴在 12 英尺高的办公室天花板上，它就这么拖到地上，又继续延伸开去。这是一张市民提供的嫌疑人的名单，他们认为这些人可能就是那个神秘的"泰德"，如果警局有足够的人力去寻找和审问每一个"嫌犯"的话，也许得花上数年时间。当然，警局没有这样的人力，放眼全国可能没有哪个警察机构有足够的人力去精确地调查那张令人望而生畏的名单上的每个人。国王县和西雅图警方所能做的就是挑出那些看起来最有可能的人进行调查。

8 月 10 日，警局接到一个报案，听出了似曾相识且不祥的讯息。一名年轻女子讲述了她在乔治安·霍金斯失踪地点几个街区之外的大学区遇到的一件事。"7 月 26 日上午 11 点 30 分，我走在东北第十六大道和 50 街附近，看到一个身高约 5 英尺 9 或 10 英寸的男子，身材不错，棕色的头发留到领口位置，穿着蓝色牛仔裤，一条裤腿被剪短了，那条腿上打了很长一截石膏，快到臀部了。他拄着拐杖，提着一只老式的黑色公文包。公文包顶上是圆弧形，有个把手。他拿不稳，总是掉了捡，捡了又掉。"

这女孩说她当时已经走过他身边了，听到公文包砰的一声掉到人行道上，于是回头看了看。"他朝我微笑，看起来是想让我帮他，而我差点就要上去帮忙……但我注意到他的眼睛……那眼神太奇怪了，让我感觉毛骨悚然，于是我便加快脚步走到'大街'（大学区的主要商业街）。他整个人看着很整洁，腿上的石膏雪白，像是刚打的。"

她说以前从没见过他，之后也再没见过。

西雅图北部的沃林福德分局派出警察巡逻队，主要盯着胳膊受伤和腿上打了长条石膏的人。他们发现了几位，但经过询问证实这些人是真的受了伤。

8 月接近尾声，可有件事已经困扰了我两个星期。我反复回看萨马米什湖州立公园里的那个"泰德"的合成照片，仔细阅读有关他外貌特征以及"带点英国口音"的描述文字。这让我想起我认识的一个人与此有明显的相似之处。这个想法在我的潜意识里一闪而过，我告诉自己这是这个糟糕的夏季实在太过漫长所导致的歇斯底里。

我认识很多叫泰德的人，其中包括两个凶杀案警探，但唯一符合描述的泰德是泰德·邦迪。我已经 8 个月没见过他或和他通过电话了，并且据我所知，他已经离开西雅图了。我上一次见他的时候，他还住在东北第十二大道 4143 号，离很多失踪女孩的住所只有几个街区。

让我感到内疚的是，这时出现在我脑海的竟然是我认识了三年的朋友。人们通常不会向警方举报好友，尤其是这个朋友看起来和他们要找的人完全相反。不，这不可能，这想法实在太荒谬了。泰德·邦迪绝不会伤害女人，他甚至都不会对人说一句不客气的话。他平时乐于助人，主张消灭性暴力犯罪，这样的人不管与合成照片有多像，都不可能沾上这种事。

之后的一段时间，我没有去想这事，但有时就在我晚上入睡前，泰德·邦迪的脸会突然在我脑海中闪现。很久以后，我才了解到，那年 8 月，我并非唯一一个如此优柔寡断的人，其他比我更了解泰德·邦迪的人也深受其扰。

最后，我决定做点什么来打消我心中的疑虑。据我所知，泰德并没有车，更不用说大众甲壳虫了。如果我能确认这是真的，那我就可以放心了。再怎么说，如果泰德·邦迪真的和失踪女孩有任何关系，我就有义务要站出来。

我决定联系西雅图凶案组的警探迪克·里德。里德是个瘦高个儿，为人幽默，爱开玩笑，在凶案组的时间比其他 17 名警探都要久，也是与我关系不错的朋友。我知道他平时行事谨慎，我可以指望他在不声张的情况下帮忙查一下车管所系统内是否有泰德的记录。

我打电话给他，开口的时候有点犹豫："……我知道这不算什么，但这事一直困扰着我。我有个好朋友叫泰德，他大约 27 岁，符合嫌疑犯描述，以前住在大学附近，但我不知道他现在住哪儿。是这样的，我记得他没有车，因为他过去经常搭我的车。并且我也不想直接去警局告发他。我只想了解他现在是否有车。你能帮我吗？"

"当然可以，"他回答，"他叫什么名字？我会用电脑查的。如果他有登记过的车，系统就会显示出来。"

"他叫泰德·邦迪。B-u-n-d-y。查到了给我回个电话，好吗？"

20 分钟后我的电话响了，是迪克·里德打来的。"西奥多·罗伯特·邦迪，地址东北第十二大道 4143 号。他有一辆 1968 年的青铜色大众甲壳虫车，你信吗？"

我以为他在逗我。"别开玩笑了，里德。他到底开的是什么车？或者他其实名下没有车，是吗？

"安，我没开玩笑。他目前的地址就是这个，车子是青铜色的甲壳虫。我准备出去绕街区转一圈，看能不能找到这辆车。"

那天下午晚些时候，里德给我回了电话，说他在东北第十二大道附近没有找到这车，还说他会进一步调查："我会联系奥林匹亚那边的警局，要一张他的驾照，然后发给县警局。"

"但我的名字不一定要出现在通报的信息上，对吗？"

"没问题，我会匿名的。"

里德确实把泰德·邦迪的照片放入了其他约 2 400 个"泰德"的资料库里，但仍是没有发现。国王县的警探不可能将这 2 400 名"嫌疑犯"中的每张正面照都拿给萨马米什湖州立公园事件的目击者看，光是这数量就能把他们弄糊涂。并且那时候还没有任何迹象表明泰德·邦迪可能就是嫌疑犯。电脑上查到的泰德的信息还无法让人怀疑就是他。

于是我把这事放下了。泰德买了一辆大众汽车这一事实并不能印证什么。很多人开大众汽车，而且我也没听到更多关于泰德·邦迪可能是嫌疑犯的消息。

自从 1973 年底的圣诞聚会以来，我就一直没见过泰德。我在水上办公室那会儿，曾给他打过一两次电话邀请他过去，但他总不在家，一直没能联系上。

当时，泰德基本结束了共和党那边的工作，1973—1974 学年的大部分时间都在塔科马的普吉特湾大学法学院读书。1974 年初春，他一直在领取失业保险，而他在法学院就读的出勤情况也很是随意。4 月 10 日，他彻底从法学院退学了。他已经收到了犹他大学法学院教务主任的第二次录取通知，允许他秋季学期入学。他甚至没有去参加普吉特湾大学的期末考试，但他一直没和一起拼车的学生说这事。当他们问起他成绩的时候，他就用"我不记得了"来搪塞过去。

他可能觉得普吉特湾大学没有达到他的标准，而在犹他大学可以学到更多。他最后一次申请犹他大学时包含了一条信息，提到到秋季学期入学时他将已经和一位叫梅格·安德斯的前犹他居民结婚了。教务主任在他的申请书上写下了这样的话："进入犹他大学的意愿很强，将在学期开始前结婚。建议接受。"

申请材料之外，泰德还附上了一段说明，让人对他的自信先有了些了解：

> 我不认为现在是该羞怯的时候，我也不会。为了我的法律职业生涯，我已经计划了太久，以至于不管是出于虚荣心还是考虑

到我的法学院入学考试（LSAT）成绩不佳，我都会尽全力为自己申请上法学院进行辩护。在此，我满怀信心地告诉您，摆在你们面前的档案上的这个人，不只是一名"合格的学生"，而且还立志成为一名杰出的法学院学生和法律实践者，且一定会取得成功。我过去两年的成绩、我的推荐信以及我的个人陈述都说明了泰德·邦迪是一位渴求接受法律教育的学生、工作者和研究者。而 LSAT 成绩不能说明这一点。

谨上，

西奥多·R.邦迪

　　泰德的签名是漂亮的花体字，他还插了一张卡片，恳请对方在审阅他的申请材料中的其他表格之前先阅读这一说明。

　　犹他大学招生办公室主任收到的申请材料中，最有分量的是丹·埃文斯州长 1973 年帮他写的推荐信。

招生办主任

　　　　犹他大学法学院
　　　　犹他州盐湖城，84112

尊敬的主任：

　　我写这封信的目的是支持西奥多·邦迪申请贵校法学院。泰德曾对就读犹他大学表示出强烈的意愿。在此，我很高兴帮他写这封推荐信。

　　我第一次见到泰德，是在 1972 年他被选入我的竞选团队后。整个活动的指挥团队都认为泰德的工作表现出色。他在议题、研究和战略部分发挥了重要的作用，展示出他解释和组织项目的能力，他有效地综合和清晰地传达事实信息的能力，以及在不确定的甚至是严峻的形势下临危不乱的应对能力。最后一点，他个性沉着谨慎，因而成功地完成了各项任务。这些品质保证了他在战略和政策方面做出了可靠和富有成效的贡献。

然而，如果您担心一场政治竞选活动并不能作为衡量一个未来法律专业学生的标准，那么我相信您会和我一样，审视泰德其他方面的成就和活动，看他大学最后两年的学习成绩，看他出色的社区参与表现，看他毕业后在几个与法律相关的职位上的工作情况。我相信他决心从事法律职业并已经具备相关资质。

最后，我强烈推荐泰德·邦迪进入贵校法学院就读。相信您一定会录取这位优秀的学生。

谨上，

丹尼尔·J.埃文斯

1973年的时候，犹他大学就已经录取了泰德，他是他们想要的学生，但那年他以发生了"严重事故"为由没有入学。到1974年，他身体已经恢复了。

1974年5月，泰德又找了份新工作，当时他已从普吉特湾大学退学，而犹他大学要9月开学。5月23日，他被华盛顿州紧急事务部录用，为其编制预算。紧急事务部是一个多功能机构，负责在发生自然灾害、森林火灾、外敌入侵甚至瘟疫（如果发生此类灾难的话）时迅速采取行动。1974年，美国的第一次天然气短缺情况达到最严重时，燃料分配便是紧急事务部职责的一部分。

泰德每周工作5天，朝八晚五，加班与否根据奥林匹亚总部的要求而定。他每天从罗杰斯家出发，开60英里的路程去上班，偶尔也会和朋友们一起待在奥林匹亚或到塔科马和家人住一晚。

对于正在为去盐湖城做准备的泰德来说，这算得上是一份非常不错的临时工作。月薪 722 美元，比不上给罗斯·戴维斯当助手的时候，也相对没那么有知名度，但这会让他有机会攒下学费，并从内部了解到州政府办公室的各种繁文缛节。

1974 年夏天，罗杰斯家附近新搬来的居民很少见到泰德，因此还给他取了个绰号叫"幽灵"。即便见到了，他也要么是刚回来，要么是准备走，有时见他是在电视上。他经常连续几天都不在家。

泰德在紧急事务部的同事对他的工作态度褒贬不一。有些人喜欢他，有些人则认为他爱偷懒。他的工作状态不稳定。他为了燃料分配项目整晚加班的情况并不算少，但也经常早上很晚才去上班。如果他某天不来上班，也从不想着要打电话通知他的上司，然后第二天出现的时候就称是因为生病。

泰德报名参加了办公室垒球队，还参加了同事们举办的派对。卡罗尔·安·布恩·安德森、爱丽丝·蒂森和乔·麦克林都非常喜欢泰德。但其他一些同事认为他像个骗子，善于摆布他人，说起来好像工作很努力，但其实工作效率很低。

据紧急事务部办公室行政主管尼尔·米勒称，泰德缺勤最长的时间段是 7 月 11 日（星期四）至 7 月 17 日（星期三）。他打电话来说他病了，但米勒记不起他生了什么病。泰德可以获得三天的病假工资，相当于平时一天的工资，但另外三天的工资就没有了。

7 月 14 日发生在萨马米什湖一带的两起失踪事件，以及随之而来的大量关于神秘的"泰德"的报道之后，泰德被很多人开玩笑。尽管卡罗尔·安·布恩·安德森和泰德是好朋友，甚至在她和男朋友闹分手的时候也是泰德在关心她，可她还是毫不留情地笑话了泰德。

华盛顿州搜救小组的负责人也调侃泰德，说他和警方要找的那位"泰德"长得"几乎一模一样"。

但言者无心，没人当真。

# 第十二章

总共有 4 个人向凶案组举报了"泰德·邦迪"这个名字。大约就在我请迪克·里德查一下泰德是否有一辆大众汽车的同一时间，华盛顿大学的一名教授和位于奥林匹亚的州紧急事务部的一位女性分别打电话给国王县警方，说泰德·邦迪很像画像师描述的那位 7 月 14 日在萨马米什湖州立公园的男子。正如我所说，他们也都提到泰德的个性和行为都不像是嫌疑犯，只是外表相似，并且也叫"泰德"。

梅格·安德斯仔细看了出现在很多报纸和晚间电视新闻节目上的合成照片，也注意到了相似之处。和我一样，她也是潜意识的直接反应。我当时只是感到有些不安，但对梅格而言，这可能意味着她所有梦想的终结。

除了泰德，梅格只有一个密友，叫琳恩·班克斯，是和她从小一起在犹他州长大的女性朋友，和梅格在差不多的时间搬到了西雅图。尽管梅格努力不去理会警方要找的那个人的照片，但琳恩总不让梅格如愿，她会把报纸拿到梅格的面前，问她："看，这像谁？这不就是我们认识的那个人吗？"

梅格会把目光移向别处，说："看起来确实像他，是不是？非常像……"

琳恩不喜欢泰德，觉得他对梅格并不上心，看上去也不可靠。更重要的一点是，琳恩不信任他。有一次，泰德深夜蹑手蹑脚地穿过她房子的后院时被她撞见了，可他却给不出一个合适的理由。现在，她坚持让梅格去报警，要她告诉警方泰德·邦迪有多像那张合成照片。

"不，"梅格坚定地说，"我不能那样做，我也不想再谈这事了。"

梅格·安德斯不信她的泰德就是警方要找的泰德。尽管他在1974年夏天的时候变了很多，但她仍非常爱他。她屏蔽了琳恩的全部观点。她不想去想这些。

梅格还不知道泰德在前一年的冬天和斯蒂芬妮·布鲁克斯"订婚"了，不知道自己差点就失去了他。她只担心她确切知道的事。她知道她和泰德很快要分居两地了，一个留在西雅图，一个要去盐湖城。泰德计划好了劳动节去犹他大学法学院报到。她一方面希望他去犹他大学学习法律，但另一方面担心以后他不在她身边的日子。当然，他俩可以去看对方，但那不一样。

泰德开始收拾行李，打扫他住了近5年的房间。他打包了挂在床正上方的那只充气橡皮筏，他带回来的女孩经常被这东西吓到；他还收拾了挂在从天花板垂下的铁链钩子上的自行车轮，盆栽、唱片、书籍和衣服也都打了包。他有一辆白色的旧皮卡可以用来运行李，车子后面会拖上他的大众甲壳虫。

那个夏天，泰德在性方面对梅格变得冷淡起来，并把性趣缺缺归咎于工作压力和他自己所谓的"挫败感高峰"。梅格为此很受伤，也不能理解，后来她确信，肯定有其他女人像她以前那样在满足他的性欲。

梅格为泰德办了一个小的饯行会，她本以为派对结束后他们会做爱，然而并没有，泰德只吻了她一下。

分别的过程并不愉快。梅格决定，等泰德几周后回西雅图卖车，还清她帮他垫付给弗蕾达·罗杰斯的500美元后，便告诉他她要结束这段关系。看来他俩是不可能结婚了。在她眼里，他们之间甚至已经没有关系了。她正经历着斯蒂芬妮·布鲁克斯在那个1月所经历过的情感矛盾。

但梅格仍然爱着他，她爱他太久了。

劳动节的那个周末，泰德开着皮卡，后面挂着大众，出发去盐湖城。那年秋天，我有一次想到过泰德。那是在清理一些旧文件时，我偶然发现了他两年前寄给我的圣诞卡。我看着卡片的封面，突然想到了一件事。警方一直在强调所有失踪的女孩都留着漂亮的长发。我看着手中的卡片，上面写着："她剪了长发，给爱人买了一条表链。而他把手表卖了，为她买了一套梳子。"

不可能，应该是我想多了。这只是张漂亮的卡片，肯定是泰德随机挑选的，提到长发不过是个巧合。

我把泰德的名字告诉迪克·里德之后，便没什么下文了。如果泰德成了嫌疑犯，那我应该会知道。因此，我的担心显然是多余的。我想把卡片扔掉，但最后还是留下了，把它塞进一堆旧信中。我觉得我未必会再见到泰德。

1974 年的夏天异常炎热。8 月初的一天，国王县一位修路工在萨马米什湖州立公园以东 2 英里的辅路上停下来准备吃午饭。他打开三明治，突然闻到一股腐肉的气味，顿时没了胃口。他朝布满灌木丛的路埂看下去，追寻气味的来源，看到个东西，他以为是一头被偷猎者丢弃的死鹿。

那人走回了卡车，把车开到了一个更舒适的地方。很快他便忘了这事，直到他在 9 月 8 日这天拿起了一份报纸时才又想了起来。

如果这位修路工早些将这消息报告给警方，是否会有利于破案呢？这个问题现在无法给出准确答案。如果真的如此，很可能对案件调查非常重要，因为他当时所见的并非鹿的尸体，而是一具完整的人的尸体。一个月后，几位松鸡猎人在同一地带的灌木丛中被仅剩的骸骨绊到了。

9 月 6 日，西雅图的建筑工人埃尔齐·哈蒙斯发现了分散开的遗骸，包括一块下颌骨、一块胸腔骨和一截脊柱。

可叹的是，在琳达·希利失踪 8 个月后，8 名女孩失踪案中的第一个确凿证据才最终浮出了水面。哈蒙斯本能地警觉到他发现的是什么，于是他飞奔到伊萨卡找电话。

国王县警局的警员和警探立即行动，封锁了该地区。记者们对这样的限制感到恼火，摄影师们努力想拍到一些晚间新闻可用的素材，公众则叫嚣着要了解相关发现，然而被公开的信息却少之又少。

队长尼克·麦基、警佐莱恩·兰德尔和另外 6 名警探穿着工作服，来回穿梭于警戒线内外，手里拿着从 30 多处剑蕨和灌木丛中找到的支离破碎的尸骨。他们顶着日头搜查了整整 4 天，即便太阳落山了，也打着强光灯继续找。

搜索工作完成得很不错。警探、200 人的探险者搜救队、副警长和追踪犬基本上把 300 英尺范围内的土壤翻了个遍，但最终所获仍然很少。七八月的炎热气候加速了尸体的腐烂，觅食的动物把尸体啃得只剩下头骨和裸骨。

他们找到八缕头发样本，一些是深棕色长发，一些是金红色的。共计找到一个头骨、一块胸腔骨、一截脊柱、另一个颅骨的下颌骨和五块股（大腿）骨；除此之外，还有许多碎小的骨头。

他们没有找到衣服、珠宝首饰，也没有找到自行车零件、背包。被扔到那里的尸体都是光着身子的，没有属于受害者的任何随身之物。

接下来的严峻任务便是身份辨认了。华盛顿大学的体质人类学家达利斯·斯温德勒博士（与赫伯·斯温德勒并不是亲戚）对股骨进行了研究。此外，所有失踪女孩的牙齿记录都与头骨和下颌骨进行了比对，从梳子上收集到的头发样本和在伊萨卡附近发现的毛发样本也通过显微镜进行了比较。

尼克·麦基召开了一次记者招待会。他眼下的黑眼圈和说话时声音里透露出的疲惫不堪，说明他承受了何等的压力。"我们最担心的事的确发生了。"他郑重其事地宣布，"我们已经确认，7 月 14 日在萨马米什湖州立公园失踪的珍妮丝·奥特和丹尼斯·纳斯伦德的遗体已在距离那里约 1.9 英里的地方找到了。"

他没有提到斯温德勒博士的其他发现，也没有提到人类学家所说的股骨可能并非属于两人，而是三到四人。如果灌木丛和蕨类植物丛中还有更多的头骨，很可能是被动物叼走了。

那么，被带到那里的另外两个女孩究竟是谁呢？

这谁也说不上来。这些股骨甚至连性别都无法确定。斯温德勒博士所能确定的只是这些大腿骨属于"30 岁以下"的人，身高在 5 英尺到 5 英尺 5 英寸之间。

在山坡继续寻找骨骸的工作也无法再进行下去了，因为 1949 年该地区暂停开采后，在整个山坡留下了纵横交错的煤矿矿井和竖井。很多矿井中都是水，想要继续搜索实在太过危险。警方对山顶的煤矿进行了搜查，但没有任何发现。

为丹尼斯和珍妮丝举行过追悼会之后，寻找凶手的工作仍在继续。

喀斯喀特山脉的山麓冬天来得很早，到 10 月下旬，该地区已被积雪覆盖。即便那一带的地里还有更多的秘密有待发掘，也只能等到春天冰雪融化之后再说了。

与此同时，由西雅图警局和国王县警局的高级警探组成的专案组在县法院一楼和二楼之间一个没有窗户的房间里设立了总部。房间的墙上贴满了萨马米什湖和大学区的地图、印有失踪女孩照片的传单，以及"泰德"的合成照片等。电话铃响个不停，太多的举报者，给了太多的建议。在如此大量的信息中，可能有一条线索指向的是真正的"泰德"，可究竟是哪一条呢？

尼克·麦基队长申请了两天的短假去狩猎旅行。他爬上华盛顿州东部的一座小山时，突发心脏病。这是他从未出现过的疾病，并且最终也因此不得不提前结束警察生涯。任何人只要见过他如何为女孩失踪而苦恼，或见过他每天工作 10 个小时的样子，都会毫不犹疑地认为是紧张和压力使他得了冠心病。他才 42 岁。

几周后，麦基康复了，又回到了工作岗位，继续寻找那个身穿白色网球服、面带微笑、皮肤黝黑的男子。

泰德·邦迪 9 月中旬回过西雅图一趟，几天后又返回犹他州，准备在犹他大学开始学习法律。他在盐湖城第一大道 565 号的一幢大的带天窗的老公寓里找到了住处，那幢楼和他在西雅图住过的罗杰斯家的房子非常像。他搬进了 2 号房间，很快就将其装饰成自己满意的风格。他在学校找到了一份夜间宿舍管理员的工作，从此开启了新的生活。他的这份宿舍管理员工作可以帮他获得部分租金减免，还能每小时挣 2.10 美元的工资，因此维持生计基本没有问题。并且很快他又找到一份薪酬更高的工作——在犹他大学的校园做保安。

他仍经常给梅格打电话，但在犹他州也结识了不少女孩。其中一个叫卡莉·菲奥雷，脸上长有雀斑，身材矮小，性格古怪，也住在第一大道的公寓；还有一个叫莎伦·奥尔，也是法律系学生；另外一个漂亮的女孩，住在盐湖城北部的邦蒂富尔。很久以后，当我再次见到他时，他已成为多起谋杀和失踪案的头号嫌疑人，他问我："我为什么要去袭击女性？我可以拥有所有我想要的女性伴侣。在犹他的第一年，我至少睡过十几个女人，并且她们都是自愿和我上床的。"

对此我毫不怀疑，因为女人确实都喜欢泰德·邦迪。那么，他强行带走那些女孩的真正动机是什么？

1974 年秋天，我对犹他州的犯罪活动一无所知。那里离我的"地盘"有几百英里远，而且我一直忙着处理西北部的案子。当时我还要做个大手术，虽非急需，但也不能再等了，这意味着我至少一个月都不能工作。所以，我别无选择，只能先加倍卖力工作，这样我才能存够钱帮家里渡过难关。

如果那年秋天我有机会和时间并且愿意去调查盐湖城周围的事，我应该会发现一些案件与华盛顿州看似结束的失踪案有着惊人的相似之处。华盛顿州恐怖的气氛似乎已经结束了。到 10 月，离上一起犯案已经过去三个月，华盛顿州一直没再出现年轻女孩失踪的情况。凶手是不是克服了心中的冲动，赶走了驱使他的恶魔？对此，警探们表示怀疑，他们更倾向于认为这人要么死了，要么被关在别的什么地方，或者这人已经搬走了。

# 第十三章

1974年10月18日，星期五，那天晚上，米德维尔警察局局长路易斯·史密斯的女儿，17岁的梅丽莎·史密斯正准备参加一个睡衣派对。梅丽莎长得非常漂亮，身材娇小，身高5英尺3英寸，体重105磅，有一头淡棕色的中分式长发。她是个谨慎的女孩，由于父亲的职业关系，梅丽莎一次次地被提醒要加强警惕。路易斯·史密斯见过太多的暴力和悲剧，以至于他总是会替梅丽莎和她妹妹担心。

梅丽莎本来打算早点出发去女性朋友家的这次通宵聚会，但她给朋友家打电话时，没有人接。因此，当另一个朋友因与男朋友发生口角给她打电话时，她还在家里。这位朋友在一家披萨店工作，梅丽莎答应先去朋友店里和她谈谈。梅丽莎穿着蓝色牛仔裤、蓝色花纹短衫和海军蓝衬衫，独自一人离开了家。

米德维尔是盐湖城南部的一个人口大约5 000的小村庄，是个平静、团结的摩门教社区，也是养育孩子的好地方。在这里，梅丽莎虽然经常被提醒，却从来不需要害怕。

步行去披萨店意味着走的是捷径，先沿一条土路和土堤向下走，上一条公路的天桥，再走过一座铁路桥的下面，最后穿过一个学校操场。梅丽莎来安慰她的朋友，在餐馆待到10点多，随后打算回家收拾衣服，去参加睡衣派对。她选择按几个小时前过来的路线原路返回。

梅丽莎一直没到家。她走出披萨店光线明亮的停车场后，就再也没人见到过她。9天后，在盐湖城以东很多英里外的瓦萨奇山脉的萨米特公园附近，有人发现了她的尸体，凶手已经弃尸很久了。

病理学家谢尔盖·摩尔对这具在山中发现的裸尸进行了尸检。梅丽莎被人狠狠地殴打过，头部可能被撬棍猛击过。她头部的左侧和后方有凹陷性骨折，并伴有大量硬膜下出血。她身上满是瘀伤，应该是死前留下的。

梅丽莎身上还有被勒过的痕迹，有人用她深蓝色的长筒袜狠狠地勒过她的脖子，导致她舌骨骨折。她甚至还遭到了强奸和鸡奸。

德尔马·"斯韦德"·拉森是盐湖县的治安官，而 N. D. "皮特"·海沃德队长是有多年经验的凶杀案警探，现任其所在部门的负责人。他俩将梅丽莎·史密斯谋杀案调查的主要责任交给了杰瑞·汤普森警探。

这绝非一桩容易侦破的案子。没人看见梅丽莎走到停车场外什么黑漆漆的地方，也没人见过她身边有别的人，并且 9 天里都没有她的踪影。这时凶手甚至可能已经跑到地球的另一边了。物证方面，唯一的物证便是女孩的尸体。尸体下面的血很少，很可能她是在别的地方被杀。但究竟是在哪儿呢？在尸体被发现 4 天后，也就是 10 月 31 日万圣节那天，对梅丽莎谋杀案的调查仍在日以继夜地进行。而就在这一天，午夜刚过，在犹他州莱赫以南 25 英里的地方，17 岁的劳拉·艾姆斯对万圣节之夜不够刺激感到失望，她从一家咖啡馆出来，前往附近的一个公园。

劳拉·艾姆斯身高接近 6 英尺，体重却只有 115 磅，模特般的苗条身材却瘦得让人看着不是很舒服。她辍学后搬到了亚美利加福克的朋友家，找了一份又一份的低薪工作。但她几乎每天都和住在犹他州塞勒姆的家人保持联系。

劳拉在万圣节当晚失踪时，她的父母并不知道女儿不见了。直到 4 天后，他们打电话到她的朋友家问劳拉为什么没和他们联系。

"劳拉不在这里。"对方回答说，"自从她万圣节离开后，我们就没见过她。"

艾姆斯一家都吓坏了。当梅丽莎·史密斯被谋杀的消息上了新闻头条时，劳拉的母亲曾提醒过她要小心，告诫她别再试着搭便车，劳拉也向妈妈保证她完全有能力照顾好自己。

可是，现在劳拉失踪了。这个漂亮的长发女孩，这个还在追寻自己梦想的女孩，只穿着蓝色牛仔裤和无袖条纹毛衣，在那个夜晚走丢了。

如果是平时那样的冬天，发现劳拉·艾姆斯尸体的地方早就被雪覆盖了。但那是个暖冬，11 月 27 日感恩节当天，穿越亚美利加福克峡谷的徒步旅行者在瓦萨奇山脉一带的一个停车场下边的河岸发现了劳拉的尸体，赤身裸体，面目全非。她父亲在感恩节当晚到阴冷的停尸房里认出了她。他认出了她前臂上的一些旧伤疤，是她 11 岁时被马甩到铁丝网时留下的。

摩尔医生对劳拉·艾姆斯进行了尸检，得出的结论与梅丽莎·史密斯的尸检结果非常相似。劳拉·艾姆斯左侧和后脑勺有凹陷性颅骨骨折，也有被勒过的痕迹。她失踪时戴的项链缠绕在尼龙长筒丝袜上，至今仍紧紧地勒在脖子上。她面部有多处挫伤，身上有很深的拖拽引起的擦伤，造成头骨骨折的凶器像是撬棍或撬杆。

劳拉·艾姆斯也遭到了性侵。从她的阴道和肛门取出的拭子显示有残留精子，可是现在再根据这些死精去确定那个凶手的血型已经太迟了。

血液测试结果显示并没有使用过药物的迹象，但这名少女在死亡时可能处于醉酒状态。数据刚超过 0.1 的醉酒法律指标，可是酒精的作用不一定会大到让她无法保护自己、逃跑或尖叫求救的地步。

当然，万圣节晚上的尖叫声可能没有引起别人的注意。就算劳拉·艾姆斯真的喊了救命，也是没人听到。

泰德·邦迪在西雅图的女友梅格·安德斯和她的朋友琳恩·班克斯都是在犹他州的奥格登长大的。1974 年秋天，琳恩回过奥格登，读到了两个女孩被谋杀的新闻，也看了她们的照片，发现她们在外表上和华盛顿州的几位受害者的外表特征有相似之处。她回到西雅图，向梅格吐露了她的怀疑。

梅格翻阅着琳恩带来的报纸剪报，当看到梅丽莎·史密斯失踪于10月18日晚上时，她松了一口气。

"这里，你看，10月18日。那天晚上11点左右，我和泰德通过电话。他说期待着第二天和我爸一起去打猎。他当时心情很好。"

琳恩身高不足5英尺，但她的说服力绝对不可小觑，而这次她吓得够呛更加坚定了自己的想法。

"你必须得报警！你和我知道的事情太多了。你不能再躲闪了。"

梅格·安德斯确实在1974年秋天联系过国王县警方。她是第四个将泰德·邦迪的名字和信息报告给警方的人。我是第一个，同我和另外几位的情况一样，她提供的这些信息也不能证明需要对泰德·邦迪进行特别的调查。梅格第一次给警探打电话时，掩藏了自己内心的大部分恐惧情绪。

正是琳恩的怂恿让梅格背叛了自己的爱人，而她俩之间的友谊也因琳恩对泰德的敌意而结束。泰德本人并不知道梅格联系过调查人员。

梅丽莎·史密斯的尸体已被找到了，但劳拉·艾姆斯在1974年11月8日星期五晚上时仍是下落不明的。那晚的盐湖城一带下着蒙蒙细雨，很快就变成了一场下了很久的倾盆大雨。这种天气对于出去购物的人来说可就不太走运了，但18岁的卡萝尔·达伦奇还是打算去犹他州穆雷市郊的时尚广场购物中心。下午6点半刚过，她开着她的新科迈罗从家里出发了。

1974年春，卡萝尔高中毕业，在山铃电话公司工作，仍和父母住在一起。她是购物中心的常客，把车放在停车场，觉得没什么好害怕的。那天她打算去奥尔巴赫商店逛逛。

她遇到了几个表亲，和他们聊了一会儿，在奥尔巴赫买了她要的东西后，又到了沃尔登书店。她正在翻阅几本书，一抬头看到一个英俊的男子站在她旁边。他穿着运动夹克、绿色休闲裤和科尔多瓦色的皮鞋，留一头棕色的鬈发和一撇八字胡。

他问卡萝尔是否把车停在西尔斯商店附近的停车场了，她点了点头。然后他问她车牌号码，她就给他了。他像是看出了点什么，说有位购物者举报说有人想用金属衣架撬开她的车。"你介意和我一起去看看是否有东西被偷吗？"

卡萝尔被吓了一跳，但究竟这个留着胡子的男人是怎么找到她的，又如何知道她就是那辆科迈罗的车主，她却没有多想。他的举止让她以为他肯定是保安或警察。她跟在他后面，穿过商场的中央走廊，走到了下着雨的户外。当他们穿过停车场时，她开始担心起来，但那人看上去非常镇定，还解释说他的搭档可能已经把小偷逮住了。"你见到他，可能会认得出来。"他说话间语气很轻松。

她要求看他的证件，他只是笑了笑。卡萝尔·达伦奇从小受的教育是要相信警察，她顿时觉得自己怀疑这个男人显得有点愚蠢。她用钥匙打开车门，环顾了一下车内。"东西都在，什么也没少。那人应该是没撬成。"她说。

他提议把副驾驶门也打开看看，她拒绝了。什么都没少，觉得没这个必要了。但他还是试着打开副驾驶车门，这让她很惊讶。然后他朝她耸了耸肩，带她往回购物中心的方向走，说他们还需要和他的搭档再商议一下。

他环顾了下四周，说："他们一定是回分局了。我们去那里和他们碰头，确认那小偷的身份。"

"我怎么会认识小偷呢？"卡萝尔表示不解，"我当时人都不在那儿，我在商场买东西。"

那人并不理睬她的反问，走得更急了，穿过了很多家店铺，来到北边黑漆漆的停车场。她开始感到不耐烦，也警觉起来，问他叫什么名字。她没丢任何东西，而且她还有别的事要做，不想跟着这个男人去白忙一场。

"默里警局的罗斯兰警官。"他简要地答道，"我们就快到了。"

他俩来到一扇门前，门上有个"139"的数字。他敲了敲门，等了一会，无人应答。他试着开门，发现门是锁着的。（这扇门其实是一家自助洗衣店的后门，并非是警察分局，但卡萝尔不知道。）

这时，那男子又坚决要求卡萝尔陪他去总部签一份投诉书。他说他会开车带她过去。她本以为会看到一辆警车，但他却把她带到了一辆破旧的大众车旁。她听说过无标记的警车，甚至是"运动型"警车，但眼前这辆完全不像她见过的任何警车，于是她提出要求看他的证件。

见她有点歇斯底里，那男子不情愿地拿出钱包在她面前亮了一下，她只瞥见一个小小的金色徽章。他很快又把钱包放回了口袋，以至于她连部门名称或者号码都没看到。

他打开副驾驶的门，等她坐进去。她还在争辩拒绝上车，但见那人不耐烦了，只好上了他的车。门一关上，她便闻到他口中呼出的浓浓的酒精味。她认为警察在执勤时是不允许喝酒的。当他示意她系好安全带时，她说了句"不"。她做好了跳车的准备，但车已经驶出停车场，并且一直在加速。

那人并没有朝默里警局的方向开，而是正朝着相反的方向开。卡萝尔看着身边经过的车，在想自己是否应该喊救命，也在想是否应该尝试跳车，但车子都开得太快了，似乎没有人注意到他们。

这时，车子突然停了下来，是轧到了麦克米兰小学附近的路障带。卡萝尔转过身看着"罗斯兰警官"，发现他脸上的笑容没有了。他下巴板着，像是在想着别的事。她问他怎么了，他没有回答。

卡萝尔·达伦奇伸手去摸她身边的门把手，准备跳出去，但那个男人的动作太快了，瞬间就把手铐铐在了她的右手腕上。在他想把手铐套到她另一只手腕时，她开始一边踢他，一边大喊救命。他没铐中，结果把另一半手铐套到了同一只手腕上。她继续挣扎，用指甲抓他，大声叫喊，可惜这个安静的社区像是充耳不闻。他对她的怒气止不住地往上蹿。

突然，他手里多出了一把小型的黑色手枪，抵着她的头说："如果你再不闭嘴，我就杀了你。我会一枪把你脑袋打开花。"

她不自觉地向后一倒，直接倒在了车子外面湿漉漉的停车带上，同时看见手枪掉到了车子的地板上。这时，他手里拿着一把类似撬棍的东西，然后把她整个人抵在了车身上。她举起一只手，调集绝望之中产生的全部力量不让铁棍靠近她的头。她猛踢了他的裤裆，终于挣脱开来。她撒腿就跑。她不知道也不在乎自己要跑去哪里，只想着必须摆脱这个人。

这时，威尔伯·沃尔什和玛丽·沃尔什正好开车沿着第三大道向东行驶，车前灯突然照到一个人影。沃尔什猛踩刹车，差点就撞上了，他的妻子慌乱中摸到了车门把手。他们看不清是谁想上他们的车，心想肯定是个疯子，结果发现是个年轻姑娘，一个吓坏了的女孩，她一边抽泣一边说："我真不敢相信。我真不敢相信。"

沃尔什太太努力地安慰她，告诉她现在她很安全，没什么可以伤害到她。

"他要杀我。他说如果我不闭嘴，他就会杀了我。"

沃尔什夫妇开车送卡萝尔·达伦奇去了州政府大街的默里警察局。她已经走不了路了，威尔伯·沃尔什便把这个苗条的姑娘抱了进去，经过入口处时引来了值班人员惊愕的目光。

当卡萝尔的抽噎渐渐平复时，她告诉警察，是默里警局的罗斯兰警官袭击了她。当然，警局根本没有此人，警察当值时也没人用过一辆旧的大众车。他们听她描述了那辆汽车、那个男人以及他用来对付她的撬棍。"我其实并没有看清（撬棍）长什么样，当他要用它打我时，我用手抵抗，感觉是个多边形的铁棍，不止四边。"

她举起右腕，仍戴着两个手铐。警官们小心地替她摘下，掸去上面的灰尘，希望能获取凶手的指纹，可得到的仅仅是些无用的污迹。手铐也不是警察通常用的史密斯威森牌，而是一个叫格洛克的外国牌子。

警局派出巡警到小学附近的袭击地点。他们找到了卡萝尔·达伦奇反抗时遗落的一只鞋，其他什么也没有，可以想见，大众汽车也早就没了踪影。

巡警在商场周围巡视，寻找一辆外表有凹痕和锈斑、后座内饰有一处撕裂的浅色甲壳虫轿车，结果没有发现。默里警局的警探乔尔·里德也未能成功提取139号门把手上的指纹。门把手接触过雨水和露水后，上面的指纹很快就没了。

卡萝尔·达伦奇翻阅了一堆大头照的册子，没能认出任何人。她以前从未见过这个人，也真心希望自己再也不要见到他。三天后，她发现她夹克衫的浅色假毛领上沾了两小滴血迹，便把夹克送到了警局进行化验。那不是她本人的血，它是O型，但这点血量不足以鉴定出究竟为Rh阳性还是阴性。

默里警局的警探手中掌握了嫌疑犯的样貌特征，基本了解了他的车子情况和作案手法，还有一个幸运生还的受害者。达伦奇这次差点得手的绑架案和梅丽莎·史密斯的谋杀案之间存在很多相似之处，这是不可否认的。梅丽莎是在披萨店的停车场失踪的，那餐厅离时尚广场购物中心只有一英里，但没人知道那人用了什么诡计不费吹灰之力地引诱她离开了停车场。她的父亲是个警察，她会愿意和警察一起离开吗？

很可能会。

不管"罗斯兰警官"在11月8日那个雨夜的任务是什么，他都遇到了挫折。卡萝尔·达伦奇从他手中逃脱了。如果他想强奸她，或者做更可怕的事，他的胃口已经被吊起来了，那晚他还会有所行动。

邦蒂富尔距离默里 17 英里，是犹他州一个摩门教城市的北郊，以其自然美景和娱乐活动而闻名。11 月 8 日，邦蒂富尔的迪恩·肯特一家准备去参加维尤蒙特高中举行的音乐剧演出。迪恩·肯特一直病着，但那天他感觉身体有所好转，便与妻子贝尔瓦和他们 17 岁的大女儿黛比一起去看《红发人》的首演。

黛比·肯特的弟弟布莱尔不想看这部剧，便提前在一个溜冰场下车，他母亲答应晚上 10 点去接他。他们快 8 点钟的时候到了那所高中。礼堂里的大多数观众都是他们认识的人。一般被说服去买票看高中生表演的都是表演者的家人、同学和朋友。

当观众在静待演出开始的时候，后台那边，一个陌生人过来跟维尤蒙特高中的戏剧老师、大学刚毕业没几年的年轻女子吉恩·格雷厄姆搭讪。她正手忙脚乱地做演出前的最后准备工作，一个身材高挑、留着胡子的男人喊了她一声，她当场只是稍微停顿了一下。她记得他身穿运动夹克、休闲裤和皮鞋，长得挺英俊。

他彬彬有礼，甚至显得有点不好意思，问她是否可以陪他去停车场确认一辆车。她摇摇头，也没想他为何需要这样的帮助。她当时太忙了。

"只需要一小会儿。"他催促道。

"不行，我是这出戏的负责人。"她答复得很干脆，然后匆忙从他身边走过去了，留他一个人站在昏暗的走廊上。20 分钟后，她朝礼堂前面走去时，这个男人还在大厅里徘徊。

"嗨，"她说，"你找到人帮你了吗？"

他没有说话，只是奇怪地盯着她，眼神直直地。她觉得怪怪的，但也没多想，平时习惯了有男人盯着她看。

几分钟后，因工作需要，她再次回到后台，发现那个男人居然还在那里。他微笑着向她走来。

"嘿，你看起来真漂亮。"他赞美道，"来吧，就帮我去看看那辆车吧，几分钟就行。"他的举止很放松，语气像是在哄人。

但她还是很警惕。为了避开他，她说也许她丈夫可以帮忙。"我去找他。"她感到害怕，但又对自己说这太荒谬了，附近有好几百人呢。这时，那人走到另一边，挡住了她的去路。经过一番脚步上的争抢突破后，她成功地摆脱了。这人究竟是谁？他不是学校的员工，说是学生的话年纪太大了，说是家长的话又太小了。她匆匆忙忙赶到了后台。

黛比·肯特在中场休息时出去给弟弟打电话，告诉他这戏 10 点前结束不了，然后又回来看下半场。她的一位女性朋友乔琳·贝克注意到有个长相英俊的陌生人在礼堂后面踱步。演出结束前，吉恩·格雷厄姆最后一次见到他也是在那个地方，她莫名感到有些不安。

黛比·肯特主动提出开车去溜冰场接她弟弟。"然后我再回来接你们。"她向父母做了保证。

高中对面一幢公寓楼的几位居民记得他们在当晚 10 点半到 11 点之间听到西面停车场传来两声短促刺耳的尖叫声，听起来不像是在玩闹，倒像是极度恐惧。那尖叫声非常有说服力，甚至有人走到外面盯着黑漆漆的停车场看了会儿。

可他们什么也没看见。

黛比的弟弟一直在溜冰场等着。高中门口这边，随着人群渐渐散去，她的父母也等得不耐烦了。最后，所有人都走光了，但他们的车还在停车场。黛比去哪儿了呢？当时已经是午夜，他们到处都没找到女儿，她好像根本没有到过那辆车旁。他们向邦蒂富尔警察局报了警，并描述了女儿的特征：17 岁，棕色的中分式长发。

"她不会就这么把我们留在这儿的。"她母亲紧张地说道，"她父亲心脏病刚好，车还在学校停车场。这完全说不通啊。"

邦蒂富尔的警察从无线电里听到了默里绑架未遂事件的事，对梅丽莎·史密斯谋杀案和劳拉·艾姆斯失踪案也都很了解。他们立刻派出巡逻队在维尤蒙特高中周围的社区进行搜索，还让学校允许他们进入，抱着一线希望检查了每个房间，以防黛比不小心被锁在了某个房间。她父母发了疯似的给黛比所有的朋友打电话，但没人见过黛比·肯特。

自此之后再也没有人见过黛比·肯特了。

第二天早上天刚蒙蒙亮，警方的一个调查小组就对维尤蒙特高中的停车场以及附近社区进行了一番调查，为黛比·肯特的莫名失踪寻找线索。

他们了解到前一天晚上有人听到了尖叫声，但没人真的看见有人实施绑架。停车场的车子太多，或许很难辨认是否有一辆棕色的大众甲壳虫？

邦蒂富尔的警探艾拉·比尔和罗恩·巴兰坦蹲着搜查了如今空无一人的停车场，结果在学校的外门和停车场之间找到了一把小钥匙。他们知道，这是一把手铐钥匙。

他们立刻把钥匙拿到默里警察局，插入卡萝尔·达伦奇的手铐锁眼里，手铐打开了。当然，他们知道有些手铐的钥匙是通用的，这把钥匙打不开史密斯威森牌的手铐，但可以打开其他几个牌子的小型手铐。因此，这还不能认作两起案件有关的确凿物证，但也足以让人担心了。卡萝尔·达伦奇逃脱了，而黛比·肯特显然没有。

和那年早些时候的华盛顿州一样，犹他州的执法部门也收到了铺天盖地的电话。12月中旬的一个电话看似与此案真正有关。这名打电话的男子称，11月8日晚上10点半刚过，他到维尤蒙特高中等着在演出结束后接女儿，当时看到一辆有凹痕的浅色旧大众甲壳虫汽车从停车场内飞驰而过。

但再没别的信息了。与梅丽莎·史密斯和劳拉·艾姆斯的家人一样，黛比·肯特的父母也不得不过一个凄凉悲惨的圣诞节。而卡萝尔·达伦奇不敢再一个人出门，哪怕是在白天。

# 第十四章

与之前在华盛顿大学时相比，泰德·邦迪在犹他大学法学院第一年的成绩不尽如人意，平均成绩连 C 都很难保持，期末时还有两门课未修完。而在华盛顿大学期间，泰德不仅轻松通过了那些很难的课程，最终还以优异的成绩毕业，他还向犹他大学招生办主任保证过自己"不只是一名'合格的学生'，而且还立志成为一名杰出的法学院学生和法律实践者，且一定会取得成功"。

当然，他必须打工来支付学费，这也会缩减他的学习时间。但与过去相比，他酒也喝得多了起来。他经常打电话给梅格，如果她不在家，他就非常不安。奇怪的是，他自己一次次地对她不忠，却要求她对他完全忠诚。据梅格的好朋友琳恩·班克斯说，如果他发现梅格不在家，就会打琳恩的电话，一再追问梅格的下落。

1974 年 11 月 18 日，我住进了西雅图的集团健康医院，准备接受第二天早上的手术。我生了 4 个孩子都没打麻醉，但这次手术却比我经历过的任何事都要痛苦，不得不用了两天的镇静剂。我记得在 11 月 19 日下午晚些时候，我给乔伊斯·约翰逊打过电话，告诉她我没事；记得我母亲从俄勒冈州塞勒姆过来，带着孩子们一起陪在我床边。

我还记得我收到了大量来自各个警局的鲜花。西雅图凶案组的警探送了一束红玫瑰，赫伯·斯温德勒带来一盆黄菊花，国王县重案组的泰德·弗雷斯特也送来一个大花篮。我不知道护士们看到这些腰间别着枪的警探来探病会怎么想，一定会以为我是某个受监视的黑手党的女友吧。

当然，全都是因为这群"硬汉"警察对我的关心。他们知道我是一个人，担心我能否重新站起来工作，因而把平时隐藏起来的多愁善感的一面展现了出来。没过几天，我就感觉好多了，也很享受我的那个"恶名"。

我妈妈来看我，一脸担心地对我说："我很高兴和孩子们在一起。但昨晚有个很奇怪的电话找你。"

"是谁？"

"我不知道，像是长途电话。午夜前有个男人打电话给你，我说你不在家，他似乎听起来很心烦意乱。我问他是否需要留口信，但他没有留，也没说他是谁。"

"心烦意乱？有多乱？"

"很难形容。他可能是喝醉了，但感觉他有点惶惶不知所措，说话语速很快。这让我有点不安。"

"可能是打错了。"

"不可能，他叫了一声'安'。我告诉他你在医院，过一两天会给他回电话，但他直接挂了电话。"

我不知道是谁打来的，也很快忘了这事，快一年之后才又想起那通电话。

1974 年 12 月 12 日，山间犯罪会议（Intermountain Crime Conference）在内华达州的斯德特莱恩举行，执法界人士济济一堂讨论那些有可能是跨州作案的案件。华盛顿州的警探介绍了他们正在处理的女孩失踪和谋杀案，犹他州的警察也汇报了梅丽莎·史密斯、劳拉·艾姆斯、黛比·肯特和卡萝尔·达伦奇的案情。显然，两边的情况存在相似之处，但美国每年都有数百名年轻女性被杀，其中很多也是被勒死、殴打和强奸致死的。谋杀方式并不具有足够的独特性，因而不足以确定是某个特定的人针对某个特定的受害者群体的所作所为。

泰德的名字现在被列在华盛顿州专案组没完没了的电脑读数中，而且出现了 4 次，但他仍只是几千人中的一个，并且没有成年后的犯罪记录。此外，从工作记录和教育背景来看，他也未被标记为"会犯罪的那类人"。

他以前在华盛顿州，现在在犹他州；他的名字叫泰德，也开着一辆大众汽车。他的女朋友梅格已经因为怀疑而向警方举报了他。她是个嫉妒心很强的女人，一个受过骗的女人。还有很多因爱生恨的女人也将自己的男朋友当作潜在嫌疑犯报告给了警方。

1974 年的山间犯罪会议之后，在琳恩·班克斯的再次催促下，梅格·安德斯又向前迈出了一步。她给盐湖县治安官办公室打了个电话，把自己对泰德·邦迪涉嫌犯罪的怀疑又重申了一遍。她的声音近乎歇斯底里，使得海沃德队长怀疑这个从西雅图打来长途电话的女人是不是在夸大其词，而且她所见到的关联性实在有些牵强。因此，他写下了"泰德·邦迪"的名字，把它交给杰瑞·汤普森，加进了犹他州的嫌疑犯名单。

在没有物证或可靠消息的情况下，警探是不能冲出去直接逮捕某个人的，否则便有违正义原则。8 个月之后，泰德·邦迪才会以个人行动将自己完全置于法律的视野中，并且几乎是在跟警方叫板，叫警察去抓他。

还记得 1974 年的圣诞季吗？不太记得了，基本上没什么特别的东西值得一记。我记得我在做完手术两周后回到了工作岗位，其间一场流感影响了恢复过程。我还不能开车，但有几个警探利用空闲时间把一些已经开庭审理案件的重要信息录了下来，并开车把磁带送到我家，这样我就可以在家写作了。

我记得 1975 年 1 月，一场猛烈的暴风雪席卷了普吉特湾后，袭击了我家的旧海滩别墅，客厅朝南的整面落地窗都被吹了进来，20 英尺宽的房间里到处都是植物、灯和玻璃碎片，简直是经历了一场龙卷风。在新窗户装上之前，我们挨了不少冻。同样是在那个月，我家的地下室被淹了，房顶也有几处开始漏水。我记得那时的我非常沮丧，但我不记得是否想起过泰德·邦迪。

1975年1月，在犹他大学完成期末考试后，泰德回到了西雅图。1月14日到23日期间，他和梅格在一起待了一个多星期。梅格没有告诉泰德，她已经把他的名字报给了警方。虽然警方还未找上他，但梅格心里总是存着很深的内疚感。泰德对她很好，又与她认真地讨论起了结婚的事，而她去年秋天心中的疑虑现在看来似乎只是一场噩梦。他还是原来的泰德，那个她爱了很多年的男人。她可以把所有的恐惧抛到脑后了。他向她提过的唯一一位在犹他州的女孩，叫卡莉·菲奥雷，说她有点"古怪"。他说1974年圣诞节后，大家为卡莉办了个送别会，之后送她上了飞机。

他没有说卡莉并不是就这么永远离开，她是要回盐湖城的。

泰德回法学院后，梅格感觉好多了。她计划夏天去盐湖城看他，他也答应有空就回西雅图。

1975年1月，卡琳·坎贝尔在科罗拉多州的阿斯彭度假。卡琳是一名注册护士，已与密歇根州法明顿市的雷蒙德·加多夫斯基医生订婚。加多夫斯基到阿彭斯参加心脏病医学研讨会，俩人正好带着加多夫斯基与前妻所生的两个孩子一起来度假。

1月11日，一家人登记入住了舒适型的威尔德伍德旅馆，房间位于旅馆二楼。23岁的卡琳比加多夫斯基小9岁，但她很爱他，也和他11岁的儿子格雷戈里及9岁的女儿珍妮相处融洽。她很想早点与他结婚。那天两人发生了点争执，原因是加多夫斯基并不想着急步入第二段婚姻。

卡琳·坎贝尔在抵达时已经有点感冒，但她还是在加多夫斯基参加研讨会期间带着孩子们去滑雪和观光。1月12日，他们和朋友在一家名为"炖锅"的饭店吃晚饭，卡琳点了炖牛肉。其他人都喝了鸡尾酒，而卡琳因为仍感到反胃，只喝了牛奶。

之后，卡琳、加多夫斯基和孩子们回到了威尔德伍德旅馆的休息室。加多夫斯基看起了当天的晚报，而卡琳想起她有本新杂志落在了房间，便坐电梯去取。她随身带着 210 房间的唯一一把钥匙。如果一切正常的话，她应该在 10 分钟内回到休息室。

卡琳到二楼后，在电梯口碰到几位在研讨会上见过的医生。他们与她聊了几句，然后见她沿着走廊朝自己的房间走去。

楼下的加多夫斯基看完报纸后，朝四周看了看。孩子们玩得很开心，但卡琳还没回来。他朝电梯望去，想着她随时会出来。可是几分钟过去了，她还是没有出现。

这位年轻的心脏病医生告诉孩子待在休息室别乱跑，自己上楼去了他们的房间，然后突然想起卡琳之前带走了仅有的钥匙。他敲了敲门，等她从里面开门。然而，她没有出来。

他又敲了下门，想着她可能在浴室，没听到他的声音，于是敲得更用力了些，可她还是没来开门。他突然感到一阵惊慌，想到万一她感冒加重，晕倒在里面，可能头部撞到了什么东西，失去了知觉。想到这里，他立即冲向前台，拿了旅馆的备用钥匙跑回二楼。门开了，房间看上去和他们晚饭前离开时一模一样。没看到卡琳的包，她要取的杂志还在床头柜上。很明显，她根本没来过房间。

他站在空荡荡的房间里，手里拿着钥匙，茫然而犹豫不决。然后，他转身来到走廊，锁上了门。那是个星期天的晚上，旅馆里有很多派对，他想他的未婚妻可能遇到了一些朋友，被他们叫到某个地方"去喝一杯"了。她通常不会如此考虑不周，她也一定知道他会担心，但那个时候旅馆里的整个氛围都很轻松。他回到休息室里看了下，发现孩子们还在自己玩着。

加多夫斯基在旅馆里来回穿梭，并且越走越急，从一家酒吧到另一家酒吧，他想听到卡琳的笑声，发现她那熟悉的甩头发动作。周围人沉浸在喧闹声中，那份高兴劲儿像是在嘲笑他。卡琳不见了，就这么不见了，他实在不明白。

加多夫斯基把孩子们叫过来，带回了房间。这时已经是晚上 10点了，房间很温暖，外面却是冷得要命。卡琳走向电梯的时候穿的是蓝色牛仔裤、浅棕色的羊毛夹克和靴子。这装束在白天还算暖和，但如果穿成这样 1 月的夜里在科罗拉多州的户外走动，简直是不可想象。

10 点刚过，加多夫斯基就给阿斯彭警局打电话。巡警把她登记在了失踪人员中，同时安慰这位密歇根医生说，几乎所有"失踪"的人都会在酒吧和聚会结束后出现。

加多夫斯基焦虑地摇摇头，说："不，她不是那样的人。她生病了，现在可能病得更重了。"

卡琳的样貌和衣着特征立即被通知了当晚值班的阿斯彭的巡警。整个晚上，巡逻车一次次在穿着牛仔裤和羊毛夹克的年轻女子面前停下来，最后发现都不是卡琳·坎贝尔。

第二天早上，经历一个不眠之夜的加多夫斯基感到心烦意乱，孩子们在边上又哭又闹。阿斯彭的警探在威尔德伍德旅馆里一个房间一个房间地搜查，包括储藏室、壁橱甚至厨房，然后又爬到上面查看了电梯井。结论是，那位漂亮的护士并不在旅馆。

他们还询问了每一位客人，但是除了二楼电梯口和她打招呼的那几个人说她朝她的房间走去之外，没有人再见过卡琳·坎贝尔。

最后，加多夫斯基医生收拾了行李，带着孩子们回家了。每次电话铃响，他都希望是卡琳打来的，然后她会为自己的离开给出一个合理的解释。

然而，她的电话一直没有打来。

2 月 18 日，一名设施维护人员在距威尔德伍德旅馆几英里的枭溪路一带干活，他注意到，一群鸟儿一直在路边 25 英尺外的雪堆里叽叽喳喳地盘旋，像是有什么东西。他穿过融化的积雪去看个究竟，结果恶心得立马转过身去。

他见到的是躺在雪地里的赤身裸体的卡琳·坎贝尔的残骸，周围的雪被她的血染成了深红色。病理学家唐纳德·克拉克医生对其进行了尸检，并比对了牙医记录，证实尸体是卡琳的。她因头骨受到钝器的反复击打而死，而且还被锋利的武器割过，留下了很深的伤口。是刀吗？还是斧头？颈部没有足够的组织来判断她有没有被勒住脖子，但她的舌骨已经断裂。

当时已经无法确定她是否遭受过性侵，但从她裸体的情况看，凶手强奸的可能性应该很大。

从她的胃里很容易地辨认出了未消化的炖肉和牛奶。卡琳·坎贝尔是 1 月 12 日吃过东西后的几个小时内被杀的，也就是说，是在离开威尔德伍德旅馆的休息室去房间后不久死亡的。

事实上，她没有到过她的房间，或者说即便到过，一定是已有人在里面等她。后者的可能性不大，因为房间里没有任何打斗过的痕迹。所以，很可能是卡琳上了威尔德伍德旅馆二楼，在电梯到 210 房间之间的那条照明很好的走廊上遇见了凶手，并且看上去并未反抗就和他离开了。

这起失踪案让人联想起 1974 年 6 月的乔治安·霍金斯失踪案：再有不到 50 英尺的路就能走到安全的地方，但她就这么不见了。

1 月 12 日晚，一位加州的女游客在威尔德伍德旅馆的走廊里看到有个英俊的年轻男子冲她微笑，但她没怎么在意。在旅馆的其他客人都知道卡琳·坎贝尔失踪的消息之前，她已经退房回加州了。

冬天渐渐过去，华盛顿州那边，卡斯卡德山麓的积雪开始融化。1975 年 3 月 1 日，星期六，两名绿河社区学院的学生正在泰勒山进行一个林业调查项目的工作。泰勒山是一座树木茂密的小山，位于 18 号公路以东，这条双车道的公路横穿华盛顿州奥本和北本德之间的森林而过。他们调研的地点离山坡约 10 英里远，而那个山坡就是 1974 年 9 月发现了珍妮丝·奥特、丹尼斯·纳斯伦德和身份不明的第三人（可能还有第四人）遗体的地方。走过去的话，他们需要穿过长满苔藓的桤木林，那里的地上满是剑蕨和落叶，因此行进得很慢。

这时，他们中的一位低头看了一眼，发现一个人类头骨就在他的脚边。

布伦达·鲍尔终于被找到了，当然还需要通过牙齿记录来最终证实。和 6 个月前一样，国王县警探立即下令封锁这一偏僻地区，鲍勃·凯佩尔警探再次带领 200 多名搜查人员进入该地区。山林潮湿，使得人和狗都只能艰难地缓慢移动，在成堆的树叶和腐烂的树桩中仔细翻找。

丹尼斯和珍妮丝的尸体被发现的地方，离她们失踪的公园只有几英里，但布伦达的头骨是在离火焰酒馆 30 英里的地方被发现的。也许可以这样解释：布伦达打算搭便车去东面的太阳湖州立公园，而 18 号公路也是可以通往斯诺奎尔米山口的。她是不是坐上了一个胳膊上吊着吊带的陌生人的车，还庆幸自己可以一路搭车去太阳湖？然后他是不是把车停在了这个荒凉的地方，用杀手般的冷酷眼神盯着她呢？

泰勒山上头骨的发现让人觉得有些毛骨悚然，但那已经是关于那个黑眼睛女孩所能找到的全部了。即便动物把她剩下的骨架弄得到处都是，也应该会找到点别的东西，但是什么也没有了。连多一块骨头也没有，更不用说衣服残片之类的东西了。

死因无法确定，但头骨左侧骨折，还受过钝器的击打。惨淡的搜寻工作继续进行了两天。

3 月 3 日一大早，鲍勃·凯佩尔从一个泥泞的斜坡上滑了下来。确切地说，他是被距离布伦达·鲍尔头骨 100 英尺远的另一个头骨绊倒的。

之后，牙齿记录将证实凯佩尔发现的是苏珊·兰考特的头骨。这个害羞的金发女孩是在艾伦斯堡失踪的，那里距离此地有 87 英里，因此她没有理由到这片孤寂的小树林来。看来应该是凶手在这里建了自己的坟地，月复一月地只带受害者的头过来。这种假设非常邪恶，但并非没有可能。

和其他人的一样，苏珊的头骨也被残忍地打断了。

随着搜寻工作的继续开展，其他几家都在焦虑地等待，担心他们的女儿可能会在泰勒山，担心随时会有人来敲门。

搜索队又在湿漉漉的树叶和剑蕨丛中仔细搜查了 50 英尺的范围，发现了另一个头骨。经过牙科记录的比对，证实这是罗伯塔·凯萨琳·帕克斯的头骨。警探们万万没想到会在离家这么远的地方中找到她的遗骸，她是去年 5 月在 262 英里外的俄勒冈州科瓦利斯失踪的。和其他几位情况一样，她的头部也受过钝器的粉碎性损伤。

第一个失踪的女孩是最后一个被发现的。琳达·安·希利是教智障儿童的老师，14 个月前在大学区的地下室房间内失踪。通过颌骨内的补牙填料与牙科记录比对，最终确定是琳达。她的头骨也是在泰勒山发现的。

搜寻工作从黎明到日落不停歇地又持续了一周，但再没有发现更多的头骨、衣服或珠宝首饰。

还找到了几十块小的颈骨，但这些都不足以证明受害者的尸体是被完整地带到森林里的。此外，还有一点发现，凶手是每半年带一个女孩的头到这里，这又引发了更多关于邪教、巫术和撒旦崇拜的谣言。

西雅图警方有一份关于神秘事件的档案，叫 1004 号文件。一筹莫展的警局专案组收到了不少类似的报告，说有人认为自己在邪教组织集会上见过"泰德"。不管怎样，在获得如此广泛关注的案件面前，总会出现一些"怪人"，提出一些让普通人寒毛直竖的理论。甚至有毫无根据的谣言称，那些失踪和被谋杀的女孩在被献祭完后，她们的无头尸身被扔进了几乎深不见底的华盛顿湖。

华盛顿州东部的一位灵媒联系了赫伯·斯温德勒队长，并说服他黎明时分与她在泰勒山会面。这名女子用一根棍子戳进地里，试图从其投下的阴影中推断出信息。那一幕着实诡异，也没有什么新的发现。

斯温德勒很快就被那些自称与"另一个世界"有联络的人发来的信息所包围，并且收到了其他犯罪调查部门差不多同样数量的请求信息，他们也认为他们手头的罪案可能也和魔鬼崇拜有关。斯温德勒并非那种轻信无稽之谈的警察，他被同事们弄得不胜其烦，认为通灵这个角度简直是荒谬。

但斯温德勒一直记得 7 月 14 日占星术预言成功的事。当他被问到是否觉得这件事与神秘学有关时，他摇摇头说："我不知道，从来都不知道。"

精神科医生更倾向于认为凶手是一位深受强迫症困扰的男性，这种强迫症促使他一次又一次地捕猎并杀害同一类型的女性，而且无法让自己停下来。

在县警察局总部，尼克·麦基队长坦承这些案子可能永远也不会被侦破。调查人员现在知道琳达、苏珊、凯西、布伦达、丹尼斯和珍妮丝已经死了，但唐娜和乔治安的命运，他们仍一无所知。他们发现丹尼斯和珍妮丝的时候，还发现了可能属于其他失踪女孩的股骨。除此之外，就再也没有别的信息。唐娜·曼森、乔治安·霍金斯以及犹他州的黛比·肯特可能永远也找不到了。她们永远消失了。

"这个游戏拼的是坚韧。"麦基说，"我们已经看了 2247 位长得像'泰德'的人的资料，以及 916 条车辆信息……"

麦基说，经过筛选，还剩 200 名嫌疑人，但是要了解这些人的全部情况的话，200 这个数字仍是太大了。他说："我们没有犯罪现场证据，也没有确凿的行凶手段信息。这是我经手过的最难办的案子，手头上什么都没有。"

麦基还补充说，从凶手的心理特征分析报告来看，此人可能有犯罪背景，还可能患有性心理变态。这位疲惫不堪的警长继续评价道："你的调查进展到某个阶段，然后你突然得停下来，重新开始。"

泰德·邦迪的名字在 200 名嫌疑人的名单上，但他没有犯罪记录。从专案组掌握的信息看，他完全与违法搭不上边。他少年时期的犯罪记录已被销毁，警方也不知道他很久以前因偷车和入室盗窃被捕过。而梅格虽然知道这位华盛顿大学的优等生曾有过盗窃电视机的行为，但从未将此透露给警方，还有很多其他事她也没说过。

和之前在华盛顿州的情况一样，犹他州的犯罪活动也停止了。阿斯彭的卡琳·坎贝尔谋杀案发生在另一个州，看上去是个孤立的案子。阿斯彭的迈克·费舍尔警探正忙着调查当地的嫌疑犯，把所有认识这位漂亮护士的男性逐一排除。他看不出此案和犹他州的案子有何关联，而华盛顿州更是离得很远。

科罗拉多州有关犯罪活动的新闻报道开始升级。

科罗拉多州的维尔市距离阿斯彭 100 英里，是个滑雪胜地，不像阿斯彭那样到处充斥着奢华、金钱、毒品和"自由放任"的态度。杰瑞·福特在维尔有一套度假公寓，加里·格兰特偶尔会和女儿詹妮弗一起悄悄飞到这里滑雪。

吉姆·斯托瓦尔是俄勒冈州塞勒姆市警察局的警长，他正在那里度假，当滑雪教练。他的女儿住在那里，也是一名滑雪教练。

斯托瓦尔深吸了一口气，告诉我 26 岁的朱莉·坎宁安是他女儿的好朋友。他处理过俄勒冈州那么多的凶杀案，却对 3 月 15 日晚上发生在朱莉身上的事一筹莫展。

26 岁的朱莉·坎宁安本该拥有这个世界。她很迷人，有一头乌黑的中分式头发。她和一位女性朋友在维尔合租了一套舒适的公寓，在一家体育用品商店做店员，还兼职做滑雪教练。但是朱莉并不开心，她希望找到一个她真正爱和信任的男人，一个可以让她安定下来的男人。她是典型的滑雪迷，但现在不想再这样下去了，她想要结婚生子。

朱莉对男性的判断力不是很好。她很容易相信他们的话，她听到过太多次"太好了！我会再给你打电话的"之类的话，然后总是幻想破灭。也许维尔不是她的幸运之地，也许滑雪城的氛围并不适合建立持久的恋情。

1975年3月初，朱莉受了人生的最后一次情伤。她以为她遇到了自己想要的男人。那人邀请她一起去太阳谷度假时，她非常激动。但当他们到达这个因1930年代索尼娅·海尼的电影而名声大噪的度假胜地时，她再一次被人甩了。这个男人从未想过要和她建立一段忠诚的恋爱关系。于是，她哭着沮丧地回到了维尔。

3月15日是周六，那天晚上朱莉没有约会。她给母亲的电话打到快9点，挂电话时整个人感觉好多了，便决定走出公寓楼透透气。她穿着蓝色牛仔裤、棕色绒面夹克、靴子，戴上了滑雪帽，朝几个街区外的一家酒馆走去。她的室友在那里，她可以喝上一两杯啤酒。一切总会过去，明天总会到来。

然而，明天不会来了。

朱莉·坎宁安再也没有明天了。那天，她没有走到酒馆，她的室友凌晨回家时，发现朱莉不见了。

朱莉·坎宁安失踪的消息很快就被阿斯彭的另一件事盖过了。歌手安迪·威廉斯的前妻克劳蒂娅·朗格特因3月19日杀害她的情人、前世界滑雪冠军斯贝德·萨比奇而被捕。比起一个不知名的滑雪教练的失踪，情人之间的纠葛和名人效应登上新闻头条后自然更为轰动。

而这种模式也在重复，就和一年前华盛顿的情况一样。1月有一位受害者，2月没有受害者，3月也有一位受害者。

4月的科罗拉多州会出现新的受害者吗？

那年春天，已婚的丹尼斯·奥利弗森刚满25岁，她所在的大章克申是犹他州-科罗拉多州边界以东70号公路沿线的一个小镇。4月6日是星期天，这天下午，丹尼斯与丈夫发生了争执，她骑着黄色自行车出门，前往父母家。一路上春光美好，丹尼斯每骑1英里都觉得气消了一点，也许她意识到了他们之间的争吵是多么愚蠢，也许她打算那天晚上回家和丈夫重归于好。

天气挺暖和，丹尼斯穿着牛仔裤和绿色印花长袖衬衫。即便那天下午有人见过这个漂亮的黑发姑娘骑着十速自行车，也从来没有人向警方报告过。

丹尼斯没有到达父母家，她父母也不知道她会过去。那天晚上她也没回家，她丈夫觉得她还在生他的气。他想着先给她时间冷静一下，然后再打电话给她。

直到星期一，他打电话到她父母家，才惊讶地得知她并未去过。警方对她可能经过的路线进行了搜查，在50号公路沿线的科罗拉多河边一座铁路桥附近的高架桥下发现了她的自行车和凉鞋。自行车没出故障，没理由就这么扔在那里。

和朱莉·坎宁安一样，丹尼斯·奥利弗森也失踪了。

在1975年那个明媚的春天，科罗拉多州还会有其他的女孩失踪。

18岁的梅兰妮·库利长得很像犹他州邦蒂富尔的黛比·肯特，说是双胞胎也不为过。4月15日，她从位于丹佛以西50英里的尼德兰高中离开。8天后，县公路修路工在20英里外的煤溪峡谷公路上发现了她的尸体。她的后脑可能被类似于石头之类的重物敲击过，双手被绑在一起，脖子上仍缠着一个脏兮兮的枕套，可能是凶手用来勒人的，也可能是用来蒙住受害者眼睛的。

7月1日，24岁的雪莱·K.罗伯逊没有去科罗拉多州的古登镇上班。她的家人四处寻找，了解到她的朋友们在6月30日见过她，那天是周一。7月1日，一名警察在古登的一家加油站见过她，当时她和一个头发蓬乱的男子一起坐在那人开的一辆旧皮卡上。之后就再没人见过她了。

雪莱以前有过搭便车的经历，她的家人想她会不会一时兴起决定去另一个州旅游了。但夏天过完了，她还是杳无音讯，搭便车去旅行就不太可能了。

直到 8 月 21 日，两名采矿专业的学生发现了雪莱赤裸的尸体，被扔在伯绍德山口脚下一个矿井内的 500 英尺处。尸体已严重腐烂，导致死因无法确定。这座矿井离丹佛约 100 英里，离维尔却很近。调查人员认为朱莉·坎宁安的尸体可能也藏在那里，但搜遍了整个矿井也没找到她的任何踪迹。

然后，事情就这么结束了。没有再出现受害者，或者说，即便有的话，也没人向警方报告有年轻女性失踪。在每个辖区内，警探们都通过测谎或不在场证明对受害者的亲属、朋友和有前科的性犯罪者进行了调查，逐一排除。

所有这些西部地区的受害者，没有一个留的是短发，也没有一个不被人夸漂亮。她们都不会随便和某个完全陌生的人一起离开，就连那些有搭便车经历的女孩平时也都很谨慎。然而，几乎每个案子都有一个共同点，那就是受害者在失踪的当天都遇到了不顺心的事，都因此而心不在焉，因此很容易成为聪明杀手的猎物。

布伦达·贝克和凯西·德文是离家出走。琳达·安·希利生病了。唐娜·曼森本身有点抑郁症。苏珊·兰考特是第一次独自在校园里行走。罗伯塔·凯萨琳·帕克斯为她父亲的病感到郁闷不安。乔治安·霍金斯很担心自己能否通过西班牙语期末考试。7 月的那个星期天，珍妮丝·奥特因为丈夫不在身边而感到孤独郁闷，丹尼斯·纳斯伦德则是刚和男朋友吵了架。在华盛顿州所有的失踪女孩中，只有布伦达·鲍尔在朋友们最后一次见到时表现得像平时一样好脾气，但火焰酒馆里有顾客说她那晚很担心找不到可以让她搭车回家的人。

在犹他州，卡萝尔·达伦奇是个天真、容易轻信他人的女孩。劳拉·艾姆斯那天对万圣节派对感到失望，还有些喝醉了。黛比·肯特担心她父亲最近一次的心脏病发作，想着要帮他分忧。梅丽莎·史密斯担心她朋友"伤心"，离开披萨店时可能心里还在想着她俩的谈话。

科罗拉多州的受害者也都各有原因。卡琳·坎贝尔和她的未婚夫因为订婚许久还不结婚而发生了争执，并且她还在病中。朱莉·坎宁安因为情场失意而感到沮丧。丹尼斯·奥利弗森刚和她丈夫吵了一架。雪莱·K.罗伯逊在失踪前的那个周末和男朋友发生过争执。梅兰妮·库利的情况不得而知。

对于那些晚上不得不独自出行的女性，最基本的建议是："保持警惕，注意周围环境，快速通过。如果你知道自己要去哪里，并且让那个留意你的人也感觉到这一点，这样你就会更安全。"

接近这些女孩的那名男子是不是能一眼看出他遇到的这些受害者正好处于特别脆弱的时候，正好是她们不像平时那么清晰思考的时候？看起来差不多是这样。这个食肉动物在跟踪时通常会选择群体中最弱的那个，然后从容将其杀死。

# 第十五章


1975年5月，泰德·邦迪邀请华盛顿州紧急事务部的一些老朋友到他位于盐湖城第一大道的公寓里聚会。卡罗尔·安·布恩·安德森、爱丽丝·蒂森和乔·麦克林与他共度了近一周时间。泰德看上去精神很好，开心地开车带着朋友们在盐湖城周边转悠。他带她们游泳，还去骑了马。一天晚上，他和卡莉带她们去了一个同性恋俱乐部。尽管泰德说他以前去过，但那天在俱乐部看着却很不自在，这让爱丽丝·蒂森感到奇怪。

华盛顿来的这三个朋友都觉得泰德的公寓非常舒适。他从杂志上剪下一些照片，把房间布置成他喜欢的风格。他还保留了那个自行车轮胎，就挂在厨房的挂肉钩上，用它来放刀具和其他厨房用具，有一种寓静于动的效果。他有一台彩色电视机，一套不错的立体声音响，他在大家享用他准备的美食时播放了莫扎特的乐曲。

1975年6月的第一周，泰德回到西雅图，去罗杰斯家帮忙在他原来住过的房间那块建个小花园，大部分时间他都是和梅格一起。梅格仍未向他提起自己已向国王县警局和盐湖县治安官办公室报告过他的情况，而华盛顿州的当地报纸也不再对女孩失踪案大肆报道。

很多警探通常在夏季申请休假，如此一来，国王县和西雅图的警局便无法调拨人员给专案组，因此专案组暂时解散，9月再恢复。

梅格和泰德决定在下一个圣诞节结婚，虽然他俩6月份在一起的时间只有5天，但他们计划好了让梅格8月份去犹他州看他。梅格几乎确信自己之前做错了，是琳恩·班克斯毫无事实根据的怀疑蒙蔽了她的头脑。可是时间越来越少，远比梅格和泰德意识到的都要少。

1975 年夏天，如果说有什么事情让泰德·邦迪的良心受了困扰，可他并没有表现出来。他当时在做保安，仍在担任他所住宿舍楼的管理员，虽然有时喝得太多，但对一个大学生来说，这也不算不正常。但他在法学院的成绩在持续下降，并没有发挥出一个高智商、志向远大之人的潜能。

22 岁的鲍勃·海沃德是犹他州一名公路巡警，身材敦实，头上开始谢顶，8 月 16 日凌晨 2 点半左右，他将车停在了犹他州格兰杰郊区他家的门口。鲍勃·海沃德的哥哥是盐湖县治安官办公室凶案组组长皮特·海沃德，但他俩的职责完全不同。和华盛顿州一样，犹他州的公路巡警只负责交通管理，但海沃德拥有大多数长期当警察的人所具备的第六感，能够注意到一些看似无关紧要之处。

8 月的黎明前，天气清爽宜人，海沃德注意到一辆浅色大众甲壳虫从他家附近经过。这是个纯住宅小区，他几乎认识住在这条街上的每个人，也认识常来的访客的车。通常这个时候很少会有车辆出入，这辆大众车在这里干什么，他打算上去探个究竟。

海沃德亮起了车前大灯，想看清大众车的车牌。突然，大众汽车的灯灭了，并加速行驶。海沃德把车开出来，立即追了上去，追过了两个停车标志牌后，驶入了主干道南 3500 路。

海沃德很快就跟上了那辆放慢速度的大众车，只见大众车驶入了一个废弃的加油站停车场，停了下来。司机下了车，走到车身后，苦笑了下说："我好像迷路了。"

鲍勃·海沃德看上去粗鲁生硬，不是超速的司机或鲁莽的驾驶者愿意见到的那种公路巡警。他仔细地打量着眼前这个男人，看上去大约 25 岁，穿着蓝色牛仔裤、黑色高领套头衫和网球鞋，头发有点长，乱糟糟的。

"你闯了两个停车标志牌。请出示你的驾照和车辆登记证。"

"好的。"那人拿出了身份证件。

海沃德看了他的驾照，名字是西奥多·罗伯特·邦迪，地址在盐湖城第一大道。

"早上这个时候你在外面干什么？"

邦迪回答说，他刚从莱德伍德的汽车影院看完《火烧摩天楼》（*The Towering Inferno*），准备回家，但在这一区迷路了。

他答得不对。邦迪提到的汽车影院属于海沃德的巡逻范围，他那天早些时候去过那边，放的并不是《火烧摩天楼》。

就在这位魁梧的巡警和邦迪说话期间，公路巡逻队的两名骑警将车停到了海沃德的车后，但他们没有下车，而是坐在车内观察他俩。海沃德看上去并无危险。

海沃德又朝大众车瞥了一眼，发现副驾驶的位子已被拆除放在了后座的一侧。

他转向邦迪，说："介意我看看你的车吗？"

"没问题。"这位公路巡警看见在驾驶座后面的地板上有个小撬棍，前面的地板上有个打开的书包。他把手电筒照向打开的书包，看到里面有滑雪面罩、撬棍和冰镐，还有些绳子和铁丝。

这些看起来像是窃贼用的工具。

海沃德以躲避警察为由逮捕了泰德·邦迪，对他进行搜身后给他戴上了手铐。然后他打电话给盐湖县警局，请求值班警探提供支援。

那晚是达雷尔·昂德拉克副警长值第三班，他立即响应，赶到了西 2725 路和南 3500 路的交界口，发现海沃德、法伊夫、特威切尔正和泰德·邦迪一起等着。

邦迪坚称他没有同意让巡警搜他的车，但昂德拉克和海沃德说他是同意了的。

泰德坚持说："我从来没有说过'好的，你可以搜查我的车'，但是我被一群穿制服的人包围了，海沃德巡警，两个公路巡警，两个穿制服的警官。我虽说不上吓得直发抖，但……但我觉得我阻止不了他们。他们是存心的，对我有敌意，他们想干什么就一定会干。"

昂德拉克拿起帆布书包，看到了冰镐、手电筒、手套、撕成条的床单、一个针织滑雪面罩和一个用连裤袜做成的奇形怪状的面罩，连裤袜的臀部挖了两个眼洞，腿部则在上面绑在一起。此外，包里还有一副手铐。

昂德拉克又去检查了后备厢，发现一些大的绿色塑料垃圾袋。

"你从哪儿弄来的这些东西？"他问泰德。

"这些只是我在家附近捡的垃圾。"

"在我看来，它们像是盗窃工具。"昂德拉克直截了当地说，"我要带走这些东西，我怀疑你会被地方检察官指控持有盗窃工具。"对此，泰德只简单地回答说："好的。"

1975 年 8 月 16 日清晨，杰瑞·汤普森警探与泰德·邦迪进行了面对面的交流。汤普森身材高大，相貌英俊，大概比邦迪大 5 岁，后来会成为泰德的一个重要对手，但现在他俩几乎都不看对方一眼。汤普森手上还有别的事要做，而邦迪一心只想逃脱，回家。最后，泰德以个人担保的方式获释。

这是泰德·邦迪成年后第一次被捕，并且是在纯属偶然的情况下被捕。如果他没有开车经过鲍勃·海沃德巡警的家，如果他没有试图躲避追上来的警察，他本可以安全到家。

他为什么要跑？

8 月 18 日，汤普森浏览了周末的逮捕报告。"邦迪"这个名字引起了他的注意。他以前在哪里听过，但又记不太清了。他甚至不知道星期六早上被带进来的那人的名字。然后他突然想起来了，泰德·邦迪就是 1974 年 12 月那个西雅图女孩所举报的男人。

于是，汤普森仔细阅读了逮捕报告。邦迪的车是浅色的大众，车里所发现的物品清单现在让他觉得更不寻常。他拿出了达伦奇和黛比·肯特的案件材料。

邦迪车上发现的手铐是雅娜牌的，而卡萝尔·达伦奇腕上的手铐是格洛克牌，但有多少男人会经常随身带着手铐，这一点让汤普森非常不解。车上还有一根撬棍，与达伦奇受到威胁时的铁棍很像。

材料上的信息显示，泰德·邦迪身高 5 英尺 11 英寸，体重 170磅，是犹他大学法学院的学生……是的，他西雅图的女朋友也这么说。他曾在格兰杰被捕，格兰杰离米德维尔只有几英里，而梅丽莎·史密斯最后一次被人见到还活着就是在米德维尔。

在过去 10 个月里，汤普森一直在努力寻找那辆大众汽车的车主"罗斯兰警官"，而如今摆在他面前的材料中却发现了更多的相似之处，以及更多的共同线索。8 月 21 日，泰德再次被捕，罪名换了一个：持有盗窃工具。他看上去并没有明显地表现出不安情绪，而且对车里发现的物品做出了巧妙的解释。手铐是哪里来的？他说是在垃圾桶里找到的。他把连裤袜面罩戴在滑雪面罩里面，加一层保护，以抵御滑雪场的刺骨寒风。至于撬棍、冰镐和垃圾袋，不是每个人都有的东西吗？他似乎对警探们把这些东西认作盗窃工具感到好笑。

泰德·邦迪在往后的岁月里还会一次又一次摆出这种姿态：他是无辜的，居然会受到这些让他难以相信的指控。

海沃德巡警 8 月 16 日实施的逮捕，促成了 1975 年 8 月下旬和 9月盐湖县治安官办公室的一系列严肃紧张的行动。队长皮特·海沃德和警探杰瑞·汤普森感觉他们找到了达伦奇绑架案的嫌疑人，并怀疑泰德·邦迪很可能也是绑架梅丽莎、劳拉和黛比的那个人。

泰德欣然在相关表格上签字，允许去他位于第一大道的公寓搜查，并且当汤普森和约翰·伯纳多警官仔细检查整洁的房间时，他就陪在一旁。这不是那种列明了具体物品的强制搜查，本质上，这意味着即便警探发现了某种可能作为证据的东西，也无权从他的公寓里拿走。因此，如果他们发现了任何可疑的东西，得先去找法官开一份列有这些物品的搜查令。

汤普森抬头看了一眼挂在肉钩上的自行车轮胎和挂在轮胎上面的各种刀具，然后又瞥了一眼砧板。

泰德的眼睛追随着汤普森的目光，见状他心平气和地说："我平时喜欢做饭。"

警探们还看到了一排排的法律教科书。几个月后，华盛顿州的一名警探告诉我说，犹他州的调查人员在泰德的书架上发现了一本"奇怪的性爱书籍"。后来我向泰德问起这事，他告诉我那是亚历克斯·康弗特的《性爱圣经》（*The Joy of Sex*），我当时就笑了，这书我也有一本，很多人都有。总不能人人都是克拉夫特·埃宾①吧。

公寓里还有些看似无害却对正在进行的调查颇有意义的物品：一张科罗拉多州滑雪区的地图，上面对阿斯彭的威尔德伍德旅馆做了标记；一本邦蒂富尔休闲中心的小册子。当被问及这些时，泰德回答说他从未去过科罗拉多州，肯定是一位朋友留下的地图。他承认自己曾开车经过犹他州的邦蒂富尔，但觉得这小册子是有人落在他公寓的。

汤普森至今坚持认为，他第一次去的时候在邦迪的衣橱里发现了一双漆皮鞋子，但当他后来带着搜查令再去时，发现皮鞋不见了。他之前见过的电视机和立体声音响也不见了。

如果这两位警探本以为能发现一些可靠的证据来证明泰德和犹他州的受害者有关，那他们肯定会失望至极，因为没有找到任何女性的衣服、珠宝或钱包。

在他们搜查了整个住处之后，泰德同意他们对他停在大楼后面的大众甲壳虫车拍照。车上有凹痕和锈斑，后座顶部还有一处撕裂。

伯纳多和汤普森打道回府了。他俩都觉得离真相更近了，但泰德·邦迪漫不经心的态度让他们有些不安。他显然并不担心。

---

① 德国精神病学家，20世纪性学运动之前的早期性研究者之一，早期性病理心理学家。——译者

莎伦·奥尔是泰德在盐湖城的女性朋友之一。她帮忙牵线让他和约翰·奥康奈尔律师取得了联系。奥康奈尔身材高大，留着胡子，戴着牛仔帽，穿着牛仔靴，是这个摩门教城市里一位备受尊敬的刑事辩护律师。奥康奈尔立即叫泰德别再与警探交谈，并打电话给汤普森，说邦迪 8 月 22 日不会按照约定到警局的办公室。

虽然和泰德的谈话无法继续，但警方还是将泰德的正面照和其他人的几张面部照片混在一起，让卡萝尔·达伦奇和在黛比·肯特失踪前见过那个陌生人的戏剧老师吉恩·格雷厄姆进行辨认。

已经过去 10 个月了，但格雷厄姆女士几乎一眼就从这堆照片中认出了邦迪。正面照上的泰德·邦迪胡子刮得很干净。她说，他和她见过的那个男人长得很像，只不过少了一撮八字胡。

卡萝尔·达伦奇倒没那么确定。她第一次翻阅这堆照片时，把泰德的照片放在了一边，但没有发表评论。当汤普森问她为什么把那张照片和其他照片分开时，她显得不太愿意开口。

"你为什么把那张照片挑出来?"汤普森问道。

"我不确定。看上去有点像他……但我真的不能肯定。"

第二天，邦蒂富尔的警探艾拉·比尔给她看了一组驾照照片。在这组照片中，泰德是 1974 年 12 月时的模样，与 1975 年 8 月拍摄的那张正面照看着很不一样。泰德是个有着变色龙般的潜质的人，在脸部器官显然没有刻意整过的情况下，在他拍的每张照片上，他的外貌都发生了很大的变化。

卡萝尔看了看这组照片。这一次，她几乎立刻选出了泰德·邦迪的照片。她也说，1974 年 11 月 8 日遇到他的时候，他是留着胡子的。

这位绑架受害者在辨认邦迪的大众车时就没那么确定了。她多次看过车子的照片。但当她被带去亲眼辨认的时候，车子已经被打磨过，锈斑也补了漆，后座椅顶部的裂口也已经修补好。车子里里外外都擦洗过了。

　　泰德·邦迪从此被执法机构盯上了。他没有坐牢，但跟坐牢差不多。1975 年 9 月，监视小组一直在监视他，其他操作也有所启动了。他被要求提供加油的信用卡记录和在校记录。而且，犹他州的警探已经联系了他的未婚妻梅格·安德斯，这可能成为影响他未来自由的致命之举。

# 第十六章


　　1973 年 12 月的危机诊所圣诞派对之后，我既没见过泰德·邦迪，也没有听到他的消息。直到 1975 年 9 月底的一个下午，我家的电话响了，是泰德从盐湖城打来的。我很惊讶，但也很高兴听到他的声音。他开门见山地说："安，你是我在西雅图能真正信任的少数人之一。"这话让我感到一阵强烈的内疚。

　　好吧。我记得自己在 1974 年 8 月将他的名字报给了迪克·里德，如果他知道这事，他对我的这份信赖还能有多少呢？但那是很久以前的事了，从那以后我再也没有听到任何他的消息。我想问他在盐湖城做什么，但他似乎有事要说。

　　"听我说，你平时和警察有来往，能帮我查查他们为什么要传唤我在犹他大学法学院的记录吗？"

　　我的脑海瞬间掠过各种念头。为什么是这个时候？为什么过了 13 个月还要对泰德进行调查？他被调查是因为我当时的举报吗？是我让他陷入被盯上的境地吗？我没听说过卡萝尔·达伦奇、梅丽莎·史密斯、劳拉·艾姆斯或黛比·肯特的事，对犹他州的调查毫不知情，并且专案组也不太可能等上一年多才来跟进我当时给出的线索吧。

　　想到这里，我开始慢慢地说："泰德，我可能可以查得到，但我不会偷偷去查，我必须告诉他们是谁想知道这事。"

　　"没问题，我只是好奇，就告诉他们泰德·邦迪想知道。"他给了我他的电话号码，让我在了解到情况之后打对方付费电话给他。

　　我盯着手里的电话，不敢相信刚刚结束的这段对话。泰德听上去和往常一样开朗和自信。我想着是否打电话到国王县警局。我从来没有干涉过他们的调查，但这次我犹豫了。快4点钟了，警探们几分钟后就要下班了。

我还是给县警局的重案组打了电话，是凯西·麦切斯尼接的。我解释说泰德·邦迪是我的一个老朋友，刚刚打电话问我关于传唤在校记录的事。电话那头停了很长时间，凯西在和办公室的人说话，把听筒盖住了。终于，听筒里又传来了她的声音。

"告诉他……你就这么告诉他，他只是1200个人中的一个，这只是例行调查。"

他们想拖住的不是我，而是泰德。我跟警方凶案组待了那么久，这足以让我知道他们不会向这么多嫌疑人索要记录的，肯定是出了什么事。我没有争辩，并且凯西说话间明显不太自在。"好吧，我就这么告诉他。"

无正当理由是不会发出传票的。很明显，一定发生了什么事，而且是大事，我不禁心里一寒。可是一位犯罪小说作家可以签下合同去写一本关于她的老朋友是凶杀嫌疑人的书，即便是电视剧本也很难让人相信吧。实在是匪夷所思。

那天晚上我给泰德回了电话，大约响了八下，他气喘吁吁地接了电话："我在楼下的门廊处，刚刚跑上来接的电话。"

"我打电话给他们了。"我说，"他们说你只是大约1200名被调查者中的一个。"

"哦……好的，太好了。"

他听上去似乎并不担心，但我怀疑像泰德这样聪敏的人怎么会相信。

"他们说，如果还有什么问题，你可以直接打电话给他们。"

"好的。"

"泰德……你那边发生了什么事吗？"

"没什么。呃，我 8 月份的时候被州巡警逮住了，说我车里有盗窃工具，但他们的指控站不住脚。"

泰德·邦迪携带盗窃工具？不可能的。

然后他继续说："我觉得他们有种疯狂的想法，认为我和华盛顿的一些案件有关。你还记得那些失踪的女孩吗？"

我当然记得，从 1974 年 1 月起我就一直惦记着这事。泰德说他对这些案件几乎一无所知，他说的就好像他是因为交通违规而被华盛顿州的警局通缉了。我不知道该说什么，但我知道无论发生什么事，都不会只是因为我之前提过他的名字。

"我明天开始就要进入传唤等候期了。"他说，"一切都会安然无恙。但如果不是，你就会在报纸上看到我的消息。"

我不明白犹他州的传唤怎么会和华盛顿的案子有关系，因为他只字未提卡萝尔·达伦奇绑架案。可是如果他是华盛顿州的嫌疑犯，他应该在西雅图等候传唤才对，而唯一能认出华盛顿的那位"泰德"的只能是萨马米什湖一案的目击者。但有些东西使我没有将这些疑问问出口。

"谢谢你，保持联系吧。"他说，然后我们互道再见。

10 月 2 日是个秋高气爽的日子，我去看了一场初中橄榄球赛。我儿子安迪所在的球队以防守开始。他在第一场比赛中折断了拇指，但他们球队赢了，我们回家途中在麦当劳吃汉堡时都心情很好。

回到车里，我打开收音机。这时插播进来一则公告，打断了音乐的播放："前塔科马居民西奥多·罗伯特·邦迪今日在盐湖城被捕，被控犯有严重的绑架罪和袭击未遂罪。"

我突然有点透不过气来。我儿子看着我，问："妈妈，怎么了？"

"是泰德。"我结结巴巴地说。

"那不是你危机诊所的朋友吗？"

"是的。他告诉我，我可能会在报纸上看到他的新闻。"

这一次，泰德不能通过个人担保获释，他的保释金被定为10万美元，并被关进了县监狱。

那天晚上迪克·里德警探给我打电话，说："你是对的!"

我不希望自己是对的，一点也不希望如此。

那晚我几乎没睡。即便在我把泰德的名字交给里德的那一刻，我也没有真的认为他是一个会使用暴力的人。我也不允许自己这么想，在我记忆里，他还是那样弓着腰坐在危机诊所的电话机旁，说话还是那么温暖而富有同情心。我也试着想象他现在在监狱的样子，但怎么都想不出来。

第二天一早，我接到了美联社的电话："我们有一条给安·鲁尔的口讯，是盐湖城那边打给我们的。"

"我是安。"

"泰德·邦迪想告诉你他没事，一切都会好起来的。"

我说了句"谢谢"之后就挂了电话，然而电话几乎是立刻又响了起来。先是《西雅图时报》的一位记者问起我和泰德·邦迪之间的关系，问我是不是他的秘密女友，还问我有什么关于泰德的话要说。我解释说我不过是和这位打来电话的记者一样的作家。"我为《星期日泰晤士报》写过几篇文章。你知道我的名字吗？

"哦，你是那个鲁尔。那他为何要通过美联社给你传口讯呢？"

"他是我的一位朋友，就是想告诉我他没事。"

我不想被人指名道姓。我对发生的事还是很困惑，于是说："我的意思是，我认识的那个人不可能和这些指控有关。"

紧接着又打进来一个电话。《西雅图邮报》也得到了美联社的消息，我便把告诉《西雅图时报》记者的话又重复了一遍。

整件事就像某人突然死了。在危机诊所认识泰德的人——鲍勃·沃恩、布鲁斯·康明斯、约翰·埃舍尔曼——都纷纷打电话来谈论这事。我们所有人都不相信泰德会干他被控犯下的那些事，这实在是很难想象。我们纷纷回忆起了泰德的趣闻轶事，像是在说服对方我们读到的头条新闻上的事不可能发生。

当时我还不知道卡萝尔·达伦奇、吉恩·格雷厄姆和黛比·肯特的女性朋友乔琳·贝克（她11月8日在礼堂见过这个男人）都在10月2日犹他州的传唤等候名单中指认了泰德。泰德是一名嫌犯，跟另外六人站成一排，左右之人都是警察，那些警察都比他年纪大一点，也壮实一些。问题是：这个阵容公平吗？

10月4日，我写信给泰德，告诉他西雅图这边对他的支持，还有朋友们打来的关心他的电话，以及西雅图报纸上发表的对他有利的言论，并向他保证我会继续给他写信。我在信的结尾写道："这世上没有什么是纯粹的悲剧——没有——请记住这一点。"

回首往事，我惊讶于自己怎么这么天真。这世上有些事的确是彻底的悲剧，而泰德·邦迪的故事很可能就是其中之一。

我即将再一次成为泰德生活的一部分。直到今天，我仍不明白是什么把我俩绑在一起的。不仅仅是我作为一名作家的热情，也不仅仅是他善于操纵那些可能帮到他的女性。我觉得这两者之间存在一块很大的灰色区域，但一直无法想明白是什么。

在泰德入狱的第一周，他的律师约翰·奥康奈尔给我打电话，询问有关华盛顿州调查的情况。我什么也不能说，否则便是对不起西雅图的警探们。我所能做的就是继续给泰德写信。不管他犯的是什么罪行，不管有多少隐藏的秘密有朝一日会被揭穿，此时的他似乎需要有人和他交流。

我的内心开始四分五裂。

而泰德也开始给我写信，写得很长，就写在黄色的法律事务专用的信笺纸上，且字迹潦草。他的第一封信充满了一个从未坐过牢的年轻人对置身于错误环境里的感受。他说他简直不敢相信会这样。他对自己目前的困境既惊讶又愤怒，但他还是很快就学会了监狱里的生存之道。他的大部分文字都略显浮夸，过于戏剧化，但他的确陷入了本不该属于泰德·邦迪的境地，有些悲春伤秋也情有可原。

"我的世界就是一个笼子。"他在 1975 年 10 月 8 日的信中写道，"不知在我之前有多少人写过同样的话？有多少人想努力描述囚禁所带来的痛苦而终究是徒劳？有多少人得出结论，除了大喊'我的上帝，我要自由！'之外，再没有什么合适的语言来表达他们的感情。"

他的狱友是个 50 多岁的监狱常客，泰德觉得他是个"倒霉的酒鬼"。这人很快就开始向这个"后生"传授生存之道。泰德学会了藏烟，并在香烟没了的时候自己卷烟；他学会了把火柴劈成两半用，因为火柴用起来太快；他还省下了橘子、泡沫塑料杯和卫生纸，因为意识到要靠这些东西来托人办所有能让监狱生活变得稍微容易忍受的小事；他还学会了在他想打电话或需要额外的毯子或肥皂时说"请"和"长官"。

他说他对自己有了新的认识，也在默默观察其他狱友的过程中不断学习和成长。他赞扬了朋友们对友谊的忠诚，也为相关媒体报道可能会对身边的人造成的影响而苦恼。尽管如此，他从未对此事的完美收场失去信心。

晚上是最难熬的时光。为了让这段时间好过些，我总是对着天花板，琢磨一些这场风波过后一定要做的事。我会自由的。安，总有一天，我们再看这封信时，会发现不过是对一场噩梦的记录而已。

这是对一场噩梦的记录。这些花言巧语往往是陈词滥调，它们无法掩盖这样一个事实：坐牢对泰德来说简直就像入了地狱。

我继续写信给他，还给他寄去一些小额支票，让他买烟或吃饭用。我不确定我相信哪一方，我所有的信件都特意用了含糊其辞的字眼，信上既有当地媒体上的信息，也有我写作上的细节，还有一些我俩共同的朋友电话里说的事。我努力屏蔽那些偶尔让我心神不宁的照片，也试着回想过去的日子。这便是我唯一可以像平常一样和泰德交流的方式。

10 月 23 日，我收到了来自盐湖县监狱的第二封信，其中很大的篇幅是一首诗，是他关于监狱生活的无数诗篇中的节选。看得出来，他仍然只是个观察者而非参与者。这首诗写得漫无边际，铺满了 16 页黄色信笺纸的正反两面。

他给诗取名为"白昼之夜"，开头几句是这样的：

> 这是不可能的
> 人该是自由的
> 那个人应是我。

韵律经常磕磕巴巴，但当他抱怨缺乏隐私、监狱伙食差以及娱乐室电视上全都在播放他称为"视觉脑癌"的游戏节目和肥皂剧时，他所有的句子又都是押韵的。

他一再在信里大谈他对上帝的信仰。我们从未谈论过宗教，但现在的泰德显然花了很多时间阅读《圣经》。

> 迟迟没有睡意
> 读圣经中的话
> 经文让我平静
> 它们谈及解脱
> 它们把我们带到上帝面前
> 那里看起来很奇怪
> 但上帝的馈赠是如此明晰
> 我发现他就在身边
> 仁慈与救赎
> 无一例外

他让我安心

狱卒，随你怎么做吧

没有什么能伤害到我


救世主真的在召唤我。


他在这首冗长的诗中谈到了另一种解脱：睡觉。睡着的时候，他便可以忘记他正在经历的噩梦，忘记牢房的铁栅栏和其他囚犯的尖叫声，所以他一有空就打盹。他被困在"人海的牢笼里"。

然后，他又轻松地把话题从《圣经》转到监狱伙食，这一点像极了他以前惯有的幽默。


这让我有些忧伤

从动物园的动物那里领了食物

今晚的伙食是猪排

犹太人非常不安

我把我的那份给了别人

居然还有一截尾巴

该上甜点时

厨师，那个爱卖弄的老家伙

居然拿出了松软的

桃子味果冻


在接下来的监狱生涯里，他一直抵触果冻。

至于监狱里的其他囚犯，泰德觉得他们孩子气，称他们为"巨婴"。

> 有人真的相信
>
> 他们生来就会欺骗
>
> 将偷来的钱
>
> 存入银行账户
>
> 他们什么也不说
>
> 就直接行动
>
> 有时在法庭上
>
> 他们也会抗辩
>
> 为了新的生活和宽容。

在诗的结尾处，泰德表达了自己内心的煎熬和痛苦，以及对"牢笼"生活的恐惧。

> 日复一日
>
> 自制会让人受益
>
> 不要失去你的理智
>
> 恐慌并不友善……
>
> 日复一日
>
> 我正直依旧。

这首诗是在巧言令色吗？是想要博取我的同情心吗？其实这大可不必。还是说这是泰德内心痛苦的真实流露？1975 年秋天，我陷入了极度的困惑中。一方面，身边的警探都非常确信泰德罪大恶极，另一方面，这人一次又一次地坚称自己是无辜的，是遭人迫害。这两种截然不同的情绪将困扰我很长一段时间。

当时，我仍觉得自己可能是导致泰德被捕的原因。过了好几年，我才知道我所提供的信息在早期就被检查并清除了，淹没在了成千上万张写着名字的纸条堆里。事实上，是梅格的而非我的怀疑让警察锁定了他。

我对两方面都抱有的忠诚可能会让我损失一部分收入。我从小道消息得知，国王县警察想要看泰德寄给我的那两封信，如果我不交出去，便别想从警局得到更多的消息。这意味着我工作的四分之一没了，这让我实在无法承受。

我直接去找尼克·麦基。"有传言说，如果我不把泰德的信交给专案组，这里的大门就会对我关上。我想我应该将我的感受和我目前的生活状况坦白地告诉你。"

我告诉尼克，我孩子的父亲快要死了，最多也就是几个星期或几个月的事。"我必须将此事解释给儿子们听，但他们接受不了。他们气我，因为我直接说了出来想让他们心理上有所准备。孩子的父亲病得很重，我无法再从他那里获得任何经济上的支持，而我也正在努力独自渡过难关。如果我写不了县里的案子，我实在是应付不来。"

麦基是个秉公办事的人。更重要的是，他能够理解我。几年前他妻子去世了，他也是独自抚养着两个儿子。我的话触动了他，而且我们也是多年的朋友。

"没人说过你会被我们部门拒之门外，我也不会允许这么做的。你知道你可以信我。你对我们一直很不错，我们也都尊重你。我们的确想看那些信，但不管你是否交出来，一切都是照旧。"

"尼克，"我诚恳地说，"我反复读了那些信，完全找不到任何可以怀疑泰德有罪的内容，甚至连无意间的纰漏都没有。如果你允许我先问问他，那么一旦他同意让你们看信，我就立即交给你。这是我认为唯一公平的做法。"

尼克·麦基同意了。我打电话给泰德，解释了我遇到的问题，他爽快地答应了，叫我一定要把他的信拿给县警探看。他没什么好怕的，也没什么好隐瞒的。我和麦基以及西雅图警局的心理学家约翰·

伯贝里希博士见了面，他们仔细研究了第一封信和第二封信中的那首长诗，没找到什么可以反映他潜意识或公开承认有罪的内容。

伯贝里希身材像个篮球运动员，在午饭时跟我和麦基聊了起来，他问我，是否还能记得泰德性格中让人怀疑的地方吗？或者任何别的情况？我努力回想那几年的事，但实在想不出什么，没有任何事情值得我详述，于是我说："在我看来，他是个特别不错的年轻人。我很想帮忙，想协助调查。我也想帮泰德，但他的确没什么让人觉得奇怪的地方，至少我从未遇到过。泰德是个私生子，但他似乎已经接受了这一点。"

我以为在我把泰德的信交给警探看后，他会停止和我联系。他知道我经常在那些正试图抓住他纰漏的那帮警探的圈子里活动，但他和我之间的通信仍在继续，这使我的矛盾情绪和压力上升到一个让我无法正常工作的程度。

为了理清自己的思绪，以及更好地应对压力，我去咨询了心理医生。我把那些信递给了他。

"我不知道该怎么办。我甚至不清楚我真正的动机是什么。一方面我想知道泰德·邦迪是否真的和犹他州和华盛顿州的案子有关，如果是真的，那么我就可以从任何作家都会羡慕的角度来写这本已经签下合同的书。我想得到这个机会，不仅是出于事业发展上的私心，也是因为它能帮我实现经济独立。我可以送我的孩子上大学，我们也可以搬到一处不会倒塌的房子。"

他看着我，说："还有呢？"

"另一方面，这人是我的朋友。但是，我在情感上支持他并给他写信是因为我只想揭开那些谋杀案，还是因为我想要帮助我的那些警探朋友呢？我现在这样，是不是在陷害他？我这么做对他公平吗？当我觉得泰德可能有罪时，我还有权和他联系吗？我是不是耍他？"

"我来问你个问题吧。"他反驳道，"如果泰德·邦迪被证实是个杀人犯，如果他后半辈子都将待在监狱，你会怎么做？你会停止给他写信吗？你会放弃他吗？"

答案很简单。"不！不会，我会给他写信。如果警探们所说的都是真的，如果他真的有罪，那么他会需要有个人和他交流。如果他为此感到良心不安……不，我还是会继续和他保持联系。"

"那就是了，答案很明显：你并没有对他不公平。"

"还有一件事，我不明白为什么泰德现在要和我联系。我已经近两年没有他的消息了。直到他在被捕前打电话给我，我才知道他已经离开了西雅图。他为什么会选择和我联系？"

心理医生轻轻敲了敲那几封信，说："从这些信件来看，我的理解是，他显然把你当作他的朋友，你在他心中可能是一种母亲形象。他需要和一个他认为与他智力水平相当的人交流，他钦佩你是个作家。当然，也可能存在摆布他人的一面：他知道你和警察关系比较近，可能想利用你作为联系警察的渠道，从而不必他亲自与他们交流。如果他真的犯下了这些罪行，又很可能是个爱出风头的人，他会想通过别人把他的事讲述出来。他觉得你是那个可以完整地将他呈现出来的人。"

那次咨询之后，我感觉好多了。我尽量不去多想将来会是什么情况，但我会和泰德继续保持联系。他也知道我图书合同的事，这事我没有瞒他。如果他选择继续和我来往，那也随他吧。

# 第十七章

如果说 1975 年秋天我因对泰德有些不忠而心存内疚，那梅格·安德斯简直就是在地狱了。8 月 16 日泰德第一次被捕之前，盐湖县治安官办公室那边对她所提供的信息一直半信半疑。而如今，犹他、科罗拉多和华盛顿三个州的警探都急于知道所有她记得的关于泰德的事，所有使她怀疑她爱人的点点滴滴。他们试图找到对他们记忆中犯下极为残酷的一系列杀戮的元凶，而如今看来，泰德·邦迪就是那个人。至于泰德的隐私以及梅格的隐私，那都不再重要了。

从在矶鹞酒馆遇见泰德的那一刻起，梅格就对他产生了爱慕之情。她一直无法理解是什么使他跟她走到一起的。她人生的大部分时候都充满了挫败感，总觉得自己是直系亲属中唯一一过得没有达到家族期望的人。家里其他人都有一份名声不错的工作，而梅格"只是一个秘书"。因此，对泰德这么一个才华横溢的男人的爱，有助于缓解她内心的自卑感，如今她即将看到他俩的关系暴露在无情的盘问之下。

无论是盐湖县的调查组还是西雅图的专案组，都不希望让梅格·安德斯经受这一切，不愿让她就生活中最私密的细节接受盘问，也不愿见到她 6 年前建立起来的一切慢慢被摧毁。但的确有一点很明显，那就是除了泰德本人，梅格·安德斯比任何人都更了解泰德·邦迪不为人知的一面。

9 月 16 日，盐湖县治安官办公室的杰瑞·汤普森和丹尼斯·考奇以及犹他州邦蒂富尔警局的艾拉·比尔飞往西雅图与梅格面谈。他们先找了在犹他州的梅格的父亲，他建议他们直接和梅格谈，这样可能对调查更有价值。

汤普森知道，梅格早在犹他州的谋杀案发生之前就对泰德有所怀疑，时间上可追溯到 1974 年 7 月珍妮丝·奥特和丹尼斯·纳斯伦德失踪的时候。

这三名犹他州警探和梅格见面的地点是国王县重案组办公室的一间问讯室。他们注意到，梅格精神压力很大，表现得非常紧张，但也见她下定决心把最终导致她报警的所有情况都和盘托出。

梅格点了根烟，然后坚定地表示不想整个过程被录音。

"泰德半夜出去过多次。"她说，"我不知道他去了哪里，他白天会犯困打盹儿。而且我发现了一些我无法理解的东西。"

"什么东西？"

"一把凸耳扳手，就在我的车座下面绑着，他说是为了保护我。他房间里有石膏和拐杖。他有一把装在木盒子里的中式刀，就放在我车子的杂物箱里。这刀有时在，有时又不见了。他还有一把切肉刀，我见他把它打包进了准备搬去犹他州的行李中。"

梅格说，华盛顿州的女孩失踪的那些夜晚，泰德都没和她在一起。"1974 年 7 月，当我在报纸上看到'泰德'的合成照片后，又去查了图书馆的报纸，了解了女孩们失踪的日期，然后查看了日历和被我停兑的支票，他……他那天根本不在家。"

梅格说，她的朋友琳恩·班克斯 1974 年 11 月从犹他州回来后，她就更加害怕了："她说那边的案子和华盛顿州的非常类似，还说'泰德现在在犹他州'。就是那时我打电话给我父亲，让他和你联系的。"

这时，梅格又点了一根烟，问汤普森："你们会告诉泰德我已经和你说了吗？"

"不，我们不会的。"警探答应说，"你呢？你会告诉他吗？"

"我觉得我也不会。我一直在祈祷，祈祷你们会找到真相。我一直希望你们最后发现这人不是泰德，而是别人……但我心底里就是不确定。"

当她被要求解释一下为何会产生那些疑虑时，梅格提到了她在弗蕾达·罗杰斯家的泰德房间里见到的熟石膏。"我问过他石膏的事，他告诉我是从他工作的那个医疗用品店偷来的，还说他不知道为何要偷。'只是好玩。'他说。他说拐杖是给房东用的。"

梅格说她曾在泰德的房间里发现一个装满女装的纸袋。"最上面的是一个文胸，大号的。剩下的都是衣服，女孩的衣服。我从没问过他。我很害怕，也觉得有点尴尬。"

警探们继续问梅格，泰德在过去一年中是否有任何改变？她说，1974 年夏天，他几乎没有和她做爱的欲望。他解释说是因为工作压力大，"他说他没有别的女人"。

这些问题让梅格非常尴尬。

"他在性趣方面有没有其他花样的变化？"

她低下了头。"1973 年 12 月的一天，他带回了一本《性爱圣经》。他读到有关肛交的内容，坚持要试试。我不喜欢，但还是同意了。那本书里还有关于性虐的内容，于是他径直走向我放尼龙袜的抽屉，他好像知道它们在哪个抽屉。"

梅格说，做爱前，她任由他用尼龙长袜将她绑在四个床柱上。整个过程她都不喜欢。她还是默许了三次，但在第三次的时候，泰德居然开始掐住她喉咙，喘不过气来的她吓坏了。"我再也不想那样了。他没说什么，但当我说'不要'的时候，他对我表现出很不高兴的样子。"

"还有别的吗？"

梅格觉得非常羞愧，但她还是继续说："有时候，我晚上睡着后，醒来发现他在被子底下。他正用手电筒看……看我的身体。"

"泰德喜欢你现在的发型吗？"艾拉·比尔问道。梅格是又长又直的中分式发型。

"喜欢。每当我说要剪的时候，他都很不高兴。他真的很喜欢长头发。除了我之外，我见过的唯一确定和他约会过的女孩也是和我一模一样的发型。"

这时，三个警探互相交换了一下眼色。

"泰德平时总跟你说实话吗？"汤普森问道。

梅格摇摇头，说："我发现他撒过好几次谎。他告诉我他是因为违反交通规则而被逮捕的，我说我知道那不是事实，因为车里有些东西看起来像是盗窃工具。他就说那些东西说明不了什么，说那次是非法搜查。"

梅格还知道泰德过去偷过东西，她说："我知道他在西雅图偷过一台电视和其他一些东西。有一次，就那一次，他说，如果我告诉任何人，他就……拧断我的脖子。"

梅格又说，她和泰德一直保持联系，前一天晚上才和他说过话。他又变回了那个熟悉的温柔的泰德，告诉她他有多爱她，还计划着他俩结婚的事。"他需要钱：700美元的律师费，500美元的学费。他还欠弗蕾达·罗杰斯500美元。"

梅格还知道在泰德十八九岁的时候，他表哥告诉他他是私生子的事。"这让他很心烦意乱，之前从未有人对他说过。"

"泰德有没有留过八字胡？"比尔突然问她。

"没有，但有时留络腮胡。噢，他有个假的八字胡，以前就放在他自己的抽屉里。有时会贴上，还问我他看上去怎么样。"

谈话结束了，梅格抽完了整整一包烟。她恳请犹他州的调查人员告诉她，泰德没有涉案，但他们不能说。

这时泰德·邦迪的形象已经完全不是小霍雷肖·阿尔杰那种当代完美的儿子了。

梅格·安德斯过着双重生活，这让她很难忍受，可对她的爱人来说却是正常的。她经常和泰德通电话，即便在此过程中一直受到犹他警察的监视，泰德在说话间还是轻描淡写一语带过警察对他的关注。她也继续回答警探对她的提问，这些警探试图把泰德和所有那些重要的时间段——对号入座，其中有些都是一年半以前的了。

1974 年 7 月 14 日是华盛顿州名誉扫地的日子，是珍妮丝·奥特和丹尼斯·纳斯伦德在萨马米什湖州立公园失踪的日子。

梅格记得那个星期天。"我们前一天晚上吵架了，那天早上他来我这里，这让我有些惊讶。我告诉他我要去教堂，然后打算找个户外的地方，在阳光下躺躺。然后我们又吵了一架。我们并没有和好，结果那天后来我又见到了他，我真的很吃惊。"

那天晚上 6 点多，泰德打电话给梅格，叫她出去吃饭。

"那天晚上他有什么不寻常的地方吗？"

"他看上去很累，精疲力尽的感觉。他得了重感冒。我问他那天干了些什么，怎么看上去这么累，他说他只是躺了一天。"

那晚，泰德从车上取下了一个滑雪架——那是梅格的，放回了她的车上。他们出去吃饭回来后，他在她的地板上睡着了，然后 9 点一刻左右回了自己家。

比尔和汤普森在想其中的可能性。一个男人能否在星期天早上离开他的女朋友后，绑架、强奸并杀害两位女性，然后故作随意地回到女朋友家，还带她出去吃饭？他们再次询问了梅格有关邦迪性欲方面的事。他们努力委婉地问道，他是那种在做爱期间通常会有几次高潮的男人吗？

"会，很久以前，我们刚在一起的时候会这样。但最近没有。他应该是正常的。"

汤普森做了个决定。他拿出一张照片给梅格，上面是 8 月 16 日鲍勃·海沃德巡警逮捕泰德时在他车上所找到的全部物品。梅格研究了一阵子。

"你见过这些东西吗？"

"我没见过那个撬棍，见过手套和健身包。健身包平时是空着的，是健身时装运动用品用的。"

　　"你有没有当面问过他，为什么在你车上放着一把凸耳扳手？"

　　"问过，他说你永远不知道你什么时候会卷入一场学生闹事什么的。"

　　"一般放在哪里？"汤普森问道。

　　"通常就放在我的后备厢。他经常借我的车，也是一辆大众甲壳虫，棕褐色。有一次，我看到扳手在前面座位的下面。"

　　梅格回忆说，泰德经常把车停在她家门口，然后就睡在车里。"我不知道为什么，他就那样。这是很久之前的事了，一天晚上，我发现他把一根撬棍或是撬胎棒之类的东西落在我家里了。我听见他回来了，于是打开门看他要找什么。他看上去很不舒服，像是在藏什么东西，我就问他：'你口袋里装的是什么？'他没给我看，我伸手去掏，发现是一副医用外科手套。很奇怪，但他什么也没说。我当时居然没跟他说'你滚'，现在想来有些不可思议。"

　　的确很奇怪。但是，直到1974年和1975年的事件发生之前，梅格从未将泰德的夜间活动习惯与任何明确的事件联系起来。和许多恋爱中的女人一样，她完全将这一切抛之脑后，不做多想。

# 第十八章

泰德在 1975 年 10 月写信给我，说他觉得自己好像处在"飓风的中心"。而事实上，自从 8 月被捕以来，他的确一直处于某种风暴的中心。直到 9 月底他给我打电话，我才知道他被捕的事。他对我说的时候表现得满不在乎，正如他告诉梅格和华盛顿州的其他朋友时一样。

很久之后，我才知道，整个秋天，调查都在进行着。在之后的几年里，偶尔有警探会说漏嘴，然后赶紧说："忘了我说过的话吧。"我没有忘记，但我没有把听到的内容告诉任何人，并且我也绝不会把它们写出来。偶尔，他们会将一些零碎的信息泄露给媒体，但对我而言，直到 4 年后的迈阿密审判后，我才知道了整个前因后果。事实上，也由于我所知道的都是些只言片语，我也一直尽量不做判断。

如果泰德于我而言是个陌生人，就像其他所有我写过的嫌疑人一样，我可能会更早做出判断。我不认为是因为我太笨，那些比我聪明的人还在继续支持他。

在我写其他捕猎者的故事时，我会想，有没有可能泰德被指控犯下的谋杀案其实是这当中的某一位干的。我还去查了他们在案发日的行踪。但在"泰德"犯案期间，每个人都有确凿的不在场证明。

到 1975 年秋天，华盛顿州、犹他州和科罗拉多州共有十几位警探在全职调查泰德·邦迪，他们是：盐湖县治安官办公室的皮特·海沃德队长和杰瑞·汤普森警探；科罗拉多州阿斯彭市皮特金县地方检察官办公室的迈克·费舍尔探员；皮特金县治安官办公室的比尔·巴尔德里奇警佐；科罗拉多州大章克申市梅萨县治安官办公室的米洛·

维格警探；犹他州邦蒂富尔警局的罗恩·巴兰坦警官和艾拉·比尔警探；华盛顿州国王县治安官办公室的尼克·麦基队长和警探鲍勃·凯佩尔、罗杰·邓恩和凯西·麦切斯尼；西雅图警察局凶案组的警佐伊凡·比森，以及警探泰德·福尼斯和韦恩·多曼。

泰德对杰瑞·汤普森和约翰·伯纳多说，他从未去过科罗拉多，对滑雪场的地图和小册子的解释则是"肯定是有人落在我的公寓了"。

迈克·费舍尔查看了邦迪的信用卡账单，发现那不是真的。此外，他断定，在科罗拉多州遇难者失踪的那几天，邦迪的那辆挂着两套车牌的大众甲壳虫就在科罗拉多，并且还去了失踪地点几英里范围内的地方。

从雪佛龙石油公司调出的加油记录来看，泰德在以下时间和地点加过油：1975年1月12日（卡琳·坎贝尔在威尔德伍德酒店失踪的那天），在科罗拉多州格伦伍德斯普林斯；1975年3月15日（朱莉·坎宁安失踪的那天），在科罗拉多州的古登、狄龙和西尔弗索恩；1975年4月4日，在科罗拉多州的古登，4月5日，在西尔弗索恩；4月6日（丹尼斯·奥利弗森失踪的那天），在科罗拉多州的大章克申。

但"泰德"只被人见过一次，那是1974年7月14日在萨马米什湖州立公园。国王县的警探开始尽可能详细地绘制出泰德·邦迪的生活轨迹，这也是他在法学院的记录被要求提交的原因。他们对泰德的调查是在尽量悄无声息的情况下进行的，因此，当我给凯西·麦切斯尼警探打电话时说是应泰德的要求为之时，她才会那么吃惊。调查人员不知道泰德已经察觉到自己被华盛顿州的警方怀疑了。

泰德在犹他州法学院的记录被呈报上来的同时，盐湖城山铃电话公司也被要求提供他自1974年9月搬到犹他州以来的电话记录。

凯西·麦切斯尼问我，可否在1975年11月初的时候聊一聊。她分到的任务是找泰德在西雅图认识的女性谈话，不管他们二人熟不熟。

于是，我把从我遇到泰德到我俩在危机诊所的工作，再到我们这几年中零星但亲密的友谊重复了一遍，这次还被录了音。

"你觉得他为什么在盐湖城被捕前给你打电话？"她问。

"我想是因为他知道我和你们有工作往来，还有就是我不认为他想直接和警探谈。"

凯西翻了翻手头的一叠文件，然后突然抽出一张，问："1974年11月20日泰德打电话给你时，对你说了什么？"

我茫然地看着她，问："什么时候？"

"去年11月20日。"

"泰德没给我打电话。"我回答，"从1973年的某个时候开始我就没和泰德说过话了。"

"打过，我们有他的电话记录。11月20日星期三午夜前，有人打电话给你。他说了什么？"

我认识凯西·麦切斯尼，是因为1971年我们俩都在国王县警察局的凶案调查基础学校（Basic Homicide Investigator School），她是副治安官，而我是受邀的"审计员"。尽管她看上去更像是个高中女生，但洞察力很强，很快就升为警探。她在性犯罪组工作时，我采访过她很多次。所以，我绝不是想回避她的问题，但我的确很困惑，很难回想起自己一年前的某个日子具体做了什么。

随即，我突然灵光一闪："凯西，那天晚上我不在家。我前一天做了手术，那天我在住院。但我妈妈告诉我她接到一个奇怪的电话，那人还不愿留下自己的姓名，而且……是的，那天是11月20日。"

谜团终于解开了。但我后来经常在想，如果我当时在家接了电话，接下来发生的事情是否会有所不同。在接下来的几年里，我接到了泰德从犹他州、科罗拉多州和佛罗里达州打来的几十个电话，收到了他的几十封信件，还当面谈过几次话。我再一次卷入到他的生活中，在对他的完全信任和越来越强烈的怀疑之间徘徊不定。

凯西·麦切斯尼相信了我。我从来没有对她撒过谎，也决不会对她撒谎。如果我知道是泰德打电话给我，我早就告诉她了。

11 月 20 日晚上，泰德还打了另外两个电话，两个都是在 11 点到午夜之间打的。尽管那年 1 月他在毫无歉意或解释的情况下，取消了与斯蒂芬妮·布鲁克斯的"秘密"订婚，但那晚 11 点 03 分，他打电话到她加利福尼亚的父母家，斯蒂芬妮不在。据家里的一位女性朋友回忆说，她接到过一个电话，是一位语气很友善的男人打来找斯蒂芬妮的。"我告诉他斯蒂芬妮已经订婚了，现在住在旧金山……他就挂了电话。"

泰德随后拨打了奥克兰的一个住宅电话，住在那里的一对夫妻从没听说过泰德·邦迪和斯蒂芬妮·布鲁克斯，而且在西雅图和犹他州也没有认识的人，接电话的男人认为是电话号码弄错了。

根据我母亲的描述，泰德打电话找我时，听声音好像很不高兴。在我猜想打电话人的身份时，从没想过会是泰德。现在，当凯西问起这件事时，我才知道那个午夜电话可能是有急事。泰德是在卡萝尔·达伦奇从绑架者手中逃脱、黛比·肯特失踪的 12 天之后打电话给我的，那天也是劳拉·艾姆斯失踪 20 天、梅丽莎·史密斯被绑架一个月之后了。

"要是那晚我在家就好了。"我告诉凯西。

"是啊。"

因工作需要，凯西去了邦迪在塔科马的老家。他们对自家孩子受到的任何指控都表示不信，也不允许搜查他们的家或他们在新月湖的小屋周围的区域。这些让人匪夷所思的事不会得到邦迪家人的帮助，也没有合理的理由获得搜查令。

租房子给泰德·邦迪 5 年的女房东弗蕾达·罗杰斯也极力卫护他。从他敲开东北第十二大道 4143 号的大门那天起，弗蕾达就喜欢上了他。他是个好房客，有时更像是他们的儿子，经常主动帮忙。泰德在这栋老房子西南角的房间很少上锁，弗蕾达每周五都会亲自打扫。她说，如果他有什么要隐瞒的东西，她应该早就感觉到了。"他的东西都被带走了。1974年9月的时候他把所有东西都搬走了。如果你愿意，可以四处看看，但估计不会有什么发现。"

警探罗杰·邓恩和鲍勃·凯佩尔在罗杰斯家找了个遍，甚至连阁楼都爬上去看了。如果有什么东西藏在上面，那隔热层就会被破坏，但隔热层完好。他们还用金属探测器在地上扫描了，看是否有东西埋在地下。比如衣服、珠宝或自行车的零件什么的？结果，什么都没有。

凯西·麦切斯尼还和梅格·安德斯进行了交谈。梅格向她出示了泰德1974年写的支票，它们还没有被列入证据，只是些付给杂货店的小额支票，没什么问题。而查看梅格自己的支票则可以帮她回忆起自己在某些特定的重要日子里所做的事，并确定她是否在那些日子里见过她的未婚夫。

当被问及她在泰德房间看到的熟石膏时，梅格说她第一次见是在很早以前，可能是1970年。"但1974年夏天，我看到他的汽车前座下有一把斧头，一把带粉红色皮罩的短柄小斧，还看到了拐杖。我在1974年5月或6月的时候见过这些。他说那是恩斯特·罗杰斯的。

"有一天我们一起去了绿湖。我问他斧头的事，因为它让我感到不安。我记不清他是怎么解释的，但当时觉得有道理。那是1974年8月的事，我刚从犹他州回来后不久。那天他还说要买把步枪。至于切肉刀和嫩肉粉……我在他打包的时候见过。还有那把中式刀，他说是别人送的礼物。"

"你还能想到其他让你担心的事吗？"麦切斯尼问道。

"嗯，有件事，当时觉得没什么，就是他总是把两套机修工的工作服和一个工具箱放在汽车后备厢里。"

"泰德在奥林匹亚的常青州立学院有朋友吗?"

"只有雷克斯·斯塔克,是和他在犯罪委员会共事过。1973 年到 1974 年间,雷克斯还在上大学,泰德在奥林匹亚工作期间去他那里住过几晚。雷克斯在那里的一个湖边有一处住所。"

"那他在艾伦斯堡有朋友吗?"

"有,叫吉姆·保卢斯,他俩高中就认识了。还认识保卢斯的妻子,我们有一次去过他们家。"

至于泰德在俄勒冈州立大学认识谁,梅格不清楚。当被问及他的房间是否有任何色情类的东西,她回答说没有。再问及他是否有帆船时,答案也是否定的,但她知道他曾经租过一艘。当他们开车出去时,泰德经常喜欢选择那些没走过的偏僻的乡间小路。

"他一个人去过酒馆吗?"

"有,但只去奥班宁和但丁这两家。"

梅格翻了下她的日记,要回忆的日子实在太多了。

"泰德去年 10 月 18 日从盐湖城给我打了三次电话。第二天早上他和我父亲一起去打猎。11 月 8 日 11 点后给我打了电话,(以盐湖城的时区算应该是在午夜之后)当时感觉他那边有很多噪音。"

10 月 18 日是梅丽莎·史密斯失踪的日子。11 月 8 日晚 7 点 30 分,卡萝尔·达伦奇被绑架;晚上 10 点 30 分,黛比·肯特失踪。

回想 1974 年 7 月,梅格记得泰德 7 月 7 日那天去了萨马米什湖州立公园,那是丹尼斯和珍妮丝失踪的前一周。"他告诉我说是受邀参加一个滑水派对。回来后,他还说玩得不太开心。"

事实上,那天并没有什么派对。国王县的警探后来得知,在为共和党工作期间认识泰德的两对夫妇当时的确在萨马米什湖滑水,他们看到泰德独自沿海滩散步。"我们在那里见到他觉得很惊讶,因为那个周末他应该在塔科马参加一个政治会议。"

他们问泰德在干吗,他回答说:"就四处走走。"他们还邀请他一起滑水，但他因为没带游泳短裤而拒绝了。当时泰德肩上搭着一件风衣。他们几人都说没有看到石膏。

下一个星期天，也就是 7 月 14 日，梅格一大早就见到了泰德。下午 6 点多，泰德到她家换滑雪架，然后带她出去吃了汉堡。

"我妈妈有记日记的习惯。"梅格说，"1974 年 5 月 23 日，我的家人来看我。第 27 个阵亡将士纪念日那天，泰德和我们一起去了邓杰内斯角野餐。

"那 5 月 31 日呢？"凯西·麦切斯尼问。就是布伦达·鲍尔在火焰酒馆失踪的那晚。

"那是我女儿受洗的前一天晚上。我父母还在西雅图，泰德带我们出去吃了披萨，然后 9 点不到把我们送回家了。"（布伦达失踪的时间为 5 小时之后，约凌晨 2 点，地点是梅格家以南 12 英里处）第二天下午 5 点，莉安受洗，泰德也参加了。之后，他一直在梅格家待到晚上 11 点。"他很累，那天晚上他在地毯上睡着了。"她告诉麦切斯尼。

梅格提供了一个名字，是泰德 1972 年夏天约会过的女孩，正是她使梅格和泰德分手了一段日子。她叫克莱尔·弗雷斯特，身材苗条，一头长长的黑色中分直发。警探联系了克莱尔·弗雷斯特。她说她记得泰德，还说她并不真的喜欢过他，但 1972 年他俩的确经常约会。

"他觉得自己融入不了我的……我的'阶层'，我觉得这可能是唯一的解释。他不肯来我父母家，他说他就是不适合。"

克莱尔回忆说，她曾和泰德一起开车经过萨马米什湖一带的乡间小路。"他告诉我有个年长的女人——我记得他说的是他祖母——住在附近，但怎么也找不到。我后来受不了了，就问他具体地址，但他不知道。"

当然，泰德的祖母并不在萨马米什湖附近。

克莱尔·弗雷斯特说，她和邦迪只发生过一次性关系。尽管邦迪以前一直对她温柔体贴，但性方面却很粗鲁。

"我们4月份去汉普图利普斯河畔野餐，我喝了不少酒，有点头晕。他一直在我身上蹭，想从头上解开我的比基尼。但他怎么也解不开，就突然从下面把我的比基尼扯了下来，和我发生了关系。他什么也没说，前臂狠狠地压在我下巴底下，我喘不过气来。我不停地告诉他我没法呼吸了，但他直到结束才把手臂松开。根本没有一点两情相悦可言。

"之后，就像什么也没发生过一样。我们开车回家，路上他和我说起他的家庭……提到了除他父亲之外的所有人。

"我后来和他分手了，原因是他的另一个女朋友。有一次她发现我俩在一起，简直是歇斯底里。"

克莱尔·弗雷斯特并不是唯一一个回忆说泰德·邦迪的举止会突然从温柔体贴转变为冷酷愤怒的人。1974年6月23日，泰德出现在一个年轻女子的家中，这名女子和他自1973年起开始了一段柏拉图式的感情。她把他介绍给她的朋友莉萨·坦普尔。泰德似乎对莉萨并不怎么感兴趣，但之后，他邀请这两位女士以及另一位男性朋友29日一起去玩木筏漂流。6月28日，这两对在贝尔维尤与朋友共进晚餐，度过这晚后，第二天早上出发前往华盛顿州的索普。那个陪他们一起去的男子后来回想起，他在找火柴的时候，在泰德大众车的手套箱里发现了一双连裤袜。他咧嘴一笑，没多想。

漂流一开始还挺开心，但到河中间的时候，泰德的态度突然发生了变化，似乎以捉弄莉萨为乐。他坚持让莉萨坐在绑在木筏后面的内胎上，莉萨害怕极了，泰德却只是冷冷地盯着她。另一对也感觉很不自在。泰德居然还将木筏下到了引水大坝的水流中，这是很危险的河段，很少有人这么做。

他们终于渡过了波涛汹涌的水面，两个女孩简直吓得魂不附体。泰德身上没钱，是莉萨支付了 4 人在北本德的晚餐费用。"他后来开车送我回家。"莉萨回忆道，"他又变得友好体贴了。他说他大约午夜时分回来。后来确实来了，我们做爱了。那是我最后一次见他。我只是不明白他为何会突然性情大变，上一秒还好好的，下一秒就表现得很讨厌我。"

凯西·麦切斯尼又找到了比阿特丽斯·斯隆，这位老太太是泰德在西雅图游艇俱乐部工作时交下的朋友。

"哦，他是个阴谋家。"老妇人回忆道，"他每次都能说服我。"

斯隆太太对泰德和斯蒂芬妮的回忆与凯西对他俩那段早期恋情所了解到的情况一致。毫无疑问，斯隆太太的确认识泰德，并且还很了解他。凯西开车带她去了大学区，她指出了泰德那会儿住的地址。斯隆太太又列举了一些她曾借给过他的东西，包括瓷器、银器和钱等。她还回想起，他没车的时候经常搭她的车。对斯隆太太来说，泰德就像是她的一个孙辈，而且是个挺爱摆布人的孩子。

"你最后一次见到他是什么时候？"麦切斯尼问道。

"呃，事实上，1974 年我见过他两次。7 月份的时候，我在绿湖的艾伯森商店碰到过他，当时他的胳膊受伤了。大约一个月后，我在'大街'上又碰到他，他告诉我说很快就要离开去盐湖城上法学院了。"

国王县的警探联系了斯蒂芬妮·布鲁克斯。她已经结婚了，幸福地生活在加利福尼亚。斯蒂芬妮回忆起她和泰德·邦迪之间的两次恋情，第一次是在华盛顿大学时期，第二次是 1973 年他俩"订婚"那段时间。她对梅格·安德斯的事一无所知。她简单地认为泰德第二次向她求爱只是为了报复。她觉得很幸运，最后摆脱了他。

泰德·邦迪的两面性基本显现出来了。一方面，他是个完美的儿子，以"优异"的成绩毕业于华盛顿大学，是一位初出茅庐的律师和政治家；而另一方面，他是个有魅力的阴谋家，无论他想要性还是金钱，18 岁的年轻女孩或 65 岁的老太太在他那儿都没什么区别。泰德·邦迪也许还有第三面，那就是他会无缘无故地突然对女人变得冷淡而充满敌意。

他同时跟梅格和斯蒂芬妮来往，在两个女人之间游刃有余，以至于这两个女孩都不知道对方的存在。现在看来，他似乎两个都没有抓住。斯蒂芬妮结婚了，梅格也宣布她不再想嫁给泰德。她很怕他，但没过几周，她又把他带回家，还责怪自己曾怀疑过他。

对于女人，泰德总有备胎。即便是他在盐湖县监狱的时候，对梅格和警探之间的谈话毫不知情，他还有莎伦·奥尔的情感支持。莎伦好像爱上他了。我很快就会意识到，向梅格提起莎伦的名字，或向莎伦提起梅格，都是不明智的。

有意思的是，在经历了那么多次审判，在泰德被贴上怪兽（甚至更糟的）标签的这些年里，他身边总是会有至少一个女人对他着迷，就指着那少得可怜的探监机会而活，就盼着能替他跑腿或宣布他是清白的。随着时间的推移，去看他的女性会有所变化，但显然他在这些女性身上所激起的情感是一样的。

# 第十九章


　　1975 年秋天，泰德在盐湖城的监狱里饱受煎熬，外面有人破口大骂他，也有人坚定地支持他。其中一位支持者就是艾伦·斯科特，是泰德 4 岁时搬到塔科马后和他一起长大的表亲。斯科特本人是一位关注青少年心理异常的老师，他坚称自己从未在泰德身上发现任何异常行为的迹象。他和他的妹妹简一直与泰德关系很好，比泰德和其他有血缘关系的兄弟姐妹关系更亲近一些。泰德的这些表亲不是邦迪家的，而泰德也从未真正感觉自己是邦迪家族的一员。

　　具有讽刺意味的是，简·斯科特和艾伦·斯科特将被证明是泰德与华盛顿州失踪女孩有关的间接证据链中的进一步关联。他们并非是自愿充当关联的。事实上，他们完全相信泰德的清白。他们还努力为他的辩护费用筹集资金，泰德的许多老朋友都捐了款。

　　华盛顿大学心理学系的帕特里夏·伦内堡博士也直言不讳地称泰德·邦迪不可能是杀人凶手，说尽管他和琳达·安·希利在 1972 年的冬季学期和春季学期都上了变态心理学（课程代号为 Psych. 499）这门课，但也绝没有理由认为他认识她。"这门课上有数百名学生，座位分布在很多不同的区域。"她语气轻蔑地说，"没法证明他俩在同一区。"

　　伦内堡说，她打算尽其所能地支持邦迪，坚决反对关于他的那些荒谬的指控和含沙射影。

　　但邦迪和琳达·安·希利之间还存在另一种联系，是通过他表妹简建立起来的。琳达住在麦克马洪楼期间的室友，后来成了简·斯科特的室友。鲍勃·凯佩尔警探联系上了正在阿拉斯加一艘渔船上的简，并打电话到荷兰港对她进行了询问。

简并不太愿意出来作证。她说她表哥很正常，人也善良，不会是杀人的那种男的。她说她在 1974 年上半年见过泰德三四次。她也见过琳达·希利，但她不记得泰德是否见过。她还说这几年是有过一些派对，但她不确定泰德是否和琳达参加过相同的派对。

"你跟泰德说过琳达失踪的事吗？"凯佩尔问。

"说过。"她带着不情愿的语气说，"但具体记不清了，我们就是觉得这事说起来太可怕了。"

艾伦·斯科特表现得更不合作，这种立场也可以理解。艾伦从 1971 年 9 月到 1972 年 2 月一直住在弗蕾达·罗杰斯家，和泰德一直联系密切。在罗伯塔·帕克斯、布伦达·鲍尔、乔治安·霍金斯、丹尼斯·纳斯伦德和珍妮丝·奥特失踪后的几天内，艾伦就和泰德聊过。"他对去犹他州上法学院表现得很放松、很愉快，很兴奋，还期待着与梅格结婚。"

斯科特没有明说一个绑架并杀害年轻女性的男人不可能表现得如此冷静，但他的话里含有这层意思。斯科特和泰德一起去华盛顿湖玩过帆船，两人还经常一起徒步旅行。

"去哪里徒步旅行？"凯佩尔问。

"卡本纳多一带，还有就是北本德附近的 18 号公路沿线。"

泰勒山——华盛顿州 4 名遇难女孩头骨的安息之处——就在北本德附近的 18 号公路沿线。

凯佩尔平静地问："你们什么时候去的那里？"

"1972 年 7 月到 1973 年夏天。"

斯科特不想将他们徒步旅行的轨迹告诉国王县的警探。他不愿因此让泰德背上罪责，最终，他需要见到法院传票，才能领着警探走一遍泰德熟悉的线路。

1975 年 11 月 26 日，艾伦·斯科特收到传票，他陪同鲍勃·凯佩尔一起去了他和泰德徒步旅行经过的地方。他们驱车前往泰勒山，斯科特指出了福尔城—杜瓦尔路和伊萨卡—霍巴特路一带崎岖的野地和树林。"泰德对这附近的路很熟，我们开着我的车四处逛，看看那些旧农场和谷仓。福尔城—普雷斯顿路那边有座很不错的人行天桥，那是我们唯一一次真正下车徒步旅行的地方。"他指了指那条在普雷斯顿以北 3/4 英里处的路。"我们在山坡上徒步走了约 2 个小时。"

这个区域离泰勒山只有几英里。

显然，伊萨卡和北本德之间的地区一直是泰德很喜欢去的地方。他开车带克莱尔·弗雷斯特和梅格去过，向他的老太太朋友提起过，还带他的表亲去过。就在 7 月 14 日的前一周，他一个人去了萨马米什湖州立公园。这一切是纯属巧合，还是对案件调查别有深意呢？

与对外发布的信息相反，其实有一些目击者认出了泰德·邦迪。但其中一位因一名女记者的过度热情而被"污染"了。泰德在因达伦奇绑架案被捕后，这位电视台记者立即赶到一位 7 月 14 日在萨马米什湖被那个陌生人搭讪过的女性家中。女记者拿出了泰德·邦迪的照片，问道："这就是那个请你帮忙的人吗？"

那女子认不出照片中的人，她见到的那个英俊、黝黑的男子比照片中的人要年轻。后来，国王县警探再让她从一组 8 张面部照片（其中一张是泰德·邦迪）中进行辨认时，她说太迟了，她见过的那张照片让她脑子里一团糨糊。这无疑对调查是个重大打击。

新闻媒体急于向公众发布泰德的信息，继续妨碍了调查的开展。另外两个在公园见过"泰德"的女性立即认出了他，但她们是根据报纸和电视上看到的照片辨认的。她们确信泰德·邦迪和见到的那个泰德是同一个人，但任何一位辩护律师都会辩称，这些人潜意识里会受到媒体发布的照片的影响。

泰德在犹他州被捕的消息传出时，一名 7 月 14 日在萨马米什湖边的男性目击者正好在其他州，所以他之前没见过泰德的照片，但他毫不迟疑地从 8 张面部照片中挑出了泰德·邦迪。俄勒冈州地方检察官的儿子也是如此，4 月 17 日苏珊·兰考特失踪那天，他人在艾伦斯堡。不过他只是"70％确定"，远没有"100％确定"在法庭上那么有价值。他回忆说："那天深夜，我从艾伦斯堡开车回西雅图。在伊萨卡以东大约 10 英里处时，我注意到一辆外国小轿车停在岔道上。尾灯又小又圆，像是大众车。"

他所提到的这个地点离泰勒山很近。可以算作一条细微的线索吗？

对于一个小说作家来说，这已经足够了。但对于实打实的刑事调查而言，这只能算作间接证据。证据一块一块堆积起来，直到华盛顿州的警探最终百分百确信西奥多·罗伯特·邦迪就是他们找了这么久的"泰德"。但这些证据足够起诉泰德了吗？还没有。他们连一根头发、一颗纽扣或一只耳环都没有，没有任何东西能钉死泰德·邦迪，把他和这些受害者关联起来。没有一个头脑正常的检察官会碰这种案子。警探们积累了 40 多个"巧合"，但全部加在一起也不足以起诉泰德。

最后一个"巧合"是西雅图道德法务部（Seattle Morals）的乔伊斯·约翰逊警探调查的一起强奸案。案件发生在 1974 年 3 月 2 日，地点是东北第十二大道 4220 号，距离弗蕾达·罗杰斯的房子只隔了几户人家。

此案的受害者是一个 20 岁的漂亮女孩。星期六凌晨 1 点左右，她上床睡觉了。"我的窗帘是拉上的，但是有个地方的窗帘与窗台不密合，从外往里看可以看到我是一个人。平时大约 3/4 的时间我身边都是有人的。那天早上，我忘了把窗户的木栓锁上。那人把纱窗拿掉了。当我 4 点钟左右醒来时，我看见他就站在门口。我看到了他的侧影，他放在客厅的手电筒有光线射进我房间。他走过来坐我的床上，叫我放松，还说他不会伤害我。"

女孩问他是怎么进来的，他回答说："这不关你的事。"

这名男子穿着 T 恤衫和牛仔裤，脸上戴着一顶深色的海军编织帽一直拉到下巴以下。"那不是滑雪面罩，但我想他应该是在上面开了两个口子，为了能看见东西。他的声音像是受过良好教育的人。他应该喝了不少酒，我闻得到。他有一把刀柄雕着花纹的小刀，但他说如果我不反抗，他就不会用刀。"

那人用胶带粘住了她的眼睛，然后强奸了她。她没有反抗。他完事之后，又用胶带把她的手脚绑了起来，告诉她这只是为了"让她少安毋躁"。

她听见他走进客厅，从窗户爬了出去，然后听见有脚步声朝小巷那边跑去。

她没有听到汽车的声音。

她告诉约翰逊警探："这人非常冷静，对自己很有信心。我觉得他以前这么做过。"

西雅图的警探、尼克·麦基队长及其团队——鲍勃·凯佩尔、罗杰·邓恩、凯西·麦切斯尼——都确信他们找到了"泰德"。他们列出了与失踪女孩案件有关的联系：

＊泰德·邦迪的外貌符合描述，有 4 人将他和在萨马米什湖看到的那个人的合成照片联系了起来。

＊他经常穿白色的网球服。

＊他住的地方离琳达·安·希利、乔治安·霍金斯和乔尼·伦兹不到 1 英里。

＊他开一辆浅棕色的大众汽车。

＊他经常说话带英国口音。

＊他打壁球。

＊他手里有一把小刀、一把切肉刀、一个缠了布条的扳手、一根撬棍、一把短柄斧头和一副拐杖，还有熟石膏、外科手套以及一些来

路不明的女装。

* 在与案件有关的重要日子里，他的行踪无法交代。

* 萨马米什湖州立公园失踪案的前三天和后两天，他都没去上班。

* 他经常往返于西雅图和奥林匹亚之间的 5 号州际公路。

* 他在常青州立学院有一个朋友，并经常和他待在一起。

* 他在艾伦斯堡有一个朋友，这个朋友回忆起 1974 年春天泰德去看过他。

* 他把连裤袜放在汽车的杂物箱里。

* 他的表妹认识琳达·希利。他和琳达上过同样的课。

* 珍妮丝和丹尼斯失踪的前一周，有人在萨马米什湖州立公园见过他。

* 他在泰勒山一带进行过徒步旅行。

* 他喜欢悄悄从后面接近女性。他喜欢吓唬女性。

* 他喜欢留有深色中分式长发的女孩。

* 他至少和两个女人做爱时做出过企图掐死她们的行为。

* 他经常光顾但丁酒馆，琳达失踪的那晚也去了这家酒馆。

* 他对女人的态度可能会瞬间从温柔体贴变得充满敌意。

* 他经常戴八字胡。

* 他喜欢玩帆船，曾租过帆船。

* 在科罗拉多几位女孩失踪的当天，他在同一地区或同一城镇使用过信用卡。

* 他撒过谎，偷过东西。

* 他似乎对性虐和鸡奸着迷。

* 他被捕时被发现随身携带滑雪面罩、连裤袜面罩、手铐、手套、垃圾袋、布条和撬棍。

* 他曾把他的犹他州车牌挂失，但其实保留了下来，并与新发的

车牌换着用。

　＊他的血型是 O 型，而受害者卡萝尔·达伦奇外套上发现的血型也是 O 型。

　＊达伦奇、格雷厄姆、贝克和艾伦斯堡的一名年轻男子，以及 7 月 14 日在萨马米什湖州立公园的 3 名目击者都认出了他。

　＊1974 年 7 月，他的老太太朋友看到他手臂上有石膏。

　＊1974 年，他经常白天睡觉，到了深夜会出去。

　＊与罗杰斯家只隔三户人家的一个女孩被人强奸了，特征描述与他相符。

　＊他的一个高中朋友认识乔治安·霍金斯的家人。

　＊他聪明，有魅力，能轻易成功地接近女性。

　＊他经常穿灯芯绒裤子（琳达·希利床上血迹中的罗纹图案?）。


　随着列表上信息一条条地增加，调查人员最终归结到这样一个事实：只要是泰德·邦迪所到之处，那里很快就会有一个、两个或三个可爱的女孩失踪……

　另一方面，有几十人愿意发誓说泰德·邦迪是个优秀的公民，一个致力于消除暴力、通过"制度"带来秩序与和平的人，说泰德·邦迪是充满爱的人，而非毁灭者。他们认为，假使泰德真如警探们所说的那样是多起案件的杀人凶手，那他一定是从全新的模子中塑造出来的。

　1975 年 11 月 13 日，当泰德仍被关在盐湖县的监狱，他的亲戚朋友还在多方努力筹集保释他所需的 1.5 万美元时，后来被称为阿斯彭峰会的会议在假日酒店召开。麦基、凯佩尔和邓恩到场，犹他州的杰瑞·汤普森和艾拉·比尔、阿斯彭的迈克·费舍尔以及其他数十名正在处理女孩失踪案和谋杀案的警探也参加了。大家就所有调查案件的细节交换了意见，其间西奥多·罗伯特·邦迪这个名字被屡次提及。大量的信息交换使得每个部门都更加确信他们要抓的这个凶手已经在监狱了。他是被关起来了，但仍没有足够的物证能对他提出进一步的指控。报纸上铺天盖地都是猜测，但鲜有事实。

如果说那个神秘、不为人所知的"泰德"让这些警探沮丧，那么这个众所周知的泰德·邦迪仍让他们费解。

11月20日，凭借约翰尼和路易丝·邦迪筹得的1.5万美元，泰德成功保释出狱。如果他因卡萝尔·达伦奇的绑架指控而再次受审的话，这笔钱将被退还，然后交给约翰·奥康奈尔，支付泰德的辩护费。

身在西雅图的梅格·安德斯非常害怕，她让警探保证，一旦泰德进入华盛顿州就立即通知她。可泰德返回华盛顿州后不到一天，就和梅格在一起了，还住到了她的公寓，这表明他的说服力是多么强大。梅格所有的疑虑都打消了，她又一次无可救药地爱上了他。对于他俩已经订婚并准备结婚的报道，她也没有做出否认。她还为自己对他的背叛深深地自责，并在接下来的几年中一直站在他那边。

泰德自由了，但不是真正的自由。无论他走到哪里，他都受到来自国王县和西雅图警察局的警察的持续监视。麦基向我解释道："我们还不能起诉他，但我们也不能冒险让他离开我们的视线。如果这期间又发生什么，如果又一个女孩失踪，那付出的代价就太大了。"

所以，从泰德的飞机降落在西雅图塔科马机场的那一刻起，他就被跟踪了。一开始，他似乎对跟踪他的车表现得并不在意，他就和梅格及她的女儿待在一起，或待在朋友的公寓里。

我不知道泰德在西雅图的时候会不会和我联系，但几个警探把我拉到一边说："如果他打电话给你，我们不希望你单独跟他去任何地方，除非你事先告诉我们你要去哪里。"

"哎，"我说，"我不怕泰德。再说了，你们到哪儿都跟着他呢。如果我和他在一起，你们不就看到我了吗？"

"还是小心为上。"西雅图凶案组的一位警探警告我，"也许我们最好先了解下哪里可以找到你的牙科记录，以防我们需要确认你的身份。"

我笑了，但这话真是很刺耳。围绕着泰德·邦迪的黑色幽默已经开始。

# 第二十章


感恩节后不久，泰德打电话给我，我们约好在匹茨堡百事利西餐厅吃午饭。那是一家法式餐馆，位于先锋广场一栋老建筑楼的地下室，距离西雅图和国王县警察总局只有两个街区。

我已经两年没见他了，但他看上去几乎没变，只是胡子更密了些。他在雨中朝我走来，当他咧嘴笑的时候，我感觉他比以前消瘦了些。他那天穿着灯芯绒长裤和一件米色和棕色的毛衣外套。

有一点让人觉得挺奇怪，泰德的照片经常出现在西雅图报纸的头版，理应很容易被认出，但我们待在一起这3个小时，甚至连看他一眼的人都没有。有那么多人"目击"那个幽灵般的"泰德"，居然没人注意到这个货真价实的泰德。我们一起排队，点了每日特价菜和一瓶沙布利干白，然后我付了钱。

"等一切都结束了，"他说，"我请你出去吃午餐。"

我们端着盘子走到餐厅后边，在一张铺着厚厚防水布的旧桌旁坐下。我很高兴再见到他，也很高兴得知他已经离开那个令他厌恶的监狱。一切看上去就像什么都没发生过。我知道他是重要嫌疑犯，但我当时对情况的了解仅此而已。除了偶尔在报纸上读到点含沙射影的信息，我对其他一无所知。目前看来，所有对他的指控都不能成立。我不知道梅格已经对警探说了那么多，也对8月份以来日夜开展的调查细节毫不知情。

我有点紧张，环顾四周，果然发现几个我认得的警探在其他桌吃饭。事实上，几周前，我和尼克·麦基和伯贝里希博士就在这家吃过午饭，而匹茨堡百事利西餐厅也是警探们很喜欢的用餐地点。这里的东西好吃，位置也很便利。

我告诉泰德："如果在这里见到麦基，我一点也不惊讶。他大概一周三天在这儿吃饭。他想和你谈谈，也许你应该答应，他不是坏人。"

"我没什么可跟他说的。我相信他人不错，但我和他见面毫无意义。如果他们够警惕，昨天就可能看到我了。我昨天径直穿过法院的一楼，就在他们的办公室边上，但没人发现我。"

对泰德来说，监视变成了一种游戏。他发现那些跟踪他的人既笨拙又看着别扭，于是开始以甩掉他们为乐事。"穿过几条小巷，拐几个弯，他们就跟丢了。或者有时候，我回去和他们说几句，他们就乱了方寸。他们还在指望什么？我没什么好隐瞒的。"

他对在华盛顿大学图书馆甩掉罗杰·邓恩感到尤为骄傲。"我从男厕所的前门进去，从后门出来。他不知道还有另一扇门。据我所知，他还在外面等我出来呢。"

然而，公众普遍认为他有罪这一点并没有让他觉得好笑。有一次，泰德计划为梅格12岁的女儿和她最好的朋友安排一个下午的娱乐活动。"她妈妈甚至不让孩子和我一起去汉堡店。这太可笑了。她以为我会怎么做？袭击她的女儿吗？"为此，他特别生气。

是的，我心想这位妈妈可能就是这么认为的。在1975年的秋季会议上，我还没有对泰德的罪行非常确信，但我也绝不会因为个人感情而拿自己女儿的安全冒险。

泰德始终是一副无辜者的样子。他因这些指控而难过，害他在监狱里待了八个星期。我试着设身处地去理解他的这种不满和愤怒。尽管如此，我心中依然满是疑问，但我还是不可能直接问他："泰德，是你干的吗？你究竟有没有做过？"我找不出任何社交礼仪规则，可以用来审问一位被控犯下严重罪行的老朋友。

他继续否认自己在犹他州所受的指控，好像这些指控只不过是个小小的误会。他说，他非常有信心会在达伦奇案上胜诉，而盗窃工具的指控就更不用提了，简直荒谬至极。他又说与梅格一切进展顺利，要是警察能允许他们独处，让他们享受这段在一起的时光就好了。她是一个很好的女人，很支持他，也非常地善解人意。

我们小口抿着葡萄酒，又点了一瓶，看着外面的雨水顺着窗户流下来。地下室餐馆的窗户与人行道齐平，我们望出去只能看到路过行人的小腿和脚。泰德讲话间很少看我的眼睛。反倒侧身坐在椅子上，盯着对面的墙。

我把玩着桌上装着红色康乃馨的花瓶，还抽了太多的烟，他也抽了很多。他的抽完后，我又给了他一些。周围的桌子渐渐空了出来，最后我俩成了餐馆的唯一一桌客人。

我该说些什么呢？我得问他些事情。我看着他，他依然和以前一样年轻，但不知怎么的，看上去有些弱不禁风。

"泰德……"我终于开口了，"你知道去年这里所有失踪的女孩吗？你在报纸上看过相关的消息吗？"

话一问出，我俩半天都没有说话。

最后，他说："这就是让我烦心的那种问题。"

怎么会烦心？我读不懂他脸上的表情。他的目光还是看向其他地方。他是认为我在指责他吗？我是吗？或者他觉得这一切都很无聊？

"我不知道。"他说，"我当时在普吉特湾大学法学院很忙，没时间看报纸。这些我都不知道，而且我一般不看那种新闻。"

他的眼睛为什么一直不朝我看？

"我不知道任何细节。"他继续说，"只知道我的律师目前正在查证的一些信息。"

他显然是在骗我。很多人都和他开过玩笑，说他长得像公园里的那位"泰德"。他表妹简·斯科特和他说起过她的朋友琳达·安·希利，卡罗尔·安·布恩·安德森也经常在紧急事务部办公室和他开玩笑。即便他的确与这些案件无关，也没想着去关心，但他肯定是知道的。

他就是不想说这些事而已。他没有因我这么问而生气，只是不想继续谈论下去。然后我们就聊了些其他事，包括我们共同的老朋友，还有当年危机诊所的时光。最后我们约定，在他回犹他州受审之前再见一面。出了餐厅，外面还下着雨，泰德有点冲动地张开手臂拥抱了我一下，然后冲进雨中的第一大道，还回头喊了一声："我会再联系你的！"

我向坡上走去拿我的车时，一路上那种无数次撕扯我内心的痛苦感受再次涌上心头。看着那个男人，听着他说话，我不敢相信他是有罪的。可听那些我所喜欢和信任的警探们的话，我又不信他是无辜的。我的一个明显优势是我并不为泰德所吸引。我对他的任何一丝温情都是那种姐姐对弟弟的感情，而这种感情也许是因为我曾失去过一个弟弟才更为强烈。

直到 1976 年 1 月 17 日，星期六，我才再次见到泰德。1975 年 12 月 5 日，我前夫突然去世，虽然并不意外，但家务事的牵绊使我暂时没时间顾及泰德。整个 12 月，我和他通过一两次电话，感觉他精神不错，充满自信，焦虑地等待着即将到来的庭审之战。

当他打电话给我约 1 月 17 日见面时，我有些惊讶。他说突然想见我，而且他很快就要离开去盐湖城受审，他还问我是否介意开车到西雅图木兰花区的一家酒馆见面。

我开了 25 英里去会面地点，突然意识到还没人知道我要去见泰德，并且我感觉他也已经甩掉了那些一直走到哪儿跟到哪儿的监视人员。中午过后，泰德在一家深受附近劳顿堡军人喜爱的酒馆门口迎接我时，我向大街两边望了望，看是否有那些我早就认得的跟踪车，发现一辆也没有。

他咧嘴一笑，说："我甩掉他们了。他们没有自己认为的那样聪明。"

酒馆的一边坐着一些大声说话的军人，我们在另一边找了张桌子坐下。我胳膊底下夹了个包裹，里面是我刚从邮局取的登有我文章的十几本杂志。泰德在包裹上瞥了好几眼之后，我才意识到他可能是在怀疑我带了录音设备。我立即撕开包裹，递了一本杂志给他。

他似乎放松了下来。

那天，我们谈了 5 个小时。我对那次长谈的记忆仅此而已。当时的我应该仍相信他是清白的，因为我回家后居然懒得记点笔记。那次会面在很多方面都比之前的午餐约会要轻松得多。我们还是喝的白葡萄酒，泰德喝了很多，到结束时，他已经站不稳了。

也许是喝了酒的缘故，或者是因为我们都已放下了他被捕后的第一次会面这件事，泰德这次看起来不像以前那么烦躁不安了。有点意想不到的是，我俩聊了很多话题，但我还是觉得要把有些事拿出来说，尽管可能会惹恼他。

酒吧另一边闹哄哄的，我们离得挺远，所以应该没人能偷听到我们说话。我们桌边是烧着假木棍的燃气壁炉，耳边传来外面嘶嘶的下雨声。

我问他："泰德，你喜欢女人吗？"

他考虑了一下，慢慢地说："喜欢……我想是的。"

"你好像很关心你妈妈。我猜一切都可以追溯到这一点。你还记得吗，当你告诉我你是怎么发现自己的私生子身份时，我提醒过你，不管你妈妈有多难，她一直把你带在身边。"

他点点头，说："嗯，她的确是，我也记得我们聊的时候你提醒过我。"

接下来，他主动说了一些自己的事。他告诉我是梅格向警察举报了他。我顿时感到很内疚，因为他不知道我也向警察提了他的名字。他显然认为我了解的内情应该比实际情况要多。他说："我房间有一副拐杖，是她告诉了警察拐杖的事。那是给我房东用的。我以前在一家医疗用品店工作，我在那里买的拐杖和熟石膏。"

我很惊讶，但我没表现出来。当时我并没听过拐杖和熟石膏的事，当然我也不知道梅格去过警察局了。

泰德似乎一点也不恨梅格这个使他陷入如此困境的人。相反，他表现得温和而又宽容，这显然有点不太合适。我在想梅格对警探说了些什么，而泰德怎么能如此轻易就原谅了她。在这里，他对我说他比以往任何时候都更爱梅格了，可是如果不是梅格，他也不必在几天后返回犹他州接受绑架罪的审判，况且还有最让他担心的两项指控：躲避警察和拥有盗窃工具。

我本以为大多数男人都会鄙视这样对待他们的女人，但泰德居然和我聊了这次圣诞期间他们在一起的美好时光和他们之间的亲密关系，即便他们时常被警察跟踪。

这实在让人大惑不解，可我也不知道从何问起，只觉得我得认真想想这个问题。当他提出让我照顾梅格，好让她有个可以说话的人时，我点头同意了。

"她很害羞。你给她打电话，好吗？和她聊聊天。"

泰德仍表现得很自信。盐湖城的审判似乎不算什么威胁，倒更像是他要面对的一个挑战。他就像一名即将参加奥运会的运动员，他要证明给大家看。

在那个漫长的下午，其间有一次我起身去女厕所，走过坐满了半醉军人的几张餐桌，还经过其他几十个人，他们似乎都没认出这位泰德就是那个臭名昭著的泰德·邦迪。当我走回餐桌时，突然有人在我身后用手轻轻地抓了我的腰。我吓得跳了起来，然后听到一声大笑。原来是泰德悄悄地走到了我身后，我甚至没有意识到他也离开了餐桌。后来，我才知道泰德喜欢偷偷接近女性（据梅格和琳恩·班克斯所说），然后突然从后面跳出来，她们会被吓得发出尖叫，他却以此为乐。于是我想起那天他在酒馆是怎么吓我一跳的。

下午的时间慢慢流逝，外面越来越黑，西雅图 1 月的夜晚有一种难以穿透的黑暗，在这样的氛围中，我决定将我的立场告诉泰德。我尽可能注意我的措辞，那可能是我对泰德最开诚布公的时候。我告诉他我去看了心理医生的事，我也说了我看待他的两难处境，还说了我签下了一份关于失踪女孩的故事的图书出版合同。

他似乎完全明白了。他对我的态度倒和 5 年前我在危机诊所谈论我的问题时一样，还安慰我说他能理解我的矛盾心理。

"而且，还有一点……我必须告诉你，"我继续说，"我无法完全相信你是清白的。"

他笑了，我正渐渐习惯他这种平淡的反应。

"没关系，我能理解。有些事……我想告诉你，但我不能。"

"为什么？"

"我就是不能。"

我问他为什么不去做测谎，这样问题就可以解决了。

"我的律师约翰·亨利·布朗觉得现在这样是最好的。"

布朗应该为泰德提供建议，但这事本身就是一个悖论。虽然一直有人在监视，虽然有媒体和公众都对他口诛笔伐，可泰德在华盛顿州没有受到任何指控。而布朗所在的公设辩护律师办公室是一家替确实被控犯罪的嫌疑人提供辩护的机构。

这一切似乎变成了一场没有规则的游戏。一个人被媒体定罪并不常见，而泰德甚至被要求不能再使用华盛顿大学法学院的图书馆，理由是女生见到他会害怕。

"泰德，"我突然又问，"1974 年 11 月的那晚，你从盐湖城打电话给我，你是有什么事吗？"

"哪个晚上？"他好像迷惑不解。

"我住院的时候，那天是 11 月 20 日。是我妈妈接了你的电话。"

"那天我没给你打电话。"

"我看过电话记录，是你在盐湖城的公寓打来的。时间大概在午夜之前。"

他看起来并不生气，只是一味地矢口否认。

"肯定是国王县的警察在骗你。"

"但我确实看到了记录。"

"我从没给你打过电话。"

我放弃了。也许是他不记得了。

泰德继续吹嘘说自己是如何巧妙地甩掉那些跟踪他的人的，还嘲笑他们。

"我知道。比利·鲍曼说你走到他的车前，问他是黑手党还是警察，你只是想确定一下。"

"比利·鲍曼是谁？"

"他是西雅图凶案组的警探，人不错。"

"我相信他们都很好。"

泰德只与一位跟踪的警探说过不少话。约翰·亨利·布朗曾告诉他不要也没义务和警察说话，但12月3日，当泰德把车停在一个朋友的公寓边上的时候，罗杰·邓恩和他面对面地打了回交道。

"猎人"和"猎物"互相盯着对方，然后泰德问邓恩是否有搜查令。

"没有，我只想和你谈谈。"

"进来吧，看看有什么我可以帮忙的。"

如果邓恩希望泰德主动迁就，那他就想错了。泰德马上打电话到布朗的办公室，告诉其助手邓恩正和他在一起。

邓恩还没来得及向泰德宣读完米兰达警告，布朗就打电话来了，要求和他谈谈，然后告诉他尽快离开公寓。布朗不希望泰德和华盛顿州的任何官员说话。

泰德表现得相当有同情心。"我真的很想帮你。我知道媒体给你的压力很大。我个人倒没觉得有什么压力，但我现在就不和你说了。也许以后吧，约翰和我可能会和你联系。"

　　"如果可以的话，我们很希望帮你排除嫌疑。但到目前为止，我们还不能。"

　　"我知道有些事你并不知情，但我无权和你讨论。"

　　罗杰·邓恩听到的是泰德经常对我重复的那种意见和态度，他也注意到泰德说话时不直视对方的眼睛。很快他俩的面对面就结束了，泰德伸出手和他握手告别。

　　那一次，他俩互相摸了底，然后就再也没有见面了。

　　坐在烟雾缭绕的小酒馆里，我感觉泰德还有话想对我说。快6点了，我儿子那天生日，我答应过他晚上带他去看电影。但泰德还不想就这么结束，问我是否愿意和他去另一个地方抽大麻。我没同意。我平时不吸大麻，还答应了儿子会早点回家。而且，虽然我并不害怕，但我还是会有些不自在。

　　泰德醉醺醺地在酒馆外和我拥抱道别，然后消失在朦胧的雨中。那次分开后，我会再见他两次，但再也不会见到自由之身的他了。

# 第二十一章


我一直相信，泰德因涉嫌绑架卡萝尔·达伦奇的严重指控而在盐湖城受审是他要经历的唯一一次法律程序。他选择不用陪审团，而将自己的命运交给法官一人。1976 年 2 月 23 日，星期一，庭审在斯图尔特·汉森法官的法庭进行。

汉森被誉为公正的法律专家，这让泰德非常感兴趣。他真的相信自己会洗脱嫌疑，重回自由之身。他的辩护律师约翰·奥康奈尔是打过 29 场谋杀案官司的老手，是犹他州最顶尖的律师之一。他在法庭也有支持他的朋友：路易丝·邦迪和约翰尼·邦迪、梅格和其他从西雅图飞过来的朋友，以及犹他州内依然相信他的人，包括莎伦·奥尔和那些在他第一次被捕前不久说服他加入摩门教的朋友。

但庭审现场还有梅丽莎的父亲——米德维尔警察局局长路易斯·史密斯，以及黛比·肯特和劳拉·艾姆斯的家人朋友。这些人家的女儿的案件不在本次庭审范围，但他们想看看自己在这场唯一象征正义的庭审面前会是什么感受。

最终，判决将取决于目击证人卡萝尔·达伦奇的证词可靠性，以及泰德·邦迪自己的证词。奥康奈尔曾想隐瞒鲍勃·海沃德巡警关于邦迪 8 月 16 日被捕的证词，但汉森拒绝这样做。

当然，在第一次庭审中没有提及泰德·邦迪是其他犯罪案件的主要嫌疑犯，也没有提到他在 1975 年 9 月 17 日将那辆大众汽车卖给一个十几岁男孩（碰巧是梅丽莎·史密斯以前的同学），而如今这车已经被警察扣留，并因刑事专家寻找与泰德涉嫌的其他案件相关物证的需要而被大卸八块。

卡萝尔·达伦奇并不是个自信的证人。泰德目不转睛地盯着她时，她就显得有些心烦意乱。她回忆起 16 个月前经历的恐惧，抽泣了起来。但她指着冷冷地坐在被告席的泰德，明确地指认他就是那个自称为"罗斯兰警官"的人。

坐在那里的泰德，胡子刮得干干净净，穿着浅灰色的西装，里面是白衬衫，还系着领带，看上去完全不像是绑架犯。相反，指控他的证人反而显得歇斯底里，一次次地被奥康奈尔的问题压住喘不过气，他的问题处处暗示着卡萝尔·达伦奇是在皮特·海沃德队长手下警探的各种潜移默化的劝说下才指认泰德的。辩护律师对着这个哭泣的女孩盘问了整整两小时。

"你所指认的是执法人员想要你指认的人，不是吗？"

"不……不是。"她轻声回答。

泰德继续无情地盯着她。

当泰德出庭作证时，他承认自己那次被捕时是为了躲避警察而对鲍勃·海沃德撒了谎，后来也对奥康奈尔撒了谎。他解释说，8 月 16 日海沃德开着巡逻车追赶他时，他就像吓坏了的"兔子"一样，但这只是因为他那时在吸大麻。他希望有时间把"最后一点"丢出车去，再让车里的烟味散掉。他承认那天他没去汽车影院，却和海沃德说他去了，约翰·奥康奈尔那边他也是一开始没告知实情。

邦迪没有 11 月 8 日晚不在场的确凿证明，但他否认上庭前见过卡萝尔·达伦奇。

关于手铐的问题，他说是在垃圾场捡的，觉得很少见，就留着了。他还说自己没有手铐的钥匙。

县助理检察官大卫·尤卡姆在交叉询问中问了邦迪几个问题。

"你以前贴过假八字胡吗？你在丹·埃文斯竞选团队当间谍时贴过假胡子吗？"

泰德回答说："我没有为任何人当过'间谍'，那段时间我也没有戴过假胡子。"

"你是不是跟一个女性熟人说过你喜欢处女，还吹嘘说自己可以随时找到?"

"没有这么说过。"

"你还告诉那位女性说你看不出对与错的区别，不是吗?"

"我不记得那句话了。即便我说了，那也是断章取义，不代表是我的观点。"

"在你收到犹他州的新车牌之后，你还用过原来的旧牌照吗?"

"没用过。"

尤卡姆随后出示了两张加油的信用卡账单。

"你告知州政府相关部门你在 1975 年 4 月 11 日丢失了号码为 LJE - 379 的车牌，但这些单据显示，你在 1975 年夏天还在使用那个'丢失'的车牌。为什么?"

"我记不起那些事件了。可能是服务员要我的车牌号，而我无意间把记忆中的旧号码报给了他。"

泰德在撒谎，算不上是个大谎，但的确是在撒谎，就这一点使他所有的证词都变得可疑。泰德承认自己对奥康奈尔撒了谎，直到庭审前两周才把大麻的事告诉他。陪审团可能会信他，但汉森法官不会。2 月 27 日星期五，汉森在最后一次法庭辩护之后，宣布退庭考虑他的决定。3 月 1 日星期一，下午 1 点 35 分，所有当事人再次被传唤到庭。

用汉森自己的话来形容，他这位 37 岁的法官度过了一个"非常痛苦"的周末。他认为，泰德·邦迪毫无疑问犯了严重绑架罪。于是，已获保释的泰德再次被押回盐湖县治安官办公室等候判决。

泰德惊呆了。那个下雪的下午，法庭内只有路易丝·邦迪的哭泣声。泰德被判有罪后，一直没有说话，直到被海沃德队长和杰瑞·汤普森铐上手铐的那一刻，他轻蔑地说道："你没必要用这些手铐。我哪儿也不去。"

梅格·安德斯看着泰德被带出法庭，看着一切就这么发生。当她心存疑虑地打电话给警局时，这正是她以为自己想要的。但现在她后悔了，她想让泰德回来。

宣判时间定在 3 月 22 日。当然，会有上诉。

泰德再次进了监狱，一个他憎恨的世界。我写信给他，聊些生活中发生的琐事。我还通过约翰·奥康奈尔的办公室给他寄去一些小额支票，让他在监狱的小卖部买些文具和邮票之类的东西。不过，我还是不做评判。

在我有证据证明泰德的确犯了某种或其他罪行之前，我选择等待。

他给我写信，越来越频繁，说的更多的是他心中所想的其他人很难理解的东西。其中一些信还写错了日期，时间于他而言仿佛已经失去了意义。

# 第二十二章


泰德被定罪后的第一封信是 1976 年 3 月 14 日寄出的，但他错把日期写成了 2 月 14 日。

> 亲爱的安：
>
> 谢谢你的来信和资助。自从最近遇到的挫折以来，我回信的速度变得很慢。可能是因为我需要在精神上重新安排我的生活，为地狱般的监狱生活做准备，去思考我的未来。

他说，给我写信是作为一种"激励机制"，帮助他开始对未来进行评估。他对有罪判决感到不解，对汉森法官嗤之以鼻，暗示这位法学专家的判断是受到了舆论的影响，而不是基于所提供的证据。他自己估计将被判处 5 年至无期徒刑，并认为成人缓刑与假释部在做陈述报告时带有偏见。

"他们似乎把报告的重点放在了善恶双重人格①理论上，而所有替我检查过的心理学家都对这一理论存在争议。"

泰德说，他听说缓刑调查员似乎相信他在写给我的信中承认自己有过一些伤害他人的行为。他当然没在信中说过这些。庭审前我只收到过他两封信，并在经他允许后，我把信交给了国王县警探。

3 月 22 日，汉森法官宣布将推迟 90 天进行宣判，等待心理评估结果。那天晚上，泰德背靠牢房的钢墙，蹲在地上给我写信，牢房光线很暗，他选的这个位置可以收到一些走廊的灯光，以便看得清写了什么。他对于要在位于山角（Point-of-the-Mountain）的犹他州监狱接受心理诊断评估这一点似乎并没有感到特别不快。

"如果说监狱生涯也是生活的反映，那么这里应该有丰富的人类苦难的素材，到处都流传着囚犯讲述的惊人故事。考虑到几方面的原因，我必须趁此机会开始利用这个珍贵的思想宝库。我打算开始写作。"

泰德想要我给他一些出版方面的建议，并想由我充当他的代理人，帮他推销他想写的有关他案子的书。他希望我们能迅速行动起来，确立合作关系，并就一定会到来的利润分配比例达成协议。他要我在时机尚未成熟之前对他的这个提议保密，并要我通过他的律师办公室与他通信。

我不知道他打算写什么，但我给他回了一封长信，详细地介绍了各种出版途径，并解释了手稿提交的正确格式。我再次和他说了我与 W. W. 诺顿公司签下的关于失踪女孩案件的图书出版合同，并强调说他的故事将成为我这本书的一部分，只是我还不知道比例是多少。我还提出愿意和他进行利润分成，具体取决于他自己所写的章节数量。

此外，我还劝他等过段时间再考虑出版，这样也是为了保护他自己，毕竟他在犹他州和科罗拉多州的法律纠葛还没有结束。科罗拉多州的调查进展很快，尽管公众（包括我在内）对细节知之甚少，但信用卡消费这一发现还是被泄露了出去。

我也知道了这个消息。当时我正为俄勒冈州某出版社的一本旅行书籍做编辑工作，为此要马上去趟盐湖城。我想着争取能有机会去监狱探望泰德。

---

① Jekel［sic］and Hyde，此处泰德拼写错误，他要讲的应是杰基尔（Jekyll）和海德，即英国作家斯蒂文森的著名小说《化身博士》中的主人公，杰基尔医生为探求人心善恶，发明变身药并拿自己做试验，结果创造出一个化身——海德，并把身上所有的恶都给了海德，自己则保有善。后来这故事成了双重人格或双面人的代名词。——译者

探监许可并不怎么容易办得到。我不是他的亲戚，也不在西奥多·罗伯特·邦迪批准的访客名单上。我打电话到犹他州德雷珀旧监狱的监狱长萨姆·史密斯的办公室，他们告诉我等我到盐湖城后再打电话，他们到时会做出决定。我很确定他们的答案会是"不准"。

1976 年 4 月 1 日，我出发去犹他州。我还从未坐过喷气式飞机，从 1954 年起就再也没坐过飞机，一想到飞机的速度，想到能在几个小时内从雨季的西雅图来到相对温暖惬意的盐湖城，我顿时感觉这次旅途有些如梦似幻了。

抵达后，我把租来的车开离机场，盐湖城阳光明媚，风吹得棕色的土地上飞起阵阵沙尘。我有点辨不清方向，同样的感觉 3 年后我到迈阿密时又出现了，那次也是因为泰德。

我给监狱打了电话，得知除了星期天和星期三外，其他日子通常不允许探监。我打电话的时候是星期四下午 4 点，史密斯监狱长告诉我说："我会让工作人员给你回电话。"

后来，电话打来了，问我想去见邦迪的目的是什么？

"我是他的一个老朋友。"

又问我要在犹他州待多久？

"只有今天和明天上午。"

下一个问题：你多大了？

"40。"这个回答听起来很妥当。我这把岁数，不可能是"泰德的粉丝"。

"好的，我们特批你一次探视，请于 5 点 15 分到监狱。你有一小时的时间。"

位于山角的犹他州监狱就在我住的汽车旅馆南面大约 25 英里处。我几乎没有时间去查找正确的高速公路，往正确的方向开，到达德雷珀的邮局站点，地图显示当地人口为 700。我往右看去，看见双子塔上有手持猎枪的警卫。老监狱和周围的风景看起来都是清一色的灰褐色。我突然感到一阵绝望，瞬间对泰德说的那种被监禁的绝望情绪感同身受。

我 19 岁时在俄勒冈州女子培训学校实习过，做了一个暑期实习生，去哪儿都带着一圈沉重的公寓钥匙，但那是很久以前的事了。我已经忘记了把人关在墙和栅栏后面所需的安全措施。门口的警卫提醒我不能带包进去。

"那我该怎么办？"我问，"我不能把包锁在车里，因为我的钥匙在包里。或者我可以带钥匙进去吗？"

"抱歉，什么都不能带进去。"

最后，他终于心软了，在我把包锁在租来的车上后，他打开了一间带玻璃门的办公室，让我把车钥匙放到那里。我拿了些香烟，准备带进去。

"抱歉，不能带烟，也不能带火柴。"

我把烟放到柜台上，然后等人把泰德带下来。由于我的工作性质，我早晚会去遍华盛顿州几乎所有的监狱，但我发现自己一进监狱总会有一种幽闭恐惧症之感。我觉得胸口一阵发紧，呼吸也变得急促。

为了摆脱这种与世隔绝之感，我环顾了一下空无一人的等候室，这很正常，现在并非常规的探视时间。颜色单调的墙壁和松垮凹陷的椅子，像是 50 年来都没变过。房间里有一台糖果机、一个公告栏，上面有工作人员的照片，还有一张剩下的宗教意味圣诞卡，是写给谁的，又是谁寄？还有囚犯的纪律记录和东西出售通知，以及一张报名参加自卫班的申请表。那是针对谁的，工作人员、访客还是囚犯？

我在想我们会在哪里交谈。是隔着玻璃墙通电话，还是隔着钢丝网？我不希望看到泰德被关在笼子里的模样，那定会让他非常难堪。

有些人会讨厌医院的味道，而我讨厌监狱的味道。于我而言，所有的监狱都混杂着难闻的烟味、派素牌清洁剂味、尿味、汗味和尘土味。

这时，一个男人面带微笑地朝我走来，他是监狱工作人员坦纳警官，叫我登记入内。但我们得先穿过一道会在我们身后重重关上的电动门。我登记之后，坦纳警官看着我进入了第二道门，说："你们就在这里交谈，时间一个小时。他们几分钟后就会把邦迪先生带下来。"

这地方就是个走廊！两道电动门之间的一小段空间而已。有两把椅子靠在挂着外套的架子上，不知为何，椅子下面还有几桶清漆。一名警卫坐在 4 英尺外的玻璃隔间内，不知他是否能听到我们说话。再往那边便是监狱了，我能听到渐近的脚步声。我把目光移开，就像有些人不忍看一个残疾人或畸形人一样，我不忍去看泰德被关在笼子里的样子。

这时，第三道电动门滑开了，泰德在两名警卫的陪同下出现在那里。警卫搜查了他，把他全身上下拍了个遍，而我没有被搜查。他们之前算是检查过我了吗？他们怎么知道我没带违禁品，袖子里有没有藏着剃须刀之类的？

"女士，请出示一下身份证。"

"证件在车上。"我说，"我被告知必须把所有东西都留在车里。"

门又开了，我跑回车里去取驾照，以证明我的身份。我把驾照交给其中一名警卫，他仔细看了之后还给了我。我没有直视泰德。我们都在等着，而如今他就站在我面前。有那么疯狂的一瞬间，我想知道为什么囚犯穿的 T 恤衫上要写个人的宗教倾向。泰德穿的是橙色 T 恤，上面印着"不可知论者"（Agnostic）。我又看了看，发现不对，上面的字是"诊断中"（Diagnostic）。

他很瘦，戴着眼镜，头发剪得比我见过的都短。他拥抱我时我闻到一股难闻的汗味。

警卫离开了，留我俩单独在这个有点滑稽的衣帽间似的走廊里谈话。我们对面玻璃隔间里的警卫似乎不感兴趣。我们谈话期间，不断地有警卫、心理学家和囚犯妻子等经过，他们准备去参加一个匿名戒酒者互助会。其中一位心理学家认出了泰德，还和他握手并说了话。

泰德说："那是个医生，是约翰［·奥康奈尔］请来替我做心理分析的。他私下里告诉约翰说他不明白我是怎么做到的。"

很多从我们身边走过的人，穿着便服，点头和我们打招呼，也和泰德聊几句，互相都表现得得体。

"我现在生活在'鱼缸'里。"他解释说，"我们有 40 人在诊断中心。法官下令对我进行保护性监管，但我拒绝了。我不想被孤立。"

尽管如此，泰德还是承认他到达这座监狱时非常害怕。他知道，被判犯有侵害女性罪的男子在监狱里的死亡率很高。"我到的时候他们都排着队来看，我不得不接受他们的夹道攻击。"

但他发现监狱比之前的拘留所要好得多，而且他还很快成了"监狱律师"。

"如果我愿意，我就可以在里面生存下来，就靠我的大脑和法律知识。他们向我寻求法律方面的建议，他们都对约翰充满了敬畏。只有一次情况比较糟，有个家伙——一个杀了人还从死者喉咙把里面东西往外掏的家伙——直接走到我跟前，我当时以为自己遇到大麻烦了。还好，他只想了解约翰的情况，想知道他怎样才能让约翰做他的律师。我和他们都相处得挺好。"

这时，他瞥了一眼我身后那道锁着的大门，说："你去拿身份证时，这门一直开着。我看着这架上的外套和敞开的门，脑海里闪过逃跑的念头，但仅持续了一分钟而已。"

泰德对刚刚结束的审讯耿耿于怀，想和我讨论一下。他坚持认为是盐湖县的警探说服卡萝尔·达伦奇指认是他。"她最开始说那个男人是深棕色的眼睛，而我的眼睛是蓝色的。她对那人是否有八字胡并不确定，并说他是大背头，黑发。她从一张宝丽来相机拍的照片中辨认了我的车，由于胶片曝光过度，使得车子看起来是蓝色和棕褐色。

他们拿我的照片给她看了很多次，她当然就认为是我了。但是，在法庭上，她甚至辨认不出是谁开车送她进警察局的。

"杰瑞·汤普森说他在我的衣橱里看到三双漆皮皮鞋。他当时为什么没有拍张照片？他又为什么没有把鞋拿走用作证据？我从未有过一双漆皮鞋。有人说我穿着黑色漆皮靴去教堂。我会穿着疯子的衣物去教堂吗？

"她从没见过什么撬棍。她的说法是，当她从后面抓住它时，感觉到头上是一根多边形的钢质或铁质工具。"

泰德对正在给他做测试的心理学家艾尔·卡莱尔不屑一顾，一如他对犹他州的警探的态度。大多数测试都是任何心理学系学生所熟悉的标准化测试：明尼苏达多相人格指数（MMPI），由数百道题组成，可以回答"是"或者"否"，中间还会故意穿插一些重复的"谎话"问题。我在大学一年级的时候就知道如何识别那些谎话问题，尤其是"你是否想到过什么事情是糟糕到无法谈论的"这个问题，它的"正确"答案是"是"，因为每个人都会有这样的经历，但很多人写的答案却是"否"。对泰德·邦迪而言，这种测试简直就是小儿科了。

主题统觉测验（TAT）是让受试者看一张图，并据此讲一个故事，然后是墨迹测试（Rorschach）。泰德就亲自给病人做过这些测试。犹他州监狱还有自己的心理测试，让受试者在一系列形容词中划出那些适用于他本人个性的词。

"他想了解我的童年，我的家庭，我的性生活，我就把我能告诉他的都说了。他很高兴，问我愿意再见他吗？我就说'好的'，为什么不呢？"

当另一组人穿过走廊时，我们的谈话停了一下。

"结果第二次我见到他时，他就一直在笑。"泰德继续说，"他有诊断结果了，认定我是消极好斗型。安，那人很洋洋自得，就坐在后面等着。他希望对我了解更多一些。他想要什么？要我全盘供认吗？"

这次探视期间，我很少说话。他有太多的话要倾诉，除了莎伦·奥尔，以及奥康奈尔和他的同事布鲁斯·吕贝克偶尔来访之外，泰德觉得没有人可以和他在同一层次上进行交流。

"约翰认为我应该直接在法庭上恼怒。他和汉森法官是法学院同学，他了解这个人。我当时坐在那里只是想了解检察官背后的动机，而且这太荒谬了，让人无语。但约翰说我当时就该表现得很气愤！"

我们还谈到了莎伦和梅格。他认识莎伦一年多了，她雷打不动每周三和周日来看他。"别跟梅格提莎伦。莎伦嫉妒梅格，梅格并不知道莎伦。"

我答应不会让自己卷入他复杂的情感生活中，我很惊讶可能面临无期徒刑的他在牢房里还能很好地维持两段热烈的感情。

"梅格把我是私生子的事告诉了国王县警察，这让我母亲很不高兴。"事实上，泰德的私生子身份最终将成为路易丝·邦迪最不担心的事情。

"这个地方……所有他们想要的东西都有：毒品、快速丸①。我不会吸毒的，也不打算就这么过着司空见惯的监狱生活。我正在调整，我想为监狱改革做点事。我是无辜的，但我可以在里面工作。"

泰德说想和我保持通信，他觉得莎伦可以充当信使。莎伦来探视的时候经常会带些文件和法律简报，可以通过她把信带出去再寄给我。

"我需要 15 000 美元雇私家侦探。我认为，卡萝尔·达伦奇或某个和她关系亲近的人知道是谁袭击了她。我还需要钱雇一个独立的心理学家团队向量刑委员会提交报告。每个人都在替我做决定，而我甚至不能参与其中……"

"我认为你不应该在 6 月 1 日之前发表任何东西。"我说，"还有

① speed，冰毒的一种产品名。——译者

科罗拉多,科罗拉多州的案子还在。"

"我和科罗拉多那边谈过了。他们目前还没有要求我什么。"

"那你在科罗拉多州的信用卡消费记录呢?"

他笑了。"在科罗拉多州又不犯法。当然,我的确是去过那里,但很多人都去科罗拉多。"

我问他书中是否会写到谋杀案的事,他对我说,他认为那些"耸人听闻的案件"对他书的销量至关重要。"山姆·谢巴德①在入狱多年后被改判无罪。"他说,"他写了一本关于一名无辜者所受苦难的书,卖得很好。"

坐在那个没有空气流通的地方,我又一次站到了泰德那边。他看着很虚弱,还被无法控制的力量所包围,但他依然显得很有感召力。我相信他的立场,他还是原来那个泰德,但他所处的境地与那个真实的泰德格格不入。

他还想起了我的生活近况,礼貌地问我房子卖得怎样了,孩子们一切可好。他恳求我支持梅格,还告诉我他是多么爱她,多么想念她。

然后警卫过来了,拍拍泰德的肩膀,他们已经多给了我们15分钟。泰德站起来,再次和我拥抱,还亲了我的脸颊。他们又上上下下地拍他,搜了一遍身,我意识到这就是他们没有搜查我的原因。即便我给了他什么,他们也会在我离开之前发现的。

出去的门开了,但我停了一会儿,看着他被带回到监狱里头,与两个警卫相比,泰德显得有些瘦弱。

"喂,女士……该死!小心啊!"

门正在自动关上,我赶紧跳了过去,差点被上面的金属钳口夹

---

① 美国一名医生,1954年因谋杀妻子被判有罪,1966年被推翻,宣判无罪。——译者

到，那警卫盯着我看的眼神，像是在说我弱智。坦纳警官礼貌地对我的到来表示感谢，并送我到监狱的前门口。

我又回到了外面的世界，经过双子塔，坐进车里，开车回盐湖城。大风掀起一阵沙尘暴，我身后的监狱就这么消失在视野中了。

突然，我后面有辆面包车的红灯在闪。在山角监狱待了一个半小时后，我变得疑神疑鬼，想知道他们为什么要追我。我做了什么？面包车在加速，离我越来越近，我准备靠边停车。但它在一条小道上转弯了，凄厉的警笛声也随之渐渐远去。我突然发现我在自言自语。不，不……他不可能真的犯了案。他被判有罪是受了舆论的影响。刚刚和我说话的人就是我所认识的那个人。他肯定是无辜的。

我往市区方向开，途经米德维尔和默里的岔道口，以前，这两个镇不过是地图上的两个名字而已，如今是两起绑架案的案发现场。我看到身边经过的通勤者，都是一副厌倦了日常生活的模样，我突然对自己拥有的自由感到庆幸。我可以去我的汽车旅馆，可以和朋友共进晚餐，然后坐飞机回西雅图。而泰德却不能，他和其他"鱼"一起被关着。

一个前途充满希望的年轻人怎么会有如此境遇呢？我沉浸在自己的遐想中，以至于错过了开往汽车旅馆的拐弯处，在盐湖城宽敞、干净却有些混乱的大街上迷路了。

那天是 1976 年 4 月 1 日，晚上，我做了一个梦。在一个陌生的城市里，我在一个陌生的房间里从噩梦中惊醒。

我发现自己在一个很大的停车场，车子纷纷在倒车，飞驰而去。其中一辆车碾过一个婴儿，把他伤得很重，我赶紧抱起婴儿，知道我必须救他。我得去医院，但没人愿意帮忙。我抱着用灰色毯子裹着的婴儿进了一家汽车租赁公司。他们有很多车，但他们看着我怀里的孩子，拒绝租车给我。我又尝试着叫救护车，但护理员也不接收。最后，几乎绝望的我找到了一辆四轮马车——一辆儿童马车，把受伤的婴儿放进车里，用绳子拖着它走了好几英里，终于找到一个急诊室。

我抱着孩子跑向前台。住院护士瞥了一眼我怀里的包裹："不，我们不能收治他。"

"但他还活着！如果你们什么都不做，他会死的。"

"那也好，让他死吧。收治他对任何人都没有好处。"

护士，医生，所有人，都转身离开，留下了我和那个流着血的婴儿。

然后，我低头看了看，发现那并非一个无辜的婴孩，它是个恶魔。就在我抱着它的时候，它咬了我一口。

我不需要什么弗洛伊德的理论来解释这个梦。这一切都太明了了。我真的是在拯救一个怪物，在努力保护一个太过危险、邪恶而不应让其活下去的人吗？

# 第二十三章


我的潜意识深处有股力量在告诉我，也许我相信泰德·邦迪就是杀人凶手。但无论未来会是什么情况，我已答应与他保持联系。我怀疑泰德对事情的感知方式与我不同，但我不相信他没有因为压力过大而产生过错误的认知。我觉得也许有一天，我会成为他摆脱这种压力的工具。如果他能告诉我究竟发生了何事，能揭开隐藏的真相，那他有可能获得他在诗中暗示的救赎，还能给仍在等待了解女儿遭遇的那些父母和家属某种程度的解脱和交代。但奇怪的是，我无法将泰德想象成一个杀人犯，也无法想象究竟发生了什么。这样也好。每次给他写信，我都是在写给那个我记忆中的泰德，否则就很难写下去。

有一次，泰德在精神焦虑的状态下给我打电话。尽管他否认在1974 年 11 月 20 日打过电话给我，但我看到了电话记录，他那晚的确打过电话，并且我有预感总有一天他会再需要打电话找我。泰德的脑子似乎哪个地方出了严重的问题，我现在怀疑他"出问题"的那部分可能会导致他实施谋杀。如果真的如此，那他就需要一个不会对他评头论足的倾听者，而且是一个能帮他卸下心防去供认罪行的人。我觉得泰德也许可以通过写作来赎罪，于是继续鼓励他写下去。

他让我给梅格打电话。我那次探监时，他告诉我说："我对梅格是精神恋爱。"我想知道这是否意味着梅格遇到了这样一个男人，即使他不入狱，也永远不会娶她。为了梅格，我在给泰德的信中写道："从最近乃至几年前我们有关梅格的讨论来看，我的直觉是，尽管你爱她，也把你的过往都告诉过她，但你最终还是不会和她在一起。你俩之间有些东西是缺失的，而那恰好是维持永恒恋情所必需的。当然，我不会和她讨论这个问题，但我会鼓励她一定要努力让自己成为一个完整的人，这样她就不会像现在这样再去依赖任何男人了。"

他似乎同意我说的话，但仍在信中说害怕失去梅格。即便如此，他还有莎伦呢。我遵守诺言，从未跟其中一个说起另一个的存在。

我给梅格打了电话，她想起很久以前在圣诞派对上见过我。她似乎急于见我，我们便约好一起吃晚饭。

4月7日（尽管他把这封信的日期又错写成了1976年3月7日），我收到泰德的一封信，这是我从犹他州回来后收到的第一封信。

监狱提供的白色小信封上都有一个预先打印好的回信地址，上面显示是犹他州德雷珀的一个邮政信箱，泰德在地址上方手写了"T. R. 邦迪"。

泰德现在已经振作起来了，这得是有多大能力的人才能做到的事啊。他居然能在如此大的压力之下想办法恢复过来，去适应每一种新情况。

这次是一封道歉信，部分是为了我那次去探监，他占用了我们的大部分谈话时间。"我患上了一种典型的囚犯综合征：沉湎于自己的法律案件……审讯和判决就像脑溃疡一样驻扎在我身体里。"

他在牢房里写了许多信件和观察报告，还说他的左手（他是左撇子）变得非常有劲，以至于没怎么用力就把鞋带弄断了。

泰德对我俩之间越来越紧密的联系也做了评价："你称之为因果报应。可能吧。然而，不管是什么超自然的力量在指引着我们的命运，它确实让我们在有些时候想到了一块儿。我必须相信，这只看不见的手会在未来某些不那么危险也更为平和的时刻为我们斟上更多冰凉的沙布利干白。"

他再次恳请我替他照顾梅格，还叫我建议梅格把他寄给她的一些情诗读给我听。他附上了其中一首，是写在监狱印刷厂做的蓝色纸上的。诗的结尾这样写道：

我送上这个吻

紧紧拥抱着你。

今晚我和你相拥而眠，

尽是无以言表的爱语。

如果可以，我会爱着你

默默地

把你紧紧拥在怀里。


1976 年 4 月 30 日，我和梅格相约一起吃晚饭，她带了十几首泰德的情诗过来。她小心翼翼地把这些诗打了出来，给自己和泰德各留了一份。都是浪漫的十四行诗，任何恋爱中的女人都会喜欢，而梅格显然是个恋爱中的女人。然而，在我读这些诗的时候，突然惊觉某种不和谐。正是眼前这个女人把泰德置于如今的困境，而我还知道莎伦·奥尔也爱着泰德，并认为泰德也爱着她。

梅格边读诗边流泪，还向我指出一些特别温柔的诗句。她说："我不明白在我对他做了那样的事之后，他怎么还能原谅我，怎么还能写这样的诗给我。"

梅格把诗放回大号的马尼拉信封里，然后环顾一下房间。没有人注意到她在哭。吧台上方的电视机正播着重量级拳王争霸赛，每个人都盯着电视看。

"呃，"她轻声说，"我不是那种很会交朋友的人。我就一个男朋友和一个女性朋友。而如今，我两个都失去了。我已经不再和琳恩见面了，是她让我怀疑泰德，我不能原谅她，我也不知道什么时候才能再见到泰德。"

"梅格，还有什么吗？"我问道，"除了琳恩的怀疑，还有什么别的原因让你报了警吗？"

她摇摇头，说："我不能告诉你。我知道你在写书。我希望你能理解，但我就是不能说。"

我没有逼她。我和她在一起不是为了从她身上榨取信息，我和她一起是因为泰德让我照看她。逼她太像用棍子戳一个已经受伤的生物。

然而，梅格却想从我这里获得信息。她嫉妒泰德，即使他被关在犹他州的监狱里。她想知道莎伦的事。我实话告诉梅格，我真的不太了解莎伦·奥尔。我没提我在盐湖城的时候和莎伦通过电话，她听我提到梅格的时候声音立刻变得冷淡。这是我第一次意识到莎伦似乎和梅格一样，对自己是否真的拥有泰德都没有把握。

梅格给我的感觉是非常脆弱，我不理解泰德为什么对她不放手。梅格31岁了，她想要并且也需要的是一个结婚对象，然后在还能生育的年龄，生下和莉安年龄差距不是很大的孩子。泰德肯定知道自己几年内都不可能获得自由，但他却用诗歌、信件和电话把她跟自己捆绑在一起。如果说有什么区别的话，那就是梅格比以往任何时候都更爱他，同时正努力克服难以承受的内疚感。

奇怪的是，就在我琢磨梅格将如何完全依赖泰德过活的时候，5月17日，我收到泰德的一封信，信中他似乎非常害怕失去梅格！他在6月宣判日期的前两周一直焦头烂额，这可能就是他焦虑的原因之一。他感觉梅格正在离他远去，还叫我去找她，替他的案子说好话。

他没有确凿的理由怀疑梅格对他的忠诚，但他"感觉到了异动"。

"你是我唯一信任的人。"他写道，"你既敏感又可以替我接近梅格。我想梅格对你吐露会比对我更容易。"

信的结尾，是他对3个月以来为他进行检查的精神科医生和心理学家的看法：

> ……经过无数次的测试和全面检查，（他们）发现我很正常，并对此深感困惑。我们双方都知道，谁都不是"正常人"。也许

我该这么表述，他们没有找到任何可以证实判决或其他指控的解释。没有癫痫发作，没有精神病，没有游离反应，没有不寻常的习惯、观点、情绪或恐惧。说我克制且聪明，且完全没有精神失常的迹象。如今唯一说得通的解释是我已经完全忘了所有的事，但这也被他们得出的结论所推翻。"很有意思。"他们不停地咕哝着。我可能已经让他们中的一两个相信我是无辜的。

我的确替泰德给梅格打了电话，发现她对泰德的忠诚完全没变。梅格在打到监狱的两分钟电话里已经告诉过他，还让我也向他保证她的确没和其他人约会。泰德不想对梅格放手，而梅格显然也不想离开他。6月5日晚，梅格来到我家。她刚送走在她家待了一周的父母，她很紧张，因为父母对她继续忠于泰德的做法并不赞同。她也为莎伦的存在而焦虑不安，而且对莎伦和泰德这段关系的了解比泰德认为的要多。这时的我也落入一种矛盾的境地。如果泰德欺骗了梅格，我并不想替他打掩护，但我也不想把莎伦每周两次去犹他州监狱探监的事告诉梅格。我怀疑泰德在狡猾地操纵我来维持他和梅格之间的关系。

6月6日，我给泰德写了一封关于梅格的信："我认为她知道莎伦和你的关系，但我也强调我对此一无所知，也不想知道。一旦你俩为此发生冲突，你得想好如何应对。"

泰德的未来仍悬而未决。原定于6月1日的达伦奇绑架案判决又被推迟了30天。他可能会被判缓刑，但这种概率不大，或者也可能被判终身监禁。心理学家们则仍在为他的性格测试结果绞尽脑汁。一个星期天晚上，我接到了一个电话，是负责泰德的报告的心理学家艾尔·卡莱尔打来的。他一上来就问："你认识泰德·邦迪吗？"

"请问是谁想要知道？"我其实已经给出了答案。认识泰德·邦迪正成为一件并不值得吹嘘的事。

然后，他表明了自己的身份，听声音像是个害羞而缺乏自信的人。考虑到我做过的梦和心中的恐惧对所谓的理性心理学研究没有意义，我只把我的所见告诉了他。我解释说，在我与泰德的所有接触过程中，我认为他是一个友好、温和而有同情心的正常人。这是我的真心话。

"好吧。"他说，"我和很多人谈起过他，令我惊讶的是，大家对他的评价分歧很大。"

我想知道有什么样的不同评价，但感觉这样问不合适，于是就等着不说。

"我个人挺喜欢他。我曾和他待在一起 12 个小时，我还挺喜欢他这个人的。"克莱尔还提出想要两封名不副实的"泰德的信"，我答应在获得泰德本人同意之后会寄给他。泰德同意了，我便把信寄给了监狱的这位心理学家。

泰德在 6 月 9 日又写了一封信。宣判在即，他已做好战斗的准备，称之为"令人兴奋的前景！"

泰德用"恶意、偏袒和可恶"这样的词来描述心理测试。回想起自己接受过的心理训练，他觉得自己已经准备好去应对心理医生对他和朋友们的提问了，这些问题想测定他在性交过程中的要求可能是奇怪的、同性恋性向的或不正常的。测试者告诉泰德有些朋友对他给出了负面评价，但没有透露访谈的内容和朋友的名字，对此他非常生气。

"我吓得目瞪口呆！这是美国吗？我会被匿名攻击吗？我列出了几个亲密朋友的名字，都是很了解我的人，但没有人联系他们。究竟谁是诋毁我的人？他们就是不说……"

事实上，他还是收到了一些答复。测试小组告诉他，那些不记名的受访者说他是个变化无常的人。

"嗯，有时候你看上去很高兴，很愉快。有时看起来就像是换了一个人，不做任何反应。"他们这么告诉泰德。"他们是多么想制造出一个分裂的人格啊，"他愤愤地写道，"但我定会粉碎他们的这一臆想。"

事实上，泰德期待着能为他的心智能力开个听证会，确信自己可以推翻诊断小组在过去 3 个月里所得出的一切结论。

他已经开始为争取自己的自由而进行法律斗争，在今后几年中，这种参与更将逐步升级。他"振作起来了"，相信自己的头脑和智力可以超越那些鉴定精神病的测试所揭示的一切。我认为他是真的相信可以通过自己的能言善辩获得自由。

泰德向汉森法官作了自我陈述。当他提出请求时，他表现得自大，却不失机智风趣，讲话内容脱离事实，使整个场面很荒谬。他的这种姿态将在今后的法庭辩论中激怒一些法官和陪审团，但这似乎是他自我生存所必需的态度。我一直觉得泰德宁死也不愿受辱，宁可被判终身监禁或坐电椅也不会卑躬屈膝。

在听证会上，泰德态度鄙夷地攻击了 1975 年 8 月和 10 月的逮捕行动。他承认自己在遇到鲍勃·海沃德巡警时的行为有点"奇怪"，但看不出这与他的行为、车内物品和达伦奇绑架案有什么关联。1974 年 11 月 8 日晚，他的确没有不在场证明，但他辩称："如果我记不清我因绑架罪被捕前 18 个半月的某一天发生了什么，那是因为我的记忆力没有随着时间的推移而增强。但是，我可以肯定地说我没做过什么。我没有做心脏手术，也没有上芭蕾舞课，我没有在墨西哥，也没有持枪绑架一个陌生人。有些事是不会忘的，有些事是在任何情况下都不会做的。"

6 月 30 日，泰德被判入狱服刑，尽管他含泪抗辩他的入狱将于事无补。"总有一天，不知道会是什么时候，也许未来 5 年、10 年或更长时间之后，当我可以离开的时候，我建议你扪心自问，我们在哪里，做了什么，牺牲我的生命真的值得吗？是的，我将成为改造对象，但那不是因为我做了什么，而是因为这个制度对我做了什么。"

泰德的判刑相对较轻。1 到 15 年。由于没有其他同样重大的指控，他被判处较轻的二级重罪。如果所有条件不变，那他最快有望在 18 个月后获得假释。

　　然而，不可能所有条件都保持不变。科罗拉多州阿斯彭市的卡琳·坎贝尔谋杀案的调查还在加紧进行。迈克·费舍尔警探手上有泰德的信用卡记录，他还从联邦调查局实验室的犯罪学家鲍勃·尼尔那里获悉，他们在对泰德的大众汽车进行加工和吸尘时，把找到的毛发放在显微镜下比对，发现这些毛发在类型和特征上与三位（不是一位）疑似受害者的毛发相似，她们是：卡琳·坎贝尔，梅丽莎·史密斯和卡萝尔·达伦奇。

　　毛发不像指纹那么个性化，但拥有 20 年经验的联邦调查局实验室的犯罪学家鲍勃·尼尔表示，他以前从未在同一个地方发现过三种据称是受害者的毛发。"三种不同的毛发样本在显微镜下呈现如此的相似度而最终不属于受害者的几率是 1/20 000。我个人从未见过这种情况。"

　　华盛顿州的一名警探告诉我，在泰德的车里发现的撬棍与卡琳·坎贝尔头骨上的凹陷痕迹相吻合。据说还有一位目击者，是个女人，她在卡琳失踪前几分钟前在威尔德伍德旅馆二楼走廊里见过那个奇怪的年轻人。执法部门那边的说法是，科罗拉多州的绑架案比犹他州的绑架案要严重得多。

　　如果说泰德知道科罗拉多州正在快速进展的案子（我怀疑他是知道的），那么他在 1976 年 7 月 2 日写信给我时，仍更多地陷在犹他州判决之后挥之不去的情绪中。而他这封信堪称典范，因为这是受试者本人，一名心理学荣誉毕业生对自己进行的精神病学评估。

　　信是用一台老式打字机打的，上面的字母都有墨水凝结的痕迹，但泰德对自己花一个半小时所做的精神病学评估结果的剖析感到骄傲，也就不在乎字迹模糊这个问题了。

我在风中吹着口哨，但以一种奇怪的方式，感到一种深深的满足感。我觉得很放松，但内心坚定。克制，但真诚，充满感情。谁在听并不重要，但我希望每个词都尽可能有力地打动法官。简单来说，我又找到自我了，在自由的人群中，用我掌握的所有技能，以我所知道的唯一方式——语言和逻辑——去战斗。简言之，我是在测试我当律师的梦想。

　　他知道自己输了，但他把这一失败归咎于警察、检察官和法官，归咎于他所说的"那些太过胆小、盲目和害怕而无法相信这起州案件中的残酷骗局的人"。

　　精神病学诊断的结论是，泰德·邦迪既不是精神病患者，也不是神经症患者，没有器质性脑病、不酗酒、不吸毒成瘾，未患有性格障碍或健忘症，也非性变态者。

　　泰德引用了诊断小组中他认为最直率的精神病学家奥斯汀博士的话："我觉得邦迪先生要么没有问题，要么就聪明到能够表现得接近'正常'边缘。……既然法院已经认定他并未说出此案件的真相，我严重怀疑他在参与任何项目或缓刑协议期间是否会说实话。"

　　泰德的结论是，汉森法官的最初判决左右了整个评估，而诊断小组只是整理了报告使之与判决相符而已。

　　卡莱尔得出的一个明显结论是，泰德是个"内向的人"，别人一般都不太了解他。"如果有人想要了解他，他就会避开。"

　　"安，你了解我，就按你认为的样子来看我吧，"泰德写道，"是的，我是挺内向的，但那又如何……说我这人没法和别人特别热络这一点……太荒唐了。"

　　泰德接受了加州生活目标评估表的测试。他的回答表明他有 6 个目标：

- 有免于匮乏的自由

- 能控制他人的行为
- 能在他人同意的情况下引导他人
- 能避免无聊
- 能自我实现
- 能过自己想要的生活

这些目标都不能被认为不正常，而泰德在信中很快向我指出了这一点。他欣然承认，正如卡莱尔博士所说，他缺乏安全感，也许还试图构建与他人的关系。

"你再想想，我们一起在危机诊所工作的日子，还有我们最近几次在西雅图会面时的谈话。我完全有可能构建与他人的关系，也许并非下意识的，但我必须维持生活中的某种秩序。"

最让泰德恼火的一个结论是，卡莱尔博士认为泰德对女性有很强的依赖性，并推断这种依赖性有违法嫌疑。

"我对你们女人有依赖性一定得有什么意义，但是什么呢？不可否认，我的确依赖女性。我是女人生的，学校里是女老师教的，并且还深爱着一个女人。我可以问所有和我有过交往的女性——无论是社交认识的、职场认识的或是有亲密关系的，来评价下我们之间的关系，看我究竟是不是那种神经扭曲到……让自己屈服于大女子主义的人？"

卡莱尔发现，泰德害怕自己在与女性的关系中没面子，并且泰德也语带挖苦地承认"自己厌恶被贬低或羞辱……无论你必须做出什么样的推断，但只要你愿意，就会像布勒兔①那样随时把我扔到那片荆棘地［指女性伴侣］，我们总还不至于要去追十几岁的小姑

---

① Brer Rabbit，是乔尔·钱德勒·哈里斯（1848—1908）写的莱姆斯叔叔故事中的主角。作为一个以欺骗能力而闻名的淘气角色，布勒兔比布勒狐狸和布勒熊等更大更强壮的动物更聪明。许多关于布勒兔的故事起源于非洲民间传说，由非洲奴隶带到美国。——译者

娘吧"。

对于卡莱尔博士断言的每一个结论，泰德都有反驳的理由。他否认他"逃避自己的问题"，也否认自己情绪无常，称自己在达伦奇案的严酷审讯过程中表现出了惊人的毅力以及在压力下发挥所长的能力。没人能指摘他的表现。

接下来，泰德继续进行了尖锐的批评。他引用卡莱尔在报告中的话，说自己不能同意这位心理学家所描述的"与他被判有罪的罪行的性质相符"。

"如果这是真的［泰德写道］，那还有很多仍逍遥在外的绑架者……这样的结论简直荒谬，说明他们只想让结果符合判决所依据的假设。这份报告就是一个卑劣的欺诈。"

泰德在这封长信的最后几段将自己的痛苦和绝望表现得淋漓尽致。

"我累极了。痛苦的现实已经降临，但它对我命运所造成的影响还没有被人完全理解。自从判决下达以来，一想到再也不能和梅格生活在一起，这让我第一次感到强烈的愤怒和绝望。我生命中最美妙的力量就这么和我分开了。"

泰德让我把这封信拿给梅格看，解释说这是他被判刑后写的第一封信，并让我安慰她。"我和梅格永远不会分离，但一想到再也见不到她，我就伤心地流泪。"

泰德具备律师那样的思考能力，能井井有条地分析评估，这给我留下了深刻的印象。他在犹他州监狱接受了智商测试，结果是124，尚未达到天才水平，但已经相当于四年制大学的学生毕业所需的智商，而且他明显比测试结果显示的更为聪明。我的忠诚又开始动摇，一次次总是如此。

然而，即便在读到他向梅格表达深深爱意的那部分时，我也知道他可以暂时抛开与其他女人的关系。但如果他不能对梅格专一，我怎么能完全信任他对她始终如一的爱呢？这实在太难理解了。尽管我做了那个梦，尽管有来自法律界人士的大肆批评，泰德的故事中仍有很多我所不了解的方面，甚至还存在他被轻率判处的可能性。

如果他在操纵我，那他做得真不错。

# 第二十四章

虽然泰德在达伦奇绑架案中被判了刑，但那是他涉嫌的罪行中最轻微的一档。尽管科罗拉多州当局似乎正在就坎贝尔遇害事件立案，华盛顿州警方那边进展却极度沮丧。

1975年秋天，赫伯·斯温德勒队长被调离了西雅图警察局人身侵害犯罪科，到西雅图南端乔治敦警区担任负责人。有传闻说，赫伯在多起杀人案中把注意力放到了灵媒和占星家以及超自然的可能性上，因此惹恼了警局高层。他被调到乔治敦警区后，就和女孩失踪案没什么关系了。赫伯现在的职责是监督辖区内穿军装的巡逻队，这一岗位对级别要求较高，还需具备非凡的判断力，但这也意味着赫伯与警探之间的接触就极少了。而公共安全大楼楼上的高层也不会再听到斯温德勒用诡异手段调查案件的事了。

这算不上羞辱，更像是敲打。斯温德勒是唯一一个相信俄勒冈州凯西·帕克斯案也属于西雅图模式的警探，并且他是对的。更具有讽刺意味的是，他被调离原岗位的时间是1975年9月，就在泰德被捕的前几周。

斯温德勒的继任者是约翰·莱奇队长，他身材高大、金发碧眼，和我年龄相仿，是一位才华横溢、经验丰富的老警察。赫伯喜欢和我讨论所有正在发生的事，而莱奇嘴巴紧得像狮身人面像一样，对我心存警惕。一段时间之后，他会对我有了点勉强的信任，还会把泰德戏称为我的"男朋友"。但是1976年那会儿，约翰·莱奇和我都在谨慎地绕圈子。我发现他是个可靠的管理者，放手让组里的警探去做他们的工作，是一位有头脑的警察。我不知道他怎么看我，感觉他倾向于视我为媒体圈的一分子，而不是我自以为的前警察身份。我还挺喜欢他的，但也被他吓到了。

另一方面，他还担心我可能会被认为是泰德·邦迪的交易中的"警方密探"。其实他大可不必。这是我最不想扮演的角色。我在泰德和警探之间感觉像是在走钢丝，并且难度还越来越大。我必须继续写基于事实的侦探故事，任何对警局的失信行为都意味着一切的结束。同时，尽管我越来越倾向于认为泰德就是警察要找的那个人，我也不想对他不忠。

县警局的尼克·麦基和我相识很久，知道我不是什么大威胁。1976 年春夏两季的大部分时间里，我俩会偶尔碰面谈论泰德。泰德知道这事，因为我一直在转述麦基给的消息。有时，泰德在我建议他和国王县警官谈谈的时候会表现得粗鲁无礼，但似乎也从未真正生过气。

虽然麦基从来没有向我透露过他们手头有关泰德的资料，但他一直想要说服我他们的判断是正确的。我不记得他有多少次恼怒地问我："好啦，你就承认吧。你也认为他是有罪的，不是吗？"

我总是回答："我不知道，只是不知道。有时我确信他有罪，然后，我又开始怀疑了。"

有那么两三次，我和麦基的讨论一直持续到午饭又持续到下午。我俩都在寻找答案，但似乎答案总是遥不可及。

但有一件事我非常确定。过去 8 年中，我写过西北部至少十几起杀害年轻女子的案子。基于此，我觉得"泰德"一定把"纪念品"藏在了某个地方，是每次杀人会保留下来的战利品。

"尼克，我想他应该在某个地方藏了每个女孩的东西，耳环、衣服或是宝丽来相机什么的。我从来没有碰到过一个类似的案子是嫌犯没保留纪念品的。"

"我同意，可是在哪儿？我们已经在罗杰斯家他的房间——包括阁楼和车库搜了个遍，还把花园都挖了，可我们什么也没找到。"

当然，老邦迪夫妇坚决拒绝搜查他们在塔科马的家，也不允许搜查他们在新月湖边的 A 字形度假木屋。高级副检察官菲尔·基利恩告诉麦基，没有足够的理由获得对这些地方的搜查令。麦基找不到把泰德与华盛顿州案件联系起来的物证，尤其是无法在新月湖一带搜证，他对此非常苦恼。我没有怪他，但如果没有搜查令，警探发现的任何东西都将被视为"毒树之果"①，这意味着它不能作为呈堂证供，因为是非法获取的。如果凯佩尔、邓恩或麦切斯尼在 A 字形小屋找到了乔治安·霍金斯的钱包、珍妮丝·奥特的自行车或琳达·希利的绿松石戒指之类的东西，那也完全没用，属于被污染的证据。以前修"逮捕、搜查和扣押"这门课时我已对这个概念熟谙于心。

麦基陷入了沉思。"我们不能去，但我希望有人能去，有人能给我们带回一份物证。"

事实上，这是唯一可以接受的方式。如果我在这次谈话之后去搜查泰德经常出入的任何一处私人房产，那么我找到的东西都是"毒树之果"。我跟警察职能部门有关联，就像它们的触角，因此我从未考虑过我自己去独立搜证。

就这样，警探的手脚被束缚住了。刑事调查中的司法系统规则就是这么复杂，而且大多数规则似乎都非常偏袒嫌疑犯一方。

泰德·邦迪不太可能因华盛顿州凶杀案被起诉或受审。很多案件都无法出具可以证明他犯过那些罪行的证据。

几个月后，当约翰·莱奇队长觉得可以放心地与我进行谨慎而坦率的交谈时，他说自己也有同样的感受。他认为，如果把华盛顿州的

---

① fruit of the poisoned tree，这个词用于描述美国的证据排除规则，即通过非法手段获得的证据被排除在审判之外。直观地讲，就是如果这种手段"树"是非法的，那么证据"果实"就会被玷污。美国最高法院在 1920 年的案件中暗示了这一原则。——译者

这 8 起案子合并，那泰德可能会受到审讯。"如果把所有关于这些女孩的已知事实都摆出来，我觉得可以定罪，而且这似乎是唯一的办法。"

但没有一位辩护律师会允许把西北部的这些案子合并。如果有人提出这样的建议，约翰·亨利·布朗会像老虎一样扑过去撕咬。

# 第二十五章


人虽被困于犹他州监狱，泰德的自尊心似乎丝毫未损。我们之间的通信仍在继续，有时通过书面文字来保持着某种反常的亲近，偶尔还有一种在面对面的情况下很难显现的坦诚。如果我能停止对他的怀疑，我可以继续支持他——即便不能全心全意，也会继续与他通信。真相就像悬置在某个从怀疑、否定到继续调查的错综复杂的蜘蛛网里。

我和梅格也一直保持联系，发现她有了些新的打算。她报名参加了一些夜校课程，还开始看是否有合适的房子可买。同时，她对泰德和莎伦·奥尔之间关系的疑心越来越重。路易丝·邦迪听完泰德的审判回来后，犯了战术上的错误，多次和梅格提起莎伦是个"可爱的姑娘"。

梅格终于推断出，对泰德来说，莎伦远不止是个替他跑腿的姑娘。在 1976 年 8 月的一次和我的谈话中，梅格表示她在考虑是彻底和泰德分手（但并非因为泰德受到的指控，而是因为他在莎伦的事上对她说了谎）还是继续用她的爱支持他，但一直拿不定主意。她给泰德寄去了一封信，为分手做铺垫，但马上她又后悔了。"我一直在反思……也许是我太草率了。"

泰德在狱中度过了整个夏天，对监禁生活也越来越适应。8 月 25 日，我又收到他的信。我曾向泰德建议把他那封关于精神病学报告的感受的信转给尼克·麦基看，但他的反应看起来并不乐意。然而，在收到上次那封语气愤怒的"评估"信八周之后，我又收到了泰德的信，感觉他正在重整旗鼓。

他非常开心地提到，他有了一台新的打字机，用的是他被转移到监狱大牢房（general population）后写的第一封令状所挣的钱。

"大牢房关押的是那些身份不明、总让我们这种小鱼害怕会强奸我们，甚至偷我们在监狱杂货店买的东西的真囚犯。这完全是夸张了，他们其实从不偷那些东西。"泰德写道。

事实上，泰德在大牢房过得不错。他一直不敢轻举妄动——任何被判犯有侵害妇女/儿童罪的男子都会被人憎恶，属于监狱犯人中最低的一级。这类人经常会被殴打、强奸，甚至杀害。可是泰德没有被人威胁，他说他还可以毫无畏惧地在整个监狱里走动，因为他能给山角监狱的囚犯提供有价值的东西：法律建议。他经常会被拦下，并被要求去帮助其他囚犯准备下一次审判的上诉。正如我在他还是一条"鱼"的时候去探监时他告诉我的那样，他是靠他的脑子活下来的。

除此之外，泰德在狱中也是小有名气，他在自己的法律诉讼中直言不讳的辩护让囚犯的头头们钦佩不已。这些老前辈特意让人看到他们和泰德在一起，好让大家觉得他们对他是赞许的。

泰德自己评论说："我认为，他们也乐于看到一个曾是共和党人和法律系学生的白人中产阶级成员，以他们认为该有的方式去猛烈抨击这个体制。我与黑人和墨西哥裔美国人之间的来往很多，为这些群体做的一些事提升了我的形象。我还成功地避开了一点，那就是不让自己显得'我比你们要高尚。我这么聪明，不该和你们这些一看就是罪犯的人待在一起'。"

泰德白天都在监狱的印刷车间工作，会听到其他囚犯的各种抱怨，说着什么"要是我不在这里就好了"之类的话。他还很兴奋地告诉我，梅格越来越独立，尽管这意味着她不像以往那样频繁地给他写信了，但他期待着她8月28日的探监。

然而，泰德并没有变得完全成熟，他又在信中发起了一通针对尼克·麦基和其他执法人员的长篇大论。他不想让麦基看到他那封关于精神病学评估的信，虽然他对我提这个建议也表示理解。

我想你应该知道我对警察——尤其是麦基这人的立场。警察是一份工作，一份不容易的工作。但恕我直言，无论他们是多么忠于职守，我完全不在乎他们对我所做的"工作"。我给自己定了一条长期的政策，那就是从现在起，除了问时间和洗手间位置，再也不和任何执法人员谈论任何事情。麦基是我尤其看不起的人。他可能的确是个好警察，喂他的狗吃爱宝牌狗粮，也不吃狗崽子，但我对他的同理心仅此而已。

泰德说，总有一天，他会有兴趣听一听国王县警局所持有的"怪诞理论"，但他目前对"虚构故事"不感兴趣。他叫我继续与梅格保持联系，并要我"单独给麦基带句话，他在我心中占据了一个特殊的位置，而我在他的心中可能也是如此"。

泰德在1976年夏秋两季给我的来信中，有像这封一样表达愤怒和幽默的，也有向我打听事情的，还有些抒发抑郁情绪的最灰心丧气的文字。考虑到他的处境，这种情绪的波动乃是意料之中。他申请在上诉前允许其恢复自由但被驳回了，而科罗拉多州谋杀案的指控也是近在眼前。

泰德在几封信中提到让我帮忙查一下西北地区那些想要采访他的记者的资历。我查了他们中的大部分人，并告诉他这些人基本上是来自小型出版机构的本分记者。

9月份的第一周，泰德情绪大变，像是有什么事让他感到无比绝望。后来，我按时间捋了捋近期所发生的事，推断应该是梅格在8月28日的探视中对他说了什么，使他认为自己永远失去了她。

泰德9月5日给我寄的那封信是用打字机打在信纸包装纸上的，信中文字几乎是陷入了最黯淡凄凉的绝望中。它看上去就像是一封绝命书，把我吓坏了。

泰德解释说，这封信就像是打给危机诊所的电话，却无人回复。

"我不是在寻求帮助，我是在和你说再见。"

他写道，他再也不能为正义而斗争了，他不只是经历了糟糕的一天，而是已经走到了"所有希望的尽头，所有梦想都幻灭了"。

整封信中的每一句话都指向一件事：泰德打算自杀。"我现在所经历的是一种夹杂着听之任之和平静的全新维度上的孤独感。与我过去经历过的士气低落状态所不同的是，我知道以后再也不会在早晨醒来的时候感到精神焕发。如果有勇气的话，我醒来时会知道该做什么。"

当我的眼睛顺着信纸飞快地往下看时，我吓得汗毛都竖起来了。可能已经太晚了。这信是他在三天前写的。

信中最后几句话是向那些认为他对女性犯下了许多可怕罪行的人所做的抗辩："最后，也是最重要的一点，我想让你们知道，让全世界都知道，我是无辜的。我这辈子都从未伤害过他人。上帝，请相信我。"

泰德说这封信可以不用回复，但我记得他和我都在危机诊所接受过培训，处于情感低谷的人与外界的任何接触都必须被视作求救。泰德写信给我，我必须认为他想让我阻止他毁掉自己。我立即给我们很久以前在诊所时的导师布鲁斯·康明斯打了电话，把泰德的信读给他听。他也认为我必须有所行动。

于是，我打电话到盐湖城的约翰·奥康奈尔办公室。要么如此，要么就得通知监狱长萨姆·史密斯的办公室。泰德与律师办公室那边相处得更好些。我联系上了布鲁斯·吕贝克，告诉他我担心泰德会自杀，他答应去山角监狱那边看看泰德。

我不知道他去了没有，但我写了一封特快专递信——一封写满了"坚持住"之类的话的信，赶紧寄了出去，然后好几天都在焦虑中等待着新闻公告。

我没有等到任何新闻公告。

相反，9月26日，泰德又给我写了一封信，做了点解释。他拐弯抹角地提到自己上吊的事，但又叫我放心，他"在靠内心坚持着，请放宽心"。

很显然，让泰德回心转意的并不是我的信，而是一次手球训练，他发现这是一种有效的宣泄方法。

"它［手球］有一种奇特的方式来排解痛苦。也许是身体的反应盖过了精神的破坏性冲击，暂时不去顾及身体里那股毫不妥协、无可置疑、永恒的求生欲。身体可能仅仅是大脑的宿主，但脆弱而自私的智力无法与生命本身的重要性相匹敌。糊里糊涂地闲逛也总比什么都没了要好。"

泰德因为他的信吓到了我而向我道歉。我不知道他是否意识到我收到那封遗书一样的信时有多难过，他是否还记得我因为没能在我弟弟有自杀的念头时救他一命而有多内疚。

泰德决定要活下去，有了这一决心，在随后的信中他的愤怒和虚张声势又暴涨了。

对于警察，他依然是不依不饶地斥责。"警探真是个充满好奇的品种，但你很快就会明白，一旦有什么事，他们总是先做后说……我从不低估这类人的创造力和危险性。他们就像野生动物一样，一旦陷入困境，就会变得非常不稳定。"

泰德对警探的"危险性"感到害怕是有理由的。10月22日，也就是泰德因犹他州达伦奇绑架案而被指控整整一年后，他被正式指控在科罗拉多州皮特金县谋杀了卡琳·坎贝尔。我怀疑他很希望与原告当面对质，他对我也是这么说的。他在面对攻击时似乎总能表现出巨大的力量。他可能会面临公开的挑战，但他又恢复到了最好的状态，轻蔑地否认对他的指控。

然而，在这些指控最终下来之时，泰德可能并没有在场的打算。10月19日，泰德一直没从监狱的院子回到他的牢房。监狱长萨姆·

史密斯宣布泰德被发现躲在灌木丛后面，他身上有一个"逃生工具包"，里面包括一张社保卡、一张精心制作的驾照，以及路线图和对飞机时刻表做的笔记。

泰德曾在信中写到，他"清白"的表现让他在监狱里有了更多的自由，而现在有人猜测说，泰德在印刷车间工作时就可能已经打算印制假身份证。他立即被单独监禁起来。回想起来，再看泰德未来几个月里表现出的逃跑倾向，很可能是因为他之前计划过一次从山角监狱逃跑，但夭折了。

10 月 26 日，我收到莎伦·奥尔的来信，信中附有泰德让她转寄给我的一封短信。莎伦仍在泰德的生活中占很大一部分，尽管他给我的信中只赞美梅格。莎伦对泰德被关押在最高安全级别的牢房感到震惊，尽管她对这个"洞"的印象也只是基于泰德的描述，因为泰德被关到那里后便不被允许探视了。

泰德在给莎伦的信中说，他把自己所在的牢房想象成墨西哥监狱的样子。"8 英尺高，10 英尺长，6 英尺宽。前面 2 英尺的地方是从地板通到天花板的钢筋。一直紧闭的前门也是坚固的钢门，只留一个窥视孔供守卫查看。牢房墙面上有涂鸦、呕吐残留和尿痕。"

泰德的床是一块混凝土板，上面铺着一张薄薄的床垫，牢房里唯一的希望就是挂在洗脸盆上的十字架。他没有东西可读，但被允许收信。他将在那里待 15 天，莎伦非常气愤，觉得何至于就因为他身上有社保卡这样小小的违规行为而受到如此严厉的惩罚。她在信中说她会每天给他写三四封信。"这些混蛋可以不让我去探视，但肯定会被老要给他送信烦死吧……"

读了莎伦的信，我再次感到困惑，甚至有点沮丧，想着总有一天，当这两个爱着泰德的女人会意识到她们被蒙蔽了满以为自己是泰德的唯一时，这事会怎么收场。还有我，我是什么角色？我是由三个女人构成的为泰德提供情感支持的三角形关系网的一角。我努力让自己尽量不受到伤害，但仍被矛盾的情感和疑虑撕扯着，好在我没有爱上泰德。而莎伦和梅格都深爱着他。

万圣节当天，泰德在那个单独囚禁的牢房里写信给我。他说他只有一张女性的社保卡，不能被当成身份证使用的那种，他还指责史密斯狱长对这事进行了大肆渲染。我一直不知道那张卡上的女人叫什么名字。泰德非常生气，而且毫无悔意。

"这种逆境只会让我变得更坚强，特别是当我清楚地意识到这纯粹是为了给我制造压力，以为这样可以摧毁我'正常的一面'。这太荒谬了。有位狱友听到把我隔离的决定时说：'他们是想让你崩溃，邦迪。就是这样，他们只想让你崩溃。'我完全同意他的说法，但既然没什么可'崩溃'的，我就只好忍着了。那些人继续对我作出误判，这都快成笑话了。"

至于泰德对科罗拉多州案子的态度，他一直坚称自己是无辜的，与案件毫无关系。他还暗示说他有材料可以推翻科罗拉多州的案子。"科罗拉多的审判将标志着一个神话的终结。"

他说他通过梅格转交给我一张纸条，他弄错了，因为不是梅格，而是莎伦转寄给我的。他和声细语地责怪我在新房子里过着奢侈的生活，用新的定制信笺给他写信。"定制信笺是生活中一种虽小但真正必要的奢侈品。"

泰德是想要引发我的内疚之情。我是自由之身，还过着不错的生活，而他却在"洞"里。我当然不上钩，回信说，

> 你说你把纸条给了梅格，但其实是莎伦寄给我的。你可能只是笔误，但可千万别把她俩弄混了，不然会有大麻烦的！当你羡慕我拥有的安全感时，想想你有两个深爱着你的女人，而我连一个这样的异性都没有。幸运的是，我最近一直忙于工作、房子和孩子们的问题，没有太多时间去思考自己在这方面的缺憾。我还

是经常睡在了打字机边上，那是个冰凉、笨重、没有反应的家伙。

泰德因科罗拉多州谋杀指控而被引渡传讯——时间正好是他30岁生日那天，之后他给我回了信。我给他寄去两张颇为幽默的生日卡（还跟他解释说贺曼公司并没有针对他处境专门推出的贺卡，上面写着："嗨……30岁生日快乐，传讯顺利。"）。他选择以带点讽刺和愤怒的幽默来看待自己的处境，而我也相应做出了回应。

泰德在引渡听证会后写道，自从他的磨难开始以来，他从未在某个现场见到过如此多的记者，他对所谓媒体的公平竞争和正义感进行了严厉的抨击——"因为根本就没有"。他向我保证，那位阿斯彭市的"目击证人"无关紧要，因为她是在坎贝尔失踪整整一年后才选出了他的照片。

尽管泰德在1976年11月24日被引渡传讯的消息吸引了大批记者，但他并不是那周犹他州监狱中最受人关注的囚犯，他输给了加里·吉尔摩，一名已被判死刑的杀人犯，11月29日还登上了《新闻周刊》的封面。与加里·吉尔摩相比，泰德无疑是那周的第二大新闻。情况并不总是这样。

吉尔摩是个惯犯，在抢劫过程中射杀了两名年轻男子，此人身上带有一种强烈的神秘感。他也卷入了一场注定是悲剧的恋情，女方似乎和梅格的境遇相似，对他痴迷且听任摆布。孩子般的成年女子妮可·巴雷特居然与加里·吉尔摩签下了一份未遂的自杀协议，这让我想起了梅格对泰德的不能自拔，但泰德显然认为自己的爱情与吉尔摩的爱情毫无相似性，还对吉尔摩操控妮可深恶痛绝。他说加里和妮可在访客区见面时他观察过他们。

"吉尔摩的情况变得越来越奇怪。我偶尔会在探视室见到他和妮可在一起，我永远不会忘记妮可眼里的那种深深的爱意和痛苦，而吉尔摩已误入歧途，变得反复无常且非常自私……媒体对这个罗密欧与朱丽叶般的传奇故事大肆渲染。这根本就是个悲剧。不可调和。"

泰德说起吉尔摩的法律顾问也没什么好话。

他几乎没时间去认真考虑加里和妮可的"传奇",他正忙于复查达伦奇案的 700 页证词并编辑索引,同时还在研究科罗拉多州的刑法。他回顾了犹他州的审讯过程,不明白法官究竟是如何判定他有罪的,他确信科罗拉多州的指控不会成立。

"我觉得自己就像是一名指挥战斗的将军,当然还达不到卡斯特将军①那样。"他言语间充满激情,"从法律上来说,我还是很有把握的!"

泰德总会在信中对我的世界里发生的事情发表一下评论,哪怕只是信末的一两句话。这一次,他写道:

> 我焦急地盼着《大都会》(Cosmopolitan)等杂志赶快付你钱,这样你就可以租一架直升机把我从这里弄出去。监狱谎称我有航班时刻表!你能想得到吗?如果我愚蠢到要去机场,那只要确信飞机会起降,哪还会在乎具体上哪趟航班。干得漂亮,拼命抗争。你知道要走出困境得付出多少代价。
>
> 爱你的,
> 泰德

无论泰德有多么不当回事,越狱的话题已经隐含在他那些有关法律斗争的讨论之中,就像电视上那种通过闪烁的警灯传递的隐性信息一样。但是,所有的囚犯都会想要逃出监狱,都谈论过越狱的可能性

---

① 美国历史上的传奇人物,生于俄亥俄州,西点军校 1861 届学生。美国内战期间,身经百战,紧追南部邦联总司令李将军,迫使他投降。1863 年,他成为联邦军最年轻的将领。1868 年统率第七骑兵旅。在堪萨斯、达科他和蒙大拿与苏族印第安人作战。1876 年在袭击蒙大拿州小比格霍恩河附近的印第安人营地时战败身亡。——译者

和概率，但只有极少数人真正尝试过。

泰德以前提到过他将"换个环境"，这意味着有一天他将停止反对被引渡到科罗拉多州，但他得在时机合适的时候这么做。他先得做很多的调研。没有多余的钱聘请律师了，华盛顿州那边的家人和朋友也不能再指望了，这意味着他将被交托给公设辩护人。渐渐地，泰德掌握起了自己的法律命运。就像《红色小母鸡》①里的故事一样，他只能靠自己了。

差不多是从我离开海边那所被大海和狂风肆虐过的小房子，搬到新家后，我的写作运势发生了翻天覆地的好转，来自《大都会》、《好管家》（*Good Housekeeping*）和《女士家庭日记》（*Ladies Home Journal*）的约稿不断。在写了几年通俗读物之后，我终于进入"专业"行列。有趣的是，我所有的约稿都与暴力犯罪的受害者有关。1976年，美国公众终于开始关注犯罪受害者的命运。太多人成为受害者或认识受害者。由于一直忙着搬家，还得赶在截稿日期前完成工作，我已经三四个星期没给泰德写信了。12月中旬，我收到了他的来信，信中充满着哀怨的敌意。

> 亲爱的安，
>
> 　　我投降了。是我说了什么冒犯的话吗？或者更糟，是我的语气令人反感吗？抑或是我的信被中情局偷走了而让你以为我不再给你写信，所以你就不给我写信了？我是不是太让人绝望了？（别回答这个问题）我可以接受。是的，别让人觉得我是因为被朋友遗忘才失去了冷静。

对泰德而言，这不是一个快乐的时节。他第一次要在监狱度过圣

---

① 美国长盛不衰的传统童话故事之一。——译者

诞季了。就在一年前，我们还一起坐在匹茨堡百事利餐厅，现在看来简直像是 20 年前的事了。

泰德的信是圣诞贺词，横格子信纸上写着几行字迹潦草的小诗。

这纸条代表我送给你的圣诞卡，感谢你给我的生活带来的快乐，更别提你给了我活下去的力量。现在我所需要的是所有商店买的贺卡上都有的古雅诗句：

> 愿圣诞老人的驯鹿对你善良
> 　不要把它们的粪
> 　留在你的屋顶上
> 它来了！
> 　别假装不知道。
> 　如果你不想过圣诞节
> 　那就赶第一班去地狱的列车。
> 　所以请把家里的灯带装上
> 　缠得圣诞树闪闪发光
> 　别忘了，没有圣诞卡
> 　你将不会听到我的任何消息。

这最后一首带点宗教色彩，一改前两首的苦涩意味。泰德经常在信中提及上帝，但我们在监狱外谈话时从未听他提起过。

我立即写了回信，然后打电话给梅格，得知她正在去犹他州的路上，计划圣诞节和泰德团聚。我希望梅格的这次探视不会像她上次的犹他州之行那样让泰德再次陷入极度抑郁和阴暗。他在山角监狱的日子越来越少，必须尽快就是否引渡去科罗拉多做出决定。在阿斯彭，除了警察，泰德的名字并不为人所知。克劳蒂娅·朗格特①谋杀案定于1月份在阿斯彭开庭，各大媒体的头条都被她的案子占了。

　　显然，梅格的这次探视比他俩8月份的那次会面情况要好得多。泰德在圣诞节两天前写信给我，提到了这事。"她昨天来看我。在这次短暂而甜蜜的见面中，我感觉又找回了生命中缺失的东西。见到她简直就是天堂一瞥，触摸她让我相信奇迹。我常常梦见她，所以等真的见到她时更觉有些神魂颠倒。可是她又走了，在每一个无意识的时刻，我都再次感觉到她不在我身边了。"

　　泰德回忆起1972年我开车带他去危机诊所参加圣诞派对后他和梅格之间发生的争吵。那天我在罗杰斯家门口把醉醺醺的泰德放下之后，他回到自己的房间，很快就睡着了。

　　"梅格和我起了争执。她计划第二天一早坐飞机，决定出发前到我这边过夜，亲热一下，然后和好……她朝我的窗户扔石子，还打电话给我……她相信如果我在家就一定会醒来，她后来很伤心地离开了，以为我那天和别的女人在一起。我热诚地向她保证我是真的因为醉酒而沉沉睡去，但她一直都没有完全相信。我没告诉过她，我是和你一起去参加派对的。"

　　但是，当然，1973年12月我和梅格见面的那晚我就告诉过她了。也许泰德当时没听到我的话，也许他忘了。

　　泰德写道，他正努力在牢房营造圣诞氛围，把所有的圣诞卡都放在桌子上。他甚至为他的"邻居"准备了礼物——烟熏牡蛎罐头和士力架，还好好包装了一番。"现在我正在尝试一件不可能的事情：建议我们所有死不低头的犯人一起在平安夜唱圣诞颂歌。到目前为止，

---

① 即前文提到的滑雪运动员谋杀案。克劳蒂娅·朗格特是法国人，演员、歌手、主持人，在和美国著名歌手安迪·威廉斯离异后，1972年与美国著名滑雪运动员斯贝德·萨比奇相识并迅速坠入爱河。后来二人分居，但突然有一天斯贝德被枪杀于浴室，凶手是克劳蒂娅。——译者

我因为这一任性的想法而被称为病态的堕落者。"

据我所知，1976 年的圣诞节是泰德和梅格一起过的最后一个节，两人甚至是在访客室里隔着筛网见的面。然而，梅格对泰格似乎不仅仅是一位爱人，她本身就是一股生命力。

"我对梅格的感觉是一种终极的无所不在的情感。我感觉到她已经住进了我的心里，我感觉是她给了我生命，仅仅这份生命之礼就足以让我感激。"

泰德还随信附上了科罗拉多州坎贝尔案的证人名单，并指出了许多名字的拼写错误。在这封圣诞信的结尾，他这样写道：

> 至于新的一年，它将以非常糟糕的方式开启，但之后必将变得更好。也许你能在夏威夷潘趣酒罐当中放些沙布利干白，然后寄一箱给我作为新年礼物，我就会忘掉这个不祥的开始了。但管它呢——
>
> 　　　　　　　　　新年快乐！爱你的
> 　　　　　　　　　　泰德

泰德将于 1 月 28 日彻底离开犹他州，前往科罗拉多州。他在 25 日给我寄来一封短信，告诉我在他用"新地址"联系我之前不要写信给他。

接下来的一年，1977 年，泰德和我的生活都发生了巨大的变化。我怀疑我们俩谁也没有预见到要面对的究竟是什么。

# 第二十六章

1977 年 1 月 28 日，泰德从犹他州监狱被带走，偷偷运往科罗拉多州的阿斯彭，并被关进了古老的皮特金县监狱的一间牢房。与此同时，他有了个新的司法对手：地区法官乔治·H. 洛尔。相比而言，洛尔算不上强硬派，毕竟他刚刚以枪杀斯贝德·萨比奇的罪名判处克劳蒂娅·朗格特 30 天监禁。克劳蒂娅将于这年 4 月进入泰德所在的监狱开始服刑，不过她的牢房会被重新粉刷，朋友们也会为她提供非监狱系统的食物。

治安官迪克·凯纳斯特对邦迪小心提防着，认为他有越狱的风险，因为据称他在犹他州监狱期间被发现身上有越狱工具。他希望泰德在出庭时铐上手铐，但被洛尔驳回了，还宣布泰德可以穿便装，显得不受拘束。

监狱设在建于 1887 年的古老法院里，提供斯巴达式的清苦住宿条件，但相比犹他州监狱赫然耸立的高墙，泰德更喜欢这里。我 2 月份的时候给他打了个电话，很高兴也很惊讶地了解到皮特金县监狱的运作方式和多年前我祖父管过的密歇根州某监狱非常相似。那简直就是一座"家庭经营"模式的监狱（"mom and Pop"jail），我打电话过去的时候，听到一名警官在廊厅里喊人，过一会儿就听到电话里传来了泰德的声音。听起来他很高兴、很放松，也很自信。

泰德待在科罗拉多 11 个月，其间，我经常和他通电话。当他承担越来越多的自辩任务时，他获得了免费打电话的特权，这样有助于他为自己的案件作准备。然而，其中很多电话都是打给我和其他朋友的，并且他打长途电话的时间似乎没有限制。

我记得鲍勃·凯佩尔和罗杰·邓恩对泰德随便使用电话的厚脸皮做法直摇头。有一天我在国王县重案组的时候，凯佩尔告诉我说："你都不会相信，猜猜谁给我们打了电话？"

当然是泰德，居然明目张胆地打电话给尽职尽责跟踪他的两位警探，向他们索要有关科罗拉多州案子的信息。

"那你跟他说了什么？"我问凯佩尔。

"我告诉他我很乐意和他交换信息。如果他想和我们谈，想问些问题，可以，我们也有几个早就想问他的问题。但他不想讨论我们的问题。他只是一味地打电话给我们，好像他是个收集事实的辩护律师。我不敢相信他居然这么胆大包天。"

泰德也经常打电话给我。好多次在早上 8 点左右，我被电话铃声吵醒，是泰德从科罗拉多打来的。

我俩之间的通信变少了，但我还是在 2 月 24 日收到了一封，信中充满了快乐。泰德说虽然人在监狱，但他很喜欢阿斯彭那种假期般的氛围。"我感觉棒极了。……感觉不到案子带来的压力。我是说压力。……他们已经败了。"

泰德认为皮特金县是个"不值一提的地方"，尤其瞧不起皮特金县地区检察官弗兰克·塔克。他写道，塔克试图找出科罗拉多州谋杀案和犹他州案件之间的共同点，并试图深入了解泰德的性格特征。泰德觉得他可以彻底看穿塔克，而他，作为被告，因为足够自信，对这位检察官来说是个威胁。"这人不该来玩这场游戏。据我前几天所见，他就不该进法庭。"

泰德还引用了一段检察官塔克在一次采访中提到他时所说的话。

"他「泰德」是我见过的最自大的人。他告诉他的律师该怎么办。他来的时候带着一大堆书，好像自己就是律师。他给法官递纸条，晚上还给其打电话。他拒绝和我或任何其他检察官谈话。"

当然，这正是泰德想要广而告之的形象。"阿谀奉承对他没用。

他的事触动了我的心，但应该有人告诉他，不是我要求来科罗拉多的。试想一下，我得有多大勇气才会告诉我的律师该怎么做！我这辈子从未在晚上打过电话给法官。"

泰德预计自己能在阿斯彭得到公正的审判，并认为在皮特金县挑选一个公正的陪审团也不是什么难事。他鼓励我尽可能去庭审现场旁听，并认为庭审会定在初夏的某一天。

当我读这封信的时候，感觉一切尽在泰德的掌握之中，这让我想起了那个在盐湖县监狱里喊着"还我自由"的年轻人。他已经不再害怕，他已经适应被监禁的生活，还高兴地期待着即将到来的战斗。他在信的结尾这样写道："我们正考虑将庭审日定在 6 月底或 7 月初，如果上帝保佑我并且那位检察官不捣乱的话。"

的确，泰德已经完全不是 18 个月前的那个在盐湖城监狱给我写信的人了，那时候的他充满愤怒和绝望，而现在是一种粗鲁而刻薄的愤恨。我在他打给我的电话中也感受到了这一点。他讨厌警察、检察官和媒体。对于一个长期坐牢却仍在坚称自己无罪的人来说，这也许是顺理成章的。此外，他再也不在电话或信中跟我谈他要写作的事了。

尽管泰德讨厌皮特金县监狱的伙食，但他还挺喜欢他的室友和其他囚犯的，他们中大部分是被短期关押的醉汉和小流氓。他仍忙于自己的案件，到 3 月份的时候，他想好了担任自己的辩护律师的计划。他对公设辩护人查克·莱德纳表示不满。他已经习惯了约翰·奥康奈尔的专业能力，因而期望值比较高，而公设辩护人一般都是年轻律师，没有多少实战经历，更没有老牌律师的经验，这些刑事辩护律师收取巨额费用。

3 月，科罗拉多州卫生部门宣布皮特金县监狱为短期监禁场所，任何囚犯都不得在此被关押超过 30 天。这就意味着泰德必须被转移出去。

泰德告诉我他读了很多书,这是他从电视肥皂剧和游戏节目中得到的唯一喘息机会。他最喜欢的书是《巴比龙》(*Papillon*),讲述了一个几乎不能实现的从魔鬼岛越狱的故事。"我读了四遍。"其实这又是一个微妙的暗示,但泰德能从位于老法庭腹地的皮特金县监狱逃脱这个想法,还是让人觉得不可思议。而且,如果他的案子真如他宣称的那样漏洞百出,他又为何要逃跑呢?犹他州的判决并不算那么严厉,华盛顿州也未必一定会对他提出指控。如此一来,他在 35 岁生日之前很可能重获自由。

4 月 4 日,当泰德进入卡琳·坎贝尔案的初审听证时,查克·莱德纳仍是泰德的律师。有过旁听朗格特—萨比奇案审理的首次体验后,阿斯彭人挤满了整个法庭。有传闻称,泰德·邦迪的案子甚至可能比当年早些时候的案子更戏剧化。

泰德和他的律师们希望,如果案子真的开审的话,就在阿斯彭进行。他们喜欢那种悠闲懒散的氛围,就像泰德在信中告诉我的那样,他们觉得阿斯彭人还没有决定他究竟有罪与否。

此外,地区检察官弗兰克·塔克那边压力也很大。他之前弄丢了克劳蒂娅·朗格特的日记,据说那本日记对她的谋杀案的控方至关重要,一本私密的日记不知怎么的就跑到了他手上,却又奇怪地不知道放到哪儿了。阿斯彭的候选陪审员们会记得这件事。或许是塔克意识到自己的可信度有所下降,便从科罗拉多州斯普林斯市请来了两位专业人士:地区检察官米尔顿·布莱克利和鲍勃·拉塞尔。

在初审听证中,检方向法官陈述案情,以确立进入审判的理由。皮特金县的案件与之前盐湖县和之后佛罗里达州案件一样,都取决于目击者的身份证明。这次的目击证人是 1975 年 1 月 12 日晚那位在威尔德伍德旅馆走廊里见过那位陌生人的女游客。

阿斯彭的调查人员迈克·费舍尔在案件发生一年后让她从一些面部照中辨认此人,她选择了泰德·邦迪的照片。如今,在 1977 年 4

月的初审听证现场，她被要求环顾整个法庭，指认与她见过的长得相似的那个人。

当她指向皮特金县副治安官本·迈尔斯而没有指向泰德时，泰德强忍住了笑意。

这个州的案件已然没法再继续了。洛尔法官听着塔克提出的其他证据：邦迪的信用卡消费记录；在泰德的盐湖城公寓中发现的关于科罗拉多滑雪场的宣传册，上面还对威尔德伍德旅馆做了标记；两根取自旧大众车的头发丝，显微镜检测与卡琳·坎贝尔的头发吻合；还有邦迪的撬棍和受害者头骨上的伤口吻合。

对检方而言，这是一场冒险的赌博，除非他们能将犹他州的一些案件联系起来。最后，洛尔法官裁定，泰德·邦迪将因谋杀卡琳·坎贝尔而受审，并补充说，他的工作不是考虑定罪的可能性或证据的可信度，而只考虑证据是否存在。

初审听证结束后，泰德立即"解雇"了他的公设辩护人查克·莱德纳和吉姆·杜马斯，他想进行自辩。他开始了一种他将一次又一次重复的模式，一种对州指派为他辩护的人的傲慢。如果他不能得到他认为最好的律师，那他就打算自己单干。洛尔法官无奈默许他为自己辩护的决定，但还是指派莱德纳和杜马斯继续留任他的法律顾问。

尽管泰德反对，但根据州卫生部门下达的命令，他还是在1977年4月13日从皮特金县监狱被转移到45英里之外的格伦伍德斯普林斯的加菲尔德县监狱。

加菲尔德县监狱建成才10年，环境比泰德在阿斯彭的旧地下室要舒适得多。我们经常在电话里聊天，他说他喜欢加菲尔德县治安官埃德·霍格夫妇，但监狱伙食还是很糟糕。虽然有些现代化的设施，但仍是那种"家庭经营"模式的监狱。

没过多久，泰德就开始向洛尔法官提出特别待遇的要求。由于他是自己的律师，他需要一台打字机、一张办公桌、进入阿斯彭市法律图书馆的资格、免费且不受审查的电话使用权，以及法医实验室和调查人员的帮助。他提出想要一日三餐，说如果不提供午餐，他和其他囚犯都会活不下去。他说他体重下降了。他还希望撤销禁止其他囚犯与他交谈的命令。（泰德抵达后不久，有监狱看守截获了一张监狱示意图和一张列有出口及通风系统的示意图，霍格便发布了这一命令。）

"埃德是个好人。"他在电话里告诉我，"我不想给他惹麻烦，但我们必须得多点吃的。"

他的请求被批准了。不知怎的，泰德·邦迪居然成功地从一名县监狱的囚犯摇身一变像是尊贵的访客一般。他不仅拥有他想要的所有工具，而且每周都可以在警官陪同下去几次阿斯彭皮特金县法院的法律图书馆。

他对警官们的态度越来越友好，还主动去了解他们的家庭，警官们也喜欢他。他告诉我说："他们人还行，甚至会在天气好的时候允许我沿河边散个步。当然，他们得跟我一起。"

在5月的头四周里，我没有收到任何泰德的音信，我好奇发生了什么事。虽然感觉他似乎变得越来越刻薄，越来越喜欢讽刺人——好像是为自己裹上了一层刀枪不入的外壳，5月之前他还是一直写信或打电话给我的。终于，5月27日，我又收到了他的一封信。

亲爱的安，

我刚从巴西回来，发现你的信就堆在我在格伦伍德的邮箱里。天哪，你一定以为我在南部丛林里迷路了吧。我的确去了南部，是为了寻找那被糟糕的天气毁掉的110亿吨咖啡。结果咖啡没有找到，却带回了400磅的可卡因。

泰德和梅格仍有联系，至少打过电话，梅格已经向他转达了我对没有他消息的关心。他向我保证他没生我的气，不过，有人告诉他，我对他"清白与否有自己的看法，而这种看法与我（指泰德）的清白毫不相符呢"。

现在，他想让我写信给他，就我对他有罪或无罪的感觉发表"坦率的声明"。他说，他理解我和警方之间关系密切，也知道警方已经让很多人相信了他的罪行，但他想让我写信详细谈谈我的感受。

此外，他还让我给尼克·麦基带条口信："请告诉麦基，如果他还不罢手，还总想着我，那他的最终归宿就是西州［华盛顿州精神病院］。这倒确实是桩买卖。我已经把他们都贴到了我的墙上，总有乐观的人会掂量这样的买卖。"

庭审时间被推迟到 1977 年 11 月 14 日，泰德在没有律师的情况下继续前往。他对自己的新角色热血沸腾，觉得自己有调查人员的天赋。"但最重要的是，我会坚持再坚持，努力工作，行动起来，直到成功。没有人的工作能胜过我，因为这事于我的利害关系比任何人都大。"

另外一件让泰德高兴的事，是他花了县里很多钱。当地一名记者曾在报纸上抱怨调查人员、专家证人、泰德去图书馆期间所需的额外看守所产生的费用，以及牙科、日用品和电话等费用的不断上涨。泰德觉得这种批评"太离谱了。怎么就没人问问检察官或警察他们挥霍了多少钱。驳回这个案子，把我送回家，把所有的钱都省下来，这就是我的回答"。

他用我寄给他的 20 美元去理了发，这是他自 1976 年 12 月以来第一次理发。洛尔法官还下令带泰德去看医生，看看他所说的加菲尔德县监狱伙食匮乏而导致的体重下降是否真像泰德所说的那样严重。命令下达后的第二天，监狱开始提供有史以来的第一次午餐，泰德为此宣称取得了道德上的胜利。

泰德怀疑治安官是想让他在去看医生之前长胖些，但他仍称霍格为"好人"。治安官还应允泰德的朋友和家人从外面送食物进来。整包的葡萄干、坚果和牛肉干都非常欢迎。

虽然泰德在信的开头还带着一丝怀疑的敌意，要我宣布对他忠诚，但他写着写着整个状态便柔和了起来。

> 非常感谢你寄来的钱和邮票。我知道你最近获得的成功还不足以让你过上优裕的生活，所以对我的资助无疑也是在让你做出牺牲。我下次给你写信不会再隔那么久了。我保证。
>
> 爱你的
> 泰德

但他还是那样。他过了很久才给我写信，因为泰德·邦迪跑了，而且非常突然。

# 第二十七章


那封信令我很烦恼。泰德实际上是要我告诉他，我全心全意地相信他的清白，但我做不到。这问题他以前从没问过，我想知道发生了什么事使他对我产生了警惕。我并没有辜负他的信任，我一直不断地写信或打电话到科罗拉多州，也从未将泰德的回信给任何人看。即便我无法告诉泰德我完全相信他在所有的指控和怀疑面前是清白的，但我会在情感上一如既往地支持他。

6月份的第一个星期，我收到了泰德的质问信，当时我正绞尽脑汁地想着该如何回信，因为此时泰德在准备一场听证会，讨论是否会在他的审判中考虑死刑。这是科罗拉多州每一起凶杀案中都要被单独决定的问题。听证会定于6月7日举行。

和往常一样，泰德在6月7日早上8点不到一点由格伦伍德斯普林斯监狱送往阿斯彭。他穿着1975年12月我们在西雅图的匹茨堡百事利餐厅一起吃午饭时穿的那套衣服：棕褐色灯芯绒长裤，长袖高领衬衫，厚重的棕色毛衣外套。但他没穿平时喜欢的那双休闲鞋，而是穿了一双沉重的囚靴。他的头发短而整齐，有点讽刺的是，那多亏了我寄给他的那张20美元的支票。

皮特金县警官里克·克拉利切克和彼得·墨菲是长期负责看守他的警卫，那天早上他们接上泰德，驱车45英里返回阿斯彭。泰德和这两位熟悉的警官轻松地交谈，又关心地问了他们家里的情况。

克拉利切克开车时邦迪坐在副驾驶位置，彼得·墨菲坐在后座。后来，墨菲回想起当他们离开格伦伍德斯普林斯郊区时，泰德突然转过身来盯着他看，还用他戴着手铐的双手快速地做了几个动作。"我解开了我装有.38手枪的枪套皮带，发出一声响亮的'咔哒'！泰德转过身，直直地看着前方通往阿斯彭的路。"

当他们到达法院后，泰德被移交给大卫·韦斯特伦德警官羁押，后者仅看守过泰德一天，对他并不熟悉。

法院于上午9点开庭。泰德早些时候解雇但仍担任他顾问的公设辩护人之一吉姆·杜马斯，用了一个小时左右来反对死刑。10点30分，洛尔法官下令休庭，称检方可以在重新开庭时陈述自己的观点。和往常一样，泰德去了法律图书馆，藏在高高的书堆后面，避开了韦斯特伦德警官的视线。

这位警官尽职地等在法庭门口。他们是在二楼，离街道地面25英尺。一切看上去都很正常，泰德显然在趁休庭期间坐在书堆里钻研法律。

外面的大街上，一位路过的女人吃惊地发现一个穿着棕色衣服的身影突然从她上方的窗户跳了出来。她看着那人摔到地上，立马站起来，然后一瘸一拐地沿街道跑了。她困惑不解地盯着他看了一会儿，然后走进法院，去了治安官办公室。她的第一个问题就惊得当值人员立即采取了行动："有人从这里的窗户跳出去是正常的吗？"

克拉利切克听到了她的话，咒骂了一声，便朝楼梯走去。

泰德·邦迪逃跑了。

他没有戴手铐，平时在法庭外戴的脚镣也被拿掉了。他自由了，之前警官好心地允许他在户外活动期间在河边散步，已经使他有了足够的时间观察皮特金县法院周围的地形。

治安官迪克·凯纳斯特很懊恼，后来他承认："是我们搞砸了，感觉糟透了。"

警方立即设置了路障，调来了追踪犬，地方武装团队也骑上马分散到阿斯彭周围，以寻找那个以多种方式透露他要逃跑的人。凯纳斯特的秘书惠特尼·伍尔夫回忆说，在听证会上，泰德经常走到窗户边，向下看一眼，然后看看有没有治安官的人在看他。

"我以为他总是在考验我们。"她说，"有一次，他走到一个法庭女助理的后面看着我们。我担心可能会劫持人质，便提醒护送的警官离犯人近一点。"但韦斯特伦德是个新手，没有意识到其他人是在怀疑邦迪可能会计划逃跑。

用行骗的行话讲，泰德穿着"双层衣服"，也就是说在标准的出庭服装里面多穿了一身衣服。他的计划十分大胆，并且一开始就进展顺利。他摔到了法院前面的草坪上，撞得很重，以至于右脚在草坪上留下了一道 4 英寸深的凹痕。官方怀疑他可能伤了脚踝，但显然并没有严重到让他放慢逃跑速度。

泰德立即跑到了离法院四个街区之外的咆哮叉河的河岸一带，那是他以前经常去的地方。他藏到灌木丛里，迅速脱掉了外层衣服，只穿着一件衬衫。这时的他要是悠闲地漫步回镇上，看起来和任何一位阿斯彭居民没啥区别。这里可能就是最安全的地方，所有追踪他的人都在忙着向外分散开来设置路障。

从丹佛到西雅图乃至整个犹他州，每个电台都在播报泰德逃跑的消息。在阿斯彭，居民被告知要锁好门，看好孩子，把车停进车库里。

那年夏天，泰德的主要嘲笑对象、地区检察官弗兰克·塔克用一种"我告诉过你"的语气评论道："我一点也不惊讶。我一直这么告诉他们。"

显然，每个人都预料到泰德会逃跑，但没人为此采取过任何行动，如今他们满城兜圈子想把他抓回来，光是在两条通往城外的道路设置路障就花了 45 分钟。追踪犬在从丹佛起飞的航班上被延误了近 4 个小时，因为找不到地方放运载工具，而航空公司拒绝在没有运载工具的情况下运送这些追踪犬。如果说世上有逃犯守护神一说，那他一定是眷顾了泰德·邦迪。

西雅图这边，我不断接到朋友和法律官员的电话，警告我泰德跑了。他们觉得他可能会去找我，以为我会把他藏起来，或给他钱让他越过加拿大边境。我可不喜欢这样的对抗。我都怀疑他是否会返回华盛顿州，毕竟这里有太多人认得出他。

如果他逃离了阿斯彭周围的山区，那最好是去丹佛或其他大城市。尽管如此，尼克·麦基还是给了我他家的电话号码，并告知我的儿子们，如果泰德出现在我家门口，必须打电话向他求助。

6月7日晚上，我的电话响了三次。每次我一接起来，电话那端都没人……或者说无人应答。我能从听筒里听到车子飞驰而过的背景声，像是从高速公路的电话亭打来的。

最后我开口道："泰德……泰德，是你吗？"电话被挂断了。

泰德为了自由而不顾一切地从窗口跳下的那天，阿斯彭阳光明媚、温暖舒适。但即便是在夏天，夜幕降临后整个山区一带的城镇普遍都会降温。不管泰德身在何处，他一定会很冷。我晚上睡得很不安稳，梦见自己去野营，却发现忘了带毯子和睡袋。

他在哪里？追踪犬去过咆哮叉河，但到了那儿就驻足不前了，也找不出线索。他一定是计划好的，在他跑出四个街区到了河边后就找不到他的踪迹了。

6月的那个星期一下午晚些时候，阿斯彭下起雨来，任何一个没有找到地方避雨的人都很快会被淋透。泰德只穿了一件浅色衬衫和休闲裤，脚踝还可能严重扭伤甚至骨折……但他自由了。

他一定感觉自己像极了《巴比龙》里的主人公，这是他在狱中漫长的几个月里读了很多遍的书，记忆深刻。除了聪明的逃跑手段之外，《巴比龙》还说到了精神控制，即人具有摆脱绝望、纯粹凭意志力来控制环境的能力。泰德现在就是在这么做吗？

追踪泰德·邦迪的那些人就像是查尔斯·拉塞尔或弗雷德里克·雷明顿画作中的人物，穿着燕尾服、鹿皮背心、牛仔裤、牛仔靴，腰间佩着小型武器。要在一个世纪前，他们就是那寻找"比利小子"或詹姆斯兄弟①的地方义警。我在想如果他们找到泰德了，会不会先开枪再开口问话。

阿斯彭的居民在极度恐惧和黑色幽默之间摇摆不定。一方面，警官和志愿者们在这座度假城市挨户挨户地搜寻，另一方面，企业家们立即抓住了这位新民间偶像带来的商机，宣称是他让这座很容易产生无聊和厌倦的小镇迸发出了想象力。泰德·邦迪对这个体制嗤之以鼻，打败了"愚蠢的警察"，这时几乎没有人停下来想想 1975 年在雪堆里发现的卡琳·坎贝尔的碎尸。邦迪成了新闻，成为大家的笑谈。

一些胸部丰满的年轻女性开始穿着印有各种标语的 T 恤出现在街头，衣服上面写着"泰德·邦迪是一夜情"、"邦迪自由了，你可以拿你的阿斯彭打赌！"、"邦迪住在高高的落基山上！"以及"邦迪在 D 号座"（最后一条标语指的是一家全国发行的杂志上刊登过的一篇文章，称如果一个人坐在当地餐馆的 D 号座，那他是可以买可卡因的）。

有家餐馆甚至在菜单上新添了一道"邦迪汉堡"……打开面包，发现里面的肉"跑"了。还有的店在当地供应一种"邦迪鸡尾酒"，由龙舌兰、朗姆酒和两颗墨西哥跳豆调制而成。

那些搭便车的人，为了确保能搭上车离开阿斯彭，会戴上写有"我不是邦迪"的标识。

无端恐惧和狂欢作乐一时间甚嚣尘上。一名年轻的男记者在一家咖啡馆采访了三个年轻女子，问她们对邦迪潜逃有何反应，结果立即被人当成嫌疑人举报了。他拿出身份证和记者证也没什么用。

到处都充斥着各种指责声。治安官凯纳斯特指责洛尔法官允许泰

---

① 弟弟杰西、哥哥弗兰克，都是美国西部最臭名昭著的强盗，专门袭击在密苏里反对奴隶制、支持联邦的家庭和农民，制造了 1863 年堪萨斯州劳伦斯城的大屠杀。——译者

德代表自己出庭辩护，并让他出庭时不戴脚镣和手铐。塔克把矛头指向了所有人，凯纳斯特甚至无奈地向记者承认他希望自己从未听说过泰德·邦迪这人。

到6月10日星期五，泰德已经失踪三天了，联邦调查局也加入了搜捕行动。路易丝·邦迪上了电视，恳求泰德回来，她担心泰德就躲在山里。"但最让我担心的是，万一那些找他的人不理常识，还没开口问话就先扣动扳机。人们会想：'哦，他一定是有罪，所以才会逃跑。'但我认为，当所有的挫败感都堆积起来，这时他看到一扇开着的窗户，才决定逃离。我相信现在他可能已经后悔了。"

截至星期五，搜查人员已从150人减少到70人。当时大家感觉泰德应该已经离开了搜索区域，甚至可能还有同谋。30岁的希德·莫利因持有赃物服刑一年，在皮特金县监狱与泰德交好，并与他一起被转移到加菲尔德县监狱。在泰德从法院窗口跳下前的那个周五，莫利监外工作未归，这让搜寻人员认为他可能一直在等着帮助泰德。

然而，6月10日，莫利在丹佛以西50英里的70号州际公路的一条隧道附近被捕。在被问讯时，他坚称自己对泰德的逃跑计划一无所知，而且看上去他的确没有参与其中。莫利提出了自己的看法，他认为泰德不在阿斯彭，但仍在皮特金县。

就全国范围而言，这一周的犯人出逃事件远不止于此。就在科罗拉多州搜捕泰德·邦迪的时候，詹姆斯·厄尔·雷[1]和另外三名囚犯于6月11日从田纳西州布鲁西山州立监狱逃走。那一整天，这起越狱事件都盖过邦迪的事站上了西部地区的各大新闻头条。

泰德·邦迪仍在皮特金县。6月7日，他穿过整个小镇来到阿斯彭山脚下，然后轻松地爬上了长满青草的山坡。过去的一年是暖冬，

---

[1] 此人1968年因刺杀马丁·路德·金而被判终身监禁。同时，这场刺杀也催生了1968年的控枪法案。——译者

没太多的雪，这对于泰德来说实属幸运。第一天晚上太阳落山的时候，他已经爬上了阿斯彭山，沿着城堡溪向南行走。泰德随身带着阿斯彭周围山区的地图，是检方之前用来标记卡琳·坎贝尔的尸体位置的。他作为自己的辩护律师，拥有发现权（rights of discovery），并被允许使用那些地图。

如果泰德能一直向南走到克雷斯特德比特镇，也许就能搭上通往自由的便车。但刮风下雨的天气使他不得不半路躲进沿途经过的一间山间小屋，那里储备充足却暂时无人居住。

泰德进去后决定在那里休整一下。小屋里有些食物，还有些暖和的衣服和一支步枪。6月9日星期四，上午，泰德带上了足够的装备、扛着步枪继续向南前行。他本可以走到克雷斯特德比特镇，但他没有一直往南，而是从另一条没有被雪堵住的山脊往西边走去，然后发现自己一直走到了马龙溪以东。

他其实是在兜圈子，不久就发现自己又走到了阿斯彭的郊外。他折回城堡溪，去了几天前住过的小屋。他来晚了，搜寻队已经发现他曾在这里停留。事实上，当他从几百码外的草木丛中观察时，搜寻队正在小屋周围散开搜查。

地方武装团成员在小屋内找到一些干粮碎片，还发现枪支弹药不见了，屋内的一个指纹也被确认是泰德留下的。然后他们得知，有人在6月10日（星期五）闯入了马龙湖度假区的一辆大众野营车，并带走了食物和一件滑雪大衣。

尽管偷到些食物，泰德还是瘦了很多，受伤的脚踝也肿得厉害，整个人几乎筋疲力尽。他一路往北朝着阿斯彭的方向走。6月11日星期六，晚上，他在野外过了一夜，星期天发现自己还在阿斯彭镇的边缘徘徊。到周日晚上，泰德已经出逃差不多一周了，人是获得了自由，却又绕回了他出发的地方。他需要一个奇迹才能出城。泰德蜷缩在阿斯彭高尔夫球场边高高的灌木丛中，疲惫不堪，浑身发抖，这时他看到附近停着一辆旧凯迪拉克，并且车钥匙也在。泰德似乎遇到了奇迹——带轮子的汽车。

他在座位上尽量放低身子，先是朝着走私者山（Smuggler's Mountain）和阿斯彭东面的独立山口（Independence Pass）方向驶去，然后他改变了主意。他决定往西，朝格伦伍德斯普林斯走，经过他被囚禁的监狱，但继续向西开，彻底重获自由。

时间来到 6 月 13 日星期一，凌晨 2 点。

皮特金县的吉恩·弗拉特和莫林·希金斯正在阿斯彭的街道上巡逻，他们向东行驶，注意到迎面开来了一辆凯迪拉克。司机好像是喝醉了，车子开得一摇三晃。他们决定掉头去追凯迪拉克，那时候，他们完全没想到车内的人竟是泰德·邦迪，以为不过是个醉酒的司机。事实上，泰德头脑清醒得很，但他的反应因为疲惫而迟钝，无法把控好这辆车。

巡逻车开到了在甩尾的凯迪拉克旁，示意司机靠边停车。吉恩·弗拉特下车走到驾驶座一侧往里看。车里的人戴着眼镜，鼻子上贴着创可贴。但弗拉特认出了他，是泰德·邦迪，他就在离他逃跑地不过几个街区的地方被抓获了。

弗拉特说："你好，泰德。"泰德耸耸肩，淡淡一笑。

在被盗的汽车里发现了山区的地图，这说明泰德从法院跳窗出逃并非临时起意。相反，这次以失败告终的出逃行动是经过策划的。如此一来，泰德的麻烦更大了。他被暂时关押在皮特金县监狱，直到 6 月 16 日，他因越狱、入室行窃和盗窃的罪名受审。洛尔法官下了命令，从今以后泰德出来走动都必须戴手铐和脚镣。但他仍被允许拥有之前获得的大部分特权，以便他参与自己的辩护，包括使用法律图书馆、免费长途电话以及其他所有与调查有关的工具。

泰德被抓获一周后的早上 8 点不到，我家的电话铃响了，把我从熟睡中惊醒。一听是泰德的声音，我吓了一跳。

"你在哪里?"我低声问。

"你能来接我吗?"他问,说完他就笑了。

他没有再次逃跑,但有那么一刻,不知怎的我感觉他又跑出来了。

他告诉我他很好,就是有点累,瘦了大约 20 磅,但没什么问题。

"你为什么要这么做?"我问。

"你相信我当时只是朝窗外望去,看到了窗外诱人的绿草地和蓝天,然后就不由自主地这么做了吗?"

不,我不信,但我没必要这么回答。这是个反问句。

那次电话聊的时间很短,当我再写信给他时,忍不住一上来就写道:"我想回复你上次寄来的信,但你换了地方,我一直没收到转寄地址。"

泰德在逃跑前写给我的信中提的问题,我还没有做出回答。他一直想知道我是否认为他有罪。我告诉他,我现在的感受和 1976 年 1 月那个星期六下午见面时的感受是一样的。那是他被送回犹他州接受达伦奇绑架案庭审之前的最后一次见面,当时我就告诉他,我不能完全相信他是清白的。我不知道他是否还记得我当时说过的话,但提到在酒馆里的那个下午应该就够了。我还在信中提醒他,我从来没有为求发表而写过任何关于他的文章。虽然他会是个大新闻,而且还在继续发酵,但我还是会遵守诺言。这似乎让他感到满意。

泰德被抓获后的第一封信不像以前那样刻薄了,也许是尝到了自由的味道,因而变得温和了一些。

泰德说,他正从这次失败的逃亡中慢慢恢复,没怎么去想那几天的自由时光。他试图忘记自由,但对自己的冒险并不后悔。"我对我自己、我的弱点、我的生存能力以及自由与痛苦的关系有了更多的认识。"

那封信中的一切都绝口不提了。他尝试了,失败了,他情感中的那股能量似乎也随之消失了。这次被抓回来后，他从梅格那里得知她正在和另一个男人交往。要是在一年前，他定会痛苦地捶胸顿足，如今他理性而冷静地看待梅格的最终"背叛"。"接受失去她这件事绝非易事。我甚至怀疑我是否真的能说我接受她爱上另一个男人并和他生活在一起。我会永远爱她，所以我绝不会说我没有想象过和她一起生活。但这些新的变化，比如说我被捕一事，必须冷静看待。我现在能否活下来都成了问题。"

也许这才是那个最重要的词："活下来"。如果他任由自己为梅格悲伤，他将无法胜任接下来的战斗。他在信中说，他只能寄希望于对未来生活的信念："我只希望能再有机会爱上梅格。"

回顾那段时间，有证据显示，那时候的泰德身边并非没有女人。事实上，卡罗尔·安·布恩（她去掉了名字中间的"安德森"）一直与泰德保持联系，只是泰德当时没和我提起。

如果活下去就是一切，那么泰德就必须要提高身体素质。他感觉自己在山里的那些天瘦了约30磅，而他原本就低于标准体重20磅左右。靠监狱的食物是不行了。每天监狱几乎都会来一位新厨师——一位正式而可靠的厨师，但"两天后便辞职了"，还有一位前台秘书、一位狱卒和他的妻子。泰德再次向朋友求助。他恢复得太慢了，需要健康又营养的食物。我接到的任务是找一些蛋白粉补充剂。他告诉我，他想要那种两磅的罐装蛋白粉，每盎司含15克蛋白质，大概在保健品店可以买到。"如果可以的话，再买些无花果干……或罐装坚果什么的。"

从那封信看来，梅格已经离开了泰德的生活。但我很奇怪，梅格竟然告诉泰德她和别人在一起了。我几天前才和她通过电话，她说并没有和人交往，但为了以后的生活，她不得不离开泰德。也许她编造了一个虚构的男人，因为她知道那是让泰德放手的唯一方式。应该是这样。梅格和我彼此同情，因为似乎我们都很难找到一位既符合我们的条件，又愿意考虑接受一个带着孩子的女人的单身男子，更何况我有四个孩子。不，我想梅格应该还没找到那个人。

我一想到泰德最终孤身一人，还要自己去面对这些困境，便为他感到难过。他对斯蒂芬妮、梅格和莎伦，甚至那些他四处留情的女人撒谎。其实我本没有必要为他担心。卡罗尔·安一有空就去监狱看他，并像"调查人员"一样反驳那些对他的指控。当她最终以泰德的女辩护人身份出现时，我大吃一惊。我常在想，那个为支持泰德而多次接受匿名采访的女人究竟是谁？我怎么也猜不到，居然就是多年前取笑他是臭名昭著的"泰德"的那个女人。

应泰德的要求，我给他寄了一个大包裹，里面有 10 磅的蛋白质补充剂、维生素、水果和坚果。我把包裹送到当地邮局时，工作人员看到收件人扬了下眉毛，但他什么也没说。与牧师、医生和律师一样，邮局职员也觉得有道德义务对信息保密，并尊重客户的隐私。

# 第二十八章

泰德出逃是他计划过的，这一点我毫不怀疑。他曾多次向我暗示过要逃跑。虽然泰德不想在和我的第一次电话或来信中讨论这事，但他还是把自己在山上一周的冒险经历告诉了皮特金县的警佐唐·戴维斯。他的确拿走了小木屋里的步枪，但后来把它扔在了树林里。一个男人拿着枪6月份在山里出没，看起来实在太可疑了。泰德在野外几乎没怎么遇到人，偶尔碰见几个露营者时，他便假装是和一起出来露营的老婆孩子在玩捉迷藏的游戏。

后来，他会告诉我他回到小屋时的感受。"他们就在那里，离我很近，我能听到他们在谈论我。他们甚至不知道我正躲在树后看着他们。"总之，那次出逃称得上是泰德一次孤注一掷的冒险，磨炼了他渴望自由的意志。他就是《巴比龙》里的囚犯。

我不认为他逃跑就说明他一定有罪。一个无辜的人眼看着自己要被囚禁一辈子，也很可能会逃跑。虽然泰德声称自己没觉得有任何压力，但他还是感觉到了正义之轮的无情碾压，以及来自科罗拉多州以及犹他州和华盛顿州的巨大压力。

现在泰德四面楚歌。坎贝尔谋杀案的庭审日渐临近，如今他又面临逃跑、入室盗窃、轻罪盗窃和重罪盗窃等多项指控。与他逃跑有关的指控可能会使他被判90年以上的徒刑。

对于查克·莱德纳和吉姆·杜马斯两位律师，治安官们给出的评价要比泰德给出的高。有位警探的评价是"他们很好，简直太棒了"。杜马斯也挺有幽默感，他刚结束反对死刑的辩护，泰德就从二楼窗口跳下开始逃亡之旅，得知此事，杜马斯苦笑道："这是我所见过的对这场辩护最缺乏信心的表现。"

不过，泰德不想要公设辩护人，并且由于新近发生的那些事，他们也不可能再继续下去。莱德纳被指定为检方关于逃跑指控的候选证人。

西雅图公设辩护律师办公室的约翰·亨利·布朗是泰德的长期支持者和顾问，他在泰德被抓获后立即飞去了阿斯彭。由于泰德从未在华盛顿州受到过正式指控，布朗无法正式出任泰德的律师，但他一直对"泰德"案的处理方式不满，并觉得邦迪是因为公众的猜疑和含沙射影而被定罪的。他还自己掏钱飞到泰德在各州的关押地与其进行商议。

1977年6月中旬，布朗成为泰德与莱德纳和杜马斯之间的仲裁员。当听说斯蒂芬·"布奇"·威尔律师要为泰德辩护时，他感到非常高兴。

6月16日，洛尔法官正式任命威尔为新的辩护律师。当威尔穿着牛仔裤和运动外套站在泰德身边时，一副大获全胜的辩方律师的模样。布奇·威尔头发蓬乱，戴着眼镜，留着浓密的胡子。他想让自己的造型看起来像F.李·贝利①，但看上去倒更像是阿斯彭滑雪场酒吧内的滑雪迷。但威尔早已声名鹊起，他在阿斯彭从未输掉过一场陪审团审判。威尔坐私人飞机出行，也骑摩托车，被誉为毒品案件中最值得信赖之人。在被委任为泰德案的律师之后，威尔飞往得克萨斯州，担任一起重大联邦诈骗案的辩护律师。

威尔是常胜将军，泰德感觉到了这一点。他身边总算又有了一位值得他尊敬的人。泰德给我打电话谈到他的律师时非常激动。8月，当泰德提起在犹他州对达伦奇案进行重审（主要理由是他认为是杰

---

① 美国"辛普森案"的律师，是美国最著名的辩护律师之一，同时也是一名作家和演说家。——译者

瑞·汤普森警探建议达伦奇选了泰德的照片）的动议时，逃跑未遂的任何残余影响都已被遗忘了。

科罗拉多州的检方团队在尝试通过引入"类似案件"（similar transactions）来加强对邦迪的指控，想要把绑架定罪以及犹他州梅丽莎·史密斯、劳拉·艾姆斯和黛比·肯特的谋杀和失踪案，甚至华盛顿州那8起案件的证词都引入这里讨论。总体而言，泰德·邦迪被指控犯下的罪行呈现出一种相似的模式，具有共同点。但若分开来看，每个案子都没有多大的影响力。

如果泰德继续得到布奇·威尔的支持，为辩护注入新的干劲，我们不难推测会是什么结果。8月11日晚，威尔和妻子遭遇摩托车撞车事故，威尔的妻子当场死亡，而这位才华横溢的年轻律师颅骨和面部骨折，还有内伤和一条腿骨折。威尔一直处于昏迷状态，是否会永久瘫痪尚不确定，但毫无疑问，他肯定无法再继续帮助泰德。

泰德感到孤独而凄凉。他本指望着布奇·威尔能把他从科罗拉多州案的困境中解救出来，可如今他又一次变得无依无靠。他还觉得自己正在迅速衰老，最近报纸上的照片让他看起来比30岁的实际年龄老了好几岁。

8月中旬，我写信给他，对他不能再得到威尔的帮助表示同情，并安慰他报纸上的照片不过是由于他在山里那几天受了点罪的缘故，当然也可能拍摄时光线太强。

他的回信是我收到的从科罗拉多寄来的最后一封信。

命运的确有办法让我大吃一惊，但过去两年里，我的生命中着实充满了令人惊喜和震惊的事，以至于我的"低谷期"变得越来越短。我是不是变得从容淡定了？应该不是。当布奇·威尔出事的消息传来时，我确定我的眼眶湿了。不过，那是真心为他而不是为我自己流下的眼泪。威尔是个多么优秀的人啊。至于我的案子，即便是这个国家的辩护律师都死绝了，我对打赢官司的信心也不会减弱。

他在信中写道，他觉得继续自己的案件不啻为亵渎，他应该出于对威尔的尊重而暂停一段时间，可他还是得继续。他仿佛看到前面有一道希望之光，而自己正朝着那道光走去。

在很多方面，我现在都感觉到了那个黑暗而遥远的角落。逃跑的插曲告一段落，现在一切正朝着回归的方向发展。就连媒体也好像把我写得人性化了一些。更重要的是，达伦奇的案子已破。以后再说。

爱你的，
泰德

到了 9 月，埃尔帕索县的地区检察官鲍勃·拉塞尔提出将犹他州的案子纳入坎贝尔案的审判，原因是在泰德的旧大众车里找到的毛发与米德维尔的梅丽莎·史密斯的阴毛以及卡琳·坎贝尔和卡萝尔·达伦奇的头发相匹配，泰德对此提议大呼"不公"，并称之为"政治操纵"。他反驳说，在阅读了劳拉·艾姆斯和梅丽莎·史密斯的尸检报告后，他的理解是这些年轻的受害者可能在死前被囚禁过一周时间，而卡琳·坎贝尔在被绑架后数小时内就死了，那就说明这些案件之间明显缺乏共同性。此外，验尸报告显示，犹他州案的受害女性被钝器击打过，而卡琳·坎贝尔是被锐器击打。因此，泰德认为，这些差异使得这些不同案件不能被认定为"类似案件"。

尽管他在自己的案子上做着激烈的斗争，尽管有卡萝尔·安·布恩在身边，那年 9 月的泰德并没有忘记梅格。9 月 20 日，他打电话给我，叫我送一朵红玫瑰给梅格，要在 26 号送达。他说："那是我和她相识八周年的纪念日。我只想送一朵玫瑰，然后在卡片上写'我的心依然很痛。爱你，泰德。'"

我给梅格送去了最后的红玫瑰，为此我还和花店老板吵了一架，因为老板坚持要我以最少9美元的价格买下4朵红玫瑰。但泰德只要一朵，并且他也没提过要付这朵玫瑰的钱。我不知道梅格是什么反应，我也再没和她说过话。

1977年秋天，泰德一直在紧张地忙碌着，为即将到来的庭审辩护做准备。他不再写信给我，但有事要谈的时候会打电话。现在的安保升级了，他不能自己拨电话号码，而必须由警官来拨。每天去法律图书馆时，也都必须戴手铐和脚镣。但他又开始和那些看押他的人变得熟络，非常和蔼可亲，以至于手铐和脚镣又被拿掉了。除了在法庭上获胜，泰德几乎什么都不想，而他几个月前的那次逃亡也渐渐被大家淡忘了。

1977年11月2日，在洛尔法官的法庭闭门举行了审前证据辩论程序①。洛尔拒绝让黛比·肯特和劳拉·艾姆斯的案件在坎贝尔案的庭审中被提及，泰德对此感到非常高兴。

两周后，在一场类似的听证会上，病理学家就梅丽莎·史密斯和卡琳·坎贝尔头部伤口的相似性提供了正反两方面的证词。唐纳德·克拉克医生对检方的说法是，这种骨折"发生在并不常见的区域很不寻常"，并且就假定所用的武器和骨折本身而言都存在"惊人的相似性"。

对于辩方，阿拉帕霍县的法医约翰·伍德作证说，两处颅骨骨折的唯一相似之处是它们发生在颅骨的同一部位。伍德先是表示，梅丽莎·史密斯的伤口是钝器造成的，而卡琳·坎贝尔的伤口是锐器造成的。然而，在交叉询问环节，伍德医生承认，如果坎贝尔小姐的头皮

---

① suppression hearing，在美国，法官对侦查行为的合法性所进行的司法审查，也称"证据禁止之听证程序"。——译者

既有擦伤，又有割伤（的确有割伤），那么两名受害者头部的伤口也可能是同一件武器造成的。看过在泰德·邦迪的大众汽车里找到的撬棍后，他同意这种撬棍可能导致了这两名女受害者受伤。

洛尔仔细考虑了病理学家的证词后，最终裁定坎贝尔案审判中不受理史密斯案件中的相关信息。可以说，泰德大获全胜，成功地使犹他州的三起案件绕过了陪审团；但洛尔又裁定承认卡萝尔·达伦奇案中的证词以及在泰德的盐湖城公寓发现的标有威尔德伍德酒店的滑雪手册，在这一点上，泰德输了。

就在同一个星期，泰德得知犹他州高等法院驳回了他对达伦奇绑架案的上诉。

总有一天他会再上诉的。现在，泰德希望能在1月9日的庭审日之前变更审判地点。他之前同意阿斯彭受审，但那是在他逃跑之前，在他还没成为这个富庶的滑雪胜地家喻户晓的名字和笑柄之前。而如今的阿斯彭几乎无人不知泰德·邦迪，也不会有人忘记他被控犯下的罪行各个细节。那么，阿斯彭庭审就会变成一场马戏表演。那场面简直不可想象。

11月底，惊喜突然降临到我头上，使我进一步远离了泰德的世界。我在杂志上发表的一篇文章引起了一家好莱坞制作公司的兴趣，在两次简短的电话沟通之后，我便飞去了洛杉矶。开了一整天的会议之后，双方同意我将在12月再飞过去待三周，把故事"处理"成剧本。我激动万分，也心惊肉跳，不敢相信发生了什么。6年来，我们家人虽然能维持生计，但一直不太稳定，如今我终于可以预见未来更好的生活了。当然，我很天真，就像灰姑娘初次踏进好莱坞舞会一般。

我打电话给泰德，告诉他我12月的大部分时间将待在洛杉矶的大使酒店，他祝我一切顺利。他说他正在为一项公正的民意调查筹措资金，目的是确定在科罗拉多州哪个地方可能让他得到公正的审判。

他觉得丹佛是个选择，那是个大城市，"泰德·邦迪"的名字不会吸引人们的注意。

其间，泰德的死对头、皮特金县地区检察官弗兰克·塔克倒台了，但并不是泰德用诡计办到的，而是因为他被大陪审团以 13 项非法使用公共资金的罪名起诉！

对塔克的其中一项指控称，他安排了他 17 岁的女友堕胎，并让加菲尔德县付了手术费。有人称，他与这名年轻女子出游，同时向两个县报销了旅行账单。《落基山新闻报》（Rocky Mountain News）引述了塔克前妻的话，她就所谓的堕胎问题当面质问过这位饱受指责的地区检察官，她说"他承认了"。

如果没有别的新闻，阿斯彭可以上各大头条，这里有塔克，有克劳蒂娅·朗格特（她曾在她的辩护律师和妻子干净利落地分开后和他交往），还有泰德。

相比之下，我的好莱坞之行就显得黯然失色了。我白天和编剧兼导演马丁·戴维森一起工作，晚上在大使酒店的大厅里闲逛。我和同住一家酒店的演员阿德拉·罗杰斯·圣约翰斯一起吃过几次晚饭，听她讲述克拉克·盖博、卡洛尔·隆巴德①和威廉·伦道夫·赫斯特②的故事，她听说这是我第一次离开孩子们出差在外过夜时，感到非常震惊，觉得我是个对孩子保护过度的母亲。

我现在对泰德从一名法学院学生变成阶下囚带给我的文化冲击能更容易认同了。我很想家，在 90 华氏度的高温下整个人萎靡不振，对穿着粉红色衣服穿梭在棕榈树和屋顶一般高的一品红之间的圣诞老人感到困惑，同时还在试着学习一种全新的写作形式：电影剧本。好莱坞的每个人看上去都不到 30 岁，而我已经 40 多岁了。和泰德一

---

① 好莱坞喜剧女王。——译者
② 报业巨头，《公民凯恩》主人公的原型。——译者

样，我也渴望看到雨蒙蒙的西雅图。

圣诞节前几天，我交了修改稿，制片人很喜欢。于是，我签下了写整部电影剧本的合同。他们告诉我需要六周时间。我可以离开孩子们那么久吗？但我不得不这么做。这样的机会实在让人难以拒绝。那时还不知道事实上我将会离家7个月。

那年的圣诞节简直手忙脚乱。两天购物，一天庆祝，还有一周时间找照顾孩子的保姆并收拾行李返回加州。

泰德的圣诞节过得很是凄凉。他在12月23日得知他的地点变更申请有了结果，但不是在丹佛，而是向南60英里之外的科罗拉多州斯普林斯市，属于地区检察官鲍勃·拉塞尔的埃尔帕索县辖区，后者之前经塔克介绍进入泰德案的检方团队进行协助。死囚区的6名狱友中，有三人是被科罗拉多斯普林斯的陪审团送进去的。对于被控谋杀的人来说，这里可不是个福地。

泰德听到这一决定后，直接地对洛尔法官说："你是想判我死刑。"

12月27日，泰德收到了好消息。洛尔法官对泰德的动议做出裁决，将死刑剔除在判决之外，洛尔法官也因此成为科罗拉多州第一位认定死刑违宪的法官。当然，泰德的说法是，他预计自己最终不会被判有罪，但他觉得这对所有反对死刑的人来说算是个具有里程碑意义的决定。

12月30日，我接到泰德的电话，他来祝我新年快乐。我们大约谈了20分钟。从表面上看，这通电话唯一不寻常之处在于他似乎只是来问候我一下。他以前打电话不是因为心里有事，就是需要帮忙什么的。相比而言，这个电话显得低调而友好，像是朋友从隔壁小镇而非隔了好几个州打来的。

他说监狱里空荡荡的很孤单。所有的短期囚犯都已获释，与家人一起过圣诞去了，他是留在加菲尔德县监狱里的唯一囚犯。此外，他还是一如既往地抱怨伙食不好。

"厨师也走了，他留下的食物都得加热吃，他们甚至连果冻都加热。本应热食的东西是冷的，该冷食的东西却是加热过的。"

他说到热乎乎的果冻时，我取笑说他每回总要感叹这个。还有太多的话没说出口。他离谋杀案的审判只有不到两周的时间了，但我几乎说不出什么可以帮他减轻压力的话。可以说的都说了。于是，我祝他好运，并告诉他，虽然我人在洛杉矶，但会和他保持联系。在我内心深处，我试着不去想象这样一幅场景：当所有人都在庆祝新年的时候，他却一人独自待在监狱里。

"你把地址给我……你在洛杉矶的地址。"他说。我把地址告诉了他，并等他写下来。

他也祝我的新事业顺利，然后说了句："新年快乐！"

泰德其实是在跟我说"再见"，但在那次谈话中没有任何迹象表明这一点。我挂断了电话，心烦意乱，想起了 6 年前的假期。从那以后发生了太多事情，而这 6 年中几乎没有一件事能让我俩都感到高兴。我陷入了沉思，所幸人类没有先见之明，所幸的是我们并不知道未来会发生什么。

1977 年的最后一天，泰德又打了几个电话：打给约翰·亨利·布朗，打给西雅图一位他时而喜欢时而讨厌的记者。对那位记者，他莫名其妙地说起想看华盛顿大学哈士奇队在玫瑰碗打比赛，"但不是在我的牢房里看。"我不知道他有没有打给梅格，但我猜他应该给卡罗尔·安·布恩打了。卡罗尔·安之前常去牢房探望他，据传她给了他很多钱；和她之前的许多其他女性一样，她抓着他的手，满眼都是爱意。

然后泰德回顾了他的计划。他不再担心即将到来的庭审，因为他本就不打算去参加。

他比任何狱卒都更了解加菲尔德县监狱，他比那 4 名狱卒自己还要了解他们的习性和小毛病，他还非常熟悉他们的行踪。几个月前，他的前狱友希德·莫利给过他监狱的布局图，泰德已经记住了这里的每个角落和小隔间。他有一把钢锯，给他的人的姓名他从未透露过。他一直在践行一条监狱法则：绝不"告密"。

泰德牢房的天花板上有一块金属板，是用来安装灯具的。虽然安排了电工在几天内完工，但之前已经耽搁了很长时间。泰德花了六到八个星期的时间用他的钢锯在天花板上锯出一个 12 英寸见方的洞。他切割得非常仔细，可以随意安装回去……并且还没人注意。有时，他已经离开牢房两天了，这个"活板门"仍然没被人发现。

泰德的这项工作都是在晚上进行，趁着其他囚犯在洗澡时，好让水声和他们的喊叫声能掩盖钢锯发出的声音。受天花板上的钢筋限制，这个洞的直径不能再大了。为了让自己可以挤得进去，他节食瘦到了 140 磅。他对监狱伙食的抱怨不过是个幌子。

在 12 月的最后两个星期里，泰德经常从天花板上的那个洞爬出去，在头顶上方尘土飞扬的空间里往前爬，甚至爬过了监狱天花板和屋顶之间的整个空间。每次他回到自己的牢房，总有那么一会儿让他觉得心跳都停止了，他认为自己被发现了，而站在下面的警官正"等着把我崩了"。

令人难以置信的是，即便迈克·费舍尔警探警告过治安官霍格，说他的直觉告诉他泰德正在准备逃跑——一向寡言少语的费舍尔绝不是喊"狼来了"的那种人，但没人把他的警告当回事。泰德已经收拾好了，准备上路。他所需要的只是合适的地点和时机。天花板是唯一的途径。他的牢房门是用实心钢制成的，外面还有两道上锁的门阻断了他的自由。他之前在牢房天花板的水泥块间爬进爬出，爬得膝盖都疼了。他想找出最简单的方式下去。而 12 月 30 日这天，他终于找到了。一道满是浮尘的光线从下面穿透了黑暗，原来是狱卒鲍勃·莫里森公寓壁橱上方的石膏板上有个洞。

那地方回音很大，一根针掉落的声音听起来都像岩石撞击一般。泰德一直在石膏板上的洞口处静静等着。莫里森和他的妻子正在吃晚饭。他可以清楚地听到他们的谈话，那他们也能听到他的声音吗？

"我们今晚去看电影吧。"莫里森太太说。

"好啊，为什么不呢？"莫里森回答说。

泰德是个多疑的人，他怀疑这一切是个陷害他的计划。他知道莫里森有一把前膛枪，很可能正等着在他从壁橱那边天花板下来的时候向他开枪。泰德坐在那里，半小时都没怎么呼吸。他听见莫里森夫妇穿上大衣，然后听见前门砰的一声关上了。

一切太完美了。他所要做的就是进入他们的公寓，换好衣服，从前门出去。

他知道他走的时候有先行一步的优势。在过去的几周里，他改变了自己的作息，告诉看守说他身体不舒服，吃不下早饭。他整晚都在做案情摘要，睡得很晚，早餐盘也总是纹丝不动地被留在牢房外面。

晚饭之后便不再有人来检查他的牢房，第二天供应午饭前，也不会有人来查。泰德被锁在没有窗户的牢房里，不知道外面的天气怎样。那天白天刚下了 6 英寸厚的雪，加上原来已有的 1 英尺积雪，气温也远低于 0 华氏度，这一切他都无从得知。即便他知道，那也不重要了。

下定决心后，泰德回到了牢房，将那些他不再需要的法律文件塞到床铺的毯子下面，并最后一次环顾了这间加菲尔德县监狱的牢房。

然后，他爬上天花板，从那个方洞出去，爬到壁橱上方的洞口处。他从洞口爬下来，从架子上跃下，发现自己到了莫里森的卧室。他脱掉囚衣，换上一条蓝色牛仔裤、一件灰色高领衬衫和一双蓝色网球鞋。他把莫里森的两把仿古董枪——一把步枪和一把大口径短筒手枪（都是前膛枪）放到阁楼上，以防狱卒在他离开公寓前回来。

然后，泰德·邦迪走出前门，走进了"美丽的科罗拉多雪夜"。

他找到一辆 MG "小矮人" 跑车，发现它装的是镶钉子午线轮胎。尽管车子看起来开不到山顶，但钥匙就挂在车上。

泰德·邦迪开车离开了格伦伍德斯普林斯。如他所料，车子在山口爆胎了，但他搭上了便车，车主把他带到了维尔的汽车站。泰德赶上了早上 4 点开往丹佛的公共汽车，8 点半到达。

监狱这边，一位狱卒在早上 7 点用早餐托盘敲了敲泰德牢房的门，无人应答。他透过门上的小窗往里看了看，看到铺位上毯子隆起的样子，以为泰德还在睡觉。

狱卒鲍勃·莫里森下班后，8 点 15 分左右到衣柜里拿了些衣服，并没有发现有什么异常。而丹佛那边，泰德打车去了机场，登上了飞往芝加哥的飞机。没有人知道他已经跑了。上午 11 点，泰德人已经在芝加哥市中心了。

加菲尔德县监狱那边，午饭时间到了。和往常一样，泰德的早餐盘仍原封不动地放在牢房外的地上。这次，狱卒看着床上的隆起，叫了泰德的名字。仍然没有应答。牢房并未上锁，看守掀开毯子，咒骂了一声，毯子下面除了泰德的法律参考书和法律文件，什么也没有。这些东西确实给泰德带来了自由，不过并非公认意义上的自由。

治安官办公室简直乱套了，到处都是相互指责声。有人大吼，说已经提醒过缉捕人员了，说他们居然会让这个受到近 20 起谋杀罪指控的囚犯就这么跑了。

助理治安官罗伯特·哈特评论说，他对泰德这次是否会躲进山里持怀疑态度。"他连 6 月份阿斯彭周围山丘的寒冷都受不了，所以我不认为他会在 12 月的时候再这么做。我们是在和一个非常聪明的人打交道。他这次逃跑应该是全盘计划过的。邦迪可以不受限制地使用电话，还有一张信用卡，这样他就可以打电话到任何地方，而且法庭还不允许对他的电话进行监听。真是见鬼了，如果他想的话，他甚至可以打电话给身在欧洲的卡特总统。"

路障设置好了，追踪犬再次被调集过来，但泰德这回早已逃出追踪范围了。他领先追捕者 17 小时了。

这时的泰德正坐在从芝加哥到安阿伯市的火车上，当他在休闲车厢里舒舒服服地喝东西的时候，那些远远落后的追捕者一边互相叫着对方，一边在雪堆里跋涉。要是亲眼所见，他会多么享受这一景象啊。

在阿斯彭，泰德至少达到了"比利小子"的知名度。天哪，邦迪居然做到了。他让警察看起来简直就像《启斯东警察》（*Keystone Kops*）里的那群警察一样无能！有位诗人拿起笔写道：

> 那么，让我们向强大的邦迪致敬
>
> 周五还在这里，周一却已走远
>
> 他所有的路都通向城外
>
> 压制好人，绝非易事。

阿斯彭州立教师学院的幽默杂志《大获全胜》（*The Clean Sweep*）迅速登出几篇关于邦迪的文章：

### 邦迪去了伯克利

西奥多·邦迪显然是厌倦了在加菲尔德县监狱的隔绝状态，决定在这年的最后一天离开，去寻找智力上的刺激和节日的欢乐。他去了加州伯克利，打算通过教学和学习来融入大学氛围。邦迪被一些人称为"囚犯里的胡迪尼"，他将教授逃脱术、伪装术等课程，还将对"邦迪的饮食——面包与水"展开全面研究。此外，这位聪明而多才多艺的邦迪计划在伯克利大学完成学业。他将读完法律学位相关的全部课程，还会选修犯罪学和戏剧学课程，以便为未来求职寻求更多的可能性。未来的就业意向包括加菲尔德县治安官和电视连续剧《逃犯》的新主角。至于邦迪在酒神节当葡萄酒总管，以及在犹他州开一家灯具公司的传言，都已被证实是假的。

在学生论坛建议栏下：

亲爱的弗雷迪——
　　我想在城里开一家灯具公司，具体该怎么做？

邦迪

亲爱的泰德——
　　等赏金再高些的时候……你再打电话给我。

在一张旧汽车的照片下面，是本月的突击测验中的问题：

　　哪位名人开这辆车去过阿斯彭？
　　A、马龙·白兰度
　　B、杰克·尼科尔森
　　C、琳达·朗斯塔特
　　D、约翰·丹佛
　　E、西奥多·邦迪
　　答案：西奥多·邦迪。

这一切看着都令人捧腹，但着实让执法部门感到沮丧。1月份的庭审现在不会有了。泰德尝试了不可思议的事，并且成功了。

# 第二十九章

回到西雅图，我难以置信地看了报纸上关于泰德第二次越狱的报道。我们 12 月 30 日通话的时候，我根本没有察觉到他有任何计划逃跑的迹象。当然，也可能我是他最不愿意透露的对象，毕竟我和警察的关系太近了。而且，他当时还是表达了再见的意思。

我研究了一下美国地图，想着如果我是泰德，我会去哪里？先去大城市，当然，那么然后呢？他会让自己淹没在大都市的人山人海中，还是试图跨越国界逃出去？他之前向我要了我在洛杉矶的地址，这让我隐约感到一阵不安。洛杉矶确实是个大城市，并且离墨西哥边境只有 120 英里。

联邦调查局也得出了同样的结论。联邦调查局西雅图办事处负责公共信息的雷·马蒂斯是我的一位老朋友，以前在圣诞派对上我介绍过泰德与他认识，他打电话问了我在洛杉矶的地址，还问我什么时候再飞去加州。

我原计划 1 月 4 日飞，但我的车被一个醉驾司机从后面撞了。这差不多是我人生的第一辆新车，让我的心像挨了鞭子一样疼，于是把航班推迟到了 1 月 6 日。

雷给了我联邦调查局洛杉矶办事处负责逃犯的两名探员的名字。"你一下飞机就给他们打电话。他们会和你联系，也会照看你。我们不知道他在哪里，但他可能会与你联系。"

这一切都太不真实了。就在几年前，我还是个典型的家庭主妇——如果存在这个说法的话，一个带着孩子们吃布朗尼蛋糕的妈妈。如今，我要去好莱坞写一个电影剧本，还有联邦调查局的人在等我。我感觉自己简直成了电视剧《玛丽·哈特曼》的女主角。

当我到达好莱坞西边的新公寓后，两名联邦调查局探员过来和我见了面。他们检查了门上的双锁，发现是完好的，并且确信我公寓的三楼不能直接从地面上去，任何闯入者都必须爬上稀疏的竹林，这让他们感到满意。

"你觉得他会打电话给你吗？"

"我不知道。"我说，"他有我的地址和电话号码。"

"如果他打来，别让他来这里。安排在餐馆之类的公共场所和他见面。然后给我们打电话。我们会乔装坐在另一张桌子上。"

我勉强地笑了下，看来埃德加·胡佛那一套仍很流行。我总觉得联邦调查局探员怎么看都是一副联邦调查局探员的样子，我还把这一印象告诉了他俩。他们有点失望，安慰我说他们是"乔装大师"。即便我怀疑他们在乔装方面的专业性，但还是真心感激他们对我的关心。

我常常感激泰德没有朝我这边跑，这样就免去了只可想象的那幕场景的发生。所有的作家都有对戏剧性的一种感知力，但我可不想看到来自华盛顿州得梅因小镇的安·鲁尔被卷入逮捕全国十大通缉犯之一的过程中——因为那个"罪犯"是我的老朋友。

乔伊斯·约翰逊是我在好莱坞逗留期间一位可靠的记者朋友——尽管有时候说话有点扎人，他在给我的信中这样写道：

亲爱的安，

我写信是想告诉你，我正在警局维护你的利益。我告诉莱奇队长你把泰德藏在你公寓了，他简直气疯了！他说再也不会给你任何写作素材了，但他真的很喜欢那个写犯罪故事的新人，会让他看所有的档案。如果你和泰德去墨西哥，记得给我寄张明信片。

顺安，

乔伊斯

接下来的几周我过得并不舒坦，但也算不上胆战心惊。我不怕泰德·邦迪。即便他真如人们所说的那样是多起谋杀案的凶手，我仍觉得他不会伤害我，但我也不能帮助他逃跑，我实在做不出这样的事。

每天晚上回到公寓大楼时，我把租来的车停在漆黑的地下车库里，再横穿整个车库，出口处是一大片郁郁葱葱的灌木丛，底下是游泳池。沿路都是灌木留下的阴影，在我从公寓楼后面到公寓入口的最后那段人行道更是一片漆黑，路灯还是坏的。我赶紧冲向门口，按下电梯按钮，确认电梯内没有其他人后，赶紧出来跑到我公寓的门口。

事实上，比起撞见泰德，我更担心楼里的一些特殊住户。泰德这个人我熟，但那些人我不熟。我对泰德唯一的担心在于我不想面对由我把他交给警方的一幕。

我的担心其实是多余的。在我1月6日抵达洛杉矶机场的当晚，泰德开着一辆偷来的车从我小时候生活过的密歇根州安阿伯市出发，前往佛罗里达州的塔拉哈西。当我和马丁·戴维森开始认真编写剧本的时候，自称为克里斯·哈根的泰德已经舒舒服服地躺在了塔拉哈西的橡树公寓中。即便他会想到我，那也只是偶然一下而已。于他而言，我已属于另一个将被永远抛在脑后的世界。

泰德住在一间破旧的房间里，和以往一样地快乐和满足。每天早上睁开眼睛，看到一扇油漆剥落、满是刮痕的老旧门，而不是那扇坚固的钢门，便是极其美好的事了。在最开始，单是自由本身就足够了。他可以和周围的人交往，可以重新回到大学校园这个他一直认为健康而不乏刺激的群体。

他本打算从此做个守法公民，不开车，甚至不骑自行车。他本打算找一份工作——建筑工人，或者门卫什么的也可以。他的身材不如以前了，几个月的牢狱生活使他结实的肌肉变得松弛，尽管他在牢房里一直坚持来回踱步、做俯卧撑和仰卧起坐，但为了从天花板的洞里出入，他不得不忍饥挨饿，体重严重不足。这一切需要一段时间才能恢复过来。

　　他查阅了佛罗里达州立大学毕业生的名录，决定采用该校毕业生中一位田径明星肯尼斯·米斯纳的名字。他调查了米斯纳的家庭背景和他的家乡，找人制作了一张印有米斯纳名字的身份证，但他还不想用。他还需要驾照和其他身份证明。在他通过了所有证明他是肯尼斯·米斯纳所需的核查之后，他会再准备两三套身份证——先是美国人，再是加拿大人。但他不必着急，从现在开始，他有的是时间。

　　泰德的日子过得很简单。他 6 点起床，在学校的自助餐厅买一份简单的早餐，不吃午饭，晚饭吃一个汉堡包。晚上，他走到商店买一夸脱啤酒，带回房间慢慢地喝。天哪，自由是多么美好，连最简单的事都让人感到如此快乐。

　　他一边啜饮着啤酒，一边在脑子里一遍又一遍地回顾自己越狱的经过，露出了微笑。这一切比他自己想象的要好得多。他们从来就不了解他究竟有何本事。他们自认为那些该死的、用铁链锁在警车地板上的脚镣有用，可事实上，泰德一直都有脚镣的钥匙，是一个狱友给他做的。他本可以随时开锁，但这又有什么用？既然他可以随时穿过天花板，为自己赢得 14 至 16 小时的时间，又为何要在这大冬天从行驶在山间公路的警车上跳出去呢？

　　他知道他应该更努力地找工作，但他一直没有认真行动起来。日子就这么一天天过去，一切都太美好了。

　　泰德知道自己贪图物质欲望，"物质"对他而言很重要。他原来在盐湖城的公寓就是他想要的，可那些该死的警察让他失去了它。如今，他需要一些东西来为自己的生活增添一抹亮色。他在去商店的路上好几次都经过一辆兰令（Raleighs）自行车旁，那是他一直偏爱的自行车品牌。在泰德看来，兰令自行车的车架非常结实，但眼前这辆车的车主显然毫不在乎。轮胎瘪了，车轮圈也生锈了。他偷走了这辆车，补好轮胎，把车轮圈打磨一新，骑起来感觉非常棒。他骑着它去商店买牛奶，没有人特别注意他。

他还顺走了其他一些他所需的东西，都是些正常生活的人的必需品，包括毛巾、古龙水和电视机等，还有一套壁球的球拍和球。这样他就可以在佛罗里达州立大学的球场打球了。

晚上，他大多待在房间里看电视、喝啤酒，尽量在10点前上床睡觉。

偷那些必需品似乎没什么问题，比如在超市把一罐沙丁鱼塞进口袋里留着晚饭的时候吃。如果他想要什么，就必须得去偷。他付了定金后仅剩的60美元很快就要花光了，不管他过得多么清苦也很难保证每天的餐食。

朋友是泰德不敢奢望的东西。他所在的公寓楼大厅里住着一个失业的摇滚乐队，他偶尔和他们聊天，但无法真正亲近橡树公寓里的任何人。至于女朋友，那更是不可能了。他是个没有过去的人。他可能会爱慕某个人，然后不得不自我消失。当他这个叫克里斯·哈根、肯·米斯纳或其他什么名字的人"存在"不过才一周时间，他怎么能去接近一个女人呢？

泰德每过一天都在自责他没有积极地找工作。如果他没有工作，就不会有薪水，那2月8日320美元的房租到期之时，他该如何向橡树公寓的房东解释呢？

尽管如此，他仍然无法让自己行动起来去找工作。他就觉得自己再次回到了人群中，可以打球、骑自行车、去图书馆、看电视，一切实在是太棒了。

他的房间慢慢地布置了起来。对泰德而言，捡东西是件容易的事。他轻而易举就从女顾客随手丢在购物车里的包里掏走了钱包，钱包里有信用卡，信用卡可以买任何东西。他只需记着要在被挂失之前不断地弄到别的卡。

全世界都亏欠泰德·邦迪。它夺走了他所拥有的一切，而现在他只是在弥补被偷走的那几年，被羞辱和剥夺权利的那几年。

泰德习惯了走捷径。也许这就是为什么他不会在偷车这么容易的情况下再去坐公交车了。他从不会将偷来的车留下太久。后来，他甚至无法算清自己作为一个自由人在佛罗里达生活的六个星期里究竟偷过多少辆车。他在摩门教会停车场偷走过一辆，只开了几个街区就发现这车没有刹车。如果他继续开下去的话等于是在找死，于是他把车子扔在另一处教堂墓地了。

虽然他是个小偷，但是盗亦有道。他挑中了一辆小型大众汽车，很快意识到这车一定是某个年轻女孩的。车子很旧，里程已达几十万英里，但车主还花心思改装过、上过漆，换过内饰。这车显然是她的骄傲和快乐之源，他不能偷。他坚持一点——绝不从买不起的人那里偷东西。如果这是辆新车，还有很多漂亮的内饰，这就说明车主承受得起失去它的损失。但这辆小型大众车，他不能偷。他把车停到了离他偷车点几个街区之外的地方。

塔拉哈西的日子就这样一天天过去了。白天暖和，舒适怡然，等到了寒冷的夜晚，泰德就待在房间里看电视，为未来做打算，但他还是没想出一个可行的计划。

在佛罗里达待了一阵之后，泰德的外表再次发生了变化。他之前瘦骨嶙峋，而牛奶、啤酒和垃圾食品现在使体重开始增加，脸上也慢慢变得圆润起来，下巴上一点褶皱都没有。他那因长时间被困在牢房而变得松弛的身体也通过骑自行车和打壁球的锻炼，重新长出了肌肉。他留着短平头，以防头发打卷。他脖子左边一直有个明显的黑痣，这也是他通常只穿高领毛衣的原因之一，但通缉令上从未提到过这一点。也许是从未有人注意到。现在，他用铅笔在左脸颊上画了一颗假痣，开始留起了真胡子。除此之外，他没有特别掩饰自己了。他知道他的容貌似乎在不知不觉中发生了变化，好看却又显得平淡无奇。他打算好好利用这一点。

真正困扰泰德的一件事是，除了和楼里那个乐队偶尔打招呼说句"你好"以及和一位同住橡树公寓的漂亮女孩寒暄几句之外，他没有人可以说话。以前，虽然他从没有过这样的经历，也从未真正想向谁吐露心声，但总可以找到说话的人，即便不过是法庭上的唇枪舌剑或是和狱卒之间的玩笑话。而且他还一直写信。可现在，没有可以交流的人了。他不得不在脑海中品味自己所获得的成功，但孤独感还是盖过了其中的大部分快乐。西奥多·罗伯特·邦迪在西部的时候还是小有名气，在佛罗里达不过是个无名小卒。没有记者要抢着采访他，也没有新闻摄像机对着他。他一直"站在舞台中间"，诚然是以一种消极方式，但也一直是个要小心对付的人。

1978 年 1 月 8 日星期日，上午，泰德·邦迪抵达了佛罗里达州立大学校园，并在橡树公寓安顿了下来。他在校园里四处走动，有时甚至坐到教室里听课，到食堂吃饭，到校园南面的体育中心打壁球。他不认识任何人，也没有人认识他。对大学社区里的其他人来说，他只是一个模糊的存在，一个无名小卒。

XΩ 女生联谊会楼是一栋砖结构的 L 形建筑，位于杰斐逊西路661 号，离橡树公寓只有几个街区，但好像有一个世界之隔。豪华的建筑风格，整洁干净，无可挑剔的装修品味，这里是校园里最顶级的女生联谊会之一，里面住着 39 名女生和 1 名女舍监。这似乎是把我和泰德联系起来的一系列巧合之一——我也曾是 XΩ 女生联谊会成员，确切地说，早在 1950 年的时候，我就在俄勒冈州塞勒姆的威拉姆特大学的 Nu Delta 分会宣誓加入了。我记得那些白色的康乃馨，记得那猫头鹰和骷髅图案的珍贵别针，甚至在脑子里搜刮一番还想得起当时的个人密码。但那是个激情至上的年代，我们屏息凝神地聚集在房间的阳台上，聆听着兄弟会男生们的小夜曲，南边的兄弟会成立时，先成立的 XΩ 女生联谊会也是这么做的。如今住在塔拉哈西 XΩ楼的女孩都很年轻，就是我女儿的年纪。

杰斐逊西路的 XΩ 楼是最美丽、聪慧且最受欢迎的大学女生住所，并且一如继承遗产，因为宣誓加入者的母亲和祖母之前也是 XΩ 楼的成员。我们当年都遵照规定工作日晚上 8 点前和周末凌晨 1 点前必须回公寓，但 1978 年是没有宵禁的。每个住客都记得后门门锁的密码，后门可以通往一楼娱乐室，因此她们其实可以随意出入。1978 年 1 月 14 日是星期六，晚上，女生联谊会的大多数女孩都是很晚才出门，天亮前回来。那天晚上，校园里有好几场"桶装啤酒聚会"——我们当年称之为"啤酒晚会"，XΩ 楼的许多女孩回去时都有些醉醺醺了。也许这在一定程度上可以解释为什么隔壁发生了可怕的事，可这些幸免于难的女孩却连脚步声都没听到。

XΩ 楼下有间娱乐室，它的西面是一个正式的会客厅，除了联谊会的纳新活动周和招待来访的校友之外，平时很少使用。再往那边是餐厅和厨房。楼里共有两个"后"楼梯，一个从娱乐室向上通往卧室区——回来晚的女生通常走这条路，另一个通往厨房。前楼梯位于双扇门内的大厅入口处，大厅墙面是明亮的金属蓝色墙纸，天花板上挂着枝形吊灯，据后来作证的目击者称，那天大厅里灯火通明。

对于那些送心爱的女儿去上大学的父母而言，似乎再没有比女生联谊会更安全的地方了，那里住满了女生，还有一位女舍监管着，并且门总是锁着。通常被允许上楼的唯一一位男性是被称为"联谊会甜心"的男管家罗尼·恩格。XΩ 楼的所有人都喜欢罗尼这个皮肤黝黑、身材苗条且略带害羞的年轻人。

那个星期六，住在 XΩ 楼的大多数女孩晚上都有安排。21 岁的玛格丽特·鲍曼来自佛罗里达州圣彼得堡一个富有且社会地位显赫的家庭，她那晚 9 点半要出去相亲，是她朋友兼联谊会姐妹梅兰妮·纳尔逊为她安排的约会。20 岁的莉萨·利维也来自圣彼得堡，她白天有一整天的兼职，决定晚上出去玩一会儿。莉萨和梅兰妮晚上 10 点去了 XΩ 楼隔壁一家很受欢迎的校园迪斯科舞厅，名叫雪罗德。

凯伦·钱德勒和凯西·克莱纳是女生联谊会 8 号房间的室友，那晚她俩去了不同的地方。凯伦回家给父母做饭，午夜前回来就一直在房间做缝纫。凯西·克莱纳和未婚夫那天去参加了一场婚礼，然后和朋友们在外面吃了晚饭。她俩午夜前都已经上床睡着了。尼塔·尼瑞和南希·道迪那晚也各自有约会，很晚才回来。女管家克伦肖"妈妈"11 点左右就去睡了。如果女孩们有需要，她随时待命。

莉萨·利维白天工作一天，累了，只在雪罗德舞厅待了大约半个小时，然后她独自离开，走回到隔壁 XΩ 楼的 4 号房睡觉了。她的室友周末回家了。

那晚雪罗德舞厅的好几层都挤满了人，周末一向如此。梅兰妮和另一位联谊会姐妹莱斯利·瓦德尔以及莱斯利的男朋友——一位 Sigma Chi 楼的兄弟会成员坐在一起。

玛丽·安·皮卡诺那晚也在雪罗德舞厅，她的室友康妮·黑斯廷斯陪着她。玛丽·安遇到了一个她从未谋面的男子，那次邂逅让她心里有些不踏实。这位棕色头发的瘦高男子一直盯着她看，看得她很不自在。他盯着她看的样子让她觉得毛骨悚然。最后，那人走到她的桌边，给她端了杯喝的，还请她跳舞。他长得挺帅，她没理由心生警惕，也没理由拒绝，雪罗德舞厅本就是个经常和陌生人跳舞的地方。但是，当她起身和他一起走进舞池时，她小声对康妮说："我想我要和一个前囚犯跳舞了……"

在舞池里，那人并没有什么可以证实她直觉的行为或言语，但她发现自己在颤抖。她不敢看他，当音乐终于结束时，她庆幸自己可以回座位了。后来她再找他的时候，发现他不见了。

凌晨 2 点一过，雪罗德舞厅关门时，梅兰妮、莱斯利和她朋友一起起身离开，走向隔壁的公寓楼。当他们走到后门时，梅兰妮对莱斯利说密码锁坏了。"好奇怪，"她喃喃地说，"门没锁。"莱斯利只是耸了下肩。过去好几天，她们在把门关上和锁紧的时候都颇费周折。

三人穿过娱乐室，这时的娱乐室只有几盏昏暗的台灯还亮着。玛格丽特·鲍曼已经回来了，正等在娱乐室里，急切地想和梅兰妮谈谈她约会的情况。莱斯利的男朋友没有车回去，玛格丽特便把自己的车钥匙借给了莱斯利。

梅兰妮和玛格丽特一起走进了梅兰妮的房间，梅兰妮一边换睡衣，一边和玛格丽特谈论约会的事，随后两人走进玛格丽特住的 9 号房，在玛格丽特换衣服的时候继续交谈。

梅兰妮和莱斯利回来后没几分钟，结束晚餐约会的南希·道迪也回来了。她也发现门的构件坏了，还用力把门关紧。她在前楼梯的最上层停了一下，向梅兰妮和玛格丽特道了声"晚安"，然后回房间睡觉了。2 点 15 分的时候，她已经睡着了。

当梅兰妮和玛格丽特互道晚安时，玛格丽特房间的钟显示为凌晨 2 点 35 分，她身上只穿着胸罩和内裤。梅兰妮用力关上了玛格丽特房间的门，听到它咔嗒一声，然后沿着走廊走到浴室，在那里和另一个刚从雪罗德舞厅下班的联谊会姐妹特里·默弗里聊了几句。

接下来，时间先后顺序将变得极其重要。

梅兰妮·纳尔逊的房间里有个数字时钟，她关灯时瞥了一眼，是 2 点 45 分，她几乎是立马就睡着了。

尼塔·尼瑞是在凌晨 3 点被男朋友送回 XΩ 楼的。他们参加了校园里的一个啤酒派对，但尼塔只喝了几杯。她感冒了，感觉不太舒服。尼塔走到后门时，发现门是开着的。这并没有让她特别惊慌，但也意识到有点不对头。尼塔走了进去，穿过娱乐室，顺手关了灯。突然，她听到一声巨响。她第一反应是她的男朋友在取车的路上被绊倒了。她跑向窗口，看到他没事，正要上车。过了一会儿，她听到楼上走廊里有跑动的脚步声。

尼塔走到通往大厅的门口，躲在那里，以免被前门下来的人发现。她躲的位置可以清楚地看到大厅。枝形吊灯还亮着。白色的双扇前门离她大约 16 英尺。

前门楼梯上响起了脚步声，有人在跑。

然后，她看到一个瘦长的男人，穿着一件深色夹克，头戴一顶海军蓝针织帽（她称之为"绒线帽"），有点像美国海军士兵戴的编织冬帽，拉得很下，几乎遮住了上半张脸。她只看到一个侧面，但认出那人是尖鼻子。

那人蹲下身子将左手放到门把手上，不可思议的是，他右手拿着一根棍子——看起来像是木棍。她看得出棍子挺粗糙，表面上好像还有树皮。在他手握住的地方，缠着些布条。

一秒，两秒，三秒，……门开了，那人走了。

尼塔·尼瑞的脑子里闪出一些念头。她没有时间害怕，她想到的是："我们楼里遭了入室盗窃……或者其中某个女孩胆子够大，居然偷偷带人上楼。"

她在联谊会楼里习惯见到的唯一男性是罗尼·恩格，有那么一瞬间，她想："罗尼在这里干什么？"她根本没看清那人的眼睛，只瞥见那个蹲下带着木棍的身影，如今已经印刻在她的脑海里。她立即跑上楼叫醒了她的室友南希·道迪。"南希，楼里有人出入！我刚看见一个人走了出去。"

南希顺手抓起了她的雨伞，和尼塔一起蹑手蹑脚地下了楼。她俩检查了前门，发现是锁着的，而尼塔回来时也已关上了后门。她俩讨论该怎么办。是报警，还是叫醒克伦肖妈妈？但看上去好像没丢什么东西，也没什么不对劲的地方。尼塔向南希描述了那人蹲下靠着门的模样，还有那根棍子的样子。"起初，我以为是罗尼，但这人比罗尼要高大些。"

她俩一边上楼，一边仍在讨论着该怎么办。走到顶楼时，看到凯伦·钱德勒从 8 号房间里跑了出来，冲下楼去，一路摇摇晃晃，双手还抱着头。她们以为她病了，南希便追了上去。

凯伦的头上满是鲜血，并且仍在顺着脸往下流，她看起来神志不清。南希把她带到自己的房间，给了她一条毛巾帮助止血。

尼塔跑去叫醒了克伦肖妈妈，然后走到凯伦和凯西·克莱纳合住的 8 号房间。凯西坐在床上，双手抱着头，嘴里发出含糊不清的呻吟，头上鲜血直冒。

南希·道迪拨打了 911，几乎是歇斯底里地喊道杰斐逊西路 661 号的 XΩ 楼需要急救。第一个电话引起了误解，调度员以为是"两个女生为一个男朋友打起来了"。

当时接电话的是塔拉哈西警局的奥斯卡·布兰农警官。"让我难过的是，"他后来说，"我发现完全不是那回事。"

布兰农当时离 XΩ 楼一两英里远，凌晨 3 点 23 分便赶到了现场。不到三分钟，他的同事亨利·纽柯克警官、佛罗里达州立大学的雷·克鲁和比尔·泰勒警官，以及塔拉哈西纪念医院的医护人员也都陆续抵达。

当时，无论是警察还是医护人员，对接下来会发生什么都毫不知情。

布兰农和泰勒留在楼下，听尼塔描述她所见到的那个男人，并立即向该地区内的所有警察单位播发。克鲁和纽柯克跑上楼。女管家克伦肖夫人和 8 到 10 个女孩在走廊里打转，她们指了指凯伦和凯西，这两个女孩看上去都是受了重伤。

医护人员唐·艾伦、阿米莉亚·罗伯茨、李·菲尼和加里·马修斯被带到二楼，两位受害者躺在那里呻吟。艾伦和罗伯茨在查看凯西·克莱纳，她神志清醒，但脸上有撕裂伤和刺伤，下巴骨折，牙齿断裂，可能还存在颅骨骨折。之前有人给了她一个容器，接住从她嘴里流出的血。她要求见她的男朋友和牧师，她完全不知道发生了什么事。她当时睡得太沉了。

艾伦的主管李·菲尼在凯伦·钱德勒这边。凯伦也是下巴骨折，牙齿断裂，头骨也可能骨折，身上还有伤口。医护人员赶紧打开这两个女孩的气道，以防她们被自己的血呛死。

她俩的8号房看起来简直像个屠宰场，鲜血溅得浅色墙上到处都是。女孩的枕头和被褥上还有一些树皮，是橡树。

凯伦也什么都不记得了。当那个男人反复敲打她的头时，她正在熟睡中。

现场一片混乱。其他警察沿着走廊一个房间一个房间地检查时，纽柯克警官把女孩们召集到了2号房。纽柯克的问题没人回答得上来，因为谁也没听到任何动静。

雷·克鲁警官来到莉萨·利维的4号房，克伦肖夫人紧随其后。莉萨11点左右上床睡觉了，虽然二楼动静那么大，她却没有醒来。克鲁打开了房门，见她向右侧躺，被子盖过头部。女管家把女孩的名字告诉了克鲁。

"莉萨？"

没有应答。

"莉萨，醒醒！"克鲁大喊一声。

床上的人依然一动不动。

克鲁伸手轻轻地摇了摇她的肩膀，让她翻过身来。就在那时，他看到她身下的床单上有一小块血迹。他转向克伦肖夫人，神情紧张地说："叫医生来。"

唐·艾伦抓起他的医疗箱跑到莉萨旁边，检查了脉搏，发现已经没了动静。他把她拖到地板上，立即开始进行人工呼吸和心肺复苏。莉萨脸色苍白，嘴唇发青，皮肤已经凉了，但医护人员还是看不出她到底怎么了。她只穿一件睡衣，内裤在床边的地板上。

艾伦剪开莉萨的睡衣，想看看是什么伤所致。他发现她的下巴周围有明显的肿胀，这种情况通常因勒住脖子引起的；她的右肩受伤了，有一个难看的紫色瘀伤；她的右边乳头几乎已经被咬掉了。艾伦和罗伯茨没时间细想眼前发生的恐怖事件，立即将一条气道插入女孩的气管，让氧气进入她的肺部，在旁观的非专业人士看来，莉萨的胸部有节奏地起伏，看上去像是她自己在呼吸。他们随即又把一根导管针扎进她的静脉，注入 D5W 溶液①使静脉保持流通，以便给药。这是他们对一名濒死病人采取的常规操作程序。接下来，他们通过无线电遥测设备呼叫待命的急诊室医生，询问如何用药，然后给她用了可能会帮她维持心脏跳动 10 到 20 分钟的药物。

他们知道没希望了，但眼前这个一动不动躺在地板上的女孩还那么年轻。他们一直没有测到脉搏，心脏监护仪上只有一条起伏轻微的不规则的线——那是机电分离现象，是一颗垂死的心脏的电脉冲而已。莉萨·利维的心脏没有再跳动。莉萨·利维死了。

尽管如此，莉萨还是被送往医院，一路上警笛哀鸣，最终她被宣布为到达时已死（D. O. A）。

梅兰妮·纳尔逊还在房间睡觉。她突然醒来，看到床边有个男人一边摇着她的身体，一边叫她的名字。她听到他低声地说："天呐！这儿还有一个。"

雷·克鲁看到梅兰妮没死，松了一口气。还好，她只是在睡觉。梅兰妮坐起身来，跟着克鲁来到走廊，出门前抓起一件外套抵御清晨的寒意。

梅兰妮不知道发生了什么事。她看到联谊会的女孩们都挤在一个房间里，看到警察和医护人员忙碌的身影，还以为住宿楼着火了，于是问道："大家都回来了吗?"

有人回答说："除了玛格丽特，其他人都在。"

---

① 即 5% 葡萄糖水溶液。——译者

梅兰妮摇了摇头，说："不，玛格丽特回来了，我和她说过话。"随即她抓着纽柯克警官的胳膊说："跟我来，我带你去。"

两人沿着走廊走到 9 号房间。房门半开着，但梅兰妮清楚地记得自己 45 分钟前和玛格丽特道晚安时关上了门。她推开门，看到了床上玛格丽特的身影。窗外的街灯照射进来的光线足以让她认出白色枕头上玛格丽特那头长长的黑发。

"看！"梅兰妮说，"我就说她在的。"

纽柯克走进房间，打开了灯。眼前的一切使他立即将梅兰妮推到了门外走廊，并牢牢地关上了门。他感觉自己仿佛在经历一场噩梦。

玛格丽特·鲍曼趴在床上，被子围在脖子上，但他看到了她枕头上的血迹。纽柯克走近了仔细看，红色液体是从她右侧的头上涌出的，凝结在耳朵处。天哪，他甚至看到了她的脑浆，头骨也已被打碎了。

纽柯克把被子拉下来一点。一只尼龙长筒袜残忍地绑在她的脖子上，脖子看上去只有正常尺寸的一半粗，很可能已经断了。

他几乎不假思索地碰了碰她的右肩，把她的身子从床上提了起来。他知道她已经死了，任何挽救措施已经无济于事，于是他松开了她的肩膀，轻轻地把她放回了原来的位置。

纽柯克环顾了一下房间。床上到处都是树皮，有些缠在了女孩的头发上，有些被鲜血粘在了她的脸上。然而，现场似乎没有发生过打斗。玛格丽特·鲍曼仍然穿着黄色的短睡衣，脖子上的长筒袜里夹着一条金项链，但她的内裤却躺在了床尾的地板上。

护理人员加里·马修斯确认玛格丽特已经死亡一段时间后，纽柯克即刻封锁了房间。人死后不久尸体上的青紫，因心脏停止跳动而不能泵送血液循环而导致身体低下部位出现的紫红色的纹路，都已经很明显了。

纽柯克通知塔拉哈西警察总部，称确认了一个"信号7"①，尸体就在XΩ楼。

现在这起可怕事件造成了二死二重伤，联谊会的其他女孩都安然无恙，都聚集在2号房间，她们受惊不小，泪流满面，不敢相信发生的一切。她们怎么会在如此混乱的情况下熟睡？凶手怎么可能如此轻易进入她们的睡眠区域而不被发觉？

事情发生得太过突然，让人难以置信。梅兰妮·纳尔逊凌晨2点35分的时候还看到玛格丽特·鲍曼鲜活开心的样子，尼塔·尼瑞看到那个拿着棍子的人在3点离开，而2点45分之前梅兰妮还在走廊里来回走动。

2号房的人群中，一名叫卡萝尔·约翰斯顿的女孩蜷缩在那里浑身发抖。她是2点55分左右回来的，把车停在XΩ楼的后面，从后门进来的。和随后回来的尼塔一样，卡萝尔也发现门是半开着的，她穿过门厅上了前面的楼梯。到达二楼走廊时，她发现所有的灯都关着，这很不寻常，让她感到有点惊讶。唯一的光线是从她房间的门缝漏出来的，她的室友在她不在时都会开着台灯。

卡萝尔换上了睡衣，穿过漆黑的走廊去浴室。浴室是弹簧门，卡萝尔站在里面刷牙时，听到门吱吱作响。当外面走廊里有人经过时它总会发出这种响声。卡萝尔并没多想，以为是哪个女孩经过而已。过了一会儿，她出来了，顺着自己房间的灯光沿走廊回房。

卡萝尔·约翰斯顿上床睡觉了，完全不知道自己差点和凶手擦肩而过。

戴着深色针织帽的男子可能是在傍晚早些时候进入XΩ楼的，然后一直等到他认为所有女孩都回来睡觉了，也可能他是在凌晨2点以

---

① Signal 7，美国警方出警时的代码，比如，Signal 1 指酒驾，Signal 6 指逃犯，Signal 7 指死人。——译者

后从未上锁的后门进入的。有些调查人员认为莉萨·利维最先受到袭击，然后凶手在她房间里等待其他受害者回来。但更可能的情况是，玛格丽特·鲍曼是第一个受害者，莉萨是第二个，而凯西和凯伦差不多是事后临时起意。假使果真如此，那么这个狂暴的情绪失控的男人带着一根橡树棒穿过 XΩ 楼的二楼，在不到 15 分钟时间内杀死和殴打了楼里的几位受害者！而楼里本应听到动静的 30 多人什么都没有听到。

莉萨·利维和玛格丽特·鲍曼的尸体躺在塔拉哈西纪念医院的停尸房里，等待周日清晨的尸检。XΩ 楼周围区域乃至整个校园，到处都是塔拉哈西警局、利昂县治安官办公室和佛罗里达州立大学警务部门的巡逻车及警车，大家都在寻找一名身穿深色夹克和浅色裤子的男子。除了这人鼻子又尖又大之外，他们对他的模样几乎一无所知，不知道他是什么发色，也不知道其他的面部特征。他不太可能还带着那根满是血迹的橡树棍，但衣服上可能还沾有血迹。在那灾难性的 15 分钟里，他残害了 4 名熟睡的女孩，身上的血不会少。

在 XΩ 楼的 4 号、8 号和 9 号房间里，到处都是凶手和医护人员留下的碎片，墙上溅满了猩红色的血渍，地板和床上也尽是血和凶器上掉落的树皮碎片。奥斯卡·布兰农警官走进娱乐室，手和膝盖着地，在门上收集了 8 块同样的树皮碎片。显然，凶手是从门锁形同虚设的后门进来的。

他在联谊会楼的后院发现了一堆橡树原木。看来凶手的凶器是在此随手捡的。

布兰农和警佐霍华德·温克勒在所有的房间里掸粉，以查找潜藏的凶手指纹。他们在门口、墙上的海报以及失灵的密码锁周围都掸上了粉，还拍了照。布兰农在玛格丽特·鲍曼房间的废纸篓里发现一个汉斯牌"活力"长筒袜的包装袋，里面只剩下纸板和玻璃纸了，同时在她室友的床上发现了一条新的连裤袜。看来凶手是自带了勒人的工具。

塔拉哈西和利昂县的每一位警察很快都收到了一份 BOLO①公告。

警方并没有拍下莉萨·利维在房间时的照片，为求一线生机，她被紧急送往医院，但塔拉哈西警局负责身份验证的布鲁斯·约翰逊警官拍下了玛格丽特躺在床上的照片。她的脸压在枕头上，右臂笔直地放在身体一侧，左臂被扭到背部，手心向上，双腿伸得笔直。是的，玛格丽特根本没有和凶手搏斗过，莉萨也是，她被发现的时候，右臂在身体下方。

利昂县的治安官肯·卡萨里斯就在现场，塔拉哈西警局的副巡长兼警长杰克·波廷格以及唐·帕肯警探也在。事实上，在凶杀案发生不到一小时内，利昂县全部执法人员都获悉了情况。他们中没有一个人曾碰到过如此野蛮暴力的案件。

巡警们挨家挨户地搜证，停在街上的监视车拦下了所有经过的人，然而没有任何收获。

嫌犯就这么不见了。

医护人员已经把活着的和死去的受害者全部送到了医院，凌晨 4 点一过，又回到了案发的那条大街上。

他们这晚的工作还远没结束。

邓伍迪街 431 号的老式跃层公寓距离 XΩ 楼大约 8 个街区，直线距离更短，仅 0.2 英里。这是一栋典型的 1920 年代老式建筑，由于在校园边上，已经被改造成出租房，不显花哨但合乎够用的要求。

邓伍迪 431 号有两套“猎枪形”公寓。黛比·西卡雷利和南希·杨住在 A 室，谢丽尔·托马斯住在 B 室。每套公寓都通往一个带纱

①　Be On the Look-Out，即要求“密切注意”的公告。——译者

窗的单扇门前廊，但各有其单独的入口通往客厅、卧室以及后面的厨房。两套共用一堵中央墙，当这个地方被改建成两个单位的时候，并没有人太在意隔音的问题。

至少对于住在邓伍迪街的三个女孩来说，隔不隔音完全不是问题，她们仨是好朋友。谢丽尔和南希都是舞蹈系学生，以前在学校就是宿舍室友。三人经常往来，还经常一起出去参加社交活动。

1月14日是星期六，晚上，三个女孩和谢丽尔的男朋友（也是舞蹈系学生）一起去了塔拉哈西很受年轻人喜欢的"老爹"酒吧跳舞。谢丽尔和男朋友在关门前就离开了，谢丽尔的男朋友没有车，她便开车送他回家，大约凌晨1点到了他那里。他拿来茶和饼干招待谢丽尔，俩人聊了约半小时后，谢丽尔开了两英里回邓伍迪街的跃层公寓，大概2点钟回到了自己的房间。她打开电视机，走到厨房，给自己做了点吃的，还喂了她的小猫。

没多久，南希和黛比也开车回来了。她们朝谢丽尔嚷嚷，善意地抱怨说她的电视太吵。谢丽尔笑了，并调低了电视音量。

谢丽尔·托马斯是高个子女孩，有着芭蕾舞演员般的柔韧性，深色的眼睛，深色的中分式长发垂到后背中间，脸上带着酒窝，长得漂亮还有点害羞。她看了眼厨房里红白相间的印花窗帘和桌布，关掉顶灯，留下一盏夜灯亮着。

谢丽尔等她的小猫跟上她后，拉上了厨房和卧室之间的褶皱式隔板。那晚有点冷，她换上了短裤和毛衣后，又把铺在床上的蓝色马德拉斯毯子拉过来盖上。谢尔丽的床和隔壁朋友的卧室就一墙之隔。那晚，她几乎是一沾到枕头就睡着了。

不过一会儿，有什么声音把她吵醒了——那动静，是什么东西掉下来了吗？她听了一会儿，然后想一定是小猫。她的窗台上种满了植物，小猫喜欢在那里玩耍。之后又没有声音了，于是她翻过身，又睡着了。

隔壁的黛比和南希也已安顿好，准备睡觉。据她们回忆，她们凌晨 3 点就睡着了。

黛比 4 点左右从熟睡中醒来。她坐起身，好像听到房子下面有人拿着锤子一下下地敲着什么。黛比睡觉的床垫是直接放在地板上的，感觉整座房子都在颤，而那砰砰的声音像是来自她床下的某个地方或者她的床和谢尔丽床之间的那面墙底下。

黛比摇醒了南希。声响持续了大约 10 秒钟，然后整个房子又安静了下来。A 室的两个女孩等着，想辨认黛比听到的声音究竟来自哪里。她们害怕了。

然后她们又听到了新的声响，是谢尔丽房间那边过来的。谢尔丽呻吟着，呜咽着，好像在做噩梦。

黛比蹑手蹑脚地走到电话机前给她男朋友打电话，问他她们该怎么办。他告诉她回去继续睡觉，很可能没什么事。但黛比有一种直觉，出大事了。

这三个女孩之间早就达成了安全保障共识，那就是无论白天还是晚上，都要接电话。南希和黛比挤在一起，拨通了谢尔丽的电话。她们听到她的电话响了，一声……两声……三声……四声……

五声……

没有人接电话。

"好吧，"南希说，"马上报警！"

黛比在凌晨 4 点 37 分联系了塔拉哈西警局的调度员，并给出了住址。在她这么做的同时，谢尔丽房间又传来了可怕的撞击声，像是从她厨房里发出的，好像有人在跑，撞到了厨房的桌子和橱柜。接下来，便是一片寂静。

黛比和南希站在卧室中央瑟瑟发抖，然后听到前面有停车的声音。她们打电话求救才三四分钟。当她们从前门向外看去时，惊讶地发现来的警车不是一辆，而是十几辆！

黛比和南希站在门口，指了指谢丽尔的门，把谢尔丽的名字报给第一批进来的警官威尔顿·多齐尔、杰瑞·佩恩、米奇·米勒、威利斯·所罗门。巡警们敲着谢丽尔·托马斯的门，叫着她的名字。没有人应答。多齐尔让米勒和所罗门绕到房子后面去，看是否有人试图从后面出去。

多齐尔发现谢丽尔的门打不开。所罗门从公寓后面喊话，说厨房的窗户上有一片纱窗被卸下来了，窗户可以打开。多齐尔正想从那里爬进谢丽尔·托马斯的公寓，这时南希想起谢丽尔公寓的备用钥匙通常就藏在门廊的纱门正上方。这事除了住在邓伍迪街的三个女孩，没有其他人知道。

多齐尔插上钥匙，门终于开了。当他们的眼睛渐渐适应房间昏暗的光线时，佩恩和多齐尔看到女孩斜躺在房间中央的床上，也看到了床上和地板上的血迹。

隔壁的南希和黛比听到一声喊叫："天哪！她还活着！"她俩哭了起来，她们知道谢丽尔出事了。下一声喊叫是让所罗门警官给医护人员打电话，然后其他警官来到两个哭泣女孩的公寓这边，轻声告诉她们回房间并把门关好。

多齐尔和佩恩想帮助床上的这个女孩。谢丽尔已经半昏迷，呜咽着，警察对她说的话她都没有反应。她的脸因瘀伤而发紫，还肿着，头部像是受了重伤。她躺在床上痛苦地扭动呻吟着。谢丽尔只穿着内裤，乳房袒露，睡觉时穿的那件毛衣已经被扯掉了。

医护人员查尔斯·诺维尔和加里·马修斯在把凯伦·钱德勒和凯西·克莱纳送到急诊室后，刚刚从塔拉哈西纪念医院出来，便接到了回佛罗里达州立大学校园的电话，几分钟后就赶到现场去救治又一位受害者。谢丽尔·托马斯被抬出公寓，即刻送往医院。和其他受害者一样，她头部受到了重击，伤势很严重。

这一切简直让人难以置信，但看起来是这位行凶者的嗜血欲望在

XΩ楼没有得到满足，在欲念驱使下，从女生联谊会楼跑到邓伍迪街的这栋跃层公寓，好像他知道自己的下一个目的地，知道里面住着谁……于是又有人遭殃了。

多齐尔把这次袭击的现场维持原样，直到警探和身份检验技术人员到达，来的是利昂县治安官办公室的玛丽·安·柯克汉姆和塔拉哈西警局的布鲁斯·约翰逊。

约翰逊对卧室进行拍照，谢尔丽的小双人床被推到了白色的墙板边，被褥堆在床边的地板上，床脚处有一根染了红色的木板条，厨房的窗帘已被人从窗帘杆上扯掉，与此同时，副治安官柯克汉姆埋头对证据进行着装袋和标记。

当柯克汉姆准备从地板上捡起床上用品时，她发现床单上有东西缠在了一起。起初，她以为不过是双尼龙袜，但仔细一看，发现是连裤袜——上面开了两个孔，袜腿绑在了一起，做成了头套。里面还夹着两缕棕色的波浪鬈发。

公寓里没有钥匙，厨房门上的锁销仍然锁着，但锁链断了。嫌疑人很可能是从厨房的窗户进出的。

之前 XΩ 楼那里的床上用品被收集起来，小心折叠后塞进了大塑料袋里，以免丢失任何证物。现在，谢丽尔·托马斯的床单、毯子和枕套也在走同一套程序。

同样，所有可能的地方都被撒上了粉以寻找潜藏的指纹，所有的房间都使用了吸尘器，然后将尘盒中的残留物收集起来，留作证据。

至于那根木板条，约 8 英寸长，不到 1 英寸厚，似乎还不足以造成谢丽尔·托马斯所遭受的那种伤害，倒更像是用来撑窗户以便窗户开着的工具，染红的地方早就干了，后来被证明是油漆而已。

这一次，调查人员并没有发现树皮。不管这位闯入者使用的是什么凶器，毋庸置疑的一点是，他逃走的时候已经把它带走了。

凯伦·钱德勒、凯西·克莱纳和谢丽尔·托马斯是幸运的，尽管她们将一直背负那个漫长夜晚带给她们的身心创伤。18 个月后，当她们出现在迈阿密的法庭上，面对被指控伤害她们的泰德·邦迪时，已经基本看不出什么外伤痕迹。只有谢丽尔走起路来还一瘸一拐，要知道她曾经梦想成为一名舞蹈演员。

塔拉哈西纪念医院的医生发现，凯伦·钱德勒有脑震荡、下巴骨折、牙齿脱落、面部骨折和割伤，还有一根手指被压碎了。凯西·克莱纳的伤势也很相似：她的下巴有三处骨折，颈部扭伤，肩膀有严重的撕裂伤。她的下面整排牙齿永久性松动，必须在下巴处用钢钉固定。

谢丽尔·托马斯的伤势最严重。她的头骨五处骨折，导致左耳永久性失聪，而且下巴骨折，左肩脱臼。此外，她的第八颅神经受损严重，以至于不仅影响听力，这位年轻的舞者也将永远无法再保持正常的身体平衡。

凯伦和凯西住院一个星期，而谢丽尔住了一个月才出院。

三个女孩对自己受袭的场面都没有记忆，也都无法说出那个如此疯狂殴打她们的男人长什么样。

而莉萨·利维和玛格丽特·鲍曼永远无法出庭，也永远不会面对那个被控谋杀她们的人了。她们提供的是无声的证词：触目惊心的尸体照片和没有感情色彩的尸检报告。

1 月 15 日星期天，塔拉哈西纪念医院的病理学家托马斯·P. 伍德对几位死去的女孩进行了尸检，这一天，泰德·邦迪在塔拉哈西的 Trailways 车站下车正好一周。

上午 10 点，伍德医生开始对莉萨的遗体进行尸检。莉萨是被勒死的，颈部带状肌有典型的点状出血，喉咙处有绑扎过的痕迹。她额头上有瘀伤，脸部有抓痕。X 光片显示她的右锁骨因受到重击而折断。伍德认为，头部受到的重击使她失去了知觉。倘若真的如此，于她而言也是件小小的好事。

她的右边乳头几近脱落，跟乳房之间仅靠一根线状组织颤巍巍地连着，但这处伤还不算最残忍的。她的左臀有一处深深的咬痕。凶手用牙齿生生撕开了她的臀部，在凹陷的地方留下了四排明显的牙痕。

莉萨还遭受过性侵，但不是通常意义上的性侵。她的体内被插入了一个直挺挺的硬物，造成直肠口和阴道穹隆被撕裂和挫伤，并导致子宫内膜和其他内脏出血。

造成这种伤害的凶器后来在房间里找到了，是一个带喷嘴的伊卡璐发雾瓶，瓶子上沾满了血、粪便和头发。

袭击莉萨·利维的人是趁她熟睡时下手的，他打她，勒她，像野兽一样地撕咬她，然后用瓶子强暴了她。然后，很明显，他用被子把她盖上，让她静静地侧躺在床上，而且被子几乎是小心翼翼地拢在她肩膀上。

下午1点，玛格丽特·鲍曼的尸检开始。对右侧头部的击打造成了凹陷性骨折，并且头骨碎片进入了她的大脑。创伤区域很"复杂"，在外行看来，这意味着头骨大范围的碎裂，以至于很难分辨出一处骨折是在哪里结束的。丑陋的伤口从右眼上方一直延伸到右耳后方，致使下方脆弱的大脑组织严重碎损。其中一处骨折直径为2.5英寸，耳后的损伤部位直径达到4英寸。奇怪的是，乍一看，大脑左侧的损伤比右侧严重。对此有一种解释：玛格丽特·鲍曼头部受到的冲击力已经大到了在她右侧头部被橡树棒击中时，她的大脑直接撞到了左侧头骨。

连裤袜的绑扎带是从玛格丽特的脖子上割下来的，勒得太深了，几乎看不到。这是汉斯牌袜子的"活力"系列，具有很强的拉伸度。凶手剪掉了其中一条袜腿，但在两条袜腿到臀部的地方打了结，做成了类似于谢丽尔·托马斯公寓里发现的那种连裤袜头套。女孩一直戴着的漂亮的金链子仍然紧紧地缠绕在裤袜上。

在伍德医生看来，和莉萨的情况一样，玛格丽特也是在头部受到重击而失去知觉时，被凶手缠在她颈部的裤袜勒死的。

　　但与莉萨不同的是，玛格丽特·鲍曼身上没有找到性侵的证据，但她的左大腿有"绳子擦伤"的痕迹，应该是内裤被强行扯下时留下的。两个女孩的指甲都没有折断，手也没有任何损伤，这表明她们当时根本没有机会自卫。

　　伍德医生从业 16 年来，从未见过他目前看到的这一切。

　　是出于愤怒还是仇恨，抑或是兽性本能而痛下杀手？究竟为什么呢？

# 第三十章


那是个可怕的周末，几乎所有住在佛罗里达州立大学校园附近的人应该都听到了救护车的鸣笛声，觉察到警方在开展深入的调查行动，并意识到绝不是一桩事故或寻常案件那么简单。

亨利·波伦博和拉斯蒂·盖奇是住在橡树公寓的两位音乐家，1月15日是星期天，凌晨4点45分他俩回到了公寓，当时医护人员正把谢丽尔·托马斯送到几个街区外的救援中心，他们听到警笛声，但不知道发生了什么事。

波伦博和盖奇刚走到公寓前门时，看到了一周前搬进12号房的那个叫克里斯·哈根的人。他正站在门口，他们跟他打招呼，他也说了声"嗨"，眼睛却一直盯着校园的方向。他们不太确定那人当时穿了什么衣服，盖奇回忆说外面是风衣，里面是衬衫，可能穿着牛仔裤，所有的衣服都是深色系的。他们不记得他当时看起来是否紧张或不安。他们打完招呼就上楼睡觉了，以为哈根也是如此。

第二天早上，随着莉萨·利维和玛格丽特·鲍曼的尸检工作开始，电台的新闻广播中充斥着有关XΩ楼凶手和邓伍迪街袭击事件的报道。波伦博的房间里聚集了一群震惊的居民。他们被吓到了，在讨论着什么人会干出这种事。

他们正说着，克里斯·哈根走了进来。克里斯从未坦率说出过他在塔拉哈西做什么。他告诉他们，他过去是帕罗奥多市的斯坦福大学法律系学生，他们就以为他是在佛罗里达州立大学继续深造，而他也没有再继续多说下去。他还向他们夸口说自己对法律非常了解，比任何警察都要聪明得多。他说："我能在任何情况下脱身，因为我很熟悉这一套。"

他们并不当回事，当他在胡说八道。

亨利·波伦博觉得凶手是个疯子，很可能在警方加紧调查的时候表现得低调而不露声色。

其他人也纷纷表示同意，但哈根和他们争论起来："不……这人是专业的，以前肯定做过，现在很可能早就逃走了。"

也许他说得没错。哈根说过他了解这类事情，精通法律，还说警察很愚蠢。

佛罗里达州立大学的学生们暂时开始了他们的日常活动，一举一动（尤其是女生）间带着一种无声的恐惧，与此同时，搜寻凶手的工作仍在继续。利昂县治安官办公室、塔拉哈西警局、佛罗里达州立大学警务部门和佛罗里达州执法局都在联合开展工作。校园内和周围的街道始终有静静地坐在巡逻车里的警察监视着。天黑以后，这些街道几乎空无一人，所有的门都上了双锁，整个区域被封锁了起来。如果XΩ楼和邓伍迪街跃层公寓里的事再次发生，生活在这个区域内的女性会安全吗？

严密的证据链梳理工作已在开展，犯罪现场的线索被小心地送到佛罗里达州执法局的实验室。在全程追踪的情况下，所有的证据都会经过测试、检查，并最终被妥善锁起来。

证据的量非常大。一天要花 8 个小时才能录入到审判记录中，然而，几乎没什么有用的证据可以引导调查人员找到嫌疑犯。

证据之一是血样，是受害者而非凶手的。

伍德医生切下了莉萨臀部带有齿痕的部分肌肉，并将其放入生理盐水中冷藏保存，他亲眼看到塔拉哈西警局犯罪现场组的负责人霍华德·温克勒把它拿走了。

在庭审中，辩方会辩称组织样本保存不当已经缩小。它已被从生理盐水中取出，放入福尔马林中。

然而，温克勒已经给咬痕拍了照片，还用一把标准的验尸尺在咬痕旁做了尺寸标记。无论萎缩成什么样，带有刻度标记的照片都不会变。牙科法医专家能够将这些咬痕与嫌疑人的牙齿进行比对，其精确度可与指纹专家识别嫌疑人手指的环状和螺纹的精确度相比。

当然，得先找到一位嫌疑人。

其他证据还包括：那个沾有莉萨的 O 型血的伊卡璐发雾瓶。

在谢丽尔·托马斯床边的连裤袜头套里发现的两缕头发。

一张接一张的可能潜藏着指纹的卡片，最后都被证明毫无价值，可见凶手非常熟悉指纹那一套。

在莉萨的头发中发现的一团嚼过的口香糖，结果在实验室里不小心被破坏了，无法用于分泌物检测或牙齿印痕检测。

所有的床单、枕头、毯子、睡衣和内裤。

橡树棍上掉落的碎片。但即便找到了凶器，又如何根据树皮追溯到某个源头呢？

连裤袜。沾满玛格丽特的血的汉斯牌连裤袜，以及在谢丽尔的公寓里发现的希尔斯牌面罩——和 1975 年 8 月泰德·邦迪在犹他州被捕时从他车上找到的面罩几乎一模一样。

此外，所有受害者的床单和被褥都经过了精液检测。当精液遇到酸性磷酸酶时，便会形成紫红色斑点，结果莉萨、玛格丽特、凯伦或凯西的床单上都没有发现精液。

然而，谢丽尔·托马斯的床单上有个直径约 3 英寸的精斑污渍。佛罗里达州执法犯罪实验室的血清学专家理查德·斯蒂芬斯对这一块精斑污渍进行了密集的检测。

大约 85% 的人类属于"分泌型"（secretors），酶会从他们的体液——唾液、黏液、精液、汗液、尿液和粪便——中分泌出来，这些酶会告诉血清学专家此人的血型是什么。如果将带有体液污渍的布料样本滴入具有相同血型的对照样本中，则该样本不会凝集（细胞不会聚集到一起）。如果将其滴入另一血型的对照样本中，就会产生凝集。

斯蒂芬斯对已知血型进行了凝集试验，结果显示当托马斯的床单样本放入时，细胞发生了聚集。试验没有得出结果。

接下来，他采用了一种称为电泳的方法。将被精斑污染的床单样本放入淀粉凝胶中，加热至"果冻状"稠度，然后把它放在玻片上，通过电刺激使蛋白质发生移动，并加入一个小的代谢物以显示移动的速度。结果并未检测出磷酸葡萄糖变位酶（PGM）活性。

这样看来，那个射精的男人可能是"非分泌型"。然而，斯蒂芬斯认为也不一定。测试结果可能会受到很多变量的影响，如污渍形成的时间、条件、附着的材料以及湿度和温度等环境因素。而且，个人的分泌速率会因其系统在特定时间内的状况而有所不同。

泰德·邦迪血型为 O 型 Rh 阳性，属于分泌型。

这是个难题。在庭审中，辩方将声称酶试验和凝集试验都已证明泰德不可能把精液留在谢丽尔的床上。的确存在这种可能性。但检方只能强调，谢丽尔·托马斯不记得自己是否在 1 月 14 日星期六换过床单。双方都不会再追问一句谢丽尔之前有没有在这张床上和另一个男人发生过性关系，于是这个问题便被搁置了。如果谢丽尔没有换过床单，检方没有说出口的推断是，这个无法确定血型的精斑是别人在袭击者进入她的公寓之前就留下的。这个精斑是泰德的支持者一次又一次提及的可以证明泰德清白的物证之一。

对于由非专业人士构成的陪审团而言，这个问题意义不大。在他们眼中，科学证据就跟官样文章一般。

这件案子归根结底取决于尼塔·尼瑞作为目击证人指认她看到的那个戴着"绒线帽"、拿着血迹斑斑的木棍离开 XΩ 楼的男子，莉萨·利维身上的咬痕，还有连裤袜头套上的毛发。其他的都是间接的。

    但在 1 月 15 日，一切还是纸上谈兵，警察连一个嫌疑人都没有，他们都没听说过西奥多·罗伯特·邦迪这个名字，也不知道他已经逃出科罗拉多州监狱 16 天了。

# 第三十一章

泰德仍住在橡树公寓，偷窃行为变得日益频繁。有了偷来的信用卡，他可以在塔拉哈西的高档餐馆里奢侈地吃喝，可以买他需要的东西，但对于马上需要支付的 320 美元房租却一筹莫展。

我当时住在洛杉矶，仍然有点期待着看到他走出好莱坞西边公寓大楼的阴影，期待看到他友好的笑容。

我的车差点被偷，有人撬掉了我的制片人帮我从 Rent-a-Wreck 租车公司租来的那辆老福特斑马的整个点火装置。我报案后，一个街区之外的洛杉矶县治安官办公室分局的警官就过来了，他四下环顾了我住的公寓，问我是自己选的地方还是有人帮忙租的。我告诉他是制片人帮我租的。

他咧嘴笑了，说："你知不知道，这一层除了你这间，都是妓女的地盘？"

我当然不知道，但这也解释了为什么凌晨经常会有人敲我的门。

和之前联邦调查局的人一样，这位警官也仔细检查了我的门锁，并告诫我一定要小心。这种情况下，我有点多疑也是可以理解的。

我从租车公司另租了一辆车，又恢复了日常生活。佛罗里达离我这里极为遥远。我从来没有去过，也没有要去那里的打算。

我收到了母亲从俄勒冈州寄来的一封信。信里附了一张 2 英寸大小的剪报，是有关 XΩ 联谊会楼谋杀案的零星报道。她写道："这看着很像是'泰德'的风格。我怀疑……"

不，我不这么认为。如果泰德犯了他在华盛顿州、犹他州和科罗拉多州被指控的罪行（而我对此一直很难相信），那他已经彻底逃脱了。他已经是自由之身，又为何还要以他最看重的自由来冒这个险呢？XΩ楼的情况不同，看上去像是一个笨拙而残暴的杀手所为。

# 第三十二章


邓伍迪街跃层公寓后面的一所房子里住着个叫兰德尔·拉根的年轻人，从他家的后门口可以直接看到谢丽尔·托马斯的后门。1月13日，他发现他的1972款大众露营车的车牌不见了。车牌是用螺母和螺栓牢牢固定的，不可能自己脱落。

车牌号是13‐D‐11300。

拉根办了挂失，然后领到了一块新车牌。

拉根的住处离谢丽尔的公寓很近，离 XΩ 楼很近，事实上，离橡树公寓也很近。

2月5日，在佛罗里达州立大学视听系工作的弗雷迪·麦基报告称，该系的一辆白色道奇面包车被盗，是他把车停在校园后被人开走的。车子挂的是佛罗里达州的亮黄色车牌，车牌号7378。此外，车牌背面还印有它在佛罗里达州立大学的编号343。

"13"是州分配的数字，意思是车辆已在利昂县获得了许可。"D"代表小型车辆，而拉根的露营车恰好也属于这一类。如果有人想把拉根的车牌放在一辆大一点的车上，那他肯定会被州警发现并让他靠边停下。但是没有人发现视听系被盗的道奇车，塔拉哈西及其周边的其他人也没看到。

塔拉哈西位于佛罗里达州的西北部。杰克逊维尔位于200英里之外的东北部，边上是圣约翰河，流向大西洋。

1978年2月8日，星期三，下午2点前，14岁的莱斯利·安·帕门特离开了学校——位于杰克逊维尔韦斯康奈特大道上的杰布·斯图尔特初中。莱斯利的父亲詹姆斯·莱斯特·帕门特是杰克逊维尔警局的探长，也是一名从业 18 年的老警员。那天应该是莱斯利 21 岁的哥哥丹尼来接她，因此她穿过初中门前的街道，进入了 K-Mart 超市的停车场，同时眼睛留意着丹尼的车子。

警察的孩子通常比普通人家的孩子要警觉一些，也会比常人接受更多有关人身危险方面的警告。但差不多 4 年前，这没能阻止犹他州米德维尔警局局长的女儿梅丽莎·史密斯的悲剧，这一次莱斯利总算可以逃过一劫。

那天的杰克逊维尔下着雨。雨越下越密，莱斯利·帕门特低着头在雨中行走。这时一辆白色面包车突然在她面前停了下来，着实让她吓了一跳。

一个男人从面包车上跳了下来，他的胡子该刮一刮了，戴着黑框眼镜，一头卷曲的黑发，穿着格子裤和深色海军风格的夹克。他走到她跟前，拦住了她的去路。

莱斯利看到他的夹克上别着一枚塑料徽章，上面写着"理查德·伯顿"和"消防队"的字样。

"我是消防队的，叫理查德·伯顿。"他开口道，"你是那个学校的学生吗？有人告诉我你是那里的学生。你这是要去 K-Mart 超市吗？"

莱斯利目不转睛地看着他，感到不解，又有些害怕。她是谁跟他有什么关系？那人显得很紧张，好像在斟酌下一句该说的话。莱斯利没有答话，她环顾四周，想看看她哥的卡车来了没有，那辆卡车上印着她父亲成立、丹尼在里面工作的建筑公司的名字。

眼前这个人看上去不像消防员。他仪容不整洁，眼神怪异，看着让人不寒而栗。莱斯利想要绕开他，但他继续挡住她的去路。

就在这时，丹尼·帕门特开车进了停车场。因为下雨，他早早就收工了，这也是莱斯利得救的另一个因素。丹尼看到一辆白色的道奇面包车，车门开着，司机正站在车旁和他妹妹说话。他顿时感到情况不妙。

丹尼把车停在陌生人旁边，问他想要干吗。

"没什么。"那人喃喃地说，他似乎对女孩哥哥的到来有些不安。

"上车。"丹尼平静地对莱斯利说，然后他下了车，走向那个穿格子裤的人。那人退后，急忙爬上了面包车。帕门特又一次问他究竟想要干吗。

"没什么……没什么……我认错人了。我刚才只是问了她是谁。"

然后，那人赶紧摇上了面包车的车窗，开出了停车场。帕门特留意到他非常紧张，整个人甚至在发抖，声音也有些颤抖。

丹尼·帕门特跟着那辆面包车，然后在红绿灯那儿跟丢了，但在此之前他写下了车牌号：13 - D - 11300。

如果莱斯利不是警探的女儿，这件事可能就这么过去了。但那天晚上，当丹尼和莱斯利把这事告诉他们父亲时，老帕门特对整件事产生了某种不祥的预感，同时对女儿的平安无事感到庆幸。他并没有就此罢休，他的目标是保护每个男人的女儿。

帕门特知道"13"是利昂县的车牌，他会和塔拉哈西的警探查一下这事。2月9日的大部分时间里他都在忙于自己的工作，直到下午晚些时候才有空打电话到首府。

佛罗里达州的莱克城位于杰克逊维尔和塔拉哈西之间，12岁的金伯利·戴安·利奇就生活在这里。金伯利是个漂亮的女孩，一头乌黑的头发，身高5英尺，体重100磅。2月9日那天，她非常开心，因为她刚刚获得了莱克城初中"情人节皇后"评选的亚军。

2月9日是星期四，莱克城又是刮风又是下雨，但金伯利还是准时到达了学校，正好赶上班主任的课前点名。也许是对参加情人节舞会的事太过兴奋，她在离开教室去上第一节体育课时忘了带钱包。当她发现的时候，老师允许她回去拿。这意味着要冒雨跑到另一栋楼，但金伯利和她的朋友普里西拉·布莱克尼并不介意。她俩从后门跑出去，经过西圣约翰街，顺利地回到了点名的教室。普里西拉跟着金伯利又跑回了下着大雨的院子里，突然想起自己也得去拿个东西。然后，当普里西拉再跑回来追赶金伯利时，她惊讶地看到一个陌生人在向金伯利挥手，示意她到一辆白色车子那边。后来，普里西拉的这段记忆有些混乱，可能是因金伯利的遭遇而受了惊吓。她真的看见金伯利上了那辆车吗？或者那只是她的想象？但有一点是确定的——她看到了那个男人。

金伯利就这么走了。

克林奇·伊登菲尔德是一名上了年纪的学校过街警卫。那天早上，他在 35 华氏度的寒冷气温中顶着 25 英里/小时的风速工作，他留意到了一名男子坐在一辆白色面包车里。面包车堵住了交通，伊登菲尔德看到司机正盯着校园，但他很快就忘了此事。他当时觉得挺恼火的，但仅此而已。

几分钟后，莱克城消防队的副队长兼医护人员克拉伦斯·李·"安迪"·安德森开车经过这所初中。安德森一直是两班倒的工作，当时脑子里正想着其他的事。他也对那辆挡路的白色面包车很恼火，但也只好踩着刹车跟在面包车之后。

在他的左边，安德森注意到一位留着黑色长发的十几岁女孩。小姑娘看上去快要哭了，正被一个看上去三十出头的满头棕色鬈发的男人拉向面包车。那男人满脸怒意，安德森想应该是正在气头上的父亲在接从学校出来的女儿回家。他想着这女孩估计要挨打，结果那个男人把女孩推入面包车的副驾驶座位后，匆忙跑到司机座位，发动车子，呼啸而去。

安德森没和任何人说起此事，因为这看上去并没有什么不寻常。一个男人因为孩子在学校惹了麻烦而停下手上的工作来处理，通常是会生气的。安德森继续开车，去和莱克城警局同在一幢楼的消防队上班。

当天上午，莱克城一名外科医生的妻子杰基·摩尔在接上了她的女佣后，开车在90号公路上向东行驶。她看到一辆脏兮兮的白色面包车迎面而来，面包车突然转入她的车道，突然又退回旁边的车道，然后又转入她的车道，把她逼得差点无路可走，她紧张得倒抽一口气。她瞥了一眼司机，是个棕色头发的男人，看上去怒气冲冲的样子。那人根本就没看路，一直在朝副驾驶座看，张着嘴，像是在大喊大叫。

然后，面包车向西而去，消失在摩尔太太和她女佣的视线之外。她俩还在为她们差点跟别的车迎面相撞而浑身发抖。

金伯利的父亲托马斯·利奇是园林设计师，母亲弗雷达·利奇是美发师。那天，两人都在上班，对小女儿失踪的事毫不知情。直到下午晚些时候，学校出勤办公室的老师打电话给弗雷达，问金伯利是不是病了。她不在学校。

"但她今天去上学了。"金伯利的妈妈回答说，"是我今天早上开车送她去的。"

对方回答："不，她在第一节课离开后就没回来。"

利奇夫妇感到极度恐惧，那是一种只有为人父母者才能理解的恐惧。他们希望女儿不过是一改她一贯的循规蹈矩作风，放学后自己回了家，并可以给出一个合理的解释。但她没有回来，利奇夫妇立即赶往莱克城初中，在学校的户外活动场所找了个遍。校方觉得金伯利是离家出走了，但她的父母不信。她对情人节舞会的事那么兴奋，绝对不会离家出走。

金伯利没有回家吃晚饭。外面的街道漆黑一片，风吹得雨水重重地打在窗户上。她究竟去了哪儿呢？

金伯利的父母给她最好的朋友和所有其他朋友都打了电话，他们都说没见过她，只有普里西拉说看见她朝一个陌生人走去。

利奇夫妇向莱克城警局报了案。保罗·菲尔波特局长说了些安慰的话，说即便是最循规蹈矩的年轻人有时也会离家出走。

即便在菲尔波特试图相信他宽慰这对心急如焚的父母所说的话时，他还是给所有的巡警发了通知，要求留意这位女孩。金伯利是个好学生，门门功课成绩都是 A，各方面都很优秀。她是不会离家出走的。

BOLO 通报上列出了金伯利·利奇最后一次露面时穿的衣服：蓝色牛仔裤，前后都印有 83 号的球衣，以及带假皮毛领子的棕色长外套。她棕色的头发，棕色的眼睛，看着很漂亮，看起来比同龄人更显成熟，但实际上还是个孩子。

金伯利·利奇的年纪，和泰德·邦迪第一次在犹他州被捕那年梅格·安德斯的女儿年龄一样大，梅格的女儿把他当作父亲一般。但与梅格的女儿同龄的那个女孩的妈妈无论如何都不允许孩子和泰德这样的人出去吃汉堡，这让泰德觉得很受辱。"她是怎么想的?"他气愤地问我，"我会伤害她的女儿吗?"

那天下午，杰克逊维尔市的詹姆斯·莱斯特·帕门特警探对金伯利·利奇在莱克城失踪的事还一无所知，但他一直非常担心那个开着白色面包车接近他女儿的男人。他打电话给利昂县治安官办公室的史蒂夫·博迪福德警探。

"想请您帮个忙，我正在查一辆牌号为 13 - D - 11300 的白色道奇面包车的车主，电脑上显示是塔拉哈西的兰德尔·拉根。请帮我查一下这人。昨天有个开着这一车牌号面包车的人把我女儿吓到了。我想他本来是想要带她走。她才 14 岁。"

帕门特把 K-Mart 超市停车场的事告诉了博迪福德，博迪福德也认为此事值得跟进。

但那时的博迪福德还不知道这条消息有多宝贵，影响有多深远。

2 月 10 日是星期五，博迪福德在邓伍迪街后面的房子里找到了兰德尔·拉根。当然，拉根称他 1 月 12 日左右丢了车牌，他说："我挂失了，但没说是被偷了。我刚领到了新车牌。"

博迪福德知道此处在邓伍迪街犯罪现场的附近，也注意到一辆白色道奇面包车 2 月 5 日在校园被盗，并把两者联系了起来。然后他又看到了莱克城的公告，顿时心生一阵寒意。如果塔拉哈西的案件与12 岁的金伯利·利奇的失踪有关联……他不敢想象那个女孩的遭遇。塔拉哈西的女孩们在周围有人的情况下都未能幸免，何况她还是孤身一人。

帕门特听到所有这些巧合串联到一起之后，也是心头一颤。要不是丹尼及时赶到，他的女儿也差一点……

帕门特知道他的孩子们可能对寻找那辆白色面包车里的陌生男子会有些帮助。于是，他安排他俩到同事布莱恩特·米克勒警官那里接受催眠。也许他们的潜意识里有些未被挖掘的线索。

事实证明，这对莱斯利·帕门特来说个考验。她是个不错的催眠对象，不仅想起了那个试图接近她的男人，还重新体验了这段经历，但这回她变得歇斯底里起来。这个自称"消防队的理查德·伯顿"的男人脸上有些东西让她感到害怕，让她感受到了邪恶和危险。

帕门特解释说："当催眠进行到她看到那人的脸时，她就开始情绪失控。他不得不马上停止催眠并叫醒了她。她在抗拒，因为她不想看到他的脸。我不知道究竟发生了什么，让她如此害怕。"

催眠结束半小时后，莱斯利整个人仍在颤抖，仍感到害怕，但她还是和哥哥一起，继续与警局的画像师唐纳德·布莱恩合作。丹尼和莱斯利分别与布莱恩完成了一幅合成人像。结果，两幅呈现出高度相似性。

2 月 15 日，泰德·邦迪在佛罗里达州彭萨科拉被捕几天后，帕门特将会看到泰德的面部照片，他说："我想着……他要是戴上副眼镜，那就几乎一样了。"

同样也是在邦迪被捕几天后，塔拉哈西的调查员 W. D. 迪·菲利普斯给帕门特的孩子们看了一堆面部照片，其中包括一张泰德·邦迪的，丹尼·帕门特选出了两张照片，其中第二张就是邦迪。

莱斯利·帕门特则毫不迟疑地立刻选中了邦迪的面部照。

"你确定吗?"菲利普斯问。

"我很确定。"她回答。

无论怎样，金伯利·利奇失踪了。尽管警方在 4 个县将近 2 000 平方英里的范围内进行了大规模搜索，但八周内都没有任何人找到这个孩子的任何踪迹。和几千英里之外的其他那些她从未耳闻的年轻女孩一样，金伯利·利奇就这么失踪了。

# 第三十三章

1978 年 2 月 10 日，离一系列事情把大家引向泰德·邦迪的日子越来越近了。虽然那时还没人知道他就是泰德·邦迪，但他所痛恨还经常辱骂的那些"愚蠢的警察"已开始对他有所察觉。他故意拖延房东，说再过一两天就有钱付清两个月房租，这事儿算是暂时稳住了，但其实他在计划离开塔拉哈西。他根本没钱，也没有任何可以弄到钱的办法。

塔拉哈西警局和利昂县治安官办公室布置的监视哨仍在加强对佛罗里达州立大学校园的监视。有些车被做了标记，有些没有。

2 月 10 日晚 10 点 45 分，在塔拉哈西的警队工作六年半的老兵罗伊·迪基将巡逻车停在靠近邓伍迪街和圣奥古斯丁街的交叉路口。他已经坐在车里等了两三个小时，开始感到无聊。监视工作确实枯燥，还会引起肌肉抽筋，最后还往往一无所获。偶尔，他会通过对讲机和在彭萨科拉和伍德沃德拐角处监视的唐·福特警官聊上几句。

突然，迪基看到有个人从佛罗里达州体育馆和练习场方向走来，走向十字路口。那人不慌不忙，先是在圣奥古斯丁街向东走，到邓伍迪街转弯向北，然后消失在谢丽尔·托马斯的跃层公寓和旁边的房子之间。

那人穿着蓝色牛仔裤和红色绗缝背心，戴一顶蓝色的帽子，脚上穿的是慢跑鞋。当他从街角的路灯下走过时，飞快地向巡逻车瞥了一眼，迪基清楚地看到了他的脸。

后来，迪基在看到泰德·邦迪的照片时，认出了他就是当时那个漫不经心从他身边经过的人。

利昂县的基思·道斯警官负责下一班的监视工作,他开一辆没有标记的雪佛兰,工作时间为午夜到凌晨 4 点。此时的确切时间是 2 月 11 日凌晨 1 点 47 分。

道斯开车转入 XΩ 楼附近的杰斐逊西路,看到前面有个"白人男性在摆弄车门"。道斯慢慢地把车开到那个弯腰站在丰田车门处的男人边上。那人看到警车停在街中央,直起身来环顾了下四周。道斯表明了自己的身份,问道:"你在干什么?"

"我下来拿我的书的。"

道斯看到那人手里拿着一把钥匙……但没有书。

"对不起,我不太明白。"警官慢吞吞地说,"你说你是来拿书的,可你手里并没有书啊。"

"书在车另一边的仪表盘上。"那人轻松地答道。

道斯仔细打量了他一番。他看上去快 30 岁的样子,穿着一条崭新的蓝色牛仔裤,一件橘红色的绗缝背心。他弯腰拿钥匙开锁时,道斯发现他牛仔裤的后口袋里没有钱包。这个棕发男人看上去"疲惫不堪,精疲力尽"。

副驾驶位子的仪表盘上的确有本书,但那人说他没带身份证,因为他刚从房间下来。他还说自己没把车停在他住的学院西大道上,是因为那里所有的停车位都满了。

他说得没错。校园里的停车位很紧张,一般都是先到先得。

道斯用手电筒照了照绿色丰田车的里面,看到座椅和地板上到处都是文件,还看到地板的文件下方露出车牌的一角。

"那是谁的车牌?"

"什么车牌?"那人在文件堆里一阵摸索,手正好碰到了车牌。

"就你手碰到的那个。"

那人把车牌交给道斯,解释说是在某个地方捡的,没想过会是什么人丢的。

车牌号是 13 - D - 11300。道斯并不认识这个号码，但他还是照例走回他的车边，通过无线电查证是否有车辆盗窃方面的信息。道斯让那人留在丰田车边，自己一手握着麦克风，另一只手拿着车牌。

这时，那人突然跑了，跑过街道，穿过两个公寓之间，又跳过一道挡土墙。

道斯吓了一跳，这人看上去还挺合作的。他后来向迈阿密陪审团描述当时的情景时，非常后悔地说：“我那次看到他时，完全可以用棒球砸中他。但你也知道，法律是有限制的。”

逃跑者跳过挡土墙，直接跳进了橡树公寓的后院……然后就消失了。

查询结果显示，车牌登记在兰德尔·拉根名下。但当道斯去拉根家时，发现拉根显然和那天逃跑的并非同一人。后来，道斯从一堆照片中挑出了那位逃跑的男子——是泰德·邦迪。

第二天早上，道斯看到有关寻找道奇面包车的消息，感到非常气愤。在他后来出庭作证时，这种功亏一篑的沮丧和挫败情绪仍非常明显。就在嫌疑人拿钥匙开丰田车车门的时候，后面就违章停着一辆轮胎漏气的白色道奇面包车。可是等警探们再回去找时，道奇车已经不见了。

# 第三十四章

这个后来被确认为泰德·邦迪的男子，在 2 月 11 日凌晨跳过橡树公寓后面挡土墙后消失了。他的房东 11 日见过他（在房东眼里，他是克里斯·哈根），觉得他看上去"很累，像是真的经历了一场……"。

泰德在橡树公寓和塔拉哈西的逗留即将结束，但首先，他在 2 月 11 日晚上去亚当斯街购物中心的皮埃尔餐厅享受了最后一顿晚餐，点了法国菜和葡萄酒，消费金额 18.50 美元。他用一张偷来的信用卡付了钱，还加了 2 美元的小费。

皮埃尔餐厅的女服务生之所以记得他，是因为他"非常冷漠，一个人静静待着，你会感觉无法和他交流。他点的是好酒。有一天晚上，他喝掉了一整瓶；还有一次，他点了一瓶气泡白葡萄酒，喝了一半"。

泰德一向喜欢好酒。

2 月 12 日，他收拾了自己积攒下来的所有物品。比起 1 月 8 日到达塔拉哈西时，他这次随身携带的东西要多得多，包括电视机、自行车和壁球拍等。他把一盒饼干给了楼下的一个女孩，然后就离开了。

他把房间擦得非常彻底。后来，警探们甚至连指纹都没有找到，也没有任何迹象表明有人在橡树公寓 12 号房间住了一个月。

从视听系偷来的白色道奇面包车已经没用了，被遗弃在塔拉哈西乔治亚西街 806 号前面。2 月 13 日，车子被视听系工作人员克里斯·科克伦发现并认了出来，然后被警方带走做进一步细致处理。面包车上积着厚厚的一层灰和污垢，但车门把手周围区域和副驾驶门除外。事实上，处理这辆车的技术人员在那些地方发现了"擦拭痕迹"，像是有人特意想要去除指纹。

佛罗里达州刑事执法部的指纹专家道格·巴罗在这辆脏兮兮的面包车内一些窗户和扶手等地方也发现了擦拭痕迹。他最终在车上其他地方提取到 57 个潜在指纹，结果被证明都是视听系工作人员留下的。

面包车后备厢有大量的泥土、树叶和蔬菜碎末，像是为了抹掉下面地毯上的某些东西而特意放的。透过这堆土和树叶，上面仍有从面包车拖下重物的痕迹。

血清学家斯蒂芬斯在这块由绿色、蓝色、绿松石色和黑色人造纤维合成的地毯上发现了两大块干涸的血迹。化验结果证实，这些血迹是一个 B 型血的人留下的。玛丽·琳恩·辛森是犯罪实验室研究布纤维的专家，她从这块地毯上分离出大量缠绕在上面的纤维束，还拍下了泥土堆中的一些明显的脚印，脚印显示是一双乐福鞋和一双跑鞋留下的。

犯罪学家还有几个星期的工作要做，但大部分工作都要等到他们有了鞋、血迹或者纤维才能进行比较。警察不知道他们要找的人是谁，他们尚未找到金伯利·利奇的尸体以及她失踪时穿的衣服，他们也不知道面包车前座下面发现的两个亮橙色的标价签的重要性。一个写着 24 美元，另一个贴在它的上头，写着 26 美元，店名是绿地运动用品店，那是一家体育器材店，在亚拉巴马州、佐治亚州和佛罗里达州设有 75 家分店。警探 J. D. 塞韦尔被派去调查使用这种红橙色的标价签和记号笔的具体是哪家商店，以及大概什么商品可能卖到 24 或 26 美元。

泰德一向喜欢大众的甲壳虫汽车。在塔拉哈西的最后一天，他发现了一辆橙色的大众车，车主名叫里奇·加扎尼蒂，是太阳道建筑公司的一名建筑工人。加扎尼蒂向警方报案称，2 月 12 日，有人在乔治亚东街 529 号那里偷走了他的车。

当时钥匙就在车上，这对泰德来说简直轻而易举。他有个偷来的车牌，是他从塔拉哈西的另一辆大众汽车上取下的，牌号为 13-D-0743。他把兰令自行车和电视机放入后备厢，然后彻底离开了佛罗里达州的首府塔拉哈西。

这次，他不再向东，改向西行。第二天早上 9 点，在塔拉哈西以西 150 英里的克雷斯特维尤假日酒店，前台贝蒂·让·巴恩希尔和一位开橙色大众车来的客人发生了争执。这位客人吃完早餐，想用一张签着一个女人名字的海湾信用卡付账。当他开始在账单上签那个女人的名字时，贝蒂告诉他不允许如此。他突然非常生气，把卡扔到了她脸上，并匆忙离开了。后来，当贝蒂看到有关泰德·邦迪被捕的报道时，认出他就是那个暴怒的人。

在 2 月 13 日上午 9 点到 2 月 15 日凌晨 1 点半之间，警方没有收到任何有关泰德·邦迪和那辆橙色汽车的报告。

大卫·李是彭萨科拉市的一名巡警，该市位于佛罗里达西北部，与亚拉巴马州接壤。那天，李在彭萨科拉市的西边值第三班，时间为 2 月 14 日晚上 8 点至 15 日凌晨 4 点。他对自己管的这一片了如指掌，对那里大多数商家的营业时间也熟稔于心。

李注意到一辆橙色的大众甲壳虫从奥斯卡·华纳餐厅附近的一条小巷里冒了出来。他知道华纳餐厅周二晚上关门的时间是 10 点，也清楚那里所有员工的车子长什么样。大楼的四周是机动车道，这条小巷通往餐厅的后门。当警官看到这辆甲壳虫的第一眼时，以为是厨师的车子，但再一看发现不是。

李立即掉头往回开。大众车缓慢行驶着，警车跟在其后。那人并没有什么违规行为，而李也只是好奇是谁在开车，因为通往餐厅的小巷并不是条捷径。

他拿起车里的麦克风，要求查验大众车的车牌信息。然后他打开蓝色警灯，示意大众车靠边停车。这时，车牌信息发过来了，是被偷状态。

当慢悠悠的蓝色光束在李的巡逻车上打转时，前面的橙色汽车加速了。两车的追逐持续了 1 英里，越过了县界进入到埃斯坎比亚县，时速高达 60 英里。经过道格拉斯西街和十字街的交叉路口之后，大众车停了下来。

李拔出他的左轮手枪，下车走向司机。他怀疑前排座位上还有其他人，对此他保持高度警惕，毕竟后援还远在后面。

泰德·邦迪的生活像是进入了循环模式。之前有一次，他开着大众汽车，试图逃脱巡警的追赶，但他最终还是靠边停下了车。那是 1975 年 8 月，在犹他州。这一次是在佛罗里达州的彭萨科拉，命令他下车的警官操一口深沉的南方口音。除此之外，这一切几乎跟之前一模一样。只是这一次，泰德已经穷途末路，他会搏上一搏。

大卫·李比泰德小一岁，比泰德重约 20 磅，但他的注意力放在了驾驶座上的那个人以及车里可能藏着的其他人上。他知道大多数警察就是这样被杀的。

他命令泰德下车，面朝下趴在人行道上。泰德拒绝了，李看不到他的双手。后来，泰德还是服从了，但当李用手铐铐住这位可能的嫌疑犯的左手腕时，泰德突然翻身踢了李的脚，并开始打他。这时他已经绕到李的身体上方，两人扭打在一起。

李还握着左轮手枪，他对天开了一枪，才使自己从嫌犯下面挣脱出来。

泰德随即沿着道格拉斯西街往南跑去。李在他身后边追边喊道："站住！站住，否则我开枪了！"

泰德过了交叉路口，在十字街左转。他对李的喊话做出的唯一反应是稍微向左侧了侧身。李见他左手有东西，因情绪紧张一时忘了那是手铐，以为他追的这个人手里有枪。于是，李又开了一枪，直接射向嫌犯。

泰德摔倒在地上，李以为自己打中了，便跑上前去查看他的伤势，没想到那人又和李打了起来。他显然没被击中，还挣扎着去抢李的枪。他俩的这次打斗持续了很长时间，至少在李看来是如此。

有人在不停地大喊"救命！"。一遍又一遍，李吃惊地意识到竟是嫌疑犯在求救。

当他后来在法庭上回忆起这件事时，他说："我希望有人能来帮我。有个人从家里跑出来，问我在对地上的人做什么。我当时可是穿着制服。"

最终，李的力量占了上风，成功地制服了嫌犯，并将其双手铐在了背后。

李完全不知道自己刚刚逮捕了联邦调查局的十大通缉犯之一。

李把那人带到他的巡逻车上，向他宣读了米兰达警告赋予他的权利，然后驱车前往警局。再也无法反抗的嫌犯这时看起来出奇地沮丧，他嘴里不断重复着："我真希望你杀了我。"

在他们快到监狱的时候，他看向李，问道："如果我到监狱的时候从你手上逃跑，你会杀了我吗？"

李感到不解。这个人并没喝醉，他被捕不过是因为开着一辆偷来的车。李无法理解为何这位被他偶然抓获的嫌犯会表现得如此绝望，甚至想要自杀。

小诺曼·M. 查普曼警探那晚在随时待命。查普曼是个声音柔软得像枫糖浆的人。如果再重50磅，这位留着大翘八字胡的黑发警探看起来简直就是奥列弗·哈台①的孪生兄弟。如果他体重减轻50磅，又像是伯特·雷诺兹②的翻版。2月15日凌晨3点，他走进彭萨科拉警察局总部时，看到嫌疑人躺在地板上睡着了。他叫醒了嫌犯，将其

① 与劳莱并称为"劳莱与哈台"，二人一瘦一胖，是好莱坞1910年代中期开始走红三四十年的一对著名的滑稽片搭档。——译者
② 好莱坞影星，1960年代经常以坚韧不屈的硬汉形象出现在西部片中。——译者

带到楼上的一间审讯室，并再一次宣读了米兰达警告赋予的权利。

嫌犯点了点头，报上了自己的名字：肯尼斯·雷蒙德·米斯纳。

这位"米斯纳"有三套完整的身份证明，都是女生的名字。他有21张被盗的信用卡，一台被盗的电视机，一辆被盗的汽车和几张被盗的车牌，自行车也是偷来的。他提供的地址是塔拉哈西市学院西大道509号。这位"肯尼斯·米斯纳"同意提供一份声明，并允许录音。他看上去有点憔悴，嘴唇和脸颊上有抓痕和瘀伤，衬衫背面有血迹。他签署了个人权利的弃权书，承认自己偷了女性手提包里的信用卡，还偷了汽车和牌照，并在酒馆里偷了身份证。至于他为何要袭击李警官，回答很简单：他想逃走。

2月15日早上6点半，"米斯纳"提出自己需要就医，审讯因此暂停。他被送往医院接受治疗。处理了割伤和瘀伤之后，他又被送回监狱睡了一上午。

在200英里外的塔拉哈西，真正的肯·米斯纳得知自己"被捕"后非常震惊。这位佛罗里达州立大学的田径明星当然不知道有人盗用了他的名字和履历。

15日下午，塔拉哈西的警探唐·帕肯和利昂县的警探史蒂夫·博迪福德驱车前往彭萨科拉。他们知道那个囚犯肯定不是米纳斯，但也不知道他的真实身份，只是他与他们的管辖范围有些关系。他们和嫌疑犯简单地聊了一下，发现他除了看上去疲惫不堪，整体状态很好。他们对他说："我们知道你不是肯·米斯纳，我们想知道你究竟是谁。"

那人拒绝告诉他们，但说第二天早上会和他们谈谈。2月16日早上7点15分，这位身份不明的囚犯听取了对他的权利的宣读，并再次以"肯尼斯·米斯纳"之名签署了弃权书。他非常乐意和警探讨论盗窃案，承认自己偷了各种信用卡，包括万事达、埃克森美孚、太阳石油、海湾石油、美国银行、壳牌和菲利普66，每一种都有很多张不同签名的卡。他记不清具体是从哪里弄来的了，但大部分是在塔拉哈西的购物中心和酒馆的顾客钱包里偷的。有些持卡人的名字很熟悉，有些则不是。实在是偷了太多的卡。

审讯结束时，博迪福德说："请说出你的名字。"

嫌犯笑了。"谁？我？肯尼斯·R. 米斯纳。约翰·R. 多伊。"

这时，他提出要打几个电话。他想打电话给亚特兰大的一位律师，说想咨询那位律师自己该在什么时候说出真实身份以及该如何进行自我辩护。

这位律师名叫米拉德·O. 法默，是一位著名的刑事辩护律师，擅长替那些涉及死刑的凶杀案被告辩护。据称，法默告诉泰德，第二天会有一名助手飞到彭萨科拉，他可以在那时说出自己的真实姓名，但不要承认任何事情。

在揭晓身份前，泰德要求再打几个电话给朋友。直到第二天早上，也就是 2 月 17 日，他被捕的消息以及他的身份才公布。

2 月 16 日下午 4 点半之后，泰德打电话给他在西雅图的老朋友、律师约翰·亨利·布朗。布朗得知泰德在彭萨科拉，且已被捕，但还没有人知道他的真实身份。布朗发现泰德整个人心烦意乱，很难问出实情。泰德用了三四分钟解释自己为什么会被拘捕，并且不太想多谈此事。相反，他更想聊聊他们在西雅图的往事，想了解家乡发生的事情。

布朗告诉过他很多次，在没有律师建议的情况下不要和任何人说话。他觉得如果泰德以现在这种精神涣散的状态去和警探谈话，会对其自身大为不利。泰德以前总是会听取布朗的建议。但 2 月 16 日这天，一切都变了——泰德似乎再也听不进去了。

下午 5 点，彭萨科拉的公设辩护人特里·图雷尔去了泰德的牢房，并和他一直待到晚上 9 点 45 分。图雷尔看得出他在逐渐屈服。他低着头，一直在哭，还一根接一根地抽烟。

图雷尔和泰德待在一起的这段时间里，泰德又打了好几个长途电话。至于给谁打，他不肯说。

奇怪的是，作为一名前新教徒，还差点儿成为摩门教徒，泰德居然要求见一位天主教神父。迈克尔·穆迪神父和他单独待了一会，然后就离开了，谁也不清楚究竟泰德是否向他透露任何特别的信息。

彭萨科拉的警探说，他们那晚分给他一些汉堡和炸薯条，他吃了。这我不知道。

我只知道，他精心打造的门面正在裂开，在绝望中慢慢崩塌。我知道这个，是因为我后来和泰德·邦迪谈了几个小时。那是他第一次想从灵魂深处卸下那个沉重的包袱。

# 第三十五章

1978 年 2 月 16 日星期四，晚上，我在洛杉矶的公寓里。不知为何，泰德被捕的消息在西北部的新闻渠道传开了，而当时彭萨科拉和塔拉哈西的警探们尚未确定他们手上这名嫌疑人的真实身份。那晚 11 点左右（太平洋标准时间），也就是泰德在彭萨科拉接受审讯时，我父亲从俄勒冈州塞勒姆打电话给我说："他们在佛罗里达彭萨科拉抓到了泰德·邦迪。新闻报道了。"

我先是一惊，等缓过劲来，还是不敢相信。这时，我又想起自己看过的关于佛罗里达州 XΩ 联谊会楼谋杀案的剪报。我看了下身边的母亲——她那天刚飞来，要和我一起参加第二天的首映式——说："他们抓到泰德了……原来他逃到佛罗里达了。"

这就是我当时所掌握的全部信息。在接下来的 18 个月里，我会渐渐了解佛罗里达案的所有细节。但我当时有一种可怕的预感，感觉泰德·邦迪与佛罗里达州立大学校园里的那些谋杀案有着千丝万缕的联系。而在那之前，我一直抱着一线希望，希望警察、媒体和公众对泰德是凶手这一判断是错误的。可如今，当我知道他在佛罗里达，这个希望破灭了。那晚我睡下后，一直在做梦，而且是噩梦连连。

突然，沙发边传来尖锐的电话铃，把睡在沙发上的我惊醒了（我住的是一居室公寓，那天睡沙发）。我在黑暗中摸索着接起了电话。

电话那端传来一个深沉、带有明显南方口音的声音，问我是不是安·鲁尔。我说是，然后他告诉我他是彭萨科拉警察局的诺曼·查普曼警探。

"你能和西奥多·邦迪谈谈吗？"

"当然可以……"我看了下时间，当时是凌晨 3 点 15 分。

电话那头传来了泰德的声音，他听起来疲惫不堪、心烦意乱，还有些不知所措。

"安……我不知道该怎么办。他们一直在和我谈话。我们聊了很多，我在努力决定我该怎么做。"

"你没事吧？他们对你还好吗？"

"还好……有咖啡喝，也有烟抽……他们挺好，我只是不知道该怎么办。"

也许是因为我从沉睡中被惊醒，也许是因为我没有时间思考，我当时就拿出了我真诚的态度——没想到这种真诚会带来惊喜。我觉得是时候面对必须面对的事实了。

"泰德，"我开口道，"这事其实已经很久了，我想也许现在是时候把一切都说出来了。也许你应该把所有的一切告诉一个人，一个了解你的人，一个曾经是你朋友的人。你想那样做吗？"

"是的……我想……你能来一趟吗？我需要帮助……"

从某种意义上说，我等这个电话很久了，自从得知泰德在 1974 年 11 月的那个午夜给我打过电话以来就一直期待着，那次电话里他显然对有些事情感到不安，而那恰好是犹他州最后一个受害者黛比·肯特失踪之后。从那之后，我就一直觉得泰德知道我是那个可以倾听他心中藏着的那些可怕秘密并且听完还能承受得住的人。如今这个电话就是因此而来的吧。

我告诉他我可以过去，但没有足够的钱买机票，甚至不知道洛杉矶飞佛罗里达的航班时间。我说："钱我有办法筹到，然后我尽快赶过去。"

"我想他们会出机票钱。"他说，"我觉得他们也希望你过来。"

"好吧，让我先喝杯咖啡，清醒一下头脑。然后我查一下航班，过几分钟再打给你。你把你现在的号码告诉我吧。"

他给了我彭萨科拉警察局队长办公室的号码，随后我们就挂了电话。我立刻打电话给航空公司，发现我可以赶早班飞机，在亚特兰大转机，第二天下午就可以到达彭萨科拉。我感觉查普曼警探希望我去，不然他为什么要打电话给我呢？后来我才知道他是打到我西雅图的家里，是保姆接的电话，在我的保姆说出我在洛杉矶的号码之前，他不得不让他手下的队长等在线上。他们着实是费了很大的劲才找到我。

然而，几分钟后，当我打回去的时候，被告知此时不允许任何电话打进去！我解释说，我刚刚和诺曼·查普曼和泰德·邦迪通过话，他们在等我的电话，但对方的答案仍是"不行"。

直到 30 小时后接到佛罗里达州助理检察官罗恩·约翰逊的电话我才搞明白是怎么回事。他说："我要让你来，我觉得你应该来，但这里的警探想用三天时间从泰德·邦迪那里得到口供。如果没有，他们再请你过来。"

他们自始至终都没让我过去。直到 1979 年 7 月我走进泰德在迈阿密的审判庭内，我才见到了那些人。也只有在那时，我才真正了解 1978 年 2 月 16 日到 17 日那个漫长的夜晚以及随后几天发生了什么。有些审讯过程被录了下来，录音在迈阿密的审前听证现场被大音量地播放了一小时。其中一部分录音内容来自之前的听证会，提供证词的警探包括诺曼·查普曼、史蒂夫·博迪福德、唐·帕肯和杰克·波廷格队长，他们都花了很多时间与泰德单独谈话。

如果在泰德在彭萨科拉被捕后的头几天里我被允许和他谈谈，情况会有什么不同吗？现在会有更多的答案吗？或者说我飞去佛罗里达的话，最终听到的会是泰德向警探们做的那些含糊其辞、绕来绕去的陈述吗？

这些答案，我永远无从知晓了。

# 第三十六章


彭萨科拉警局的诺曼·查普曼警探是个非常讨喜的人。有很多证据表明泰德喜欢他。的确，他这人很难让人不喜欢。在我看来，他为人诚挚，他那朴实的"好孩子"特质也是真的，而且他是迫切地想要替金伯利·利奇的父母查明他们的女儿到底出了什么事。他还想解开塔拉哈西所有谋杀和袭击案的谜团。当然，我认为和所有人一样，他这么做也有个人追求晋升的动机。对于在佛罗里达州锅柄状地区的一个部门工作了 6 年的一个警察来说，要是能从一名全美最臭名昭著的逃犯那里获得供词，那将是件值得铭记的事。因此，警局那次阻止我动身的电话以及不让我去佛罗里达的决定可能是正确的，但也可能是个悲剧的错误。

1979 年 7 月，诺曼·查普曼坐在戴德县法庭的证人席上，那天的庭审法官是爱德华·考尔特。诺曼的运动夹克被他的肩膀和腹部绷得紧紧的，休闲裤下一双白色袜子非常显眼。他不是个爱吹嘘的人；相反，他表里如一，面带微笑且爱唠叨。那天，他带来了一盘足以让法庭全场震惊的录音带。

2 月 16 日晚些时候，泰德让人给诺曼·查普曼带了口信说他有话想说，并且不必律师在场。于是，2 月 17 日凌晨 1 点 29 分，查普曼、博迪福德和帕肯与泰德之间的一段长时间对话开始了，录音带便由此而来。

泰德的声音显得坚定而自信。"好吧，让我想想。这一天太漫长了，但我昨晚睡得很好，而且我很清醒。我看过医生，也电话咨询过律师了。"

如果泰德期望在宣布自己是西奥多·罗伯特·邦迪时会引起一阵欢呼的话，那他一定会失望。三名警探竟然从未听说过他，这实在令人扫兴。当一个重要的逃犯最终公布自己身份的时候得到的竟是如此漠然的回应，那他被列为美国最想抓到的逃犯之一又有什么意义？直到李警官拿着一份联邦调查局十大通缉犯的传单走进审讯室（来让泰德签名）时，他们才真的信了。

　　查普曼说："你想说什么就说吧，我们听着呢……"

　　泰德笑了："这有点正式啊。"

　　查普曼说："要是你对我们这些疲惫的面孔厌烦了，随时直说。"

　　"那么我就来让大家开开眼……"泰德开始说。

　　"你带够烟了吗？"

　　"是的。……不说出我的姓名可是件大事。"

　　"既然你告诉我们了，我想我们也都理解了。我们明白你为什么不愿意说。我必须承认你站在法官面前但又不说你名字的时候表现得相当冷静。这要是换作我，我做不到。"

　　"你了解我的过去吗？"

　　"只知道你说出的那些。你说我听，一对一，说吧，我们听着呢。"

　　"名字这件事是个不错的开始。我了解这种宣传方式——如果我在内布拉斯加州的奥马哈被捕……我知道你们一定会发现我的身份证照片。我经过这么多的努力，第一次得到自由，如果这么轻易就放弃了，那实在是浪费。"

　　查普曼说很想听听泰德越狱的事，而泰德也急不可耐地要告诉他们。如此聪明、如此深思熟虑的举动，他却一直无法告诉任何人。

　　但具有讽刺意味的是，他居然对着警察——那些他一直奚落的"愚蠢的警察"开了口。

　　他的讲述从自己从皮特金县法院二楼"奔向自由的那一跳"开

始，一直讲到逃到塔拉哈西，整个过程中录音带里频频传出笑声。然后，他声音低了下去，深吸一口气，为自己不去找工作而自责。他还提到自己非常喜欢打壁球，并表示愿意签署对他偷来的车进行搜查的许可书。然后他的声音哽咽了。

这时，查普曼评论说："你在谈到某些地方的时候会哭，比如说打壁球。"

"能和人待在一起，或是成为他们中的一员，那感觉真是太好了。我有个习惯，喜欢收集一些小物件。我在法学院期间的那间公寓很好，但如今一切都没有了。我告诉自己，没有汽车、自行车或其他东西我依然可以生活，只要拥有自由就足够了。但事实上我还是想要一些东西。"

泰德描述了自己不断升级的盗窃行为，并再次责怪自己太过愚蠢。"我没找到工作，真是太笨了。我愿意工作，但我只是不愿意去找工作。没有工作的那段时间实在糟透了。"

查普曼问泰德是否去过塔拉哈西的雪罗德舞厅。

"我一个半星期前才第一次去那儿。里面的声音让人无法忍受。那就是个迪斯科舞厅。"

"那你有没有为了免费的啤酒或食物去参加过兄弟会或女生联谊会？"

"没有。因为我很久以前有过一次非常糟糕的体验。我和一个朋友去了，看到一个醉汉到处挑衅。还好那时候我跑得够快。"

"你还记得1月份联谊会纳新活动周的草坪啤酒节吗？"

"记得，我住的地方可以听到兄弟会成员弄出的噪音。"

"晚上你做些什么？四处走走？"

"我会去图书馆，我规定自己早点睡觉。自从有了电视，我就待在房间里了，因为有事可做。"

当被问到他周六晚上通常做什么时，泰德突然岔开了话题。他说不记得在 1 月 12 日或 13 日偷过一块车牌，但记得在到塔拉哈西 6 天后他偷过一块橙白色面包车的车牌。

当被问及他是否擦掉了偷来的车上的指纹时，他惊讶地回答说："啊……我戴了手套，就是普通皮手套。"这时，泪水涌上他的眼睛，说话也有些含糊。

"在塔拉哈西还有什么要说明的吗？"

在讲到自己偷了街上一辆未上锁的兰令自行车时，他的声音哽咽了。就好像那辆车是他一个活生生的生活伴侣。

"我问过你白色面包车的事，从校园开走的那辆……"

"我真的不能说。"

"为什么？"

"就因为我不能说。"泰德哭了。

"是因为你没做过，还是……"

泰德的话音被抽泣声淹没了。"我就是不能……那次的情况是——"

查普曼很快转了话锋，谈起了泰德在犹他州被捕的事。泰德解释说他因绑架罪而被判刑 1 到 15 年。

"男的还是女的？"

"呃……这太复杂了。我以为你已经有了全部的背景资料。1976年 3 月至 10 月下旬，当科罗拉多州的谋杀指控下来时，我在犹他州监狱坐牢。"

其间，警探对着他拍了张照，然后有人问："你最出风头的个人资料是什么？天哪，你上周进了［联邦调查局通缉犯的］前十……"

"他们逮到我会受嘉奖的。"

"你不喜欢联邦调查局？"

"他们就是一群被高估的混蛋。"

查普曼又问了泰德在科罗拉多州发生了什么。

"标准石油公司的几张小票……我真的不明白那究竟是怎么回事。是的……卡琳·坎贝尔在阿斯彭失踪的同一天，我在50英里外的格伦伍德斯普林斯加过油。如果之前有过预警，那一定会尽人皆知，尤其是在华盛顿州的事发生后。我在华盛顿州有很多关系，包括州长办公室的人。压力真的很大。"

"那是什么样的凶杀案？"

"我也是听别人告诉我的，受害者都是年轻女性。国王县重案组的队长压力很大，但他们从来没有审问过我。他们手上没有证据。"

"那都是什么样的谋杀？"

"没有人知道，因为尸体被肢解后散落在各处。"

"科罗拉多州的情况呢？"

"我看到了尸检照片。都是钝器伤和勒死……"

"怎么造成的呢？"

"我不知道。"

这时，查普曼又换了话锋，问泰德有没有进联谊会楼偷过钱包。

"没有……这太冒险了。那里有很多安全防范措施。我觉得他们会有门锁或其他锁类装置，还会有警报系统什么的……"

这时，泰德要求关掉录音机，并不能做笔记。

根据查普曼警探在法庭上的证词，当时审讯室其实激活了一个"窃听器"，但最后发现那个窃听器没有录制成功。

在华盛顿州，这种偷录审讯的行为会使得整个审讯过程前功尽弃，但佛罗里达州允许这么做。

审讯持续了一整夜。博迪福德、帕肯和查普曼坚持认为，泰德说的内容比录音带里的信息更具伤害性。考尔特法官最终会裁定，泰德·邦迪在1978年2月16日至17日晚所做的任何陈述在迈阿密的庭审中都不会被承认，但据称关掉录音机后发生的那部分对话才是最令人毛骨悚然的。

三位警探称，泰德告诉他们他是个夜猫子、"吸血鬼"，是个"偷窥狂"；他说自己除了因幻觉而导致的偷窥癖之外，从未"做过任何事"。

泰德向他们描述了一个女孩——一个多年前在西雅图街头走过的女孩，当时他还在塔科马的法学院读书。"我当时觉得我必须不惜一切代价拥有她，但我没有采取行动。"

据称，他还讨论了一个"问题"，是个在他酗酒后驾车时才会出现的问题，也与他的幻觉有关。

"听着！"他在录音机关掉之后说道，"我想告诉你们，但我脑子里已经竖起了一道屏障，使我无法开口。还是你们问我吧。"

"那你想谈谈 XΩ 女生联谊会楼谋杀案的事吗？"

"证据就摆在那里，你们不要放弃挖掘啊。"

"你杀了那些女孩吗？"

"我不想撒谎。但如果你们逼我回答，那我的答案是没有。"

"你当时出现幻觉了吗？"

"它们一直在……"

这时，博迪福德又问："你有没有将你出现的幻觉付诸实践过？"

"那样做的话真让人沮丧……"

"那你去过 XΩ 楼吗？你杀了那些女孩吗？"

"我不想对你们撒谎……"

据称，泰德在那晚和第二天发表了更多的陈述，人们必须决定在警探和泰德·邦迪之间究竟哪一方的话更具真实性。

根据联邦调查局的信息和几名不断给彭萨科拉的警探打电话的记者所说，他们抓到了一名涉嫌 36 起谋杀案的男子，这个数字让他们难以置信。

查普曼在关掉录音机后的谈话中问了泰德这个问题，据说泰德的回答是："再加一位数，就对了。"

他这话是什么意思？是在挖苦人吗？他说的是 37 起吗？哦，不，他说的不会是……100 多起吧？

联邦调查局的数据中已经包括了几起尚未侦破的案件在内，比如加州北部的一些案件，而追踪过泰德的警探认为那些案件其实与泰德并没有太大关系。然而，在没有录音的情况下，泰德向佛罗里达州的警探暗示说，有 6 个州会对他非常感兴趣。6 个？警探说，泰德还提到要和他们做一笔交易，想通过提供信息来保住自己的性命，说泰德觉得自己脑子里的东西对精神病学研究来说有非常高的价值。但这些说法都没有被录下来，并且就在泰德马上要给出细节的时候，调查人员说泰德突然反悔了，戏弄了他们，给了点甜头就跑了。

当华盛顿州警探听到"再加一位数，就对了"这句时，他们立即想到华盛顿州两个长期悬而未决的案子。

1961 年 8 月，当时泰德 15 岁，9 岁的安·玛丽·伯尔从她位于塔科马的家里失踪，而她离邦迪家只有 10 个街区。安·玛丽夜里醒来，告诉她父母说妹妹病了，然后这个满脸雀斑的金发女孩大概又上床睡觉了。但是，到了早上，安·玛丽就不见了，并且朝向大街的一扇窗户大开着。她失踪的时候只穿了一件睡衣。

塔科马警局的托尼·扎特科维奇警探对此进行了大量调查，但始终没有发现安·玛丽的踪迹。后来这位前塔科马警探回忆说，在女孩失踪的那晚，她家门口的街道被扒开正在进行重新铺设，他怀疑女孩的尸体有可能被匆忙埋进了道路的沟壑里，在接下来的几天被成吨的泥土和沥青覆盖了。扎特科维奇现在已经退休，他说泰德·邦迪的名字从未被列入长长的嫌疑犯名单。

1966 年 6 月 23 日，西雅图警局的凶案探员手上有个案子，和现在泰德涉嫌的案件作案手法十分吻合。莉萨·威克和朗尼·特伦贝尔这两个 20 岁的女孩和另一个女孩一起住在安妮女王山脚的地下室公寓。三人都是美国联合航空公司的空姐，都非常漂亮。23 日那天是星期三，另一个女孩不在家（她前一晚去了别的空姐那里）。那时，朗尼·特伦贝尔正在和国王县的一位副治安官约会，他在那天傍晚的时候见过她，晚上 10 点还给她打了电话。这位漂亮的黑发女郎是俄勒冈州波特兰市消防局小队长的女儿，她告诉那位不在家的室友说她和莉萨一切都好，马上准备去睡了。

当第二天早上 9 点 30 分，朗尼和莉萨的室友回来时，发现门没有锁——这是个非常不寻常的情况，而且灯还亮着。她走进朋友的卧室，发现她俩仍躺在各自的床上，但两人都没有回应她的问候。她感到不解，随即打开了灯。

"我看到朗尼，简直不敢相信自己的眼睛。然后我开始叫醒莉萨……她竟然也是同样的状态。"那女孩对警探约翰·莱奇、迪克·里德和韦恩·多曼说。

朗尼·特伦贝尔死了，头上和脸上都是血，头骨被钝器打断了。莉萨·威克处于昏迷状态，她的头部也受到了重击，但哈伯维尤医院的医生推测，她之所以还活着，是因为她戴的卷发夹承受了一部分重击的力量。两个女孩都没有受到性侵，也没有挣扎的痕迹，她们是在睡梦中遭到袭击的。房间没有强行闯入的迹象，也没有东西被盗。

乔伊斯·约翰逊在莉萨·威克的病床旁坐了好几天，等着听这个受重伤的女孩从昏迷中醒来时可能会说些什么。莉萨确实康复了，但她完全不记得当时发生的一切。她只记得自己上床睡觉，几天后在医院醒过来。

西雅图警探在公寓楼南边的一块空地上发现了凶器，是一根 18 英寸长、3 英寸见方的木头，上面沾满了鲜血和头发。这个案子至今仍在西雅图警局的悬案档案中。

1966 年夏天，20 岁的泰德·邦迪搬到了西雅图，开始在华盛顿大学上课。一年后，他在安妮女王山边上的 Safeway 商店工作。

除了距离近和作案手法外，没有找到其他的匹配因素——但当调查人员听到泰德·邦迪 1978 年 2 月 17 日随口说的那句话时，他们想到了伯尔和威克-特伦贝尔的案件。

利昂县警长杰克·波廷格将向辩护小组做证人陈述，他回忆说，泰德在一天后告诉他，他有一种想对女性造成巨大身体伤害的欲望。波廷格还问过他为什么会有偷大众车的癖好，他说是因为大众车的油耗不错。

"行了吧，泰德。还有别的什么吸引你的？"

"好吧，它的前排座位可以拿掉。"

泰德说的时候犹豫了一下，波廷格于是接口道："那意味着运人的话比较方便。"

"我不喜欢用这种说法。"

警探和嫌疑犯琢磨了一圈寻找合适的字眼，最后想出了"货物"一词。

"运送货物会比较容易。"

"为什么呢？"

"能够更好地掌控车子。……"

根据波廷格的证词，泰德曾表示更愿意自己的人生归宿是华盛顿州的某个机构。一个可能"研究"他的机构。

"研究他的什么呢？"

波廷格后来在回答邦迪的辩护律师迈克·密涅瓦的提问时说："我认为谈话的要点是，他的问题在于他有一种对女性造成巨大身体伤害的欲望。"

查普曼看起来像是泰德还蛮喜欢的人，他问道："泰德，如果你能告诉我（金伯利·利奇的）尸体在哪里，我会去找出来，让她父母知道孩子已经死了。"

"我不能说，因为现场太可怕了，没法看。"

随后，泰德被戒备森严的车队押往塔拉哈西的利昂县监狱。警探唐·帕肯再次问他："小女孩死了吗？"

"哟，你们终于知道你们在对付的是个非常奇怪的生物了吧，而且你们已经知道好几天了。"

"我们需要你的帮助来寻找金伯利的尸体，这样至少她的父母可以安葬她，他们的生活才能继续下去。"

据帕肯描述，泰德从椅子上站了起来，把一包香烟揉成一团扔在地上，说："可我就是你们见过的最冷酷的狗娘养的。"

如果泰德·邦迪所有没有被录下来、没被公开的言论都被重视起来，那么泰德确实还有从未向任何人透露过的一面——只有那些受害者知道，可是受害者永远无法开口了。

诺曼·查普曼发誓泰德确实说过这些话，而且 2 月 17 日查普曼陪他去洗手间时，泰德还一度表示他不想和他的公设辩护人特里·图雷尔和伊丽莎白·尼古拉斯交谈。

"他说：'诺曼，你得让那些狗娘养的离我远点，因为他们想对我说不要告诉你那些我想告诉的事。'他说他想告诉我们的是关于他自己的事，他的个性，他的'问题'，因为那些幻觉一直占据着他的生活。他可以和有情绪问题的人一起工作，但不能和任何人讨论他自己的问题。他说如果这种幻觉一直存在，那他必然会做出一些反社会的事。我们推测他的'问题'与死亡有关。他说，当他进入'律师'的角色时，他就愿意和公设辩护人交谈，并且我们应该认识到他以这种方式谈话是做出了多么大的让步。他一直说他不想对我们撒谎，但如果我们强迫他，他就不得不撒谎。他这话说了很多次。我说我们无法叫公设辩护人走开，他必须亲自去说。"

2 月 17 日早上 6 点 15 分（佛罗里达时间），泰德打电话给我，说他想把一切都说出来——他想谈谈。他的公设辩护人在审讯室外等着，说要到上午 10 点才能获准见他。他们说他们发现泰德边讲边哭，显得心烦意乱，语无伦次。

那天晚上，伊丽莎白·尼古拉斯去了埃斯坎比亚县监狱，再次要求见泰德。她告诉监狱看守她有泰德要买的安眠药，但看守不让进，她便打电话给法官。看守很生气，说他有权对她进行搜身。

"我希望由女性来做这件事。"她说。

"听着，女士，上面还有裸男呢。"看守没有正面回答她。

"那我也不会看的。"她反驳道。

她还是被允许进入了监狱，看到泰德睡得正香。在 18 个月后的预审中，泰德·邦迪作证说，他对那天早晨只有模糊的记忆，如果他知道律师在审讯室外，他肯定会见他们的。

警探和公设辩护人曾就这名囚犯展开过一场拉锯战。如果泰德想的话，那他究竟真正想和哪组人交谈呢？这一点仍是个谜。

# 第三十七章

1978 年 2 月 17 日，星期五，那天的大部分时间我都试图联系泰德，当然，我在佛罗里达州彭萨科拉碰了钉子。那个周五晚上，我本应非常兴奋。那是我的第一个好莱坞首映式，我是这部电影导演（也是我另一个电影剧本的合作者）邀请的嘉宾，那晚会有很多电影明星出席。如果能寄信回西雅图给那些把我在洛杉矶的生活想象成比实际生活更有异国情调的朋友们，那一定是多多益善。可这一切最终都成为泡影。那晚我听到了泰德惊恐的声音，一个他从 3 000 英里外打来的求救电话。

我知道他想要什么，尽管他没有直截了当地说出来。他想回家。那时的他已经准备好坦白一切了，如果能让他回到华盛顿州被关在精神病院的话。他打电话给我是因为逃亡的日子结束了，他再没别的可去之处来帮他忘却往事，他感到非常害怕。

我是真的想救他。我开始给华盛顿州的政府机构打电话，试图做些安排，让泰德先向我坦白，然后通过辩诉交易将他送回华盛顿州，关在精神病院。整个周六我都在打电话。我先打到尼克·麦基的家里，问他是否可以介入此事，是否可以打电话给查普曼或波廷格，向他们解释说泰德很可能会和我坦白，而这也正是华盛顿州的调查小组想要的。麦基说他会联系高级副检控官菲尔·基利恩，然后再给我回信。

至于是否可以资助我去佛罗里达州的机票和相关住宿费用，他说他不清楚。

我又打电话给西雅图警局的凶案组，和助理警司厄尼·比塞特谈了谈。厄尼觉得如果有可能，我应该去一趟彭萨科拉。他说，西雅图警局还有些调查经费，他会设法为我安排机票。

半小时不到，比塞特就回了电话。他告诉我他们可以负责我去佛罗里达的差旅费，但这得取决于我是否能说服当地各机构允许我和泰德谈谈。西雅图警方无法左右佛罗里达州警探想要做的事。

不久之后，菲尔·基利恩打电话来了。我向他解释说，泰德似乎急于想和我说话，但从周四晚上起我就无法通过电话联系到他了。

"菲尔，"我问，"谁对泰德有管辖权？是华盛顿州——因为第一宗犯罪发生在西雅图？还是佛罗里达？"

"有人的一方。"他回答说。

一时间，我脑子里乱哄哄的。什么人？是指尸体吗？华盛顿州有6具尸体，犹他州和科罗拉多州也有，而佛罗里达州也有两具，金伯利·利奇仍然下落不明。于是我问菲尔·基利恩："你指的是什么尸体？"

"是他，泰德·邦迪这个人。谁抓到了他，谁就有管辖权，想怎么处理就怎么处理。"

所以管辖权是他们的。如果佛罗里达那边不想让我和泰德谈谈，那我就不能和他谈。显然那个州的警探不想要我过去，并且他们也根本不在乎泰德想要什么。

# 第三十八章

尽管泰德是 XΩ 女生联谊会楼谋杀案、邓伍迪街袭击案和金伯利·利奇绑架案的主要嫌疑人，但目前对他的指控仅限于汽车盗窃、信用卡盗窃、伪造罪和"虚假声明"（这个术语有点过时，意思是宣称或断言某张纸币、某笔钱财或某份文件是真的、有效的，但实际上却是伪造的）。不过，仅仅是这些指控的定罪，就可能像他在科罗拉多州第一次越狱后的指控一样，给他带来超过他寿命长度的牢狱之灾：75 年刑期。但是佛罗里达州当局正在寻找更多的指控，他们不想让这位"囚犯界的胡迪尼"再次逃脱。

只要泰德在牢房外，就会被戴上手铐、铁链，左脚到大腿处戴着一个笨重的矫形支架，这支架使他走起路来明显跛脚。有位记者在一次听证会上问他为什么要戴矫形支架时，他咧嘴笑道："我的腿有点问题，跑得太快了。"至少在媒体面前，他还可以表现出惯有的逞能劲。

在处理橙色甲壳虫和白色道奇车案件的同时，金伯利的搜寻工作也在继续。除了一具腐烂的尸体，没有人相信他们还能找到别的。泰德被捕之时，警探们还打印了他手上的被盗信用卡的消费记录。

2 月 18 日，正当我天真地试图帮泰德达成辩诉交易时，他被带出了彭萨科拉的牢房，坐车返回塔拉哈西这座他从未打算再去的城市。在泰德的整个法律程序中，总有一些执法人员和检察官让他恼怒，包括尼克·麦基、鲍勃·凯佩尔、皮特·海沃德、杰瑞·汤普森和弗兰克·塔克。马上他又要遇到一位宿敌了——利昂县治安官办公室的肯·卡萨里斯。

卡萨里斯是个 35 岁的黑皮肤帅哥，他在一次政治会议上开玩笑说"泰德·邦迪是我最喜欢的囚犯"。但泰德瞧不起卡萨里斯，倒是越来越依赖来自亚特兰大的米拉德·法默律师。法默是团队辩护（Team Defense）——专门为面临死刑的穷人提供法律帮助——的创始人之一。泰德在被关押于科罗拉多州期间曾和法默通过电话，现在他希望法默站在他这边。这显然让佛罗里达州的司法当局不悦，他们将法默视为法庭上的破坏性力量，惯于哗众取宠。

法默在泰德被捕后接受了《塔拉哈西民主党人报》的采访，称泰德是"一个精神上非常紊乱不安的人。他情绪上很不踏实，希望〔自己〕受到关注，享受玩游戏的过程。他似乎乐于见到执法人员一无所知一团糟的样子"。

但法默说，如果邦迪因佛罗里达州谋杀案而受到指控，他的辩护团队将自愿为他辩护。

1978 年 3 月的第一周，泰德两次出现在了法官约翰·路德的法庭上：第一次是听取迄今对他的指控，第二次对检方要求他提供头发、血液和唾液样本提出反对。这时的他似乎恢复了以往常见的那种爱开玩笑的自信，尽管腿上有个笨重的支架，尽管穿的是一件脏兮兮的滑雪衫和皱巴巴的休闲裤。

鉴于泰德的背景，34 项伪造罪和虚假声明罪的指控（包括他从佛罗里达州立大学一名犯罪学生的妻子那里偷来的信用卡并购物花掉了卡上的 290.82 美元）简直微不足道。比起周围的种种含沙射影，泰德对肯·卡萨里斯很享受公众对他的注目似乎更为恼火。

当我得知我不能和泰德通电话或前往佛罗里达时，我立即给他写了信，但直到 3 月 9 日我才有他的消息。这封寄往洛杉矶的信，日期是 1978 年 2 月 9 日。他又一次忘记了时间。我也并不奇怪。这是我从他那里收到的意志最消沉的信之一，并且我相信信中包含了他解释所发生之事的关键信息。

泰德的信一上来就说，虽然他还能清晰地记得时间，但他 2 月份给我打的电话感觉像是好几个月前的事了。他承认当时"状态不好"，但表示自己一两天内就重新振作了起来。他对我当时的体贴周到以及愿意去佛罗里达和他交谈表示感谢，不过遗憾的是，情况的变化使这趟旅程最终变得"既不可能也无必要"。

他写道，他生命中的每一个新阶段似乎都比上一个更难以承受，并且觉得越来越难以用文字来表达自己的情感和见解。事实上，自去年 12 月从加菲尔德县监狱越狱以来，他身上发生了很多事情，但他说他对这一机会以失败告终感到非常失望，以至于他既不能也不愿意讨论前两个月发生的事。"两个月，但感觉像是过了很久很久……"

这封信的笔迹飘忽犹疑，让人很难辨认。而他所写的内容还是一如既往地随着情绪的波动而变化。

> 我尽量不去想未来，也尽量不去回忆我作为一个自由人的那几天宝贵的日子。我努力活在当下，就像我之前被关起来的时候一样。这种方法在过去很有效，但如今的效果却不太好。我自己感到疲惫和失望。两年来我一直梦想着自由。但当我拥有了自由，却由于冲动和愚蠢而再次失去了它。这是一种不太可能轻易消除的挫败感。
>
> 爱你的，泰德
>
> 另外，谢谢你给我的 10 美元。

他加过多少次相同的"附笔"？这些年我寄了多少张 10 美元的支票了？30 张……也许有 40 张吧。而如今，他又回到了监狱，远离了法国餐馆、气泡酒，甚至是他在橡树公寓房间里喝的啤酒和牛奶，他只能用这 10 美元买烟。

泰德把自己的失败和被捕归咎于"冲动和愚蠢"，还谈到那"几天宝贵的自由日子"。44 天半时间可以被称为"几天"？抑或他指的是从逃跑到第一次谋杀之间的日子？他是否尝试过极力克制自己的冲动，却发现根本控制不了？

1 月 14 日至 15 日那晚在 XΩ 女生联谊会楼发生的恐怖事件中，有没有可能泰德本质上根本不是自由的，而是被困在了一种他自己无法逃脱的精神监狱里？他没找一份踏实的工作可能是愚蠢之举，但我觉得冲动才是他这封信中的关键词。

在这封信之后，我有 4 个月没有收到他的来信，尽管其间我又写了好几封信给他。他很忙，忙得像只踩脚踏车的松鼠，一遍又一遍地重复着自己的行为模式。

4 月 1 日，泰德要求获得司法命令，允许他就信用卡和汽车盗窃的指控进行自我辩护。和在科罗拉多州的情况一样，他希望每周有三天可以从牢房里出来到法律图书馆，希望牢房有更好的照明，有打字机、纸张等用品；他还希望下令让监狱人员停止对往来法律通信的干涉或审查；并且提出减少保释金。听证会定于 4 月 13 日举行。

4 月 7 日，搜索队终于找到了 12 岁女孩金伯利·利奇的遗骸。之前在处理道奇面包车的时候，犯罪学家采集了车内和底盘上所发现的土壤、树叶和树皮样本。植物学家和土壤专家确认这些泥土来自佛罗里达北部一条河流附近的某个地方。虽然还没有足够的线索来确定金伯利尸体的可能位置，但也算是有了点头绪。

哥伦比亚县西北边与苏万尼河相邻，南边与圣达菲市接壤。邻近的苏万尼县三面被苏万尼河包围，维斯罗可彻河则与苏万尼河州立公园对面的苏万尼河段汇合。这些河流的河岸成为最有可能集中搜索的区域，尽管之前已经搜索过。

2 月下旬，搜索人员在距离莱克城 25 英里的布兰福德附近的苏万尼河一带发现了一只巨大的网球鞋，还有点别的残骸和几缕人类毛发。他们采集了一些可能的证据并保留下来进行测试，但测试结果并无多少帮助。

3 月的时候，有传闻称在苏万尼河州立公园入口附近有"非同寻常的发现"，但并未向公众透露任何细节，也没有任何官方消息。事实上，所发现的不过是一堆丢弃的烟头，恰好与泰德被捕时所驾驶的大众甲壳虫内烟灰缸里的烟头同为温斯顿牌。苏万尼河州立公园的土壤和植被与被盗面包车后车门内找到的样本是一样的，于是 4 月 7 日，佛罗里达州公路巡警肯尼思·罗宾逊与一支 40 人的搜索队在 10 号州际公路边上的公园附近展开了搜索行动。

这是 4 月里非常炎热的一天，气温直逼 90 华氏度。搜寻人员一边驱赶成群结队的蚊子，一边冲进灌木丛，用杆子探进一般的积水洞，用潜水装置探查更深的。

一上午的搜索一无收获，队员们在树荫下匆匆吃了午饭。如果不是有如此怪诞的任务在身，他们可能会好好欣赏一番盛开的山茱萸和紫荆花。但他们的脑海里总有一幅挥之不去的画面，那是一个消失已久的小女孩被藏匿起来的尸体。

午饭后，罗宾逊的团队以落水洞为中心向外散开进行搜索。之前已有骑马的搜寻人员经过这个地区，但还没有徒步搜索过。罗宾逊独自一人在矮灌木丛中走了 15 分钟左右。这时，他看到前面有一间用金属板搭成的小棚屋，是一个废弃的母猪产仔棚，外面被一道铁丝网围住了。

身材高瘦的罗宾逊蹲下身去，盯着小棚屋敞开一侧的一个铁丝网洞仔细端详了一番。当他的眼睛适应了里面昏暗的光线之后，首先看到的是一只网球鞋……然后看到的像是套头运动衫，上面印有 83 号字样。

网球鞋里没有腿和脚，只有一根光秃秃的骨头。他突然一阵恶心。显然，他们早已知道可能会找到什么；但罗宾逊看到现场这幕，想到金伯利·利奇被扔在了这么个荒凉地的猪圈里，他就想吐。

罗宾逊站起身，往后退了退。他立即叫来了随行的人，大家立刻用绳子把这个已经变成坟墓的猪圈围了起来。当时时间是中午 12 点 37 分。

杰克逊维尔的法医彼得·利普科维奇赶到了现场，小心地把小棚屋塌陷的屋顶掀开。毫无疑问，是金伯利。除了网球鞋和一件白色高领毛衣外，她的其他部位是赤裸的，但她那件带假毛领的长外套、牛仔裤、运动衫、内衣和钱包也都在现场，居然被整齐地堆在尸体旁边。

很快，牙科记录的比对结果证实金伯利·利奇已经被找到了。

利普科维奇医生对尸体进行尸检，找到了"八周以来一直在期待的东西"。因为 2 月、3 月和 4 月的天气异常的炎热而干燥，尸体的大部分并没腐烂，而是干化了；内脏还在，但已经干枯；没有找到任何体液；必须通过提取组织样本进行血型鉴定。

死亡的原因未必准确，这对于尸体长久未被发现的情况来说非常正常。利普科维奇的官方说法是："她因颈部受到致命攻击而死。有相当大的作用力是在颈部，皮肤被撕裂了，但我无法确定凶手用的是钝器还是利器。"

他不知道她是不是被勒死的，但不排除这种可能性。虽然没有发现骨折，但肯定有东西刺穿了颈部。这种刺伤通常是用刀或枪造成的，而现场没有找到任何子弹或枪管的碎片。

与塔拉哈西的受害女孩不同的是，金伯利没有头骨骨折，显然头部没有受到棍棒重击。有证据显示她受到了性侵，但尸检和化验还都无法证实。利普科维奇医生说，有点不可思议的是，尸体的受伤部位比那些完好的部位分解得更快。他的意思是没有采集到足够的阴道组织来检查是否存在受过性侵的迹象。

搜索队回到州立公园后，继续寻找其他证据：他们在离猪圈大约 100 英尺的地方发现了一件男式卡其军装夹克，上面沾有血迹。

金伯利在被运往苏万尼河州立公园时很可能已经死亡。现场血迹很少，但道奇面包车的泥土上的深深凹痕——拖曳痕迹——与一具尸体被费力地从车里拖出去的情况倒是吻合。

金伯利的父母悲痛万分地接受了女儿终于被找到的消息，但几乎没有感到太大的震惊。他们一直相信女儿不会无故离开。如今，他们只剩一个孩子了，是他们的小儿子。"没觉得好受些。"弗雷达·利奇伤心地说，"永远都不会好受的。"

当泰德被告知金伯利已经找到时，他没有流露出任何情绪。

# 第三十九章


道奇面包车已经给出了物证。搜索队根据车上的土壤和树叶样本将搜索范围锁定在苏万尼河一带。汽车里程表显示，从2月5日被偷到2月12日被遗弃，它一共行驶了789英里。如今，玛丽·琳恩·辛森和理查德·斯蒂芬斯有了一些样本和手头持有的证据进行比较。到目前为止，这些还是没用，这个复杂的谜题才破解了一半。

金伯利·利奇的血型是B型，和货车后部凝结的血迹血型相同。然而，她尸体的干化状态使得根本无法从血液因子中分解出酶的特性。因此，这可以作为物证，但不能作为绝对物证。此外，根据在尸体旁边发现的女孩内裤上的精液污渍，可以判定这是一名分泌型O型血男子留下的，是泰德·邦迪的血型。但是，这同样也只能是一件可能但不绝对的物证。

辛森女士手头还有一双休闲鞋和一双跑步鞋，是泰德被李警官拦下时从他的随身物品里找到的。她比较了两双鞋的鞋底，发现它们与道奇面包车内泥土中留下的脚印一模一样。这增加了物证的可靠性，但仍不构成绝对物证。

这辆面包车内的地毯由绿色、蓝色、绿松石色和黑色四种颜色组成，在辛森对面包车上发现的数百种布料纤维进行测试时，这构成复杂的地毯将变得非常重要。许多纤维缠绕在一起，其中有一条蓝色纤维的细丝，属于一种非同寻常的31股线织到一起的聚酯纤维织物，结果发现来自金伯利的足球衫。

在泰德被捕时穿的海军蓝外套上也发现了同样的纤维。在显微镜下，他的蓝色夹克上的纤维与金伯利白色袜子的纤维比对吻合。就这样，辛森一次又一次地找到了无声的证据，证明金伯利的衣服与面包车的地毯（或显微镜下显示的同款地毯）和泰德穿的衣服（或显微镜下显示的同款衣服）有过密切接触。微量分析得出的结论是，金伯利的衣服很有可能——"事实上是极有可能"——与面包车的地毯和泰德·邦迪的蓝色夹克衫有过接触。

答案是极有可能，不是绝对确定。

辛森并没有把面包车内提取的全部纤维进行比对，只比对了那些看似和地毯或泰德或金伯利穿的衣服相符的纤维。而佛罗里达州司法部犯罪实验室的微量分析人员帕特丽夏·拉斯科在所找到的 100 个样本中并没有发现任何与金伯利或泰德的毛发相匹配的。

此外，没有发现泰德的指纹，金伯利的指纹更是无从确定，因为 12 岁的孩子很少有记录在案的指纹，并且金伯利的尸体已经腐烂到无法再从指尖提取完整的指纹。

考虑到两个受试者衣物上的纤维混杂在一起，以及发现金伯利尸体的位置，法医利普科维奇推测这名未成年女孩是在一次性攻击中被杀害的。她的尸体显然是在尸僵过程开始时停在了那个姿势上，然后被运到发现尸体的小棚屋。

面包车上发现的绿地运动用品店的标价签，最后追查到是在杰克逊维尔店售出的。店主约翰·法哈特回忆说，他在 2 月初的时候卖出过一把大猎刀，"我当时刚把价格从 24 美元调高到 26 美元。"他还记得是一个棕色头发的 30 多岁男子买的，付的是现金。但法哈特在辨认照片时最先挑的是另一人的，而不是泰德的。后来他在报纸上看到了泰德的照片，又打电话给一位州调查员，说他现在确定买这把 10 英寸刀的人是泰德·邦迪。

泰德在彭萨科拉被捕时所驾驶的橙色甲壳虫里有一副黑框眼镜，是透明的非处方镜片；车内还有一条格子裤。这些是"消防队的理查德·伯顿"的衣服和眼镜吗？

泰德还是一如既往地对信用卡购物感到不安，尤其是那些他加油的地方。李警官逮捕他时在他身上找到的 21 张信用卡中，有凯瑟琳·劳拉·埃文斯的海湾石油卡、托马斯·N.埃文斯三世的万事达卡和威廉·R.埃文斯的万事达卡，这些卡在被偷之前都在塔拉哈西的埃文斯女士的钱包里。

多年来，警探们发现泰德似乎对汽油耗尽有恐惧症，经常在一天内多次购买少量汽油。2 月 7 日和 8 日，他在杰克逊维尔用海湾石油卡和万事达卡加过油，一次加了 9.67 美元，另一次加了 4.56 美元。加油的车牌号是多少呢？13-D-11300。

莱克城假日酒店的前台兰迪·琼斯回忆说，2 月 8 日晚上，他替一名男子办理了入住登记，他形容该男子"有点邋遢，几天没刮过胡子了"。琼斯还注意到，该男子看起来眼神"呆滞"，而另一名职员推测这人是喝了酒或吸了毒。他用在塔拉哈西偷来的一张信用卡，以"埃文斯"的名字登记入住，还在休息室点了一顿饭和几杯酒。

第二天早上，"埃文斯"走了，但没有正式办理退房。这笔房费又不是花他的钱，因为信用卡原本就是偷来的，他在早上 8 点直接扬长而去。

不到一小时后，金伯利·利奇被一名"愤怒的家长"带进了一辆白色道奇面包车。消防队员安迪·安德森继续开车回家换衣服，对此事只字未提。他后来回忆说："有点担心会惹出乱子……生怕执法部门出警追捕，结果白费力气。"他真的不觉得那位和"父亲"在一起的女孩会与那个失踪的少女有任何关系。6 个月后，当安德森去警局报案的时候，他心甘情愿地接受了催眠，思绪回到了 2 月 9 日早上目睹那一幕的现场，并说出了金伯利穿的衣服和带走她的那个人的模样。

"那人胡子剃得很干净……大约 29、30 或 31 岁的样子，长相不错，看着体重 160 到 165 磅。"

那位外科医生的妻子杰基·摩尔已经去报过警了，但直到两年后在电视新闻上看到泰德在奥兰多法庭上怒不可遏的样子时，她才确定那人是泰德。只有在那时，在她瞥见被告愤怒的侧影时，她才终于将这个侧面叠加到她记忆中一直挥之不去的那张脸上。

　　另一位目击者——学校过街警卫克林奇·伊登菲尔德最后被证明是无效证人。两年后，他回忆称 1978 年 2 月 9 日是一个"温暖的夏日"。但事实上，那天冷得很，狂风呼啸，还下了倾盆大雨。

# 第四十章


在接下来的 18 个月里，佛罗里达州的报纸几乎很少不刊登泰德·邦迪的报道，但当他提出想举行监狱"记者招待会"时，却没有被允许。自从他的身份被揭开后，泰德就想把自己对于在新闻报道中被列为塔拉哈西和莱克城案件头号嫌疑人的感受告诉媒体。他确实设法偷偷地给科罗拉多州和华盛顿州的新闻记者写了几封信，谴责佛罗里达媒体对他的口诛笔伐。

佛罗里达州更感兴趣的是获取泰德的头发和血液样本，最终他们得到了，但泰德拒绝提供笔迹样本。法官查尔斯·米纳说，如果泰德继续拒绝，他将被剥夺获得伪造案信息的权利。

1978 年 4 月 10 日，泰德又受到两项伪造案的指控。第一项指控称他 2 月 9 日在莱克城用一张被盗的海湾石油卡加油，第二项称他在同一城市使用了一张被盗的万事达卡。现在，莱克城对泰德也有了法律上的控制权，但由于利昂县仍有 62 项指控未处理完，莱克城得再等上很长一段时间。当然，泰德还因为谋杀和逃跑而受到科罗拉多州的通缉。

泰德身上的法律纠纷不断增加。4 月 27 日，泰德在利昂县监狱的牢房里收到一张执行令，命令将他从牢房带到牙医办公室去制作牙齿印模，以用于和莉萨·利维身上的咬痕进行比对。

新闻报道里引述了卡萨里斯治安官的话："在不久的将来，某人会因 XΩ 女生联谊会楼谋杀案而被起诉并非不可能……"与此同时，米纳法官取消了 5 月 9 日对泰德的汽车盗窃和入室盗窃案的庭审，并表示在嫌疑人同意提供其笔迹样本之前将不会重新安排庭审时间。这趟突如其来的去牙医办公室的安排似乎是特意为泰德准备的，意思是当局不想在获取牙齿学印模之前给他一个提前防范的机会。

有很多人猜测谋杀指控可能很快就会到来，但是卡萨里斯予以了驳斥，称"可能会在未来几个月内……也可能根本不会有。"

几个月不知不觉地过去了，并没有谋杀指控的消息，佛罗里达州的谋杀案似乎和之前华盛顿州和犹他州的案件一样的结局，也许是没有足够的物证来冒险上庭吧。

而此时的泰德似乎又一次适应了监狱的生活。利昂县监狱是一座四层楼高的白砖房，不是很新，但也不像小说中经常描述的南方监狱那样，是个闷热难耐的老鼠洞。

泰德被隔离在监狱二楼中心位置的一间牢房里，由四人看守。他与其他 250 名囚犯没有交集，唯一的访客是当地的公设辩护人。他似乎还挺喜欢这几位看守，尤其喜欢身形略显笨拙、长相粗犷英俊的监狱长阿特·戈尔登。泰德从未对看守有过多的批评，他抨击的对象主要是警探和检察官。

他的牢房很干净，装有空调，他被允许听收音机和看报纸。他还知道大陪审团像是在准备以谋杀罪对他提起诉讼。

考虑到泰德之前的越狱行为，抓捕他的人这次显得格外谨慎。牢房里的照明设备在他够不着的房顶高处。门外多上了两把锁，只有一位看守手里的钥匙能打开这两把锁。像以往一样，泰德抱怨缺乏锻炼，食物和光线不足。他完全见不到外面的世界。他的牢房没有窗户，连那种带栅栏的窗口都没有。

米拉德·法默还没正式成为泰德的律师，他向泰德暗示，由于监狱条件侵犯了泰德的权利，他将就此提起联邦起诉。这是一个大家惯用的套路。

1978 年春天，我给泰德写了好几封信，但直到 7 月份才收到他的来信。那时候的我也刚从"牢笼"里放出来——在一间 8×10 英尺的房间里写了 7 个月的电影剧本。那个房间没有窗，也没有空调，有的只是从门缝里透进来的洛杉矶 20 年来最严重的雾霾，以及 105 华氏度的高温。

泰德 7 月 6 日的来信充满了他以往惯有的那种讽刺幽默，与他被捕后不久的那封充满绝望的信相去甚远，并且这次的信还是打字机打出来的。除了拥有监狱看守们称为他的"文具店"的法律用品之外，他还得到了一台打字机来为自辩做准备。

泰德先为未能及时回复我 5 月 21 日从加州寄出的信道了歉，然后又一次感谢我随函附上的支票，这钱够他用上一段时间。他已经戒烟了。泰德惊讶地发现，到了 1978 年春末我居然还在好莱坞写电影剧本，他说也许我签合同的时候过于天真了，还建议我应该为多工作的 4 个月争取额外的报酬。

> 至少他们可以把"抢来的钱"分点给你，这样那些混蛋也不会空手而归。你说你生活在一个"暗藏玄机的板子"里？不好意思，我实在不懂洛杉矶那边的话，噢，有个词，叫"俗语"。这里的意思是不是说有魔术师在那里，玩些帽子里蹦出兔子的戏法？或者你是在说……还是建议……呃……人们为了一个协商好的价格来互相了解？如果真的如此，如果这比写作更赚钱的话——应该是更赚钱——你可以考虑进入管理层……你可以在起步阶段申请一笔小企业贷款。

至于泰德自己的生活，他写道，没有任何起色，即便是转世轮回也不会有改善的。他对此也不做多想，就以一个"旁观者和被俘的观众"的角度来看待自己的世界。

当天下午，泰德因涉嫌 14 项信用卡相关罪名出庭受审。但是，正如他几年前和我说的那样，他不为小事操心，他性格中有对别人的攻讦充耳不闻的一面。他说信用卡是个"该死的讨厌的东西"——他这么说也很正常。

"现在正是使用精神失常辩护的最佳时机,"他自言自语道,"我在电视上看到有人用过。老实说,我实在无法让自己脱身。"

泰德并非不知道其他知名嫌犯是什么情况,他了解了一下"山姆之子"① 案,并得出结论:如果大卫·波克维茨能够被认定为精神正常,那这个国家任何一个涉嫌谋杀的被告都无法在法律上被认定为精神失常。

"所以,我在寻求直接进行无罪辩护,因为——为了记录在案的需要,也为了这封信的审查人员的利益——无论是法律上还是事实上,我都不应受到那些指控。保护好自己(CYA),亲爱的安。"

"祝你好运;旅途愉快;祝你好胃口;下次再联系;不要和陌生人说话,除非是他们先开口;记得给我倒杯沙布利酒。爱你的,泰德。"

这一切都成了一个毫无希望的玩笑。我读到"辩护"那里的时候笑了。他认为是他偷来的那台电视机给他洗了脑,促使他进而去偷那些信用卡。他的人生确实是陷入了一个恶性循环。而他最后告诫我的那句"不要和陌生人说话"在这种情况下变成了黑色幽默。

我在回信中用了类似的腔调:"当然,你可以戒烟……你没有承受像我这样的压力。"

我之后又写过几封信给泰德,但这是泰德·邦迪给我写的最后一封信。他后来给我打过电话——那种长达1小时的对方付费电话,但再也没有寄信给我。

---

① 美国著名连环杀手,真名叫大卫·波克维茨,专门伏击约会中的情侣,从暗巷中趁情侣们缠绵时向女方射击。1976 年,一次作案后,他在现场给警方留下一封信称自己是个怪物,是"山姆之子"。此后他作案一定留下记号,并且持续给报纸和各类专栏作家写信。——译者

7月27日，在被叫做"马戏团"和"动物园"的监狱里，天罗地网砸到了泰德身上，他砰的一声倒下了。在那个热气腾腾的夜晚，塔拉哈西上演了泰德称之为"泰德对阵肯的秀"的最后一幕。

治安官肯·卡萨里斯有一份密封的起诉书，于当晚9点30分召集记者举行新闻发布会。泰德一整天都在彭萨科拉参加听证会，大陪审团下午3点发下起诉书的时候，他还在彭萨科拉市。

泰德回到牢房一小时后，被带下了楼，到卡萨里斯等他的地方。这位治安官穿着黑色西装、白色衬衫，打着斜纹领带，形象十分得体。泰德穿着宽松的绿色囚服，在严密看守下出现在电梯口。当他迈入走廊时，照相机的闪光灯让他晃眼，他马上意识到发生了什么，迅速退到电梯里，咕哝着说他绝不会为了卡萨里斯的利益而"被拉去示众"。

泰德的脸色是典型的监狱里待久了的那种苍白，面容憔悴，一副苦行僧的样子。最后，他发现没有什么地方可以躲藏，索性轻松地走出了电梯。

卡萨里斯打开起诉书，开始宣读："以佛罗里达州的名义，并经佛罗里达州当局授权——"

泰德显然恨透了他的胆量。

他走近这个把他囚禁在此的人，讽刺地问道："我们这是要干吗，肯？让我看看。哦，一份起诉书！你为什么不读给我听？你是为了竞选连任吧。"

然后，泰德便不再理会卡萨里斯，抬起右臂靠在墙上，眼睛直视前方，下巴端着，头昂着。他认为自己是受迫害的那位，所以就该这样做。他似乎并没有因为身上的囚服和拖鞋而不好意思，他双眼放着光地看向照相机。

所有的相机都对着邦迪，但卡萨里斯还在继续念着起诉书："……西奥多·罗伯特·邦迪确实袭击了凯伦·钱德勒和/或凯西·克莱纳……"

泰德对媒体说："他说他会抓到我的小辫子的。"然后又对着这位治安官说："好吧，现在你有了你的起诉书，但这就是你所能得到的全部了。"

卡萨里斯没有理睬他，继续机械地念着法律术语，意思是泰德·邦迪被控谋杀。"……那个时间在那里非法杀害了一个人——准确地说，杀了莉萨·利维，将其勒死和/或殴打致死，上述谋杀为西奥多·罗伯特·邦迪所为；那个时间在那里非法杀害了一个人——准确地说，杀了玛格丽特·鲍曼，将其勒死和/或殴打致死……而西奥多·罗伯特·邦迪，出于或有预谋或有意图而造成了上述谢丽尔·托马斯的死亡……"

这种读法看上去得持续几个小时，而不是几分钟。

泰德对此进行嘲弄。他一度举手说："我现在就可以表示不认罪。"

泰德很好地控制住了自己，他咧嘴一笑，然后又打断卡萨里斯说："你念完之后，我能和媒体说几句吗？"

卡萨里斯继续往下读，很多话都因泰德的插科打诨而没念清楚。

"现在该展示囚犯了。"泰德继续嘲弄道，"我想也该轮到我了。听着，我已经被隔离了半年。你也已经说了半年了。我被捂住了嘴……你没有。"

当起诉书终于读完后，泰德被带回电梯边。他手里拿着给他的起诉书副本，举起来对着照相机，然后不紧不慢地将文件撕成了两半。

泰德·邦迪将第一次接受决定其性命的庭审。当他意识到这一点时，他再也无法掩饰心底涌出的情绪。

第二天，法官查尔斯·麦克卢尔拒绝让米拉德·法默为邦迪辩护，这使得整个形势显得更不乐观。州政府那边表示，已经有太多的"热闹"了，没必要再让以在法庭上表演闹剧而出名的法默参与此案。

法默没有在佛罗里达州执业的许可，因而该州有权拒绝他出庭辩护。

法默为此激烈地争辩，称泰德被剥夺了获得有效法律顾问的权利，但泰德什么也没说。他拒绝回答法官对他的任何问话，麦克卢尔也毫不妥协地说："让庭审记录记下被告拒绝回答。"

这显然是泰德一方的抗议示威，是对他失去法默的抗议。他很可能预料到了谋杀起诉的事，但也许没想到法默将不会在他身边，这让他失望至极。米拉德·法默和布奇·威尔一样，是能让泰德尊敬的那种律师。这对他的价值感很重要。作为一个重要的被告，有一个著名的律师在侧，那一切都能应付。与公设辩护人一起上庭，与其说是让他有生命之虞，不如说是对他自尊心的打击。

那张网扣得更紧了。7月31日，尽管泰德对塔拉哈西的事拒不认罪，哥伦比亚县（莱克城）密封好的起诉书还是放到了莱克城的华莱士·乔普林法官的法庭上。同样，路德法官也拒绝让米拉德·法默担任辩护律师。泰德解雇了他的公设辩护律师。和以往一样，他打算独自应对。

那些诉讼程序一结束，乔普林法官就当着泰德的面打开了密封的起诉书。这次，泰德·邦迪被控在金伯利·利奇谋杀案中犯有一级谋杀罪和绑架罪。

塔拉哈西案定于1978年10月3日开庭审理，有传闻称泰德可能会面临背对背庭审（back-to-back trials）。泰德没有退缩；相反，他发起了进攻。

1978年8月4日，米拉德·法默提交了一份诉状，控告利昂县治安官肯·卡萨里斯及另外8人（包括几位县警察局长、阿特·戈尔登和杰克·波廷格队长）剥夺泰德作为囚犯的最低权利。泰德要求赔偿30万美元。

泰德要求他每天至少有一小时不戴锁链的户外活动时间，要求牢房内有充足的光线，要求不跟他人隔绝，要求卡萨里斯和另外几名被告停止对他的"骚扰"。他还要求得到合理的律师费。敢铤而走险的泰德·邦迪再次行动起来。

州政府的回应依然是不允许法默为泰德辩护。法默暗示路德法官是"参与了一场私刑的暴徒",并称佛罗里达州是囚犯的"死亡皮带上的带扣"。当时,佛罗里达州的死囚牢房里有七八十名死囚,都被判了一级谋杀罪。

1977年12月在选择可以逃亡的地点时,除了气候因素,泰德也在权衡其他因素。

新闻头条还在继续。泰德告诉西雅图的一名美国广播公司记者,他在1974年西雅图的案件中的嫌疑已经被一名"调查法官"排除,但事实并非如此。在华盛顿州,调查法官不会做出这样的决定,而泰德也仍被视为西北地区8起案件的首要嫌疑人。

在路德法官拒绝法默担任泰德的辩护人,并称法默在法庭上的行为具有"破坏性"后,泰德要求路德法官取消自己的审案资格。路德对这项让他退出的动议做出了简明扼要的回应:"动议已审阅、考虑,并予以否决。就此归档。"

8月14日,泰德出现在乔普林法官所在的莱克城法庭,对涉及金伯利·利奇的指控表示不认罪,他说:"因为我是无辜的。"

佛罗里达州的司法部门不会迅速采取行动,实在是涉及太多的谋杀案和太多的指控了。XΩ女生联谊会楼谋杀案的庭审已被推迟到11月,从现在的迹象来看,利奇案的庭审也会被推迟。

的确如此。事实上,在1979年年中之前,泰德并不会因为塔拉哈西的案件或莱克城的案件出庭受审。与此同时,他仍被单独囚禁在利昂县监狱的一处牢房,仍由他的死敌——治安官肯·卡萨里斯监管。

1978年9月26日,泰德打来电话,这是要求对方付费的,但我还是立马接了。我一直没有他的任何消息,但我从7月份开始通过媒体关注着佛罗里达州的事。电话信号不是很好，我也不确定当时是否只有我俩在线上。

他告诉我，有条新的指令下达了，他终于被允许进行户外活动。"这是 7 个月来，除了参加听证会之外，他们第一次带我到户外。两个手持对讲机的武装警卫把我带到屋顶上，让我绕圈子走。下面停着三辆巡逻车和三只警犬。"

我想他不会从四楼往下跳吧。

"他们以为我是谁?"他笑了，"以为我是超人吗?"

然后他向我描述了他的牢房："房内没有自然光，是整栋楼中间位置的一个铁牢房。天花板上是一个 150 瓦的嵌入式灯泡，外面是塑料灯罩和金属格栅。灯光层层过滤之后，到我身上就几乎没什么光线了。这简直太不人性化了。牢房里有一张床，水槽和马桶是连体的，还有一个可以收听两个电台的便携式收音机。今天在屋顶上放风的时候没戴镣铐，甚至还听到了狗叫，感觉太棒了——我好久没听到狗叫声了。"

泰德坚信"他们"绝对打不倒他。"他们在这里对我做的所有心理评估……比如上一次，他们告诉治安官说，如果他以那样的方式读起诉书给我听，我一定会崩溃的，然后便会愿意和他谈。在他们把我带回牢房后，两个警探马上进来说：'现在你知道我们掌握了多少你的资料了吧? 你没别的地方可去了——你最好让一切简单些，就招认吧。'但他们还是没得逞。"

这次电话中，泰德第一次向我提到了卡罗尔·安·布恩这个人，说自己已经和她关系"非常近"，对于怎样处理事情才对他最为有利，他正在听取她的建议。

泰德还提到他对米拉德·法默无法担任他的辩护律师一事感到十分懊恼。"他差不多 37 岁——看上去像 50 岁，一年要处理大约 20 起死刑案，整个人都累垮了。但现在这两起案件我都只能准备自辩了。"

他对自己在塔拉哈西和莱克城"被示众"的事非常愤怒。他每周去参加三次利奇案的听证会。然而，让他暗自感到骄傲的一点是，他又一次出现在了公众的视线里，而且这种情况还会持续很长一段时间。"XΩ楼的案子太怪异了。我不想谈这个，但总有人把泰德·邦迪和这样的案子联系到一起！我还会被关注很长一段时间。那些证据都是捏造的。这里的人铁了心要定我的罪，即便他们知道这些以后都会被推翻。他们所关心的只是让我戴上镣铐，站到陪审团面前。而且还是背对背庭审！"

他说他是在监狱的登记室里打的电话，但他显然已经直言不讳地表达了对佛罗里达州警察的态度，所以对于是否会惹恼他们毫无顾虑。

9月26日是泰德和梅格认识的周年纪念日。一年前，他让我替他送朵玫瑰给梅格。现在，他说梅格最终还是离开了他。"我猜她和一些记者说过……我不知道。我很久没有她的消息了。她告诉我她实在接受不了，也不想再继续听到这件事了。你有多久没见到她了？"

我说很久，一年多没见了。我肯定他知道今天是什么日子，也许那也是他为什么会打电话给我并和我聊起梅格。他现在有了卡罗尔·安·布恩，但他还没有忘记梅格。

我问泰德现在佛罗里达是几点，他犹豫了一下。"我不知道。时间对我而言已经没有意义了。"

泰德的声音渐渐听不到了，我以为电话断线了。

"泰德？泰德……"

他的声音又响了起来，但听着含糊不清，有些不知所措。他向我道歉。

"有时候，在谈话过程中，我会突然忘记我前面说过的话……我记忆力有点问题。"

这是我第一次听他如此不确定，但几乎是一瞬间就消失了，很快他又恢复了洪亮的声音。他说他渴望受审，渴望面对挑战。

"你声音听上去不错。"我说，"像是一贯的你。"

他的回答有点奇怪。"我还是通常那样……"

泰德只有一个请求，让我把《西雅图时报》的周日版的分类广告版寄给他。他没说为什么想要，也许就是怀旧，也许看点家乡报纸上的广告能让他暂时忘却自己身处那个没有窗户的铜墙之下吧。

我把报纸寄给了他，但不知道他是否收到。从那之后到 1979 年 6 月的迈阿密庭审之间，我再没和他通过电话，也没收到任何他的消息。

# 第四十一章

　　泰德·邦迪能否在佛罗里达州受到公正的审判，这一点极其值得怀疑。他变得比迪士尼乐园、埃弗沼泽①和在这之前一直很抓媒体眼球的电影《浪者墨菲》②还要出名。可有一点挺矛盾的，那就是泰德对公众既讨好又贬低，这种态度使他很容易成为新闻头条。

　　法医学牙齿学家理查德·索维隆是牙科鉴定中牙齿印痕和咬痕比对方面的专家。1978 年 10 月 29 日，他在一次法医研讨会上进行了演示，但充其量只能说此举为时过早。来自科勒尔盖布尔斯的索维隆通过幻灯片的方式展示了"这位嫌疑人"的牙齿印痕，称其与受害者臀部的咬痕吻合。很自然地，这信息被整个州的媒体传开了，每个人都知道被提到的嫌疑人就是泰德·邦迪。

　　不出所料，泰德知道后大叫："违规！"

　　戴德县首席副验尸官唐纳德·赖特在解释怎么会发生这种失言时含糊其辞。他说："在诉讼中谈论一个案件时，你必须权衡可能存在的各种问题，而不是教授大家正确识别凶手或帮人洗清谋杀指控的最佳方法。"

　　当然，这其中有个显而易见的问题：为什么在没有大体暗示相关嫌疑人身份的情况下就无法做到这一点呢？况且还有其他一些通过牙齿印痕进行识别的案件可以作为例子。1976 年，佛蒙特州布拉特博罗市的一名凶手因强奸杀害 62 岁的露丝·卡斯滕鲍姆而被定罪。受害人身上的 25 处咬痕与凶手的牙齿印痕相吻合。

　　索维隆自己也经历过一个案件，是他做的咬痕匹配：他将南卡罗来纳州首府哥伦比亚市一名 23 岁男子的牙印与居住在迈阿密南部农村地区的 77 岁的玛格丽特·海兹利普的尸体进行了比对，结果吻合。

但泰德比南卡罗来纳州的流动劳工更有新闻价值，他的牙齿也得到了更多的宣传。索维隆调查结果的公布似乎远远超出了正常的审前公开（pretrial publicity）。有段时间，对泰德谋杀罪的指控甚至很可能会因为索维隆的发言而被驳回。

然而，指控没有被驳回，州方面仍在继续为两次审判做准备。审前公开是一把双刃剑，它可能会使候选陪审员对一个无辜的人产生偏见，从而使其无法获得公正的审判；有时又会导致一个有罪之人因指控被驳回而获得自由。无论发生哪种情况，这种公开都可能是场悲剧。

泰德·邦迪最讨厌的两个对手于 1978 年底之前彻底退出了，一个是因为个人的不光彩行为，另一个是因为健康状况恶化。我不知道泰德是否知情，也不清楚这对他是否还有影响。

1978 年 6 月，科罗拉多州皮特金县的地区检察官弗兰克·塔克被判两项贪污罪成立，另两项罪名不成立。1978 年 12 月，他又被判犯有一项盗窃重罪和两项轻罪。和泰德面对自己的案件时一样，塔克也哭了，认为这些指控和定罪都是出于"政治动机"。他被吊销了律师资格，缓刑 5 年、监禁 90 天（缓期执行），另处罚金 1 000 美元。据塔克的律师说，塔克计划从事新的职业，打算去旧金山的殡葬业学校。

时任西雅图国王县警局重案组警长的尼克·麦基在 1978 年春心脏病发作，差点丧命，医护人员两次宣布他临床死亡。最终，麦基挺

---

① 美国佛罗里达州南部大沼泽地区。——译者
② Murph the Surf。好莱坞经典电影，1975 年上映，根据真实案件改编，讲述了 1964 年发生在美国的一件世纪珠宝盗窃案。片名来自其中一位大盗杰克·墨菲，他原本为美国冲浪冠军，因此次盗窃案获得"Murph the Surf"的绰号。——译者

过去了，但被迫辞去他长期以来应对得很好的高压工作。失去麦基对整个部门来说是个打击。

泰德这边也过得不太好。1978 年的圣诞节即将来临时，他和一年前一样，又进了牢房，面对着一扇无比坚固的铁门。这一次，他没有逃跑的计划，而且也没有办法逃脱。和 1977 年 12 月一样，他再次面临谋杀案的审判，而且是两次审判。

邦迪已经以路德法官存在偏见为由要求取消其审案资格，圣诞节前夕，佛罗里达州最高法院对此表示了默许。辩方称，路德与州检察官办公室沟通不当，并对辩方团队表现出敌意。路德退出了，第二年将会任命一名新法官。州助理检察官拉里·辛普森将担任 XΩ 楼谋杀案的首席检察官，他宣布已经为庭审做好了准备，但看起来 2 月份之前不太可能开庭。

泰德很不情愿地接受了公设辩护律师办公室的帮助，由迈克·密涅瓦领导辩护团队。泰德显然终于意识到，想要在两次谋杀案审判中为自己辩护的想法实在是愚蠢。

1979 年 1 月，新任命了一位佛罗里达巡回法院的爱德华·D. 考尔特法官。54 岁的考尔特法官像圣伯纳犬一样温和，鼓鼓的双下巴压在法袍上，说话时带着柔和的南方口音。在从圣彼得堡的斯特森大学法学院毕业之前，考尔特做过海军水手长的助手，也当过警察。考尔特的主审法院在迈阿密，他凭借其敏锐的智慧和说教能力，以绝对的权威掌控着他的法庭。他常对律师和被告说"祝你好运"。每当双方争论不休，他会说"你们吵吧，吵完了再到我这里"。他时而温和，时而好斗，视情况而定，并且对自己研习的法律了如指掌。在法庭上，考尔特经常给出庭的律师提供法律指导。

泰德不太喜欢他。

2 月 22 日，考尔特宣布，泰德将在 5 月 21 日因涉嫌 XΩ 楼谋杀案和塔拉哈西的袭击案出庭受审。同样，他也拒绝了邦迪请米拉德·

法默担任辩护律师的要求。法官说，他将在 4 月份决定是否在首府召集一个不带成见的陪审团。他同意辩方的观点，即不太可能在不损害被告利益的情况下进行背对背的审判。

泰德仍然是正式的首席辩护律师，密涅瓦在那里不过是就他关心的问题向他提供建议。

4 月 11 日，这位被告要求禁止媒体在他戴着镣铐和矫形支架被带进法院的时候对他进行拍照，还要求禁止媒体出席庭审前的诉讼程序。他说他会亲自询问证人，不希望媒体旁听。

考尔特法官拒绝了这一请求，说："如果你排除了媒体，就等于排除了公众。"

一个月后，泰德受够了考尔特法官，于是像当时对待路德法官一样，提出让考尔特退出，理由是路德的偏见已经影响了考尔特。考尔特否决了这项动议，称其"法律依据不足"。任何一个对考尔特法官有过一定关注的人，都会怀疑他是否会被他人的意见所左右或因此心生偏见，他可是个极有耐心的独立思考者。

佛罗里达州最高法院最近在一项法令中同意邦迪的听证会由一台电视摄像机和一台照相机进行摄录。考尔特继续拒绝了泰德提出的禁止一切摄像机、照相机在场的要求。"各位，我们是在处理公众事务，并且我们要正大光明地处理。我们所在的地方是佛罗里达州。"

考尔特很少对辱骂他的被告表现出任何敌意，尽管随着时间的推移，他有时也会像对待小孩子一样批评邦迪耍性子发脾气。他似乎对泰德没有特别的恶意，即便泰德提出让他退出案件审理的要求，考尔特也看着泰德的西装和领带说："你今天看上去不错。"

泰德回答说："我今天扮成律师了。"

5 月，审前听证会开始在塔拉哈西陆续进行。辩方希望公布咬痕的证词，声称当时出具搜查令把泰德带到牙医那里制作牙齿印模的理由是不够充分的，并声称泰德当时并非 XΩ 楼谋杀案的真正嫌疑人。

考尔特推迟了他的裁决。

泰德·邦迪的谋杀罪将于 6 月 11 日正式开庭，但就在 5 月的最后一天，有很多传言称他将改变自己的认罪方式，通过辩诉交易使自己不至于被控一级谋杀罪，从而逃脱上电椅的厄运。

佛罗里达的电椅是一个真正可怕的威胁。就在 5 天前，佛罗里达州已经证实该州将执行死刑判决。5 月 25 日，约翰·斯潘克林因1973 年在塔拉哈西汽车旅馆的房间谋杀一名前囚犯而被执行死刑。这是自 1977 年 1 月 19 日加里·吉尔摩自愿接受加州行刑队枪决以来，美国首次执行死刑。

斯潘克林被处决是自 1967 年以来，美国第一次有一名被判死刑的人在非自愿的情况下进入死刑室。

泰德·邦迪所在的地理位置与这两人都很近，对他们被处决的情况了然于心，知道自己在不久的将来可能会面临斯潘克林的命运。

路易丝·邦迪飞去了塔拉哈西，约翰·亨利·布朗也过去了。卡罗尔·安·布恩和泰德的母亲以及布朗一起力劝泰德对较轻的指控认罪。塔拉哈西、利昂县、莱克城、检方和辩方之间进行了多次谈判。有传闻说，如果泰德在两起 XΩ 楼谋杀案和金伯利·利奇谋杀案中承认二级谋杀罪，就可以避免上电椅。州政府将同意改判为连续三个25 年刑期。

5 月 31 日，泰德和他的律师一起在考尔特法官的办公室举行了一次私人会议。泰德提出了一项秘密动议——据信是承认犯下二级谋杀罪。这意味着他可能再无机会获得自由，但至少也不会死在电椅上。

据负责利奇案的佛罗里达州副检察官杰瑞·布莱尔（他在利奇案中与泰德一起在法庭上等待宣布泰德受审的日子）所说，泰德承认了这两个案件中的所有指控。布莱尔声称，事实上，泰德手里有一份书面供词，他的所有法律顾问——包括米拉德·法默和迈克·密涅瓦，都劝他接受这个唯一可以活下来的机会。但辩诉交易没有达成。泰德撕掉了文件，告诉考尔特："我要撤回那项动议。"

泰德要求将他的公设辩护律师密涅瓦撤出案件，称密涅瓦试图强迫他认罪。在这种情况下，州律师便不能达成辩诉交易。泰德还暗示，他自己的律师向他施压，逼他认罪。如此一来，任何辩诉交易都会自动被上诉法院推翻。布莱尔放下狠话说"如果他［泰德］想要审判，那他一定会有这一天的"。

有关泰德"几乎"认罪的具体细节并没有向媒体透露，但谣言已是满天飞。这是泰德最后的机会。州长鲍勃·格雷厄姆曾预测他将会"签署更多的死刑令"，而泰德的名字似乎已经用隐形的墨水写在那里了。

密涅瓦想退出。泰德正好想让他走，称他的公设辩护律师"无能"。看起来庭审将再次延期。泰德本人希望推迟 90 天，辩护团队想对他进行精神检查，看他是否可被认定为法律意义上的精神正常；也就是说，看他是否有足够的精神状态和心理能力参与自己的辩护。这一请求再一次激怒了泰德。泰德在给我的信中是开玩笑说可能要进行精神失常辩护，但既然他又恢复了状态和自信心，就不会再选择那条路了。

考尔特法官不会容忍无休止地延期审判。他同意进行精神检查，并下令立即实行。他手头有 132 名候选陪审员被搁置在那里。自从那个陌生人悄悄爬进 XΩ 楼，自从那人在邓伍迪街袭击谢丽尔·托马斯之后，已经过去了 18 个月，考尔特觉得是时候开始审判了。

1979 年 6 月的第一周，两位精神科医生对泰德进行了检查，他们是佐治亚州奥古斯塔的赫夫·克莱克利医生和密歇根韦恩州立大学的伊曼纽尔·塔奈教授。他俩都同意泰德自己的观点，认为他并非不具备自辩能力，但同时认为他表现出了某种反社会行为。塔奈指出，泰德的人格障碍会影响到他与律师之间的关系，进而会妨碍他为自己辩护的能力。

塔奈说："他有过一系列自暴自弃、不适应和反社会行为。"

6月11日，考尔特法官裁定泰德·邦迪具备出庭受审的能力，并表示等他看到利昂县地区候选陪审团做出一些回应之后，再来决定是否允许改变审判地点。他拒绝了辩方的延期请求，也拒绝同意泰德解雇自己的律师。邦迪这边临时来了一位新的律师，叫布莱恩·T.海斯，是佛罗里达州北部一位备受尊重的刑事辩护律师，但这人身上也有个令人不安的因素——他曾是约翰·斯潘克林的律师。

我写信给泰德，告诉他我会去参加他的庭审，还问他我是否可以去看望他，并提醒他我到时候可能会佩戴记者证，因为这是我能确定进入法庭的唯一途径。旁听席肯定会挤满了人，会有排成长队的好奇观众。泰德对记者的恨意与日俱增，我不想让他在人山人海的媒体人中看到我，并认为我已经叛逃去了第四权力的队伍了。

我预定了去塔拉哈西的机票，但最终没有去成。6月12日，考尔特法官同意变更审判地点，原因是前五名候选陪审员中有四位称自己对 XΩ 楼谋杀案了解得太多，以至于不能坐在陪审团座位上做出不偏不倚的判断。

考尔特下令将审判地点改到迈阿密，并称陪审团的遴选将于6月25日在当地开始。迈克·密涅瓦最终没有加入辩护团队，他和邦迪之间的关系变得太过恶劣，很可能无法向陪审团隐瞒他们之间的敌对情绪。此外，密涅瓦还认为由于泰德对他的能力表示出如此多的怀疑，他可能会对泰德产生一些潜意识里的怨恨。

辩护团队由利昂县助理公设辩护律师林恩·汤普森、埃德·哈维和玛格丽特·古德三人组成。他们都很年轻，都决心尽力而为，但都非常经验不足。

迈阿密一位名叫罗伯特·哈格德的律师主动提出帮忙，他的年龄也并不比辩护团队中的其他律师大多少。在我看来，哈格德是这个团队中最不合适的一个。他看上去准备不够充分，他的举止，甚至他的发型，似乎都惹恼了考尔特法官。古德女士可能是邦迪这个新律师团队中最有效率的一位。30岁不到的她给陪审团留下了深刻的印象，仅仅因为她是女性，却选择站在一个被指控对其他女性实施了残忍袭击的男人一边。她身材苗条，金发碧眼，戴着眼镜，穿着那种完全不能展现女性魅力的宽松衣服。她的声音平和而严肃。只有在累的时候，她才会像一个真正的南方姑娘那样慢吞吞地说话。考尔特挺喜欢她，对她说了很多次"祝你好运"。

泰德对她也很满意。6月28日晚上，他兴冲冲地从迈阿密的戴德县监狱给我来电话。听声音他又变得很自信，很兴奋，但他承认自己已经精疲力尽。"他们用一架单引擎飞机把我送到这里，匆匆忙忙把我送进监狱，第二天早上我们就开始挑选陪审团。我提不起兴头，考尔特一直在催我们。我们每隔一天就要工作到晚上10点半，周六还要一起开会。"

戴德县监狱的早餐时间，天知道为什么，竟是在凌晨4点半。泰德很累，但一提到自己的辩护团队和预算，他又来了兴致。

"预算上不封顶。州政府给了我们10万美元作为辩护经费。我很高兴迈克·密涅瓦离开了。我喜欢现在的辩护团队，尤其是团队里还有位女性。团队里有一位挑选陪审团的专家正在帮我选人，他能从他们的眼睛、面部表情和肢体语言判断他们在想什么。比如，今天有位候选陪审员把手举到了自己心脏的位置，我的这位专家就能看出点名堂。"

然而，即使在迈阿密，陪审团中的大多数人都对泰德·邦迪有所耳闻。一位被选中的陪审员叫埃斯特拉·苏亚雷斯，她说她从未听说过泰德。"她只看西班牙语报纸。"泰德兴奋地说，"她一直对我微笑……她不知道我就是被告！"

有一位年轻女子让泰德感到不自在，他形容她是"最符合联谊会招募要求的那种人……一个青春洋溢、两颊红润、年轻漂亮的女孩。我担心她会认同受害者"。

　　泰德还称赞了卡罗尔·安·布恩对他的忠诚。"她和我同甘共苦，她放弃了工作，搬到这里。她有我所有的文件，我已经允许她接受新闻媒体的采访。为了她的生计考虑，我告诉她每天要求 100 美元外加食宿费用作为采访的报酬。"

　　我到迈阿密的时候，泰德很想见我。他建议我联系他所在楼层的狱卒马蒂·克拉茨警官安排一次探访。"他人不错。"

　　他对我必须坐在法庭的记者席这一点表示理解，他向我保证，他会尽一切可能让我进入审判室。"如果你有什么麻烦，就来找我。我人缘不错，我会把你弄进去的。"

　　他很有信心我们能在法庭休庭期间和晚间开庭前说上话。他坚持要我一到迈阿密就设法去监狱看他。我也非常期待能见到他，但事情进展并不顺利。

　　泰德觉得他会得到公正的审判。他甚至还称赞考尔特法官，说："我绝不会因为我辩护团队的能力不足而上诉，因为他们很好。"

　　"你睡得着吗?"我问。

　　"我睡得像个孩子。"

　　唯一让泰德恼火的是塔奈医生的证词。"我只同意和他谈，是因为我的理解是为了辩方的利益，谈话将会被录音。斯潘克林的律师布莱恩·海斯告诉我要这么做。可是塔奈在公开法庭上直接站起来说我对于我自己和他人都是危险人物，是个反社会者，有着反社会人格，因而不应被允许获得自由时，我大为惊骇，整个人都呆住了。直到那时我才意识到，是法院下令审查，而非辩方要求。"

　　"你现在还是不抽烟吗?"我问道。

　　"不抽了，但那晚坐上飞往这边的单引擎飞机之前买了一包。已经好几天了，刚抽完，还行。"

接下来，泰德对已经选出的陪审员进行了评价，他们中的绝大多数都是蓝领工人或黑人，对于这一点，他感觉不错。我问他有没有想过一个非常聪明的候选陪审员（或者说一个可能会权衡问题的方方面面的人）可能也不是个经常读报的人。

"不，这可不一定。很多专业人士忙于自己的工作，除了专业期刊之外，别的都不看。他们中的很多人似乎都没听说过我。"

"那你担心过自己的人身安全吗？"

"一点也不。我太出名了，已经搞得满城风雨。他们不会让我出事的，他们想让我安全地走入法庭。"

听起来他像是完全控制住了局面，说话间没有了 9 个月前电话中那种含糊不清和突然断片的情况。他向我解释了审判的流程，所有 150 名证人都会在审前阶段提供简短的证词，看看哪些可以进入审判阶段，哪些要被淘汰。他还解释了审判阶段和量刑阶段，并告诉我检方会允许反对死刑的陪审员就座。泰德显然像一名船长，牢牢地掌控着自己的船。

"西雅图那边的电视上都放些什么？"他问道，"有很多关于我的报道吗？"

"有一点。我在上面看到你在塔拉哈西向未来的陪审员做自我介绍，你看起来挺自信的。"

他听了很高兴。

我不知道泰德是否真的像他表现的那样有信心，但他看上去非常确信自己能够并且必将赢得迈阿密的审判。他告诉我，我们的对话一直被戴德县监狱的狱卒监视着。一小时后，我们说好这次要在迈阿密见面，然后就挂了电话。

对于媒体记者，泰德拒绝就庭审结果做任何预测。"如果我是一名橄榄球教练，我会说，你才开始打本赛季的第一场比赛，不会在此时就想着进超级碗打决赛吧。"

亚特兰大的催眠师埃米尔·斯皮尔曼博士曾是泰德的陪审团专家，他告诉媒体，泰德确实选出了自己的陪审团成员。他们必须把77名候选陪审员过一遍，在6月30日定下最终人选。斯皮尔曼觉得泰德已经错失了十七八位"情绪上完美"的人选。

他对泰德说："这是你的人生，不是我的。"斯皮尔曼向记者解释的时候耸耸肩说："他错过了一些绝对出色的陪审员。"

最后的12人中，大部分是中年人，并且大部分是黑人，都是泰德一人选定的。这是他的人生。

这些陪审员是：

＊艾伦·史密斯：服装设计师；躲过了死刑的人。

＊埃斯特拉·苏亚雷斯：簿记员；就是这位苏亚雷斯女士没有在挑选陪审团过程中认出泰德就是被告本人，此事在法庭上引起哄笑。

＊弗农·斯温德尔：《迈阿密先驱报》邮件收发室工作人员；他说他没有时间看那些他帮忙分发的报纸。

＊鲁道夫·特雷姆尔：德士古（Texaco）公司高级项目工程师；受过高等教育，惯于从科学角度思考问题，他将成为陪审团团长，他称自己只阅读技术期刊。

＊伯内斯特·唐纳德：高中教师；其所在教堂的执事。

＊弗洛伊·米切尔：虔诚的家庭主妇；她看肥皂剧比看每天的新闻头条要多。

＊露丝·汉密尔顿：女佣，按时去教堂；她的侄子是塔拉哈西的一名警察。

＊罗伯特·科贝特：体育爱好者；除了体育版，几乎不看其他版面；知道泰德被指控杀害了"某人"。

＊马齐·埃奇：刚退休的小学校长；她得了流感，审判因此被延期。

＊戴夫·布朗：迈阿密某酒店的维修工程师。

＊玛丽·鲁索：超市店员；似乎对自己的陪审员职责有敬畏感，不赞成死刑。

＊詹姆斯·贝内特：卡车司机，5个孩子的父亲，从未"以这样或那样的方式"考虑过泰德的罪行。

以上人选，连同三位候补，将构成泰德·邦迪的陪审团。正是佛罗里达州戴德县的这些公民，将决定这个来自华盛顿州塔科马市的年轻人的生死。

# 第四十二章

7月3日凌晨1点，我从西雅图的西塔科国际机场飞往迈阿密。出行前我得到保证，到达目的地戴德县大都会司法中心时，可以获得媒体人员证件。我了解到那里已经有300名记者，随时准备通过电话和电报将有关泰德·邦迪的每条信息传送到全国各地。

我再一次感觉到了这一切的不真实感，尤其是当我发现飞机上播放的电影竟然是《一咬钟情》（*Love at First Bite*）时。就在乔治·汉密尔顿饰演的德古拉在其大本营里用牙齿咬住美丽的少女时，其他乘客在这个已经入眠的国家的数千英尺高空放声大笑。而我对此没有丝毫笑意。

直到42个小时后，我才再次入睡。我们飞过了大峡谷。在飞机的左边，我看到黎明开始破晓，而我的右边却仍然漆黑一片。很快，我会看到下方承载着历史意义的河流蜿蜒入海，远处的城市仍在沉睡。早上6点，我们在亚特兰大降落，等了一个小时左右，又坐上一架小一点的飞机飞往南方。孤零零的埃弗沼泽看起来无边无际。前面就是迈阿密了，一眼望去如此平坦，如此分散，与建在一系列小山丘之上的西雅图正好相反。

从迈阿密机场出来的时候，佛罗里达州南部7月的热浪袭来，差点把我逼退。在迈阿密度过的几周里，我一直无法适应那种实实在在的炎热。这种热是雷打不动的。即便是傍晚时分突如其来的一场雷雨，也只会把雨水变成热水，让雨后空气依然和下雨之前一样闷热。甚至到了晚上，也依然毫无缓解的迹象，和西北地区非常不同。满眼的棕榈树让我突然有点想家，想起洛杉矶那漫长的几个月时光，也让我想到泰德可能再也回不了家了。

我把行李往汽车旅馆一扔，便坐计程车去了戴德县大都会司法中心。这是橘子碗①的阴影下一个郁郁葱葱的新建筑群。一进入戴德县公共安全局分局的接待区，我马上留意到了严密的安保措施，这里内设一座监狱，通过一座天桥与大都会司法中心大楼相连，而泰德的审判正是在大楼的四楼举行。任何人未经批准并拿到许可证，都不允许坐电梯到楼上。

也就是说，在我上楼去公共关系办公室领取另一个能让我进入法庭的身份牌之前，必须先拿到那张许可证！他们是为了确保泰德没机会从迈阿密逃跑。

从此时起，我就是"新闻媒体第15号"。

我先去了大都会司法大楼的九楼，发现大楼的整个顶层都是媒体人。我从未见过这样的场景，整个场面都是紧张忙碌的。30多台闭路电视大声播放着五个楼层以下的审判室内的每字每句，数十名男主播、女主播、技术人员和记者在观看、广播、编辑和剪接。刺耳的嘈杂声似乎没有打扰到任何人。一间间新闻室内烟雾缭绕，到处都是咖啡杯。室内室外的地毯上满是弯弯曲曲的电线电缆。

四楼审判室内一台电视摄像机的电缆延伸到外面，固定在大楼外部，从而将信号送到中央控制室，再通过一系列的分配放大器将信号分享出去，这样审判室内正在发生的事便可以同时传送到三大电视网。三大电视网所选择的片段会被转输到八楼，南方贝尔公司在八楼安装了一个"微波反射器"，可以将信号传输到迈阿密市中心，然后通过有线的方式传输到佛罗里达州的一个特殊电视系统。同样的信号

①　Orange Bowl，这个词来自橘子碗委员会，它创办于1935年。当时是为了促进南佛罗里达州的旅游业，它负责举办一年一度的橄榄球赛（也是美国历史第二悠久的橄榄球赛事）。如今橘子碗还主办游泳、田径、曲棍球、篮球、海上项目等。——译者

也会通过线路传送到亚特兰大，再由那里的美国广播公司通过"电星一号"卫星传送到纽约，通过"电星二号"卫星传送到加州和西海岸。哥伦比亚广播公司提供了唯一一台法庭摄像机，由三大电视网的摄像师轮流操控。

泰德曾和我说过他人缘不错。而对于媒体来说，他显然就是如此。

我环顾了一下房间。科罗拉多州、犹他州、华盛顿州和佛罗里达州的媒体在确立自己"地盘"的时候，都贴好了手写的标牌。在整个审判过程中，大都会司法大楼的第九层将昼夜不停地运转。我这个总是哀叹写作寂寞的人——因为经常独自在家里地下室的办公室待着——到了这里绝对不会感到孤独。我惊讶于我的记者同仁们的纪律性，居然能够在如此嘈杂、人们碎步跑来跑去的锅炉房里写出稿件。

我把录音机藏在了楼上。在法庭内是不允许私自录音的。后来，我学会了一招，就是把它打开放在后台的闭路电视旁，然后飞快地跑去法庭。那样的话，我就不仅有"现场"的笔记，还有完整的庭审录音。

我从四楼的电梯里出来，朝法庭走去。坦率地说，我还是挺害怕的，不仅是因为硬着头皮进入一个完全陌生的地方，也因为即将看到4年的矛盾心理和忧虑达到巅峰。

如果说爱德华·考尔特法官是性情温和的圣伯纳犬，那么他的法警戴夫·沃森就是据理力争的斗牛犬，保护着考尔特，还非常凶猛。当沃森喊出"请坐！庭审即将正式开始"和"法官离席之前请各位不要离开座位！"，我们都对他的权威心生敬畏。如果有人想要在庭审期间去洗手间，那就麻烦了，沃森不允许任何人漫无目的地来回走动。

但现在，天呐，他见我犹豫不决地站在法庭外面，就朝我走了过来。他70多岁的样子，满头白发，穿着白衬衫和深色长裤的标准

"制服"。我还没意识到这位就是令人敬畏的法警沃森，他倒笑了，双手搂了我一下说："你进去吧，亲爱的……"

考尔特的法庭是一个巨大的八角形房间，大理石长凳后面的墙壁上镶了热带木材和长方形状的黄铜。是仿制材料吗？可能是。天花板下方悬挂着混合了白色、浅绿色、红色和酒红色的灯具。

进入审判室后，左手边是 33 个记者席，对面是为执法人员保留的座位。除此之外，还有 100 多个旁听座位。房间没有窗户，但开着空调。

我总是觉得审判就像是人生一次短暂的缩影。法官是位慈祥而威严的父亲，指导着我们所有人，而爱德华·考尔特非常适合这个角色。我们其他人，包括陪审团、辩方、控方、旁听席和新闻媒体都被集中到一场激烈的公共体验中。当它结束时，不知怎的，显得有些伤感和遗憾。我们再也不会挨得如此近，我们中的大多数人再也不会相见。

对我来说，这次审判就像是让一部长篇巨著中的所有角色最终都活了过来。我知道了几乎每一位参与者的名字，多年来我一直只闻其名，但泰德是我唯一亲眼见过的角色。

我在记者区坐了下来，坐在一群将来会成为朋友的陌生人当中，他们是：两届普利策奖得主、《迈阿密先驱报》的吉恩·米勒，丹佛《落基山新闻报》的托尼·波尔克，《劳德代尔堡新闻报》和《太阳哨兵报》的琳达·克莱因登斯特与乔治·麦克沃伊，《华盛顿邮报》的乔治·瑟斯顿，《圣彼得堡时报》的帕特·麦克马洪，《坦帕论坛报》的里克·巴里，以及美国广播公司新闻部南方分社社长比尔·诺尔斯。他们都以自己独特的方式书写着笔记。

泰德往我们这边瞥了一眼，认出了我，咧嘴一笑，还朝我眨了眨眼。他看上去比起我上次见他的时候并没有见老，而且还穿着西服，打了领带，理了时髦的发型。奇怪的是，不知为何，时间对他来说似乎是静止的。这时，道林·格雷①的形象突然在我脑海闪过。我现在已经是两个孩子的祖母了，可泰德的外表仍和 1971 年时一样，还显得更为帅气。

我环顾整个法庭，看到了我在几十次审判中见过的一张张脸，他们一生都热衷于上法庭旁听，或者说这是他们唯一的嗜好、兴趣和业余爱好。其中有不少衣着整齐的老头；一位妆容花哨的老太太，她把头发用尼龙发网罩好，又戴了一顶宽边帽；还有家庭主妇，逃课的学生，一位牧师。此外，还有那一排排穿着制服面无表情的警察。

在泰德和辩护团队身后座位的前排，挤满了漂亮的年轻女性——每天都是如此。这些女孩知道自己有多像传闻中的受害者吗？她们的眼睛从未离开过泰德，当泰德转过身来习惯性地闪现出一个迷人的微笑时，女孩们便高兴得满脸绯红，还发出咯咯的笑声。在法庭之外，她们中的有些人向记者承认自己被泰德吓到了，但仍是不想离开。这是一种常见的综合征，一位被指控的大规模杀手对某些女性而言如此有魅力，就好像他是最有男子气概的人。

审判室内似乎心照不宣，把前面第一排座位特意留给了"泰德的粉丝"，事实上，我从未见过哪场审判会有更多的漂亮女孩在场，有来为 1978 年 1 月 14 日至 15 日那晚的事出庭作证的 XΩ 楼女孩，有幸存的受害者，甚至还有女侦探、女警官和法庭记者。

开始的几天里，陪审团没有出席。我们还处于审前阶段，考尔特尚未就允许入内的人员做出裁决。陪审团仍被隔离在比斯坎湾的一个豪华度假胜地。

不知情的旁听者很难将泰德与法庭上的那些年轻律师，比如林恩·汤普森、埃德·哈维、罗伯特·哈格德以及检方的检察官拉里·

---

① 王尔德同名小说中的主人公，他把灵魂卖给了恶魔，换来永远容颜不变。——译者

辛普森和丹尼·麦基弗（两位都来自州检察官办公室）区分开来。

辩方想让该州提议的多名证人退出，包括：康妮·黑斯廷斯和玛丽·安·皮卡诺，她俩在那个周六晚上在雪罗德迪斯科舞厅见过被告；尼塔·尼瑞，在XΩ楼见过那个拿着棍棒的男子；索维隆医生，会为牙齿咬痕提供证词；巡警鲍勃·海沃德，在犹他州逮捕过被告；来自盐湖城的卡萝尔·达伦奇；警探诺曼·查普曼和唐·帕肯，他俩将为2月中旬在彭萨科拉审讯期间的谈话作证。

我进入法庭时，尼塔·简·尼瑞正在证人席上。她被辩方纠缠得几乎要哭出来，但态度仍很坚决。当被问到那天晚上见到的那名男子是否在法庭上时，她说："是的，我相信我看到了。"但她提出要看一下侧脸。

于是，考尔特下令让房间里的每个人都站起来侧过身。

尼塔·简看了看，但似乎不愿意直视泰德。然后她有点机械地抬起手臂，两眼低垂，指向了被告。

泰德似乎要帮法庭记者一把，他说出了自己的名字："那是邦迪先生……"

辩方询问了尼塔和她的母亲。的确，尼塔的母亲给她看过报上一张泰德·邦迪被捕后拍的照片，但她后来还是在一组面部照中选中了泰德。她是有把握的。

随后，考尔特法官裁定允许她作为目击证人，这对辩方而言可能是一次最严重的打击。

XΩ楼的"甜心"罗尼·恩格——也就是尼塔·尼瑞最初以为的那个人，已经通过测谎排除了嫌疑，但他也来到了审前现场。当他站到邦迪旁边时，俩人几乎没有什么相似之处。罗尼肤色黝黑，一头黑发，个子偏矮，作证时露出了羞怯的微笑。

卡萝尔·安·布恩是泰德最坚定的盟友，她坐在法庭现场，经常与泰德交换眼神。她身材高大魁梧，约32岁，戴着一副厚厚的眼镜，一头黑色短发并没有中分。她很少笑，经常抱着成堆的报告。似乎她唯一关心的就是她与被告之间的关系。

第一天庭审结束后，我找到卡罗尔·布恩，向她介绍了自己。她瞥了我一眼，说："哦，我听说过你。"然后突然转身走开了。我看着她离去的背影，感到不解。她不喜欢我是因为我戴着记者标牌，还是因为我是泰德的一位老友？答案我无从知晓，因为她再也没和我说过话。

第二次庭审开始时，泰德提出要更多的锻炼时间，还要去法律图书馆的特权和一台打字机。

图书馆和健身设施就在监狱大楼的七楼。泰德和监狱主管之间进行了一次小小的机智问答。

"你们能保证我的安全吗？"

"当然能。"

"有多少人？一个？两个？还是三个？"

"我们不想说得太具体。我们会有足够的保障。"

这时，考尔特问道："邦迪先生，你能边锻炼边看书吗？"

穿着西雅图水手队（棒球）T恤的泰德微微一笑。他希望每天在法律图书馆待一个小时，每天锻炼一个小时，并且卡罗尔·安·布恩的探视次数不受限制，原因是她"将帮我的律师向我传递信息"，但考尔特没有同意，也没有批准打字机的要求。

这时，一个新的人物出现了，他也是我正在构思的一本书中的人物之一：迈阿密的犹他州公路巡逻队的鲍勃·海沃德警官。他描述了泰德1975年8月被捕的情形。当海沃德提到"连裤袜头套"时，考尔特法官替邦迪"律师"提出了异议，说："可你并没有看到，我的朋友，但我们后面会考虑的。"

然后，法庭上出现了我从未见过的离奇一幕。泰德·邦迪同时作为被告、辩护律师和证人。

泰德站起身盘问海沃德。他仔细询问了证人有关犹他州的逮捕情况，包括他车上的工具以及当时所说的话，试图指出他从未允许搜查他的大众甲壳虫汽车。海沃德被被告问得有些迟疑，粗声粗气地回答了一句："是你说可以查的。"

然后，泰德询问了盐湖县治安官办公室的副治安官达雷尔·昂德拉克，为他车里发现的物品是否为盗窃工具进行了争辩，并指出，他虽然因这一罪名被起诉，但他从未因此而受审。

考尔特插话道："你可以向犹他州政府求证那些是否为盗窃工具，但这与我们今天的案件无关。见好就收吧……况且我还没说你占了多少上风。"

这时，泰德又作为证人站到了证人席上。他说，海沃德对他说的第一句话是："你为什么不下车逃跑？我本可以就此打爆你的头。"

泰德解释说，他被在场的警察人数吓坏了，但在他看来搜查是非法的。他在丹尼·麦基弗盘问他的时候，承认自己在被拦下之前曾谎称自己去了汽车影院。

泰德希望把犹他州的逮捕行动捂住，坚称那次起获的证据是通过非法搜查获得。考尔特法官后来的确将此行动按了下来，但不是因为他说的这个原因，而是发现那次逮捕和这次审判的关系太"遥远了"。

"你可以下去了，邦迪先生。但你还不能离开。"

这样的处理会对检方造成极大的不利。陪审团将不被允许听取他们对犹他州连裤袜头套和邓伍迪街连裤袜头套进行的比较。

双方打成了一比一平。

考尔特法官通常很少在庭审中表露自己的感情，但在看到画像师根据尼塔·尼瑞的描述画的合成图（佩姬[①]·古德认为这幅图毫无意义）时，他还是流露了些许情绪。

---

① Peggy 是 Margaret 的昵称。——译者

"可能我视力不太好。"考尔特一开口就说，"但从这最后一张图来看，我发现了与……呃……不说是谁……的一个惊人的相似之处。"

听完了在彭萨科拉录制的录音带，并听取了警探诺曼·查普曼和唐·帕肯据称是泰德在录音机关掉后说的话的证词之后，考尔特法官又做出了一项按下证据的裁决，惊得检察官辛普森和麦基弗跌坐在椅子上。考尔特裁定陪审团不被允许听到或了解：越狱的事，信用卡盗窃案的事，以及"吸血鬼"、"偷窥癖"和"幻觉"之类的表述。考尔特发现，有太多未经证实的对话被遗漏了，没有录下来。他不接受录音带上的内容。在考尔特的裁决中，信用卡盗窃案不属于谋杀指控的一部分。

谈到幻觉的那个录音带也被剔除了。

如此一来，佛罗里达州只剩下尼塔·尼瑞作为目击证人的辨认和理查德·索维隆医生了，其余的大都是间接推测。记者区这边都在低声讨论，称"邦迪可能会被放虎归山"。

# 第四十三章

考尔特法官准备开始正式庭审，但辩方还没准备好。

7月7日，泰德和他的律师辩称他们没有时间准备开场发言。佩姬·古德说："从您的裁决到我们的开场发言之间间隔太短，我们需要时间准备。我们都累得不行了，每晚只能睡5个小时。您正在把这一切变成一场耐力测试。"

"你们有4名迈阿密的律师，一名调查员，还有两名法律专业的学生在打下手。就法庭而言，我关心的是整个系统。我确信没有理由再拖延下去了。在巡回审判中，一直持续到午夜是很正常的。我们改变了曲调，但我们用的是相同的小提琴手，奏的是同样的音乐。你在这里的每一分钟，我也都在这里，可我精神好得很。"

泰德换了一种话风，说："我很担心法官大人，你将如何坚持到一点钟。"

"那你就看着吧。谢谢你的关心。"

然后，泰德就生气了。当时是星期六中午，他想从星期一开始，但考尔特没有同意。

"我的律师还没准备好！"

"但我们会准时开始，邦迪先生。"

"那你就开始吧，反正我不来，法官大人！"泰德勃然大怒。

"随你便。"考尔特平静地回了一句，泰德咕哝道："我才不管他是谁……"

但当陪审团第一次被带进来时，泰德正坐在被告席上。

为了拍摄效果，记者们让年轻的检察官拉里·辛普森出去打理了一下头发再重新进入法庭，之后拉里·辛普森代表检方做了开场发言。

他讲得很好，不仅在黑板上用图表的方式绘制了 XΩ 楼的 4 起案件以及邓伍迪街案，并列出了受害者的名字和相关指控：（XΩ 楼）入室盗窃；一级谋杀，莉萨·利维；一级谋杀，玛格丽特·鲍曼；一级谋杀未遂，凯西·克莱纳；一级谋杀未遂，凯伦·钱德勒；一级谋杀未遂，入室盗窃，谢丽尔·托马斯。他讲得有板有眼，几乎不带感情，但整个条理清晰、言简意赅。

泰德选择让参与此案才两周的 34 岁迈阿密律师罗伯特·哈格德为辩方做开场陈述。考尔特法官曾力劝辩方等到他们的那"一半"庭审时间再开始，一如他们之前选好的那样，但他们决定往前提。

哈格德讲了 26 分钟，东拉西扯，漫无目的，其间检方提出了 29 次反对，几乎是个前所未闻的数字，考尔特对其中的 23 次表示反对有效。

最后，考尔特举起双手对哈格德说："时间到。祝你好运。"

我个人觉得泰德自己反而可以做得更好。

泰德确实选择亲自对雷·克鲁警官在谋杀案发生当天早上去 XΩ 楼的事进行盘问。我不知道在泰德诱导出死亡现场和莉萨·利维尸体的情况时，陪审团是怎么想的，但在我看来这实在有些荒唐。如果说这位冷静且能说会道的年轻律师可能在那里亲眼见过莉萨的尸体，并可能对她造成那样可怕的伤害，可他在盘问警官时却完完全全没有一丝情感波澜。

"请您描述一下莉萨·利维房间的情况。"

"到处都是衣服，有一张书桌，一些书……有点乱。"

"除了你之前证词里所说的，还有别的什么地方有血迹吗？"

"没有了，先生。"

"请描述一下玛格丽特·鲍曼的尸体状况。"

"她脸朝下躺着，嘴和眼睛都张着，尼龙长袜在她脖子上打了个结，头部肿胀，已经变色。"

泰德一直在试图表明这位警官在房间留下了自己的指纹，并且没有进行仔细地处理。结果适得其反，倒是成功地在陪审团脑海中留下了一幅可怕的画面。

然后，年轻的女性受害者和证人排着队缓缓进入了法庭，她们是：梅兰妮·纳尔逊、南希·道迪、凯伦·钱德勒、凯西·克莱纳、黛比·西卡雷利、南希·杨和谢丽尔·托马斯。女孩们穿着颜色鲜艳的棉质上衣，身上带着一种单纯，也流露出一丝脆弱。

凯伦和凯西的外表上没有任何迹象表明她们曾经受过伤。她们下巴处的钢钉已经不见了，脑震荡和瘀伤也早已痊愈。只有在她们讲述发生在自己身上的事情之时，人们才可想象她们所经历的恐怖。

她们全程都没有看泰德·邦迪一眼。

谢丽尔·托马斯的情况要难得多。她一瘸一拐地走到证人席，右耳朝着检察官的方向坐着，以便能听到他的声音。她的左耳已经完全失聪。

她没有在证词中提及自己为恢复健康所付出的艰辛，包括慢跑和仰卧起坐。当她刚开始走路的时候，总是往一边摔倒，但她学会了借助其他感官（视觉和感觉）来补救。她学会了通过大脑来培养平衡感。她也没有提及自己在恢复芭蕾舞训练时如何一次又一次地摔倒在地，然后再一次次爬起来从头开始。她作证时非常温柔，还经常羞涩地微笑。

辩方明智地选择了不对受害者提问。

托马斯·伍德医生就他进行的尸检出庭作证。然后不顾佩姬·古德的反对，仍在现场展示了 $11 \times 14$ 英寸规格的尸体彩照，并向陪审团指出了尸身上所受的损害。

辩方律师对展示尸检照片表示抗议，这是辩方的一种标准做法，他们称这些照片"具有煽动性，没有作为证据的价值"，而这些照片最终被准许作为证据，也是一种标准做法。

就在那些可怕的照片在陪审团席位上静静地传递时，我一直观察着陪审员们的表情。男陪审员一个个脸色苍白，皱眉蹙额，而女陪审员的表情管理似乎比他们好一些。

有几张莉萨·利维臀部的照片，上面的牙印清晰可见。有一张玛格丽特·鲍曼的特写镜头，因为没有更好的名字，被考尔特法官称为"脑袋上的洞"。还有一张莉萨·利维右乳房的照片，乳头被咬穿了。

我一直没能私下见到泰德或谈过话。他没有与法庭现场内的人进行对话的自由。每次休庭期间，他都戴着手铐，被带到走廊对面的一个小房间里。就在引入验尸报告和受害者照片作为证据那天的庭审结束之后，我在走廊外面站了一会儿。泰德一如既往地抱着一摞法律文件，双手戴着镣铐走出来，离我不到几英尺。他转向我，笑了一下，耸了耸肩，然后就走过去了。

在佛罗里达州，记者可以查看所有已被承认的证据。我们一群人等着法庭书记员雪莉·刘易斯把一辆装满物证的手推车推到她的办公室，然后把所有证据都摊在桌子上。一股污浊难闻的空气，无论是真的还是想象出来的，似乎从那堆杂乱的物证上方腾起，一下子压制住了记者团中常有的笑声和黑色幽默。

"我们现在不是在笑，对吧?"来自丹佛的托尼·波尔克轻声地问。我们的确没有笑。

所有的连裤袜头套（包括鲍勃·海沃德从犹他州带来的那个）都放在那里，彼此惊人地相似。绞缠在玛格丽特·鲍曼脖子上的，上面还带着她的血迹的那条，也在那里。还有所有那些照片……

在面对凶杀案的照片时，我早有了一定程度的超然。它们已不再像以前那样让我心烦意乱了，尽管这是因为我特意不去多想。在站到雪莉·刘易斯的办公室之前，我已经见过了数千张尸体照片。

我在瑟斯顿县见过凯瑟琳·德文和布伦达·贝克的照片，但那是知道有位嫌疑人叫"泰德"之前几个月的事了。当然，在华盛顿州的其他案件中没有尸体可供拍照，我也没机会见到科罗拉多州和犹他州的照片。此时的我，低头看着这些年纪可以做我女儿的女孩们的巨幅彩色照片，看着照片上那些据称是我认识的一个男人所造成的伤损。而就在几分钟前，这个男人还对我笑了笑，耸了耸肩，好像在说："我与此事无关。"

　　突然，一阵难受的恶心和恐惧袭来，我忙不迭地跑进卫生间，我吐了。

# 第四十四章

迈阿密 7 月的酷热天气呈现出了另一种模式。首先，除被告之外的大多数当事人都出逃似的纷纷离开了市政中心假日酒店，前往三个街区外的司法中心。几乎所有的辩方团队、检方团队、从外地过来的媒体人、卡罗尔·安·布恩和她十几岁的儿子、电视台摄影师和技术人员都驻扎在了假日酒店。到了晚上，记者在一楼的小酒吧里转述着他们从现场听来的一些最精彩的语录，小酒吧里挤满了喝着冰啤酒、金酒和汤力水的听众。在这里，人与人之间的分界线不像在法庭上那样明显。

媒体人员争先恐后地赶到司法中心。"一定要在沃森关门之前进去！"这一路上并非没有危险，要在交通高峰时段穿过六条车道，当迈阿密的通勤者开车飞驰来往离行人只有几英寸时，要在路中央的交通岛上同时注意来自两个方向的车辆。"别在高架桥下走——前几天晚上，一名犹他州记者被一个骑自行车的人持 6 英寸长的刀片打劫了。"

此外，汽车旅馆本身也并不十分安全。西雅图的美国广播公司女主播露丝·沃尔什睡下之后，有飞贼从六楼的阳台潜入她的房间，偷走了她所有的钱和珠宝，甚至连她的结婚戒指也没放过。

我们的位置距离游客们嬉戏的海滩也很远。

我在司法大楼的九楼喝着当天的第一杯咖啡时，忙碌的工作正在进行。电话线路繁忙，记者们抓着电话不放，电话那头是那些每日等着最新信息的抄录员。在这里，黑色幽默开始登场。两名电视记者模仿了对邦迪太太进行的私人采访，其中一人用很高的假声扮演被告的母亲：

"泰德小时候是什么样子，邦迪太太？"

"哦，他是个好孩子，一个正常的、典型的美国男孩。"

"他喜欢什么样的玩具，邦迪太太？"

"都是些平常的东西，比如枪、刀、连裤袜，和其他男孩没什么区别。"

"他有工作吗？"

"哦，他没有工作，不过他总有各种信用卡。"

一阵哄笑。

在等待诉讼程序的画面出现在他们面前的闭路电视上时，有人写起了歪诗。

> 泰迪来到塔拉哈西，
> 来找一个漂亮的姑娘，
> 悄悄地，偷偷地穿过黑暗，
> 潜伏着，直到他发现目标，
> 记住，亲爱的，好好记住——
> 他咬起来比叫得更可怕。

对有些新闻界人士来说，邦迪的审判不过是个素材，一个很好的素材。其他人似乎为此感到不安，与此有关的生命的浪费让人触目惊心——不仅是受害者的，还有被告的。我们正在观摩的是一场逐渐展现在我们眼前的大型悲剧，它的意义远不止一个个新闻头条。

而在脚下的四楼，公众充满了愤怒和报复的情绪。在排队等候过安检（每次进入审判室前都要通过金属探测仪，随身的包和文件也要接受检查）的时候，我听到身后两个男人的谈话。

"那个邦迪……他不会活着离开佛罗里达的……他会得到应有的

惩罚。"

"他们应该把他带出去，把他的蛋蛋钉在墙上，让他留在那里等死，这样都算是太便宜他了。"

我微微侧身看了他们一眼，是两个面善的爷爷辈男人。他们的话反映了佛罗里达州公众的想法。

随着审判的继续，人群越来越密集，也越来越充满敌意。不知陪审团是否感觉到了这一点？他们有没有压抑自己的愤怒？这一切从他们的脸上看不出来。他们和所有的陪审团一样，一脸平淡无奇地听着。在漫长的下午场庭审过程中，总会有一两个人打起瞌睡。楼上的新闻编辑室的记者会发现这一点，然后对着电视机大喊："醒醒！醒醒！喂，伯内斯特！醒醒！弗洛伊！醒醒！"

泰德仍会朝记者区瞥上一眼，看我是否在那里，然后微微一笑，但他似乎在渐渐退缩，每天的眼神越来越显空洞，像是他体内有什么东西在日益枯竭，只剩下一个精疲力尽的躯壳坐在辩护桌旁。

尽管年轻女孩们和警察队伍开始以某种方式融合成长长的队伍进场，但还是有传闻散播开来，称邦迪可能会赢，毕竟有太多关于他的信息不允许陪审团接触和知晓。

丹尼·麦基弗看上去疲惫不堪，在接受媒体的简短采访时称他很担心，而通常检察官很少会承认这一点。于是，媒体开始打赌"这狗娘养的可能真的会成功"。

由于马齐·埃奇感染了病毒，审判停了一天。还有一次，泰德发着高烧并咳得厉害，也因故休庭一天。在那种日子里，我们没有别的事可做，便互相采访，那些缺乏人情味的花絮报道以一种雷同的新闻体描写着来自其他地区记者的感受，并被刊登到了本地报纸上。

然后，泰德又回到了法庭，看上去脸色苍白，十分疲倦。

橡树公寓的经理罗伯特·富尔福德作证时说，他第一次与克里斯·哈根接触时，后者向他租了一间带双层床铺的房间，里面有一张餐桌、一张书桌，还有个带抽屉的柜子。"租金到期时，他拿不出钱。他说他会给在威斯康星州的母亲打电话，然后她会寄钱来给他。我听见他打了个电话，好像是和什么人说了会儿话，但他从没有带着房租来找我。几天后，我去检查他的房间，发现他已经跑了。"

陪审团知道邦迪来过塔拉哈西，然后又离开了，但不知道他从何而来以及为何而来。

大卫·李作证时说，他于2月15日黎明时分在彭萨科拉逮捕了邦迪，并描述了他的犯人当时如何想死。

第二天，7月17日，泰德没有出庭。上午9点，他没有出现在辩护席。旁听席的观众都在互相嘀咕着，记者区的人也在纳闷。通常一到开庭时间，邦迪总是被除去镣铐坐在那里。可现在他没出现。一定是出了什么问题。

监狱看守马蒂·克拉茨来的时候，陪审团还待在一个与外界隔绝的地方。克拉茨向考尔特法官解释说，泰德在监狱里遇到了麻烦。

凌晨1点左右，泰德从406号牢房的铁栏杆之间扔出一个橘子，打碎了外面的一盏灯，那是为给他提供更好的照明而安装的。监狱看守立即把他转移到405号牢房，并搜查了他的前一个牢房。他们在那间牢房很靠后的位置发现了碎灯泡上的玻璃片。

这是为何？他是想要自杀还是逃跑？

"今天早上我们要去带他上法庭时，"克拉茨接着说，"我们的钥匙插不进锁孔。他在里面塞了些厕纸。"

他们提醒邦迪该出庭了，他回答说："我想去的时候自会去的。"

考尔特对这个消息不以为然，并让泰德的律师去劝说他们的当事人尽快出庭。考尔特觉得泰德貌视法庭是一种拖延战术。

9点30分，泰德出现了，他很生气，辩解说他在戴德县受到的待遇让他很不满意，并再次对导致他缺乏锻炼、扣留文件不给他以及阻止他使用法律图书馆几件事进行了谴责。他和考尔特谈话时声音哽咽，几乎要哭出来了。"总有一天，我唯一能做的就是被动抵抗……我有潜力……现在……现在……我不过是用了我潜力中非暴力的那部分。总有一天我不得不说：'吁，慢一点……'"

"吁，慢一点，"考尔特回答，"如果你这么说了，我就得用马刺了。"

泰德犯了个战术错误。他开始列举那些指控他的罪名时，同时对着考尔特法官摇手指。

考尔特的脸沉了下来。"别对我摇手指，年轻人……别对我摇手指！"

邦迪将手指微微偏向了辩护桌。

"那样可以。"考尔特说，"你可以对着哈格德先生摇手指。"

"他可能比你更配得上。在我来这里的三个星期里，他们带我去了三次法律图书馆。"

"是啊，至少有三次你只是坐在那里和克拉茨警官聊天，却从未用过图书馆。"

"这不是真的。这［图书馆］是个笑话，但它总比审讯室更适合读书。没理由让我受到这样的待遇。而且我在见了我的律师之后，就被要求脱衣接受搜查，这也太不合理了。现在，这列火车已经启动了，但如果我要下车，我需要向法庭证明他们影响了我，然后才能下车。"

考尔特说话的口气像是对着一个被宠坏的孩子。他说："庭审将如期进行，不会因你的主观意愿而中断。这种事不会再发生了。现在我要你和你的律师商量一下，了解你有哪些该有的权利，但我也希望你知道，尽管法庭通常会比较克制，但也可以不容辩驳。"

"我愿意为我的行为承担一切后果，法官大人，我对我所做的事可能承担的法律责任也很清楚。"

"那就好，我们想到一起了。祝你好运，我只希望你和我们一起，如果不是，我们会想你的。"

邦迪以一句苦涩的幽默结束了对话："那这些人就不会付钱来看我了。"

这一天的大部分时间里大家似乎都很暴躁。微量分析学家帕特丽夏·拉斯科作证时称，在邓伍迪街找到的连裤袜头套上发现的两根头发"是邦迪先生或头发和他一模一样的人留下的"，哈格德立即对其进行了一番无情的盘问。

有关头发微量分析的问答变得如此深奥，以至于整个陪审团似乎都被科学术语弄糊涂了。哈格德缠着拉斯科女士问来问去，直到法官对他提出警告。

当哈格德要求检查拉斯科女士的笔记时，她坚决不让。哈格德直接上前去抢，拉里·辛普森走了过去，开始与辩护律师进行拔河比赛。

考尔特法官对双方律师都进行了斥责，并将陪审团请了出去，然后他称赞一向彬彬有礼的辛普森："这可是我第一次看到你怒发冲冠。"

的确如此。双方在盘问阶段几乎没有过激烈的交锋。

该州的案子接近尾声。尼塔·尼瑞再次举手——这次是在陪审团面前，指向了泰德·邦迪，说他就是她看到的那个在谋杀案发生后离开 XΩ 楼的人。而此案最有力的证人——牙科医生理查德·索维隆马上就要上场了。

索维隆是个英俊潇洒、衣冠整洁、颇具戏剧表演天赋的人，似乎很享受在陪审团面前的时光。他拿着一根指示棒，指着泰德·邦迪嘴巴的巨幅彩色照片上的牙齿，这照片是一年多前在利昂县监狱出示搜查令后拍摄的。

陪审团对此极感兴趣。很明显，之前他们被精液的血清学证据和毛发的证词弄得云里雾里，但他们很警觉地听着关于牙印的证词。

由于保存不当，莉萨·利维臀部的组织已被破坏，只留下了按比例拍摄下来的咬痕照片。这样够吗？

"这是侧齿……这是双尖牙……这是门牙……"

索维隆解释说，每个人的牙齿都有其独有的特征，体现在排列整齐度、不规则度、碎片化程度、大小和锋利度等，这些特征使得每个人的牙齿构造都是独一无二的。索维隆发现泰德的牙齿尤为独特。

接下来是戏剧性的一幕。索维隆把放大过后的有一排紫色咬痕的莉萨·利维臀部照片钉在了陪审团面前的展示板上，然后把有被告牙齿的一张放大照片的透明纸覆在了前一张照片上。

"它们完全吻合！"

关于"双重咬合"，索维隆继续解释道："这人在咬了第一口之后，歪向另一边咬了第二口。上牙保持在大致相同的位置，但咬得更深的下牙留下了'两个印环'。显然，第二次咬得没有更用力。"索维隆称，要比较牙齿和咬痕，他还得花上双倍的时间去做。

"医生，"检察官辛普森开口道，"根据您对这一特定咬痕的分析和比较，您能否给出一个合理的牙科确定程度（dental certainty），告诉我们照片中的牙齿是否就是西奥多·罗伯特·邦迪的牙齿，以及你介绍的佛州第 85 号和第 86 号模型所代表的牙齿，是否使得反映在你出示的物证上的咬痕被标记并被接纳为证据？"

"好的，长官。"

"那您是什么意见？"

"它们是吻合的。"

这是自 1974 年以来第一次出现一份物证将受害人和泰德·邦迪完全联系了起来……整个审判室沸腾了。

当然，辩方仍想证明"牙科确定程度"和法医学属于原始的、尚未被广泛接受的科学。埃德·哈维起身代表辩方进行盘问。

他开始问道："分析咬痕既是艺术又是科学，不是吗？"

"我认为您这说法挺合理。"

"而且这完全取决于检验者的经验和专业程度，对吗?"

"是的。"

"所以您所得出的这些结论可以说是见仁见智的，对吗?"

"没错。"

"您有一组给定的牙齿，或者说是模型，还有一块给定的皮肤区域，可能是大腿的或小腿的。那有什么方法可以测出那些牙印是否会一遍又一遍吻合呢?"

索维隆笑了:"有，因为我就是做了一个这样的实验。我带着模型去了停尸房，再把模型按到不同的人的臀部位置，然后进行拍照。所以，是可以实现标准化的，而且它们的确是吻合的。"

哈维装作不信的样子:"您指的是不同的尸体，对吗?"

"是，我找不到活人志愿者。"

哈维试图找出其中一些前后矛盾之处，但这种盘问思路失败了。

索维隆做了进一步的解释，陪审团的人都身子前倾去听。"如果有一个不一致的区域，那这个证据就会被排除。如果有一个 V 形的中央不能到这个程度，你会说:'哦，那我们必须排除那个人，即便牙弓的大小相同，尖牙夹在侧齿后面，中间位置没有完全对齐，等等。'[但是]要找出这样一套和邦迪先生的牙齿一样的模型——中间位置的磨损以及侧切牙的缺口等，一切都一模一样——可能性如同大海捞针。你还必须能够把它和上排中门牙上的三个印记结合起来看，这样的可能性更是微乎其微。"

佛罗里达州在一片支持声中准备结案。他们打电话给纽约市法医办公室的法医牙科学首席顾问洛厄尔·J.莱文医生。

莱文作证说，他相信当莉萨·利维(或肉体出现在他研究的照片上的那个人)身上落下咬痕的时候，她是"被动"的。"当牙齿在皮肤上移动时，肌肉组织通常会向各个不同方向移动，你通常会看到很少的移动或扭转的迹象。这看着更像是一只被咬上并突然抓住的动物。这些咬痕是缓慢留下的，而那人却一动不动。咬痕形成的时候死者处于被动的状态。"

"关于牙齿的独特性，你能给出你的看法吗？"

"每个人的牙齿对特定的人来说都是独一无二的，其中的原因有很多。其一，牙齿的形状是独一无二的；除了每颗牙齿的排列或相互之间的关联是独一无二的，扭转、倾斜或弯曲也会增加这种独特性。现有的牙齿和缺失的牙齿……这些基本上就是总体特征。此外，我们还有其他类型的个性化特征，或称为偶然的特征，比如断裂等。"

当泰德对迈克·密涅瓦不再抱希望时把他留在了塔拉哈西，但此时，迈克·密涅瓦出现在庭上（显然已经互相谅解了），开始盘问莱文医生。

"当你说'合理的牙科确定程度'时，指的是某种可能性，对吗？"

"我说的是非常高的可能性。所以，是的，先生。"

密涅瓦试图对"新科学"提出怀疑，使一切看起来只是"可能"，而非"绝对"，但莱文丝毫没有让步。

"……在我看来，要想出具有所有相同特征的东西实际上是不可能的。"

"牙科学是一门相对较新、新近才被认可的法医学学科，您觉得这么说合理吗？"

"不，我认为这一点都不合理。从历史上看，有保罗·里维尔做牙科鉴定的例子，有 19 世纪第一个十年马萨诸塞州的律师接受它进行身份验证的证词，甚至还可以在司法系统中找到 25 年前有关咬痕案件的引证。所以，这算什么新鲜事呢？"

检方告一段落了。泰德·邦迪则要求判索维隆藐视法庭，因为此人在庭审之前的奥兰多会议上发表了有关本案信息的言论，但考尔特拒绝了他的请求。在空荡荡的审判室内，泰德仔细研究了他的牙印模型和莉萨·利维的咬痕照片。

他当时想了些什么，我无从得知。

# 第四十五章

辩方阵营的情况不太妙。罗伯特·哈格德请辞了，暗示被告坚持盘问 1 月 14 日至 15 日那晚在死者房间现场的雷·克鲁警官是一个错误。公设辩护律师也不允许泰德再去盘问证人。

7 月 20 日是辩护的第一天，泰德起身向考尔特法官表示他的律师不称职，而这些律师恰恰是审前他在电话中向我高度称赞的同一批人。他指责迈克·密涅瓦在没有任何先兆的情况下退出了此案，此时的他称密涅瓦是"本案中最有经验的法庭人员"。但他只字未提自己曾叫密涅瓦走人。

"我是在没有任何选择的情况下才选了哈格德作为我在迈阿密的代表律师。总的来说，从来没有人问过我对于公设辩护律师办公室的哪位律师替我辩护有什么看法。"

事实上，泰德并不喜欢他的整个辩护团队。"我认为还有很重要的一点是，我和律师之间存在的某些沟通问题削弱了我方的辩护能力，这种辩护措施既不是在为我辩护，也不是我认可的，更不是我可以说我同意的。"

泰德抱怨说，他的律师无视他对案件的投入，不让他做决定，并且固执地拒绝让他有在陪审团面前盘问证人的权利。

考尔特听了目瞪口呆。"我从未见过或经历过任何一起案件，一个穷人能得到像你所拥有的如此质量和数量的律师的帮助。有 5 位律师在代表你，这已经是闻所未闻了。至于是谁在照管公设辩护律师，我不能告诉你；他们在为哪些穷人辩护，我也不能告诉你。本庭已经仔细地观察过，他们［泰德的律师］在提议传唤证人之前都会先问过你，并与你协商，这一长达数百次'稍等片刻'的记录在我审过的案子中从未发生过。或者说在我与律师打交道的 27 年里，我从未见过在本案辩护过程中所发生的情况。"

但泰德态度很坚决。他再一次想要接管自己的辩护权。

考尔特说他会批准，但也警告泰德，替自己出庭辩护的律师对客户来说是个傻瓜。

泰德回答说："我总认为这个格言跟一个修理自己车子的人对修理工来说是个傻瓜这句话是一样的。这完全取决于你自己想做到什么程度。"

这是老生常谈的故事了。考尔特将泰德的问题定为"提交律师意见"。

"强制执行。"泰德反驳道。

"不，这是提交，本庭已经定了。如果他们不做你想让他们做的每一件小事，那是他们不称职。那么，祝你好运，如果的确如此……我会解雇他们。"

泰德很可能想确认庭审记录上记下了他没有得到他选的律师。虽然没有提到米拉德·法默的名字，但其中的意思已经很明显。

于是，泰德又一次成了掌舵者，他的律师只是他的"顾问"。不过，就目前而言，埃德·哈维仍会询问辩方证人。哈维说他想退出，话是在陪审团的听证会上说的，陪审团似乎还没有意识到辩护团队已乱成一团。

辩护的策略不是要为泰德·邦迪提供任何不在场证明，而是试图否定该州给出的证据。马里兰大学的口腔外科学教授、马里兰州首席法医的法医牙科学顾问杜安·德沃尔作证说，咬痕并非独一无二，尽管牙齿本身是。

"……皮肤是柔韧的、有弹性的，而且这要看皮下组织的出血情况和出血量，[一颗牙齿]可能不会留下一个独一无二的印记。"

德沃尔找来 4 个马里兰青少年，做了 4 个牙齿模型，说这些牙齿也可能会造成受害者身上的那种咬痕，但他向拉里·辛普森承认，泰德·邦迪的牙齿亦可能会造成同样的咬痕。

辩方出示了一盘录像带，画面上，尼塔·尼瑞在被催眠状态下，她说男管家罗尼·恩格长得像入侵者。恩格被带进审判室，站在泰德旁边。陪审团看着，当然，什么也没有说。

奥克兰法医科学研究所的血清学专家迈克尔·J.格鲁布出庭作证，称留在谢丽尔·托马斯床单上的精液不可能是邦迪留下的——他的发言又是一番长篇大论，并包含很多高深的专业论述，这似乎让陪审团听得云里雾里。

埃德·哈维又一次试图挽救他的当事人，要求再举行一次能力听证会。"这关乎他的生命安危。他不应该被迫接受那些他不信任的公设辩护律师所提供的服务。他的行为反映了他对精神障碍及其对他的影响完全缺乏洞察力，也反映了他完全没有能力就案件与律师进行商讨，从而暴露了他的精神障碍对他的伤害性影响。"

丹尼·麦基弗对这项动议提出了反对意见，他说："这人很难共事。有时候他对付律师的方法非常狡猾……但他是能干的。"

泰德笑了。任何情况都比被认为不能胜任要好。

考尔特也觉得泰德很能干。随着审判接近尾声，双方达成了妥协：哈维会留下，林恩·汤普森会留下，佩姬·古德会做最后一轮辩论。邦迪后来说："我感觉真的非常非常好……"

自抵达迈阿密以来，我一直没有单独见过泰德，尽管我在监狱那边留下了几条口讯和电话号码。我不知道他是否收到了，或者说他收到了，但不被允许与外界通电话。也可能是他再也没有什么想对我说的话了，所以对于他是否有能力胜任，我无从判断。而他故意摇动辩方团队本已摇摇欲坠的根基，究竟是为了获得更多的关注，还是表明他真的失去了理性，被某种病态的自我中心主义所控制，而这种狂热抹杀了生存本身的问题。我只能在审判现场观察他，他似乎是一心想要毁灭。

泰德继续诋毁他的律师，仍对他们不允许他拥有更多的控制权而生气。"我已经试着表现得很好相处。我们说的更多的是律师在放弃权力方面遇到的问题，也许我们是在处理一个职业心理学的问题。一旦律师非常在乎他们在法庭上行使的权力，就会害怕与被告分享。他们对自己的技能和经验也是如此缺乏安全感，以至于担心别人可能会知道得和他们一样多，或者会参与到整个计划中来。"

考尔特语气平和地解释说，泰德的律师都通过了律师资格考试，也都是毕业于法学院的。"我无法想象我会把自己——我相信你也不会——交给一个只上过一年半医学院的人去做脑部手术。"

当然，事实上，泰德的辩护律师的确没那么有经验。考尔特经常对他们问题表述的措辞方面提供帮助，而他们的很多交叉询问都很啰嗦乏味、缺乏新意，且指向不明。但在佛罗里达州，检方律师辛普森和麦基弗也是无法与梅尔文·贝利或弗朗西斯·李·贝利相提并论的。

邦迪的审判自始至终都显得平淡无奇。仅法官一人表现出了扎实的专业素养。如果泰德能和他的律师们合作，而非试图去拆散整个团队，他可能会获得更充分的辩护。事实上，他们成功地把"幻觉录音带"、犹他州的连裤袜头套、他的前科和他越狱出逃等情况都拦在了法庭外。虽然过程不那么顺畅，但如果他允许的话，他们很可能救得了他的命。

进入最后的辩论环节时，新闻界仍对审判结果做着不确定的猜想。

然而，好像突然发生了什么事，并且是无法阻止地发生了。泰德曾提到过"火车已经开动了"，这句话深深地触动了我记忆深处的那根弦。审判的结果不一定是错误的，而判决也非我们所能控制。在如此多的策略、程序、动议、小口角或是理性的争论、媒体的引用和以符号做下的笔记中，真相已无处可寻。

在人类付出所有努力去处理那些不可想象、过于可怕而无法直接处理的事情时，我们通常会转向一些熟悉而刻板的事情，如葬礼、守灵，甚至战争。现在，在这次审判中，我们已经超越了对受害者苦难的同理心，以及对被告支离破碎的人格的微不足道的认识。他了解规则，甚至了解不少法律，但他似乎还没意识到自己将面临什么。他似乎认为自己已经无可救药。而即将发生在他身上的事情对社会的利益至关重要。

我无法对此作出反驳。这是必然的结果，但我们谁也无法理解他的自我、我们的自我、法庭本身的仪式，笑话和紧张的笑声掩盖了我们理应面对的本能反应，而此时一切也已没有意义了。

我们都在"这列已经开动的火车上……"。

我看着陪审团，一切了然于心，没别的可能性了。天哪，他们要杀了泰德。

# 第四十六章

在最后一轮辩论之前，泰德有过一次"告别演出"。他仔细研究了自己牙齿的放大照片，面无表情地听着索维隆医生作证。索维隆认定毫无疑问是泰德·邦迪——而且只可能是泰德·邦迪的牙齿咬进了莉萨·利维的臀部。在几乎空无一人的法庭内，泰德甚至在摄像机面前，拿着他的牙齿模型对着死去女孩淤青皮肤的照片扮鬼脸。而且他已经意识到这个法医牙科学证据居然可以对他的案子有如此致命的一击。

在陪审团缺席的情况下，邦迪传唤他的调查员乔·阿洛伊出庭。阿洛伊是个热情、健壮，看肤色像是有拉丁裔血统的男人，不上庭的时候喜欢穿颜色鲜艳的热带风衬衫，他是一位受人尊敬的调查员，经常在假日酒店的休息室里与媒体和律师们开玩笑。现在泰德想要通过他提出物证来质疑索维隆证词的准确性。根据泰德自己的说法，XΩ楼谋杀案发生那时候，他的一颗门牙上是没有那个缺口的。

阿洛伊把泰德家乡的《塔科马新闻论坛报》的总编辑查克·多德寄给他的一些照片进行了现场展示。这些是泰德在犹他州第一次被捕后的照片，按时间顺序排列。

泰德问："你把这些以时间为序的照片的某些部分进行了放大处理，目的是什么？"

"我从《迈阿密先驱报》的吉恩·米勒先生那里得知索维隆医生在一个研讨会上发言的信息。我非常关心这种特征是何时出现的。"

"您指的是什么特征？"

"关于两颗门牙中的一颗——我叫不出各颗牙齿的名字——我关

心的是牙齿内侧的缺口，它是否真的在那里，以及从其中一些照片可以看出，这颗牙齿在哪个时间段是完好的。当然，在索维隆医生采集你牙齿样本之外的时候，牙齿的状况是否又有些不同。"

泰德又问照片上的放大部位揭示了什么。对此，检方提出反对，并且反对有效。考尔特法官对被告辩护律师进行了指点："你可以问他是否已经发现了［牙齿的不同状况］。试试看，看我是否还会支持反对。"

"您永远是对的。"

"不，"考尔特说，"不总是如此。"

"你是否已经有所发现了？"

"不，先生，还没有。"

"为什么没有呢？"

阿洛伊回应说："可能是出于法律的或其他方面的原因，媒体不会非常合作的。"

他继续解释说，各大报纸都不会让泰德看到它们手上这些底片，上面的泰德·邦迪露出了他那熟悉的灿烂笑容。阿洛伊手头没有泰德在彭萨科拉被捕前的照片，而那时的照片会表明当时他的门牙上是没有缺口的。

泰德换了下位置，又一次成为证人，由佩姬·古德询问他。他作证说，他的牙齿是在 1978 年 3 月中旬——也就是塔拉哈西谋杀案发生两个月后缺掉的。

"我记得我在利昂县监狱的牢房里吃晚饭，我使劲咬了一口——像是咬到了石头或鹅卵石，然后我拔出了一小片白色的牙齿，是从我的一颗中门牙上磕掉的。"

这时，丹尼·麦基弗站起来讯问："你并不知道犹他州的牙科记录是什么样子，对吧？"

"我从来没看过牙科记录。"

"如果你发现犹他州的牙科记录上那牙齿看上去是有缺口的，你会感到惊讶吗?"（事实上，记录上的确有缺口。）

"是的，我会感到惊讶。"

然后，泰德第一次把他的朋友卡罗尔·安·布恩叫到证人席上。卡罗尔·安回答了邦迪一些有关她 1977 年底到加菲尔德县监狱探望他的问题。

"你去那里看过我吗? 去过多少次?"

"我自己没记，但我相信连续六七天去过，上午和下午都有。有几个下午，我们一起去了法院的法律图书馆，然后一起走回监狱，大约半个街区的路程。"

布恩女士作证说，据她回忆，当时泰德的门牙上根本没有缺口。

泰德极力主张延期，要求法庭发出传票让所有报纸交出关于他的底片。"我想你应该明白我的意思。如果牙齿的缺口直到 1978 年 3 月——也就是 XΩ 楼案发生后一两个月才出现，如果佛罗里达的牙科医生说，两处线性磨损之间的空隙只可能是由有缺口的牙齿或两颗门牙之间的缝隙造成，那么显然是牙科医生的观察结果有问题。法官大人，我们一直以来的观点是，他们给我的牙齿做了印模，然后想尽办法把那些牙拧啊弄啊，好让它们与那个吻合。"

这一请求是徒劳的。考尔特裁定，不会着急去寻取泰德牙齿的新证据，也不会有传票。就在泰德准备再做辩解时，考尔特缓慢而严肃地说："邦迪先生，你可以上蹿下跳，哪怕挂在吊灯上，你想怎样都行，但法庭已经做出裁决，此案已结。"

泰德低声嘟囔了几句贬损的话。

"你这样并不让我感到意外，先生……"法官说。

"嗯，我想这种感觉是相互的，法官大人。"

"我也这么觉得，祝你好运。"

拉里·辛普森起身为检方做结案陈词，话语间保持着他一贯的温和克制。他说了40分钟。"在佛罗里达州，一级谋杀有两种不同的情况。一种是嫌疑犯有预谋并考虑好要做什么，然后走出去实施。这正是本案的证据所显示的情况：一次对两个睡在床上的年轻女子实施的有预谋的残忍的谋杀。第二种情况是在入室盗窃期间实施的谋杀。本州已确定本案中也发生了入室盗窃。

"我向证人席上的尼塔问了一个问题：'尼塔，你还记得1978年1月15日早上你在XΩ联谊会楼门口看到的那个男人吗？'她的原话是：'是的，先生，我记得。'我又问她：'尼塔，那个男人今天在庭上吗？'她说：'是的，先生，他在。'然后她指向了他。这本身就是该被告有罪的证据，足以支持本案的定罪。

"在雪罗德舞厅，玛丽·安·皮卡诺也见到了这个男人。他当时把她吓坏了，以至于她甚至都不记得他长什么样了。他走到她跟前，请她跳舞。进舞池前，玛丽·安·皮卡诺和她的朋友说了什么呢？她说：'我想我要和一位前囚犯跳舞了……'女士们先生们，谋杀案发生的那天早上，这个男人就在XΩ联谊会楼的隔壁……他肯定有不对劲的地方！"

辛普森继续列举间接证据。橡树公寓的拉斯蒂·盖奇和亨利·波伦博的证词中提到，他们在袭击事件发生后，看到"克里斯"站在宿舍楼的前门，看到他在回望校园。"他们提到，本案中的被告对他们说，他认为这人是专业的——手法很专业，以前肯定做过，并且可能早就逃走了。

"女士们先生们，这个男人从这些谋杀案发生的那天早上就意识到这是一名专业杀手所为，没有留下任何线索。他以为他自己已经逍遥法外了。"

辛普森接着讲到了兰德尔·拉根的面包车上被盗的车牌，大众甲壳虫汽车被盗，越狱逃往彭萨科拉，以及指纹被抹得一干二净、几乎空无一物的房间，讲到这些事之间的关联。

"他把他所有的东西都打包收拾好了，也打算要抛弃道奇面包车了。基本就是如此。一切准备就绪，他准备逃了。"

辛普森提到了警官大卫·李在彭萨科拉逮捕邦迪的情形。"西奥多·罗伯特·邦迪对他说：'我真希望你杀了我。如果我现在跑，你会开枪吗？'他为什么对李警官说这些话？这是一个在塔拉哈西地区制造并犯下了迄今所知的最恐怖、最残忍的谋杀的人。这就是他这么说的原因。他已经受不了他自己了，他希望李警官当场就杀了他。"

辛普森打造了一场盛大的总结陈词。他已经讲完了目击证人和间接证据，现在又开始讲帕特丽夏·拉斯科的证词，并将谢丽尔·托马斯床边连裤袜头套上的两根棕色鬈发，与泰德·邦迪的头发联系起来，说头发就是来自泰德。"那连裤袜头套直接来自犯下这些罪行的人，连裤袜头套上的头发也来自那人。"

索维隆的证词是起决定性作用的。

"他的结论是什么？根据'合理的牙科确定程度'，是西奥多·罗伯特·邦迪在莉萨·利维的尸体上留下了咬痕。在交叉盘问中，当被问及世界上其他人是否有可能留下这些痕迹时，他说了什么？他说这种可能性就像大海捞针。大海捞针啊。

"当莱文医生被问到其他人是否有可能留下这个咬痕，或者其他人是否可能长着能造成同样咬痕的牙齿，他也说这实际上不可能。他的答案是实际上不可能。"

辛普森以谴责辩方在铤而走险来结束了他的结案陈词。

"在盘问过程中，辩方专家德沃尔医生不得不承认，被告西奥多·罗伯特·邦迪可能留下了那些咬痕。女士们先生们，辩方团队真的很有问题。任何时候只要有证人作证，都说被告有可能犯了这种罪行，他们遇到了真正的问题。这是个铤而走险之举，是绝望透顶的殊死一搏，但最终没有成功。"

理想情况下，最后的辩词通常会让听众们兴奋得一再往前坐，直至坐到了座位边缘，这也是电影和电视剧里惯有的剧情。但邦迪的迈阿密审判并没那么激烈，律师也没有什么可以控制或者不得已而为之的，即便结案时也是如此。只有被告和法官像是被推选出来的主角，扮演着自己的角色。

让人难以置信的是，就在泰德·邦迪的生命悬而未决时，陪审团有两名陪审员居然坐着打起了瞌睡。

佩姬·古德成了泰德和电椅之间的最后一道屏障，她起身为被告做最后的辩护。她几乎没什么可做的，没有不在场证明，也没有证人突然从旁听席上站起来大声说确有不在场证明。她只能试图去推翻检方的起诉，慢慢削弱陪审团良心上的不安。古德女士有 49 名检方证人的证词和检方提交的 100 件物证要去攻克，她只能依靠"合理怀疑"之说来抵挡。

"辩方并不否认 1 月 15 日在塔拉哈西发生的事的确是一场巨大而可怕的灾难。这四个不幸的女孩在床上睡觉时遭到了殴打、伤害……甚至被杀。但我要求你们不要在州方的证据尚不足以超越合理怀疑地证明邦迪先生——而非另有他人——就是犯下了这些罪行的人时，借由弄错定罪的对象来加剧这场悲剧。如果因为 12 个人认为他可能有罪但并不确定就夺走一个人的生命，那会是极为悲惨的事。你们必须向自己保证，在他去世两周后，你每天醒来时仍不会怀疑自己的决定，不会怀疑自己是否判错了人。"

古德女士还对警方的调查进行了非难。"警察调查犯罪基本上有两种方式。一种是他们去犯罪现场寻找线索，然后根据线索得出合理的结论，从而找到嫌疑人。第二种是他们找出或选定嫌疑人，再选出适合嫌疑人的证据，并使得证据和嫌疑人之间存在唯一对应关系。"随后，古德列出了她认为薄弱的几个方面，对采用大量血迹斑斑的床单和照片、缺少指纹匹配、证据乃至目击者在身份辨认方面处理不当等提出了批评。

她指出尼塔·尼瑞的身份辨认存在问题。"她想尽其所能地帮忙，她不能让自己相信那个犯下这些罪行的人仍在逍遥法外。"

古德的辩词试图让泰德从塔拉哈西逃走看起来情有可原，但她实在势单力薄。"一个人想要逃离警察有很多原因。他可能害怕会被轻率地判处，也可能担心会受到子虚乌有的指控。很明显，邦迪先生是因为缺钱才离开塔拉哈西的。他没钱付房租了。"

佩姬·古德就像一个手指插在堤坝里的小男孩，但冒出来的"洪水"实在太多了，根本堵不过来。在应对索维隆和莱文医生的证词时，她暗示调查人员是先找到了泰德·邦迪，然后将他的牙印与尸体上的咬痕做匹配，而不是先去寻找留下咬痕的人。"如果你想在一场信任游戏中以最好的方式定罪，那你可能会接受索维隆和莱文所说的话。如果一个人能在我们的法庭上根据州证据的质量而被定罪，那将是我们司法体系的悲哀之日，你可以将这人的生命置于危险的境地，就因为他们说他的牙有缺口，尽管没有任何证据证明这缺口是独一无二的，也没有任何支持他们结论的科学事实或数据库。"

辛普森对此进行了反驳。审判接近了尾声。

"女士们先生们，犯下这一罪行的人很聪明。这人预先谋划了这场谋杀。他在行动之前就知道自己要做什么，并为之做好了计划和准备。如果你对此有任何疑问，只要看一下连裤袜头套就能明白。那是行凶者准备的武器。女士们先生们，现在的情况是，有人花时间制造了这件可以两用的工具——既是隐藏身份的头套……也是可以勒死人的工具。

"任何花时间这么做的人都不会在犯罪现场留下指纹。橡树公寓的 12 号房间里没有留下任何指纹。房间已被擦得干干净净了！

"女士们先生们，这人是个专业的，就像 1978 年 1 月他在橡树公寓告诉拉斯蒂·盖奇的一样。他是那种足够聪明的人，能够在法庭上坚持到最后，并亲自盘问本案的相关证人，因为他认为自己够聪明，足以逃脱任何罪行，就像他当初告诉拉斯蒂·盖奇的那样。"

泰德自己什么也没说，就静静地坐在辩护桌旁，有时盯着自己的手看，那双手看上去并不特别有力，手掌不大，手指尖细，关节处有突起，像是得了早期关节炎。

7月23日下午2点57分，陪审员们退场去辩论泰德是否有罪，老法警戴夫·沃森把守着大门。一小时之后，泰德被送回了戴德县监狱的牢房，等待判决结果。

4楼的审判室突然失去了所有的生气，像是演员们都退了场，就剩下一个空荡荡的舞台。

相反，9楼却变成了一个忙碌的蜂巢，到处都是记者、所有的律师以及除了受害者和证人之外所有与案件相关的人。可能性仍是一半一半。究竟是定罪还是宣判无罪，大家都纷纷下注。这注定是个漫长的夜晚，可能还需再等上几天才会做出裁决，甚至可能会等来一个陪审团未能达成一致意见的结果。路易丝·邦迪留在了迈阿密，与卡罗尔·安·布恩和她的儿子一起，等着看她的儿子泰德最终是生是死。虽然量刑与审判是分开进行的，但没有人怀疑，一旦泰德被定罪，那定会被判处死刑。斯潘克林不过是杀了一个前囚犯，而此案牵涉的是数位无辜年轻女孩的生命。

泰德在等结果期间，接受了一次电话采访。

"一切只是在错误的时间出现在错误的地点吗？"记者问道。

泰德的声音从电话那端传来，听上去铿锵有力，似乎对自己所面临的困境感到意外。"在任何地方都是泰德·邦迪，我猜……没别的。一切始于犹他州，像是一系列事件在引发另外一系列事件，一个影响另一个，一旦你让人们以这种方式思考……警察嘛，总归是想着破案，但我觉得他们有时真的没有把事情想明白。他们愿意接受方便的替代方案，而我就是那个方便的替代方案。"

下午3点50分，陪审团那边派人去取法律文书和铅笔。

下午 4 点 12 分，沃森通知说："我要去见法官。如果有人敲门，就把他们拦住。"

下午 5 点 12 分，沃森说几个重要人物分散在迈阿密各地，陪审团做出裁决后，需要等半个小时才能把那几个人找回来。

下午 6 点 31 分，考尔特法官回到审判室。陪审团还有一个问题，这也将是他们唯一要问的问题。陪审团想知道这些毛发是不是在连裤袜头套里面找到的。得到的答案是：它们是从头套上抖下来的。

陪审团已经停止商议，去吃刚送进来的三明治。当时给人的感觉是，他们会再深思熟虑一阵才会结束。实在是有太多的证词和证据需要过上一遍。

然后，消息传来。电椅死刑。当时是晚上 9 点 20 分，陪审团做出了判决。当他们列队进入时，只有陪审团团长鲁道夫·特雷姆尔瞥了泰德一眼。他默默地把 7 张纸条交给了考尔特法官，考尔特法官把纸条递给了法庭书记员。

雪莉·刘易斯开始大声宣读。罪名成立……罪名成立……有罪……有罪……有罪……有罪……有罪。

泰德没有流露出任何情绪。他的眉毛微微扬起，右手轻轻地搓着下巴。一切都结束了，他叹了口气。

他的妈妈再度痛哭起来。

陪审团用了不到 7 个小时的时间就决定了他的命运。所有那些善良的中年妇女、虔诚的教徒和不看报纸的人，整个陪审团是泰德亲自挑选的。他们似乎急于讨论他有罪的问题，也急于发现他确实有罪。

泰德让我脑子里一片茫然。自从我看到那些死去女孩的照片，知道了那些事——那些从来不想要相信的事情后，他就让我感到不解。没有必要留下来等量刑阶段了。

无论接下来会发生什么，我都有了心理准备。

他们要杀了他……而他，自始至终都知道。

# 第四十七章

我飞回了家，在一场热烘烘的倾盆大雨中离开了迈阿密。我不得不在圣路易斯转机，那也是个下着雷暴大雨的城市。我们在地面坐等了两小时，等待暴雨停下的间隙。最后，就在几乎是机翼几米之外的一道闪电划破天空之际，我们成了最后一架被允许离开地面的飞机。飞机一直颠簸，感觉像是飞行员对它失去了控制，我们就这样下降，下降，然后又继续向前飞。我害怕极了。我刚看到了生命是多么的脆弱。

当我们终于把中西部的风暴抛在身后时，我转头问旁边座位的波音工程师是否害怕。

"不怕，我已经死过一回了。"

这答案让人觉得奇怪。他解释说，他年轻时有一次被宣布为临床死亡。那次他和几个朋友开车撞上了电线杆，他整个人都被压在了汽车下面。

"我睁开眼，从上面的某个地方看去，看到州警把车从某个人身上抬下来，然后我发现躺在那里的人就是我。我一点也不害怕，直到三天后我在医院醒来才感到哪儿哪儿都疼。从那时起，我就知道灵魂不会死亡，只有身体才会，然后我就再也没有怕过。"

在迈阿密，我看到的、听到的都只有死亡——泰德马上就要死了。所以，这时听到陌生人的这些话让我多少感到点安慰。泰德在给我的最后一封信中写道："我这一生没什么问题是转世轮回无法改善的。"

这似乎是他唯一的选择。

我相信这个判决是正确的，但我想知道这是否出于错误的原因。这一切太快了，大有报仇心切之感。在陪审团不到 6 小时的审议时间里，正义仍然是正义吗？难道这是姗姗来迟的一场之前本该出现的审判吗？也许在这样一个教科书式的案例中，恐怕很难做到纯净、简洁。

　　人们已经说开了——泰德有罪。

# 第四十八章

在科罗拉多州，泰德·邦迪更像是个可爱的捣蛋鬼，很多阿斯彭人都津津乐道于他的荒唐行为。科罗拉多州的乔治·洛尔法官在泰德谋杀案的审判中排除了对死刑的考虑。因此，如果泰德 1977 年除夕前的那一天待在加菲尔德县监狱的牢房里，他可能会获得自由，虽然在犹他州还有未完成的刑期，但他肯定可以活下来。到 1979 年夏天，他可能还坐在西部的某个监狱里，但绝不会落得坐在电椅拉长的阴影下。

被称为"死亡腰带上的锁扣"的佛罗里达州，是他逃亡可选的最糟糕落脚地。佛罗里达州没有人喜欢泰德·邦迪那种带点嘲弄的优越感和小伎俩。警察不喜欢，法官不喜欢，公众也不喜欢。

在佛罗里达州，"杀人凶手"是把自己送上了死路，而且是用尽可能快的方式。一位俄勒冈州的警探 1978 年的时候从肯塔基州路易斯维尔的一个研讨会回来，他告诉我，他曾和佛罗里达州一些与泰德打过交道的警察聊过，说："他们告诉我他们会杀了他，他们说他在狱中的时候会发生'意外'。但最终他们还是不敢，毕竟他太受公众关注了。"

"善良的老男孩们"（指警察和外行人之类的）对残害妇女的人、抢劫犯和强奸犯都无法容忍，这些人正是泰德在利昂县监狱期间给我打电话时嗤之以鼻的对象，现在也正是这些人控制着泰德的一举一动。

他是故意走向死亡深渊的。为什么？辛普森和麦基弗会要求对泰德判处死刑，尽管具有讽刺意味的是，这两位检察官一直强调自己不赞成"赶尽杀绝"。在他们认定犯下罪行的这名男子的全部背景尚未让陪审团应接不暇之前，一切已经很明显了。

分阶段审理的第二阶段（量刑阶段）定于 7 月 28 日星期六上午10 点开始，辩方曾要求推迟一周进行，但未获批准。其间，陪审团再次被带回到豪华的索涅斯塔度假酒店休息了几天。

泰德又提出了一些新的动议。他再次要求让米拉德·法默来帮他，理由是法默在死刑案件上具有丰富的经验。他问考尔特法官，既然他已经被判有罪，那是否可以让这位亚特兰大律师过来陪在他身边。

"我已经做出了裁决。"考尔特简洁地回答道，"我认为第二次提出动议是对法庭的无礼冒犯。"

泰德还想请佛罗里达州的一名囚犯来作证，以证明监狱法律图书馆系统存在严重的不足，而如果泰德能在那里当个法律文员，定能为图书馆的提升做出很大的贡献。

这项动议也被否决了，但考尔特评论说，如果泰德没有走上目前这条道，那他可能会成为一名律师。

泰德申请延期的动议也没有成功。

"这根本不可能。"考尔特完全不让步。

泰德在既成事实后提出了辩诉交易的动议，理由是陪审团的审判不公平，他们只要判决有罪，那最终都会是死刑。

一切都太晚了。泰德早在 5 月份就被建议进行辩诉交易，但他拒绝了。

当佩姬·古德说到量刑阶段会剥夺泰德的"正当法律程序"时，考尔特法官很恼火。作为一名佛罗里达州的法官，他对该州不断被美国的辩护律师说成是"臭名昭著"而感到愤慨（事实上，包括华盛顿州在内的许多州现在都有分阶段审判，而且也有同样有说服力的证据表明他们可以保住被告免于死刑）。

周六早上，第二阶段的审判开始，整个州明显地受到了限制。年轻的卡萝尔·达伦奇·斯文森如今已成为女舍监，她被传唤到庭作证上。陪审员们饶有兴趣地看着这个穿着白色宽松绸缎上衣的高个子女子静静地坐在证人席上。她眼睛很大，有一头长长的黑发，在长达一个月的庭审中，她很可能是他们在审判室见到的所有女性中最引人注目的那个。

但卡萝尔·达伦奇·斯文森一句话也没说。在双方律师各自迅速靠拢磋商战术，又分别对法官的一阵低语之后，她走下了证人席。考虑到她在犹他州被绑架的时间是 1974 年 11 月，辩方后来把泰德的定罪时间修改为 1976 年 2 月。

随后，那个第一次追捕时穷追不舍才找到泰德的盐湖县警探杰瑞·汤普森代替卡萝尔站到证人席，讲述了那起案件，并提供了泰德在犹他州被定罪的证明副本。

迈克·费舍尔是从科罗拉多州阿斯彭来的一名皮特金县调查员，他身形瘦削、干劲十足，曾在科罗拉多州对泰德展开追捕行动。他讲得言简意赅，也更加晦涩难懂。他讲述了他把泰德从山角监狱带到皮特金县监狱的事，还宣读了一份规定的声明："1978 年 1 月 15 日，你〔邦迪〕被犹他州判处监禁，并且不可获得假释或以其他方式获释。"

对泰德越狱一事只字未提。陪审团只能就此猜测一个从未"被假释或释放"的囚犯一定是自行离开监狱的。

有太多事是迈阿密的陪审团从没有听说过的。他们对华盛顿州所有死去的和失踪的女孩一无所知，对犹他州 3 个死去的女孩一无所知，对科罗拉多州 5 个死亡或失踪的女孩一无所知，对彭萨科拉的"幻觉录音带"也一无所知。不难推测，他们并不知道他们面前的那个人被许多人认为是全美最"高产"的大规模杀手。

的确，检方避开了一切要赶尽杀绝的呼声。

然而，审判室内像是盘旋着电椅的幽灵，它就这样被带到了法官席的面前。泰德预料到了，他的律师也预料到了，公众则是强烈要求这样做。

1978年1月14日晚至15日凌晨被打得昏迷不醒的三个女孩中的一位，对泰德表示了一定程度的宽恕。凯西·克莱纳·德希尔兹说："我为他感到难过，他需要帮助，但他的所作所为，根本没有办法弥补。"

凯伦·钱德勒则完全不这么认为。"我的两个好朋友都因他而死，我真的认为他也应该去死。"

身材娇小的埃莉诺·路易丝·考威尔·邦迪焦虑得浑身发抖，她也会站上证人席为儿子的性命辩护。这是她理想中的孩子，是她带着羞愧生下来，一直带在身边努力养育的小男孩，是让她感到无比自豪的小伙子。他本该是她竭力辩白的那样，他本该是完美的。

她在证人席上，一副可怜兮兮的样子，和所有的母亲一样，为拯救自己的孩子而战。考尔特非常和善地对她说："这位母亲，请定定心。我们可不希望失去一位母亲，所以不要紧张。"

路易丝·邦迪向陪审团讲述了泰德和另外4个孩子的情况。"我们努力成为非常尽责的父母，和孩子们共处，靠一份中产阶级的收入为他们提供最好的。但是，我们最想给他们的是爱，很多的爱。"

邦迪太太又详细介绍了泰德所受的教育、青少年时代做过的几次工作、他的亚洲研究、他的政治活动以及他在西雅图预防犯罪咨询委员会和埃文斯州长竞选团队的工作。她本可以是教堂社交活动中的一位骄傲的母亲，可以吹嘘自己的儿子，而不是像现在这样，坐在陪审团面前为他的性命苦苦哀求。

"我和我所有孩子的关系一直很特别。我们努力平等地对待所有孩子，但泰德这个大儿子可以说是我的骄傲和快乐之源。我们之间的关系一直都很特别。我们经常在一起聊天，他的弟弟妹妹都认为他是他们生活中最重要的人，我们一直都这么认为。"

"你考虑过泰德被判死刑的可能性吗?"佩姬·古德平静地问道。

"是的，我考虑过这种可能性。因为这个州存在这种情况，我不得不做此考虑。我认为死刑本身是一个人所能向另一个人强加的最原始也是最野蛮的行为。我一直都这么认为，和这里所发生的事无关。我是个基督徒，我的成长经历告诉我，在任何情况下夺走他人的生命都是错误的，我也不相信佛罗里达州可以凌驾于上帝的法律之上。泰德在很多方面对很多人都很有帮助。如果他离开了我们，那就会像是我们所有人身上的一部分被拿走并丢掉了。"

"如果泰德被囚禁起来，在监狱里度过余生，还是这样吗?"

"哦，当然……是的。"他妈妈回答。

在整个漫长的审判期间，泰德·邦迪第一次哭了。

毫无疑问，陪审员们对泰德的母亲抱有同情，但他们对泰德本人的看法不会动摇。拉里·辛普森在法庭上结束关于死刑的辩论时，已经表达了这个不言而喻的意思。

"我们在审判室待了四五个星期，都是出于一个原因。那就是西奥多·罗伯特·邦迪承担起了法官、陪审团和其他所有与本案有关的人的责任，夺走了莉萨·利维和玛格丽特·鲍曼的生命。这就是本案的全部内容。他们可以站在这里乞求怜悯。可要是 1978 年 1 月 15 日凌晨莉萨·利维和玛格丽特·鲍曼的母亲也能在现场为她们求饶，那该多好啊。"

佩姬·古德辩称，执行死刑就相当于是承认泰德无法被治愈，她认为这不是一桩令人发指的罪行，这样的论断显然是似是而非的。"定义［令人发指的罪行］的其中一个要素是受害者是否受苦，是否遭受了折磨或不必要的虐待。我想大家应该还记得伍德医生的证词，他说这两名女性当时都因头部受到重击而失去了知觉。她们处于睡眠状态，没有感受到疼痛，甚至不知道发生了什么事。鉴于她们并不知晓即将到来的死亡，也没有遭受痛苦，也就是说对死去的受害者没有任何折磨的成分，因此算不上是令人发指的、残暴的或者残忍的罪行。"

当然，没有人会知道莉萨或玛格丽特是否承受了痛苦，以及何种程度的痛苦。

陪审团讨论了1小时40分钟，然后给出了一个预料之中的判决：死刑。考尔特法官已经判处过三名杀人犯上电椅，如果他愿意，他有权推翻这一决定。

陪审团后来称，他们一度出现了6比6的僵局，但在10分钟的"祈祷和冥想"之后，这一僵局被打破了。

正是泰德自己在法庭上冷酷无情的行为让他付出了生命的代价。在他起身盘问雷·克鲁警官时，他就把许多陪审员推离了他这一边。其中一位评论说，他的这一决定简直就是"对我们制度的嘲弄"。

7月31日，泰德有一天时间可以在法庭上——不受限制地——和考尔特法官交谈。他没有为保住自己的性命找理由，而是做了他跟我说过的他喜欢做的事……"当律师"。

"我不是来乞求宽恕的，因为我觉得为我没做过的事求情实在有些荒谬。就某种程度而言，这更像是我的开场白。我们在这里看到的不过是一场长期斗争的第一轮、第二轮，但我绝对不会就此放弃。我相信，如果我能够对证明我清白的证据——它的确构成了合理的怀疑——进行充分的阐释或者说提供高质量的陈述，我确定罪名不会成立，而且如果有机会再进行一次新的审判，我也一定会被无罪释放。

"出于种种原因，审理这一案件并不容易，但案件早期阶段的艰难之处主要在于州方对XΩ楼发生的事的呈现方式，包括血迹、照片和沾血的床单等等。此外，州方试图让我为这起案件负责，这也不容易。同时，我还也不能对这些年轻女受害者的家庭置若罔闻。我并不认识他们。但是，天知道，我并不认为我承认自己同情他们、想尽我所能地去做是种虚伪。我身边从未发生过此类事件。

"但我要告诉法庭，也要告诉那些与本案受害者关系密切的人：在 XΩ 楼或邓伍迪街的案件上，我不是责任人。我要告诉法庭，我真的无法接受这个判决，因为虽然判决在某种程度上认定了这些罪行的发生，但他们在认定凶手时还是犯了错误。

"因此，即便结果要有人承担，即便我意识到法庭会依法做出判决，但我还是不能接受这一判决，因为这不是对我的判决，而是对另一个今天并未站在这里的人的判决。所以，我会因此而感到痛苦和煎熬……但不会有心理压力或罪恶感。"

紧接着泰德对媒体进行了抨击："让人悲哀却事实如此的一点是，媒体兴盛靠的是感觉，是邪恶，是那些断章取义的东西。"

而泰德，和以往一样，能够看到自己官司戏剧性的一面："现在这个担子落在了法庭上。我并不羡慕。法庭现在就像个九头蛇，被要求不能心慈手软，因为 XΩ 楼的疯子毫不心慈手软。它还被要求以个人和法官的身份来考虑案情。你还被要求表现出上帝般的智慧。这就像是一个不可思议的希腊悲剧，一定是有人提前写好的剧本，而且一定是那种描绘人类三面性的古希腊戏剧类型之一。"

因此，到最后，在这件事上只剩下了泰德·邦迪和爱德华·考尔特法官。是的，他们是对手，但双方都对彼此有一种不得已的钦佩。如果是在另一个时间和另一个地方，一切也许会不同。

考尔特从未遇到过这样一位有文化、受过良好教育、诙谐幽默的被告，不禁对他终将走上那条路感到惋惜，但他必须做他该做的事。"法庭宣判，你将被执行电椅死刑，电流将通过你的身体，直至死亡。"

那一刻，考尔特显然希望事情会有所不同。他看着泰德，轻声地说了句："保重，年轻人。"

"谢谢。"

"我是诚心这么说：照顾好自己。在法庭上看到这完全是浪费人性的一幕，实属悲剧。你是个聪明的年轻人，本可以成为一名优秀的律师，我还希望能和你共事，但你走了另一条路，小伙子。保重。我对你并无敌意，希望你明白这一点。"

"谢谢。"

"照顾好自己。"

"谢谢。"

我看着这一幕，不是在记者区的座位上，而是在西雅图家里的电视机前。我感到了一阵毛骨悚然的不适，就像我当时也在现场一般。考尔特法官刚判处了电椅死刑，泰德不可能"照顾好自己"了。

# 第四十九章

佩姬·古德在迈阿密审判接近尾声之际为保住泰德·邦迪的性命所做的辩护，最终还是徒劳，"此案的问题和选择在于如何惩罚。我们需要考虑保护社会，但再没有比为了保护社会而夺走另一条生命这种方式更极端的做法了。本案建议判处死刑，就等于承认一个人的失败，等于承认人是不可被治愈或者没有治愈可能的"。

我被无数次问到我究竟认为泰德·邦迪是有罪还是无罪，但我一直不愿意表态。现在，我想说点我对泰德出逃的想法。

恕我冒昧，我既非训练有素的精神科医生，也非犯罪学家，但我与泰德相识近 10 年，其间经历过一些好时光和坏时光，而在研究了他被怀疑和被定罪的那些罪行之后，经过一番痛苦的反思，我意识到我对泰德的了解和任何认识他的人没什么区别。我只能带着最深切的歉意得出结论：他永远无法被治愈。

我不确定泰德是否理解我对他的感情有多深。在获悉他无疑犯下了那些荒唐的罪行之时，我痛苦不已，就感觉那是我儿子，是我早年失去的兄弟，是个与我在很多方面关系亲近的人。在我的一生中，我永远不会忘记他。

我感受到了友谊、爱、尊重、焦虑、悲伤、恐惧、深深压抑的愤怒和绝望，最后，我听天由命地接受了一切。像约翰·亨利·布朗和佩姬·古德一样，像他的母亲和那些爱慕他的女性一样，我也为挽救泰德的生命努力过……两次。有一次是他知道的，另一次他并不知情。他收到了我 1976 年寄去的信，我在信中请求他千万不要自杀，但他从来不知道我曾在 1979 年时试图替他安排一个辩诉交易，那可能意味着他会被关在精神病院，而不会经历审判从而被推向无情的电椅。

而且，和其他人一样，我也是被操纵着来满足泰德需要的。我对此并不觉得特别尴尬或愤慨。我是很多聪明、富有同情心之人中的一员，但这些人并不真正了解究竟是什么让他着了魔，是什么驱使他如此沉迷于此。

泰德进入我的生活，尽管处在外围，却正是我多年来引以为傲的所有信念崩塌的时候。所谓真爱、婚姻、忠诚、无私的母爱和盲目的信任这些了不起的真理，突然间就化成了一缕烟，吹散在一阵始料不及的狂风中。

而泰德似乎体现了年轻、充满理想、干净和自信，还有同理心，而他要求的似乎只是友谊。在1971年的时候，他是一个决定性因素，证明了我是一个还有价值，还有东西可以付出和收获的女人，而且他也绝不是急于"勾搭"一个刚刚离婚的女人的那种掠夺型男性。他只是待在我身边，倾听，说些安慰我的话，让我对未来抱有信心。这样的朋友实在很难让人拒绝。

我不知道当时的我对他来说意味着什么，现在的我是否依然如此。也许我只是把他给我的还给了他。我当时觉得他很完美，他一定也需要别人这么觉得吧。也许他能感觉到我内心的一种情感力量，尽管当时的我并没有感受到。

他大概知道在面临危险时，我是个可以指望的人。每当压力大的时候，他会一次次地找到我，我也确实想要帮助他，但却无法真正减轻他的痛苦，因为泰德绝不会让自己暴露出他痛苦的软肋。他是个活在阴影里的人，在一个并不是为他创造的世界里奋力活下去，一定花了不少力气。

这个活在阴影里的人的参数是经过精心设计的。一旦走错一步，可能就会整个儿土崩瓦解。

世人所见到的那个泰德·邦迪长相英俊，身体经过精心地锻炼和塑造，眼睛里有一道力量的屏障，挡住了可能被瞥见的内心恐惧。他才华横溢，成绩优异，机智诙谐，能言善辩。他爱好滑雪、帆船航海和徒步旅行。他喜欢法国菜、优质白葡萄酒和各种美食，喜欢莫扎特和晦涩难懂的外国电影。他知道什么时候该送花送卡片。他的情诗总是那么温柔而浪漫。

然而，事实上，泰德爱物质胜过爱人。一辆废弃的自行车或旧汽车，就能让他找到生活的意义，而他对这些无生命的物体比对另一个人更富有同情心。

泰德可以并且确实接触到了州长这样的人物，可以出没于大多数年轻人进不去的圈子，但他对自己缺乏信心。表面上看，泰德·邦迪身上有成功人士的苗头，但内里是一片灰烬。

像聋人、盲人和瘫痪者一样，泰德的一生都是残缺的。因此，他是没有良知的。

"良知会使人变得懦弱"，但良知是我们人性的源泉，是我们区别于其他动物的因素。它使人懂得去爱，去感受别人的痛苦，使人获得成长。当拥有了良知，无论面临什么问题，人就已经获得了与其他人生活在一个世界所必不可少的回报。

没有良知、完全没有超我的个体长期以来一直是精神病学家和心理学家研究的重点。多年来，用来描述这类人的术语发生了变化，但概念一直没变，以前被叫做"精神变态人格"，后来改为"反社会者"。今天所流行的术语是"反社会人格"。

生活在我们这个世界，思想和行动却总是与其他人背道而驰，这一定是种可怕的障碍。它没有天生的准则可遵循：这类精神病患者很可能是来自另一个星球的访客，努力模仿着他所遇之人的各种感受。虽然大多数专家都认为，情绪发展在幼儿时期就已被抑制，可能早在三岁时，但要准确地确定反社会情绪的起始时间却几乎是不可能的。

通常情况下，情感的内倾是由于对爱或接受的需求没有得到满足，是由于受到了剥夺或羞辱。一旦这个过程开始，小孩子的个头会继续长，但情感方面永远不可能发育成熟了。

他可能只体验过身体层面的快乐，一种令人兴奋的"快感"，还有就是一种用游戏来代替真实感受的欣快感。

他知道自己想要什么，而且，由于他不受内疚感或他人需求的阻碍，他通常可以获得即时的满足。但他永远无法填补内心的孤独，因而不知满足、贪得无厌。

反社会人格是一种精神疾病，但不在传统意义或我们的法律框架之内。泰德非常聪明，而且很早就学会了适当的反应、花招和技巧，以取悦那些他有所图的人。他狡猾、精于盘算、聪明、危险，他已经迷失了自我。

本杰明·斯波克医生曾在一家退伍军人医院工作，专门治疗二战老兵情绪方面的疾病。他当时评论说，在处理精神变态人格方面存在明显的跨性别问题。男性精神变态者可以毫不费力地迷惑女性员工，而男性员工很快就可以识破。女性精神变态者可以糊弄住男性，但糊弄不了女性员工。

泰德的朋友和伙伴中总有很多是女性。有些是把他当作一个男人来爱，有些则和我一样，被他彬彬有礼的举止、男孩般的品质、看似真诚的关心和体贴所吸引。女人向来是泰德的安慰，也是诅咒。

因为他可以控制女性，能够在他所营造的那个严密世界里小心兼顾到我们每一个人，所以让我们感觉到自己对他很重要。我们似乎手里攥着解救他内心那块死寂空旷之地的灵药。他好像手里提着线，而我们是那线串着的木偶，一旦我们中的哪个没有做出他所希望的反应，他就会愤怒且迷茫。

另一方面，我相信男人于他而言是威胁。他觉得自己可以模仿和赶超的那个男人，那个在基因和染色体方面决定了他是谁的男人，却永远离开了他。当泰德第一次告诉我他是私生子时，我感觉他似乎认为自己被调了包，是一个被错放在蓝领家庭门口的皇室后代。他是那么热衷于金钱和地位，但当他与生来就有钱有地位的女孩在一起时，又发现自己是多么没分量。

泰德从来不知道自己应该是个什么样的人。他的亲生父亲离开了他，然后他深爱和尊敬的外祖父考威尔也离开了。他无法——也不会将约翰尼·卡尔佩珀·邦迪视作自己的人生榜样。

我认为他对母亲的感情充满了强烈的矛盾情绪。她对他撒了谎，使他失去了亲生父亲，尽管从理性的角度来看她别无选择。但是对于泰德而言，他失去了一半的自己，他将用余生来弥补这一损失。

尽管如此，泰德还是很依附他的母亲，努力不辜负她对他的期望，努力做到出类拔萃，成为她心目中无所不能的那个特别的孩子。在所有与泰德恋爱的女性之中，关系持续最久的是梅格·安德斯，她也是最像路易丝·邦迪的一位。她俩都是矮小身材，看上去比较柔弱，都独自抚养着一个孩子，都是带着孩子远离家乡，到新的地方开始新的生活。而且我相信，当泰德的假面被撕下来时，梅格·安德斯和路易丝·邦迪是最最痛苦的两位。

能够吸引泰德的男性都是有权势的人，他们要么成就非凡，才智出众，要么浑身散发着轻松的男性气质：他在西雅图的律师朋友，华盛顿州共和党领袖罗斯·戴维斯，精力充沛的公共辩护律师约翰·亨利·布朗，他在盐湖城的律师约翰·奥康奈尔，（因车祸）未能替他辩护的科罗拉多州杰出律师布奇·威尔，被佛罗里达州法庭拒绝的米拉德·法默律师。此外，警察也有着同样的实力——尤其是彭萨科拉警局那位浑身散发着力量、男子气概和爱的能力的诺曼·查普曼警探。

泰德就像一个渴望变得重要、被注意到的小男孩，和警察玩起了反常的游戏。在他的很多次犯案中，他穿着警察的外衣，戴着他们的徽章，在那一刻，成为他们中的一员。虽然他经常说警察很蠢，但他其实想要知道自己对警察很重要，即便只是负面意义的。如果他不能取悦警察，那么他就让他们感到不快，从而引起他们的注意。他必须恶名昭彰，这样才会让其他的罪犯相形见绌。

有意思的是，当泰德招认自己逃跑和复杂的信用卡盗窃案时，当他谈论自己可怕的幻觉时，对象都是警察。他在彭萨科拉的录音带里的声音听上去既兴奋又自豪，显得洋洋得意、得心应手，而那正是他想做的事，像是他在他们面前放了一份礼物，期待着他们对他的狡诈给予称赞。那些警探是能够欣赏他聪明的人，正如他所说的，"我负责让大家开开眼……"

我毫不怀疑如果可以让泰德和高大随和的诺曼·查普曼换个位置，他会愿意付出任何代价，因为那个人——不管有多大的局限性——了解他是谁……而泰德却从来不知对方。

相比而言，和女性相处则要容易一些，但女性也有伤害和羞辱的能力。

斯蒂芬妮·布鲁克斯是第一个让他严重受伤的女孩。虽然泰德在高中时很少约会，但他内心一直渴望与一位美丽而富有的女孩发展恋情。斯蒂芬妮并没有让泰德变得反社会，不过是加剧了他内心阴燃已久的东西。他们在一起一年后，斯蒂芬妮离开了他，这让他觉得受到了羞辱，内心极为愤怒。他又变成了那个被人夺走了玩具的小男孩，他很想把它要回来。没错，当他挽回这段关系后，他会把它毁掉，但他首先得有机会去这样做。

泰德花了好几年时间，但确实完成了一项看似不可能完成的任务，他重新打造了自己的外部条件，直到能够达到斯蒂芬妮对未来丈夫的标准。然后……然后他就可以羞辱她，一如她当年羞辱他那样。他做到了。当她答应嫁给他时，他突然改变主意，送走了她。他甚至连一个吻别都没有就把她送上回加利福尼亚的飞机，他看着她满脸惊愕，然后转身走了。

但这似乎还不够。他的复仇并没有缓解他心灵的空虚，这对他来说一定是个可怕的认识。他一直在下功夫、计划、盘算，认为自己在拒绝斯蒂芬妮后会得到内心的完整和平静，可仍然感到空虚。

他还有梅格，梅格全心全意地爱着他，并且很快会嫁给他。但梅格太像路易丝了。他爱她们两个，但内心却看不起她们的软弱。不知为何，他就觉得对斯蒂芬妮的惩罚不够。

当然，就在斯蒂芬妮1974年1月离开西雅图的三天后，睡在地下室房间的乔尼·伦兹被人用从床上拧下的金属棍殴打和强暴。

所以我对大家多次问我的问题的回答是肯定的。是的，我相信泰德·邦迪的确袭击了乔尼·伦兹，就像我现在不得不相信他应该对所有被指控的罪行负责一样。我从未说出来过，也没写出来过，但我越是希望一切不是真的，内心却越是相信这一切就是真的。

这些受害者都和斯蒂芬妮是一个类型的。她们都是中分式长发，就连身体其他特征也非常相像。她们中的每个人都不是随机选择的。我认为其中一些是在被选中后并监视了很长一段时间才下手的，而另一些则是在泰德受到疯狂的欲望控制时迅速就近选定的目标。

但她们都很像斯蒂蒂芬妮——第一个刺穿泰德精心打造的门面、暴露出下面脆弱灵魂的女人。这对泰德的自尊心的伤害是永远无法原谅的，没有哪项罪行可以填补这块空白。于是，他不得不一次又一次地杀害"斯蒂芬妮"，并且每一次都希望可以就此停手。然而，次数越多，情况越糟。

泰德曾说"幻觉一直占据着我的生活"，我不相信他能掌控得了这些幻觉。他在彭萨科拉被捕后给我的第一封信中提到他被一种强烈的难以克制的欲望所控制。他说他能够操控别人，但老天却让他无法掌控自己。

他还说，把幻觉付诸实施是令人沮丧的事，而只有具备理性头脑的人才能想象出这种沮丧的程度。由于反社会人格者通常对他人没有同理心，所以折磨泰德的并不是受害者所受的苦，而是他自己并未因此得到解脱。

他的所有受害者都非常可爱，都是经过了精心挑选，以至于在泰德难以自控的仪式中，这些女孩都变成了活生生的参与者。他认为自己是喜欢她们的，是仪式本身让这些被选中的人瘸了腿，流了血，变得丑陋不堪。为什么一定要那样？他恨她们就这么死了，变难看了，还一次次地撇下他一个人。这些幻觉的可怕后果在于他无法真正理解是他一手造成了一系列毁灭性的悲剧。

是的，精神失常，但这不过是我试图理解的理由。当无法再用权力来恐吓人的时候，掌握权力的缰绳也就没什么乐趣了。

我认为其他那些精心安排的游戏是偶然的，是杀戮游戏的延伸。在愤怒、报复和挫折感的驱使下，泰德杀了人。谋杀过程中的性侵并不是为了满足他的欲望，而是为了羞辱和贬低受害者。他感觉不到真正的性欲释放，只感觉到最黑暗的压抑感。

直到杀戮发生后，泰德才意识到自己具有多大的新闻价值。他开始对追逐带给他的刺激感非常享受，而这也成了仪式的一部分，甚至是比谋杀本身更令人满足的部分。对死去的女孩他的权力持续的时间很短，但对警方调查人员，他的高人一等的感觉一直在延续。他能做这些事，能抓住越来越多的机会，通过不断地改进伪装技巧，使自己大白天出去也不被发觉，这都成了他的终极快感。他可以做其他人做不了的事，并且逃过惩罚。

他多次跟我说他要成为众人瞩目的焦点，成为金童。这对他来说至关重要。

游戏变得更为复杂。1975 年，泰德最终在犹他州被巡警鲍勃·海沃德逮捕时，他非常愤怒。我们必须明白，他确实感受到了这种愤慨，因为一个反社会人格的人是不会有负罪感的。他只想拿走他想要的东西，他所需要的东西，让自己感到完整的东西。他无法理解一个人是不能以牺牲他人为代价来满足自己欲望的。他的游戏还没结束，而这位愚蠢的警察却在他没有准备好的情况下就终结了这场游戏。

多年来，当泰德抱怨监狱、看守所、法庭、法官、地区检察官、警察和媒体时，他并不知道这一切还存在另一面。他的推理过于简单，但对他而言却说得通。泰德想要什么，泰德就应该拥有什么，这是他高智商里的一个盲点。当他哭的时候，他会真的流下眼泪，但他只为自己而哭。他感到绝望、害怕和愤怒，他相信这一切完全属于自己的权利范围。

要说服他不这么做，无异于向一个幼儿园的孩子解释相对论。他的思维体系中缺乏那种理解他人需求和权利所需的机制。

即使到了今天，我也仍不会因此而恨他，我只是非常地同情他。

泰德经常向我吹嘘，精神科医生和心理学家没有发现他有什么异常之处。其实，他是掩饰了自己的反应，而这是反社会人格的另一个危险信号。

精神科医生赫夫·克莱克利是佐治亚州奥古斯塔市的反社会人格方面的专家，在迈阿密审判之前与泰德交谈过（就是泰德认为自己是被骗进行了那次测评）。他承认，标准测试很难揭示这种反常现象。

"观察者面对的是一张令人信服的理智面具。我们所要打交道的并不是一个完整的人，而是一个构造巧妙的能完美模仿人类个性的反射机器。"

反社会人格并不表现出更容易识别的思维障碍模式，它几乎没有焦虑、恐惧或妄想的迹象。从本质上说，反社会人格者是个情感机器人，通过其自我编程来反射其对社会需求的反应。而且，由于这种程序通常较为狡猾，这种人格很难诊断，还无法治愈。

我对泰德性格的第一丝怀疑是他居然那么快就原谅了梅格把他出卖给警察的事。的确，泰德对梅格已经爱到了他所能爱的最大程度，而梅格也从未让他蒙羞。他是两人关系中占主导的一方，并且一次次地让梅格难堪。但他从未把她的背叛视作对他的报复。我想梅格可能是他生命中唯一可以帮助他填补贫瘠的灵魂深处那个小角落的女人。虽然他不能对她完全忠诚，但他的人生也离不开她。

就是因为泰德如此需要梅格，他似乎可以抹去对她的任何怨恨。也正是由于她的情感支持至关重要，他可以原谅她的软弱。但他居然能轻松忘掉是梅格导致了他被抓，这种反应无疑是过于平淡，诡异得不像正常人的举动。我非常确信，如果没有梅格的介入，"泰德"的身份在今天仍然是个谜。

泰德的心理状态如此支配着梅格，我很惊讶她竟然能挣脱出来。虽然她最后另嫁他人，但我不知道她找回了多少自由。

莎伦·奥尔不过是权宜之计。她在犹他州是因为泰德当时需要人帮他跑腿，帮他把补给带进监狱，但当他离开山角监狱时，就把莎伦抛在了脑后。之后，卡罗尔·安·布恩很快补上了这个空缺。自泰德惹上法律官司以来，总有一个女性在他身边随时待命。卡罗尔·布恩和他的关系维持了很久。她叫他"邦尼"，并明显很崇拜他，但我不敢断定他对她有多少感情。我和泰德的其他女人都聊过很久，卡罗尔·安只对我说了五个字。就像泰德自己告诉我的那样，"她已经全身心地交给了我"，但这无疑又是一段无疾而终的罗曼史。

所有不完善的机制中都有自毁的倾向，就好像是机器本身可以意识到自己不能正常运转一样。当这种机制是人的时候，这些破坏性的力量会不时地翻到表面上。在泰德大脑深处的某个地方，有一个细胞突触在试图摧毁他。

也许第一个泰德，就是那个未来可期的小时候的泰德，知道必须除掉后来接手的那个泰德。这种说法是不是太过牵强了？但事实是，泰德一直在攻击那些试图为他辩护的人。他一次又一次地解雇了他的辩护律师，有时甚至胜利在望了他依然如此。他知道佛罗里达州的死刑是个真正的威胁，却仍选择逃往这个全美最危险的州。他曾经有机会通过辩诉交易保住自己的性命，却撕毁了本来可以救他一命的动议；他几乎是激着州检察官们定他的罪，他们当然欣然接受。我想他是在求死，但我不知道他自己是否意识到了。

在我看来，泰德不是杰基尔-海德那样的双重人格。我毫不怀疑他还记得那些谋杀案，当然记忆可能会有些重叠、有些模糊，就像一个男人可能记不清和他上过床的每个女人一样。他多次告诉我他能够把发生在自己身上的坏事抛诸脑后。这些记忆就像溃烂的疖子一样隐藏着，它们确实是在的。在他最终无处可逃的时候，这些记忆也不会消失，会一直萦绕在雷福德监狱的牢房里。

我自己的记忆也一直挥之不去。1976年4月那个噩梦中的预兆让我感到害怕。为什么我会梦到一个我想救的孩子咬伤了我？我梦到自己手上的咬痕的时间，比泰德的XΩ楼的一位受害者身上的咬痕成为迈阿密审判的主要物证的时间早了两年。

如果泰德只对我一人说了，就在1976年1月我们在西雅图的最后一次见面时，那情况可能会有所不同。他说："有些事情我想告诉你……但我做不到。"当时我能说些什么让他把事情告诉我吗？我能改变后来的那些事吗？尽管泰德坚持自己对任何杀戮行为都没有负罪感，但我相信还有许多人和我一样心怀内疚，因为我们在一切都太晚之前本应该知道得更多，做得更多。

如果泰德在华盛顿州的时候向我坦白，他会活下来的。1974年的华盛顿州还没有死刑。在科罗拉多州的时候他也有机会活下来。但佛罗里达州决不会放他走，即便是去科罗拉多州参加卡琳·坎贝尔谋杀案的审讯也不行。泰德在科罗拉多州有过两次逃跑的记录，这使得佛罗里达州当局对科罗拉多州的安全措施不屑一顾。泰德·邦迪归佛罗里达州管辖。

杀了泰德也于事无补。它只能保证泰德再也不会杀人了。但看着法庭上那个支离破碎、满脸困惑的男人，我知道他是精神失常了。我不能为处决一个疯子辩护。把他安置在一个有着最严密的安全措施的精神病院里，也许对精神病学的病因研究有一定的帮助，并且比起以往任何其他个体的评估能更有望找出反社会人格的成因和治疗方案。这样可能会挽救一波仍在形成的反社会人格的潜在受害者。泰德永远不能获得自由。他是个危险人物，永远都是，但关键问题的答案仍锁藏在他的大脑中。

我个人也不希望他死。如果有一天他被带进雷福德监狱的死刑室，我一定会哭。我会为那个失散已久的泰德·邦迪而哭泣，为那个相识多年、聪明而热情的年轻人哭泣。我仍然不敢相信，我所见到的善良和关怀只是一层薄薄的表面。本来可以——也应该了解更多的。

但如果泰德一定要死，我想他会鼓起勇气走好人生的最后一程，让自己最后一次沐浴在闪光灯和电视摄像机的光芒中。如果他被降为大牢房级别的囚犯，那将是最糟糕的惩罚。即便他不被那些一直在说"邦迪应该下油锅"的囚犯杀死，他内心的空虚也会将他摧毁。

当我为泰德悲伤的时候——我的确为他感到悲伤，我也为所有其他本不该卷入其中的人感到悲伤。

凯瑟琳·梅里·德文死了……

布伦达·贝克死了……

乔尼·伦兹还活着……

琳达·安·希利死了……

唐娜·曼森失踪了……

苏珊·兰考特死了……

罗伯塔·凯萨琳·帕克斯死了……

布伦达·鲍尔死了……

乔治安·霍金斯失踪了……

珍妮丝·奥特死了……

丹尼斯·纳斯伦德死了……

梅丽莎·史密斯死了……

劳拉·艾姆斯死了……

卡萝尔·达伦奇·斯文森还活着……

黛比·肯特失踪了……

卡琳·坎贝尔死了……

朱莉·坎宁安失踪了……

丹尼斯·奥利弗森失踪了……

雪莱·罗伯逊死了……

梅兰妮·库利死了……

莉萨·利维死了……

玛格丽特·鲍曼死了……

凯伦·钱德勒还活着……

凯西·克莱纳·德希尔兹还活着……

谢丽尔·托马斯还活着……

金伯利·利奇死了……

总有一天，大地和河流里可能会浮现出更多尚不为人知的遗骸，印证了泰德说"再加一位数，就对了……"之时所指的那些女性的遗骸。

她们之中，没有一个能填补泰德·邦迪空虚的灵魂。

# 尾　声

　　泰德·邦迪的审判和听证会已经堪比百老汇演出，漫长的演出结束了，取而代之的是一家路演公司，主角没变，其他换了新人。并且主角已经疲乏，热情不再。泰德在金伯利·利奇案中的审判让外界感到不解。有人怀疑地问："一个人可以杀死多少回？"他们认为，既然泰德·邦迪已经两次被判处死刑，就没有必要再进行一次审判。当然，政府是在掩盖自己的赌注。一旦 XΩ 楼谋杀案的上诉出现逆转，他们想要的备胎是第三次死刑判决。这在法律上是说得通的。

　　利奇案的审理一再推迟，最终定于 1980 年 1 月 7 日在佛罗里达州的奥兰多进行。奥兰治县并不太情愿做这个东道主，不想要泰德来或者似乎伴随他而来的喧闹，但负责审理此案的 62 岁法律专家华莱士·乔普林法官认定他在莱克城地区无法找到公正的陪审团，因而将地点定在奥兰治县。

　　律师名册上的人基本都换了，只有林恩·汤普森是最初的辩护团队的。随后，小朱利叶斯·维克多·阿弗里卡诺加入了团队。第三巡回法院的公设辩护律师米洛·I.托马斯本来也要加入，但他和利奇家的关系较为亲密，就退出了。

　　州检察官办公室的杰瑞·布莱尔和鲍勃·德克尔，将代表州方出庭。前者曾在 1979 年 6 月的时候起誓，称如果泰德想要一场审判，就给他一场审判。后者是个家境朴实的老男孩，嘴巴里的一侧永远嚼着烟草，是一名特别检察官。

　　报道过迈阿密审判的记者们也都明显感到不安。没有人想再经历一次审判。《落基山新闻报》的托尼·波尔克不打算去；西雅图的一位记者有任务在身，不得不去，但心里惴惴不安。迈阿密的一位记者打电话给我说："嗯……我会去，前提是我非去不可。我只想去看行刑。"然后他喘了口气说，"天哪，这听起来糟透了，不是吗？但实在想不出别的词来形容。"

我没有去。我知道有哪些证据，我知道证人会说些什么，我不忍心再见到泰德的那种状态。但我在电视上看了奥兰多的审判，看到了一个对我来说几乎完全陌生的人。

与迈阿密审判时相比，泰德看上去不那么英俊了。他的体重徘徊在 190 磅左右，下巴鼓起，眼睛凹陷，那张瘦削的轮廓分明的俊美脸庞和他对现实的脆弱把握都消失了。他变得易怒，一下子就气急败坏。法庭女速记员脸上带着自然的笑容，但泰德认为这是对诉讼程序的蔑视，并因此大为光火。

"你能认真点吗？"他冲她喊道。

但似乎没有人在乎这个。大家都是来看表演的。当地的一位音乐节目主持人甚至把早间广播节目的开场白改为"当心，姑娘们，泰德·邦迪来了"。

宾夕法尼亚州来的一位以模仿他人著称的滑稽演员入场时颇有些戏剧化，他一边旋转着他的假豹纹夹克，一边把头上的银灰色假发扔到座位上，但泰德从头到尾都没有抬头看一眼。还有一位年轻人脱下外套，露出一件写着"送邦迪去伊朗"的 T 恤衫。而坐在前排的永远是泰德的粉丝团，他们急切地想从这位渐渐黯淡的明星那里看到一个笑容。

电视摄像机还对准了闹哄哄的同狱犯人。

路易丝·邦迪和约翰尼·邦迪都没再飞去佛罗里达。只有卡罗尔·安·布恩去了，坐在雷福德监狱另一囚犯的妻子旁边，脸上仍然闪烁着对泰德的爱慕和鼓励的表情。

未来的陪审员，是从茫茫人海中挑选出来的，为了让自己被选中，几乎愿意说任何话。乔普林法官裁定，即使是那些认为泰德有罪的候选陪审员，只要他们表示会放下个人意见并保持客观，也可能被选上。最后，的确有几个这样的人进入了陪审团。佛罗里达再没有其他地方可以进行审判了。检察官布莱尔说，改变审判地点是徒劳的。"这个人在这里备受争议，那他到了双蛋镇①、帕霍基（Pahokee）或索普乔皮（Sopchoppy）同样会闹得满城风雨。"

　　有两次，泰德大摇大摆地走出审判室，以抗议陪审团就座，还说："我要走了。这是一场游戏，我不想参加！我不会待在这种滑铁卢般的地方，明白吗？"

　　回到审判室后，他慢慢平静下来，直到对情绪有了些控制，然后他又爆发了，用手重重地砸在乔普林法官的桌上。他对着布莱尔大喊道："你这是想要一出闹剧吗？那我就整一出给你看。我一定不让你的计划得逞，我要让你见识一场雷暴。"

　　泰德朝门口走去，被一名法警挡住了去路。泰德放下手中的啤酒盒子，把文件搬进来，放在栏杆上，脱下夹克。电视摄像机第一次拍到了泰德·邦迪失控的画面。他背对着墙，像一只狐狸被一群猎人抓住后气急败坏地咆哮。他的受害者们当时看到的可能就是这张因愤怒而张大嘴的扭曲的脸，我看得震惊了。他摆动身体，冲撞着，像是要从五名包围着他的法庭工作人员中挣脱出来。他站在那里，折腾得气喘吁吁，就那样被困住了。过了一会儿……又过了一会儿……泰德和那些困住他的人都不动了。

　　"坐下，邦迪先生！"乔普林命令道。

　　"你究竟要逼我到何种地步？！"

---

① Two Egg，这个小镇的名字起源于经济大萧条时期，居民用两个鸡蛋来和当地的商店交换日用品。与接下来的帕霍基、索普乔皮同为佛罗里达的小镇。——译者

"坐下，邦迪先生！"

慢慢地，邦迪缓过劲来，恢复常态，整个人瘫软在那里，所有的斗志都不见了。他两眼低垂，走回辩护席坐好。

"没用的。"他对着阿弗里卡诺低声说道，"我们失去了陪审团的支持，这个游戏已经没有意义了。"

可能的确如此。

日复一日，随着检方的 65 名证人依次出庭作证，坐在那里的泰德一直处于混沌和愤怒之间。阿弗里卡诺和汤普森面临对方的不断进逼，但他们不让步，奋力辩驳，努力寻找某种立足点。这一次，他们没有允许泰德本人发言，但他被允许在陪审团听不到的情况下参与法律辩论。

庭审开始三周之后，在乔普林法官的审判室，泰德做了 20 分钟发言，请求无罪释放。他的声音在颤抖，随着他的个人独白，几乎要流下眼泪。这与四年前他在犹他州所做的准确而有序的辩论发言相去甚远。他坚称，甚至没有证据表明谋杀发生过。

辩方请出了两名证人，据称他们曾在金伯利·利奇失踪的那天早上看到她在"吉米的炸鸡店"附近搭便车。但当被要求确认照片上的女孩是否为两年前见过的那个女孩时，他俩都支支吾吾。

甚至连亚特兰大法医约瑟夫·伯顿的证词也产生了适得其反的效果。他被留作证人是为了支持辩方的说法，即金伯利·利奇也可能死于其他原因，而他显然不能这么说。

"虽然我的研究结果不能排除意外、自杀或其他自然原因导致她的死亡，但这三种原因都排位靠后。"

2 月 6 日，卡罗尔·安·布恩成为法庭上最令人震惊的传闻人物，缘由是布恩女士申请了结婚证！但她是否真的有办法嫁给这位她唤作邦尼的男人还是个问题。县惩教局局长吉姆·舒尔茨坚决表示，他的监狱里不会有婚礼。但乔普林法官授权泰德进行血液测试，以满足领取结婚证的初步要求。

卡罗尔·安承认，她完全预料到泰德会被定罪，但她还是下定决心，无论如何都要嫁给他。无罪释放的可能性不大。在场的观众开始为泰德和卡罗尔·安能否结婚下注。泰德自己也和阿弗里卡诺打赌陪审团会在三小时内裁定他有罪。但他输了。他们最终花了七个半小时，比迈阿密的陪审团多花了半小时。

这一次，没有痛哭流涕的母亲为她完美的儿子求情，只有卡罗尔·安·布恩。距离12岁的金伯利·利奇失踪已过去两年，现在是1980年2月9日。卡罗尔·安站了出来，为泰德求情，乞求留他一命。

但首先，似乎最重要的是，她有使命在身。她想成为泰德·邦迪太太。考虑到这是特殊情况，她仔细研究了一下一个人在佛罗里达州怎么才能结成婚。她知道，在一个公开的法庭上当着法庭工作人员的面发表声明，如果措辞得当，就会使得这个"仪式"合法化。一位手持名字为卡罗尔·安·布恩和西奥多·罗伯特·邦迪的结婚证的公证人坐在一旁，看着泰德站起来询问他的未婚妻。

新娘没有穿白色服装，而是穿了黑色的——一条黑裙子，黑色翻领衬衣外面套了一件毛衣。新郎一向偏爱打领结，戴的是蓝色圆点领结，穿了一件蓝色的运动夹克。在场的陪审团个个一脸茫然。

当他正式开始向她提问时，这两人微笑着对视彼此，仿佛整个法庭现场只剩下他们俩。

"你住哪里？"

"我是华盛顿州西雅图市的永久居民。"

"你能解释一下你是什么时候遇见我的……你认识我多久？还有，我们是什么关系？"他带着引导性地问。

卡罗尔继续保持微笑，回忆了他俩在奥林匹亚紧急事务部办公室的第一次见面，以及在泰德法律问题缠身期间俩人所达到的亲密程度。"几年前，我们之间的关系发展成了一种更严肃的恋爱关系。"

"是认真的吗？"泰德问道。

她对着陪审团答道："认真到我想嫁给他。"

"你能告诉陪审团你是否注意到我的性格或者个性中存在任何暴力或破坏性倾向吗？"

"我从未在泰德身上见过任何对其他人产生破坏性的倾向，并且我和泰德几乎在任何情况下都保持着联系。而且他和我的家人也都有联系，我没见过他有任何破坏性的行为或倾向……也没有任何有敌意的东西。他是个热心、善良且耐心的人。"

对于检方的反对意见，卡罗尔·安说，她认为无论是个人或是州代表，都不应该夺去另一个人的生命。

她又转向陪审团，语气坚定地说："泰德占据了我生命中的很大一部分。他对我非常重要。"

"你想嫁给我吗？"泰德问道。

"是的。"

"我真的很想娶你。"泰德说道。这时，在场的州律师和乔普林法官都惊讶地愣住了。好一会儿，德克尔和布莱尔才站起来提出反对。

泰德转身和他的律师交换了意见。他差点把事情搞砸了。他用错了术语。他们告诉他婚姻是契约，不是承诺。他还有一次机会来重新定下口头契约。

这时，州检察官布莱尔开始盘问卡罗尔·安，暗示她想嫁给泰德的愿望背后可能存在一个不如真爱那么浪漫的原因，并旁敲侧击说可能会有经济方面的问题，但卡罗尔仍然不为所动。布莱尔又对这项提议的时机提出了质疑，因为当时正值陪审团即将审议死刑问题，但卡罗尔·安铁了心似的，毫不动摇。而就在布莱尔盘问卡罗尔期间，泰德与他的律师紧张地商议着。

然后，泰德起身重新向她提问。这一次，他知道自己该说些什么来确保婚姻是有效的。

"你愿意嫁给我吗?"泰德问卡罗尔·安。

"我愿意!"她咯咯笑着答道。

"那我就在此娶你。"泰德咧嘴一笑。检察官们还没反应过来,仪式就结束了。卡罗尔·安和她的邦尼现在成了夫妻。

法庭上大多数人的眼神都是干巴巴的,他俩也不会有蜜月。金伯利·利奇去世两周年纪念日现在成了泰德·邦迪的结婚纪念日。卡罗尔·安获得了胜利。她一直对他忠心耿耿,且无所不在,而斯蒂芬妮、梅格和莎伦现在都变成了泰德逐渐褪色的过往。卡罗尔·安给人的印象是坚韧不拔,如果要对泰德执行电椅死刑的话,她可能真的会把泰德从电椅上拽下来。

看来是真的要执行电椅死刑了。陪审团先是听杰瑞·布莱尔把婚礼描述成"情人节的小把戏",然后是听了泰德长达 40 分钟的不知所云的抗辩,随后休庭 45 分钟,对死刑问题进行了审议。

2 月 9 日下午 3 点 20 分,陪审团宣布,泰德必须被处以死刑。他起身大喊道:"告诉陪审团,他们错了。"

2 月 12 日,乔普林法官第三次判处泰德在雷福德监狱接受电椅死刑。当泰德起身接受这一判决之时,他手里拿着一个红色信封,说是给新娘的情人节礼物。

不出一小时,泰德就坐上直升机从法院的屋顶起飞,返回雷福德监狱。根据佛罗里达州法律表述,泰德再次被判犯有"极其邪恶、耸人听闻和卑劣至极"的罪行。

接下来会有上诉,预计得持续数年时间,但不管出于何种意图和目的,泰德·邦迪的故事结束了。远离了聚光灯的光芒——那对泰德来说,似乎是维持他生命必需的光,我知道他会在失控的狂暴情绪中越陷越深,他也再不可能成为媒体钟爱的金童了。

泰德·邦迪是杀人凶手,一个被定罪三次的凶手,如今的他成了一个被抛弃的人。

　　我无法忘记他 1975 年 10 月打来的电话，他平静地说："我遇上了点麻烦，但一切都会过去的。如果出了什么问题，你会在报纸上看到。"

# 后记：1986

当我在此提笔书写时，离泰德·邦迪第三次被判在佛罗里达执行电椅死刑已经过去六年了。1980 年那会儿，我天真地以为泰德·邦迪的故事终于结束了，便对《我身边的恶魔》一书进行了收尾。但事实并非如此。我大大低估了泰德在精神上和身体上的再生能力，以及在意志上和思想上不断与司法系统对抗的能力。就算把泰德和我对他的感情写在纸上，我也并没有把他从我的脑子里摘出来。我感到如释重负是在我写下最后一行时，而这本书是在经历了六年恐怖之后的一次宣泄式的疗愈。

但接下来的六年中，我不得不接受这样一个事实：在我有生之年，我意识中的某些重要部分将一直被泰德·邦迪和他的罪行所占据。在《我身边的恶魔》之后，我已经写了五本书，但是每当我的电话响起，或者收到一封从很远的地方寄来的信——这些情况每周都有几次——时，问题总是离不开"关于泰德的那本书"。

和我通信的人大概可以分成四类。第一类是来自希腊、南非和维京群岛的外行人，出于对泰德·邦迪的最终命运的好奇而和我联系。他们中的大多数人会问："他是什么时候被处决的?"

第二类是警方的调查人员。他们会打电话来询问泰德·邦迪在某个特定日子可能在哪里。（泰德在 1978 年 2 月被捕的那天晚上对着彭萨科拉的警探说的话，全美各地的凶杀案警探都记得。虽然官方显示他只是五个州的谋杀嫌疑犯，但泰德告诉过警探诺曼·查普曼和唐·帕肯，他在"六个州"杀过人，在联邦调查局估计的 36 名受害者基数上应该"再加一位数"。）

最让我吃惊的是从迅速发展的泰德"粉丝俱乐部"打来的电话，这是个热情大胆的非官方组织。有那么多的年轻女性"爱上"了泰德·邦迪，她们想知道怎样才能联系上他，让他知道她们有多爱他。我解释说泰德已和卡罗尔·安·布恩结婚，但她们对我的话完全不予理会。最后，我建议她们再看一遍我的书，并问道："你确定你能区分泰迪熊和狐狸吗？"

同样热情高涨的还有一些虔信宗教的读者，他们想要给泰德写信，以劝说他在为时太晚之前悔过。

最后一类是西雅图警察称为"220s"的来电者，他们或多或少有些精神异常，认为自己和泰德有某种奇怪的联系。

这最后一类人是最难对付的。一位上了年纪的女士午夜时分来到我家门口，她衣着得体，有些盛气凌人，但她很苦恼，称"泰德·邦迪一直在偷我的尼龙裤和连裤袜。他从1948年开始就来我家，拿走了我的个人资料。他很聪明，他把所有东西都放回原处了，让你几乎看不出它被动过……"。

我告诉这位老妇人，照她所说的时间，那泰德开始"偷窃"的时候还是个蹒跚学步的孩子，但我这么说对她毫无作用。

不过，她的到访倒是让我意识到不能再把我的家庭住址印在电话簿上了。

泰德·邦迪以我无法想象的方式改变了我的生活。我飞行了20万英里，给各种各样的群体做过上千次讲座，包括女性读书俱乐部和辩护律师机构，也包括警察培训研讨会和联邦调查局学院，话题都是关于泰德的。有些问题对我来说很容易回答，但有些可能永远答不上来，还有些问题甚至会引发无穷无尽连续下去的发问。

如果泰德确如自己声称的那样在六个州杀了人，那么第六个州是哪个州？是否真的有第六个州——是136位受害者，还是，天哪，360位？或者说，这一切不过是泰德在彭萨科拉和审问他的人玩的一

场游戏？他与警察的狡猾较量像极了"龙与地下城"（Dungeons &
Dragons）的游戏，他看着他们四处奔波跟着他的指令做事，为智取
对手感到无比快乐。

很可能还有无数其他受害者，但要准确推断出泰德·邦迪在 60
年代末 70 年代初的某个特定日期的具体位置几乎是不可能的。我已
经努力把 20 年前的那段时间隔离开来对待，前国王县警探鲍勃·凯
佩尔也是如此，他和全美的其他警察一样了解泰德的情况。但泰德总
是居无定所，是一个率性而为的流浪者。他会说他要去一个地方，然
后却去了别的地方。他讨厌任何人追问他的去向，喜欢突然出现，让
认识他的人大吃一惊。

1969 年，泰德在阿肯色州探亲，并在他小时候生活过的费城的
坦普尔大学学习。同一年，一位年轻漂亮的黑发女子在大学图书馆靠
后的"馆藏书库"处被刺死。这案子十多年来始终未曾告破，而宾夕
法尼亚州的一位凶杀案警探在我的书中读到泰德的行踪时想起了它。
不过最后，他也只能是猜测，毕竟不可能还有人会记得泰德那天晚上
在那个图书馆。

更让人难忘的是 1971 年 7 月 19 日在佛蒙特州伯灵顿发生的丽
塔·柯兰谋杀案。丽塔·柯兰和泰德·邦迪都出生于伯灵顿，那年夏
天，都是 24 岁。当然，泰德是在西海岸长大的，而丽塔则从小生活
在佛蒙特州米尔顿的一个小社区，父亲是该镇的一位分区管理人员。

丽塔是一个非常可爱但又害羞的女孩，一头黑发一直垂到后背的
中间位置，有时是左分，有时是中分。她毕业于伯灵顿的三一学院，
上学期间在米尔顿小学教二年级。和琳达·安·希利一样，丽塔花了
很多时间及精力跟贫困和残疾儿童打交道。虽然她当时已经 20 多岁，
但直到 1971 年夏天，她才真正离家生活。之前的三个暑假，她在伯
灵顿的殖民地汽车旅馆当服务员，但今年是她第一次租了那里的公寓
住下，不再每天往返于向北 10 公里的父母家和旅馆之间通勤。

她在佛蒙特大学研究生院参加补习阅读和语言教学的课程，并与一名女生合住在布鲁克斯大道的一间公寓。丽塔·柯兰没有关系稳定的男朋友，这可能也是她在伯灵顿过暑假的原因之一。她希望能遇到一个适合她的男人，想结婚生子。她曾对朋友们笑道："今年我参加了三次婚礼，米尔顿的单身汉都要被抢光了！"

\* \* \*

1971 年 7 月 19 日，星期一，丽塔从早上 8 点 15 分到下午 2 点 40 分在殖民地汽车旅馆更换床上用品，给房间吸尘。那天晚上，她和她的理发店四重奏乐队排练到 10 点。11 点 20 分，她的室友和一个朋友出门去一家餐馆，把她一人留在了布鲁克斯大道的公寓里。她俩离开的时候，前门和后门都没上锁。佛蒙特州的伯灵顿不算是犯罪率高的地区。

大家都不锁门。

她俩回来的时候，公寓里静悄悄的，她们以为丽塔睡着了。聊了一小时后，丽塔的室友走进了卧室，发现丽塔·柯兰裸体横陈，已经死了。她是被人用手掐死的，头部左侧受到了野蛮的重击，还被强奸了。撕碎的内裤就在她的身下，身边不远处是她的钱包，里面的东西一样不少。

伯灵顿警探追踪了凶手的逃跑路线，在通往厨房的后门附近发现了一小块血迹。他可能是在丽塔的室友从前门进来时冲进了厨房，又穿过小屋逃出去了。对邻居进行了详细的询问，但毫无结果。没有人听到尖叫声或挣扎声。

1971 年，美国发生了大约一万起凶杀案。退休的联邦调查局特工约翰·巴塞特是伯灵顿本地人，当他读到泰德·邦迪的内容时，最让他感到好奇的是丽塔·柯兰和斯蒂芬妮·布鲁克斯之间惊人的相似之处。丽塔被掐死，头部受到重击，而且她工作的殖民地汽车旅馆的附近有一家给泰德·邦迪的人生带来了巨大情感创伤的机构：伊丽莎白·隆德未婚母亲之家。

隆德之家就在汽车旅馆的隔壁。

我一直以为泰德的伯灵顿之行发生在1969年夏天，当时他正好在东边旅行。但约翰·巴塞特的电话让我惊讶，想着要弄清楚这事。事实上，泰德和我提及"找出我到底是谁"的时间是1971年秋天。

如果泰德1971年7月真的在伯灵顿，那么他走过他出生的那栋大楼，也许入住了殖民地汽车旅馆，但没有任何记录可以证实或否认这一点。

在伯灵顿的"捕狗队"记录中，只有一个模糊的记号表示，有一个名叫"邦迪"的人在那个星期被狗咬了。

在与巴塞特、丽塔·柯兰的父母以及伯灵顿警察局的一名警探交谈之后，我也被如此之多的相似之处给迷住了，但我仍很难去证实他们对泰德·邦迪的怀疑。梅格·安德斯在她的书《魅影王子》中写道，那年夏天，她偶尔会见到泰德，但有时会几天见不到他人，并且她开始注意到他有点喜怒无常。

但是，泰德离开的时间够他去趟佛蒙特州吗？是不是每次有漂亮的黑发女子被勒死并且头部左侧受到重击，就会让人很容易联想到泰德·邦迪呢？

丽塔·柯兰的谋杀案和后来被认为是泰德所为的谋杀案存在许多共同点。

泰德·邦迪的受害者究竟有多少？我们会知道答案吗？

1980年以来，有十几个甚至更多的年轻女性打电话给我，非常肯定地称自己从泰德·邦迪的手里逃过一劫。这些电话来自旧金山、佐治亚州、爱达荷州、阿斯彭、安阿伯和犹他州等地。

泰德不可能真的去过所有这些地方，但这些女性一直保留着一段这样的可怕记忆：一个英俊的男子开着一辆棕褐色的大众汽车，让她们搭了便车，但后来想要的更多。她们都确定是泰德主动贴上来的，并称之后她们再也没有搭过便车了。另外一些女人回忆说，有一个男人带着灿烂的笑容来到她们家门前，试图讨好她们，但当她们不让他进屋时他就会光火。"是他。我见过他的照片，我认得他。"

这是集体癔症吗？我想大多数人是的，也有一些人我不是很确定。

另有一些电话清晰地留在了我的记忆里。如今已年近 40 岁的莉萨·威克打电话给我。1966 年夏天，空姐莉萨在西雅图安妮女王山的一间地下室公寓里睡觉，她被重物袭击，留下了 2×4 英寸的伤口，但总算幸免于难。她的室友朗尼·特伦贝尔却没有活下来。和许多后来在睡梦中头部受到反复重击的受害者一样，莉萨·威克也永远失去了那几周的记忆。

莉萨打电话给我，没有说她读过我的书，而是说她无法读我的书。"我试着把它捧起来读，但真的做不到。每当我的手触碰到封面时，每当我看着他的眼睛时，我就感到恶心。"

在莉萨·威克内心深处某个最不愿意触碰的地方，她知道自己以前见过这双眼睛。但在她身体上的创伤痊愈很久之后，她的心灵仍然伤痕累累，并自我保护起来。"我知道发生在我们身上的事都是泰德·邦迪干的，但我无法告诉你我是怎么知道的。"

安·玛丽·伯尔没有给我打过电话，如果她还活着，应该 31 岁了。从 1962 年 8 月她在塔科马的自己家里失踪的那晚起，就再也没有了她的音信。然而，我接到的电话中，无论是提供信息还是咨询问题，关于安·玛丽的比其他任何受害者的都要多。

一位年轻女子自称她的哥哥是泰德·邦迪少年时代最好的朋友，她说："我们就住在邦迪家的街对面。那个小女孩失踪后，那条街上全是警察。他们在街道尽头的树林里搜寻了很多遍，也找所有人问了话，因为我们都住得离伯尔家太近了。"

还有一位现在住在养老院的老年妇女，1962 年的时候也住在伯尔家附近，她记得："泰德是个报童，负责送早上的报纸。那个叫安·玛丽的小女孩，以前像跟屁虫似的跟着他。在她眼里，泰德可了不起了。他们彼此都很熟。如果泰德让她爬出窗外跟他走，她会同意的。"

那是很久以前的事了，已经过去了 24 年。

一天，一位年轻女子从佛罗里达州打来电话，她是州司法部长办公室的助理。"我是 XΩ 女生联谊会的。"她开始说道，"我看过你的书。"

我说："我以前也是 XΩ 女生联谊会的——"

"不。"她插话道，"我是说，我当时就住在佛罗里达州立大学的XΩ 楼。在塔拉哈西的那天晚上，他进楼的时候我就在房间。"

我们聊到了在楼里有女管家和 39 个女孩的情况下，谋杀是怎么发生的。怎么会有人在如此短的时间内悄无声息地造成这么大的伤害？

"我想他那天下午已经侦察过情况了。"她自言自语，"不知为何，那个星期六下午我们都不在，连女管家都出去了。整个楼有几个小时是空无一人的。我们回去的时候，女管家的猫像是受了惊吓，浑身的毛都竖着。然后，它穿过我们的腿缝跑出门去，两个星期都没回来。"

她说，那天晚上，是有些女孩感觉到了某种诡异，女孩们对猫的行为只纳闷了一会儿，但那晚的晚些时候，楼上睡觉区至少有两个女孩经历了彻头彻尾的恐惧，一种自由漂浮的恐惧。

"金感觉喉咙痛，很早就上床睡觉了。因为咳嗽，她半夜起来去洗手间喝水。她看到走廊里通常一直开着的灯都灭了，到处黑乎乎的，不过她只要走一小段路就可以摸到开关。但她说她突然感觉到一种莫名的恐惧，好像有什么可怕的事情在等着她。她咳得很厉害，实在需要喝水，但她回到房间后就赶紧锁上了门，直到后来警察敲门才出来。

"而就在那之后不久，蒂娜准备到厨房去拿点东西吃。也是一样的情况。她感觉自己的脚无法走下那楼梯。她开始发抖，然后跑回了自己的房间。她也是感觉到有什么东西或人等在下面。……"

我一直认为玛格丽特·鲍曼是 1978 年 1 月的那晚泰德选定的受害者。玛格丽特看上去很像斯蒂芬妮·布鲁克斯，是个漂亮女孩，有着一头乌黑的长发。如果她出现在佛罗里达州立大学校园，或者在橡树公寓和 XΩ 楼附近，甚至在雪罗德舞厅，泰德应该很容易注意到她，但泰德是怎么知道玛格丽特·鲍曼睡在哪个房间的呢？

于是，我问这位给我打电话的 XΩ 联谊会姑娘："他怎么知道该去哪里？"

"我们楼里贴了张房间平面图——"

"房间平面图？"

"就像房子的设计蓝图。每个房间都有号码，住里面的女孩名字都写在上面。"

"贴在哪里呢？"

"在门厅那儿的墙上，靠近前门。后来我们就把它取下来了。"

门厅的墙上贴着一张女生联谊会的区域分布图，这样男朋友、送货员和陌生人都可以看到并准确地指出每个女孩住的房间。如果一个男人想要跟踪某个特定的女孩，那简直太有利了。

被媒体团团围住的 XΩ 楼里的人因警方需要采集指纹、收集证据和验血，都被赶出了自己的房间，然后又从杰斐逊西路的这栋大房子里疏散了出来，暂时和在塔拉哈西的校友们一起住了。两个星期后，她们回来了，也就在这个时候，女管家的猫也认为房子又安全了。

我没有回过塔拉哈西的 XΩ 楼，但我多次重回西雅图的华盛顿大学校园的 Theta 楼，一起去的还有编剧或杂志摄影师，他们想看看乔治安·霍金斯失踪的地方。

希腊建筑后面的巷子看起来还跟过去一样，不断有学生来回走动。无论白天还是晚上，仍有兄弟会的男孩对着钉在电线杆上的铁篮框打篮球。边上停车区的汽车型号也比警方照片中的新，但除此之外，一切都没变，甚至连当时乔治安的目的地女生联谊会楼也毫无改变。

但要说起一种对危险或邪恶的超感官知觉，我觉得我在 Theta 楼和它南边的兄弟会之间的那段狭窄空间里感觉到了。在阳光最烈、天气最热的日子里，空气是冷冷的，松树残缺不全，毫无生机，让我强烈地想要离开，离开乔治安坐在水泥台阶边沿向室友的窗户扔鹅卵石的地方。

乔治安所在联谊会的一些姐妹一度因为恐惧而退学了。十几年后，乔治安·霍金斯仍然下落不明。Theta 楼的女生联谊会女孩似乎对她的遭遇一无所知。1974 年那会，她们不过五六岁。对她们来说，乔治安·霍金斯像是在 1950 年代失踪的。

泰德·邦迪在东北第十二大道的公寓看起来和他搬离去盐湖城的那天一模一样。隔壁街区的老房子——就是一名女子被一个戴着黑色海军编织帽的男人强奸的地方——已经被夷为平地，为华盛顿大学新的法学院大楼腾出了地方。

东北第 12 街再往北是 1974 年失踪的琳达·安·希利住过的绿色房子，现已被漆成了暗褐色。主楼变成了幼儿园，前窗贴着一张巨大的带着微笑的泰迪熊贴纸。

唐娜·曼森至今没被找到，常青州立学院校园里的冷杉倒是长得更加密密麻麻。犹他州和科罗拉多州的失踪者黛比·肯特、朱莉·坎宁安和丹尼斯·奥利弗森也都一直不知下落。

证据方面也毫无进展，没有找到耳环、自行车，甚至连一件褪色的衣服都没有。十几年前所有不见踪影的东西至今仍是谜团。

在泰德被直升机送回到位于斯塔克市西北部凄凉的佛罗里达州监

狱后，他加入了 200 多名死囚的行列。这座大楼关押的死刑犯人数比其他任何州监狱都要多。和犹他州的山角监狱和科罗拉多州他所待过的监狱相比，雷福德监狱的生活便利设施差了很多。

佛罗里达州的斯塔克是离其最近的城镇，人口约 1000。从东面看，它就像是个经济萧条的棚屋区。随着离斯塔克的中心越来越近，简陋的棚屋逐渐变成了中产阶级居住区，市中心的主十字路口的标志是一家西部汽车商店。

在小城以西大约 3 英里处，监狱在道路左边隐约可见，还竖着一块简洁的指示牌，上面写着"佛罗里达州监狱"的字样。访客经过指示牌后转入主车道，再往前开 100 码就可以抵达停车场和砖砌的行政大楼。

监狱的位置在 50 码外。它不是一座现代化的混凝土堡垒，而是座古老的监狱，外墙粉刷着灰泥，略带绿色的白色，像极了里面关押的囚犯的苍白面色。

庭院打理得很好，有敞亮的花坛，车道和停车场都铺上了水泥而且仔细抹平。

理查德·达格尔是佛罗里达州监狱的负责人。从某种意义上说，他也是个"终身囚犯"。在父亲担任监狱长期间，达格尔出生在这里，也在这里长大。他和泰德·邦迪是同龄人，一副体格健壮、肌肉发达的运动员模样，与电影中那种大腹便便、带点喜剧色彩的南方监狱长形象形成鲜明对比。达格尔在他人的描述里循规蹈矩且严格刻板，是个不折不扣的监狱长。

达格尔一丝不苟地管理着他的监狱。托管人把佛罗里达州监狱的平地养护成了不宜居住的沙质土壤中的一片试验性的绿洲。和大多数监狱一样，这里有一个农场，养着奶牛和猪，种着能供作监狱伙食的作物。

泰德出生在尚普兰湖边，在特拉华河沿岸被养育，在普吉特湾一带长大成人，对水、对树木、对从某个海湾或海洋飘来的那种带有咸味的空气有种天生的渴望，对泰德来说，他螺旋式下降的最后一站一定是地狱。

雷福德监狱位于一个三角形的道路中间，周围什么都没有，也没有水道。外面的空气会使鼻子和喉咙干得要命，或者闷热得要死。空地之外的景色是一片无尽的贫瘠之地。路的尽头有一家工厂，那里的植被以稀稀拉拉的棕榈树为主，还有就是耐旱、经得起暴晒的一些不知名的植物。

雷福德以北大约 50 英里处是奥克弗诺基沼泽，向南 35 英里是盖恩斯维尔（泰德考虑到这个城市没有大型水道，从而在他于地图上做标记时将这个城市排除了）；东边和西边分别是墨西哥湾和大西洋，对于一个自由人来说，两个方向都不过是一个半小时的车程。

雷福德周围的情况可能一点也不重要。泰德·邦迪不会有时间待在墙外。考虑到他有越狱的前科和专业知识，雷福德监狱会采取一切预防措施，以免给他任何展示其才华的机会。这不免让一些高大魁梧的狱警有些失望，他们咕哝着说真想看到那个混蛋逃跑，然后他们就可以"享受把邦迪按在墙上打的乐趣了"。

泰德注定不会成为一个受人喜欢的囚犯，不是因为他被判的罪行，而是因为他的态度。泰德·邦迪曾是个明星，这一点惹火了狱警和其他囚犯。

泰德在犹他州监狱时曾写信给我，说他在"大牢房"里很受欢迎，是位很吃香的"监狱律师"。他在迈阿密审判中作为律师的表现并不好，团队律师的声誉现在也被玷污了。此外，在这座南方监狱里，他和其他所有仍在挣扎求生的囚犯是分开关押的，大部分时间他都是独自一人在约翰·斯潘克林待过的牢房里。斯潘克林被处决 6 天之后，也就是 1979 年 5 月 31 日，泰德选择撕毁他的"认罪书"，放弃了逃过死刑的最后一次好机会。他可能会被判终身监禁，但他本可以活下来的。

如果这是一场赌博，那么泰德输了。

不到一年后，泰德坐在斯潘克林待过的死囚牢房里，离电椅只有一步之遥。自1976年最高法院取消死刑禁令以来，这个电椅很快就刷新了处决被定罪的杀手人数的纪录。

但泰德并不是唯一一个活在这种难堪境地的人。当卡罗尔·安·布恩2月9日在金伯利·利奇谋杀案的审判现场说出她那些偷偷夹带的结婚誓言时，她是认真的。她会对她的"邦尼"不离不弃。

不过，卡罗尔·安没有改用夫姓，仍然沿用原姓"布恩"。在两次广为宣传的佛罗里达审判之后，布恩这个姓已经声名狼藉了。她和她10岁出头的儿子杰米选择住在盖恩斯维尔，而不是斯塔克。杰米是个皮肤黝黑的英俊小伙，在迈阿密审判中给新闻媒体留下了非常好的印象。

卡罗尔·布恩是个聪明的女人，拥有高学历和出色的工作履历。然而，为了救回新婚丈夫，她赔上了自己的储蓄和感情。泰德至少还有住处、食物和衣服，但卡罗尔·安和杰米什么都得自己开销。

没有人质疑卡罗尔·安相信泰德是无辜的。我一直好奇她是否真的期待泰德获得自由，这样他们有一天就能像普通家庭一样安定下来。她对他的痴迷使她获得了公共援助，至少可以暂时在佛罗里达州的盖恩斯维尔住下来。在数百名被拒于就业市场之外的囚犯妻子之中，她是唯一的例外。

但这似乎并不重要。除了她住得离泰德很近这一事实，其他都没什么大不了的。她是西奥多·罗伯特·邦迪太太，每周都可以向北经过斯塔克，在西部汽车商店那儿转个弯，在尘土飞扬的两车道公路上开3英里，去看望她的丈夫。她还会不时地给路易丝·邦迪写信，告诉她泰德的近况。但从本质上说，卡罗尔·安已经成为泰德的一切，一如他多年来都是她的一切。

不管他想要什么，她都会尽力给他。

《我身边的恶魔》出版于 1980 年 8 月。我没有再给泰德写信，自从他在迈阿密受审前打了一通兴致勃勃的电话后，就再也没有联系过我。在我写这本书的时候，我惊讶地发现我内心的某个地方会不断冒出大量怒气，居然在不知不觉中被我压抑了多年。

我以为自己对泰德的矛盾心理处理得很好。但是我把自己关在办公室里几个月，列出那些谋杀案，详细描述具体的罪行，在墙上贴满离奇死亡的年轻女性的照片，这些都改变了我。我原以为有一天我会写信给泰德，但写完这本书时我还没有做好准备。1980 年 8 月，在我参加这本书的媒体巡回宣传时，我也还是没准备好。

七个星期里，我飞了 35 个城市，每到一处我都接受电台、电视台和报纸的采访，谈论泰德·邦迪。他们中的有些人从未听说过泰德，而有些人即便是在距离很远的城市，也通过电视观看了他的审判。

晚间节目则很不一样。很多在黑暗中听着收音机的人是出于这样或那样的原因而无法入睡。打电话进去的听众声音比白天的听众更为情绪化，意见也表达得更为直白。他们中的许多人都表示愤慨，但他们的愤怒是两极分化的。

在丹佛的一个从午夜到凌晨 3 点的谈话节目中，主持人把我留在线上和一个吹嘘自己杀了 9 个女人的男人聊了 15 分钟，他说他杀人的"原因是她们活该"；直到他威胁我说，因为我对邦迪"不公平"，他要用他的点 45［自动手枪子弹］"把我干掉"时，电话连线才结束。

主持人领我下楼，告诉我大厅都是防弹玻璃，然后把我送上了一辆出租车和一个完全陌生的人一起上路。幸运的是，这位陌生人就像是我的保护神，一路快车把我送到了旅馆。（4 年后，那个深夜谈话节目主持人在他自己的联排别墅前被枪杀。）

在洛杉矶，我也受到了类似的威胁，原因是我对泰德·邦迪"太友好了"。

但是，在大多数情况下，读者理解我所试图传达的内容，这令我很感激。

我9月份的行程表包含佛罗里达州，而最接近佛罗里达州监狱的一次是我在坦帕-圣彼得堡地区的那天。我在坦帕的一家电台刚下节目，一个男人打进来一个紧急电话。主持人说我讲不了了，但把我下一站接受访谈的电话号码给了这位来电者。

但当我到达圣彼得堡时，发现只有一条留言。一个不愿透露姓名的男子说，当时他有急事想和我说，而我知道是为什么，但他不能随便打电话。

第二天，我到了达拉斯。我一直不知道打电话的人是谁。是泰德吗？也可能只是某位"220"吧？

《圣彼得堡时报》的采访记者告诉我，他想出了一种新的方法来评介我的书。他把这本书寄到了雷福德监狱，请泰德仅从文学价值的角度予以评介，并承诺支付和书评人同等的35美元报酬。

我想，如果是维克多·阿弗里卡诺让泰德这么做，他应该会乐意的。泰德没有回复，而且那本书也一直没有寄回。

9月下旬，经过几周的旅途后，我回到了西雅图，打算休息几天，为下半段的旅行作准备。家里有一封信等着我，邮戳是"佛罗里达州斯塔克市"，日期是我到坦帕的第二天。信的笔迹我熟悉得就像看到自己的字一样。

当然，信是泰德寄来的。


亲爱的安：

　　既然你认为可以利用我们的关系，我认为你最好和我的妻子卡罗尔·安·布恩分享你的财富，这才算公平吧。请尽快寄

2 500 美元或更多的钱到：[他提供了她的地址]。

谨致问候，泰德

奇怪的是，我的第一反应是内疚，一种毫无由来的情绪：我对这个可怜的家伙做了什么？然后，我想起我其实从未对泰德撒过谎。在他成为嫌疑犯的几个月前，我就有了出版合同。在他成为嫌疑犯后，我也把这事告诉过他。我在信中多次提到我的合同细节。他知道我在写一本关于难以捉摸的"泰德"的书，但他还是选择与我保持联系，给我写长信，并经常打电话。

我相信，泰德觉得我可能会受人操纵去写一本权威的关于"泰德·邦迪是无辜的"书。如果可以的话，我会这么做的。但在迈阿密的审判中，他的罪行被毫不留情地揭露了出来。我只是写了我必须写的东西。现在，他对我发火，还替卡罗尔·安向我要钱。

他从未想过，也许从我第一次见到他起他就对我撒谎。

当我再考虑这事的时候，不禁莞尔。如果泰德认为我沐浴在财富中，那他就大错特错了。我写这本后来被取名为《我身边的恶魔》的书所得的预付款是1万美元，分5年支付，其中三分之一用于支付我在迈阿密的开销。

我看了一下我的支票簿。我的银行账户就20美元。当然，还会有更多的钱打进来。我的书卖得很好，但我正试着和所有作家一样，以一年两次的方式结算版税。1975年，我曾向泰德提过，如果他愿意从他的视角写一两章，就可以获得一部分图书版税，但他拒绝了。

我把他的要求简化成一个简单的等式。我有四个孩子要抚养。卡罗尔·安·布恩只有一个。即使我得到了泰德索要的数额，我拿去帮卡罗尔·安似乎也不公平。

我开始写信给泰德告诉他我的感受。那时，我第一次真正意识到，他是一个不能也不会去理解、同情甚至关心我处境的人。我命中注定要为他的人生做点什么，我曾被指定为邦迪的公关，但我没有做好。

有 6 年，我没有再给泰德写信。他也没有给我写。

5 年来一直备受新闻媒体关注的泰德·邦迪，事实上消失了几个月。据说他在牢房里仔细研读法律书籍，准备上诉。1980 年出版了三本关于泰德的书，其中包括我的这本。这位曾经渴望成为华盛顿州州长的人反而成了全国皆知的罪犯，全国各地的报摊和书架上都能看到他那令人毛骨悚然的眼神。

1981 年还有一本书。我称为"梅格·安德斯"的女人——和泰德相处时间最长的女人——发表了她的小说，名为《魅影王子：与泰德·邦迪一起的日子》。

梅格的真名是莉兹。她用了"莉兹"和虚构的姓"肯德尔"作为她的笔名。她也许没有意识到，成为作家意味着会成为一名公众人物。西雅图的报纸立即刊出了她的真名，她想为自己和时年 15 岁的女儿的姓名保密的希望破灭了。

1978 年 2 月的一个星期四晚上，就在我接到泰德电话的同一晚，莉兹/梅格也接到了泰德从彭萨科拉的警察局总部打来的电话。她在书中暗示，泰德已经向她坦白了绑架卡萝尔·达伦奇和黛比·肯特以及谋杀布伦达·鲍尔、珍妮丝·奥特和丹尼斯·纳斯伦德的罪行。她援引泰德的话说，当警方猜测他何时开始杀人时，他们的步子已经"落后几年了"。

莉兹在书中说，她问过泰德是否想过要杀她，并说泰德承认自己曾有一次想要杀她。据称，他关闭了壁炉的调节风门，用毛巾堵上了门缝后，留她在沙发床上睡觉。但她写道：她醒了，两眼泪汪汪地在满屋子的烟雾里透不过气来。

莉兹·肯德尔的这本书由西雅图的一家公司出版，它带给她的很可能更多是忧虑而非慰藉。受害者家属接二连三地打电话到她接受采访的电台，他们想知道，如果泰德曾向她坦白，那她为什么没有告诉警察。很多来电者都把她问哭了，因为她试图解释说这一切都是断章取义。不，泰德其实从未向她坦白过。

1980 年 6 月底，莉兹收到了泰德的最后一封信，不是从佛罗里达州监狱寄来的，而是经由卡罗尔·安·布恩转寄的。奇怪的是，泰德在信中斥责莉兹去警局把他那些"相当不好"的事告诉了警察。为什么泰德到这么晚才这么生气？我还记得 1976 年 1 月和泰德共进午餐的时候，他告诉我，他知道是莉兹向盐湖县治安官告发了他，还补充说："但我比以往任何时候都更爱她。"

不管泰德斥责莉兹的理由是什么，他几周后又打电话给她，向她道了歉。她在书的结尾写道，那是她最后一次收到他的来电。

在被泰德·邦迪不可挽回地伤害的所有人中，除了那些被他谋杀的女性以外，莉兹可能是排在第一位的。她是个非常好的女人，在一个充满敌意的世界里努力奋斗着。她爱了泰德很久。她可能还爱着他。

\* \* \*

佛罗里达州监狱没有批准夫妻探视，也没有温馨的活动室或房间可以让囚犯与配偶享受亲密时光。死囚区的探视室光线充足，实用性强，桌子和凳子都是固定在地板上的，散发着蜡、香烟、消毒剂和汗水的气味。

但还是有办法绕过规则。有一位定期给我来电的女士称，她平时会去佛罗里达州监狱探望关在死囚区的一位亲戚。和大多数访客一样，她也极想一睹臭名昭著的泰德·邦迪。而且她还对死囚区的某些活动是如何完成的有不少了解。

"他们贿赂看守。"她解释说，"每个想和妻子或女友发生性关系的囚犯都要拿出 5 美元。当凑到大约五六十美元后，他们就会抽签，抽中的那位可以把他的女人带去洗手间或饮水机后面，看守们会朝另一个方向看。"

"你见过泰德吗？"我问她，"他现在长什么样了？"

"我当然见过。他现在很瘦。有些人说他在里面疯了……完全疯了……他们不得不让他一直服用氯丙嗪①……"

这位来电者说她怕泰德·邦迪。"他的眼睛。他一直盯着我看，一眨不眨地盯着我。"

但泰德并没有疯。他和以前一样，满脑子都在计划、研究和想办法。是那个恶名在外的"泰德"吓坏了这位女访客；还有一个真的泰德，如果穿上白衬衫和西装，系上领带，还是可以轻松地成为州长的得力助手。

1982 年夏天，顶着佛罗里达州北部七八月的酷暑去监狱探望丈夫的卡罗尔·安·布恩却穿了一件夹克。高个子、大骨架的她比一个娇小的女人更容易隐藏一个越来越大的秘密。

她的体重增加了。这本身并不奇怪。丈夫被关在监狱里，靠着微薄的收入，沮丧且感觉希望渺茫，这样的女性往往会吃得太多。但卡罗尔·安的体重都增加在了腰部，让监狱当局懊恼的是，他们看到她的身形，发现那肯定是错不了了。

卡罗尔·安·布恩怀孕了，怀的是泰德·邦迪的孩子。

他们两个一起对抗这个世界，通过耍手段成功地结了婚。如今，他们又以同样的方式完成了孩子的受孕。

1982 年 10 月对泰德·邦迪来说是一个里程碑式的月份。首先，他有了个新律师，是来自塔拉哈西的小罗伯特·奥古斯都·哈珀，此人向佛罗里达州最高法院提起上诉，请求推翻泰德谋杀莉萨·利维和玛格丽特·鲍曼的判决，即最高法院第 57772 号案件（巡回法院第 78 - 670 号）。

---

① 一种镇静剂。——译者

哈珀列举了颇有争议的咬痕证据，认为检方证人的催眠非常可疑。此外，哈珀还声称他的当事人在迈阿密审判时并没有得到足够的法律帮助。（泰德在那次审判前很高兴地告诉我，他绝不会因为这一点而提起上诉。当时他对他的律师团队是很满意的。）

哈珀指出："咬痕证据是被普遍接受的……但与此同时，必须制定某些标准。理查德·索维隆就是想凭借此案出名。"

哈珀还抨击了尼塔·尼瑞的证词，因为那是催眠之后的证词。"你可以看到记忆是被创造出来的。她的记忆是通过伪科学过程产生的，这一点是不恰当的。"

助理司法部长戴维·高尔丁代表州政府指出，审判的公正性是底线。他说："我认为他得到了公正的审判，我认为陪审团是无可指摘的……他随意地雇用和解雇律师，所有这些律师都是公开提供的。"

佛罗里达州最高法院的 6 名大法官没有透露他们何时可以就泰德是否会因 XΩ 楼谋杀案接受新的审判做出裁决。

一个新的周期已经开始。泰德再次发起进攻，寻求新的庭审机会，并重新回到游戏之中。10 月份时，卡罗尔·安仍然拖着笨重但让她倍感自豪的身子定期去看望泰德。那个月临近尾声的时候，她去了一家私人分娩中心，在那里生下了泰德的第一个孩子，是个女孩。即便是最勤勉的记者，也就只了解这些，不知道婴儿的体重，也不知道姓名，只知道是"女婴布恩"。

卡罗尔带着孩子去看泰德。他为自己的后代感到骄傲。泰德的基因占了上风，这孩子跟他长得一模一样。

1984 年 5 月 11 日，黑人佃农之子詹姆斯·亚当斯在雷福德监狱被执行电椅死刑，他是自约翰·斯潘克林之后第四个被行刑的人。

一个月后，佛罗里达州最高法院以一份长达 35 页的文件宣布了对泰德·邦迪上诉的裁决。

泰德败了。

大法官奥尔德曼、阿德金斯、奥弗顿、麦克唐纳和埃利希推翻了罗伯特·哈珀的论点。他们认为，公众和媒体参加了审前听证会，这一事实并没有剥夺泰德获得公正审判的权利。

他之前被允许把审判地点从利昂县改到别处，并且在关键性的审前听证会举行时陪审团已被选定并被隔离。但这时泰德又声称他被剥夺了公平审判的权利，原因是他必须要求改变审判地点，并且（媒体的过错）让他失去了在被指控的罪行的发生地受审的权利。他的这两项抱怨的目的其实是相互抵消的。但两者都被否决了，也相当于扯平了。

另一个更突出的问题是，法院裁定尼塔·尼瑞被催眠后对她在XΩ楼所见男子的描述没有实质性的变化。催眠师不可能建议她描述泰德·邦迪。尼塔·尼瑞被催眠的时候，泰德·邦迪甚至还不是嫌疑人。此外，法院也不认为她后来在报纸上看到的泰德·邦迪的照片对她产生了影响。她看到的那个打开前门单手握着橡树棍的男人是个侧影，而报纸上的照片都是正面照。

泰德还通过哈珀辩称，邓伍迪街对谢丽尔·托马斯袭击案与XΩ楼谋杀案放在一起进行审判对他是不公平的。但法院认为，这些罪行"因在时间和地点、性质和实施方式上都非常接近，从而具有关联性"。

这一点一点地驳斥完，泰德·邦迪的上诉请求失败了。其实，大陪审团在提交最初的起诉书时对他并没有产生偏见。他有足够的机会及时提出反对意见，并且他身边一直都有法律顾问。此外，他不会有重新受审的机会，因为他让米拉德·法默担任律师的请求被否决了，并且陪审团知道他当时是以逃犯身份抵达佛罗里达州的。

佛罗里达州的大法官就泰德对法医学牙齿学家理查德·索维隆的指控提出了异议。他们认为，索维隆说在莉萨·利维的臀部留下印记的是泰德·邦迪的牙齿，这一说法的确有错。"……我们认为，专家就咬痕匹配问题发表意见是合理的。这在法律上并不算是不恰当的结论。上诉人关于咬痕证据的全部论点都是毫无价值的……"

在量刑阶段，枯燥的法律术语掩盖不了恐惧。"然后，邦迪又宣称，初审法庭错误地认定可判处死刑的重罪是特别令人发指、十恶不赦的罪行。这个论点没有道理。受害者是在自己的床上睡觉时被谋杀的……初审法庭还叙述了受害者被重击、性虐待，最后被勒死的恐怖过程。这些情况足以支持初审法庭的判决，即可判处死刑的重罪是特别令人发指、十恶不赦的罪行……"

虽然这个问题似乎已经没有意义了——泰德现在知道在 XΩ 楼谋杀案和谢丽尔·托马斯案上不会再有新的审判——但他继续就金伯利·利奇案提出上诉，案件编号为 59-128。

但他显然还琢磨着在其他层面上想办法，寻找其他的可能性。

泰德很瘦，但那可能处于多年来体型最好的时候。每当他有机会进入运动场或长长的走廊，他都会练习折返跑或一百码冲刺等。

他还设法结交了隔壁牢房的囚犯们，注意收集整个牢房区的各种小道消息。

泰德的牢房一边住的是杰拉尔德·尤金·斯塔诺，另一边是奥蒂斯·埃尔伍德·图尔。32 岁的斯塔诺承认自己在 1969 年至 1980 年间杀害了 39 名年轻女性，其中大部分是搭便车的人和妓女。有传闻称，他的很多受害者都穿着蓝色衣服，蓝色是斯塔诺哥哥偏爱的颜色，而斯塔诺讨厌他哥哥。他被判犯有 10 项谋杀罪，并且和泰德一样，也被判处 3 次以上的死刑。36 岁的图尔最臭名昭著的一点是他作为亨利·李·卢卡斯①的情人兼杀人搭档的身份，他向杰克逊维尔警探巴迪·特里承认是他绑架并杀害了亚当·沃尔什。

---

① 美国杀人最多的连环杀手，主要在美国犯案，也横行于欧洲和日本等地杀人。遇害者最少有 150 人，而他自称杀了 360 至 600 人。——译者

亚当 6 岁时，图尔在佛罗里达州好莱坞的西尔斯百货商店附近发现了他。出于某种只有图尔自己才知道的原因，他决定要"领养"一个孩子。他找了一整天也没找到，所以他带走了亚当。图尔告诉特里警探说，小男孩反抗的时候，被他杀了，尸体扔进了一条鳄鱼出没的运河。亚当的父亲约翰·沃尔什不知疲倦地寻找他的孩子，然后不懈地向国会游说，直到国会最终通过了《失踪儿童法案》。

电影《亚当》也在电视上播放过多次。

泰德一个人的智商几乎相当于斯塔诺和图尔两人的智商相加。

1984 年夏天，在泰德上诉佛罗里达州最高法院惨败之后，他险些重演了他那胡迪尼式的科罗拉多越狱故事。幸亏监狱官员及时赶到，对他的牢房进行了一次突击搜查，发现了藏好的钢锯片。一定是有人从外面把这些钢锯片带给泰德的。而那人的身份一直未被确认。

但不知怎的，有人让这些金属刀片通过了所有的安全检查。泰德牢房里的铁栏杆看上去完好，但仔细一看后发现，其中有一根铁栏杆的顶部和底部都被锯穿了，用一种主要成分是肥皂的黏合剂"粘"了回去。泰德能逃出去吗？即使他设法再锯断一两根铁栏杆，从牢房里爬出去，也还有很多的障碍。整座监狱被两道 10 英尺高的栅栏包围，上面的两扇电门永远不会同时打开。围墙顶部和死囚区周围的大部分"围栏"都布满了一卷卷带尖刺的铁丝网。还有守卫在塔里……等着。

这就是泰德（假使）成功地通过死囚牢房内的所有安全措施之后会面临的状况，死囚牢房所在的大楼与雷福德监狱的其他部分是分离的。

即便他想办法脱下了那件标明他死囚身份的鲜橙色 T 恤衫，换上便服，那他将怎样通过电门呢？当一扇门打开时，另一扇门已经砰的一声关上了。他又将怎样弄到盖在手上的戳呢？每一个进入佛罗里达州监狱危险区域的访客，就像在青少年舞会上中途离场一样，都必须在手上敲个章，并且印章的颜色每天都在变，看不出什么明显可辨的模式。

当访客离开时，必须把手放在一台机器下面以显示"当日印章的颜色"。没有这个章或颜色不对，警铃就会响起……

钢锯片被没收后，泰德被转移到另一间牢房，并且这间牢房被"翻查"得比以往更频繁。

他已经在里面待了4年多，他的孩子都快2岁了，但行刑的日期还是没有确定。他等待着，继续学习，玩着所有囚犯都玩的游戏，尤其是他泰德·邦迪的游戏。他会不惜一切代价来对付那些当权者。

\* \* \*

1985年5月9日，佛罗里达州最高法院再次对泰德提出的重新审判请求做出裁决，这次是关于金伯利·利奇案。

泰德的法律观点与XΩ楼谋杀案的基本相同，只是牵涉的人不同。一名目击者被催眠，候选陪审员因为反对死刑而被排除在外。泰德称，法官无法确定这个孩子的遇害过程是否"令人发指、十恶不赦"，因为金伯利的尸体在废弃的猪圈里躺了那么久，已经腐烂得无法辨认。

最高法院法官詹姆斯·奥尔德曼起草了一致通过的裁决书。"在权衡本案的证据之后，我们得出结论，根据我们的法律，判处死刑是合理且恰当的。"

1985年5月，我在南卡罗来纳州的希尔顿海德岛——一个离雷福德不到100英里的地方——做报告，话题依然是泰德·邦迪，展示的是已经放映过多次的150张幻灯片。那是路易斯维尔大学司法管理学院主办的一个为期两天的研讨会，来听的人都是警察。那时，"连环谋杀"一词还相对较新，像是为泰德·邦迪量身而造的，尽管自从泰德入狱以来又有几十个男人手上积下了不少条人命，泰德·邦迪仍然是连环杀手界的名人。

当我面对着大西洋南卡罗来纳岛上的30多名警探发言时，我在想泰德真的成了一个横贯全美的反英雄人物。不到一个月之前，我给在太平洋沿岸的美国法医精神病学学院做了同样的报告。

希尔顿海德会议也是某种意义上的重聚。许多长期追踪搜寻邦迪的人员在路易斯维尔大学聚集一堂，包括犹他州的杰瑞·汤普森和艾尔·卡莱尔医生，科罗拉多州的迈克·费舍尔和塔拉哈西的唐·帕肯，还有我。鲍勃·凯佩尔本来也要参加的，但他当时正担任一个专案小组的顾问，肩负着寻找华盛顿州的另一个连环杀人魔"绿河杀手"的重担。

这有点讽刺。凯佩尔已经从国王县警察局的凶案组调任华盛顿州司法部长办公室的首席刑事调查员。他喜欢他的新工作。几年前，我俩一起去得克萨斯州参加一个有关暴力犯罪逮捕计划（VI-CAP）的会议，在长途飞行中，凯佩尔曾向我透露："我再也不想承受在连环杀手专案小组的那种压力了，人就好像在锅炉房里工作。"

可是从1984年1月开始，他一直在从事这样的工作，寻找那个杀害了不是8个而是至少48个年轻女性的凶手。在追踪泰德·邦迪的过程中，凯佩尔历经千辛万苦，获得的知识和经验使得他对于绿河杀手专案组来说非常宝贵。他不能说不，他也没有说不。

他回到了"锅炉房"。

泰德·邦迪还活着。他比我第一次见到他时大了几岁，但不管发生了什么，他看起来还是比他的实际岁数年轻得多。如果他是自由之身，他仍然可以在大学校园里漫步，也不显得格格不入。无论什么样的罪恶在折磨他的灵魂，它们都没有在他英俊的脸上留下印记。只有浓密的鬓发中夹杂的那些白发透露出他很快就40岁了。

7年了，一直没有确定行刑日期，看上去好像泰德不会死了，至少不会死在雷福德监狱的电椅上。1979年那个漫长的夏天，在考尔特法官的法庭内，电椅的威胁感觉要明显得多。

泰德接受了多个作家的采访，偶尔也会和经过谨慎挑选的犯罪学家谈话。每一次，泰德被人带着走过一望无际的走廊，经过无数的电子设备和门禁之后，进入一个正对着警卫队长办公室的只有一门一窗的小房间。然后，他会花几小时阐述他的观点、理论和感受。他认为自己是连环杀手心理方面的专家，并主动提出把自己的专业知识分享给正在调查新案件的警探。如果监狱长达格尔允许的话，泰德会很乐意以录像的形式出现在大会和研讨会上。

他被认为是个存在越狱倾向的危险分子，一直都是。第二年，他换了间牢房，因为被查到有违禁品，这次是一面镜子，镜子可以在监狱里派上各种用场。

1976 年我去犹他州监狱探望他时，他既没有戴手铐，也没有戴脚镣。但在佛罗里达州监狱，他只有在双手被铐在身后，脚踝被铐上之后，才可以离开死囚区的牢房。一旦他安全地进入了允许他接受采访的小房间，他的手就会被铐在面前。他穿着牛仔裤和名牌跑鞋，还有那件死囚才穿的橙色 T 恤衫。

他看起来很开朗，也很合作。但有些事是他不会说的，他低下头，略显紧张地笑着说："这个我不能说。"他不会谈论卡罗尔·安。他对他女儿的保护意识最强，小女孩现在快 4 岁了。

他已经"原谅"了我。他向提问者描述我是"一个足够体面的人，做着工作需要的事"。

\* \* \*

1986 年 2 月 5 日，就在泰德看上去会一直没完没了地卷入错综复杂的法律程序之时，佛罗里达州州长鲍勃·格雷厄姆突然签署了泰德·邦迪的死刑令，宣布泰德的处决日期是 3 月 4 日。

他还有一个月的生命。

这时，几乎快忘记了泰德·邦迪的媒体又开始和往常一样追捧他。消息传出的当晚，我有个讲座要讲，话题依然是泰德·邦迪。

但在这之前和之后，我接受了美国广播公司、美国全国广播公司和哥伦比亚广播公司驻西雅图分支的采访，原因是它们无法与泰德交谈，但又似乎需要发表一些评论。访谈的话题是：我是怎么想的？我感觉怎样？

我不确定。我主要是感到震惊。我觉得自己和泰德疏远了，好像我从来没有认识过他，好像他是我写作过程中虚构出的一个人物。而且我必须认识到，一定有这么个人。如果泰德不被处死，那他就会想方设法逃走。

泰德把他的最后一位律师罗伯特·哈珀也解雇了，就像他最终解雇了所有其他律师一样。他一直是自己为自己辩护，他已经向美国最高法院提起上诉，要求重新审判。这一上诉将于3月7日开庭审理，也就是他现在被安排执行死刑的日子的三天之后。2月18日，他再次向最高法院递交了一份手写的要求暂缓执行死刑的上诉书。刘易斯·R.鲍威尔大法官拒绝叫停处决，但他给了泰德第二次机会。他"不带偏见地"拒绝了泰德那略显业余的请求，并指点他通过合适的法律顾问来"提交符合本法院规则的申请"。

从未有人在第一份死刑令签署后就在佛罗里达州上了电椅，但这并不能保证泰德·邦迪不会成为创造这个纪录的人。

在金伯利·利奇被绑架的莱克城，数千名居民签署了一份支持处决泰德的请愿书。一位护士的女儿曾和金伯利一起上过莱克城初中，她说："很多签了字的人说他们愿意再签第二次；而且如果有机会，他们愿意去拉下电闸……"

时任《西雅图时报》记者（现在是副总编）的理查德·拉森，1980年时也写了一本关于邦迪的书，在寄往美国各地报纸的众多信件中，他收到过一封，像是从"佛罗里达州塔拉哈西市的佛罗里达州议会大厦的州长办公室（邮编：32304）"寄来的官方公报。

信件共两页，开头写道："佛罗里达州州长鲍勃·格雷厄姆今日与田纳西河谷管理局（TVA）签署了一份合作协议，将在即将执行的对杀人犯西奥多·邦迪的死刑中使用更多的电力……与 TVA 签订的电力销售合同规定，将向佛罗里达电力和照明公司提供 10 兆瓦的额外电力，以确保在对邦迪行刑时可以使用允许的最大电压和电流……

"除了临时用电合同之外，格雷厄姆还呼吁佛罗里达州居民从东部时间 1986 年 3 月 4 日早上 6 点 57 分开始，少用电 5 分钟。邦迪的行刑时间就安排在当天早上 7 点。

"如果本州公民能在这段短暂的时间内关掉所有非必要的空调、电视、烘干机和洗衣机，我们就可以再给电椅增加 5 兆瓦的电能……

"俄亥俄州阿克伦市的雷迪通讯公司（大为流行的'电力人'卡通标志的所有者）将为此次活动定制一枚特别的金质奖章，上面刻有'让人死得更快的电能'字样。这种奖章将会上市出售……所得款项将用于支付因起诉、监禁和最终处决邦迪所产生的巨额费用……"

当然，这并非真的从格雷厄姆的办公室寄来的，不过是个令人毛骨悚然的恶作剧。但它反映了佛罗里达州居民对泰德的看法。自他在迈阿密受审以来，当地民众对他的看法一直没什么变化。

3 月 4 日这天越来越近，看上去泰德会在一周内死去。

然而，2 月 25 日，华盛顿特区的一家律师事务所突然宣布将免费代理泰德的诉讼，不过该司律师波莉·J. 纳尔逊表示，他们尚未决定是否会要求暂缓执行死刑。

"……我们正在研究这样是否可取……"

2 月 27 日，美国最高法院批准暂缓执行死刑，延期至 1986 年 4 月 11 日。

现任助理州检察官的杰克·波廷格在 1978 年 1 月 XΩ 楼袭击事件发生时是利昂县的警长。他预测，泰德在最终被执行电椅死刑之前还会有很长一段时间。"泰德一直以来都习惯于操纵系统。他可以什么也不干，临到最后一刻，突然搞出一大堆事来。"

在雷福德监狱，有消息称泰德·邦迪可能会在 1986 年秋天的某个时候被处决。在他最新的死刑令上所列日期的前一周，雷福德的灯光会因电椅的测试而变暗。那可不是可怕的谣言，真的是这样。

无论哪天行刑，当天的清晨时分，泰德都会经过很长一段路被带到那个"老斯巴基"那里，脸上会罩上一个黑色的橡胶面具。这样他就不会看到死亡的到来吗？或者，更有可能是为了在电流通过他的身体时，不让目击者看到他的脸。

讽刺的是，泰德·邦迪的身体状况依然非常好。他现在是素食主义者。由于佛罗里达州监狱的配餐指导不满足他个人的要求，他又一次改变了自己的宗教信仰。他小时候是卫理公会教徒，在第一次被捕前皈依了摩门教，现在他公开承认自己是印度教教徒。他承认这是一次务实的转变。作为一名印度教教徒，他有权吃到素食和鱼类。

他的肌肉明显，肺活量很大，素食可以防止动脉粥样硬化沉积物堵塞动脉。泰德·邦迪赴死的时候，健康状况会非常好。

泰德以这样或那样的方式感动了太多人。自这本书出版以来，我见过不下 100 个在不同情况下认识他的人。他们看起来都有些吃惊，没有人认为他命中注定会有一个糟糕的结局。我也遇到了不止 100 个认识受害者的人。当我低头在书上签名时，有人喃喃地说："我认识乔治安（或琳达、丹尼斯）……"还有一次，有人说："那是我妹妹。"还有两次，我听到的是："她是我女儿。……"

我不知道该对他们说什么。

当我 6 年来第一次给泰德写信时，我也不知道该对他说些什么。我甚至不知道我为什么写信，只觉得我们之间还有未了的事。我在他被判死刑的第二天寄出了我的信。我没有收到回信，他可能把信给撕了。

大家都在尽其所能地让生活继续下去。泰德的几位受害者的父母因心脏病发作早逝了。丹尼斯·纳斯伦德和珍妮丝·奥特的遗骸在国王县法医办公室搬迁的时候丢失了。她们的尸骨不小心与那些身份不明的死者一起被火化了。对丹尼斯的母亲埃莉诺·罗斯来说，这不过是一连串打击中的最后一击。为了给女儿一个合适的葬礼，她等了好多年。丹尼斯的房间和车子仍和 1974 年 7 月 14 日时的一模一样，以此作为对逝者的纪念。

给我打过电话的人中有一位是泰德的摩门教朋友，是他劝说泰德在 1975 年时加入了犹他州的摩门教会。虽然泰德没有遵守摩门教教义禁烟、禁酒、禁药，但看上去一本正经、诚心诚意，挺符合标准的。打电话来的这位摩门教传教者还记得他俩说起梅丽莎·史密斯和劳拉·艾姆斯的谋杀案时都感到非常愤怒。

"我们坐在厨房的餐桌前，报纸就铺在我们中间，所有的头条都是关于死去的女孩的。我还记得泰德有多生气。他一直在说他想亲手抓住那个干出这种事的混蛋，他明白自己没有机会这么做了……"

——安·鲁尔，1986 年 3 月 2 日

# 最后一章：1989

　　1986年，当我在书中增加上述最新信息时，没想过会再收到泰德的信。在我寄出最新的手稿后不久，我寄到泰德所在监狱的信被退回了，上面标着"拒收"。对此，我并不感到惊讶。我以为泰德还在生我的气，他甚至拒绝打开我的信，这是要让我知道他已经不在乎我的意见。那就到此为止吧。

　　我把那封没打开过的信扔进了抽屉。泰德当然有权利继续生我的气。

　　不知道是出于什么原因，几周后我又拿出了那封信，然后盯着它看。我发现信封顶部有一条几乎很难察觉的透明胶带。出于好奇，我仔细看了看。信是打开过的，但很明显是有人重新把它封上了！是不是泰德很想知道我要说什么，看完后又把信重新封上并标记为"拒收"呢？

　　我把透明胶带撕下，往信封里面看。我的信纸里被塞进了一封机构格式信函，上面写着，"拒收理由：违禁品。请参阅下面选中的项目。"

　　我能送什么违禁品给泰德呢？我看到上面"现金或个人支票"那条被打了记号，标明规定只有邮政汇票才能寄给囚犯。我是给泰德寄了一张供他买烟的小额支票和一些邮票。毕竟很快他就要被送上电椅了，给他钱买烟也属于人之常情。但我的支票使得我寄往雷福德监狱的信件无法被接受。也许是佛罗里达州监狱收发室收到的空头支票太多了，而监狱的杂货商店也因此受到牵连。

　　泰德是否会读我的信这个问题仍不得而知。我没什么顾忌，只是又试着联系了一次他。没多少时间了，我赶紧把支票换成了邮政汇票，重新把信寄了出去。

这次他回信了。

事实上，泰德在 1986 年 3 月 5 日回复了我的信。他本该在前一天被执行死刑的。他的生命现在是通过增加出来的如此小段的时间来衡量的。

虽然我对于能从笔迹中读出什么来持怀疑态度（而且——由于需求量太大——我在很久以前就不得不停止将我的收信人的笔迹样本发送给笔迹分析师），但我必须承认，泰德在书写上发生了相当大的变化。自 1980 年起我一直没有收到过他的信。被关在死囚牢房的 6 年里，泰德的手抽筋比以前更严重了，写字时字母都挤在一起，就像是太多人的肩膀紧紧地蜷缩在一个狭小的空间里。

这第一封信是关于被动攻击行为的经典研究，事实证明，之后还有一些这样的信。我写信是想向泰德说明我知道但无法解释的事情。我想让他知道我不会忽略他的死，也不会对此完全不伤心。我想把这一切都说出来，但不用真的宣之于口，不去用那些看起来明摆着的字眼，比如："现在你快要死了——"

在泰德的回信中，他礼貌地感谢我给他寄去了邮票，然后就开始把我放在我的位置上，用一种高高在上的语气对我进行了训斥。

> 对我而言，再从已经褪色的记忆中去梳理我们之间发生过和没有发生过的事，翻查你的书和你就连环谋杀案的多次公开发言，都没什么意义了。那都是既成事实，无法改变。我还有其他事情要处理。
>
> 坦率地说，安，有些话我必须对你说。从我听到和读到的关于你对连环谋杀的言论来看，我建议你再认真地重新评估一下你的观点和结论。不管出于何种原因，你似乎在这个问题上给出了

一些过于简单化、过于笼统并且缺乏科学依据的观点。这样做的最终结果是，不管你是出于多么良好的意愿，你传播这些观点只会误导人们对问题本质的认识，从而使他们更难有效地去处理问题。

泰德接着说，他"不介意"再跟我谈一次，"只为谈话"，而且他不会参与任何"关于泰德·邦迪的书"的讨论。

他在这第一封短信的结尾写道：

> 我对你没有敌意。我知道你本质上是个好人。祝你一切顺利！
> 保重。
> 平安。
>
> 泰德

他的写作风格变得沉闷乏味且像是刻意为之。被关在牢房里，最终还是无能为力，而对他的自尊心来说极其重要的一点是认可他在某件事上是最好的。他只知道连环谋杀，但我践踏了他的领地。

任何对连环谋杀问题感兴趣的人无疑都听过我对这个问题的看法。应洛杉矶警察局凶案组前副队长皮尔斯·R. 布鲁克斯的邀请，加上"暴力犯罪逮捕计划"特别工作组背后的创新想法，我于 1982 年作为 5 名文职顾问之一加入了该工作组。泰德只是我写过的众多连环杀手中的一个，但泰德·邦迪作为聪明而有魅力的流动性杀手被定为"暴力犯罪逮捕计划"的典型。我在得克萨斯州亨茨维尔的山姆休斯顿州立大学花了 4 个小时用幻灯片向工作组介绍了我关于邦迪的研究。

布鲁克斯认为，中央计算机化追踪系统可以缩短跟踪全国范围内连环杀手的杀戮生涯。来自美国司法部、联邦调查局，以及州、县和地方执法机构的代表也都这么认为。经过多年的准备和政府游说工作，"暴力犯罪逮捕计划"于 1985 年 6 月在弗吉尼亚州匡提科成为现实，并与联邦调查局国家犯罪信息中心的计算机联网。如此一来，像泰德·邦迪这样的杀手再流窜和杀人的话就不能逍遥法外了。一旦有人在美国境内留下血色足迹，该计划便会发起跟踪。此外，该计划还将有助于在杀戮继续蔓延或盘根错节之前阻止他们的罪行。

我经常提及"暴力犯罪逮捕计划"系统的必要性，在美国参议院司法小组委员会就连环谋杀作证，而且还成为俄勒冈州和加利福尼亚州面向执法人员、缓刑官、假释官和惩教官员的认证讲师。我不仅讲连环谋杀，也涉及受害者研究和被害女性的相关问题。

* * *

从我和泰德在危机诊所共事的那些夜晚算起，至今已过去了 15 年。我想我觉察到了一声微弱的发出挑战的声音。他自以为是连环谋杀案方面的权威专家，他还说我的观点过于简单化，并且是受了误导的。

我绝对愿意让泰德觉得是我能力不足，如果这意味着可以让他敞开心扉的话。泰德·邦迪很可能是连环谋杀案领域历来最权威的专家，我也非常乐意倾听。1986 年 3 月 13 日，我又给他写了一封信。在信中，我列出了我所总结的连环杀手的共同点，并指出连环杀手通常不可能为谋杀做足准备。我还强调说，我的概括是从一些似乎符合特征的杀手的人生故事的共性中筛选出来的，只是一个一般性的参考。我请他指出他认为我的推理和结论中存在偏差的地方。

我在给泰德的信中说我认为连环杀手具备以下特征：

　　——仅为男性
　　——白人比黑人的可能性大，几乎很少有印度人或亚裔

——才华横溢，富有魅力

——外表出众

——以手为武器：以棍棒重击、掐、勒或刀砍对受害者下手

——很少用枪（大卫·波克维茨和兰迪·伍德菲尔德除外）

——频繁出行：经常在其居住的城市或全国各地游走，物色受害者；他们的车辆行驶里程通常比普通人高出数倍

——内心充满愤怒，杀人是为了消除愤怒，并在谋杀场景中以性来贬低受害者

——对谋杀成瘾，像沉迷毒品或酒精的人一样

——对警察的工作着迷：要么在警局周围闲逛，要么本身就是预备役军官或委任警官

——寻找特定类型的受害者，如妇女、儿童、流浪汉、老人或同性恋者。弱势受害者

——使用诡计或装置诱使受害者远离人群无法求助

——5岁之前遭受过某种虐待。我认为连环杀手都曾是非常聪明、敏感的孩子，但在本该培养良知的阶段却遭到虐待、遗弃、羞辱或排斥。

这是个冒险之举，我知道我即将冒犯泰德，可能会激怒他到不愿做出回应的程度。我还解释说，我觉得连环杀手无法主动停止杀戮，只有当他们没有能力再去制服受害者，或被关在监狱里，或在死亡时，才会停止杀人。我告诉他的是我在课上讲过的话，也是我在电视上讲了几十遍的话。

我极为好奇泰德对连环杀手的看法是怎样的，其他研究脱离常规的犯罪行为的专家也是一样。泰德·邦迪简直就是一座金矿。我一直认为，他对自己内心那个挥之不去的问题是有一些具有说服力的答案的。如果他愿意，他还是有能力为这个世界做点好事的——要是他能

承认自己的罪行，并帮助犯罪学家、精神病学家和心理学家一起去阻止更多的"泰德"，那就太好了。

可是他还没准备好这么做……

我再一次等着他的回信，但没有等到。

可能我和他还是疏远了，也有可能是他太忙，没时间回复。

他的确忙，而且可以以自己的知识和理念来挑选他可能会喜欢的人。从宗毓华①到《20/20》②，从《人物》杂志到《60分钟》新闻节目，这份媒体名单可能几天几夜也说不完，全都在争取与泰德见面的机会。然后，在牢房里的泰德宣布，他将接受他心目中最有声望的媒体《纽约时报》的采访。佛罗里达州的一位官员评论说，泰德是在玩"一个非常危险的游戏，用赌博的方式来阻挠这个过程。……甚至很多反对死刑的人也在因为他的案子失眠"。但泰德还是平静地接受了《纽约时报》的采访。

就和面对我的时候一样，他依旧一副高高在上的语气。"如果有人认为我是怪物，那这件事他们就得学会自己面对。

"这与我无关，因为他们不了解。如果他们真的了解我，他们会发现我并不是什么怪物。就这一点而言，人们为了应对无法理解的恐惧和威胁而针对我这样的人进行谴责或去人性化，那的确是非常流行且有效的方法。

"这有点像鸵鸟把头埋进沙子里——逃避现实的老生常谈。当人们相信那些陈词滥调，说某个人是无可救药的怪物，说他肯定疯了，或者说他存在某种缺陷时，那是因为他们出于无知不愿意面对现

---

① 哥伦比亚广播公司晚间新闻的女主播，也是美国主流电视网晚间新闻主播位置的第一位亚裔美国人。——译者

② 美国广播公司一档60分钟的系列电视调查节目，1978年开播，类似于哥伦比亚广播公司的《60分钟》和全国广播公司的《NBC日期线》，只是《20/20》较少关注政治和国际主题，而更关注有关人类福祉的故事。——译者

实……"

　　和其他很多连环杀手一样，泰德也希望自己被看成一个正常人，不想被认为是个变态。人们不禁都会感到诧异，如此一个满是缺陷的人是如何保持自己的思想几乎完好无损的，而且确定不想被视为怪物。泰德也和我所听过的其他许多反社会者一样，即便对那些陈词滥调嗤之以鼻，说话间却也经常使用，如"桥下的水（既成事实，无法挽回）……把头埋进沙子里（逃避现实）"。这些陈词滥调似乎给了反社会者某种可以依附的东西——一个语言锚定的地方，让他能用和正常人一样语言进行交流。

　　泰德不想被视作怪物，而我也一直努力把他看作怪物之外的东西。只有这样我才能和他写信交流。在智力上是挥之不去的"怪物"，但出于纯粹的情感，我又很想知道他内心深处是否还残存着一点良心。

　　这也是我想和他对话的原因。有多少次当我告诉自己和他人泰德·邦迪是个怪物时，这仍是我最难以相信的事。不仅是泰德，还有很多，我的工作使得我身边有如此多的"怪物"。

　　在写了近 20 年关于施虐的反社会者的文章后，我发现自己几乎仍无法从情感上去理解这世上有些人居然对他人的痛苦没有丝毫的同情或怜悯之心。我连蜘蛛都不敢踩，直到我当了妈妈之后，发现有苍蝇落在我孩子身上时才敢去打。怎么会有人能折磨和杀害无辜的受害者而不感到悔恨呢？

　　这就是我想让泰德·邦迪告诉我的东西吗？这么多年过去了，我是不是想让他说，是的，他真的很难过，因为他确实想着那些受害者度过了无数不眠之夜？如果他真的说了或写了这些话，我能相信他吗？

　　时间到了 1986 年的春天。如果泰德能活下来，再过 6 个月，他就满 40 岁了。

看来他会的。波莉·纳尔逊直接向美国最高法院提出上诉。泰德要求再次基于目击者尼塔·尼瑞被催眠以帮助恢复记忆的事实对 XΩ 楼的谋杀案进行重新审判。

1986 年 5 月 5 日，最高法院以 7 票对 2 票驳回了泰德的上诉，并对此不予置评。法官威廉·布伦南和瑟古德·马歇尔坚持他们长期以来反对死刑的立场，因而表示了异议。佛罗里达州州长鲍勃·格雷厄姆的发言人说，州长可能会很快签署一份新的死刑执行令。

时机上也堪称完美。最高法院宣布决定的时间，正好是一部关于泰德的迷你剧上下集之间的间隔期。被《人物》杂志评选为"全世界最性感男人"的马克·哈蒙出演了由理查德·拉森的《可怕的陌生人》（*The Deliberate Stranger*）一书改编的美剧中的泰德。从外形上讲，哈蒙是个不错的人选，但他扮演的泰德·邦迪从一开始就充满自信，像极了年轻时的肯尼迪。

需要指出的是，哈蒙不可能像我一样了解那个 20 多岁时的泰德·邦迪，那时的他不善社交，觉得自己无法融入富人和成功人士的圈子。后来的那个声名狼藉的泰德，才是八面玲珑且充满魅力的。是恶行"成就"了泰德。直到他的罪行以粗黑体大字标题登上了新闻头条，他才成为马克·哈蒙所饰演那个泰德·邦迪。那个一维的男人就是"好莱坞电视里的泰德"。哈蒙演的泰德是如此迷人性感，有时看起来甚至像个英雄。

而这就是新一代的少女们爱上的那个泰德。我收到很多年轻女孩的来信和来电，她们叫嚣着要赶去佛罗里达"救泰德·邦迪"，让我吓了一跳。

最后，我在信里和电话里对每个女孩都坚定地表示："你爱上的不是泰德·邦迪，而是马克·哈蒙。"

让我感到欣慰的是有几个女孩回复说："你说的对。我一看到马克·哈蒙就欣喜若狂。"

泰德的死刑缓期已于 5 月 6 日到期，但波莉·纳尔逊宣布她将继续从两个方面尽力拯救泰德的生命。她将对最高法院的决定提出抗议，辩称他们没有根据案情驳回上诉；此外，她将就金伯利·利奇谋杀案向最高法院重新提出上诉。

就在波莉·纳尔逊苦心钻研量刑标准之时，州长格雷厄姆设定了一个新的行刑日期：1986 年 7 月 2 日。从言辞上来看，这回是定了。泰德逃过了第一次行刑令，但这是第二次。

泰德被定于在 7 月的第一个星期三早上 7 点行刑，而波莉·纳尔逊为救他所做的一切努力可能都无法阻止他走向电椅的无情结局。

虽然纳尔逊的努力是为了对判决提出上诉，但她承认她"愿意尝试任何途径"来保住泰德的命，甚至不惜采用精神失常的辩护。泰德会在这样的辩护中配合吗？他总是那么理性，那么坚决地要保持理性。我一直认为他宁死也不愿承认自己精神上有任何弱点或异常。泰德一直在努力保持理智，如果为了活下来而放弃理智，他也许会认为不值得。

但是，波莉·纳尔逊和小詹姆斯·E.科尔曼开始就泰德的精神是否正常的问题进行造势。科尔曼是一位风度翩翩、才华横溢的年轻黑人律师，他想先试试水，言下之意是泰德的能力问题尚未得到"充分探究"。

科尔曼称，迈克·密涅瓦是唯一一位认为泰德是无行为能力人的律师，但在 1979 年春的时候就被阻止参加泰德的能力听证会。当然，泰德也撕毁了那份判他连续 3 个 25 年刑期的辩诉交易协议书。事实上，泰德选择了死刑的威胁，而不愿承认自己无行为能力。

科尔曼认为泰德是他自己最大的敌人，是他自己执意要弄成这个局面，才使他自己走上了这条致命的道路。科尔曼称，泰德不过是个法律专业的二年级学生，却经常想要掌控自己的辩护，要求更换他的律师，并在不知不觉中损害了他获得有效代理的权利。科尔曼说：

"邦迪先生共有 14 名律师，同时也是自己的代理律师。我们认为……他并没有获得有效的法律建议。"

科尔曼和纳尔逊现在能说服上诉法院相信泰德·邦迪精神失常了吗？疯子是不能被处决的，即便是在死囚牢房等待期间疯了的。泰德在金伯利·利奇案中的辩护律师维克多·阿弗里卡诺则认为泰德是"人格分裂"。

阿弗里卡诺在 1986 年 6 月回忆说："在我和泰德·邦迪相处的所有时间里，我从未发现任何迹象可以表明他会犯下这些罪行。"

是的，我也没发现。泰德把自己身上的那一面隐藏了起来。

利奇案的检察官鲍勃·德克尔的观点更直截了当，言辞上也不那么宽容。他对泰德持不同的看法。在他的职业生涯中，他见过太多的反社会者，多到让他不相信面具一说。"反社会者一般是这样的，如果你坐下来和他交谈，你会喜欢他。你听他说的时间长了，他会告诉你社会上的每个人是如何想抓他，然后你就开始相信他。邦迪就经常有使我相信他的时候。但他除了有一张英俊的脸外，不过是又一个反社会者。"

看起来这次真的难逃一死了。佛罗里达州斯塔克市开始了临终的看护。纳尔逊和科尔曼提出上诉，请求召开宽大处理听证会并暂缓执行死刑，但每个都被拒绝了。泰德和与他同样牵涉数十起年轻女性命案的 34 岁的杰拉尔德·斯坦诺都将被安排在美国独立日的前两天执行死刑。

我相信泰德这次活不下来了。我很确定，甚至有点天真地想再给他打个电话。在雷福德监狱，私人电话是不被接受的，但监狱长达格尔办公室的人向我保证，他们会向泰德转告我给他打过电话的事。

卡罗尔·安·布恩还是一如既往地支持着泰德。只要允许，她和她的儿子杰米·布恩就会跟泰德一起待上几个小时。不愿意被媒体拍到的卡罗尔·安看上去比泰德 1979 年受审时瘦多了，而且头发也从原来的深褐色变成了金黄色。她看起来变化很大，甚至也有了她丈夫变色龙般的一面。

7月1日是星期二，早上，卡罗尔·安、杰米、罗斯，以及泰德和卡罗尔·安四岁半的女儿一起走进一间紧闭的访客室。中午过后不久，卡罗尔·安就离开了雷福德监狱，头上套着个绿色的塑料垃圾袋。杰米一边护着她，一边冲那些发问的记者喊道："闭嘴……闭嘴！"

泰德被转移到了一间拘留室，这是走向行刑室前的最后一步，他并没有流露出恐惧。"除了眼睛有。他的眼睛里可以看出些东西。"一个看守说，"那会让你怀疑他是不是害怕了。"泰德早餐吃了燕麦片和热蛋糕。监狱看守小心地看着他，以确保他不会自杀或骗过电椅。

泰德没理由那样做，也许他感觉时间还没到。他和杰拉尔德·斯坦诺都是先被判死刑而暂缓执行 24 小时，然后无限期地缓期执行。泰德在行刑前不到 15 小时的时候就来了，他从来没有提过恐惧，也从不让人看到他下巴肌肉的任何一丝颤动。

泰德保持着完好无损的尊严从拘留室回到了死囚牢房。他的律师和法庭的所有谋划再一次以死刑延期而告终。劳德代尔堡的美国地区法官威廉·兹洛克驳回了泰德律师的请愿书，并对泰德在 XΩ 楼案中的谋杀定罪提出质疑；纳尔逊和科尔曼也向亚特兰大的美国第十一巡回上诉法院提出上诉。一个由三名法官组成的小组将对兹洛克的决定和上诉进行评估。这个过程可能需要几个月，甚至有人说可能会达几年之久。

看来要处决泰德·邦迪是不可能了。他打败了这个体系，并且让佛罗里达州的纳税人承担了由此产生的费用。

8月4日，泰德给我3月份寄给他的信写了封回信。他的书写愈发失控，歪歪扭扭，还经常划掉重写。他暂时还可以度过一段安全的时光，但从他的文字上看不出他有这种感觉。

"我收到了你通过监狱长达格尔转达的口讯，非常感谢，也谢谢你在 4 月份寄来的钱和邮票。现在事情已经平息了一些，我终于可以专心写信了。"

写完这些客套话，泰德又开始说我对连环谋杀的理解能力不足。他觉得我很"真诚"，但"受了限制，理解非常有限"。

"你缺一个广泛而完整的资料库来做出这样的判断。"他指责道，"我能提供的最有用的信息就是你去参考行为科学部门发表在 1985 年 8 月版的《联邦调查局公报》上的一项研究结果的摘要。虽然该报告很笼统，但它是迄今为止我所见过的最好、最准确的研究，这种东西我读过很多。这只是个开端，但算是个坚实的开始。"

曾经被泰德称作"被高估的混蛋"的联邦调查局，现在几乎是得到了他的认可。我有他所说的这个《联邦调查局公报》，并且从"暴力犯罪逮捕计划"那时就认识其中两位撰稿人。的确是一项出色的研究，现已以书的形式出版，即《性谋杀：模式与动机研究》（*Sexual Homicide: Patterns and Motives*），作者是罗伯特·K. 莱斯勒、安·W. 伯吉斯和约翰·E. 道格拉斯。

在这封信中，泰德要求我不要把他的这些话写出来发表，我也决定只要他还活着，还要打他的官司，我就不会写出来。他显然是不信任我，并多次提到说他几乎不相信任何人。

泰德连篇累牍地抱怨了好几页纸，说有个男人把泰德向他坦白的事公开了。泰德对他的说法坚决否认。他被别人的出其不意弄得措手不及，表现出了我所熟悉的那种愤怒。

泰德在信中痛斥道："他是那种长相体面，看上去真诚、称职而带点学究气的人，结果他不仅是个肤浅的骗子，还满嘴谎言。我是不轻易用这个词的，但我真的很震惊。这么多年来我也见过各种各样的人，'X'不是那种看上去会撒谎的人，但他编造了没人干得出来的事……这太让人受不了，安。我从没和那人谈过任何我牵涉其中的案子，从来没有。我又不是傻瓜，我不会猜测也不会去做类似的事……我们之间只是泛泛地聊了聊，也没有录音……从来没有人这样对我撒谎，连警察都不会。

"这就像是泰德·邦迪的评论开放期。任何人都可以对泰德·邦迪说三道四，并且只要它符合人们的普遍观念，大家就会相信……"

泰德是自食其果，但他的这些评判是正确的。

泰德让我给他写信，还要我寄钱和邮票给他。

> 我的家人现在帮不了我了。
> 祝好。
> 平安。
>
> 泰德

我回信了。一个月后，他也给我回了信，那将是他写给我的最后一封信。这是时隔 7 年后他给我来的三封信中语气最为友好的一封。他提到我用文字处理器写作的事，说虽然听起来"有些机械"，他也不介意用这个进行写作。

他这封信的主要篇幅或中心内容——或许也是他写这封信的原因，是关于尚未破获的西雅图地区的绿河谋杀案。泰德在盐湖城被捕 7 年之后，全美迄今为止最为猖獗的连环杀戮以一种可怕的模式开始了。至少有 40 多位（可能两倍于此）年轻的街头女孩（街头行话称"草莓女孩"）被谋杀，她们的尸体被成堆地遗弃在西雅图和波特兰附近繁茂的树林里。

3 000 英里之外的泰德给出了他的看法。

"看来这件案子快要像通常那样变成悬案了。专案组的警员一定是调查过了。肇事者从大众视线中消失的方式实在有点意思。当然，谁知道呢，也可能他已经死了，只是不知道而已。

"我积累了相当多关于此案的材料，也观察得出了很多结论。有那么几次我试图表达我对这个案子的看法。公众是被误导了。警察公开摆摆姿态是可以理解的，但不让公众了解此类犯罪的本质，最终只会使解决问题的可能性更小。尽管他们尽了最大的努力，但看得出调查人员在一个非常规案件中受到了传统观念的束缚。

"不管怎样，我想过把我的具体观察结论和想法公之于众，但我认为人们还没有准备好相信我所说的。反正我也不需要宣传……"

我之前给泰德的信中提到过有很多女性跟我联系，说到她们与他"邂逅"的事，但我没有给出具体的时间、姓名或地点。我在信中说，他得是个超人，才能在那么多地方都被人"记住"。有露营者在犹他州的桑皮特县发现一棵树，上面刻着泰德·邦迪的名字，还有日期："78"（年）。此事在媒体上引起了一阵骚动。

"我也很熟悉这种声称见过泰德·邦迪的现象。"他写道，"事实上，这让你明白了目击者辨认的可靠性，不是吗？目击者的辨认是法庭上最不可靠的证据。

"这也恰好说明了人们内心的恐惧。

"犹他州的那棵树上刻着泰德·邦迪的名字，这的确离奇。犹他州当局很清楚我1978年并不在犹他州，再没什么比我那年的行踪更确定的事了，然而犹他州的警察还是上演了一场小闹剧。我相信他们这样做是为了向公众保证，警方仍在积极调查此案。我说不出确切的原因。难道那年是选举年吗？"

他的幽默中仍带着刻薄。我问过泰德是否想看点什么书，他解释说，除了宗教书籍或通过每年4个特许包裹中的一个寄来的书，他无法收到书籍，即便直接从出版商那里寄来的也不行。每个特许包裹可以装4本书，但泰德已经用完了他1986年的额度。

我也问过他是否在为自己的案件忙碌，他解释说他不再关心法律问题。"我现在把这一切都交给我的律师了。客气点说，我不认为从事法律工作是一种积极、令人振奋的经历。现在有了具备处理案件的能力和资源的律师，我就尽量不参与了，我还有其他的事情要做。"

他没有说其他的事情指的是什么。

> 下次再聊。
> 祝好。
> 平安

泰德

但我从此再也没有收到他的回信。我确定我那次是给他回信了的。但自 1986 年秋天开始，我几乎过了狂乱的两年。那年秋天，我忙于有关黛安·唐斯的新书《小小的牺牲》（*Small Sacrifices*）的收尾工作，在加利福尼亚做讲座，然后为接下来一个月的宣传之旅做准备。（那次宣传的行程并没有因为又要忙精装本又要忙平装本而放慢，反而越来越紧张。）

而泰德那边，似乎总是有时间的。他的人生像极了电影《宝林历险记》（*the Perils of Pauline*），总有什么在最后一小时救了他。我一直想着再给他写信，看他是否还会回信。我也一直在想，也许有一天，他会把一直隐藏得很好的真相告诉我。

泰德之前在信中提到，他不再沉迷于对刑法的半实践状态，他还有其他事情要做。我怀疑有一个庞大的通信系统，占用了泰德的很多时间。我后来了解到，泰德其实给遍及全国各地的很多女性回信。其中有些人和我交谈过，称泰德写信说他需要邮票、邮政汇票，要做研究。他给一封热情洋溢而富有诗意的来信写了回信，那位写信者是个与泰德同时期在塔科马长大的男子，内心温和，喜欢动物，住在普吉特湾的一个岛上。这人是一位富有才华的怀旧作家，我无法想象泰德能忍住不去理会那些肯定会唤起他自己年少时期苦乐参半的回忆的信件。泰德回信了，并逐渐建立起一个小型网络，当然也可能是他认为自己已经建立了。

这位小岛来信者向泰德介绍了他自己和他从事的工作，并传递出一个预警信号：他可以向泰德提供他多年来一直在寻找的信息——梅格的地址。泰德的这位旧情人经常搬家，这才终于摆脱了他，甚至再也收不到他的信了。泰德不知道她住在哪里，但他很想知道。

这位通信者在人事部门工作。虽然他的信读起来很朴实，但其实他很精明，可以从泰德的文字中看穿他的心思。他知道自己对泰德的价值在于他能够在电脑里输入一个代码，然后得到关于梅格的信息。他推断泰德想寄信到梅格的不为人知的地址，对她说："瞧，你永远躲不开我。即使我在3 000英里外的死囚区，我也有能力找到你。"

在知道自己和泰德·邦迪之间的通信即将结束时，这位人事部门的男子拒绝向泰德提供梅格的信息。

然后，泰德再没给他写过信。

还有一位通信者是来自南方的一名注册护士，她写信给他说她也有朋友在监狱，因而有些同情泰德的境遇。泰德对她解释说，他的妻子事情太多来不及为他跑腿。他需要连环杀手的信息，还需要邮票和一些钱。1984年，在我不知情的情况下，泰德还让这位护士帮他找到了我的地址。他向她解释说他不怎么认识我，是我利用了他——但不管是什么原因，他就是想找到我。我从未变过我的通讯地址，到现在也没有。他本可以不费吹灰之力地给我写信，但也许他把我的邮政信箱号码弄丢了，也可能是他想证明他能找到我——这就让人有点胆战心惊了。泰德知道我从不公开我的街道地址。如果他能直接寄封信到我家，那他的这种心理策略就微妙了。

在我得知他想找到我之时，我已经给他写信了。我不知道1984年那会儿他是什么想法，他也从未提过找我的事。我能想象出很多种情况。实际上，我怀疑他想要找的是我写过的其他西北地区连环谋杀案的时间和日期，想要把自己的罪行归咎于其他人，而我的研究文档里有所有的细节。

泰德至少跟十几位与他通信的女性通信者说他需要人替他跑腿，这些女性后来在联系我的时候告诉了我。卡罗尔·安·布恩多年来一直毫无怨言地替他跑腿办事。当然，在他等待 1986 年 7 月处决期间，卡罗尔是个非常显眼的存在。

但是，渐渐地，有一点是媒体没有真正意识到的，那就是卡罗尔·安渐渐正在淡出泰德的生活。除非有一天卡罗尔·安选择把她和泰德之间的生活写出来，或者愿意接受采访——她已经多年没有这么做了，否则对于卡罗尔·安很少出现在她的"邦尼"身边的原因，都只能猜测了。

也许是因为她在 1986 年 7 月经历的她丈夫死亡之前的倒计时过程，而这种情感创伤实在太大，很难再经受一遍；也可能是她终于意识到泰德不会再有获得自由的机会，而她作为背着恶名的被告身边的特殊女性的高光点也会逐渐褪去；还可能是佛罗里达州盖恩斯维尔的生活太过真实，毕竟她没多少钱，还带着一个蹒跚学步的孩子和一个十几岁的孩子，周围一直充斥着因她丈夫而起的明显敌意。

泰德·邦迪究竟给多少人写了信？我猜有数千人。至少 100 多人给我写信或打电话要他的地址，但更多的时候，他们肯定只是写信寄往雷福德监狱，由他们转交给泰德。

其中有一位非常重要的通信者是泰德·邦迪曾十分讨厌的人，但他俩还是不可避免地有过一些交集。鲍勃·凯佩尔出版了一本颇为权威的著作：《连环谋杀对警方调查的未来影响》（*Serial Murder—Future Implications for Police Investigations*），这正是泰德极感兴趣的领域。泰德曾于 1984 年写信给凯佩尔，表示自己愿意担任绿河谋杀案的顾问。这是泰德典型的操纵手法，他在 1986 年写信给我时也说过，他可能会主动向专案组提供帮助。那时他和凯佩尔之间已经联系两年了。后来，鲍勃·凯佩尔告诉我，他接受了泰德关于绿河案的建议，从而开启了这位华盛顿警探和泰德之间的谈话契机。如果他们开始谈论绿河案，那就也有可能谈及那些被认为是泰德·邦迪所为的悬案。

虽然我怀疑泰德和鲍勃·凯佩尔在 1986 年有联系，但也不确定。在凯佩尔坚定地调查"泰德"谋杀案期间，这两个人从未见过面。他俩的第一次见面是 1984 年 11 月在雷福德监狱，后来又见过。聪明的警探凯佩尔和聪明的连环杀手邦迪就此展开了对话。凯佩尔被认为是值得尊敬的警探，而泰德把自己的见解告诉了凯佩尔。我听过一些传言，但从未直接问过凯佩尔本人。如果他想让泰德·邦迪供认一项或一系列罪行，那他俩之间的游戏就微妙了，凯佩尔在实施的时候需要时间和审慎。

鲍勃·凯佩尔会偶尔和我一起吃顿午饭，但我偶尔也会就其他案件的写作而采访他。我们之间有时会含蓄地旁敲侧击地提到一点关于泰德的事，但我也不追问，因为我能感觉到谜一样的凯佩尔定会闭口不谈。做了 20 年的犯罪作家后，我早就学会了等警探们准备好了再说。

而凯佩尔还没准备好。

虽然鲍勃·凯佩尔小心谨慎地与泰德·邦迪建立了一层微妙的关系，但法律机制仍是存在的。有可能凯佩尔最终会使泰德坦率地说出西北部的谋杀案，以及更为重要的其他多起失踪案，但时间已经不够了。凯佩尔知道跟邦迪打交道不能着急。任何想和他谈话的人都不能表现出太渴望得到信息的一面。泰德是那种必须由他发号施令的人，这可能会让等待的人感到恼火。

1986 年 10 月 21 日，州长格雷厄姆签署了泰德的第三张死刑令，将金伯利·利奇案的行刑时间定为 11 月 18 日。但三位联邦上诉法官在 10 月 23 日明确表示，联邦法院还会就泰德的 XΩ 楼案再举行一次听证会。三人法官小组称，威廉·兹洛克法官去年 7 月做出拒绝泰德律师请愿的决定之前没有审查邦迪的庭审记录，这一点是有错的。他们还告诉佛罗里达州助理司法部长格雷戈里·科斯塔斯，他应该要求兹洛克在公布专家意见之前先接受庭审记录。

"我无法理解你们的行为。"法官罗伯特·万斯责备道，"因为一个欠考虑的错误而把这个案子推翻到这一步。如果你们当时提请法官注意，4 天之内就可以纠正。这样不对。这显然是错误的建议。任何一位正直的律师都无法辩驳。"

7 月份的那段时间的确很疯狂。波莉·纳尔逊和詹姆斯·科尔曼连续几晚都没有睡，为着泰德即将发出的死刑令跟时间赛跑。自今年 1 月以来担任联邦法官的兹洛克在斟酌着自己接到的第一次死刑上诉，他拒绝延期 6 个月，并在没有听取律师对所涉问题的辩论的情况下驳回了泰德的请愿。而庭审记录还留在格雷戈里·科斯塔斯车子的后备厢里。

科斯塔斯被三人法官小组对他的激烈抨击惊到了，后来法官们的态度缓和了一些。万斯解释说，他只是对自己所看到的一系列错误感到沮丧。"会不会是法庭对你个人太苛刻了，律师。"

这事正在变成一个旋转木马，不断地绕圈子。当泰德设法在 XΩ 楼谋杀案上获得暂缓执行之时，有些法律专家称这时不能因金伯利·利奇谋杀案而处死泰德。反过来，泰德下一步会设法获得利奇案的死刑暂缓执行，那么因联谊会谋杀案而上电椅的事又得搁置。

他也许可以继续这种法律平衡行为，直到他变老。

泰德 1986 年 11 月也没有死成。在他被处决前不到 7 小时，第十一巡回法院下令暂缓执行。佛罗里达州司法部长办公室要求美国最高法院推翻这一决定，但所有的法律术语实际上只意味着又会有好几个月的延期。如今，泰德的律师已经对他在佛罗里达州的两起谋杀案提出了 18 项不同的上诉。据称，这些上诉的所有费用是由华盛顿特区的一家律师事务所支付的，但佛罗里达州必须支付为反对所有这些上诉和延期产生的相关费用，而这笔费用已达数百万美元。

佛罗里达州居民开始不耐烦了。在各种标志牌上写着："油炸泰德·邦迪"和"等邦迪系好安全带，我再系"。电台音乐节目主持人也拿泰德恶作剧，在电波里说："再见，再见，邦迪，再见！"和"我把我的一生留在了雷福德监狱"。卡罗尔·安·布恩把她的丈夫留在了雷福德监狱，自己悄悄地离开了那个小镇。11月18日泰德等待死亡时，她也没有和他在一起。官方提供给媒体的理由是卡罗尔·安六周前去了华盛顿州的埃弗雷特看望一位生病的亲戚。看来她的亲戚一定是到了弥留之际，才会使得卡罗尔·安选择去看望亲戚而不是陪在丈夫身边一起等待他的第三次死刑。

也许她离开佛罗里达的原因是亲戚生病，但她再也没有回来。

起初，11月18日这个日子看上去并不像7月份那次那么惊险，尽管泰德对于离电椅越来越近感到不自在。公众已经习惯了听说泰德·邦迪的处决日期。也许泰德也是。

佛罗里达州惩教部门发言人弗农·布拉德福德说，泰德"以非常好的心情开启了新的一天"。他所在的牢房离死刑室只有30步的距离，但他看电视，听放在他牢房门口的收音机。"他自信满满。"

泰德一点都不害怕。相反，正如目击者所说，"他很气愤，但他看起来并不害怕，倒像是因为人人都可以如此对待泰德·邦迪才感到愤怒……"

也许包括泰德在内的所有参与者都知道这一切还远没到结束的时候。他似乎认定行刑准备不过是一种伪装，是为了故意羞辱他而制造的麻烦。

周二这天过得很慢，泰德的信心也随之慢慢消退，他变得更加愤怒和不安。但那天晚上，泰德的一个新朋友——佛罗里达州刑事辩护律师兼泰德的精神顾问约翰·坦纳去探视的时候，他觉得泰德很平静。"他显得很平和……"

泰德知道他不会死。

西雅图这边，我对泰德的这次死里逃生并不像他自己看起来那么自在。哥伦比亚广播公司早间新闻节目打来电话说，他们有一辆中型客车在等着送我去西雅图分部的 KIRO 电视台。如果泰德被处决，他们想在早上 7 点采访我。但凌晨 1 点的时候，他们打电话给我说行刑取消了。

我大大地松了一口气。即便可以，我也不会去阻止行刑，但我愿意听说行刑延期，只是迷迷糊糊地接受这样一个事实，那就是，当那一刻真的来临之时（如果真的会到来），我会说不清自己是怎样的心情。

1986 年 11 月，这种压力再次消失。

1987 年春，媒体又发布了一波关于泰德的文章。亚特兰大辩护团队的米拉德·法默在俄勒冈州波特兰市的俄勒冈州刑事辩护律师协会上发言，并与一名俄勒冈记者讨论了邦迪案。

法默说："要么邦迪没有犯罪，要么他患有我所见过的最严重的精神疾病。"

法默称，精神病患者在"老南方"[①] 被判死刑的情况比较普遍。他还在法庭上对媒体进行了猛烈抨击，说："［电视］让律师变成了小丑，让法官变成了小丑，让诉讼程序变得不公正。"

法默说，XΩ 楼案的庭审法官和证人在上庭之前都进行了刻意的打扮，还会冲到迈阿密大都会司法大楼九楼的新闻室，看看自己在电视上的表现。

他说的不对。1979 年夏天，我就在那楼的第九层，而米拉德·法默并不在那里，或者至少我从来没在那里见过他。我也从来没有看

---

① 即美国南北战争前的南方。——译者

到过任何一名法官或律师到九楼看自己上电视的样子。我见过拉里·辛普森在开庭陈述之前梳理了下头发，但那算不上是"刻意的打扮"。

跟泰德通信的人还在继续往雷福德监狱的收发室寄信。1987 年 4 月，美联社报道称，泰德居然与约翰·辛克利（后来刺杀里根总统的人）和白宫新闻秘书詹姆斯·布雷迪多次通信！辛克利甚至在信中对泰德所处的尴尬境地表示"哀伤"。

两位笔友的见面安排足以使辛克利取消他的休假计划，而且辛克利此前还曾和勒奈特·弗洛姆①通过信。据说弗洛姆曾让他给查尔斯·曼森写信，但有报道称辛克利在已经拿到曼森地址的情况下，最后还是拒绝了。

我一直认为，无论是从法律还是医学的角度讲，约翰·辛克利都是一个疯子。自从我开始写这本书初稿，那几年里我也称自己认为泰德·邦迪是个疯子，但我后来的研究和受到的启发却使我相信泰德并没有精神病。

但泰德将会多么享受他和约翰·辛克利之间的通信啊。这会给他一个机会去探索他对犯罪心理的研究，并且我相信他认为自己作为多重谋杀和连环谋杀专家的"资历"会因为任何与辛克利有关的内幕消息而大大提高。

然而不仅如此。我认为，泰德去研究连环谋杀背后的原因，是因为他迫切需要找出自己的问题所在。他很清楚自己没有精神失常，但他也感觉到自己的行为中有些非常反常的东西，尽管他不知道是什么，也不知道为什么会这样。

但有一点是明确的，那就是泰德从不无缘无故地给人写信或接受采访，也不会不求回报或出于某些不可告人的动机。

---

① 曼森的女追随者，"曼森家族"的成员之一，绰号"吱吱"，因 1975 年企图用点 45 口径手枪刺杀福特总统而被捕。——译者

到 1987 年夏天，除了每次宣布新的行刑日期的前一周，泰德·邦迪已经不再占据西北地区报纸的头条，取而代之的是绿河杀手。

1987 年 7 月 7 日，一张泰德的老照片出现在《西雅图邮报》的"本地/地区新闻"版，文章暗示，泰德可能还会活数年，甚至数十年。

佛罗里达州司法部长刑事上诉负责人卡罗琳·斯诺科夫斯基解释说："他实际上处于诉讼的起始阶段。"她估计从目前到最终结案，泰德才走过三分之一的历程。如果把时间按比例换算，泰德在第一次被判死刑后已经活了 8 年，那么他将再活 16 年，直到他 57 岁。

这个公式可能过于简单了，然而这时……

佛罗里达州州长鲍勃·格雷厄姆竞选连任失败，而泰德·邦迪的名字和他还能活多久是州长与司法部长竞选中经常提到的话题。如果格雷厄姆无法签下最终成真的死刑令，也许他的继任者鲍勃·马丁内斯也可以。

佛罗里达州死囚区的数百名囚犯中，只有四人在三次死刑令后幸存。自 1979 年以来，已有 16 人被处决。没有哪个囚犯能够像邦迪那样激起佛罗里达州公民心中的愤怒和挫败感。对他们中的许多人来说，泰德已经不是一个人，而是一份事业。

1987 年 8 月的第一天，传来了一则对我们所有报道过泰德的迈阿密审判的人来说都很难过的消息。在 XΩ 楼谋杀案中判处泰德·邦迪死刑整整八年零一天后，62 岁的爱德华·道格拉斯·考尔特法官心脏病突发去世，这真是一个令人沮丧的讽刺时刻。

1979 年 7 月 31 日，考尔特法官告诉泰德要"照顾好自己"。

1987 年 8 月 1 日星期六，杰拉尔德·韦瑟林顿法官（1981 年接替考尔特担任第十一巡回法院首席法官）给考尔特打过电话，和他讨论了一些日常法庭事务，觉得他当时身体状况很好，精神状态也不错。

随后，爱德华·考尔特去自己的院子里干活。他感觉太热了，就进屋喝了些冷水，然后感到胸痛。他的家人立即把他送到珊瑚礁医院，以防万一。体格魁梧的考尔特先是被送进了重症监护室，随后被转移到私人病房，看上去问题并不严重。医院安排星期一上午进行检查。

但是爱德华·考尔特在周日晚上突然死于严重的心脏病发作。

他的去世对南佛罗里达州的司法系统和公众来说都是个巨大损失。周一早上，大都会司法大楼外降下半旗，同事们低声传达了这一不幸的消息，很快整个大楼的人都知道了。

法官、秘书和法警都哭了。爱德华·考尔特是那种通过自己的同情心来调和司法的铁面无私的法官。有一次，考尔特以伪证罪、贿赂罪和非法使用武器罪而不得不将一名警察送进监狱，但他居然允许这名知法犯法的警察推迟两周再开始服刑，原因是那人之前答应过他的女儿会带她去迪士尼乐园玩。

考尔特会对被判死刑的杀人犯说一句"愿上帝怜悯你的灵魂"，听起来每每感觉像牧师周日早上的布道一样真诚。我还能清晰地记得他在十年前对泰德和审判双方的律师说的那句"照顾好自己"。

他是个好人。

考尔特永远地离开了他结婚 41 年的妻子伊丽莎白以及他的两个女儿苏珊和帕特里夏。

没有病史的考尔特法官去世了，而泰德·邦迪 8 年来虽然一直受到生命威胁，现在却还好好地活着。

而且这可能还会一直保持下去。

一轮新的法律斗争即将开始。詹姆斯·科尔曼和波莉·纳尔逊曾暗示过，他们可能会从泰德的心智能力角度去质疑定罪。现在看来，那会是这一漫长过程中的一股新的驱动力。

他们把这事大张旗鼓说出来是有一定道理的。泰德·邦迪不可能获得公正的审判，因为他在整个庭审进行过程中头脑不正常。

这是让泰德远离电椅的下一步做法。当波莉·纳尔逊和詹姆斯·科尔曼提出他们的观点，认为泰德在金伯利·利奇案的审判过程中处于无行为能力的状态时，佛罗里达州司法部长办公室也在准备为另一方辩护。他们觉得泰德在所有的审判中都是神志正常、有行为能力且能干的。事实上，他曾在迈阿密审判中担任自己的律师，为自己辩护。在奥兰多审判期间，他也设法合法地娶了卡罗尔·安·布恩为妻。他看上去神志正常。

1987年10月初，我接到佛罗里达州司法部长办公室的电话。助理司法部长库尔特·巴克和马克·明瑟问我是否同意担任佛罗里达州的专家证人，为泰德·邦迪在1979年和1980年受审期间的行为能力作证。

我回想起1976年泰德考虑让我为他作证的可能性时的情景，但我不可能那样做。幸运的是，他选择了邀约其他人。现在，我被另一方找上了。行为能力一向是个前途未卜的判断。即使是精神科医生也很难真正说出凶手在犯罪时或审判时的想法。的确，从1975年9月到迈阿密审判那至关重要的四年里，我一直与泰德保持着联系，在那之前我也已经认识他很多年了，而我最后一次和他进行深入交谈是在1979年6月底7月初，那会儿他给我打了对方付费电话。当时，他的大脑运转得和计算机软件一样流畅。而且，旁听他受审，我看到的是个对一切都掌控得很好的男子。

我可以当庭说出我的这些看法。仅此而已。

我不得不答应下来。如果泰德被判定为"具有追溯效力"地无行为能力，那么金伯利·利奇案的判决，甚至还有 XΩ 楼谋杀案的判决都可能会作废，从而必须进行新的审判。这将是一个实实在在的威胁，意味着泰德·邦迪可能会通过所有的法律程序，回到科罗拉多州卡琳·坎贝尔谋杀案连物证都相当"可疑"的时候，甚至还可能回到犹他州那个时候。如果泰德的律师足够高明，泰德的运气也足够好，那么他可能会再次回到山角监狱那时候，只需因绑架卡萝尔·达伦奇未遂一项判决而服刑。虽然看起来不可思议，但事实证明，泰德的生命和时间在美国司法系统里已经几乎是神话般的存在。他还活着，光这一点就表明他可能会坚不可摧得让人不寒而栗。

我同意在佛罗里达州的泰德的行为能力听证会上作证。那一刻，我意识到，在我告诉法官我相信泰德有行为能力，因而他不应该逃脱自己罪行应受的惩罚时，我将会和泰德同处于一个审判室内。一思及此，我就觉得非常不安。泰德肯定会很生气，但他以前也生过我的气。我对团队的价值基本上就在于我一早就认识他。我别无选择。

我收到了佛罗里达州法律事务部的合同，上面要求我在 1987 年 10 月 22 日出庭，那天正好是我生日。

> 鉴于
>
> 我部代表惩教部（理查德·L.达格尔）处理邦迪诉达格尔一案，要求提供专家服务，以评估西奥多·邦迪在受审时的行为能力，并在审判中提供专家证词。安·鲁尔女士愿意并能够在这方面提供所需的证词，因此双方约定如下……

整个合同长达 10 页，也没什么实际意义，我都不需要签字。归根结底，他们不需要我去证明泰德·邦迪是心智正常且具备行为能力的。

能力听证会于 10 月的第三周在奥兰多举行，由美国地区法官 G. 肯德尔·夏普主持，其间泰德不需提供任何证词。波莉·纳尔逊说，泰德目前的能力状况只有在下令进行新的审判时才有意义。

邦迪早前的律师之一迈克·密涅瓦作证时说，泰德当时坚持自己主导辩护工作。密涅瓦留下来帮助他，试图为他的当事人寻求精神病方面的帮助，但遭到了拒绝。

"他说，和大多数精神科医生谈话并不比和卡车司机谈话有用。"

"那你认为邦迪先生有资格为自己辩护吗？"詹姆斯·科尔曼问道。

"没有，先生。"密涅瓦平静地回答，"我认为，他没有资格代表自己……他做不到。证据的量太大了。考虑到案件的复杂性和繁多的细节，要想同时对这两起案件进行辩护，需要一批能够充分接触调查人员和法律书籍的律师。在没有调查人员和法律书籍的牢房里要做到这两点是不可能的。谁也无法做到。"

真是自相矛盾。密涅瓦居然为邦迪这个最令人沮丧的客户作证。泰德以前说过密涅瓦无能，就因为他不允许泰德发号施令，而现在密涅瓦却在努力挽救泰德。泰德在奥兰多的法庭现场听着，他身穿蓝白条纹的运动衫和白色裤子，微卷的头发剪得很短，但还是没遮住 7 年前并没有的灰白头发。

关于泰德的能力问题将拖几个月之久。12 月份的证词更是有趣。公设辩护律师办公室的调查员唐纳德·R.肯尼迪和前公设辩护律师迈克尔·科兰作证说，泰德在金伯利·利奇谋杀案的审判中处于醉酒状态，并在其他方面做出了妥协！据目击者说，泰德在审判期间频繁服用药片和酒精。肯尼迪称，这种酒精是在一个果汁罐中发现的，而这个罐子是泰德当时的未婚妻卡罗尔·安·布恩偷梁换柱并给他的。

科兰说，那些带翻盖的果汁罐已经在辩方办公室。肯尼迪作证说，他在审判期间发现给泰德的"一袋吃食里有一两片药丸"。

如果泰德选择在关乎他性命的受审期间用毒品和酒精来蒙蔽自己

的头脑，那至少说明了他缺乏判断力。但人们想知道为什么卡罗尔·安会帮他这么做。

1980 年起诉泰德的助理州检察官鲍勃·德克尔对辩方的回忆表示了不同意见。"如果有人怀疑邦迪先生没有能力经历审判，我当时肯定会提出动议的。"

德克尔告诉夏普法官，他认为泰德在提出法律论点时是合乎逻辑、口齿清楚、具有说服力的，他在辩护上做过精心的编排，以期说服利奇案的陪审团。

而泰德和卡罗尔·安在法庭现场的婚礼也非"疯狂"之举。德克尔认为，那是一次想要博得陪审团同情的失败尝试。

* * *

泰德·邦迪有能力不断吸引到新的支持者，就像魔术师的帽子里总有兔子跑出来一样。在佛罗里达州与泰德一起待过无数个小时、现在俄勒冈州执业的法医精神病学家阿特·诺曼在 1989 年 1 月的时候对我说："我从未遇到过一个人能如此轻易地从一段感情过渡到下一段感情，看上去他与某个人还有着深厚的感情，然后就突然彻底放手，改和其他人交往了。"

诺曼一开始并不想和泰德交谈。第一次和泰德见面的经过使他十分震惊，搞得他回家就哭了。他的妻子和家人不想让他继续参与其中，但他最终还是同意与泰德一起工作。

泰德经常向诺曼提供一些他所犯罪行的细节，但从不透露受害者的姓名，总是说一句："你猜呢？"

诺曼不想和这个沉迷于纳粹和酷刑的囚犯兜圈子。他回忆说："泰德看了《十三号星期五》（*Friday the 13th*）之后，伤心欲绝了一个星期。"这部恐怖片使他受了刺激，几乎到失控的地步。

最终，和其他接近过泰德的人一样，阿特·诺曼也离开了。

1987 年 12 月，又出现了一个新的声音。51 岁的多萝西·奥特诺·刘易斯是纽约大学医学中心的教授，毕业于拉德克利夫学院[①]和耶鲁大学，碰巧正在研究佛罗里达州死囚区的青少年犯。邦迪的辩护律师团队请她与泰德见上一面，并给出她的评估。

刘易斯作证说，她花了 7 个小时与泰德交谈，读了几大盒有关泰德过往的法律和医疗文件，并采访了他的大部分亲属。现在她有了诊断结论。

刘易斯觉得泰德患有躁狂抑郁症，情绪波动剧烈。《精神疾病诊断与统计手册》（DSM - III，被奉为精神病专家的"圣经"）中有另一个术语来描述这种疾病，叫"双相障碍"。根据临床表现，受试者可能是"混合型双相情感障碍"（指在同一时间段内既有躁狂也有抑郁，两种发病状态混合），也可能是"躁狂型双相情感障碍"（只有心境高涨，自我感觉良好等）或"抑郁型双相情感"（只有情绪低迷）。躁狂抑郁症一度被认为是一种较为罕见的疾病，现在则相当普遍，且发病的严重程度各不相同。锂是治疗躁狂抑郁症的首选药物。

据我所知，泰德·邦迪以前从未被诊断患有躁狂抑郁症。他有这病吗？我不知道，但我挺怀疑的。

法医精神科医生查尔斯·穆特不赞同刘易斯的观点。"他的论点很精彩，他本人也很聪明。他顶住并成功避开了三次死刑令。这还叫精神失常吗？"

不管刘易斯对泰德的精神问题的诊断是否正确，不过，她的确给出了我认为很有意思的证词。泰德曾和我提过他的外祖父——宾夕法尼亚州费城的山姆·考威尔。泰德告诉我说，他在小时候一直认为外祖父就是他父亲。当然，泰德和路易丝与外祖父山姆和外祖母埃莉诺一起生活了四年半。

---

① 七姐妹女子学院之一，创办于 1879 年，1999 年整合进哈佛大学，正式成为哈佛下属的研究院。——译者

泰德很久以前在危机诊所时向我描述的外祖父/父亲是一位圣诞老人式的人物。泰德显然很崇拜他，或者他回忆的时候是这么认为的。1951年，当路易丝带着泰德搬去塔科马时，泰德说他舍不得离开外祖父，并且非常想他。事实上，泰德还告诉刘易斯，说他外祖父"非常好、充满爱心、愿意付出"，有关他的所有记忆都无比美好。

刘易斯博士在采访泰德的亲属（路易丝·邦迪除外）后，对这位外祖父山姆的描述是易怒、狂躁。山姆·考威尔是一位有天赋的工作狂式的园林设计师，但据说他会用发脾气来震慑家人。

他是家里的经济支柱，但他一回家，全家人都找地方躲起来。他在家里大喊大叫，连他自己的兄弟们都怕他，有报道说他们甚至嘟囔着说应该有人杀了他。他的妹妹维吉尼亚认为他"是个疯子"。山姆·考威尔被描述成一位比阿尔奇·邦克①还要严重的偏执狂，他憎恨黑人、意大利人、天主教徒和犹太人。

此外，考威尔还虐待小动物。任何走近他的猫都会被他抓着尾巴晃。家里的狗被他踢得痛苦地嚎叫。

据说，作为教堂执事的山姆·考威尔在他的温室里藏了大量的色情杂志。有亲戚称泰德和一个表兄弟曾偷偷潜入那里翻阅那些杂志。由于泰德当时只有三四岁，那可能不过是想象，当然也可能是真的。

刘易斯的证词中将泰德的外祖母埃莉诺描述为一个胆小听话的妻子。她偶尔会被送往医院接受抑郁症的休克治疗。最后，埃莉诺只能待在家里，饱受公共场所恐惧症（害怕空旷的地方）的折磨，害怕离开自己的房间，唯恐未知的灾难降临。

这对并不般配的夫妇生了三个女儿。路易丝是老大，奥黛丽排行第二，十年之后又有了茱莉亚。

---

① 美剧《全家福》（*All in the Family*）中的人物，中年蓝领工人，是个极端偏执、保守，满脑子陈规陋习，习惯于坐在安乐椅上发号施令的一家之主。他是美国电视上最著名的偏执狂，后人以他的名字来形容同类人。——译者

泰德·邦迪就是在这样一个家庭中度过了他人生中的第一个，也是对他的性格形成至关重要的时期，这也恰好是培养孩子良知的时期。14 年来，我一直在想，除了私生子身份以及他母亲对他的欺骗（如果泰德的确告诉了我真相的话）之外，他在费城度过的童年时期是不是还经历过什么创伤，或是其他更值得了解的东西。这个疑惑最后被刘易斯医生在奥兰多的证词解开了。

　　当路易丝·邦迪被一个神秘男子诱惑，后来发现自己怀孕时，一定非常害怕。而随着时间的流逝，这名男子的真实身份变得更为模糊。与 1946 年那会儿的大多数家庭相比，她的家庭更不能接受私生子。

　　路易丝被逐出了教会，在主日学校也受到排挤。这种情况下，可以想象她的父亲会是什么反应。她妈妈一定是哭了，然后她蜷缩进了自己的世界里。

　　路易丝独自一人去了伯灵顿，生下一个健壮的男婴。

　　然后她把泰德留在那里，自己回了家。泰德在伊丽莎白·隆德未婚母亲之家待了三个月，而他的母亲则一直在苦恼自己该怎么办。她能带他回费城吗，还是应该送走他让人收养？养育、拥抱和培养亲密关系对一个婴儿的健康喜乐是如此重要，现在却被搁置了。

　　他不过是个婴儿，但我想他都知道。

　　这并非路易丝·考威尔·邦迪的错。我一直认为她已经尽力了。从刘易斯博士的证词提供的信息看，显然路易丝在当时那么糟糕的情况下已经尽了最大的努力。但她把泰德这个敏感、聪明的小男孩带进了一个仰赖喜怒无常的家长的心血来潮过活的家庭。我在想，泰德·邦迪一直把他外祖父看作和蔼可亲的好男人，这一事实恰好说明了泰德是多么的害怕。他一定压抑了所有这些情绪，失去了基本的正常反应。

　　泰德熬过来了，但我觉得他的良知在那时候就已经死了，是他逃离恐惧的牺牲品。在他五岁之前，他身上的某些东西就被封印了。

有亲属回忆说，山姆和埃莉诺·考威尔说他们在 1946 年收养了这个男婴。但家里的大人都不相信这样的事，毕竟埃莉诺病得不轻，很难再去承担养母的责任。亲戚们其实都知道那孩子是路易丝的，但没有人明说。而这一点也可能证实了泰德告诉我的事。他说他一度相信山姆和埃莉诺就是他的父母。我知道他的确这么认为，因为当他提到一直都不知道自己到底是谁，从哪里来的时候，他显得非常紧张而不安。

1987 年 12 月的泰德行为能力听证会上，刘易斯博士提到了一件最能说明问题的事，即泰德在很小的时候就受到了伤害。事情发生在泰德 3 岁的时候，他 15 岁的阿姨茱莉亚午睡醒来，发现她的身体被一圈刀具包围，是有人趁她睡觉的时候把它们放在她周围。她没有被割伤，但刀锋的寒光让她忍不住心头一阵抽搐。

茱莉亚认出这些刀子是从厨房餐具柜里拿出来的，她抬起头，看到了她 3 岁的外甥。泰德·邦迪这个可爱的小精灵就站在她的床边，对着她咧嘴笑。

他才 3 岁。

38 年后，泰德坐在夏普法官的法庭上，平静地听着刘易斯博士描述他可怕的童年。他很放松，和律师聊天的时候甚至还很谦和。接着，检察官播放了一段 1980 年 2 月泰德在法庭上的发言录像带，那是在陪审团已经认定他绑架并杀害了 12 岁的金伯利·戴安·利奇之后。从录像抖动的画面来看，在奥兰多的华莱士·乔普林法官面前的泰德更年轻，步态十分自信，一点看不出疯狂的样子。

"我没有被陪审团定罪。"泰德争辩道，"是媒体创造出来的那个符号被定了罪。我没有责任，我不负任何责任。我没有杀金伯利·戴安·利奇。"

泰德对着自己的影像微微一笑。尽管他指责媒体把他变成了一个

"符号"，但他在今天早些时候已经证明了自己仍然喜欢对着摄像头。当泰德从监狱被带上去奥兰多法院的押送车时，他发现有摄像头。于是，他咧嘴一笑，转过身来，灵巧地向后翻了一个筋斗，进了等候的押送车。

1987年12月17日的泰德行为能力听证会由肯德尔·夏普法官裁决。夏普法官满头白发，下巴突出，寡言少语，对泰德没有一句废话。他思维敏捷、缺乏耐心，但坚决果敢。他确信泰德在利奇案审判过程中是"完全有行为能力的"。

"我认为邦迪先生是我见过的最聪明、最有条理、口齿最清楚的被告之一。"

他还补充说，邦迪"非常自信，对法律程序非常熟悉……每当邦迪提出法律论点时，他都具有说服力、逻辑性和连贯性"。

夏普说，泰德在审判的最后一天，也就是1980年2月12日，对死刑所提出的反对论点都是再正确不过的了。

＊　＊　＊

账单越来越离谱了。佛罗里达州司法部长鲍勃·巴特沃思的办公室算了一下，发现该州与泰德·邦迪进行法律较量的总费用已达600万美元！

而且这事还看不到尽头。夏普法官发现上诉层出不穷。"我可能这辈子都要和他（或他这辈子）打交道了。"

对佛罗里达州而言，把泰德关进监狱远比在法律纠纷的雷区里继续突破要省钱得多。监禁一个囚犯每天的花销是33.70美元，包括膳食、洗衣、监狱维护、监狱看守的工资和其他相关费用。假设现年41岁的泰德能活到80岁，整个开销约为49.2万美元。

可是，佛罗里达的大多数人似乎并不在乎。他们希望州政府不管付出什么代价，都要对其执行死刑。

在夏普法官就泰德在金伯利·利奇案的行为能力做出裁决的30

天后，美国最高法院给出了维持原判的决定。

接下来的一年出奇的平静。法律过程肯定在进行，但泰德再没出现在新闻头条。如此一来，人们也就不太想到泰德·邦迪了。

但鲍勃·凯佩尔想到了他。事实上，1988 年 2 月，凯佩尔飞到佛罗里达州和泰德进行了第二次会面。记者们从没有注意到这件事。

他俩之间仍在交谈和通信。

还有一个人也不停地想着泰德，甚至时刻想着，那就是丹尼斯·纳斯伦德的母亲埃莉诺·罗斯。埃莉诺至今没能把女儿放进 1974 年买回来的粉红色棺材里下葬，因为丹尼斯的遗体仍然下落不明。

1974 年的时候，她被允许"借用"了丹尼斯的遗骨，把它们放入棺材，举行了宗教悼念仪式。但这些遗骨必须被送回警方的证物区，而现在它们不见了。

1987 年 12 月，因为丹尼斯的遗骨的遗失，罗斯夫人和家里其他人通过庭外和解从县政府获得了一笔数额不明的赔偿金。在那之后不久，西雅图西部雅灵顿殡仪馆的工作人员建议埃莉诺考虑将他们保存了 13 年的棺材下葬。

罗斯 50 岁，但看上去像 70 岁。她似乎是靠着为丹尼斯报仇的念头才活了下来，她已经生无可恋了。

1988 年 3 月 30 日，埃莉诺在粉红色的棺材里放进了一些纪念品：丹尼斯最喜欢的印花连衣裙、一首诗、一朵粉红色的丝绸玫瑰、埃莉诺和丹尼斯的合照、一串念珠、一个十字架和一张纸条，纸条上写着：

> 亲爱的丹尼斯，
> 愿上帝宽恕他们的所作所为。我爱你。

她没写"他"，而写了"他们"。对此，埃莉诺没向记者做任何解释。《西雅图时报》和《西雅图邮报》上登出了一条简短的"付费公告：葬礼"。

### 丹尼斯·玛丽·纳斯伦德

最后的悼念仪式将于 3 月 30 日星期三下午 2 点在西雅图西部的森林草坪公墓举行。丹尼斯于 1974 年 7 月 14 日去世，她的遗体于次年 9 月被找到。1974 年 10 月 10 日，在圣家教堂举行了基督教葬礼的祷告和弥撒。她是埃莉诺和罗伯特·纳斯伦德的女儿，是布洛克·纳斯伦德的妹妹、奥尔加·汉森的外孙女，西雅图人。仪式筹备：雅灵顿殡仪馆。

1988 年 7 月，时隔多年后我再次来到佛罗里达州，此行是为我的新书《小小的牺牲》做宣传。自我上一次到迈阿密和坦帕-圣彼得堡，已经过去了 8 年。采访者自然想让我谈谈书中的女杀人犯黛安·唐斯，但他们也不会忘记问我关于泰德·邦迪的问题。奇怪的是，泰德在西北部的影响已逐渐消退，可他此时正住在佛罗里达州，依然活生生的。

在奥兰多，也就是 1980 年利奇案的审判地，我上了一个奇怪的早间节目，叫"Q-Zoo"。这家电台的节目总的来说就是由一名音乐节目主持人播放唱片，并跟嘉宾打招呼。整个就是一档"狂野而怪诞"的电台节目，除了在广播的同时也会上电视播出外，没什么其他特别之处。

这个电台之前铺天盖地地播放一种煎培根的嗞嗞声，目的是提醒听众邦迪应该"被油炸"。整盒卡带都是拿泰德的事恶作剧。我是节目的嘉宾，主持人却为泰德点了歌。我在想泰德是否在听。他很可能听过，因为我们离雷福德监狱并不远。

和在科罗拉多州的时候一样，泰德·邦迪再次成为人们心目中的那个令人毛骨悚然的英雄或反英雄人物。可能是因为他的罪行实在是令人发指，以至于人们都无法停下来反思罪行的实际情况。

所以他们大笑。

我从不觉得泰德的所作所为有什么好笑之处。我极尽所能想到的最好的事不过是偶尔看到他那传奇故事中的黑色讽刺。但是在奥兰多，1988 年 7 月 19 日早上 8 点时的人行道已在烈日炙烤下，这时收音机里突然响起："低下你的头，泰德·邦迪/低下你的头，哭吧/低下你的头，泰德·邦迪/可怜的孩子，你一定会死的……"

我有点想凑近麦克风说："泰德，这首歌不是我播的。我只是碰巧来这里给我的书做宣传。"

但我什么也没说。成为邦迪的传记作家意味着必须听那些恶劣的邦迪笑话。

1988 年的整个夏秋两季，关于泰德的报道篇幅都很小，大部分的新闻标题开头都是"邦迪上诉失败……"。

我想我们这些关注这件事的人对这样的新闻几乎是司空见惯了。从巡回法院到联邦上诉法院，再到美国最高法院，媒体要跟进的难度也越来越大。我记得我对佛罗里达州一位年轻的助理司法部长说过："看来泰德可以通过一个问题一路告到最高法院，败诉之后，他会另外找个问题再重新来上一遍。"

"你说的对。"他简洁地答道。

1988 年 12 月的第一周，《迈阿密先驱报》的吉恩·米勒给我打了电话。自我们在迈阿密的第一次审判中认识以来，我们在过去的十年里偶尔会聊一聊。

"这次泰德真的要走了。"他说。

"……什么？"

"据说他将在 1989 年初春之前被处决。"

"我听过这个说法。"我说。

"但这一次听起来挺确定的。"

我向他道了谢。他说他认识一个年轻的记者,叫戴夫·冯·德雷尔,才 27 岁,但天生就是做记者的料。"戴夫正在准备一个关于邦迪的长篇报道。他能打电话给你吗?"

"当然可以。"

我还是不相信这事真的会很快发生,于是和冯·德雷尔谈了谈,他也觉得时间临近了。冯·德雷尔的优秀长篇报道发表在 12 月 11 日的《先驱报》周日版上。

"这次是邦迪的最后一战。"他开始写道。

我沉思着,想起琳达·安·希利被害的时候,这位如今对泰德·邦迪的履历了如指掌的记者只有 12 岁。而安·玛丽·伯尔 1961 年从塔科马的家中失踪时,他甚至还没有出生。

泰德的律师已经向美国最高法院提出了可能是他们提出的最后的上诉。如果上诉被最高法院驳回——之前已经被奥兰多、塔拉哈西和亚特兰大的法官驳回——州长鲍勃·马丁内斯就可以再签下一份死刑令。这将是泰德·邦迪的第四张死刑令。

1989 年 1 月 17 日,最高法院驳回了上诉,马丁内斯立即签署了死刑令。

这份死刑令的有效期为 7 天,从美国东部时间 1 月 23 日星期一早上 7 点开始生效,计划于 1 月 24 日星期二执行死刑。

风中有一种不同寻常的寒意。我的电话一直响个不停,是劳德代尔堡、奥尔巴尼、卡尔加里和丹佛等地的电视和电台打来的。大家怎么就知道这次是板上钉钉了呢?

这是第四张死刑令。也许仅此而已。

正义的车轮被加了润滑油,跑得越来越快、越来越快。

去佛罗里达州监狱探望过泰德·邦迪两次的鲍勃·凯佩尔在等着佛罗里达州打来的电话,同样在等的还有盐湖县以及科罗拉多州皮特金县的警探们。

那些心头萦绕着问题但一直没有得到事实真相的父母也在等着，而那些女儿尚在失踪状态的父母却在纠结，他们知道一旦泰德真的死了，可能就再也找不回女儿的遗骸了。

泰德一直在碰运气，这次看来是要用完了。我还记得他曾对加里·吉尔摩嗤之以鼻，也记得他对吉尔摩面对犹他州行刑队的时候媒体报道那样地铺天盖地有些嫉妒。泰德不能也不会悄悄地离开。他不可能拒绝大张旗鼓的媒体报道。

这一点我很清楚。到时候一定是令人难忘而出乎意料。

在第四份死刑令签署的第二天，佛罗里达州内有消息称，泰德·邦迪可能愿意透露他对尚未破获的谋杀案所了解的情况。对泰德而言，认罪的好处要远大于坏处。他可能希望再获缓刑。只要他不断认罪，他就不太可能被处决。有太多人都在等着，想听到那些只有他知道的秘密。

在那之后，只要泰德愿意说，他便可以再次回到闪光灯下。他一直告诉我——我相信也告诉过其他人——他对连环谋杀的了解比任何人都多。这可能是他最后一次证明自己一直是这方面专家的机会。

马丁内斯州长对此不以为然。州长办公室那边表示，如果泰德愿意，他可以供认，但这不会替他赢得更多的时间。马丁内斯的新闻秘书约翰·佩克说："他要做的话，还有 6 天时间。"

波莉·纳尔逊说，她计划向位于莱克城的州法院提出另一项上诉。詹姆斯·科尔曼认为，认罪或可赢得时间，这样是有可能达成延期协议的，但他没有参与其中，因此不予置评。

泰德·邦迪突然又上了头条新闻，但同一时间国内大新闻不断，泰德随时有被推下头版的可能。迈阿密发生暴乱，在奥弗敦和利伯蒂城彻夜纵火，并危及超级碗。一名盲流在加利福尼亚州斯托克顿的一所小学校园开枪，造成 5 名儿童死亡。西雅图市长查尔斯·罗耶宣布自己将不会谋求竞选连任。而泰德一直支持的共和党那边即将举行总统就职典礼。

但消息没错，泰德·邦迪的确是在走向电椅，现在，在拒不承认14年后，泰德·邦迪准备和警探们谈谈了。

和泰德突然愿意接触那些长期跟踪他的人同样让人吃惊的是，他宣布同意与詹姆斯·杜布森博士见面，后者是总部在加州波莫纳的美国爱家协会的会长，是牧师兼里根总统的色情问题咨询委员会的成员。除了一般的记者招待会，泰德有权挑选一位单独的采访者，而他选择了杜布森。据报道，泰德几年来一直与这位保守派牧师保持通信。他们的会面过程将被录下来，但录像只有在泰德离开人世后才可以公布。记者招待会则不再举行。

1月18日，泰德改变了主意，要求举行记者招待会，时间是他被处决的前一天，是个星期一。记者们将通过抽签决定是否有资格获得这难得的席位。

泰德的刑事律师詹姆斯·科尔曼和波莉·纳尔逊在提出法律动议时，仍表现得较为乐观——至少表面上是这样。同时，泰德也在接受他的"民事律师"戴安娜·韦纳的建议。韦纳非常迷人，有着一头乌黑的长发，比泰德年轻几岁。这位来自佛罗里达州萨拉索塔的律师曾和泰德的"精神顾问"约翰·坦纳律师（也是监狱里的基督教牧师）组成团队，向马丁内斯州长求情，希望通过认罪为泰德争取时间。

戴安娜·韦纳显然对泰德投入了很深的情感，1月19日星期四，凌晨3点，她在家中给鲍勃·凯佩尔打电话。"你为什么这时打电话给我？"凯佩尔问。

韦纳显得有些惊慌失措，不顾一切地想以某种方式推迟泰德的行刑时间。她希望凯佩尔给州长打个电话，为泰德的案子辩护、申请延期。对于现在重新担任华盛顿州司法部长办公室刑事部门首席调查员的凯佩尔来说，韦纳的这一请求显得过于草率，也为时过晚。凯佩尔几番挣扎，打消了睡意，告诉戴安娜·韦纳说他几小时后就要飞往佛罗里达。即便他愿意，他也要在听完泰德·邦迪的话之后才能向州长提出请求。

对记者来说，鲍勃·凯佩尔在他们的采访对象名单上高居榜首。凯佩尔被接连不断的电话轰炸，寄希望于在飞行过程中平静地度过一段时间。西雅图的记者都躲在斯塔克监狱附近的汽车旅馆里，猜想着凯佩尔到达佛罗里达后可能会住在那里。他们也问过我他可能入住的酒店。

我不知道。

没人知道鲍勃·凯佩尔在佛罗里达的住处，连他的妻子也不知道。如果她不知道，那记者也无法给她来个措手不及。事实上，凯佩尔飞到了杰克逊维尔，在机场附近的六号汽车旅馆过了第一晚。然后，他和联邦调查局行为科学部门的比尔·哈格梅尔取得了联系，一起住到了杰克逊维尔海滩的海龟酒店。"我一直没去看一看那片海滩。"凯佩尔回忆道，"一大早我们就摸黑出门了，天黑后才回来。"

比尔·哈格梅尔也认识泰德·邦迪。泰德写信给我的时候提过，他至少对于联邦调查局行为科学部门处理连环谋杀案的方法是比较认可的。那些特工就是泰德想要找的人。哈格梅尔正在协调最后的供词。他能让泰德镇静下来，也能为即将到来的警探当好顾问，这些人都急于在规定时间内让泰德回答他们的问题。

凯佩尔和泰德的交谈安排在星期五上午 11 点到下午 2 点半之间。但他要进去的时候已经浪费了半小时。戴安娜·韦纳和约翰·坦纳想在他见到泰德之前向他简要介绍情况，一直弄到 11 点 30 分。然后又来了一位访客，凯佩尔不得不又等了 10 分钟。当凯佩尔终于见到泰德时，已近正午了。

戴安娜·韦纳陪着泰德接受了采访，这使得凯佩尔无法对泰德进行"接触式"探视。"无接触"探视的意思是邦迪和凯佩尔之间用一块玻璃板隔开，录音机放在泰德那一侧的搁板上。韦纳一边仔细地听，一边紧张地来回踱步。监狱的探视室通常是刷成青柠色或者芥末色，这两种颜色都无法掩盖泰德苍白的脸色，他已经几年没有出去晒太阳了。泰德对凯佩尔笑了笑，自信地向他打招呼。他信任凯佩尔一如他对任何人的信任。凯佩尔也从未对他撒过谎。

"我和他交谈的第一天，他就做好了谈话的准备。"凯佩尔回忆说，"我星期五第一次去见他的时候，还没意识到他那天不会坦白。他想为接下来的三天打个基础。他手头有笔记，是为那几天准备的。他开始根据笔记和我谈，进行到大约一半的时候，就偏题了。他认为他最好开始坦白，要不然我是不会感激这一切的，因为那之后我再也没有时间和他见面了。"

凯佩尔本以为他之前对泰德的探视经历，会让他们这次谈话"略过所有的废话而直奔主题"。但是这位华盛顿州的警探发现这不过是场游戏。"一切都是精心策划的。他打算倒出一些事情，但不是全部。"

凯佩尔意识到他必须想出一个办法，他说："很快就可以让泰德谈论一件谋杀案，但要他承认其他所有谋杀案很难。"这不是理想的审讯状态，实际上，差太远了。要拿到一宗谋杀案的准确可靠的陈述，任何警探都希望至少有 4 个小时时间。凯佩尔需要 8 起或更多谋杀案的信息，而全部时间得控制在 90 分钟内。

泰德继续试图掌控面谈的重点，而时间在逐渐流逝。凯佩尔没时间去顾虑泰德的自尊心了……

凯佩尔回忆说："最简单的办法就是直接问他尸体现场的情况。结果发现泰勒山上有五具尸体，而不是我们以为的四具。"

泰德告诉凯佩尔，那第五具尸体是唐娜·曼森的，那个 1974 年 3 月 12 日从奥林匹亚常青州立学院失踪的女孩。

"他还说，在发现奥特和纳斯伦德尸体的现场一共有三具，不是两具。"

警探们之前在离萨马米什湖州立公园两英里的满是车辙的路旁发现了一块新的股骨和脊椎骨，但不知道那是谁的。

泰德最终承认，他们所找到的那些都属于乔治安·霍金斯。

凯佩尔的"最后一个小时"的技巧很有效。他提到了埋尸地，只要泰德不拒绝开口，采访就可以顺利地进行下去。泰德向凯佩尔提供的信息真实可靠。凯佩尔盯着转动的录音带，眼看一面快要录完了。正说到认罪的重要环节，但凯佩尔不得不放慢节奏，提醒泰德把磁带翻一面。他看到金色的磁带继续滚动起来，记录着他多年来一直在追寻的东西。凯佩尔听到的内容很骇人，泰德说得哽咽了，就停下来，大口喘气，重重地一叹。但真相正在慢慢揭开。

终于真相大白。

当问及数字之时，谈话出现了意外的转折。

他给出的数字和官方数字并不相等。最后，凯佩尔问："其他那些人是谁？有我不认识的人吗？"

泰德答得很快："哦，有，还有三人。"

这时，探视时间到了。凯佩尔不清楚自己是否还有机会再和泰德谈谈，他知道犹他州和科罗拉多州的警探也都有问题要问。分配给他的时间用完了。

巧的是，他又获得了一次机会。时间是周日晚上，排在杜布森（17:30—19:30）和盐湖城的丹尼斯·考奇警探之后，在科罗拉多州的迈克·费舍尔之前。

泰德筋疲力尽了。他已经好几个晚上没睡觉了。他脸色惨白，满面泪痕。他很瘦，甚至看起来很虚弱。他穿了两件衬衫，像是要以此抵挡来自死亡的寒意。他再也不是那个不乏魅力的年轻政治活动人士了，他看上去又老又累。

在马拉松式审讯的第一晚，泰德和比尔·哈格梅尔待了几小时，由哈格梅尔帮助泰德分离出警探们需要的信息。他已经和杜布森以及律师谈过了，又开始找上了警探。

当凯佩尔被问及他是否认为泰德会不眠不休地度过生命的最后几天时，他摇了摇头，说："不，我觉得他是真的认为如果把自己的想法发挥好，就还有机会活得更久。他想挽救自己的生命。他不想死。他希望自己的努力可以实现。"

这话没错。泰德的律师团队要求再延长三年。如果马丁内斯能再给泰德三年的生命，那么泰德就会供出一切。

在凯佩尔与泰德的每次会面过程中，他看到泰德一直竖着耳朵听有没有电话打来，星期五到星期一每天都有来自波莉·纳尔逊和詹姆斯·科尔曼的消息。只要美国最高法院仍在考虑一项紧急请求——它旨在让泰德活到下一次正式上诉能提出——他们就还有机会。尼尔森和科尔曼现在准备辩称，利奇案的陪审员在决定依泰德所犯罪行是判死刑还是终身监禁的过程中受了误导。

"电话铃响了。"凯佩尔回忆道，"铃声叫醒了泰德。不管他在做什么，他都会听到电话铃响。这才是他真正关注的事。"

泰德知道州长马丁内斯没有做出任何回应。不管泰德、坦纳和韦纳提出什么，马丁内斯都拒绝了。

戴安娜·韦纳曾请求鲍勃·凯佩尔向马丁内斯说情，但凯佩尔没有答应。下一个斡旋的途径是让受害者家属发传真给佛罗里达州州长，请求宽恕泰德！

凯佩尔安排受害者的辩护律师琳达·巴克给受害者的亲属打电话，询问他们对推迟处决泰德的意见，称这样他们就可以知道自己女儿在这世上最后时刻的真相，并且有些案件的受害者还可以知道女儿的遗体在哪里。

所有的家属都拒绝为泰德·邦迪说情。

"时机完全不对。"凯佩尔说，"泰德给出了埋葬受害者的地点，但我们根本无法查证。当时做不到。犹他州和科罗拉多州的那些地方的积雪有 7 英尺厚。即使在华盛顿州，雪也达到 1 英尺厚。"

1989 年 1 月 22 日是星期天，晚上，鲍勃·凯佩尔和泰德·邦迪聊了 45 分钟，获得了更多的细节。但是，当凯佩尔试图和泰德争辩一番时，他发现在他面前的这个人已经没有战斗力了。泰德盯着他，但眼睑低垂，看上去像要睡着了。他提了下精神，说："我知道你想怎样，但这行不通。我实在太累了。"

电话铃响了，泰德又清醒了，变得很警觉。收到的是个坏消息。最高法院做出了否决的裁定。

"从那时起，他就一点精神都没有了。"凯佩尔回忆说。

他提出的问题也没有得到答案。

鲍勃·凯佩尔接受记者采访时，他的脸上明显流露出过去几天里一直经受的紧张情绪。凯佩尔并非那种容易受惊吓的人，但这次，他被惊到了。他因为自己最终还是要去窥探一个"天生杀人狂"的阴暗心理而不知所措。

"他描述了伊萨卡的犯罪现场（珍妮丝·奥特、丹尼斯·纳斯伦德和乔治安·霍金斯被抛尸的地方），说得活灵活现，就像他人在那里，就像他亲眼见到了一切。他无法摆脱，因为他在那里待了很久。他只是一直沉浸在谋杀情境里……"

另一个让鲍勃·凯佩尔感到震惊之处是，他居然看到泰德·邦迪为乞求活下来而终于流下了眼泪，要知道泰德这么长时间以来一直都控制得非常好。

凯佩尔回答了记者的一些提问，并答应稍后会回答更多问题。他还说有些他所了解的东西是他永远不会拿出来讨论的。

新闻机构后来刊登了这篇报道，称邦迪已经招供，很可能还会坦白更多。新闻标题甚至用了不同的语言。

邦迪承认"泰德"谋杀！

邦迪在多番拖延后终于就其他谋杀案认罪！（原文为西班牙语）

鲍勃·凯佩尔驱车 60 英里到杰克逊维尔，登上飞往亚特兰大的飞机，然后在那里转机飞回了西雅图。

他已经尽其所能，可能也对结果感到满意。他回家后一直睡到了周一晚上。

他没打算在太平洋标准时间凌晨 4 点醒来，那是预定的泰德·邦迪死亡的时间。

多萝西·刘易斯博士从康涅狄格州赶来，与泰德再次进行了交谈。如果她觉得他无行为能力，州长就不得不再任命三名精神科医生对他进行检查。他们必须同时在同一个房间里进行大量的精神检查。如果三人中有两人同意他有问题，那行刑就会被推迟。

结果是：没有问题。

在这最后一刻，泰德知道他可能不会被暂缓行刑了，这一点他大概在过去几天里已经感觉到了。可是他已经承认了，坦白了，招供了。他最终还是说出了一些将会把他与多起谋杀案联系起来的细节。

泰德告诉鲍勃·凯佩尔，他在 1974 年 7 月杀死珍妮丝·奥特后不久，就把她的黄虎牌十速自行车留在了西雅图的植物园，但没有人报告找到了车子。凯佩尔认为是"某个孩子捡到自行车后骑走了"。

如果那辆自行车还在，它的序列号是 PT290。

尽管泰德一直被认为与奥林匹亚失踪的唐娜·曼森有关，但警探们直到现在才最终确定。泰德说唐娜的尸体是他留在泰勒山的第五具尸体。等积雪融化后，搜索队将再次进入该地区。

泰德坚决不肯透露姓名的三名受害者是谁呢？

泰德否认杀害了塔科马的小女孩安·玛丽·伯尔，但他的理由太站不住脚了。他说他不可能杀害安·玛丽是因为"当时我太年轻了"，以及"我住得离她家太远了"。

安·玛丽失踪那会儿泰德已经 15 岁了，够大了。而且他就住在几个街区之外。安·玛丽平时在泰德的叔叔约翰家的隔壁上钢琴课，那么泰德很可能在那一带见过她。

安·玛丽失踪的那天早上的事一直被她的家人铭记在心。那是 1961 年 8 月 31 日。夜里来过一场大风暴，他们不得不两次起夜去照看安的妹妹朱莉。朱莉弄断了胳膊，打了石膏，奇痒难忍又不能抓，就醒了。

第一次起夜的时候，安·玛丽是在的。第二次，位于门厅另一边的她的床上没人了。

安·玛丽的姑妈回忆说，小女孩平时喜欢早起，穿着睡衣下楼去客厅练钢琴。"那里的窗户没有完全关上，有一根电视天线引线经由那扇窗户伸进来，插销插不上。"

早上，贝弗丽和唐纳德·伯尔夫妇下楼时，发现窗户是开着的，前门也开着。而安·玛丽再也没有回来。

在深夜的忏悔中，泰德对遇害的孩童避而不谈，也或者他只是找借口而已。

我认为是他杀了安·玛丽，而且很可能她是他手上的第一个受害者。

我还认为是他杀了凯瑟琳·梅里·德文，虽然他不承认。泰德的确告诉了鲍勃·凯佩尔，说他 1973 年在奥林匹亚附近捎过一个搭便车的人，并在杀了她之后把她的尸体扔在了奥林匹亚和华盛顿州海岸的阿伯丁之间的树丛里。但他无法从凯佩尔给他的地图上精确地找出那个位置。凯西·德文是在奥林匹亚附近被发现的。可能是她在大学区搭车后被带到了高速公路以南 60 英里处。泰德就是那个在塔姆沃特附近捎上她的人吗？

泰德就是那个在 1973 年 12 月杀害她的人吗？

我认为那第三个受害者是 1966 年在床上遇袭的空姐朗尼·特伦贝尔。

泰德不愿说。

泰德·邦迪自己承认的受害者名单很长且很惨。他向鲍勃·凯佩尔确认的受害者包括琳达·安·希利、唐娜·盖尔·曼森、苏珊·伊莱恩·兰考特·布伦达·卡萝尔·鲍尔、罗伯塔·凯萨琳·帕克斯、珍妮丝·安妮·奥特和丹尼斯·玛丽·纳斯伦德。

最后，在乔治安·霍金斯失踪即将满 15 周年的时候，泰德补全了 1974 年 6 月在华盛顿大学那排希腊建筑后面的小巷里上演的那场惨剧。乔治安在不到一分钟的时间内连尖叫一声都来不及就消失了，这让我和警探们都无比困惑。

每次当我在演讲中展示那条小巷的幻灯片时，我的脑海里无数次地浮现过可能发生的事。事实证明，事情和我想象的差不多。

乔治安在小巷北端与 Beta 楼窗户里的朋友笑着说了声再见，然后往停在巷子西边的亮黄色的别克敞篷车方向走去。

然后她遇见了泰德·邦迪。

泰德口供的录音带质量很差，很难听清，总有铛—铛—铛的声音，大概是录音机出了点故障。此外，泰德的声音本身就沙哑刺耳，感觉非常疲惫，压力很大。我熟悉那个声音，但我从未听过那个声音说如此骇人的事情。

"……那天（1974 年 6 月 10 日）大约午夜时分，我在后面的一条小巷里，好像是女生联谊会和兄弟会一带，具体街道不一定准确，应该是 45 街到 46 街……还是 47 街？……在那些楼的后面，过一条小巷，到街区的另一边，我想那里有个公理会教堂……我那时正沿着巷子往北走，拿着公文包和拐杖。这个年轻的女人沿着街区的北端走进了巷子。她停了一会儿，然后继续沿着小巷朝我走来。大约走到半个街区处，我们遇上了，我请她帮我拿一下公文包。她照做了——然后我们走回小巷，穿过街道，在兄弟会楼前街角处的人行道上右转。（这便是乔治安的男朋友住的 Beta 楼。）

"在 47 街往北的左边角落，也属于街区的一部分，过去是个停车场，是用烧毁了的房子改建的停车场。大学后来又将其变为临时停车场。反正那里有个停车场……没有路灯，我的车就停在那儿。"

"关于那天——"凯佩尔提示道。

泰德深深地叹了一口气，说："啊……基本上——在我们到达车那里的时候，我就用撬棍把她打昏了——"

"你从哪儿拿的撬棍?"

"车那边。"

"就在车子外面?"

"外面——在车后备厢。"

"她看到撬棍了吗?"

"没有。撬棍边上还有些手铐。我给她铐上手铐，把她推入驾驶室，我指的是副驾驶位置，然后就开车走了。"

"当时她是死是活?"

"不，她很安静——她失去了知觉，但还活着。"

录音带里泰德的叹息，听得出来他当时应是深陷于痛苦之中。他在呻吟，在喘气，然后又猛吸气。录音带上的瑕疵像时钟一样滴答滴答地响着，铛，铛，铛。

泰德说他开车沿着小巷到了东北 50 街，"那条街是东西向的。我向左转——然后开到了……高速公路。在高速公路上向南行驶，在老浮桥——90 [指 90 号州际公路]——那里就变道了。她在那个时候恢复了知觉——基本上是——嗯，还有很多附带的事情我不想讲。我不说是因为它们只是——不管怎样，我过了桥就往默瑟岛开去了，途经伊萨卡。开上了山，沿路向下开到了一片长满草的地方……"

这时，凯佩尔测试了下泰德，说那里有个路障，泰德是无法横穿两条车道的。但泰德坚称 1974 年的时候没有路障。他说的没错。

"那时候是可以左转的，但也可能是违法的，因为是双黄实线。我当时真是疯了——如果有州巡警的话，他可能会逮捕我。[泰德笑]但是，你知道，尽管如此，在那时候，路中间没有隔离带……你所做的不过是非法左转，穿过——90 号公路的两条西向支路，然后右转进入与 90 号公路平行的岔道。

"……我摘了她的手铐，然后……带她出了面包车，把手铐摘下来。带她下车。"

凯佩尔插话说："面包车？"

"不，是大众车。"

"但你刚说了面包车。"

"好吧，我说错了，是一辆大众汽车。啊……不管怎样，这可能是最难的部分——我不知道……我们以前谈得很抽象，但现在我们开始深入了。我会说的，但我希望你明白，我觉得这不是一件容易说出口的事，而且，经过了这么长时间，呃，呃。"

泰德深深地叹了一口气，气呼呼地吹进了录音机里。他似乎想通过这声叹息让自己抽离出来。

"比较棘手的一点是，当时，她非常清醒地说了一些话……好笑吧——这不好笑，但在那种情况下说那些话让人觉得很奇怪。她以为——她说她以为——她说第二天要考西班牙语——而她以为我带她来是为了帮她准备西班牙语考试。太怪了。她说的那些话。不管怎样……总而言之，我再次把她打昏了。然后将她勒死，拖到了大约 10 码外的小树林里。"

"你是拿什么勒死了她？"鲍勃·凯佩尔轻声问道，不带任何情绪。他问的时候都会克制住自己的感情，至少有 5 个小时都是如此。

"一根绳子——呃，那里的一根旧绳子。"

"……然后发生了什么？"

录音里又是一阵叹息和呻吟。"……发动汽车。那时，差不多黎明时分。太阳都出来了。接下来我像平时一样该干吗干吗。我就照常——我照常——在这个特别的早晨，我是绝对——我是绝对震惊了——再次震惊了，吓得要死——吓坏了。我开车沿着公路往下，扔掉了我所有的东西——公文包、拐杖、绳子和衣服，统统扔出了窗外。我当时——我当时我完全处于恐慌之中，简直是恐怖。在那个时候，呃……我才意识到发生了什么。就感觉像是你发烧刚刚醒过来……就是这样。我在 90 号州际公路上往东北方向开，一边开一边往窗外扔衣服——还有鞋子——"

凯佩尔插嘴问他乔治安是否脱掉了衣服。

"什么？"泰德的声音显得低沉而有些烦躁。

凯佩尔又问了一遍。

泰德没有理会这个问题。"呃，我们下车后——噢，我跳过一些事先不讲——我们后面会有时间再讲，但我不觉得——我觉得现在讲实在太难了。"

还有一些泰德"跳过"的事情，后来他的确倒回去讲了，但这些事鲍勃·凯佩尔对外守口如瓶。凯佩尔好奇为什么一直没人找到泰德在所谓的慌乱中扔掉的东西。还是泰德自己给出了答案。他平静下来后，立即回去拾起了所有的东西。

泰德陆续招供着他的罪行，中间不断夹杂着长时间的沉默。真相太可怕了。正如泰德自己多年前在彭萨科拉和塔拉哈西所说的那样，他的确是个"偷窥狂、吸血鬼"，一个被幻觉控制一生的人。他所表现出来的反常和扭曲与我所写过的其他任何一个杀手一样地丑陋、病态且根深蒂固。

回想当年，每个周日和周二的晚上，我都和一个叫泰德的 24 岁年轻人待在一起，那时候他的这些幻觉一定也是在的吧。一想到这里，我不寒而栗，就好像有只兔子从我的坟墓前跑过。

除了在华盛顿州犯下的罪行，泰德还供认了其他更多的谋杀案。

他承认 1975 年 3 月在科罗拉多州的维尔杀害了朱莉·坎宁安。她当时刚哭过，独自一人去见可以安慰她的朋友。泰德在一条积雪覆盖的街上遇到了朱莉，他请她帮他拿滑雪靴。到了他车子那里，他便用撬棍袭击了她，然后把这个失去知觉的女人抬进了车里。和乔治安一样，朱莉苏醒了过来，他又打了她。他把她的尸体留在了原地，但后来又回去埋了她。

他的作案手法有些变化。他把一些受害者埋了，把一些扔在了树林里，还把一些丢进了河里。

受害者很多，可能比我们所知道的还要多得多。鲍勃·凯佩尔认为泰德至少杀害了 100 位女性，而我同意他的看法。

泰德·邦迪在塔科马的亨特初中时被班上同学一致认为是"最害羞"的男孩，他杀人，我觉得是由 1961 年小姑娘安·玛丽·伯尔的失踪开始的。而直到 1975 年 10 月之前，他一直以自由之身过着错综复杂的生活。1977 年 12 月越狱后，他又获得了六周半的自由。我们知道他在那段时间袭击了 7 名女性，并杀死了其中三人。究竟还有多少是我们不知道的呢？

在认罪结束后，受害女孩的人数占据了报纸从上到下整整一个版面。

泰德·邦迪供认杀害的人名单如下：

_科罗拉多州_

卡琳·坎贝尔，24 岁。

朱莉·坎宁安，26 岁。

丹尼斯·奥利弗森，24 岁。

梅兰妮·库利，18 岁。

雪莱·K. 罗伯逊，24 岁。

犹他州

梅丽莎·史密斯，17岁。

劳拉·艾姆斯，17岁。

南希·贝尔德，23岁。（年轻妈妈，1975年7月4日在她工作的莱顿加油站失踪）

南希·威尔科克斯，16岁。（啦啦队队长，最后一次被人见到是在一辆浅色大众甲壳虫汽车内，时间为1974年10月3日）

黛比·肯特，17岁。

犹他州的其他疑似受害者

苏·柯蒂斯，15岁。（1975年6月28日，在参加一个青年会议时失踪）

黛比·史密斯，17岁。（1976年2月失踪；1976年4月1日，尸体在盐湖国际机场找到）

俄勒冈州

罗伯塔·凯萨琳·帕克斯，20岁。

尽管俄勒冈州的警探未获得在佛罗里达州审问泰德的机会，但他们认为泰德应该为该州至少两名女性的失踪负责：

丽塔·洛林·乔利，17岁。（1973年6月在西林恩失踪）

维姬·琳恩·霍拉尔，24岁。（1973年8月在尤金失踪）

佛罗里达州

玛格丽特·鲍曼，21岁。

莉萨·利维，20岁。

金伯利・利奇，12 岁。

爱达荷州没有派警探去雷福德监狱的理由，然而，鲍勃・凯佩尔打电话给爱达荷州司法部长办公室的首席调查员鲁斯・雷诺，建议该州最好也派遣调查员去佛罗里达州。

司法部长吉姆・琼斯派了三名警探去斯塔克。鲁斯・雷诺本来对他将会了解到什么毫无概念，但在与泰德会面后，他找到了这事与爱达荷州之间的关联。

据报道，泰德承认，他在劳动节的周末搬到盐湖城期间曾在博伊西附近停留过。1974 年 9 月 2 日，他看到一个女孩在博伊西附近等着搭便车，便带上了她。他用棍子打了她之后，把尸体扔进了一条河里。他觉得是蛇河（Snake River）。但爱达荷州当局未能找到与泰德描述相符的失踪人员报告。

然而，接下来供认的听起来太像一起众人皆知的悬而未决的失踪案，不太可能是巧合。而整个案件可谓是一项关于蓄意残忍的研究。据报道，泰德告诉雷诺，他进入爱达荷州，除了想找个人杀之外，没有其他目的。

他确保自己不需要加油，以免留下蛛丝马迹。他选择波卡特罗作为他的中转站。他到波卡特罗，然后再到盐湖城，行程是 232 英里。大众汽车不需要加油就能轻松完成。

该地区交通繁忙，很多人到这里进行户外娱乐活动，也会有路过的陌生人。

泰德开着他的大众甲壳虫上了 15 号高速公路，开始寻找猎物，寻找一个不认识的女性下杀手。

那天是 1975 年 5 月 6 日。

中午时分，他在一所初中的操场上发现了一个女孩。他带走了她，将她杀害之后把尸体扔到了河里。他说这一次好像也是蛇河。

来自波卡特罗的 13 岁女孩勒奈特·卡尔弗 1975 年 5 月 6 日失踪。迄今已经失踪 13 年半,比她活着的时间还长,可勒奈特的尸体一直未找到。

泰德完成任务之后,便折回到盐湖城。整个行程只花了 4 个小时。

由于没有找到失踪女孩的尸体,爱达荷州永远无法证明泰德·邦迪所言的真实性。但是,就勒奈特的案件而言,问题似乎是有了答案。但还有一个女孩从未被报告过失踪。在某个地方,可能会有人记得 1974 年劳动节期间,有个年轻女孩在爱达荷州失踪了。

究竟还有多少?因为泰德实在是杀害了太多女性,他所做的不仅仅是夺走她们的生命。他也剥夺了她们的特殊性。把这些受害者列成一个名单太容易了,也太方便了,但要在一本书的篇幅内讲述每个受害者的故事却是不可能的。所有这些聪明、漂亮、讨人喜爱的年轻女孩,都不可避免地成了"邦迪的受害者"。

只有泰德一直是在聚光灯下。

从 1988 年 12 月我第一次接到吉恩·米勒的电话,到泰德被送上电椅的前夜,这段时间过得太快了。1 月 23 日星期一,我从一个访谈节目辗转到另一个访谈节目。每一位采访者似乎都坚信这次行刑在即。那段时间我甚至有一种超脱尘世的感觉。白宫有了位新总统,西雅图经历了一个反常的严冬之后,天气终于开始转暖,而泰德就要死了。

这一次,他是真的要死了。

如果有选择的话,我宁愿待在家里,至少周围都是我所熟悉的,有我的家人和朋友陪伴。我需要一个舒适区。

无论如何,18 年来,泰德·邦迪一直是我生活的一部分。事实上,他从根本上改变了我的生活。现在,我不写杂志文章,改写书了。而这一切始于这本关于他的书。如今的我有足够的收入过上舒适的生活，不再需要担心账单了。

我曾经努力去阻止像泰德·邦迪这样的人，也曾与泰德·邦迪这类人的受害者和幸存者一起工作过。我脑子里 95％ 的部分是讨厌泰德以及他所代表的一切。但仍有一小部分的我在想："天哪，他就要走下大厅，坐上电椅，电流会从他身上通过，在他的太阳穴、胳膊和腿上留下灼伤的痕迹。"当我静静地坐在去往旧金山的飞机上时，这种想法就会一遍又一遍地掠过我的脑海。我凝望着外面的云彩，俯瞰着金门大桥。自从我第一次坐飞机到迈阿密参加泰德的审判——想起那次飞机坐了整整一晚上，现在还会头晕——我已经飞了一千多趟了。我平均每年去旧金山八九次。现在我飞到纽约、洛杉矶或芝加哥，就像我以前开车去俄勒冈州波特兰一样。

但是，这一晚，我只希望我能待在家里。

首先，我要参加《拉里·金访谈》，旧金山是 CNN 最近的分部所在地，他们可以在那里连接卫星。车在机场接上了我，把我送到一栋摩天大楼。

我坐在炽热的电视灯光下，对着镜头说话，努力做到像是真的看着拉里·金的样子。这一晚，所有认识或见过泰德·邦迪的人都在美国的某个地方接受采访。我们很有新闻价值，尽管在这一天左右的时间之后我们不会受到特别的追捧。

在美国东南部的某个地方，如今已为人妻为人母的凯伦·钱德勒正在向金讲述 1978 年 1 月那晚的事情。她看起来挺正常的，这实在太好了。知道即使是少数幸存下来的女孩最后能过上幸福、正常的生活，这着实令人感到安慰。凯伦没有提她仍在为泰德当时用橡木棒对她造成的伤害而每月支付 300 美元的牙医费。

凯伦的联谊会楼室友凯西·克莱纳的下巴也留下了创伤，但似乎没有什么手术方法可以保证解决问题。

这周的早些时候，和以往大多数因为泰德·邦迪而给我打电话的人一样，佛罗里达州州立大学 XΩ 楼的苏珊·丹顿也打电话给我。她说一位名叫艾米·威尔逊的记者在南佛罗里达的《阳光杂志》上写过一篇关于 XΩ 楼的文章。文章对所有事做了概述，包括她们经历的噩梦，以及她们为了忘却而做的努力。

但我们没有一个人忘记，我们都知道我们永远无法忘记。

在旧金山那间又热又小的工作室里，我看着摄影师的提示，听着凯伦·钱德勒甜美的嗓音，听着来自波士顿的杰克·莱文教授讨论连环谋杀案。

我觉得有点晕。

我的思绪不断想到行刑的情景，想到电流会如何灼伤身体。

即便如此，我也认为：泰德再也没有什么东西可以给这个世界了，这个世界当然也没有什么东西可以给他了。是时候了。

旧金山市中心天气凉爽，空气清新。接送的司机把我带到了镇上最好的酒店，那里有电视节目《20/20》的工作人员在等我。此外，还有 34 条标着"紧急"的电话留言在等我回复。我在想怎么才能全部回完，一想到我根本做不到，我更觉得抓狂了。

在接下来的 40 小时里，我将和《20/20》工作组同住在一个酒店，和汤姆·贾瑞尔、制片人伯尼·科恩以及保证一切进展顺利的鲍勃·里德待在一起。我们会谈论泰德。

那种超脱尘世的感觉又回来了，而且变得比以往任何时候都强烈。我感到注意力无法集中。我意识到里面有个时钟在滴答作响，它坚定地向着佛罗里达州监狱的那个小房间而去，那房间放着一张装有皮带和电极的粗糙橡木椅子，见证行刑的人的椅子都是亮光的黑白相间的，靠背的形状像郁金香，考虑到它们所放的地方，这些椅子看起来很浮夸。《20/20》节目组带我下楼去吃了一顿我迄今吃过的最贵的美食。可是我的嘴很干涩，并没有真的享受到。汤姆、伯尼和鲍勃人都非常友好，也很风趣。他们正在做一期有意思的节目，不带任何个人感情色彩的那种。这样的事我自己也做过不下千次。

可是明天，泰德就要死了。1 月 24 日。

我终于还是来到了不得不公开表示自己反应的地方。接下来的 24 小时实在很难轻松度过。我有一种最后一次见我弟弟唐时的感觉。那时我和我的新婚丈夫开车送他去西雅图机场，非常担心他的抑郁状态。具有讽刺意味的是，他和我父亲要去旧金山——正是我现在所在的地方，好让唐回斯坦福。他俩在机场走出我视线的那一瞬间，我就哭了。

我知道我再也见不到唐了，对此我也无能为力。我无法阻止唐的死亡。那不过是注定会发生的事之一，任何人都无法改变。在二十多岁的年纪，我第一次对宿命论有了真切的感受。

唐第二天就自杀了，那时他才 21 岁。我第一次见到泰德时，他比我弟弟那会儿大一岁。我弟弟是善良的化身，而泰德·邦迪恰恰相反。但我对泰德产生同情，可能就是因为我失去了唐。

如今，30 年过去了，泰德也要死了，而任何人都无法阻止，也没什么能阻止。

我努力把注意力集中在晚餐的谈话上。我对泰德没什么亏欠。他是个恶魔，是个强奸杀人的恶魔。他对我撒了谎，他摧毁的生命比我写过的任何人都要多，也更残忍。而我记得的那些如同神话。

在遥远的佛罗里达州，泰德的生活相当平静。他取消了记者招待会。他的继子杰米·布恩去探视了他。杰米·布恩已经成年，现在是卫理公会的传教士。杰米一直是相信他的。据称，泰德对欺骗杰米感到有些懊悔。

卡罗尔·安·布恩没有去探视。

路易丝·邦迪也一直宠爱并信任她的"宝贝儿子"。泰德向警探透露真相让她感到无比痛苦。媒体找到了她，并对她穷追不舍，直到她闭门不出。

路易丝和她家乡的《塔科马新闻论坛报》谈过。"这是我们一生中打击最大的消息。"她在听说泰德向鲍勃·凯佩尔供认了 8 起——可能是 11 起——谋杀案时说，"如果是真的，那这种供认也是完全出乎意料的，因为我们一直坚信——我想我们在他自己说出来之前都仍相信——他没有犯下那些罪行……我为那些女孩的父母感到悲伤。我们也有女儿，她们是我们的心肝宝贝。哦，太可怕了。我只是不明白……"

1 月 23 日晚上，泰德给他母亲打了电话，一遍又一遍地告诉她她没有做错过什么。"他一直说他很抱歉，说他还有不为人知的一面。"但泰德急忙向母亲保证："你所认识的泰德·邦迪也存在过。"

当时房子里满是朋友，路易丝把电话按在耳朵上，以屏蔽外界的噪音，最后一次听她儿子的声音。

"你永远都是我的宝贝儿子。"她轻声地说，"我们只想让你知道我们有多爱你，而且会永远爱你。"

在雷福德监狱，漫漫长夜过得太快了。在泰德人生的最后 4 个小时里，他和盖恩斯维尔的神父弗雷德·劳伦斯以及坦纳夫妇一起进行了祷告。据报道，泰德被注射了大量镇静剂平静下来后，进行了最后的准备。没有最后一餐。他没有胃口。他的手腕、右腿和头部的毛发都被剃光了，好让电极在三次冲击中承载 2 000 伏的峰值，直至他死去。他还换上了一条干净的蓝裤子和一件浅蓝色衬衣。

旧金山这边，我们彻夜未眠。当摄影师调整灯光和摄像机角度时，我谈了几个小时的泰德，谈他是什么样的人或者说他看起来是什么样的人实际上却不是。

其间，电话又响了 75 次。就连旅馆的经营者（一位湾区缓刑官的配偶）也来询问泰德的事。

佛罗里达州斯塔克的早上 7 点是旧金山时间的凌晨 4 点。

连太阳都没出来。

凌晨 2 点半左右，我拉开床罩睡了半小时。凌晨 3 点，摄制组把我叫醒。他们准备开始拍摄。

我和汤姆·贾瑞尔坐到电视机前的丝绸椅子上。电视屏幕上显示的是佛罗里达州监狱，然后聚焦到唱着歌、喝着啤酒庆祝行刑的人群。300 个人穿着戏服，戴着面具，举着写有"烧死邦迪！"、"今天是煎烤日！"之类的标语牌。一个戴着里根面具的人不停地在镜头前蹦来跳去。他一手拿着一只兔子肖像，解释说那是他的"邦迪兔"。

他们看起来都很疯，并不显得比泰德仁慈。

父母也都带着孩子来见证这一喜事。这种过节一般的氛围着实让我震惊。

《20/20》节目的摄像机对着我们。汤姆·贾瑞尔问我问题，我盯着屏幕。我又一次想要回家。在佛罗里达州第一缕阳光的映衬下，那座带有死刑室的绿色建筑隐约可见。

时间指向 7 点，我们都盯着屏幕看。现在不可能再有缓刑了。这次是真的要行刑了。我感觉我可能会吐。我已经有十年没有如此这般的内心混乱，这种感觉和当时在迈阿密意识到泰德有罪时完全一样。

镜头好像对准了我的鼻子，我能听到汤姆用他那柔和的南方口音在问我问题。我摇了摇头。我说不了话。

我们看到监狱外的光线很长一段时间都是暗的，随后一下亮了起来。等待的人群在低沉地叫喊着。

早上 7 点整，死刑室的一扇门打开了，监狱长汤姆·巴顿走了进去，泰德在两名警卫的护送下紧随其后。他的双手戴着镣铐，他很快被绑到了电椅上。

据说泰德的眼神显得很空洞，可能是因为没睡觉或被注射了大量镇静剂，也可能是因为他不再有任何希望和期待。他透过有机玻璃隔墙望着坐在亮亮的黑白座椅上的 12 名行刑见证者。他都认得吗？可能不。有些是他不认识的，有些是他多年不见的。塔拉哈西的警探唐·帕肯、鲍勃·德克尔和杰瑞·布莱尔都在。发现了金伯利·利奇遗骸的州警肯尼思·罗宾逊也在。

泰德平视着詹姆斯·科尔曼和劳伦斯神父，然后点了点头。

"吉姆……弗雷德，"他说，"我希望你们能把我的爱转达给我的家人和朋友。"

巴顿还有个电话要打。他用死刑室里的电话打给了马丁内斯州长。巴顿的表情难以捉摸，只见他向戴着黑兜帽的行刑人点了点头。

没有人知道行刑人是谁，但有一位目击者看到了他/她眼睛上方有浓密卷曲的睫毛。"我想是个女的。"

我在旧金山看着电视屏幕。监狱外的灯光又一次暗了下来，紧接着又是一次。

然后，一个模糊的身影从绿色建筑的某个地方走了出来，大力挥舞着一条白色的手帕。

这是个信号，说明泰德死了。

当时是早上 7 点 16 分。

一辆白色的灵车从监狱后面某处缓缓地开出来。车子加速的时候，人群欢呼雀跃起来，还有人高兴地吹起了口哨。工作人员担心会有暴徒出来阻止或掀翻车子。《迈阿密先驱报》的比尔·弗雷克斯拍下了一张该场景的照片，他还拍过唯一一张泰德·邦迪失控的照片。那照片摄于 9 年前利奇案的审判过程中。当时泰德决定离开法庭，但警官拦住了他的去路，他瞬间就勃然大怒。那个失控的泰德就是受害者所见到的泰德。我每次用那张幻灯片结束我在研讨会上关于邦迪的发言时，听众们总会惊讶地倒抽一口气。

但这次以自己的能力从容走向电椅的泰德·邦迪控制住了局面。他以我一直认为的方式死去：没有让目击者看出他内心的恐惧。

我和《20/20》节目组一起飞回西雅图，在接下来的 12 个小时里，我都没来得及睡觉，一直在接受电台和电视台采访。我所到之处，都能看到即时发布的泰德和詹姆斯·杜布森博士对话的录像带。画面上，泰德面色苍白，满脸皱纹，显得疲惫不堪，他诚恳地向杜布森透露他的罪行可能是由于淫秽作品和酒精的作用。

那盘录像带说明了两点。一方面，杜布森博士认为淫秽作品和酗酒会把人变成连环杀手，而这位第一个亮相的连环杀手能够验证他的这一理论。另一方面，泰德想给人留下一个印象，即他是充满智慧的、人类是有罪的。是的，他有罪，但我们的罪过更大，因为是我们允许淫秽作品被出售。我们走过报摊，并没有要求没收和取缔淫秽文学作品。泰德虽然看上去很疲倦，但他仍然才华横溢，言语间颇具说服力和自嘲能力。在杜布森问他发生了什么的时候，他低下头，然后又抬头用锐利的眼神看着摄像机，回答说："这是个时间问题，也是一个……比我聪明得多的人会研究上几年的问题……"

泰德表现得很谦虚，说自己不是专家——但他告诉过我、凯佩尔、阿特·诺曼和比尔·哈格梅尔以及任何愿意听他说话的人，说他绝对是连环谋杀和精神病理学的权威专家。在和杜布森对话的录像带里，他不过是试探性地、谦虚地表达了自己的看法。

"这就是我想要传达的信息。在我还是个十二三岁的小男孩时，我只要出门，在当地的杂货店或药店，我都会见到人们称为软性色情（soft-core）的物品。杜布森博士，正如我在昨晚跟你讲的一则轶事里向你解释的那样，我们也会和小男孩一样到周围那些路况不好或偏僻的小巷小路里探索一番，人们常常会把垃圾倒在那里……有时，我们会时不时地碰上一些赤裸裸的色情书籍……当然也包括侦探杂志之类的东西。"

看上去像是在杜布森的引导下，泰德谈着他对色情作品的瘾，以及他因那些带有暴力和性暴力的印刷品影响而产生了扭曲。

泰德很有说服力，一个精疲力尽、充满悔意的将死之人却仍不忘警醒世人。

我希望我能相信他这么做的动机是利他的，但我在杜布森录像带里看到的是泰德·邦迪对我们大脑的又一次操纵。这盘录像带的作用是再一次把他犯罪的责任推到我们身上，而不是归咎于他自己。

我不认为色情作品是导致泰德·邦迪杀害了 36 名或者 100 名、300 名女性的原因所在。我认为他沉迷于他的罪行赋予他的权力，并且他想让我们谈论他，讨论他言语间的智慧。就此而言，泰德大获成功。

直截了当地说，真相就是泰德·邦迪是个骗子。他一生中大部分时间都在撒谎，而且我认为他最后还在撒谎。他和杜布森说自己偶然间发现了侦探杂志，读得津津有味，因此"产生了幻觉"。昨天，我看到了泰德死前差不多 12 年寄给我的一封信。日期是 1977 年 1 月 25 日。

我写信告诉他我为《真探杂志》写了一篇关于"泰德"的文章。

"听你说给侦探杂志写文章，我既不惊讶也不失望。"他写道，"我倒是期待这类故事能被大家看到，或者至少让阅读侦探类文章的受众看到。我没有冒犯你的意思，也不想诋毁侦探杂志的出版社，但是这些出版物的读者是哪些人呢？可能是我生活比较闭塞，但我自己就从来没买过这类杂志，偶尔拿起来翻过也是在危机诊所，那晚是你带了些杂志过来给我们看你的文章。

"想想看，我周围没有任何人订阅或定期阅读这些杂志。当然，我也并不符合你认为的典型美国人。

"……如果这篇文章发表在《时代》周刊、《新闻周刊》、《丹佛邮报》、《西雅图时报》，甚至《国家问讯报》上，我担心……"

哪种说法才是真的呢？泰德写信给我的时候说自己从来没读过侦探杂志，还对我写了他的故事感到有些发怵；可他告诉杜布森博士，说他受到了这些杂志和其他读物的精神腐蚀，才走到了成为连环杀手的地步。

泰德·邦迪和詹姆斯·杜布森之间的访谈解开了一个一直困扰我的谜。在泰德被处决后的几周里，我收到一些年轻女性的来信。这些善解人意、聪明善良的女孩或写信或打电话给我，说泰德的死让她们极为沮丧。一个大学生看了电视上的杜布森录像带后，深受感动，还送了鲜花到焚化泰德尸体的殡仪馆。"他肯定不会伤害我。"她说，"他需要的只是一些善意。我知道他肯定不会伤害我……"

还有一名高中生说她一直在哭，为泰德·邦迪这样的好人被杀而无法入眠。

我接到了很多电话，有很多为他哭泣难过的女人。她们中的许多人都与泰德通过信并爱上了他，每个人都虔诚地相信自己是泰德的唯一。有几个人还告诉我，他的死让她们患上了神经衰弱。即使是死了，泰德仍在伤害女人。她们找人去买了杜布森的录像带，为此支付29.95美元的费用，然后一遍又一遍地看。她们从他的眼睛里看到的是同情和悲伤，自己内心感受到的是内疚和失落。要想康复，她们必须意识到自己是被高明的骗子骗了，她们不过是在为一个从未存在过的影子人而悲伤。

还有一些女人打电话来说她们非常害怕泰德·邦迪，怕到不敢在他还活着的时候给我打电话。她们都称自己是泰德在70年代行凶期间侥幸逃脱的幸存者。她们中的有些人显然弄错了，其他的也让人难以接受。从邦迪手上逃脱的幸存者实在太少了，如果真能听到她们的故事，那定会很有启发。

1974年的阵亡将士纪念日那个周末，布伦达·鲍尔从火焰酒馆失踪。布伦达失踪大约一周后的晚上，一位名叫维基的年轻妈妈去了街对面的布鲁贝克露台酒吧。维基25岁，身材娇小，中分式的棕色长发。维基开着敞篷车到那里，在午夜前离开了酒吧。

但车子发动不了，于是维基搭了朋友的车子回家。凌晨4点，太阳刚露出鱼肚白的时候，维基又回去试着发动她的车。她不放心车子敞开着停在酒馆停车场。

"我当时正在摆弄车子，试着发动，但车子没反应。这时，一位英俊的男人从酒馆后面走了出来。我不知道早上那个时候他在那里干什么，我当时也没想到可能是他故意让我的车失灵。

"他试着发动车子，然后告诉我需要跨接线。他没有，但他说他联邦路的朋友有这种线。我们去了那家店，他让我进去买。店里的一个人以为我疯了，说没有跨接线。可是，'帮'我的那个人说'我认识一个有跨接线的人'。

"我还没来得及说不，我们就开着他的车上了高速公路，朝着北面的伊萨卡方向而去。车子在行驶，我以为他知道他要去哪里，但我很担心，因为我 5 岁的女儿还一个人在家里。突然间，那家伙说：'帮我个忙。'我看着他，突然他从两腿间拔出一把弹簧刀架到了我的脖子上。

"我开始哭，他说：'脱下你的上衣。'我说：'在脱了。'他说：'现在脱下你的裤子。'然后他又让我脱下内衣。

"我一丝不挂地坐在那里，试图利用心理战术和他交谈。我告诉他他长得很帅，不需要这样做就可以找到女人。他说：'我不想那样，我想来点不一样的。'

"我抓起刀，他非常生气。他喊道：'别那样做。'

"到最后，我说：'我 5 岁的孩子一个人在家，她就快醒了，家里没别的人。'

"他突然变了。就这样。他把车开到一条两边都是大树的街道。他说：'就这儿吧——你就在这儿下车。'我闭上眼睛，以为他要拿刀捅我，就说：'我不能不穿衣服。'他把我的衣服从车里扔了出去，但留下了我的钱包和鞋子。

"我走到一户人家那里，房主让我进了门，然后报警。警察发现有人把我车上的分电器盖拔了，但他们没有找到那个拿刀指着我的人。

"大约一年后，我在电视上看新闻，在屏幕上看到了那个人。我对我的朋友喊道：'看！就是他。就是那个差点杀了我的人。'他们说他的名字是泰德·邦迪。"

泰德·邦迪已经成了美国犯罪的民间传说。接下来的几年间，将会不断有关于他的故事、回忆、报道和轶事。他的生活和罪行中的一些真相被筛选出来，希望犯罪学家和精神病学家可以从如此多的恐怖事件中找出一些知识，一些可以帮助我们防止像他这样的犯罪行为的智慧。

泰德想要被注意，希望被认可。他做到了。对于那些对他感兴趣的人来说，他给这个世界留下了像纳粹一般让人憎恨的印象。当泰德的代理人称他们计划将泰德的骨灰撒在华盛顿州的卡斯卡德山脉上时，愤怒的抗议声此起彼伏。于是，这个问题被搁置下来，没有人知道他的遗体最后变成了什么样子。

这已经不重要了。一切都结束了。

那个可能的泰德和那个真正的泰德都已经于 1989 年 1 月 24 日死去。

我回想起 1975 年泰德第一次在犹他州被捕的时候。我在纽约的编辑当时没想到会有一本关于泰德·邦迪的书。"没人听说过泰德·邦迪。"他说，"我觉得这只是一个地区性的故事。这名字完全没有辨识度。"

可悲的是，现在有了。

终于，一切都平息了，泰德。

愿和平与爱，常伴所有被你毁掉的无辜者。

——安·鲁尔　1989 年 4 月 27 日

# 更新——20年后： 2000年

自从泰德·邦迪打来求助电话，告诉我他被怀疑和十多位年轻女性失踪案有关，已经过去了25年。一想到那次电话，我仍感到震惊。虽然我脑海中的泰德常常是那位二十出头的男子，但他要是还活着，2000年的他该54岁了。但在十几年前，他死于佛罗里达州斯塔克市雷福德监狱的电椅上了。在我和公众的记忆中，他仍是一位英俊的年轻男子。他外表上的魅力使他成为一个神话式的人物，一个继续吸引着读者的反英雄人物，其中许多读者在他犯下骇人罪行之时甚至尚未出生。泰德·邦迪早已成为连环谋杀的代表。事实上，刺杀罗纳德·里根总统的约翰·辛克利在收到泰德的回信时非常激动，连环杀手"山姆之子"大卫·波克维茨也与泰德有信件往来。

和流行文化中对其他杀手的描写一样，泰德沉迷于跟踪的可怕细节随着时间的推移而变得模糊，留在人们心中的是那个聪明的"流氓泰德"形象。这是不幸的，因为年轻女性必须认识到泰德·邦迪并非一个人。他代表着一个对应的群体，而这个群体的存在是极为危险的。

一次又一次，我都天真地相信人们对泰德的迷恋终会减弱，那我就不用再去想他了。我早就接受了，我会一直回答关于泰德的问题，直到生命的尽头。不久前，我躺在手术室里，麻醉师正准备让我入睡，这时一个护士向我靠过来，用温柔而关切的声音对我说："安？"

"嗯？"我以为她在问我是否舒服。

"告诉我，"她接着说，"泰德·邦迪到底是什么样的人？"

我还没来得及给出答案，便已经失去知觉了，这也不错。我不知道我或者其他认识和研究过泰德的人，是否能给出这个问题的答案。我甚至怀疑连泰德自己都不知道。但我确信的一点是，我对泰德的看法与公众对泰德作为民间流传的人物的接受度完全相反。当我读到自己在 70 年代对他的评价时，我发现离真正的准确评价还有很大的差距。从我第一次见到泰德开始，近 30 年来，我被迫不断地接受日益可憎的事实。人类的大脑，包括我自己的，能够创造出复杂的无意识路径来应对恐怖经历。

我对泰德·邦迪的记忆十分清晰，但也有分叉。我的记忆中有两个泰德。一个是每周两个晚上在西雅图危机诊所坐在我边上的年轻小伙，另一个是偷窥狂、强奸犯、杀人犯和恋尸狂。我尽了最大努力，还是无法把这两种印象组合到一起。我在假想的显微镜下看着他们，不能把凶手和颇有前途的学生叠加起来。这样的情况还不止我一人。大多数认识他的人都在为同样的矛盾而挣扎。

因此，我总是把两个泰德分开来对待。当我参加警察的讨论会时，看着幻灯片上那些在变成骸骨前被找到的受害者，我所见到的证据显示，他当时回过犯罪现场，给死者的嘴唇和眼睛上了艳丽的妆容，在死者苍白的脸颊上涂上腮红。我承认这是第二个泰德所为。我承认他不仅进行了残忍的谋杀，而且还表现出恋尸癖。我可以理性地应对这一面，但我得尽量不让它溜进我大脑的情感层面。然而，即使只是写下来，我依然觉得喉头发紧，脖子后面汗毛倒竖。

泰德·邦迪是我一直无法以超然的方式去看待的人。他是唯一一个在犯罪之前、期间和之后我都了解的人，当然我绝对不希望再有第二个。即便我有这个权力，我也不会去阻止对他的处决，但我仍希望不要看他被行刑后的尸体照片。我第一次看到这照片是在英属哥伦比亚省一家商店里的某小报封面上，但如今他死时的样子在互联网上已经随处可见。即使如此，每次意外点到一张，我都会立即点击鼠标关掉。

随着计算机通信的出现，我收到了更多遇到过泰德·邦迪的女性的消息，她们都健在，能亲自开口讲述他的故事。当我讲课的时候，我认出了那些走近我向我诉说记忆中的恐怖场景的女人眼中长期萦绕的忧心忡忡。和以往一样，我看得出她们不可能都见过泰德·邦迪，但有些人可能见过。这些女性如今已经五十多岁了，她们的外表比起60年代和70年代的女孩已经发生了很大的变化，那时的她们都随大流，认为可以信任陌生人和搭便车。

其中一位告诉我，一个开着大众车子的帅哥开车送她到华盛顿州斯波坎以西，结果在90号州际高速公路上拐进了一条荒芜的路，然后他拿出一副手铐。"我设法挣脱了，跑进了灌木丛。"她回忆道，"一开始他开车走了，但我听得出他把车停在了我看不到的地方，我知道他在等着我出来。我在一丛山蒿树后面蹲了几个小时，直到听到他的车再次发动的声音。我当时不确定他是否真的走了，但我冻坏了，而且因为一个姿势保持太久，胳膊和腿都抽筋了。我跑到一座农舍，他们让我进去了。"

后来，当她看到泰德·邦迪的照片时，她认出了他。在那次相遇过了25年后，当她想起那个她确信自己必死无疑的夜晚，她仍会瑟瑟发抖。

另一位女士回忆起在某个下雨的晚上，她在西雅图华盛顿大学附近开车时迷路的事。她在狭窄的街道上掉头，发现一辆浅色的大众汽车在尾随她。她被迫在一条死胡同里停了下来，而后面的司机把车顶了上来，将她困在了那里。一个鬈发帅哥从大众车里出来，朝她走去。

"这时，一群十几岁的男孩经过。"她告诉我，"那家伙急忙回到车里，倒车出去了。是泰德·邦迪。我敢肯定。"

毫无疑问，泰德经常出去闲逛、跟踪或监视。他不得不那样做。每有一位倒霉的年轻女性被泰德强行推入或诱骗进车里，他可能就接近过十倍于此的女孩，好在她们都得以逃脱。她们的故事中让我印象最深的是，在泰德被处决的十几年后，那些幸运儿仍然那么的害怕。她们一会儿痛斥自己居然愚蠢到和一个陌生人一起出去，一会儿又怀着愧疚地庆幸自己活了下来而其他女孩却没有。

我知道我还会继续收到这类信。在我写这一页的时候，今天的邮箱里又收到了两封。

* * *

1999 年秋天，我有机会去了泰德曾经走过的另一个城市。虽然我读过警方有关泰德 1978 年 2 月 15 日凌晨在佛罗里达最终被捕的报道，但我从未去过彭萨科拉。去年，我受邀到那里为菲尔·莱文博士组织的法医和警探的年会上做报告。

彭萨科拉位于墨西哥湾沿岸，经常遭遇飓风肆虐，它也是一座以其传统和科技而令人难忘的城市。城里有经过精心修复的古色古香的老房子，有带游泳池的豪华住宅——有钱人退休之后住在那里。彭萨科拉的老火车站现在是一家酒店的一部分，为与会者提供各种烧烤美食的大厅实际上是个博物馆，里面是一家家重现旧貌的商店。由于气候炎热，树木和植被长得茂盛厚实。头顶上，从彭萨科拉海军航空站的自家机场起飞的蓝天使①在进行高空训练。

彭萨科拉的这种城市氛围对于 22 年前的泰德·邦迪来说并不重要。这里不过是他往西途中经过的地方。在莱文这次会议的休息时间，几位彭萨科拉的警探带我来了个颇有意思的短途旅行。他们开车带我到泰德最后一次逃跑的地方。那是个半住宅区，离东西向的主干道 10 号州际公路只有一个街区。从带纱窗门廊的矮宽框架房屋里看出去，是嘈杂的酒吧和报废车场的后面。院子里杂乱不堪，树木参差不齐，几只干瘦的小猫在溜达。

---

① 美国海军最负盛名的特技飞行队。——译者

在泰德被自己的执念带去的所有地方之中，这个街区肯定是最无趣的。我能理解为什么居民们看到彭萨科拉的警察大卫·李在地上与一名男子搏斗时会斥责他。警察在这一带并不受欢迎。

　　我们的车子来到分局时，为我当向导的警探指向一扇后门，说是当时那位自称"肯尼斯·米斯纳"的囚犯进去的地方。很久以前，泰德就是在这栋楼给我打的电话。现在亲眼见到倒觉得怪怪的。奇怪的是彭萨科拉，他以自由之身待过的最后一个地方。会议中心展示了一些通过软件制成的泰德尸体照，供警探们研究。泰德已经声名狼藉，成为几乎所有警察调查会议的主题之一，可是他却在佛罗里达一个他本打算只从后视镜里看看的古朴小镇，因为打不过一名警察而束手就擒。

　　很多被认为是泰德·邦迪的受害者的女孩家长一直都没找到他们女儿的遗骸。在一些偏僻的乡村，不时地会发现一些零散残骨，但至今都没有明确的鉴定结果。事实上，时隔几年之后，有些残骸还被法医办公室放置不当弄丢了。尽管有了线粒体 DNA 测试的技术对头骨和骨骼进行识别，基本可以保证这种情况不会再次发生。但 1974 年 7 月 14 日在萨马米什湖州立公园失踪的两个女孩——珍妮丝·奥特和丹尼斯·纳斯伦德的遗骸，在国王县法医办公室搬迁的时候给弄丢了，再也找不回来了。他们的家人提起诉讼，最终国王县与他们达成和解，向每家支付了约 11.2 万美元的赔偿金。

　　时间流逝，泰德受害者的家属也日益老去。几位父母已经去世，其中包括丹尼斯·纳斯伦德的母亲埃莉诺·罗斯，她于 2000 年初去世。埃莉诺把丹尼斯的房间保持得和她去萨马米什湖野餐的那天早晨一模一样。她的毛绒玩具还在她的床上，她的衣服还挂在衣橱里，她的车也还停在她母亲的房子前。

　　关于泰德·邦迪的最大的未解之谜之一仍是他是否与安·玛丽·伯尔的失踪有关。8 岁的安·玛丽·伯尔最后一次被人看见是在 1961

年 8 月 31 日。安·玛丽住在华盛顿州的塔科马，泰德也住在那里，时年 15 岁，据称他给伯尔家送报。

调查安·玛丽失踪案的警探们一直无法就邦迪是现成的嫌疑人这一点达成共识。泰德本人矢口否认，并曾在 1986 年时写信给伯尔夫妇说："我不知道你女儿安·玛丽出了什么事。她的失踪与我无关。你说她是在 1961 年 8 月 31 日失踪的，那时的我是一个正常的 15 岁男孩。我没有深夜在街上闲逛。我没有偷车。我绝对不想伤害任何人。我就是个普通的孩子。为了你们好，你们真的必须明白这一点。"

当然，有很多迹象表明泰德·邦迪并不是一个普通的青少年。他的母亲路易丝——现在 75 岁——坚持认为他没有带走安·玛丽。"我们两家关系非常好。"她说，"他当时就住家里。所有这些事情都是在他离家后发生的。"路易丝·邦迪觉得泰德当时个子太小，根本无法强行把安·玛丽·伯尔带离她家。

安·玛丽的父亲唐纳德·伯尔回忆说："她个性很强。你就觉得和她在一起很开心。她就是个普通的小女孩。"

8 月 30 日，安·玛丽和住在附近的一位朋友一起吃晚饭，并被邀请留下过夜，但她的母亲贝弗丽婉拒了。那天晚上，伯尔家的孩子们大约 8 点半上床睡觉。安是家里最大的孩子。格雷格和玛丽跟他们家的狗睡在地下室，父母睡在一楼，而安和朱莉睡楼上。大约 11 点左右，安把朱莉带下楼到父母那里，原因是朱莉受伤手臂上的石膏让她痒得难受而哭个不停。

之后，两个女孩又上楼睡觉了。早上 5 点，贝弗丽起床，看到外面下着暴雨。而客厅的窗户是开着的。

安不见了。

尽管警方进行了大规模搜查，还悬赏了，尽管警探在伯尔家的地下室蹲点了一个多月，贝弗丽仍在期望有勒索电话打来。这对于伯尔夫妇来说，实在是残酷至极的悲剧，因为他们永远不知道长着一头草莓色头发的女儿现在怎么样了。他们住的房子也总让他们想起女儿已经不在了。6年后，他们不得不搬家，但仍保留着原来的电话号码，以防有一天女儿会打电话来，或者有人会打来说起她。

有一天，真的有个女人打电话给他们，称自己是他们丢失的孩子。她回忆起一些东西，比如那只宠物金丝雀，都是很模糊的记忆。但最终 DNA 测试排除了她是安·玛丽的可能性。

唐纳德·伯尔确信，安·玛丽失踪的那天早上，他在普吉特湾大学一个建筑工地的水沟里看到了泰德·邦迪。多年来，很多人问我泰德和安·玛丽之间的关系。最令人难忘的是其中一位给我发电子邮件的女士，她暗示当时读九年级的泰德在她十几岁的时候带她去看了他"藏尸体"的地方，但她支支吾吾不愿说得更具体一些。

在失去安·玛丽之后，伯尔一家收养了女儿劳拉，继续生活下去。但他们从未停止寻找。最后，在 1999 年 9 月 18 日，他们在塔科马的圣帕特里克教堂举行了一次纪念安·玛丽的弥撒。如果她还活着，也已经 47 岁了。数百人到场悼念这个似乎是被空气吞没了的小女孩。伯尔夫妇将纪念弥撒的主题定为蝴蝶，寓意安·玛丽可以平安自由地在地球上飞舞，不会再被人困住或伤害。

很多年过去了，鲍勃·凯佩尔和罗杰·邓恩这两位在 1970 年代中期负责邦迪谋杀案的年轻警探，现在已经退休。邓恩经营着一家私人调查机构，做得非常成功。鲍勃·凯佩尔成了著名的连环谋杀专家。他著书，担任类似案件的专家证人，并在华盛顿大学教授一门极受欢迎的课程，就称为"谋杀"。他还创建了一套凶杀案信息追踪系统（HITS），这一计算机系统，连接了华盛顿州和俄勒冈州之间有关凶杀、强奸、失踪、性侵以及其他犯罪信息。

多年以来，追查泰德·邦迪案的调查人员了解并积累了大量有关这个虐待狂和反社会杀手的信息，而这些知识很可能会从邦迪之后出现的连环杀手手中救下一些潜在受害者。

如果真的如此，那这可能算是如此多悲剧和损失之后的一个慰藉了。

——安·鲁尔　2000 年 4 月 22 日

Ann Rule

**The Stranger Beside Me**: The Shocking Inside Story of Serial Killer Ted Bundy

Copyright © 1980，1989 by Ann Rule

Afterword copyright © 1986 by Ann Rule

20th Anniversary Afterword copyright © 2000 by Ann Rule

The Final Chapter copyright © 200 By Ann Rule

图字：09 - 2022 - 950 号

**图书在版编目(CIP)数据**

我身边的恶魔 / (美) 安·鲁尔(Ann Rule)著；
徐芳芳译. —上海：上海译文出版社，2022.11
(译文纪实)
书名原文：The Stranger Beside Me：The Shocking
Inside Story of Serial Killer Ted Bundy
ISBN 978 - 7 - 5327 - 9112 - 5

Ⅰ.①我… Ⅱ.①安… ②徐… Ⅲ.①纪实文学—美
国—现代 Ⅳ.①I712.55

中国版本图书馆 CIP 数据核字(2022)第 221429 号

**我身边的恶魔**

[美] 安·鲁尔/著 徐芳芳/译
责任编辑/钟 瑾 装帧设计/邵 旻 观止堂_未氓

上海译文出版社有限公司出版、发行
网址：www. yiwen. com. cn
201101 上海市闵行区号景路 159 弄 B 座
上海市崇明县裕安印刷厂印刷

开本 890×1240 1/32 印张 18.75 插页 2 字数 359,000
2022 年 12 月第 1 版 2022 年 12 月第 1 次印刷
印数：0,001—8,000 册

ISBN 978 - 7 - 5327 - 9112 - 5/I · 5659
定价：88.00 元